CONTES DE M

Présenté par Didier HALLÉPÉE

Collection Fables et Contes

CONTES DE MADAME D'AULNOY

Avertissement sur la lecture des livres numériques

Si vous utilisez la version numérique de ce livre, n'oubliez pas de tenir compte des recommandations d'utilisation liées à l'utilisation de votre liseuse, de votre ordinateur ou de votre dispositif de lecture.

Egalement disponibles en ebooks

Collection essais
D. Hallépée – A ma fille

Collection faits de société
D. Hallépée – Mon opérateur Télécom me vole-t-il ?

Collection animaux
D. Hallépée – The Egyptian Mau cat
D. Hallépée – Mot à mau, les pensées du chat mau
D. Hallépée – Mau mews (photo-comic)
D. Hallépée – Pensées royales canines, les pensées du king Charles
D. Hallépée – King barks (photo-comic)
D. Hallépée – Les secrets de Bastet – précis de génétique féline
D. Hallépée – Les enfants du chat mau – histoire du chat de race
D. Hallépée – The children of the Mau cat – history of the breed cat
D. Hallépée – I figli del gatto mau – storia des gatto di razza
D. Hallépée – Secrets de chat – citations félines
D. Hallépée – Cat secrets – cat quotes
D. Hallépée – Secrets de chien – citations canines
D. Hallépée – Dog secrets – dog quotes
D. Hallépée – Mon chat m'a conté
D. Hallépée – Mon chien m'a conté
D. Hallépée – Mon coq m'a conté
Fables de La Fontaine
Fables d'Esope
Le roman de Renart

Collection jeux
D. Hallépée – Le jeu de go
D. Hallépée – Sudoku-neko – vol 1 (Bilangue)
D. Hallépée – Sudoku-neko – vol 2 (Bilangue)
D. Hallépée – Sudoku-neko – vol 3 (Bilangue)
D. Hallépée – Djambi

Collection stratégie
Général de Brack – avant-postes de cavalerie
Flavius Josèphe – La guerre des Juifs
Jules César – La guerre des Gaules
Jules César – La guerre civile
Jules César – La guerre de pacification
Machiavel – Le prince
Miyamoto Musashi : Le livre des cinq anneaux
Sun Tzu : Les treize articles

Collection contes
D. Hallépée – Mon chat m'a conté
D. Hallépée – Mon chien m'a conté
D. Hallépée – Mon coq m'a conté
Contes d'Andersen
Contes de Grimm
Contes de Perrault
Contes de madame d'Aulnoye
Fables de La Fontaine
Fables d'Esope

Collection lettres latines
Jules César – La guerre des Gaules
Jules César – La guerre civile
Jules César – La guerre de pacification
Lucrèce – De natura rerum (de la nature des choses)
Suétone – Vie des douze Césars
Virgile – L'énéïde
Tite-Live – Histoire de Rome – volume 1 – 753-292
Tite-Live – Histoire de Rome – volume 2 – 218-202
Tite-Live – Histoire de Rome – volume 3 – 201-179
Tite-Live – Histoire de Rome – volume 4 – 178-167

Collection classiques
Cardinal de Retz – Mémoires
Saint-Simon – Mémoires – volume 1 – 1691-1699
Saint-Simon – Mémoires – volume 2 – 1700-1703
Saint-Simon – Mémoires – volume 3 – 1704-1707
Saint-Simon – Mémoires – volume 4 – 1708-1709
Saint-Simon – Mémoires – volume 5 – 1710-1711
Saint-Simon – Mémoires – volume 6 – 1712-1714
Saint-Simon – Mémoires – volume 7 – 1715
Saint-Simon – Mémoires – volume 8 – 1716-1717
Saint-Simon – Mémoires – volume 9 – 1718
Saint-Simon – Mémoires – volume 10 – 1719-1721
Saint-Simon – Mémoires – volume 11 – 1722-1723
Dante Alighieri – La divine comédie – volume 1 – L'enfer
Dante Alighieri – La divine comédie – volume 2 – Le purgatoire
Dante Alighieri – La divine comédie – volume 3 – Le paradis
Boccace – Decameron
Miguel de Cervantès Saavedra – Don Quichotte – volume 1
Miguel de Cervantès Saavedra – Don Quichotte – volume 2
Lewis Carroll – Alice au pays des merveilles
Lewis Carroll – Alice de l'autre côté du miroir
Cholderos de Laclos – Les liaisons dangereuses
Louis Pergaud – La guerre des boutons
Le procès de Jeanne d'Arc

PRÉFACE

Didier Hallépée

Marie-Catherine Baronne d'Aulnoy

Marie-Catherine, baronne d'Aulnoy (1651-1705), née **Le Jumel de Barneville**, fut connue à son époque pour être à la fois femme d'esprit et femme à scandale (selon les critères de l'époque).

Mal marié, elle tenta de se débarrasser de son époux en le faisant accuser de crime de lèse-majesté. Son échec valut une condamnation à mort pour ses complices et entraîna son exil.

A son retour d'exil, elle ouvrit un salon littéraire. Elle fut compromise à la suite de sa relation très amicale avec Madame Ticquet, laquelle fut plus tard condamnée à mort pour avoir assassiné son mari.

Les contes de Madame d'Aulnoy

La baronne d'Aulnoy est connue pour ses contes :

- La Belle aux cheveux d'or
- L'Oiseau bleu
- Gracieuse et Percinet
- La Biche au bois
- Babiole
- Finette Cendron
- Fortunée
- La bonne petite souris
- La Princesse Rosette
- Le Mouton

- Le Nain jaune
- Le Prince lutin
- La Grenouille bienfaisante
- Le Rameau d'Or
- Le Pigeon et la Colombe
- Le Prince Marcassin
- La Princesse Belle-Étoile

Ces comptes sont réputés pour leur esprit satirique et subversif. Son esprit est d'autant moins policé que la baronne d'Aulnoy, compte tenu de sa vie mouvementée, ne fait pas partie de l'armée de courtisans qui vit de la faveur royale à la cour de Versailles ! Cette liberté d'écriture la distingue des autres grands conteurs de cette époque.

En outre, à travers ses contes la baronne d'Aulnoy s'adresse à la société de son époque pour revendiquer, sous une forme allégorique, sa liberté de femme qui rejette à la fois le mariage forcé et les contraintes de la société bien-pensante.

LA BELLE AUX CHEVEUX D'OR

Il y avait une fois la fille d'un roi qui était si belle qu'il n'y avait rien de si beau au monde ; et à cause qu'elle était si belle on la nommait la Belle aux cheveux d'or car ses cheveux étaient plus fins que de l'or, et blonds par merveille, tout frisés, qui lui tombaient jusque sur les pieds. Elle allait toujours couverte de ses cheveux bouclés, avec une couronne de fleurs sur la tête et des habits brodés de diamants et de perles : tant y a qu'on ne pouvait la voir sans l'aimer.

Il y avait un jeune roi de ses voisins qui n'était point marié, et qui était bien fait et bien riche. Quand il eut appris tout ce qu'on disait de la Belle aux cheveux d'or, bien qu'il ne l'eût point encore vue, il se prit à l'aimer si fort, qu'il en perdait le boire et le manger, et il se résolut de lui envoyer un ambassadeur pour la demander en mariage. Il fit faire un carrosse magnifique à son ambassadeur ; il lui donna plus de cent chevaux et cent laquais, et lui recommanda bien de lui amener la princesse.

Quand il eut pris congé du roi et qu'il fut parti, toute la cour ne parlait d'autre chose ; et le roi, qui ne doutait pas que la Belle aux cheveux d'or ne consentît à ce qu'il souhaitait, lui faisait déjà faire de belles robes et des meubles admirables. Pendant que les ouvriers étaient occupés à travailler, l'ambassadeur, arrivé chez la Belle aux cheveux d'or, lui fit son petit message ; mais, soit qu'elle ne fût pas ce jour-là de bonne humeur, ou que le compliment ne lui semblât pas à son gré, elle répondit à l'ambassadeur qu'elle remerciait le roi, mais qu'elle n'avait point envie de se marier.

L'ambassadeur partit de la cour de cette princesse, bien triste de ne la pas amener avec lui ; il rapporta tous les présents qu'il lui avait portés de la part du roi, car elle était fort sage, et savait bien qu'il ne faut pas que les filles reçoivent rien des garçons : aussi elle ne voulut jamais accepter les beaux diamants et le reste ; et, pour ne pas mécontenter le roi, elle prit seulement un quarteron d'épingles d'Angleterre.

Quand l'ambassadeur arriva à la grande ville du roi, où il était attendu si impatiemment, chacun s'affligea de ce qu'il n'amenait point la Belle aux cheveux d'or. Le roi se mit à pleurer comme un enfant : on le consolait sans en pouvoir venir à bout.

Il y avait un jeune garçon à la cour qui était beau comme le soleil, et le mieux fait de tout le royaume : à cause de sa bonne grâce et de son esprit, on le nommait Avenant. Tout le monde l'aimait, hors les envieux, qui étaient fâchés que le roi lui fît du bien et qu'il lui confiât tous les jours ses affaires.

Avenant se trouva avec des personnes qui parlaient du retour de l'ambassadeur, et qui disaient qu'il n'avait rien fait qui vaille. Il leur dit, sans y prendre garde :

— Si le roi m'avait envoyé vers la Belle aux cheveux d'or, je suis certain qu'elle serait venue avec moi. Tout aussitôt ces méchantes gens vont dire au roi :

— Sire, vous ne savez pas ce que dit Avenant ? Que, si vous l'aviez envoyé chez la Belle aux cheveux d'or, il l'aurait ramenée. Considérez bien sa malice, il prétend être plus beau que vous, et qu'elle l'aurait tant aimé, qu'elle l'aurait suivi partout.

Voilà le roi qui se met en colère, en colère tant et tant, qu'il était hors de lui.

— Ha ! ha ! dit-il, ce joli mignon se moque de mon malheur, et il se prise plus que moi. Allons, qu'on le mette dans ma grosse tour, et qu'il y meure de faim !

Les gardes du roi furent chez Avenant, qui ne pensait plus à ce qu'il avait dit. Ils le traînèrent en prison et lui firent mille maux. Ce pauvre garçon n'avait qu'un peu de paille pour se coucher et il serait mort sans une petite fontaine qui coulait dans le pied de la tour, dont il buvait un peu pour se rafraîchir, car la faim lui avait bien séché la bouche.

Un jour qu'il n'en pouvait plus, il disait en soupirant :

— De quoi se plaint le roi ? Il n'a point de sujet qui lui soit plus fidèle que moi, je ne l'ai jamais offensé.

Le roi, par hasard, passait près de la tour, et quand il entendit la voix de celui qu'il avait tant aimé, il s'arrêta pour l'écouter, malgré ceux qui étaient avec lui, qui haïssaient Avenant et qui disaient au roi :

— À quoi vous amusez-vous, sire ! ne savez-vous pas que c'est un fripon ?

Le roi répondit :

— Laissez-moi là, je veux l'écouter.

Ayant ouï ses plaintes, les larmes lui vinrent aux yeux. Il ouvrit la porte de la tour et l'appela. Avenant vint tout triste se mettre à genoux devant lui, et baisa ses pieds :

— Que vous ai-je fait, sire, lui dit-il, pour me traiter si durement ?

— Tu t'es moqué de moi et de mon ambassadeur, dit le roi. Tu as dit que si je t'avais envoyé chez la Belle aux cheveux d'or, tu l'aurais bien amenée.

— Il est vrai, sire, répondit Avenant, que je lui aurais si bien fait connaître vos grandes qualités, que je suis persuadé qu'elle n'aurait pu s'en défendre ; et en cela je n'ai rien dit qui ne vous dût être agréable.

Le roi trouva qu'effectivement il n'avait point de tort ; il regarda de travers ceux qui lui avaient dit du mal de son favori, et il l'emmena avec lui, se repentant bien de la peine qu'il lui avait faite.

Après l'avoir fait souper à merveille, il l'appela dans son cabinet, et lui dit :

— Avenant, j'aime toujours la Belle aux cheveux d'or, ses refus ne m'ont point rebuté ; mais je ne sais comment m'y prendre pour qu'elle veuille m'épouser : j'ai envie de t'y envoyer pour voir si tu pourras réussir.

Avenant répliqua qu'il était disposé à lui obéir en toutes choses, et qu'il partirait dès le lendemain.

— Ho ! dit le roi, je veux te donner un grand équipage.

— Cela n'est point nécessaire, répondit-il ; il ne me faut qu'un bon cheval, avec des lettres de votre part. Le roi l'embrassa, car il était ravi de le voir sitôt prêt.

Ce fut le lundi matin qu'il prit congé du roi et de ses amis, pour aller à son ambassade tout seul, sans pompe et sans bruit. Il ne faisait que rêver aux moyens d'engager la Belle aux cheveux d'or à épouser le roi. Il avait une écritoire dans sa poche, et, quand il lui venait quelque belle pensée à mettre dans sa harangue, il descendait de cheval et s'asseyait sous des arbres pour écrire, afin de ne rien oublier. Un matin qu'il était parti à la petite pointe du jour, en passant dans une grande prairie, il lui vint une pensée fort jolie ; il mit pied à terre, et se plaça contre des saules et des peupliers qui étaient plantés le long d'une petite rivière qui coulait au bord du pré. Après qu'il eut écrit, il regarda de tous côtés, charmé de se trouver en un si bel endroit. Il aperçut sur l'herbe une grosse carpe dorée qui bâillait et qui n'en pouvait plus, car, ayant voulu attraper de petits moucherons, elle avait sauté si hors de l'eau, qu'elle s'était élancée sur l'herbe, où elle était près de mourir. Avenant en eut pitié ; et, quoiqu'il fût jour maigre et qu'il eût pu l'emporter pour son dîner, il fut la prendre et la remit doucement dans la rivière. Dès que ma commère la carpe sent la fraîcheur de l'eau, elle commence à se réjouir, et se laisse couler jusqu'au fond ; puis revenant toute gaillarde au bord de la rivière :

— Avenant, dit-elle, je vous remercie du plaisir que vous venez de me faire ; sans vous je serais morte, et vous m'avez sauvée ; je vous le revaudrai.

Après ce petit compliment, elle s'enfonça dans l'eau ; et Avenant demeura bien surpris de l'esprit et de la grande civilité de la carpe.

Un autre jour qu'il continuait son voyage, il vit un corbeau bien embarrassé : ce pauvre oiseau était poursuivi par un gros aigle grand mangeur de corbeaux ; il était près de l'attraper, et il l'aurait avalé comme une lentille, si Avenant n'eût éprouvé de la compassion pour cet oiseau.

— Voilà, dit-il, comme les plus forts oppriment les plus faibles : quelle raison a l'aigle de manger le corbeau ?

Il prend son arc qu'il portait toujours, et une flèche, puis, visant bien l'aigle, croc ! il lui décoche la flèche dans le corps et le perce de part en part. L'aigle tombe mort, et le corbeau, ravi, vient se percher sur un arbre.

— Avenant, lui dit-il, vous êtes bien généreux de m'avoir secouru, moi qui ne suis qu'un misérable corbeau ; mais je ne demeurerai point ingrat, je vous le revaudrai.

Avenant admira le bon esprit du corbeau et continua son chemin. En entrant dans un grand bois, si matin qu'il ne voyait qu'à peine son chemin, il entendit un hibou qui criait en hibou désespéré.

— Ouais ! dit-il, voilà un hibou bien affligé, il pourrait s'être laissé prendre dans quelque filet.

Il chercha de tous côtés, et enfin il trouva de grands filets que des oiseleurs avaient tendus la nuit pour attraper des oisillons.

— Quelle pitié ! dit-il ; les hommes ne sont faits que pour s'entre-tourmenter, ou pour persécuter de pauvres animaux qui ne leur font ni tort ni dommage.

Il tira son couteau et coupa les cordelettes. Le hibou prit l'essor ; mais, revenant à tire-d'aile :

— Avenant, dit-il, il n'est pas nécessaire que je vous fasse une longue harangue pour vous faire comprendre l'obligation que je vous ai ; elle parle assez d'elle-même : les chasseurs allaient venir, j'étais pris, j'étais mort sans votre secours. J'ai le cœur reconnaissant, je vous le revaudrai.

Voilà les trois plus considérables aventures qui arrivèrent à Avenant dans son voyage. Il était si pressé d'arriver, qu'il ne tarda pas à se rendre au palais de la Belle aux cheveux d'or. Tout y était admirable ; l'on y voyait les diamants entassés comme des pierres ; les beaux habits, le bonbon, l'argent ; c'étaient des choses merveilleuses ; et il pensait en lui-même que, si elle quittait tout cela pour venir chez le roi son maître, il faudrait qu'il ait bien de la chance. Il prit un habit de brocart, des plumes incarnates et blanches ; il se peigna, se poudra, se lava le visage, mit une riche écharpe toute brodée à son cou, avec un petit panier, et dedans un beau petit chien, qu'il avait acheté en passant à Boulogne. Avenant était si bien fait, si aimable, il faisait toute chose avec tant de grâce, que, lorsqu'il se présenta à la porte du palais, tous les gardes lui firent une grande révérence ; et l'on courut dire à la Belle aux cheveux d'or qu'Avenant, ambassadeur du roi son plus proche voisin, demandait à la voir.

Sur ce nom d'Avenant, la princesse dit :

— Cela me porte bonne signification ; je gagerais qu'il est joli et qu'il plaît à tout le monde.

— Vraiment oui, madame, lui dirent toutes ses filles d'honneur, nous l'avons vu du grenier où nous accommodions votre filasse, et tant qu'il est demeuré sous les fenêtres nous n'avons pu rien faire.

— Voilà qui est beau, répliqua la Belle aux cheveux d'or, de vous amuser à regarder les garçons ! Çà, que l'on me donne ma grande robe de satin bleu brodée, et que l'on éparpille bien mes blonds cheveux ; que l'on me fasse des guirlandes de fleurs nouvelles ; que l'on me donne mes souliers hauts et mon éventail ; que l'on balaie ma chambre et mon trône : car je veux qu'il dise partout que je suis vraiment la Belle aux cheveux d'or.

Voilà toutes les femmes qui s'empressaient de la parer comme une reine ; elles montraient tant de hâte qu'elles s'entrecognaient et n'avançaient guère. Enfin la princesse passa dans sa galerie aux grands miroirs, pour voir si rien ne lui manquait. Puis elle monta sur son trône d'or, d'ivoire, et d'ébène, qui sentait comme baume ; et elle commanda à ses filles de prendre des instruments et de chanter tout doucement pour n'étourdir personne.

On conduisit Avenant dans la salle d'audience. Il demeura si transporté d'admiration qu'il a dit depuis bien des fois qu'il ne pouvait presque parler. Néanmoins il reprit courage et fit sa harangue à merveille : il pria la princesse qu'il n'eût pas le déplaisir de s'en retourner sans elle.

— Gentil Avenant, lui dit-elle, toutes les raisons que vous venez de me conter sont fort bonnes, et je vous assure que je serais bien aise de vous favoriser plus qu'un autre. Mais il faut que vous sachiez qu'il y a un mois je fus me promener sur la rivière avec toutes mes dames ; et comme l'on me servit ma collation, en ôtant mon gant je tirai de mon doigt une bague qui tomba par malheur dans la rivière. Je la chérissais plus que mon royaume. Je vous laisse à juger de quelle affliction cette perte fut suivie. J'ai fait serment de n'écouter jamais aucune proposition de mariage, que l'ambassadeur qui me proposera un époux ne me rapporte ma bague. Voyez à présent ce que vous avez à faire là-dessus car quand vous me parleriez quinze jours et quinze nuits, vous ne me persuaderiez pas de changer de sentiment.

Avenant demeura bien étonné de cette réponse. Il lui fit une profonde révérence et la pria de recevoir le petit chien, le panier et l'écharpe ; mais elle lui répliqua qu'elle ne voulait point de présents, et qu'il songeât à ce qu'elle venait de lui dire.

Quand il fut retourné chez lui, il se coucha sans souper. Son petit chien, qui s'appelait Cabriolle, ne voulut pas souper non plus : il vint se mettre auprès de lui. De toute la nuit, Avenant ne cessa point de soupirer.

— Où puis-je prendre une bague tombée depuis un mois dans une grande rivière ? disait-il. C'est toute folie de l'entreprendre ! La princesse ne m'a dit cela que pour me mettre dans l'impossibilité de lui obéir.

Il soupirait et s'affligeait fort. Cabriolle, qui l'écoutait, lui dit :

— Mon cher maître, je vous prie, ne désespérez point de votre bonne fortune : vous êtes trop aimable pour n'être pas heureux. Allons dès qu'il fera jour au bord de la rivière.

Avenant lui donna deux petits coups de la main et ne répondit rien ; mais, tout accablé de tristesse, il s'endormit. Cabriolle, voyant le jour, cabriola tant qu'il l'éveilla, et lui dit :

— Mon maître, habillez-vous, et sortons. Avenant le voulut bien. Il se lève, s'habille et descend dans le jardin, et du jardin il va insensiblement au bord de la rivière, où il se promenait son chapeau sur les yeux et ses bras croisés l'un sur l'autre, ne pensant qu'à son départ, quand tout d'un coup il entendit qu'on l'appelait :

— Avenant ! Avenant !

Il regarde de tous côtés et ne voit personne ; il crut rêver. Il continue sa promenade ; on le rappelle :

— Avenant ! Avenant !

— Qui m'appelle ? dit-il.

Cabriolle, qui était fort petit, et qui regardait de près l'eau, lui répliqua :

— Ne me croyez jamais, si ce n'est une carpe dorée que j'aperçois.

Aussitôt la grosse carpe paraît, et lui dit :

— Vous m'avez sauvé la vie dans le pré des alisiers, où je serais restée sans vous ; je vous promis de vous le revaloir. Tenez, cher Avenant, voici la bague de la Belle aux cheveux d'or.

Il se baissa et la prit dans la gueule de ma commère la carpe, qu'il remercia mille fois.

Au lieu de retourner chez lui, il fut droit au palais avec le petit Cabriolle, qui était bien aise d'avoir fait venir son maître au bord de l'eau. On alla dire à la princesse qu'il demandait à la voir.

— Hélas ! dit-elle, le pauvre garçon, il vient prendre congé de moi. Il a considéré que ce que je veux est impossible, et il va le dire à son maître.

On fit entrer Avenant, qui lui présenta sa bague et lui dit :

— Madame la princesse, voilà votre commandement fait ; vous plaît-il recevoir le roi mon maître pour époux ?

Quand elle vit sa bague où il ne manquait rien, elle resta si étonnée, qu'elle croyait rêver.

— Vraiment, dit-elle, gracieux Avenant, il faut que vous soyez favorisé de quelque fée, car naturellement cela n'est pas possible.

— Madame, dit-il, je n'en connais aucune, mais j'avais bien envie de vous obéir.

— Puisque vous avez si bonne volonté, continua-t-elle, il faut que vous me rendiez un autre service, sans lequel je ne me marierai jamais. Il y a un prince, qui n'est pas éloigné d'ici, appelé Galifron, lequel s'était mis dans l'esprit de m'épouser. Il me fit déclarer son dessein avec des menaces épouvantables, que si je le refusais il désolerait mon royaume. Mais jugez si je pouvais l'accepter : c'est un géant qui est plus haut qu'une haute tour ; il mange un homme comme un singe mange un marron. Quand il va à la campagne, il porte dans ses poches de petits canons, dont il se sert de pistolets ; et, lorsqu'il parle bien haut, ceux qui sont près de lui deviennent sourds. Je lui fis répondre que je ne voulais point me marier, et qu'il m'excusât ; cependant, il n'a point laissé de me persécuter ; il tue tous mes sujets et, avant toutes choses, il faut vous battre contre lui et m'apporter sa tête.

Avenant demeura un peu étourdi de cette proposition. Il rêva quelque temps, puis il dit :

— Eh bien, madame, je combattrai Galifron. Je crois que je serai vaincu ; mais je mourrai en homme brave.

La princesse resta bien étonnée : elle lui dit mille choses pour l'empêcher de faire cette entreprise. Cela ne servit à rien : il se retira pour aller chercher des armes et tout ce qu'il lui fallait. Quand il eut ce qu'il voulait, il remit le petit Cabriolle dans son panier, monta sur son beau cheval, et fut dans le pays de Galifron. Il demandait de ses nouvelles à ceux qu'il rencontrait, et chacun lui disait que c'était un vrai démon dont on n'osait approcher : plus il entendait dire cela, plus il avait peur. Cabriolle le rassurait, en lui disant :

— Mon cher maître, pendant que vous vous battrez, j'irai lui mordre les jambes ; il baissera la tête pour me chasser, et vous le tuerez.

Avenant admirait l'esprit du petit chien, mais il savait assez que son secours ne suffirait pas.

Enfin, il arriva près du château de Galifron. Tous les chemins étaient couverts d'os et de carcasses d'hommes qu'il avait mangés ou mis en pièces. Il ne l'attendit pas longtemps, qu'il le vit venir à travers un bois. Sa tête dépassait les plus grands arbres, et il chantait d'une voix épouvantable :

Où sont les petits enfants,
Que je les croque à belles dents ?
Il m'en faut tant, tant et tant
Que le monde n'est suffisant.

Aussitôt Avenant se mit à chanter sur le même air :

Approche, voici Avenant,
Qui t'arrachera les dents ;
Bien qu'il ne soit pas des plus grands,
Pour te battre il est suffisant.

Les rimes n'étaient pas bien régulières mais il fit la chanson fort vite, et c'est même un miracle qu'il ne la fît pas plus mal, car il avait horriblement peur. Quand Galifron entendit ces paroles, il regarda de tous côtés, et aperçut Avenant l'épée à la main, qui lui dit deux ou trois injures pour l'irriter. Il n'en fallut pas tant : il se mit dans une colère effroyable ; et prenant une massue toute de fer, il aurait assommé du premier coup le gentil Avenant, sans un corbeau qui vint se mettre sur le haut de sa tête, et avec son bec lui donna si juste dans les yeux, qu'il les creva ; le sang coulait sur son visage, il était comme un désespéré, frappant de tous côtés. Avenant l'évitait et lui portait de grands coups d'épée qu'il enfonçait jusqu'à la garde, et qui lui faisaient mille blessures, par où il perdit tant de sang qu'il tomba. Aussitôt Avenant lui coupa la tête, bien ravi d'avoir été si heureux ; et le corbeau, qui s'était perché sur un arbre, lui dit :

— Je n'ai pas oublié le service que vous me rendîtes en tuant l'aigle qui me poursuivait. Je vous promis de m'en acquitter : je crois l'avoir fait aujourd'hui.

— C'est moi qui vous dois tout, monsieur du Corbeau, répliqua Avenant ; je demeure votre serviteur. Il monta aussitôt à cheval, chargé de l'épouvantable tête de Galifron.

Quand il arriva dans la ville, tout le monde le suivait et criait : « Voici le brave Avenant qui vient de tuer le monstre », de sorte que la princesse, qui entendit bien du bruit et qui tremblait qu'on ne lui vînt apprendre la mort d'Avenant, n'osait demander ce qui lui était arrivé ; mais elle vit entrer Avenant avec la tête du géant, qui ne laissa pas de lui faire encore peur, bien qu'il n'y eût plus rien à craindre.

— Madame, lui dit-il, votre ennemi est mort ; j'espère que vous ne refuserez plus le roi mon maître ?

— Ah ! si fait, dit la Belle aux cheveux d'or, je le refuserai si vous ne trouvez moyen, avant mon départ, de m'apporter de l'eau de la grotte ténébreuse.

« Il y a proche d'ici une grotte profonde qui a bien six lieues de tour. On trouve à l'entrée deux dragons qui empêchent qu'on y entre. Ils ont du feu dans la gueule et dans les yeux. Puis, lorsqu'on est dans la grotte, on trouve un grand trou dans lequel il faut descendre : il est plein de crapauds, de couleuvres et de serpents. Au fond de ce trou, il y a une petite cave où coule la fontaine de beauté et de santé : c'est de cette eau que je veux absolument. Tout ce qu'on en lave devient merveilleux : si l'on est belle, on demeure toujours belle ; si l'on est laide, on devient belle ; si l'on est jeune, on reste jeune ; si l'on est vieille, on devient jeune. Vous jugez bien, Avenant, que je ne quitterai pas mon royaume sans en emporter.

— Madame, lui dit-il, vous êtes si belle que cette eau vous est bien inutile ; mais je suis un malheureux ambassadeur dont vous voulez la mort : je vais aller chercher ce que vous désirez, avec la certitude de n'en pouvoir revenir.

La Belle aux cheveux d'or ne changea point de dessein, et Avenant partit avec le petit chien Cabriolle, pour aller à la grotte ténébreuse chercher de l'eau de beauté. Tous ceux qu'il rencontrait sur le chemin disaient :

— C'est une pitié de voir un garçon si aimable aller se perdre de gaieté de cœur ; il va seul à la grotte, et quand irait-il accompagné de cent braves, il n'en pourrait venir à bout. Pourquoi la princesse ne veut-elle que des choses impossibles ?

Il continuait de marcher, et ne disait pas un mot ; mais il était bien triste.

Il arriva vers le haut d'une montagne où il s'assit pour se reposer un peu, et il laissa paître son cheval et courir Cabriolle après des mouches. Il savait que la grotte ténébreuse n'était pas loin de là, il regardait s'il ne la verrait point. Enfin il aperçut un vilain rocher noir comme de l'encre, d'où sortait une grosse fumée, et au bout d'un moment un des dragons, qui jetait du feu par les yeux et par la gueule : il avait le corps jaune et vert, des griffes et une longue queue qui faisait plus de cent tours. Cabriolle vit tout cela ; il ne savait où se cacher, tant il avait peur.

Avenant, tout résolu de mourir, tira son épée, descendit avec une fiole que la Belle aux cheveux d'or lui avait donnée pour la remplir de l'eau de beauté. Il dit à son chien Cabriolle :

— C'est fait de moi ! je ne pourrai jamais avoir de cette eau qui est gardée par des dragons. Quand je serai mort, remplis la fiole de mon sang et porte-la à la princesse, pour qu'elle voie ce qu'elle me coûte ; et puis va trouver le roi mon maître et conte-lui mon malheur.

Comme il parlait ainsi, il entendit qu'on appelait :

— Avenant ! Avenant !

Il dit :

— Qui m'appelle ?

Et il vit un hibou dans le trou d'un vieil arbre, qui lui dit :

— Vous m'avez retiré du filet des chasseurs où j'étais pris, et vous me sauvâtes la vie, je vous promis que je vous le revaudrais : en voici le temps. Donnez-moi votre fiole : je sais tous les chemins de la grotte ténébreuse ; je vais vous chercher de l'eau de beauté.

Dame ! qui fut bien aise ? je vous le laisse à penser. Avenant lui donna vite la fiole, et le hibou entra sans nul empêchement dans la grotte. En moins d'un quart d'heure, il revint rapporter la bouteille bien bouchée. Avenant fut ravi, il le remercia de tout son cœur, et, remontant la montagne, il prit le chemin de la ville bien joyeux.

Il alla droit au palais ; il présenta la fiole à la Belle aux cheveux d'or, qui n'eut plus rien à dire : elle remercia Avenant, et donna ordre à tout ce qu'il fallait pour partir ; puis elle se mit en voyage avec lui. Elle le trouvait bien aimable et lui disait quelquefois :

— Si vous aviez voulu, je vous aurais fait roi, nous ne serions point partis de mon royaume.

Mais il répondit :

— Je ne voudrais pas faire un si grand déplaisir à mon maître pour tous les royaumes de la terre, quoique je vous trouve plus belle que le soleil.

Enfin ils arrivèrent à la grande ville du roi, qui, sachant que la Belle aux cheveux d'or venait, alla au-devant d'elle et lui fit les plus beaux présents du monde. Il l'épousa avec tant de réjouissances que l'on ne parlait d'autre chose. Mais la Belle aux cheveux d'or, qu'aimait Avenant dans le fond de son cœur, n'était heureuse que quand elle le voyait, et elle le louait toujours.

— Je ne serais point venue sans Avenant, disait-elle au roi. Il a fallu qu'il ait fait des choses impossibles pour mon service : vous lui devez être obligé. Il m'a donné de l'eau de beauté : je ne vieillirai jamais, je serai toujours belle.

Les envieux qui écoutaient la reine dirent au roi :

— Vous n'êtes point jaloux, et vous en avez sujet de l'être. La reine aime si fort Avenant qu'elle en perd le boire et le manger. Elle ne fait que parler de lui et des obligations que vous lui avez, comme si tel autre que vous auriez envoyé n'en eût pas fait autant.

Le roi dit :

— Vraiment, je m'en avise ; qu'on aille le mettre dans la tour avec les fers aux pieds et aux mains.

L'on prit Avenant, et, pour sa récompense d'avoir si bien servi le roi, on l'enferma dans la tour avec les fers aux pieds et aux mains. Il ne voyait personne que le geôlier, qui lui jetait un morceau de pain noir par un trou, et de l'eau dans une écuelle de terre. Pourtant son petit chien Cabriolle ne le quittait point ; il le consolait et venait lui dire toutes les nouvelles.

Quand la Belle aux cheveux d'or sut sa disgrâce, elle se jeta aux pieds du roi, et, tout en pleurs, elle le pria de faire sortir Avenant de prison. Mais plus elle le priait, plus il se fâchait, songeant : « C'est qu'elle l'aime », et il n'en voulut rien faire. Elle n'en parla plus ; elle était bien triste.

Le roi s'avisa qu'elle ne le trouvait peut-être pas assez beau ; il eut envie de se frotter le visage avec de l'eau de beauté, afin que la reine l'aimât plus qu'elle ne faisait. Cette eau était dans une fiole sur le bord de la cheminée de la chambre de la reine, elle l'avait mise là pour la regarder plus souvent ; mais une de ses femmes de chambre, voulant tuer une araignée avec un balai, jeta par malheur la fiole par terre, qui se cassa, et toute l'eau fut perdue. Elle balaya vitement, et, ne sachant que faire, elle se souvint qu'elle avait vu dans le cabinet du roi une fiole toute semblable pleine d'eau claire comme était l'eau de beauté ; elle la prit adroitement sans rien dire, et la porta sur la cheminée de la reine.

L'eau qui était dans le cabinet du roi servait à faire mourir les princes et les grands seigneurs quand ils étaient criminels ; au lieu de leur couper la tête ou de les pendre, on leur frottait le visage de cette eau : ils s'endormaient, et ne se réveillaient plus. Un soir donc, le roi prit la fiole et se frotta bien le visage, puis il s'endormit et mourut. Le petit chien Cabriolle l'apprit parmi les premiers et ne manqua pas de l'aller dire à Avenant, qui lui dit d'aller trouver la Belle aux cheveux d'or et de la faire souvenir du pauvre prisonnier.

Cabriolle se glissa doucement dans la presse, car il y avait grand bruit à la cour pour la mort du roi. Il dit à la reine :

— Madame, n'oubliez pas le pauvre Avenant.

Elle se souvint aussitôt des peines qu'il avait souffertes à cause d'elle et de sa grande fidélité. Elle sortit sans parler à personne, et fut droit à la tour, où elle ôta elle-même les fers des pieds et des mains d'Avenant. Et, lui mettant une couronne d'or sur la tête et le manteau royal sur les épaules, elle lui dit :

— Venez, aimable Avenant, je vous fais roi et vous prends pour mon époux.

Il se jeta à ses pieds et la remercia. Chacun fut ravi de l'avoir pour maître. Il se fit la plus belle noce du monde, et la Belle aux cheveux d'or vécut longtemps avec le bel Avenant, tous deux heureux et satisfaits.

Si par hasard un malheureux
Te demande ton assistance,
Ne lui refuse point un secours généreux.
Un bienfait tôt ou tard reçoit sa récompense.

Quand Avenant, avec tant de bonté,
Servati carpe et corbeau ; quand jusqu'au hibou même,
Sans être rebuté de sa laideur extrême,
Il conservait la liberté !

Aurait-on pu jamais pu le croire,
Que ces animaux quelque jour
Le conduiraient au comble de la gloire,
Lorsqu'il voudrait du roi servir le tendre amour ?

Malgré tous les attraits d'une beauté charmante,
Qui commençait pour lui de sentir des désirs,
Il conserve à son maître, étouffant ses soupirs,
Une fidélité constante.

Toutefois, sans raison, il se voit accusé :

Mais quand à son bonheur il paraît plus d'obstacle,
Le Ciel lui devait un miracle,
Qu'à la vertu jamais le Ciel n'a refusé.

L'OISEAU BLEU

C'était une fois un roi fort riche en terres et en argent ; sa femme mourut, il en fut inconsolable. Il s'enferma huit jours entiers dans un petit cabinet, où il se cassait la tête contre les murs tant il était affligé. On craignit qu'il ne se tuât, on mit des matelas entre la tapisserie et la muraille, de sorte qu'il avait beau se frapper, il ne se faisait point de mal. Tous ses sujets résolurent de l'aller voir, et de lui dire ce qu'ils pourraient pour soulager sa tristesse. Les uns préparaient des discours graves et sérieux ; d'autres d'agréables et réjouissants : mais cela ne faisait aucune impression sur son esprit, à peine entendait-il ce qu'on lui disait. Enfin, il se présenta devant lui une femme si couverte de crêpes noirs, de voiles, de mantes, de longs habits de deuil, et qui pleurait et sanglotait si fort et si haut, qu'il en demeura surpris. Elle lui dit qu'elle n'entreprenait point comme les autres de diminuer sa douleur, quelle venait pour l'augmenter, parce que rien n'était plus juste que de pleurer une bonne femme ; que pour elle, qui avait eu le meilleur de tous les maris, elle faisait bien son compte de pleurer tant qu'il lui resterait des yeux à la tête. Là-dessus elle redoubla ses cris, et le roi, à son exemple, se mit à hurler.

Il la reçut mieux que les autres ; il l'entretint des belles qualités de sa chère défunte, et elle renchérit celles de son cher défunt : ils causèrent tant et tant, qu'ils ne savaient plus que dire sur leur douleur. Quand la fine veuve vit la matière presque épuisée, elle leva un peu ses voiles, et le roi affligé se récréa la vue à regarder cette pauvre affligée, qui tournait et retournait fort à propos deux grands yeux bleus, bordés de longues paupières noires : son teint était assez fleuri. Le roi la considéra avec beaucoup d'attention ; peu à peu il parla moins de sa femme, puis il n'en parla plus du tout. La veuve disait qu'elle voulait toujours pleurer son mari ; le roi la pria de ne point immortaliser son chagrin. Pour conclusion, l'on fut tout étonné qu'il l'épousât, et que le noir se changeât en vert et en couleur de rose : il suffit très souvent de connaître le faible des gens pour entrer dans leur cœur et pour en faire tout ce que l'on veut.

Le roi n'avait eu qu'une fille de son premier mariage, qui passait pour la huitième merveille du monde ; on la nommait Florine, parce qu'elle ressemblait à Flore, tant elle était fraîche, jeune et belle. On ne lui voyait guère d'habits magnifiques ; elle aimait les robes de taffetas volant, avec quelques agrafes de pierreries et force guirlandes de fleurs, qui faisaient un effet admirable quand elles étaient placées dans ses beaux cheveux. Elle n'avait que quinze ans lorsque le roi se remaria.

La nouvelle reine envoya quérir sa fille, qui avait été nourrie chez sa marraine, la fée Soussio ; mais elle n'en était ni plus gracieuse ni plus belle : Soussio y avait voulu travailler et n'avait rien gagné. Elle ne laissait pas de l'aimer chèrement. On l'appelait Truitonne, car son visage avait autant de taches de rousseur qu'une truite ; ses cheveux noirs étaient si gras et si crasseux que l'on n'y pouvait toucher, sa peau jaune distillait de l'huile. La reine ne laissait pas de l'aimer à la folie ; elle ne parlait que de la charmante Truitonne, et, comme Florine avait toutes sortes d'avantages au-dessus d'elle, la reine s'en désespérait ; elle cherchait tous les moyens possibles de la mettre mal auprès du roi. Il n'y avait point de jour que la reine et Truitonne ne fissent quelque pièce à Florine. La princesse, qui était douce et spirituelle, tâchait de se mettre au-dessus des mauvais procédés.

Le roi dit un jour à la reine que Florine et Truitonne étaient assez grandes pour être mariées, et que le premier prince qui viendrait à la cour, il fallait faire en sorte de lui en donner l'une des deux.

— Je prétends, répliqua la reine, que ma fille soit la première établie ; elle est plus âgée que la vôtre, et, comme elle est mille fois plus aimable, il n'y a point à balancer là-dessus.

Le roi, qui n'aimait point la dispute, lui dit qu'il le voulait bien et qu'il l'en faisait la maîtresse.

À quelque temps de là, on apprit que le roi Charmant devait arriver. Jamais prince n'avait porté plus loin la galanterie et la magnificence ; son esprit et sa personne n'avaient rien qui ne répondît à son nom. Quand la reine sut ces nouvelles, elle employa tous les brodeurs, tous les tailleurs et tous les ouvriers à faire des ajustements à Truitonne. Elle pria le roi que Florine n'eût rien de neuf, et, ayant gagné ses femmes, elle lui fit voler tous ses habits, toutes ses coiffures et toutes ses pierreries le jour même que Charmant arriva, de sorte que, lorsqu'elle se voulut parer, elle ne trouva pas un ruban. Elle vit bien d'où lui venait ce bon office. Elle envoya chez les marchands pour avoir des étoffes ; ils répondirent que la reine avait défendu qu'on lui en donnât. Elle demeura donc avec une petite robe fort crasseuse, et sa honte était si grande, qu'elle se mit dans le coin de la salle lorsque le roi Charmant arriva.

La reine le reçut avec de grandes cérémonies ; elle lui présenta sa fille, plus brillante que le soleil et plus laide par toutes ses parures qu'elle ne l'était ordinairement. Le roi en détourna ses yeux ; la reine voulait se persuader qu'elle lui plaisait trop et qu'il craignait de s'engager, de sorte qu'elle la faisait toujours mettre devant lui. Il demanda s'il n'y avait pas encore une autre princesse appelée Florine.

— Oui, dit Truitonne en la montrant avec le doigt ; la voilà qui se cache, parce qu'elle n'est pas brave.

Florine rougit, et devint si belle, si belle, que le roi Charmant demeura comme un homme ébloui. Il se leva promptement, et fit une profonde révérence à la princesse :

— Madame, lui dit-il, votre incomparable beauté vous pare trop pour que vous ayez besoin d'aucun secours étranger.

— Seigneur, répliqua-t-elle, je vous avoue que je suis peu accoutumée à porter un habit aussi malpropre que l'est celui-ci, et vous m'auriez fait plaisir de ne vous pas apercevoir de moi.

— Il serait impossible, s'écria Charmant, qu'une si merveilleuse princesse pût être en quelque lieu, et que l'on eût des yeux pour d'autres que pour elle.

— Ah ! dit la reine irritée, je passe bien mon temps à vous entendre. Croyez-moi, seigneur, Florine est déjà assez coquette, et elle n'a pas besoin qu'on lui dise tant de galanteries.

Le roi Charmant démêla aussitôt les motifs qui faisaient ainsi parler la reine ; mais, comme il n'était pas de condition à se contraindre, il laissa paraître toute son admiration pour Florine, et l'entretint trois heures de suite.

La reine au désespoir, et Truitonne inconsolable de n'avoir pas la préférence sur la princesse, firent de grandes plaintes au roi et l'obligèrent de consentir que, pendant le séjour du roi Charmant, l'on enfermerait Florine dans une tour, où ils ne se verraient point. En effet, aussitôt qu'elle fut retournée dans sa chambre, quatre hommes masqués la portèrent au haut de la tour, et l'y laissèrent dans la dernière désolation ; car elle vit bien que l'on n'en usait ainsi que pour l'empêcher de plaire au roi qui lui plaisait déjà fort, et qu'elle aurait bien voulu pour époux.

Comme il ne savait pas les violences que l'on venait de faire à la princesse, il attendait l'heure de la revoir avec mille impatiences. Il voulut parler d'elle à ceux que le roi avait mis auprès de lui pour lui faire plus d'honneur ; mais, par l'ordre de la reine, ils lui dirent tout le mal qu'ils purent : qu'elle était coquette, inégale, de méchante humeur ; qu'elle tourmentait ses amis et ses domestiques, qu'on ne pouvait être plus malpropre, et qu'elle poussait si loin l'avarice, quelles aimait mieux être habillée comme une petite bergère, que d'acheter de riches étoffes de l'argent que lui donnait le roi son père. À tout ce détail, Charmant souffrait et se sentait des mouvements de colère qu'il avait bien de la peine à modérer.

— Non, disait-il en lui-même, il est impossible que le Ciel ait mis une âme si mal faite dans le chef-d'œuvre de la nature. Je conviens qu'elle n'était pas proprement mise quand je l'ai vue, mais la honte qu'elle en avait prouve assez qu'elle n'était point accoutumée à se voir ainsi. Quoi ! elle serait mauvaise avec cet air de modestie et de douceur qui enchante ? Ce n'est pas une chose qui me tombe sous le sens ; il m'est bien plus aisé de croire que c'est la reine qui la décrie ainsi : l'on n'est pas belle-mère pour rien ; et la princesse Truitonne est une si laide bête, qu'il ne serait point extraordinaire qu'elle portât envie à la plus parfaite de toutes les créatures.

Pendant qu'il raisonnait là-dessus, des courtisans qui l'environnaient devinaient bien à son air qu'ils ne lui avaient pas fait plaisir de parler mal de Florine. Il y en eut un plus adroit que les autres, qui, changeant de ton et de langage pour connaître les sentiments du prince, se mit à dire des merveilles de la princesse. À ces mots il se réveilla comme d'un profond sommeil, il entra dans la conversation, la joie se répandit sur son visage. Amour, amour, que l'on te cache difficilement ! Tu parais partout, sur les lèvres d'un amant, dans ses yeux, au son de sa voix ; lorsque l'on aime, le silence, la conversation, la joie ou la tristesse, tout parle de ce qu'on ressent.

La reine, impatiente de savoir si le roi Charmant était bien touché, envoya quérir ceux qu'elle avait mis dans sa confidence, et elle passa le reste de la nuit à les questionner. Tout ce qu'ils lui disaient ne servait qu'à confirmer l'opinion où elle était, que le roi aimait Florine. Mais que vous dirai-je de la mélancolie de cette pauvre princesse ? Elle était couchée par terre dans le donjon de cette horrible tour où les hommes masqués l'avaient emportée.

— Je serais moins à plaindre, disait-elle, si l'on m'avait mise ici avant que j'eusse vu cet aimable roi : l'idée que j'en conserve ne peut servir qu'à augmenter mes peines. Je ne dois pas douter que c'est pour m'empêcher de le voir davantage que la reine me traite si cruellement. Hélas ! que le peu de beauté dont le Ciel m'a pourvue coûtera cher à mon repos !

Elle pleurait ensuite si amèrement, si amèrement que sa propre ennemie en aurait eu pitié si elle avait été témoin de ses douleurs.

C'est ainsi que cette nuit se passa. La reine, qui voulait engager le roi Charmant par tous les témoignages qu'elle pourrait lui donner de son attention, lui envoya des habits d'une richesse et d'une magnificence sans pareille, faits à la mode du pays, et l'ordre des chevaliers d'amour, qu'elle avait obligé le roi d'instituer le jour de leurs noces. C'était un cœur d'or émaillé de couleur de feu, entouré de plusieurs flèches, et percé d'une, avec ces mots : *Une seule me blesse*. La reine avait fait tailler pour Charmant un cœur d'un rubis gros comme un œuf d'autruche ; chaque flèche était d'un seul diamant, longue comme le doigt, et la chaîne où ce cœur tenait était faite de perles, dont la plus petite pesait une livre : enfin, depuis que le monde est monde, il n'avait rien paru de tel.

Le roi, à cette vue, demeura si surpris qu'il fut quelque temps sans parler. On lui présenta en même temps un livre dont les feuilles étaient de vélin, avec des miniatures admirables, la couverture d'or, chargée de pierreries ; et les statuts de l'ordre des chevaliers d'amour y étaient écrits d'un style fort tendre et fort galant. L'on dit au roi que la princesse qu'il avait vue le priait d'être son chevalier, et qu'elle lui envoyait ce présent. À ces mots, il osa se flatter que c'était celle qu'il aimait.

— Quoi ! la belle princesse Florine, s'écria-t-il, pense à moi d'une manière si généreuse et si engageante ?

— Seigneur, lui dit-on, vous vous méprenez au nom, nous venons de la part de l'aimable Truitonne.

— C'est Truitonne qui me veut pour son chevalier ! dit le roi d'un air froid et sérieux, je suis fâché de ne pouvoir accepter cet honneur ; mais un souverain n'est pas assez maître de lui pour prendre les engagements qu'il voudrait. Je sais ceux d'un chevalier, je voudrais les remplir tous, et j'aime mieux ne pas recevoir la grâce qu'elle m'offre que de m'en rendre indigne.

Il remit aussitôt le cœur, la chaîne et le livre dans la même corbeille ; puis il envoya tout chez la reine, qui pensa étouffer de rage avec sa fille, de la manière méprisante dont le roi étranger avait reçu une faveur si particulière.

Lorsqu'il put aller chez le roi et la reine, il se rendit dans leur appartement : il espérait que Florine y serait ; il regardait de tous côtés pour la voir. Dès qu'il entendait entrer quelqu'un dans la chambre, il tournait la tête brusquement vers la porte ; il paraissait inquiet et chagrin. La malicieuse reine devinait assez ce qui se passait dans son âme, mais elle n'en faisait pas semblant. Elle ne lui parlait que de parties de plaisir ; il lui répondait tout de travers. Enfin il demanda où était la princesse Florine.

— Seigneur, lui dit fièrement la reine, le roi son père a défendu qu'elle sorte de chez elle, jusqu'à ce que ma fille soit mariée.

— Et quelle raison, répliqua le roi, peut-on avoir de tenir cette belle personne prisonnière ?

— Je l'ignore, dit la reine ; et quand je le saurais, je pourrais me dispenser de vous le dire.

Le roi se sentait dans une colère inconcevable ; il regardait Truitonne de travers, et songeait en lui-même que c'était à cause de ce petit monstre qu'on lui dérobait le plaisir de voir la princesse. Il quitta promptement la reine : sa présence lui causait trop de peine.

Quand il fut revenu dans sa chambre, il dit à un jeune prince qui l'avait accompagné, et qu'il aimait fort, de donner tout ce qu'on voudrait au monde pour gagner quelqu'une des femmes de la princesse, afin qu'il pût lui parler un moment. Ce prince trouva aisément des dames du palais qui entrèrent dans la confidence ; il y en eut une qui l'assura que le soir même Florine serait à une petite fenêtre basse qui répondait sur le jardin, et que par là elle pourrait lui parler, pourvu qu'il prît de grandes précautions afin qu'on ne le sût pas, « car, ajouta-t-elle, le roi et la reine sont si sévères, qu'ils me feraient mourir s'ils découvraient que j'eusse favorisé la passion de Charmant ». Le prince, ravi d'avoir amené l'affaire jusque-là, lui promit tout ce qu'elle voulait, et courut faire sa cour au roi, en lui annonçant l'heure du rendez-vous. Mais la mauvaise confidente ne manqua pas d'aller avertir la reine de ce qui se passait et de prendre ses ordres. Aussitôt elle pensa qu'il fallait envoyer sa fille à la petite fenêtre ; elle l'instruisit bien ; et Truitonne ne manqua rien, quoiqu'elle fût naturellement une grande bête.

La nuit était si noire, qu'il aurait été impossible au roi de s'apercevoir de la tromperie qu'on lui faisait, quand même il n'aurait pas été aussi prévenu qu'il l'était de sorte qu'il s'approcha de la fenêtre avec des transports de joie inexprimables. Il dit à Truitonne tout ce qu'il aurait dit à Florine pour la persuader de sa passion. Truitonne, profitant de la conjoncture, lui dit qu'elle se trouvait la plus malheureuse personne du monde d'avoir une belle-mère si cruelle, et qu'elle aurait toujours à souffrir jusqu'à ce que sa fille fût mariée. Le roi l'assura que, si elle le voulait pour son époux, il serait ravi de partager avec elle sa couronne et son cœur. Là-dessus, il tira sa bague de son doigt ; et, la mettant au doigt de Truitonne, il ajouta que c'était un gage éternel de sa foi, et qu'elle n'avait qu'à prendre l'heure pour partir en diligence. Truitonne répondit le mieux qu'elle put à ses empressements. Il s'apercevait bien qu'elle ne disait rien qui vaille ; et cela lui aurait fait de la peine, s'il ne se fût persuadé que la crainte d'être surprise par la reine lui ôtait la liberté de son esprit. Il ne la quitta qu'à la condition de revenir le lendemain à pareille heure, ce qu'elle lui promit de tout son cœur.

La reine ayant su l'heureux succès de cette entrevue, elle s'en promit tout. Et, en effet, le jour étant concerté, le roi vint la prendre dans une chaise volante, traînée par des grenouilles ailées : un enchanteur de ses amis lui avait fait ce présent. La nuit était fort noire ; Truitonne sortit mystérieusement par une petite porte, et le roi, qui l'attendait, la reçut dans ses bras et lui jura cent fois une fidélité éternelle. Mais comme il n'était pas d'humeur à voler longtemps dans sa chaise volante sans épouser la princesse qu'il aimait, il lui demanda où elle voulait que les noces se fissent. Elle lui dit qu'elle avait pour marraine une fée qu'on appelait Soussio, qui était fort célèbre ; qu'elle était d'avis d'aller au château. Quoique le roi ne sût pas le chemin, il n'eut qu'à dire à ses grosses grenouilles de l'y conduire ; elles connaissaient la carte générale de l'univers et en peu de temps elles rendirent le roi et Truitonne chez Soussio.

Le château était si bien éclairé, qu'en arrivant le roi aurait reconnu son erreur, si la princesse ne s'était soigneusement couverte de son voile. Elle demanda sa marraine ; elle lui parla en particulier, et lui conta comme quoi elle avait attrapé Charmant, et qu'elle la priait de l'apaiser.

— Ah ! ma fille, dit la fée, la chose ne sera pas facile : il aime trop Florine ; je suis certaine qu'il va nous faire désespérer.

Cependant le roi les attendait dans une salle dont les murs étaient de diamants, si clairs et si nets, qu'il vit au travers Soussio et Truitonne causer ensemble. Il croyait rêver.

— Quoi ! disait-il, ai-je été trahi ? Les démons ont-ils apporté cette ennemie de notre repos ? Vient-elle pour troubler mon mariage ? Ma chère Florine ne paraît point ! Son père l'a peut-être suivie !

Il pensait mille choses qui commençaient à le désoler. Mais ce fut bien pis quand elles entrèrent dans la salle et que Soussio lui dit d'un ton absolu :

— Roi Charmant, voici la princesse Truitonne, à laquelle vous avez donné votre foi ; elle est ma filleule, et je souhaite que vous l'épousiez tout à l'heure.

— Moi, s'écria-t-il, moi, j'épouserais ce petit monstre ! Vous me croyez d'un naturel bien docile, quand vous me faites de telles propositions : sachez que je ne lui ai rien promis ; si elle dit autrement, elle en a....

— N'achevez pas, interrompit Soussio, et ne soyez jamais assez hardi pour me manquer de respect.

— Je consens, répliqua le roi, de vous respecter autant qu'une fée est respectable, pourvu que vous me rendiez ma princesse.

— Est-ce que je ne la suis pas, parjure ? dit Truitonne en lui montrant sa bague. À qui as-tu donné cet anneau pour gage de ta foi ? À qui as-tu parlé à la petite fenêtre, si ce n'est pas à moi ?

— Comment donc ! reprit-il, j'ai été déçu et trompé ? Non, non, je n'en serai point la dupe. Allons, allons, mes grenouilles, mes grenouilles, je veux partir tout à l'heure.

— Ho ! ce n'est pas une chose en votre pouvoir, si je n'y consens, dit Soussio.

Elle le toucha, et ses pieds s'attachèrent au parquet, comme si on les y avait cloués.

— Quand vous me lapideriez, lui dit le roi, quand vous m'écorcheriez, je ne serais point à une autre qu'à Florine ; j'y suis résolu, et vous pouvez après cela user de votre pouvoir à votre gré.

Soussio employa la douceur, les menaces, les promesses, les prières. Truitonne pleura, cria, gémit, se fâcha, s'apaisa. Le roi ne disait pas un mot, et, les regardant toutes deux avec l'air du monde le plus indigné, il ne répondait rien à tous leurs verbiages.

Il se passa ainsi vingt jours et vingt nuits, sans qu'elles cessassent de parler, sans manger, sans dormir et sans s'asseoir. Enfin Soussio, à bout et fatiguée, dit au roi :

— Ho bien, vous êtes un opiniâtre qui ne voulez pas entendre raison ; choisissez, ou d'être sept ans en pénitence, pour avoir donné votre parole sans la tenir, ou d'épouser ma filleule.

Le roi, qui avait gardé un profond silence, s'écria tout d'un coup :

— Faites de moi tout ce que vous voudrez, pourvu que je sois délivré de cette maussade.

— Maussade vous-même, dit Truitonne en colère ; je vous trouve un plaisant roitelet, avec votre équipage marécageux, de venir jusqu'en mon pays pour me dire des injures et manquer à votre parole. Si vous aviez quatre deniers d'honneur, en useriez-vous ainsi ?

— Voilà des reproches touchants, dit le roi d'un ton railleur. Voyez-vous, qu'on a tort de ne pas prendre une aussi belle personne pour sa femme !

— Non, non, elle ne le sera pas, s'écria Soussio en colère. Tu n'as qu'à t'envoler par cette fenêtre, si tu veux, car tu seras sept ans oiseau bleu. »

En même temps le roi change de figure ; ses bras se couvrent de plumes et forment des ailes ; ses jambes et ses pieds deviennent noirs et menus ; il lui croît des ongles crochus ; son corps s'apetisse, il est tout garni de longues plumes fines et mêlées de bleu céleste ; ses yeux s'arrondissent et brillent comme des soleils ; son nez n'est plus qu'un bec d'ivoire ; il s'élève sur sa tête une aigrette blanche, qui forme une couronne ; il chante à ravir, et parle de même. En cet état il jette un cri douloureux de se voir ainsi métamorphosé, et s'envole à tire-d'aile pour fuir le funeste palais de Soussio.

Dans la mélancolie qui l'accable, il voltige de branche en branche, et ne choisit que les arbres consacrés à l'amour ou à la tristesse, tantôt sur les myrtes, tantôt sur les cyprès ; il chante des airs pitoyables, où il déplore sa méchante fortune et celle de Florine.

— En quel lieu ses ennemis l'ont-ils cachée ? disait-il. Qu'est devenue cette belle victime ? La barbarie de la reine la laisse-t-elle encore respirer ? Où la chercherai-je ? Suis-je condamné à passer sept ans sans elle ? Peut-être que pendant ce temps on la mariera, et que je perdrai pour jamais l'espérance qui soutient ma vie.

Ces différentes pensées affligeaient l'oiseau bleu à tel point qu'il voulait se laisser mourir.

D'un autre côté, la fée Soussio renvoya Truitonne à la reine, qui était bien inquiète comment les noces se seraient passées. Mais quand elle vit sa fille, et qu'elle lui raconta tout ce qui venait d'arriver, elle se mit dans une colère terrible, dont le contrecoup retomba sur la pauvre Florine.

— Il faut, dit-elle, qu'elle se repente plus d'une fois d'avoir su plaire à Charmant.

Elle monta dans la tour avec Truitonne, qu'elle avait parée de ses plus riches habits : elle portait une couronne de diamants sur sa tête, et trois filles des plus riches barons de l'État tenaient la queue de son manteau royal ; elle avait au pouce l'anneau du roi Charmant, que Florine remarqua le jour qu'ils parlèrent ensemble. Elle fut étrangement surprise de voir Truitonne dans un si pompeux appareil.

— Voilà ma fille qui vient vous apporter des présents de sa noce, dit la reine ; le roi Charmant l'a épousée, il l'aime à la folie, il n'a jamais été de gens plus satisfaits. »

Aussitôt on étale devant la princesse des étoffes d'or et d'argent, des pierreries, des dentelles, des rubans, qui étaient dans de grandes corbeilles de filigrane d'or. En lui présentant toutes ces choses, Truitonne ne manquait pas de faire briller l'anneau du roi ; de sorte que la princesse Florine ne pouvait plus douter de son malheur. Elle s'écria, d'un air désespéré, qu'on ôtât de ses yeux tous ces présents si funestes ; qu'elle ne pouvait plus porter que du noir, ou plutôt qu'elle voulait présentement mourir. Elle s'évanouit ; et la cruelle reine, ravie d'avoir si bien réussi, ne permit pas qu'on la secourût : elle la laissa seule dans le plus déplorable état du monde, et alla conter malicieusement au roi que sa fille était si transportée de tendresse que rien n'égalait les extravagances qu'elle faisait ; qu'il fallait bien se donner de garde de la laisser sortir de la tour. Le roi lui dit qu'elle pouvait gouverner cette affaire à sa fantaisie et qu'il en serait toujours satisfait.

Lorsque la princesse revint de son évanouissement, et qu'elle réfléchit sur la conduite qu'on tenait avec elle, aux mauvais traitements qu'elle recevait de son indigne marâtre, et à l'espérance qu'elle perdait pour jamais d'épouser le roi Charmant, sa douleur devint si vive, qu'elle pleura toute la nuit ; en cet état elle se mit à sa fenêtre, où elle fit des regrets fort tendres et fort touchants. Quand le jour approcha, elle la ferma et continua de pleurer.

La nuit suivante, elle ouvrit la fenêtre, elle poussa de profonds soupirs et des sanglots, elle versa un torrent de larmes : le jour venu, elle se cacha dans sa chambre. Cependant le roi Charmant, ou pour mieux dire le bel oiseau bleu, ne cessait point de voltiger autour du palais ; il jugeait que sa chère princesse y était enfermée, et, si elle faisait de tristes plaintes, les siennes ne l'étaient pas moins. Il s'approchait des fenêtres le plus qu'il pouvait, pour regarder dans les chambres ; mais la crainte que Truitonne ne l'aperçût et ne se doutât que c'était lui, l'empêchait de faire ce qu'il aurait voulu.

— Il y va de ma vie, disait-il en lui-même : si ces mauvaises découvraient où je suis, elles voudraient se venger ; il faudrait que je m'éloignasse, ou que je fusse exposé aux derniers dangers.

Ces raisons l'obligèrent à garder de grandes mesures, et d'ordinaire il ne chantait que la nuit.

Il y avait vis-à-vis de la fenêtre où Florine se mettait, un cyprès d'une hauteur prodigieuse : l'oiseau bleu vint s'y percher. Il y fut à peine, qu'il entendit une personne qui se plaignait :

— Souffrirai-je encore longtemps ? disait-elle. La mort ne viendra-t-elle point à mon secours ? Ceux qui la craignent ne la voient que trop tôt ; je la désire et la cruelle me fuit. Ah ! barbare reine, que t'ai-je fait, pour me retenir dans une captivité si affreuse ? N'as-tu pas assez d'autres endroits pour me désoler ? Tu n'as qu'à me rendre témoin du bonheur que ton indigne fille goûte avec le roi Charmant !

L'oiseau bleu n'avait pas perdu un mot de cette plainte ; il en demeura bien surpris, et il attendit le jour avec la dernière impatience, pour voir la dame affligée ; mais avant qu'il vînt, elle avait fermé la fenêtre et s'était retirée.

L'oiseau curieux ne manqua pas de revenir la nuit suivante. Il faisait clair de lune : il vit une fille à la fenêtre de la tour, qui commençait ses regrets :

— Fortune, disait-elle, toi qui me flattais de régner, toi qui m'avais rendu l'amour de mon père, que t'ai-je fait pour me plonger tout d'un coup dans les plus amères douleurs ? Est-ce dans un âge aussi tendre que le mien qu'on doit commencer à ressentir ton inconstance ? Reviens, barbare, s'il est possible ; je te demande, pour toutes faveurs, de terminer ma fatale destinée.

L'oiseau bleu écoutait ; et plus il écoutait, plus il se persuadait que c'était son aimable princesse qui se plaignait. Il lui dit :

— Adorable Florine, merveille de nos jours, pourquoi voulez-vous finir si promptement les vôtres ? Vos maux ne sont point sans remède.

— Hé ! qui me parle, s'écria-t-elle, d'une manière si consolante ?

— Un roi malheureux, reprit l'oiseau, qui vous aime et n'aimera jamais que vous.

— Un roi qui m'aime ! ajouta-t-elle. Est-ce ici un piège que me tend mon ennemie ? Mais, au fond, qu'y gagnera-t-elle ? Si elle cherche à découvrir mes sentiments, je suis prête à lui en faire l'aveu.

— Non, ma princesse, répondit-il, l'amant qui vous parle n'est point capable de vous trahir.

En achevant ces mots, il vola sur la fenêtre. Florine eut d'abord grande peur d'un oiseau si extraordinaire, qui parlait avec autant d'esprit que s'il avait été homme, quoiqu'il conservât le petit son de voix d'un rossignol ; mais la beauté de son plumage et ce qu'il lui dit la rassura.

— M'est-il permis de vous revoir, ma princesse ? s'écria-t-il. Puis-je goûter un bonheur si parfait sans mourir de joie ? Mais, hélas ! que cette joie est troublée par votre captivité et l'état où la méchante Soussio m'a réduit pour sept ans !

— Et qui êtes-vous, charmant oiseau ? dit la princesse en le caressant.

— Vous avez dit mon nom, ajouta le roi, et vous feignez de ne pas me connaître.

— Quoi ! le plus grand roi du monde ! Quoi ! le roi Charmant, dit la princesse, serait le petit oiseau que je tiens ?

— Hélas ! belle Florine, il n'est que trop vrai, reprit-il ; et, si quelque chose m'en peut consoler, c'est que j'ai préféré cette peine à celle de renoncer à la passion que j'ai pour vous.

— Pour moi ! dit Florine. Ah ! ne cherchez point à me tromper ! Je sais, je sais que vous avez épousé Truitonne ; j'ai reconnu votre anneau à son doigt : je l'ai vue toute brillante des diamants que vous lui avez donnés. Elle est venue m'insulter dans ma triste prison, chargée d'une riche couronne et d'un manteau royal qu'elle tenait de votre main pendant que j'étais chargée de chaînes et de fers.

— Vous avez vu Truitonne en cet équipage ? interrompit le roi ; sa mère et elle ont osé vous dire que ces joyaux venaient de moi ? Ô ciel ! est-il possible que j'entende des mensonges si affreux, et que je ne puisse m'en venger aussitôt que je le souhaite ? Sachez qu'elles ont voulu me décevoir, qu'abusant de votre nom, elles m'ont engagé d'enlever cette laide Truitonne ; mais, aussitôt que je connus mon erreur, je voulus l'abandonner, et je choisis enfin d'être oiseau bleu sept ans de suite, plutôt que de manquer à la fidélité que je vous ai vouée.

Florine avait un plaisir si sensible d'entendre parler son aimable amant qu'elle ne se souvenait plus des malheurs de sa prison. Que ne lui dit-elle pas pour le consoler de sa triste aventure, et pour le persuader qu'elle ne ferait pas moins pour lui qu'il n'avait fait pour elle ? Le jour paraissait, la plupart des officiers étaient déjà levés, que l'oiseau bleu et la princesse parlaient encore ensemble. Ils se séparèrent avec mille peines, après s'être promis que toutes les nuits ils s'entretiendraient ainsi.

La joie de s'être trouvés était si extrême, qu'il n'est point de termes capables de l'exprimer ; chacun de son côté remerciait l'amour et la fortune. Cependant Florine s'inquiétait pour l'oiseau bleu :

— Qui le garantira des chasseurs, disait-elle, ou de la serre aiguë de quelque aigle, ou de quelque vautour affamé, qui le mangerait avec autant d'appétit que si ce n'était pas un grand roi ? Ô ciel ! que deviendrais-je si ses plumes légères et fines, poussées par le vent, venaient jusque dans ma prison m'annoncer le désastre que je crains ?

Cette pensée empêcha que la pauvre princesse fermât les yeux : car, lorsque l'on aime, les illusions paraissent des vérités, et ce que l'on croyait impossible dans un autre temps semble aisé en celui-là, de sorte qu'elle passa le jour à pleurer, jusqu'à ce que l'heure fût venue de se mettre à sa fenêtre.

Le charmant oiseau, caché dans le creux d'un arbre, avait été tout le jour occupé à penser à sa belle princesse.

— Que je suis content, disait-il, de l'avoir retrouvée ! qu'elle est engageante ! que je sens vivement les bontés qu'elle me témoigne !

Ce tendre amant comptait jusqu'aux moindres moments de la pénitence qui l'empêchait de l'épouser, et jamais on n'en a désiré la fin avec plus de passion. Comme il voulait faire à Florine toutes les galanteries dont il était capable, il vola jusqu'à la ville capitale de son royaume ; il alla à son palais, il entra dans son cabinet par une vitre qui était cassée ; il prit des pendants d'oreilles de diamants, si parfaits et si beaux qu'il n'y en avait point au monde qui en approchassent ; il les apporta le soir à Florine, et la pria de s'en parer.

— J'y consentirais, lui dit-elle, si vous me voyiez le jour ; mais, puisque je ne vous parle que la nuit, je ne les mettrai pas.

L'oiseau lui promit de prendre si bien son temps, qu'il viendrait à la tour à l'heure qu'elle voudrait : aussitôt elle mit les pendants d'oreilles, et la nuit se passa à causer comme s'était passée l'autre.

Le lendemain l'oiseau bleu retourna dans son royaume ; il alla à son palais ; il entra dans son cabinet par la vitre rompue, et il en apporta les plus riches bracelets que l'on eût encore vus : ils étaient d'une seule émeraude, taillés en facettes, creusés par le milieu, pour y passer la main et le bras.

— Pensez-vous, lui dit la princesse, que mes sentiments pour vous aient besoin d'être cultivés par des présents ? Ah ! que vous me connaîtriez mal.

— Non, madame, répliquait-il, je ne crois pas que les bagatelles que je vous offre soient nécessaires pour me conserver votre tendresse ; mais la mienne serait blessée si je négligeais aucune occasion de vous marquer mon attention ; et, quand vous ne me voyez point, ces petits bijoux me rappellent à votre souvenir.

Florine lui dit là-dessus mille choses obligeantes, auxquelles il répondit par mille autres qui ne l'étaient pas moins.

La nuit suivante, l'oiseau amoureux ne manqua pas d'apporter à sa belle une montre d'une grandeur raisonnable, qui était dans une perle ; l'excellence du travail surpassait celle de la matière.

— Il est inutile de me régaler d'une montre, dit-elle galamment ; quand vous êtes éloigné de moi, les heures me paraissent sans fin ; quand vous êtes avec moi, elles passent comme un songe : ainsi je ne puis leur donner une juste mesure.

— Hélas ! ma princesse, s'écria l'oiseau bleu, j'en ai la même opinion que vous, et je suis persuadé que je renchéris encore sur la délicatesse.

— Après ce que vous souffrez pour me conserver votre cœur, répliqua-t-elle, je suis en état de croire que vous avez porté l'amitié et l'estime aussi loin qu'elles peuvent aller.

Dès que le jour paraissait, l'oiseau volait dans le fond de son arbre, où des fruits lui servaient de nourriture. Quelquefois encore il chantait de beaux airs : sa voix ravissait les passants, ils l'entendaient et ne voyaient personne, aussi il était conclu que c'étaient des esprits. Cette opinion devint si commune, que l'on n'osait entrer dans le bois, on rapportait mille aventures fabuleuses qui s'y étaient passées, et la terreur générale fit la sûreté particulière de l'oiseau bleu.

Il ne se passait aucun jour sans qu'il fît un présent à Florine : tantôt un collier de perles, ou des bagues des plus brillantes et des mieux mises en œuvre, des attaches de diamants, des poinçons, des bouquets de pierreries qui imitaient la couleur des fleurs, des livres agréables, des médailles, enfin, elle avait un amas de richesses merveilleuses. Elle ne s'en parait jamais que la nuit pour plaire au roi, et le jour, n'ayant pas d'endroit où les mettre, elle les cachait soigneusement dans sa paillasse.

Deux années s'écoulèrent ainsi sans que Florine se plaignît une seule fois de sa captivité. Et comment s'en serait-elle plainte ? Elle avait la satisfaction de parler toute la nuit à ce qu'elle aimait ; il ne s'est jamais tant dit de jolies choses. Bien qu'elle ne vît personne et que l'oiseau passât le jour dans le creux d'un arbre, ils avaient mille nouveautés à se raconter ; la matière était inépuisable, leur cœur et leur esprit fournissaient abondamment des sujets de conversation.

Cependant la malicieuse reine, qui la retenait si cruellement en prison, faisait d'inutiles efforts pour marier Truitonne. Elle envoyait des ambassadeurs la proposer à tous les princes dont elle connaissait le nom : dès qu'ils arrivaient, on les congédiait brusquement.

— S'il s'agissait de la princesse Florine, vous seriez reçus avec joie, leur disait-on ; mais pour Truitonne, elle peut rester vestale sans que personne s'y oppose.

À ces nouvelles, sa mère et elle s'emportaient de colère contre l'innocente princesse qu'elles persécutaient :

— Quoi ! malgré sa captivité, cette arrogante nous traversera ? disaient-elles. Quel moyen de lui pardonner les mauvais tours qu'elle nous fait ? Il faut qu'elle ait des correspondances secrètes dans les pays étrangers, c'est tout au moins une criminelle d'État ; traitons-la sur ce pied, et cherchons tous les moyens possibles de la convaincre.

Elles finirent leur conseil si tard, qu'il était plus de minuit lorsqu'elles résolurent de monter dans la tour pour l'interroger. Elle était avec l'oiseau bleu à la fenêtre, parée de ses pierreries, coiffée de ses beaux cheveux, avec un soin qui n'était pas naturel aux personnes affligées ; sa chambre et son lit étaient jonchés de fleurs, et quelques pastilles d'Espagne qu'elle venait de brûler répandaient une odeur excellente. La reine écouta à la porte ; elle crut entendre chanter un air à deux parties, car Florine avait une voix presque céleste. En voici les paroles, qui lui parurent tendres :

Que notre sort est déplorable,
Et que nous souffrons de tourment
Pour nous aimer trop constamment,
Mais c'est en vain qu'on nous accable ;

Malgré nos cruels ennemis,
Nos cœurs seront toujours unis.

Quelques soupirs finirent leur petit concert.

— Ah ! ma Truitonne, nous sommes trahies ! s'écria la reine en ouvrant brusquement la porte, et se jetant dans la chambre.

Que devint Florine à cette vue ? Elle poussa promptement sa petite fenêtre, pour donner le temps à l'oiseau royal de s'envoler. Elle était bien plus occupée de sa conservation que de la sienne propre ; mais il ne se sentit pas la force de s'éloigner ; ses yeux perçants lui avaient découvert le péril auquel sa princesse était exposée. Il avait vu la reine et Truitonne ; quelle affliction de n'être pas en état de défendre sa maîtresse ! Elles s'approchèrent d'elle comme des furies qui voulaient la dévorer.

— L'on sait vos intrigues contre l'État, s'écria la reine, ne pensez pas que votre rang vous sauve des châtiments que vous méritez.

— Et avec qui, madame ? répliqua la princesse. N'êtes-vous pas ma geôlière depuis deux ans ? Ai-je vu d'autres personnes que celles que vous m'avez envoyées ?

Pendant qu'elle parlait, la reine et sa fille l'examinaient avec une surprise sans pareille, son admirable beauté et son extraordinaire parure les éblouissaient.

— Et d'où vous viennent, madame, dit la reine, ces pierreries qui brillent plus que le soleil ? Nous ferez-vous accroire qu'il y en a des mines dans cette tour ?

— Je les y ai trouvées, répliqua Florine ; c'est tout ce que j'en sais.

La reine la regardait attentivement, pour pénétrer jusqu'au fond de son cœur ce qui s'y passait.

— Nous ne sommes pas vos dupes, dit-elle ; vous pensez nous en faire accroire ; mais, princesse, nous savons ce que vous faites depuis le matin jusqu'au soir. On vous a donné tous ces bijoux dans la seule vue de vous obliger à vendre le royaume de votre père.

— Je serais fort en état de le livrer, répondit-elle avec un sourire dédaigneux : une princesse infortunée, qui languit dans les fers depuis si longtemps, peut beaucoup dans un complot de cette nature !

— Et pour qui donc, reprit la reine, êtes-vous coiffée comme une petite coquette, votre chambre pleine d'odeurs, et votre personne si magnifique, qu'au milieu de la cour vous seriez moins parée ?

— J'ai assez de loisir, dit la princesse ; il n'est pas extraordinaire que j'en donne quelques moments à m'habiller ; j'en passe tant d'autres à pleurer mes malheurs, que ceux-là ne sont pas à me reprocher.

— Çà, çà, voyons, dit la reine, si cette personne n'a point quelque traité fait avec les ennemis.

Elle chercha elle-même partout, et, venant à la paillasse, qu'elle fit vider, elle y trouva une si grande quantité de diamants, de perles, de rubis, d'émeraudes et de topazes, qu'elle ne savait d'où cela venait. Elle avait résolu de mettre en quelque lieu des papiers pour perdre la princesse ; dans le temps qu'on n'y prenait pas garde, elle en cacha dans la cheminée ; mais par bonheur l'oiseau bleu était perché au-dessus, qui voyait mieux qu'un lynx, et qui écoutait tout. Il s'écria :

— Prends garde à toi, Florine, voilà ton ennemie qui veut te faire une trahison.

Cette voix si peu attendue épouvanta à tel point la reine, qu'elle n'osa faire ce qu'elle avait médité.

— Vous voyez, madame, dit la princesse, que les esprits qui volent en l'air me sont favorables.

— Je crois, dit la reine outrée de colère, que les démons s'intéressent pour vous ; mais malgré eux votre père saura se faire justice.

— Plût au ciel, s'écria Florine, n'avoir à craindre que la fureur de mon père ! Mais la vôtre, madame, est plus terrible.

La reine la quitta, troublée de tout ce qu'elle venait de voir et d'entendre. Elle tint conseil sur ce qu'elle devait faire contre la princesse : on lui dit que, si quelque fée ou quelque enchanteur la prenaient sous leur protection, le vrai secret pour les irriter serait de lui faire de nouvelles peines, et qu'il serait mieux d'essayer de découvrir son intrigue. La reine approuva cette pensée ; elle envoya coucher dans sa chambre une jeune fille qui contrefaisait l'innocente ; elle eut ordre de lui dire qu'on la mettait auprès d'elle pour la servir. Mais quelle apparence de donner dans un panneau si grossier ? La princesse la regarda comme une espionne, elle ne put ressentir une douleur plus violente.

— Quoi ! je ne parlerais plus à cet oiseau qui m'est si cher ! disait-elle. Il m'aidait à supporter mes malheurs, je soulageais les siens ; notre tendresse nous suffisait. Que va-t-il faire ? Que ferai-je moi-même ?

En pensant à toutes ces choses, elle versait des ruisseaux de larmes.

Elle n'osait plus se mettre à la petite fenêtre, quoiqu'elle entendît voltiger autour ; elle mourait d'envie de lui ouvrir, mais elle craignait d'exposer la vie de ce cher amant. Elle passa un mois entier sans paraître ; l'oiseau bleu se désespérait. Quelles plaintes ne faisait-il pas ! Comment vivre sans voir sa princesse ? Il n'avait jamais mieux ressenti les maux de l'absence et ceux de la métamorphose ; il cherchait inutilement des remèdes à l'une et à l'autre ; après s'être creusé la tête, il ne trouvait rien qui le soulageât.

L'espionne de la princesse, qui veillait jour et nuit depuis un mois, se sentit si accablée de sommeil, qu'enfin elle s'endormit profondément. Florine s'en aperçut ; elle ouvrit sa petite fenêtre, et dit :

Oiseau bleu, couleur du temps,
Vole à moi promptement.

Ce sont là ses propres paroles, auxquelles l'on n'a rien voulu changer. L'oiseau les entendit si bien, qu'il vint promptement sur la fenêtre. Quelle joie de se revoir ! Qu'ils avaient de choses à se dire ! Les amitiés et les protestations de fidélité se renouvelèrent mille et mille fois. La princesse n'ayant pu s'empêcher de répandre des larmes, son amant s'attendrit beaucoup et la consola de son mieux. Enfin, l'heure de se quitter étant venue, sans que la geôlière se fût réveillée, ils se dirent l'adieu du monde le plus touchant. Le lendemain encore l'espionne s'endormit ; la princesse diligemment se mit à la fenêtre, puis elle dit comme la première fois :

Oiseau bleu, couleur du temps,
Vole à moi promptement.

Aussitôt l'oiseau vint, et la nuit se passa comme l'autre, sans bruit et sans éclat, dont nos amants étaient ravis ; ils se flattaient que la surveillante prendrait tant de plaisir à dormir qu'elle en ferait autant toutes les nuits. Effectivement, la troisième se passa encore très heureusement ; mais pour celle qui suivit, la dormeuse ayant entendu du bruit, elle écouta sans faire semblant de rien ; puis elle regarda de son mieux, et vit au clair de la lune le plus bel oiseau de l'univers qui parlait à la princesse, qui la caressait avec sa patte, qui la becquetait doucement ; enfin elle entendit plusieurs choses de leur conversation, et demeura très étonnée, car l'oiseau parlait comme un amant, et la belle Florine lui répondait avec tendresse.

Le jour parut, ils se dirent adieu ; et, comme s'ils eussent eu un pressentiment de leur prochaine disgrâce, ils se quittèrent avec une peine extrême. La princesse se jeta sur son lit toute baignée de ses larmes, et le roi retourna dans le creux de son arbre. Sa geôlière courut chez la reine ; elle lui apprit tout ce qu'elle avait vu et entendu.

La reine envoya quérir Truitonne et ses confidentes ; elles raisonnèrent longtemps ensemble, et conclurent que l'oiseau bleu était le roi Charmant.

— Quel affront ! s'écria la reine, quel affront, ma Truitonne ! Cette insolente princesse, que je croyais si affligée, jouissait en repos des agréables conversations de notre ingrat ! Ah ! je me vengerai d'une manière si sanglante qu'il en sera parlé.

Truitonne la pria de n'y perdre pas un moment ; et, comme elle se croyait plus intéressée dans l'affaire que la reine, elle mourait de joie lorsqu'elle pensait à tout ce qu'on ferait pour désoler l'amant et la maîtresse.

La reine renvoya l'espionne dans la tour ; elle lui ordonna de ne témoigner ni soupçon, ni curiosité, et de paraître plus endormie qu'à l'ordinaire. Elle se coucha de bonne heure, elle ronfla de son mieux ; et la pauvre princesse déçue, ouvrant la petite fenêtre, s'écria :

Oiseau bleu, couleur du temps,
Vole à moi promptement.

Mais elle l'appela toute la nuit inutilement, il ne parut point ; car la méchante reine avait fait attacher au cyprès des épées, des couteaux, des rasoirs, des poignards ; et, lorsqu'il vint à tire-d'aile s'abattre dessus, ces armes meurtrières lui coupèrent les pieds ; il tomba sur d'autres, qui lui coupèrent les ailes ; et enfin, tout percé, il se sauva avec mille peines jusqu'à son arbre, laissant une longue trace de sang.

Que n'étiez-vous là, belle princesse, pour soulager cet oiseau royal ? Mais elle serait morte, si elle l'avait vu dans un état si déplorable. Il ne voulait prendre aucun soin de sa vie, persuadé que c'était Florine qui lui avait fait jouer ce mauvais tour.

— Ah ! barbare, disait-il douloureusement, est-ce ainsi que tu paies la passion la plus pure et la plus tendre qui sera jamais ? Si tu voulais ma mort, que ne me la demandais-tu toi-même ? Elle m'aurait été chère de ta main. Je venais te trouver avec tant d'amour et de confiance ! Je souffrais pour toi, et je souffrais sans me plaindre ! Quoi ! tu m'as sacrifié à la plus cruelle des femmes ! Elle était notre ennemie commune ; tu viens de faire ta paix à mes dépens. C'est toi, Florine, c'est toi qui me poignardes ! Tu as emprunté la main de Truitonne, et tu l'as conduite jusque dans mon sein !

Ces funestes idées l'accablèrent à un tel point qu'il résolut de mourir.

Mais son ami l'enchanteur, qui avait vu revenir chez lui les grenouilles volantes avec le chariot, sans que le roi parût, se mit si en peine de ce qui pouvait lui être arrivé, qu'il parcourut huit fois toute la terre pour le chercher, sans qu'il lui fût possible de le trouver. Il faisait son neuvième tour, lorsqu'il passa dans le bois où il était, et, suivant les règles qu'il s'était prescrites, il sonna du cor assez longtemps, et puis il cria cinq fois de toute sa force :

— Roi Charmant, roi Charmant, où êtes-vous ?

Le roi reconnut la voix de son meilleur ami :

— Approchez, lui dit-il, de cet arbre, et voyez le malheureux roi que vous chérissez, noyé dans son sang.

L'enchanteur, tout surpris, regardait de tous côtés sans rien voir :

— Je suis oiseau bleu, dit le roi d'une voix faible et languissante.

À ces mots, l'enchanteur le trouva sans peine dans son petit nid. Un autre que lui aurait été étonné plus qu'il ne le fut ; mais il n'ignorait aucun tour de l'art nécromancien : il ne lui en coûta que quelques paroles pour arrêter le sang qui coulait encore ; et avec des herbes qu'il trouva dans le bois, et sur lesquelles il dit deux mots de grimoire, il guérit le roi aussi parfaitement que s'il n'avait pas été blessé.

Il le pria ensuite de lui apprendre par quelle aventure il était devenu oiseau, et qui l'avait blessé si cruellement. Le roi contenta sa curiosité : il lui dit que c'était Florine qui avait décelé le mystère amoureux des visites secrètes qu'il lui rendait, et que, pour faire sa paix avec la reine, elle avait consenti à laisser garnir le cyprès de poignards et de rasoirs, par lesquels il avait été presque haché ; il se récria mille fois sur l'infidélité de cette princesse, et dit qu'il s'estimerait heureux d'être mort avant d'avoir connu son méchant cœur. Le magicien se déchaîna contre elle et contre toutes les femmes ; il conseilla au roi de l'oublier.

— Quel malheur serait le vôtre, lui dit-il, si vous étiez capable d'aimer plus longtemps cette ingrate ? Après ce qu'elle vient de vous faire, l'on en doit tout craindre.

L'oiseau bleu n'en put demeurer d'accord, il aimait encore trop chèrement Florine ; et l'enchanteur, qui connut ses sentiments malgré le soin qu'il prenait de les cacher, lui dit d'une manière agréable :

Accablé d'un cruel malheur,
En vain l'on parle et l'on raisonne ;
On n'écoute que sa douleur,
Et point les conseils qu'on nous donne.

Il faut laisser faire le temps,
Chaque chose a son point de vue ;
Et, quand l'heure n'est pas venue,
On se tourmente vainement.

Le royal oiseau en convint, et pria son ami de le porter chez lui et de le mettre dans une cage où il fût à couvert de la patte du chat et de toute arme meurtrière.

— Mais, lui dit l'enchanteur, resterez-vous encore cinq ans dans un état si déplorable et si peu convenable à vos affaires et à votre dignité ? Car enfin, vous avez des ennemis qui soutiennent que vous êtes mort ; ils veulent envahir votre royaume : je crains bien que vous ne l'ayez perdu avant d'avoir recouvré votre première forme.

— Ne pourrais-je pas, répliqua-t-il, aller dans mon palais et gouverner tout comme je faisais ordinairement ?

— Oh ! s'écria son ami, la chose est difficile ! Tel qui veut obéir à un homme ne veut pas obéir à un perroquet ; tel vous craint étant roi, étant environné de grandeur et de faste, qui vous arrachera toutes les plumes, vous voyant un petit oiseau.

— Ah ! faiblesse humaine ! brillant extérieur ! s'écria le roi, encore que tu ne signifies rien pour le mérite et la vertu, tu ne laisses pas d'avoir des endroits décevants dont on ne saurait presque se défendre ! Eh bien, continua-t-il, soyons philosophe, méprisons ce que nous ne pouvons obtenir : notre parti ne sera point le plus mauvais.

— Je ne me rends pas sitôt, dit le magicien, j'espère trouver quelques bons expédients.

Florine, la triste Florine, désespérée de ne plus voir le roi, passait les jours et les nuits à la fenêtre, répétant sans cesse :

Oiseau bleu, couleur du temps,
Vole à moi promptement.

La présence de son espionne ne l'en empêchait point ; son désespoir était tel, qu'elle ne ménageait plus rien.

— Qu'êtes-vous devenu, roi Charmant ? s'écria-t-elle. Nos communs ennemis vous ont-ils fait ressentir les cruels effets de leur rage ? Avez-vous été sacrifié à leurs fureurs ? Hélas ! hélas ! n'êtes-vous plus ? Ne dois-je plus vous voir, ou, fatigué de mes malheurs, m'avez-vous abandonnée à la dureté de mon sort ?

Que de larmes, que de sanglots suivaient ces tendres plaintes ! Que les heures étaient devenues longues par l'absence d'un amant si aimable et si cher ! La princesse, abattue, malade, maigre et changée, pouvait à peine se soutenir ; elle était persuadée que tout ce qu'il y a de plus funeste était arrivé au roi.

La reine et Truitonne triomphaient ; la vengeance leur faisait plus de plaisir que l'offense ne leur avait fait de peine. Et, au fond, de quelle offense s'agissait-il ? Le roi Charmant n'avait pas voulu épouser un petit monstre qu'il avait mille sujets de haïr. Cependant le père de Florine, qui devenait vieux, tomba malade et mourut. La fortune de la méchante reine et sa fille changea de face : elles étaient regardées comme des favorites qui avaient abusé de leur faveur, le peuple mutiné courut au palais demander la princesse Florine, la reconnaissant pour souveraine. La reine, irritée, voulut traiter l'affaire avec hauteur ; elle parut sur un balcon et menaça les mutins. En même temps la sédition devint générale ; on enfonce les portes de son appartement, on le pille, et on l'assomme à coups de pierres.

Truitonne s'enfuit chez sa marraine la fée Soussio ; elle ne courait pas moins de dangers que sa mère.

Les grands du royaume s'assemblèrent promptement et montèrent à la tour, où la princesse était fort malade : elle ignorait la mort de son père et le supplice de son ennemie. Quand elle entendit tant de bruit, elle ne douta pas qu'on ne vînt la prendre pour la faire mourir. Elle n'en fut point effrayée : la vie lui était odieuse depuis qu'elle avait perdu l'oiseau bleu. Mais ses sujets s'étant jetés à ses pieds, lui apprirent le changement qui venait d'arriver à sa fortune. Elle n'en fut point émue. Ils la portèrent dans son palais et la couronnèrent.

Les soins infinis que l'on prit de sa santé, et l'envie qu'elle avait d'aller chercher l'oiseau bleu, contribuèrent beaucoup à la rétablir, et lui donnèrent bientôt assez de force pour nommer un conseil, afin d'avoir soin de son royaume en son absence ; et puis elle prit pour des mille millions de pierreries, et elle partit une nuit toute seule, sans que personne sût où elle allait.

L'enchanteur qui prenait soin des affaires du roi Charmant, n'ayant pas assez de pouvoir pour détruire ce que Soussio avait fait, s'avisa de l'aller trouver et de lui proposer quelque accommodement en faveur duquel elle rendrait au roi sa figure naturelle. Il prit les grenouilles et vola chez la fée, qui causait dans ce moment avec Truitonne. D'un enchanteur à une fée il n'y a que la main ; ils se connaissaient depuis cinq ou six cents ans, et dans cet espace de temps ils avaient été mille fois bien et mal ensemble. Elle le reçut très agréablement.

— Que me veut mon compère ? lui dit-elle (c'est ainsi qu'ils se nomment tous). Y a-t-il quelque chose pour son service qui dépende de moi ?

— Oui, ma commère, dit le magicien, vous pouvez tout pour ma satisfaction ; il s'agit du meilleur de mes amis, d'un roi que vous avez rendu infortuné.

— Ha ! ha ! je vous entends, compère, s'écria Soussio, j'en suis fâchée, mais il n'y a point de grâce à espérer pour lui, s'il ne veut épouser ma filleule ; la voilà belle et jolie, comme vous voyez : qu'il se consulte.

L'enchanteur pensa demeurer muet, il la trouva laide ; cependant il ne pouvait se résoudre à s'en aller sans régler quelque chose avec elle, parce que le roi avait couru mille risques depuis qu'il était en cage. Le clou qui l'accrochait s'était rompu ; la cage était tombée, et Sa Majesté emplumée souffrit beaucoup de cette chute ; Minet, qui se trouvait dans la chambre lorsque cet accident arriva, lui donna un coup de griffe dans l'œil dont il pensa rester borgne. Une autre fois on avait oublié de lui donner à boire ; il allait le grand chemin d'avoir la pépie, quand on l'en garantit par quelques gouttes d'eau. Un petit coquin de singe, s'étant échappé, attrapa ses plumes au travers des barreaux de sa cage, et il l'épargna aussi peu qu'il aurait fait un geai ou un merle. Le pire de tout cela, c'est qu'il était sur le point de perdre son royaume ; ses héritiers faisaient tous les jours des fourberies nouvelles pour prouver qu'il était mort. Enfin l'enchanteur conclut avec sa commère Soussio qu'elle mènerait Truitonne dans le palais du roi Charmant ; qu'elle y resterait quelques mois, pendant lesquels il prendrait sa résolution de l'épouser, et qu'elle lui rendrait sa figure, quitte à reprendre celle d'oiseau, s'il ne voulait pas se marier.

La fée donna des habits tout d'or et d'argent à Truitonne, puis elle la fit monter en trousse derrière elle sur un dragon, et elles se rendirent au royaume de Charmant, qui venait d'y arriver avec son fidèle ami l'enchanteur. En trois coups de baguette il se vit le même qu'il avait été, beau, aimable, spirituel et magnifique ; mais il achetait bien cher le temps dont on diminuait sa pénitence : la seule pensée d'épouser Truitonne le faisait frémir. L'enchanteur lui disait les meilleures raisons qu'il pouvait, elles ne faisaient qu'une médiocre impression sur son esprit ; et il était moins occupé de la conduite de son royaume que des moyens de proroger le terme que Soussio lui avait donné pour épouser Truitonne.

Cependant la reine Florine, déguisée sous un habit de paysanne, avec ses cheveux épars et mêlés, qui cachaient son visage, un chapeau de paille sur la tête, un sac de toile sur son épaule, commença son voyage, tantôt à pied, tantôt à cheval, tantôt par mer, tantôt par terre : elle faisait toute la diligence possible ; mais, ne sachant où elle devait tourner ses pas, elle craignait toujours d'aller d'un côté pendant que son aimable roi serait de l'autre. Un jour qu'elle s'était arrêtée au bord d'une fontaine dont l'eau argentée bondissait sur de petits cailloux, elle eut envie de se laver les pieds ; elle s'assit sur le gazon, elle releva ses blonds cheveux avec un ruban, et mit ses pieds dans le ruisseau : elle ressemblait à Diane qui se baigne au retour d'une chasse. Il passa dans cet endroit une petite vieille toute voûtée, appuyée sur un gros bâton ; elle s'arrêta, et lui dit :

— Que faites-vous là, ma belle fille ? vous êtes bien seule !

— Ma bonne mère, dit la reine, je ne laisse pas d'être en grande compagnie, car j'ai avec moi les chagrins, les inquiétudes et les déplaisirs.

À ces mots, ses yeux se couvrirent de larmes.

— Quoi ! si jeune, vous pleurez, dit la bonne femme. Ah ! ma fille, ne vous affligez pas. Dites-moi ce que vous avez sincèrement, et j'espère vous soulager.

La reine le voulut bien ; elle lui conta ses ennuis, la conduite que la fée Soussio avait tenue dans cette affaire, et enfin comme elle cherchait l'oiseau bleu.

La petite vieille se redresse, s'agence, change tout d'un coup de visage, paraît belle, jeune, habillée superbement ; et regardant la reine avec un sourire gracieux :

— Incomparable Florine, lui dit-elle, le roi que vous cherchez n'est plus oiseau ; ma sœur Soussio lui a rendu sa première figure, il est dans son royaume ; ne vous affligez point ; vous y arriverez, et vous viendrez à bout de votre dessein. Voici quatre œufs ; vous les casserez dans vos pressants besoins, et vous y trouverez des secours qui vous seront utiles.

En achevant ces mots, elle disparut.

Florine se sentit fort consolée de ce qu'elle venait d'entendre ; elle mit les œufs dans son sac, et tourna ses pas vers le royaume de Charmant.

Après avoir marché huit jours et huit nuits sans s'arrêter, elle arrive au pied d'une montagne prodigieuse par sa hauteur, toute d'ivoire, et si droite que l'on n'y pouvait mettre les pieds sans tomber. Elle fit mille tentatives inutiles ; elle glissait, elle se fatiguait, et, désespérée d'un obstacle si insurmontable, elle se coucha au pied de la montagne, résolue de s'y laisser mourir, quand elle se souvint des œufs que la fée lui avait donnés. Elle en prit un :

— Voyons, dit-elle, si elle ne s'est point moquée de moi en me promettant les secours dont j'aurais besoin.

Dès qu'elle l'eut cassé, elle y trouva de petits crampons d'or, qu'elle mit à ses pieds et à ses mains. Quand elle les eut, elle monta la montagne d'ivoire sans aucune peine, car les crampons entraient dedans et l'empêchaient de glisser. Lorsqu'elle fut tout en haut, elle eut de nouvelles peines pour descendre : toute la vallée était d'une seule glace de miroir. Il y avait autour plus de soixante mille femmes qui s'y miraient avec un plaisir extrême, car ce miroir avait bien deux lieues de large et six de haut. Chacune s'y voyait selon ce qu'elle voulait être : la rouge y paraissait blonde, la brune avait les cheveux noirs, la vieille croyait être jeune, la jeune n'y vieillissait point ; enfin, tous les défauts y étaient si bien cachés, que l'on y venait des quatre coins du monde. Il y avait de quoi mourir de rire, de voir les grimaces et les minauderies que la plupart de ces coquettes faisaient. Cette circonstance n'y attirait pas moins d'hommes ; le miroir leur plaisait aussi. Il faisait paraître aux uns de beaux cheveux, aux autres la taille plus haute et mieux prise, l'air martial, et meilleure mine. Les femmes, dont ils se moquaient, ne se moquaient pas moins d'eux ; de sorte que l'on appelait cette montagne de mille noms différents. Personne n'était jamais parvenu jusqu'au sommet ; et, quand on vit Florine, les dames poussèrent de longs cris de désespoir :

— Où va cette malavisée ? disaient-elles. Sans doute qu'elle a assez d'esprit pour marcher sur notre glace : du premier pas elle brisera tout.

Elles faisaient un bruit épouvantable. La reine ne savait comment faire, car elle voyait un grand péril à descendre par là ; elle cassa un autre œuf, dont il sortit deux pigeons et un chariot, qui devint en même temps assez grand pour s'y placer commodément ; puis les pigeons descendirent doucement avec la reine, sans qu'il lui arrivât rien de fâcheux. Elle leur dit :

— Mes petits amis, si vous vouliez me conduire jusqu'au lieu où le roi Charmant tient sa cour, vous n'obligeriez point une ingrate.

Les pigeons, civils et obéissants, ne s'arrêtèrent ni jour ni nuit qu'ils ne fussent arrivés aux portes de la ville. Florine descendit et leur donna à chacun un doux baiser plus estimable qu'une couronne.

Oh ! que le cœur lui battait en entrant ! Elle se barbouilla le visage pour n'être point connue. Elle demanda aux passants où elle pouvait voir le roi. Quelques-uns se prirent à rire.

— Voir le roi ? lui dirent-ils. Hé, que lui veux-tu, ma Mie-Souillon ? Va, va te décrasser, tu n'as pas les yeux assez bons pour voir un tel monarque.

La reine ne répondit rien : elle s'éloigna doucement et demanda encore à ceux qu'elle rencontra où elle se pourrait mettre pour voir le roi.

— Il doit venir demain au temple avec la princesse Truitonne, lui dit-on ; car enfin il consent à l'épouser.

Ciel ! quelle nouvelle ! Truitonne, l'indigne Truitonne sur le point d'épouser le roi ! Florine pensa mourir ; elle n'eut plus de force pour parler ni pour marcher : elle se mit sous une porte, assise sur des pierres, bien cachée de ses cheveux et de son chapeau de paille.

— Infortunée que je suis ! disait-elle, je viens ici pour augmenter le triomphe de ma rivale et me rendre témoin de sa satisfaction ! C'était donc à cause d'elle que l'oiseau bleu cessa de me venir voir ! C'était pour ce petit monstre qu'il me faisait la plus cruelle de toutes les infidélités, pendant qu'abîmée dans la douleur je m'inquiétais pour la conservation de sa vie ! Le traître avait changé ; et, se souvenant moins de moi que s'il ne m'avait jamais vue, il me laissait le soin de m'affliger de sa trop longue absence, sans se soucier de la mienne.

Quand on a beaucoup de chagrin, il est rare d'avoir bon appétit ; la reine chercha où se loger, et se coucha sans souper. Elle se leva avec le jour, elle courut au temple ; elle n'y entra qu'après avoir essuyé mille rebuffades des gardes et des soldats. Elle vit le trône du roi et celui de Truitonne, qu'on regardait déjà comme la reine. Quelle douleur pour une personne aussi tendre et aussi délicate que Florine ! Elle s'approcha du trône de sa rivale ; elle se tint debout, appuyée contre un pilier de marbre. Le roi vint le premier, plus beau et plus aimable qu'il eût été de sa vie. Truitonne parut ensuite, richement vêtue, et si laide, qu'elle en faisait peur. Elle regarda la reine en fronçant le sourcil.

— Qui es-tu, lui dit-elle, pour oser t'approcher de mon excellente figure, et si près de mon trône d'or ?

— Je me nomme Mie-Souillon, répondit-elle ; je viens de loin pour vous vendre des raretés.

Elle fouilla aussitôt dans son sac de toile ; elle en tira des bracelets d'émeraude que le roi Charmant lui avait donnés.

— Ho ! ho ! dit Truitonne, voilà de jolies verrines ! En veux-tu une pièce de cinq sous ?

— Montrez-les, madame, aux connaisseurs, dit la reine, et puis nous ferons notre marché.

Truitonne, qui aimait le roi plus tendrement qu'une telle bête n'en était capable, étant ravie de trouver des occasions de lui parler, s'avança jusqu'à son trône et lui montra les bracelets, le priant de lui dire son sentiment. À la vue de ces bracelets, il se souvint de ceux qu'il avait donnés à Florine ; il pâlit, il soupira, et fut longtemps sans répondre ; enfin, craignant qu'on ne s'aperçût de l'état où ses différentes pensées le réduisaient, il se fit un effort et lui répliqua :

— Ces bracelets valent, je crois, autant que mon royaume ; je pensais qu'il n'y en avait qu'une paire au monde, mais en voilà de semblables.

Truitonne revint de son trône, où elle avait moins bonne mine qu'une huître à l'écaille ; elle demanda à la reine combien, sans surfaire, elle voulait de ces bracelets.

— Vous auriez trop de peine à me les payer, madame, dit-elle ; il vaut mieux vous proposer un autre marché. Si vous me voulez procurer de coucher une nuit dans le cabinet des échos qui est au palais du roi, je vous donnerai mes émeraudes.

— Je le veux bien, Mie-Souillon, dit Truitonne en riant comme une perdue et montrant des dents plus longues que les défenses d'un sanglier.

Le roi ne s'informa point d'où venaient ces bracelets, moins par indifférence pour celle qui les présentait (bien qu'elle ne fût guère propre à faire naître la curiosité), que par un éloignement invincible qu'il sentait pour Truitonne. Or, il est à propos qu'on sache que, pendant qu'il était oiseau bleu, il avait conté à la princesse qu'il y avait sous son appartement un cabinet, qu'on appelait le cabinet des échos, qui était si ingénieusement fait, que tout ce qui s'y disait fort bas était entendu du roi lorsqu'il était couché dans sa chambre ; et, comme Florine voulait lui reprocher son infidélité, elle n'en avait point imaginé de meilleur moyen.

On la mena dans le cabinet par ordre de Truitonne : elle commença ses plaintes et ses regrets.

— Le malheur dont je voulais douter n'est que trop certain, cruel oiseau bleu ! dit-elle. Tu m'as oubliée, tu aimes mon indigne rivale ! Les bracelets que j'ai reçus de ta déloyale main n'ont pu me rappeler à ton souvenir, tant j'en suis éloignée !

Alors les sanglots interrompirent ses paroles, et, quand elle eut assez de forces pour parler, elle se plaignit encore et continua jusqu'au jour. Les valets de chambre l'avaient entendue toute la nuit gémir et soupirer : ils le dirent à Truitonne, qui lui demanda quel tintamarre elle avait fait. La reine lui dit qu'elle dormait si bien, qu'ordinairement elle rêvait et qu'elle parlait très souvent haut. Pour le roi, il ne l'avait point entendue, par une fatalité étrange : c'est que, depuis qu'il avait aimé Florine, il ne pouvait plus dormir, et lorsqu'il se mettait au lit pour prendre quelque repos, on lui donnait de l'opium.

La reine passa une partie du jour dans une étrange inquiétude.

— S'il m'a entendue, disait-elle, se peut-il une indifférence plus cruelle ? S'il ne m'a pas entendue, que ferai-je pour parvenir à me faire entendre ?

Il ne se trouvait plus de raretés extraordinaires, car des pierreries sont toujours belles ; mais il fallait quelque chose qui piquât le goût de Truitonne : elle eut recours à ses œufs. Elle en cassa un ; aussitôt il en sortit un petit carrosse d'acier poli, garni d'or de rapport : il était attelé de six souris vertes, conduites par un raton couleur de rose, et le postillon, qui était aussi de famille ratonnière, était gris de lin. Il y avait dans ce carrosse quatre marionnettes plus fringantes et plus spirituelles que toutes celles qui paraissent aux foires Saint-Germain et Saint-Laurent ; elles faisaient des choses surprenantes, particulièrement deux petites Égyptiennes qui, pour danser la sarabande et les passe-pied, ne l'auraient pas cédé à Leance.

La reine demeura ravie de ce nouveau chef-d'œuvre de l'art nécromancien ; elle ne dit mot jusqu'au soir, qui était l'heure que Truitonne allait à la promenade ; elle se mit dans une allée, faisant galoper ses souris, qui traînaient le carrosse, les ratons et les marionnettes. Cette nouveauté étonna si fort Truitonne, qu'elle s'écria deux ou trois fois :

— Mie-Souillon, Mie-Souillon, veux-tu cinq sous du carrosse et de ton attelage souriquois ?

— Demandez aux gens de lettres et aux docteurs de ce royaume, dit Florine, ce qu'une telle merveille peut valoir, et je m'en rapporterai à l'estimation du plus savant.

Truitonne, qui était absolue en tout, lui répliqua :

— Sans m'importuner plus longtemps de ta crasseuse présence, dis-m'en le prix.

— Dormir encore dans le cabinet des échos, dit-elle, est tout ce que je demande.

— Va, pauvre bête, répliqua Truitonne, tu n'en seras pas refusée ; et se tournant vers ses dames :

— Voilà une sotte créature, dit-elle, de retirer si peu d'avantages de ses raretés.

La nuit vint. Florine dit tout ce qu'elle put imaginer de plus tendre, et elle le dit aussi inutilement qu'elle l'avait déjà fait, parce que le roi ne manquait jamais de prendre son opium. Les valets de chambre disaient entre eux :

— Sans doute que cette paysanne est folle : qu'est-ce qu'elle raisonne toute la nuit ?

— Avec cela, disaient les autres, il ne laisse pas d'y avoir de l'esprit et de la passion dans ce qu'elle conte.

Elle attendait impatiemment le jour, pour voir quel effet ses discours auraient produit.

— Quoi ! ce barbare est devenu sourd à ma voix ! disait-elle. Il n'entend plus sa chère Florine ? Ah ! quelle faiblesse de l'aimer encore ! que je mérite bien les marques de mépris qu'il me donne !

Mais elle y pensait inutilement, elle ne pouvait se guérir de sa tendresse. Il n'y avait plus qu'un œuf dans son sac dont elle dût espérer du secours ; elle le cassa : il en sortit un pâté de six oiseaux qui étaient bardés, cuits et fort bien apprêtés ; avec cela ils chantaient merveilleusement bien, disaient la bonne aventure, et savaient mieux la médecine qu'Esculape. La reine resta charmée d'une chose si admirable ; elle fut avec son pâté parlant dans l'antichambre de Truitonne.

Comme elle attendait qu'elle passât, un des valets de chambre du roi s'approcha d'elle et lui dit :

— Ma Mie-Souillon, savez-vous bien que, si le roi ne prenait pas de l'opium pour dormir, vous l'étourdiriez assurément ? car vous jasez la nuit d'une manière surprenante.

Florine ne s'étonna plus de ce qu'il ne l'avait pas entendue ; elle fouilla dans son sac et lui dit :

— Je crains si peu d'interrompre le repos du roi, que, si vous voulez ne point lui donner d'opium ce soir, en cas que je couche dans ce même cabinet, toutes ces perles et tous ces diamants seront pour vous.

Le valet de chambre y consentit et lui en donna sa parole. À quelques moments de là, Truitonne vint ; elle aperçut la reine avec son pâté, qui feignait de le vouloir manger.

— Que fais-tu là, Mie-Souillon ? lui dit-elle.

— Madame, répliqua Florine, je mange des astrologues, des musiciens et des médecins.

En même temps tous les oiseaux se mettent à chanter plus mélodieusement que des sirènes ; puis ils s'écrièrent :

— Donnez la pièce blanche et nous vous dirons votre bonne aventure. Un canard, qui dominait, dit plus haut que les autres :

— Can, can, can, je suis médecin, je guéris de tous les maux et de toute sorte de folie, hormis de celle d'amour.

Truitonne, plus surprise de tant de merveilles qu'elle l'eût été de ses jours, jura :

— Par la vertuchou, voilà un excellent pâté ! je le veux avoir ; çà, çà, Mie-Souillon, que t'en donnerai-je ?

— Le prix ordinaire, dit-elle : coucher dans le cabinet des échos, et rien davantage.

— Tiens, dit généreusement Truitonne (car elle était de belle humeur par l'acquisition d'un tel pâté), tu en auras une pistole.

Florine, plus contente qu'elle l'eût encore été, parce qu'elle espérait que le roi l'entendrait, se retira en la remerciant.

Dès que la nuit parut, elle se fit conduire dans le cabinet, souhaitant avec ardeur que le valet de chambre lui tînt parole, et qu'au lieu de donner de l'opium au roi il lui présentât quelque autre chose qui pût le tenir éveillé. Lorsqu'elle crut que chacun s'était endormi, elle commença ses plaintes ordinaires.

— À combien de périls me suis-je exposée, disait-elle, pour te chercher, pendant que tu me fuis et que tu veux épouser Truitonne. Que t'ai-je donc fait, cruel, pour oublier tes serments ? Souviens-toi de ta métamorphose, de mes bontés, de nos tendres conversations.

Elle les répéta presque toutes, avec une mémoire qui prouvait assez que rien ne lui était plus cher que ce souvenir.

Le roi ne dormait point, et il entendait si distinctement la voix de Florine et toutes ses paroles, qu'il ne pouvait comprendre d'où elles venaient ; mais son cœur, pénétré de tendresse, lui rappela si vivement l'idée de son incomparable princesse qu'il sentit sa séparation avec la même douleur qu'au moment où les couteaux l'avaient blessé sur le cyprès. Il se mit à parler de son côté comme la reine avait fait du sien.

— Ah ! princesse, dit-il, trop cruelle pour un amant qui vous adorait ! est-il possible que vous m'ayez sacrifié à nos communs ennemis ?

Florine entendit ce qu'il disait, et ne manqua pas de lui répondre et de lui apprendre que, s'il voulait entretenir la Mie-Souillon, il serait éclairci de tous les mystères qu'il n'avait pu pénétrer jusqu'alors. À ces mots, le roi, impatient, appela un de ses valets de chambre et lui demanda s'il ne pouvait point trouver Mie-Souillon et l'amener. Le valet de chambre répliqua que rien n'était plus aisé, parce qu'elle couchait dans le cabinet des échos.

Le roi ne savait qu'imaginer. Quel moyen de croire qu'une si grande reine que Florine fût déguisée en souillon ? Et quel moyen de croire que Mie-Souillon eût la voix de la reine et sût des secrets si particuliers, à moins que ce ne fût elle-même ? Dans cette incertitude il se leva, et, s'habillant avec précipitation, il descendit par un degré dérobé dans le cabinet des échos, dont la reine avait ôté la clef, mais le roi en avait une qui ouvrait toutes les portes du palais.

Il la trouva avec une légère robe de taffetas blanc, qu'elle portait sous ses vilains habits ; ses beaux cheveux couvraient ses épaules ; elle était couchée sur un lit de repos, et une lampe un peu éloignée ne rendait qu'une lumière sombre. Le roi entra tout d'un coup ; et, son amour l'emportant sur son ressentiment, dès qu'il la reconnut il vint se jeter à ses pieds, il mouilla ses mains de ses larmes et pensa mourir de joie, de douleur et de mille pensées différentes qui lui passèrent en même temps dans l'esprit.

La reine ne demeura pas moins troublée ; son cœur se serra, elle pouvait à peine soupirer. Elle regardait fixement le roi sans lui rien dire ; et, quand elle eut la force de lui parler, elle n'eut pas celle de lui faire des reproches ; le plaisir de le revoir lui fit oublier pour quelque temps les sujets de plainte qu'elle croyait avoir. Enfin, ils s'éclaircirent, ils se justifièrent ; leur tendresse se réveilla ; et tout ce qui les embarrassait, c'était la fée Soussio.

Mais dans ce moment, l'enchanteur, qui aimait le roi, arriva avec une fée fameuse : c'était justement celle qui donna les quatre œufs à Florine. Après les premiers compliments, l'enchanteur et la fée déclarèrent que, leur pouvoir étant uni en faveur du roi et de la reine, Soussio ne pouvait rien contre eux, et qu'ainsi leur mariage ne recevrait aucun retardement.

Il est aisé de se figurer la joie de ces deux jeunes amants : dès qu'il fut jour, on la publia dans tout le palais, et chacun était ravi de voir Florine. Ces nouvelles allèrent jusqu'à Truitonne ; elle accourut chez le roi ; quelle surprise d'y trouver sa belle rivale ! Dès qu'elle voulut ouvrir la bouche pour lui dire des injures, l'enchanteur et la fée parurent, qui la métamorphosèrent en truie, afin qu'il lui restât au moins une partie de son nom et de son naturel grondeur. Elle s'enfuit toujours grognant jusque dans la basse-cour, où de longs éclats de rire que l'on fit sur elle achevèrent de la désespérer.

Le roi Charmant et la reine Florine, délivrés d'une personne si odieuse, ne pensèrent plus qu'à la fête de leurs noces ; la galanterie et la magnificence y parurent également ; il est aisé de juger de leur félicité, après de si longs malheurs.

Quand Truitonne aspirait à l'hymen de Charmant,
Et que, sans avoir pu lui plaire,
Elle voulait former ce triste engagement
Que la mort seule peut défaire,
Qu'elle était imprudente, hélas !

Sans doute elle ignorait qu'un pareil mariage
Devient un funeste esclavage,

Si l'amour ne le forme pas.
Je trouve que Charmant fut sage.

À mon sens, il vaut beaucoup mieux
Être oiseau bleu, corbeau, devenir hibou même,
Que d'éprouver la peine extrême
D'avoir ce que l'on hait toujours devant les yeux.

En ces sortes d'hymens notre siècle est fertile :
Les hymens seraient plus heureux,
Si l'on trouvait encore quelque enchanteur habile
Qui voulût s'opposer à ces coupables nœuds,
Et ne jamais souffrir que l'hyménée unisse,
Par intérêt ou par caprice,
Deux cœurs infortunés, s'ils ne s'aiment tous deux.

GRACIEUSE ET PERCINET

Il y avait une fois un roi et une reine qui n'avaient qu'une fille. Sa beauté, sa douceur et son esprit, qui étaient incomparables, la firent nommer Gracieuse. Elle faisait toute la joie de sa mère. Il n'y avait point de matin qu'on ne lui apportât une belle robe, tantôt de brocart d'or, de velours ou de satin. Elle était parée à merveille, sans en être ni plus fière, ni plus glorieuse. Elle passait la matinée avec des personnes savantes, qui lui apprenaient toutes sortes de sciences ; et l'après-dîner, elle travaillait auprès de la reine. Quand il était temps de faire collation, on lui servait des bassins pleins de dragées, et plus de vingt pots de confitures : aussi disait-on partout qu'elle était la plus heureuse princesse de l'univers.

Il y avait dans cette même cour une vieille fille fort riche, appelée la duchesse Grognon, qui était affreuse de tout point : ses cheveux étaient d'un roux couleur de feu ; elle avait le visage épouvantablement gros et couvert de boutons ; de deux yeux qu'elle avait eus autrefois, il ne lui en restait qu'un chassieux ; sa bouche était si grande qu'on eût dit qu'elle voulait manger tout le monde ; mais, comme elle n'avait point de dents, on ne la craignait pas ; elle était bossue devant et derrière, et boiteuse des deux côtés. Ces sortes de monstres portent envie à toutes les belles personnes : elle haïssait mortellement Gracieuse, et se retira de la cour pour n'en entendre plus dire de bien. Elle fut dans un château à elle qui n'était pas éloigné. Quand quelqu'un l'allait voir et qu'on lui racontait des merveilles de la princesse, elle s'écriait en colère :

— Vous mentez, vous mentez, elle n'est point aimable, j'ai plus de charmes dans mon petit doigt qu'elle n'en a dans toute sa personne.

Cependant la reine tomba malade et mourut. La princesse Gracieuse pensa mourir aussi de douleur d'avoir perdu une si bonne mère ; le roi regrettait beaucoup une si bonne femme. Il demeura près d'un an enfermé dans son palais. Enfin les médecins, craignant qu'il ne tombât malade, lui ordonnèrent de se promener et de se divertir. Il fut à la chasse et comme la chaleur était grande, en passant par un gros château qu'il trouva sur son chemin, il y entra pour se reposer.

Aussitôt la duchesse Grognon, avertie de l'arrivée du roi (car c'était son château), vint le recevoir, et lui dit que l'endroit le plus frais de sa maison, c'était une grande cave bien voûtée, fort propre, où elle le priait de descendre. Le roi y fut avec elle, et voyant deux cents tonneaux rangés les uns sur les autres, il lui demanda si c'était pour elle seule qu'elle faisait une si grosse provision.

— Oui, sire, dit-elle, c'est pour moi seule ; je serai bien aise de vous en faire goûter ; voilà du Canarie, du Saint-Laurent, du Champagne, de l'Hermitage, du Rivesalte, du Rossolis, Persicot, Fenouillet : duquel voulez-vous ?

— Franchement, dit le roi, je tiens que le vin de Champagne vaut mieux que tous les autres.

Aussitôt Grognon prit un petit marteau, et frappa, toc, toc ; il sort du tonneau un millier de pistoles.

— Qu'est-ce que cela signifie ? dit-elle en souriant.

Elle cogne l'autre tonneau, toc, toc ; il en sort un boisseau de doubles louis d'or.

— Je n'entends rien à cela, dit-elle encore en souriant plus fort.

Elle passe à un troisième tonneau, et cogne, toc, toc ; il en sort tant de perles et de diamants que la terre en était toute couverte.

— Ah ! s'écria-t-elle, je n'y comprends rien ; sire, il faut qu'on m'ait volé mon bon vin, et qu'on ait mis à la place ces bagatelles.

— Bagatelles ! dit le roi, qui était bien étonné ; vertuchou, madame Grognon, appelez-vous cela des bagatelles ? Il y en a pour acheter dix royaumes grands comme Paris.

— Eh bien ! dit-elle, sachez que tous ces tonneaux sont pleins d'or et de pierreries ; je vous en ferai le maître à condition que vous m'épouserez.

— Ah ! répliqua le roi, qui aimait uniquement l'argent, je ne demande pas mieux, dès demain si vous voulez.

— Mais, dit-elle, il y a encore une condition, c'est que je veux être maîtresse de votre fille comme l'était sa mère ; qu'elle dépende entièrement de moi, et que vous m'en laissiez la disposition.

— Vous en serez la maîtresse, dit le roi, touchez là.

Grognon mit la main dans la sienne ; ils sortirent ensemble de la riche cave, dont elle lui donna la clef. Aussitôt il revint à son palais. Gracieuse, entendant le roi son père, courut au-devant de lui ; elle l'embrassa, et lui demanda s'il avait fait une bonne chasse.

— J'ai pris, dit-il, une colombe tout en vie.

— Ah ! sire, dit la princesse, donnez-la-moi, je la nourrirai.

— Cela ne se peut, continua-t-il, car, pour m'expliquer plus intelligiblement, il faut vous raconter que j'ai rencontré la duchesse Grognon, et que je l'ai prise pour ma femme.

— Ô ciel, s'écria Gracieuse dans son premier mouvement, peut-on l'appeler une colombe ? C'est bien plutôt une chouette.

— Taisez-vous, dit le roi en se fâchant, je prétends que vous l'aimiez et la respectiez autant que si elle était votre mère : allez promptement vous parer, car je veux retourner dès aujourd'hui au-devant d'elle.

La princesse était fort obéissante ; elle entra dans sa chambre afin de s'habiller. Sa nourrice connut bien sa douleur à ses yeux.

— Qu'avez-vous, ma chère petite ? lui dit-elle ; vous pleurez ?

— Hélas ! ma chère nourrice, répliqua Gracieuse, qui ne pleurerait ? Le roi va me donner une marâtre ; et pour comble de disgrâce, c'est ma plus cruelle ennemie ; c'est, en un mot, l'affreuse Grognon. Quel moyen de la voir dans ces beaux lits que la reine ma bonne mère avait si délicatement brodés de ses mains ? Quel moyen de caresser une magote qui voudrait m'avoir donné la mort ?

— Ma chère enfant, répliqua la nourrice, il faut que votre esprit vous élève autant que votre naissance ; les princesses comme vous doivent de plus grands exemples que les autres. Et quel plus bel exemple y a-t-il que d'obéir à son père, et de se faire violence pour lui plaire ? Promettez-moi donc que vous ne témoignerez point à Grognon la peine que vous avez.

La princesse ne pouvait s'y résoudre ; mais la sage nourrice lui dit tant de raisons qu'enfin elle s'engagea de faire bon visage, et d'en bien user avec sa belle-mère.

Elle s'habilla aussitôt d'une robe verte à fond d'or ; elle laissa tomber ses blonds cheveux sur ses épaules, flottant au gré du vent, comme c'était la mode en ce temps-là, et elle mit sur sa tête une légère couronne de roses et de jasmins, dont toutes les feuilles étaient d'émeraudes. En cet état Vénus, mère des Amours, aurait été moins belle ; cependant la tristesse qu'elle ne pouvait surmonter paraissait sur son visage.

Mais pour revenir à Grognon, cette laide créature était bien occupée à se parer. Elle se fit faire un soulier plus haut de demi-coudée que l'autre, pour paraître un peu moins boiteuse ; elle se fit faire un corps rembourré sur une épaule pour cacher sa bosse ; elle mit un œil d'émail le mieux fait qu'elle pût trouver ; elle se farda pour se blanchir ; elle teignit ses cheveux roux en noir ; puis elle mit une robe de satin amarante doublée de bleu, avec une jupe jaune et des rubans violets. Elle voulut faire son entrée à cheval, parce qu'elle avait ouï dire que les reines d'Espagne faisaient ainsi la leur.

Pendant que le roi donnait ses ordres et que Gracieuse attendait le moment de partir pour aller au-devant de Grognon, elle descendit toute seule dans le jardin, et passa dans un petit bois fort sombre où elle s'assit sur l'herbe. « Enfin, dit-elle, me voici en liberté ; je peux pleurer tant que je voudrai sans qu'on s'y oppose. » Aussitôt elle se prit à soupirer et pleurer tant et tant que ses yeux paraissaient deux fontaines d'eau vive. En cet état elle ne songeait plus à retourner au palais, quand elle vit venir un page vêtu de satin vert, qui avait des plumes blanches et la plus belle tête du monde ; il mit un genou en terre et lui dit :

— Princesse, le roi vous attend.

Elle demeura surprise de tous les agréments qu'elle remarquait en ce jeune page ; et, comme elle ne le connaissait point, elle crut qu'il devait être du train de Grognon.

— Depuis quand, lui dit-elle, le roi vous a-t-il reçu au nombre de ses pages ?

— Je ne suis pas au roi, madame, lui dit-il ; je suis à vous : et je ne veux être qu'à vous.

— Vous êtes à moi ? répliqua-t-elle tout étonnée, et je ne vous connais point.

— Ah ! princesse ! lui dit-il, je n'ai pas encore osé me faire connaître ; mais les malheurs dont vous êtes menacée par le mariage du roi m'obligent à vous parler plus tôt que je n'aurais fait : j'avais résolu de laisser au temps et à mes services le soin de vous déclarer ma passion, et....

— Quoi ! un page, s'écria la princesse, un page a l'audace de me dire qu'il m'aime ! Voici le comble à mes disgrâces.

— Ne vous effrayez point, belle Gracieuse, lui dit-il d'un air tendre et respectueux ; je suis Percinet, prince assez connu par mes richesses et mon savoir, pour que vous ne trouviez point d'inégalité entre nous. Il n'y a que votre mérite et votre beauté qui puissent y en mettre. Je vous aime depuis longtemps ; je suis souvent dans les lieux où vous êtes, sans que vous me voyiez. Le don de féerie que j'ai reçu en naissant m'a été d'un grand secours pour me procurer le plaisir de vous voir : je vous accompagnerai aujourd'hui partout sous cet habit, et j'espère ne vous être pas tout à fait inutile.

À mesure qu'il parlait, la princesse le regardait dans un étonnement dont elle ne pouvait revenir.

— C'est vous, beau Percinet, lui dit-elle, c'est vous que j'avais tant d'envie de voir et dont on raconte des choses si surprenantes ! Que j'ai de joie que vous vouliez être de mes amis ! Je ne crains plus la méchante Grognon, puisque vous entrez dans mes intérêts.

Ils se dirent encore quelques paroles, et puis Gracieuse fut au palais, où elle trouva un cheval tout harnaché et caparaçonné que Percinet avait fait entrer dans l'écurie, et que l'on crut qui était pour elle. Elle monta dessus. Comme c'était un grand sauteur, le page le prit par la bride et le conduisit, se tournant à tous moments vers la princesse pour avoir le plaisir de la regarder.

Quand le cheval qu'on menait à Grognon parut auprès de celui de Gracieuse, il avait l'air d'une franche rosse, et la housse du beau cheval était si éclatante de pierreries que celle de l'autre ne pouvait entrer en comparaison. Le roi, qui était occupé de mille choses, n'y prit pas garde ; mais tous les seigneurs n'avaient des yeux que pour la princesse, dont ils admiraient la beauté, et pour son page vert, qui était lui seul plus joli que tous ceux de la cour.

On trouva Grognon en chemin, dans une calèche découverte, plus laide et plus mal bâtie qu'une paysanne. Le roi et la princesse l'embrassèrent. On lui présenta son cheval pour monter dessus ; mais voyant celui de Gracieuse :

— Comment ! dit-elle, cette créature aura un plus beau cheval que moi ! J'aimerais mieux n'être jamais reine et retourner à mon riche château que d'être traitée d'une telle manière.

Le roi aussitôt commanda à la princesse de mettre pied à terre, et de prier Grognon de lui faire l'honneur de monter sur son cheval. La princesse obéit sans répliquer. Grognon ne la regarda ni ne la remercia ; elle se fit guinder sur le beau cheval : elle ressemblait à un paquet de linge sale. Il y avait huit gentilshommes qui la tenaient, de peur qu'elle ne tombât. Elle n'était pas encore contente ; elle grommelait des menaces entre ses dents. On lui demanda ce qu'elle avait.

— J'ai, dit-elle, qu'étant la maîtresse, je veux que le page vert tienne la bride de mon cheval, comme il faisait quand Gracieuse le montait.

Le roi ordonna au page vert de conduire le cheval de la reine. Percinet jeta les yeux sur la princesse, et elle sur lui, sans dire un pauvre mot : il obéit, et toute la cour se mit en marche ; les tambours et les trompettes faisaient un bruit désespéré. Grognon était ravie :

avec son nez plat et sa bouche de travers, elle ne se serait pas changée pour Gracieuse.

Mais dans le temps que l'on y pensait le moins, voilà le beau cheval qui se met à sauter, à ruer et à courir si vite que personne ne pouvait l'arrêter. Il emporta Grognon. Elle se tenait à la selle et aux crins ; elle criait de toute sa force ; enfin elle tomba le pied pris dans l'étrier. Il la traîna bien loin sur des pierres, sur des épines et dans la boue, où elle resta presque ensevelie. Comme chacun la suivait, on l'eut bientôt jointe. Elle était tout écorchée, sa tête cassée en quatre ou cinq endroits, un bras rompu. Il n'a jamais été une mariée en plus mauvais état.

Le roi paraissait au désespoir. On la ramassa comme un verre brisé en pièces ; son bonnet était d'un côté, ses souliers de l'autre. On la porta dans la ville, on la coucha, et l'on fit venir les meilleurs chirurgiens. Toute malade qu'elle était, elle ne laissait pas de tempêter.

— Voilà un tour de Gracieuse, disait-elle ; je suis certaine qu'elle n'a pris ce beau et méchant cheval que pour m'en faire envie, et qu'il me tuât. Si le roi ne m'en fait pas raison je retournerai dans mon riche château, et je ne le verrai de mes jours.

L'on fut dire au roi la colère de Grognon. Comme sa passion dominante était l'intérêt, la seule idée de perdre les mille tonneaux d'or et de diamants le fit frémir, et l'aurait porté à tout. Il accourut auprès de la crasseuse malade ; il se mit à ses pieds, et lui jura qu'elle n'avait qu'à prescrire une punition proportionnée à la faute de Gracieuse, et qu'il l'abandonnait à son ressentiment. Elle lui dit que cela suffisait, qu'elle l'allait envoyer quérir.

En effet, on vint dire à la princesse que Grognon la demandait. Elle devint pâle et tremblante, se doutant bien que ce n'était pas pour la caresser. Elle regarda de tous côtés si Percinet ne paraissait point ; elle ne le vit pas, et elle s'achemina bien triste vers l'appartement de Grognon. À peine y fut-elle entrée qu'on ferma les portes ; puis quatre femmes, qui ressemblaient à quatre furies, se jetèrent sur elle par l'ordre de leur maîtresse, lui arrachèrent ses beaux habits, et déchirèrent sa chemise. Quand ses épaules furent découvertes, ces cruelles mégères ne pouvaient soutenir l'éclat de leur blancheur ;

elles fermaient les yeux comme si elles eussent regardé longtemps de la neige.

— Allons, allons, courage, criait l'impitoyable Grognon du fond de son lit ; qu'on me l'écorche, et qu'il ne lui reste pas un petit morceau de cette peau blanche qu'elle croit si belle.

En toute autre détresse, Gracieuse aurait souhaité le beau Percinet ; mais se voyant presque nue, elle était trop modeste pour vouloir que ce prince en fût témoin, et elle se préparait à tout souffrir comme un pauvre mouton. Les quatre furies tenaient chacune une poignée de verges épouvantables ; elles avaient encore de gros balais pour en prendre de nouvelles, de sorte qu'elles l'assommaient sans quartier ; et à chaque coup la Grognon disait :

— Plus fort, plus fort, vous l'épargnez.

Il n'y a personne qui ne croie, après cela, que la princesse était écorchée depuis la tête jusqu'aux pieds : l'on se trompe toutefois, car le galant Percinet avait fasciné les yeux de ces femmes : elles pensaient avoir des verges à la main, c'étaient des plumes de mille couleurs ; et dès qu'elles commencèrent, Gracieuse les vit et cessa d'avoir peur, disant tout bas :

— Ah ! Percinet, vous m'êtes venu secourir bien généreusement ! Qu'aurais-je fait sans vous ?

Les fouetteuses se lassèrent tant qu'elles ne pouvaient plus remuer les bras ; elles la tamponnèrent dans ses habits, et la mirent dehors avec mille injures.

Elle revint dans sa chambre, feignant d'être bien malade ; elle se mit au lit, et commanda qu'il ne restât auprès d'elle que sa nourrice, à qui elle conta toute son aventure. À force de conter elle s'endormit : la nourrice s'en alla ; et en se réveillant elle vit dans un petit coin le page vert, qui n'osait par respect s'approcher. Elle lui dit qu'elle n'oublierait de sa vie les obligations qu'elle lui avait ; qu'elle le conjurait de ne la pas abandonner à la fureur de son ennemie, et de vouloir se retirer, parce qu'on lui avait toujours dit qu'il ne fallait pas demeurer seule avec les garçons. Il répliqua qu'elle pouvait remarquer avec quel respect il en usait ; qu'il était bien juste, puisqu'elle était sa maîtresse, qu'il lui obéît en toutes choses, même aux dépens de sa propre satisfaction. Là-dessus il la quitta, après lui avoir conseillé de feindre d'être malade du mauvais traitement qu'elle avait reçu.

Grognon fut si aise de savoir Gracieuse en cet état, qu'elle en guérit la moitié plus tôt qu'elle n'aurait fait ; et les noces s'achevèrent avec une grande magnificence. Mais comme le roi savait que par-dessus toutes choses Grognon aimait à être vantée pour belle, il fit faire son portrait, et ordonna un tournoi, où six des plus adroits chevaliers de la cour devaient soutenir, envers et contre tous, que la reine Grognon était la plus belle princesse de l'univers. Il vint beaucoup de chevaliers et d'étrangers pour soutenir le contraire. Cette magote était présente à tout, placée sur un grand balcon tout couvert de brocart d'or, et elle avait le plaisir de voir que l'adresse de ses chevaliers lui faisait gagner sa méchante cause. Gracieuse était derrière elle, qui s'attirait mille regards. Grognon, folle et vaine, croyait qu'on n'avait des yeux que pour elle.

Il n'y avait presque plus personne qui osât disputer sur la beauté de Grognon, lorsqu'on vit arriver un jeune chevalier qui tenait un portrait dans une boîte de diamants. Il dit qu'il soutenait que Grognon était la plus laide de toutes les femmes, et que celle qui était peinte dans sa boîte était la plus belle de toutes les filles. En même temps il court contre les six chevaliers, qu'il jette par terre ; il s'en présente six autres, et jusqu'à vingt-quatre, qu'il abattit tous. Puis il ouvrit sa boîte, et il leur dit que pour les consoler il allait leur montrer ce beau portrait. Chacun le reconnut pour être celui de la princesse Gracieuse : il lui fit une profonde révérence, et se retira sans avoir voulu dire son nom ; mais elle ne douta point que ce ne fût Percinet.

La colère pensa suffoquer Grognon : la gorge lui enfla ; elle ne pouvait prononcer une parole. Elle faisait signe que c'était à Gracieuse qu'elle en voulait ; et quand elle put s'en expliquer, elle se mit à faire une vie de désespérée.

— Comment, disait-elle, oser me disputer le prix de la beauté ! Faire recevoir un tel affront à mes chevaliers ! Non, je ne puis le souffrir ; il faut que je me venge ou que je meure.

— Madame, lui dit la princesse, je vous proteste que je n'ai aucune part à ce qui vient d'arriver ; je signerai de mon sang, si vous voulez, que vous êtes la plus belle personne du monde, et que je suis un monstre de laideur.

— Ah ! vous plaisantez, ma petite mignonne, répliqua Grognon ; mais j'aurai mon tour avant peu.

L'on alla dire au roi les fureurs de sa femme, et que la princesse mourait de peur ; qu'elle le suppliait d'avoir pitié d'elle, parce que s'il l'abandonnait à la reine, elle lui ferait mille maux. Il ne s'en émut pas davantage, et répondit seulement :

— Je l'ai donnée à sa belle-mère, elle en fera comme il lui plaira.

La méchante Grognon attendait la nuit impatiemment. Dès qu'elle fut venue, elle fit mettre les chevaux à sa chaise roulante ; l'on obligea Gracieuse d'y monter, et sous une grosse escorte on la conduisit à cent lieues de là, dans une grande forêt, où personne n'osait passer parce qu'elle était pleine de lions, d'ours, de tigres et de loups. Quand ils eurent percé jusqu'au milieu de cette horrible forêt, ils la firent descendre et l'abandonnèrent, quelque prière qu'elle pût leur faire d'avoir pitié d'elle. « Je ne vous demande pas la vie, leur disait-elle, je ne vous demande qu'une prompte mort ; tuez-moi pour m'épargner tous les maux qui vont m'arriver. » C'était parler à des sourds ; ils ne daignèrent pas lui répondre, et s'éloignant d'elle d'une grande vitesse, ils laissèrent cette belle et malheureuse fille toute seule. Elle marcha quelque temps sans savoir où elle allait, tantôt se heurtant contre un arbre, tantôt tombant, tantôt embarrassée dans les buissons ; enfin, accablée de douleur, elle se jeta par terre, sans avoir la force de se relever. « Percinet, s'écriait-elle quelquefois, Percinet, où êtes-vous ? Est-il possible que vous m'ayez abandonnée ? » Comme elle disait ces mots, elle vit tout d'un coup la plus belle et la plus surprenante chose du monde : c'était une illumination si magnifique qu'il n'y avait pas un arbre dans la forêt où il n'y eût plusieurs lustres remplis de bougies : et dans le fond d'une allée elle aperçut un palais tout de cristal, qui brillait autant que le soleil. Elle commença de croire qu'il entrait du Percinet dans ce nouvel enchantement ; elle sentit une joie mêlée de crainte. « Je suis seule, disait-elle ; ce prince est jeune, aimable, amoureux ; je lui dois la vie. Ah ! c'en est trop ! éloignons-nous de lui : il vaut mieux mourir que de l'aimer. » En disant ces mots, elle se leva malgré sa lassitude et sa faiblesse, et, sans tourner les yeux vers le beau château, elle marcha d'un autre côté, si troublée et si confuse dans les différentes pensées qui l'agitaient qu'elle ne savait pas ce qu'elle faisait.

Dans ce moment elle entendit du bruit derrière elle : la peur la saisit, elle crut que c'était quelque bête féroce qui l'allait dévorer. Elle regarda en tremblant, et elle vit le prince Percinet aussi beau que l'on dépeint l'amour.

— Vous me fuyez, lui dit-il, ma princesse ; vous me craignez quand je vous adore. Est-il possible que vous soyez si peu instruite de mon respect, et de me croire capable d'en manquer pour vous ? Venez, venez sans alarme dans le palais de féerie, je n'y entrerai pas si vous me le défendez ; vous y trouverez la reine ma mère, et mes sœurs, qui vous aiment déjà tendrement, sur ce que je leur ai dit de vous.

Gracieuse, charmée de la manière soumise et engageante dont lui parlait son jeune amant, ne put refuser d'entrer avec lui dans un petit traîneau peint et doré, que deux cerfs tiraient d'une vitesse prodigieuse, de sorte qu'en très peu de temps il la conduisit en mille endroits de cette forêt, qui lui semblèrent admirables. On voyait clair partout ; il y avait des bergers et des bergères vêtus galamment, qui dansaient au son des flûtes et des musettes. Elle voyait en d'autres lieux, sur le bord des fontaines, des villageois avec leurs maîtresses, qui mangeaient et qui chantaient gaiement.

— Je croyais, lui dit-elle, cette forêt inhabitée, mais tout m'y paraît peuplé et dans la joie.

— Depuis que vous y êtes, ma princesse, répliqua Percinet, il n'y a plus dans cette sombre solitude que des plaisirs et d'agréables amusements : les amours vous accompagnent, les fleurs naissent sous vos pas.

Gracieuse n'osa répondre ; elle ne voulait point s'embarquer dans ces sortes de conversations, et elle pria le prince de la mener auprès de la reine sa mère.

Aussitôt il dit à ses cerfs d'aller au palais de féerie. Elle entendit en arrivant une musique admirable, et la reine avec deux de ses filles, qui étaient toutes charmantes, vinrent au-devant d'elle, l'embrassèrent, et la menèrent dans une grande salle, dont les murs étaient de cristal de roche : elle y remarqua avec beaucoup d'étonnement que son histoire jusqu'à ce jour y était gravée, et même la promenade qu'elle venait de faire avec le prince dans le traîneau ; mais cela était d'un travail si fini que les Phidias et tout ce que l'ancienne Grèce nous vante n'en auraient pu approcher.

— Vous avez des ouvriers bien diligents, dit Gracieuse à Percinet ; à mesure que je fais une action et un geste, je le vois gravé.

— C'est que je ne veux rien perdre de tout ce qui a quelque rapport à vous, ma princesse, répliqua-t-il. Hélas ! en aucun endroit je ne suis ni heureux ni content.

Elle ne lui répondit rien, et remercia la reine de la manière dont elle la recevait. On servit un grand repas, où Gracieuse mangea de bon appétit, car elle était ravie d'avoir trouvé Percinet au lieu des ours et des lions qu'elle craignait dans la forêt. Quoiqu'elle fût bien lasse, il l'engagea de passer dans un salon tout brillant d'or et de peintures, où l'on représenta un opéra : c'étaient les amours de Psyché et de Cupidon, mêlés de danses et de petites chansons. Un jeune berger vint chanter ces paroles :

L'on vous aime, Gracieuse, et le dieu d'amour même
Ne saurait pas aimer au point que l'on vous aime.
Imitez pour le moins les tigres et les ours,
Qui se laissent dompter aux plus petits amours.

Des plus fiers animaux le naturel sauvage
S'adoucit aux plaisirs où l'amour les engage :
Tous parlent de l'amour et s'en laissent charmer ;
Vous seule êtes farouche et refusez d'aimer.

Elle rougit de s'être ainsi entendu nommer devant la reine et les princesses ; elle dit à Percinet qu'elle avait quelque peine que tout le monde entrât dans leurs secrets.

— Je me souviens là-dessus d'une maxime, continua-t-elle, qui m'agrée fort :

Ne faites point de confidence,
Et soyez sûr que le silence
A pour moi des charmes puissants :
Le monde a d'étranges maximes ;
Les plaisirs les plus innocents
Passent quelquefois pour des crimes.

Il lui demanda pardon d'avoir fait une chose qui lui avait déplu. L'opéra finit, et la reine l'envoya conduire dans son appartement par les deux princesses. Il n'a jamais été rien de plus magnifique que les meubles, ni de si galant que le lit et la chambre où elle devait coucher. Elle fut servie par vingt-quatre filles vêtues en nymphes ; la plus vieille avait dix-huit ans, et chacune paraissait un miracle de beauté. Quand on l'eut mise au lit, l'on commença une musique ravissante pour l'endormir ; mais elle était si surprise qu'elle ne pouvait fermer les yeux. « Tout ce que j'ai vu, disait-elle, sont des enchantements. Qu'un prince si aimable et si habile est à redouter ! Je ne peux m'éloigner trop tôt de ces lieux. »

Cet éloignement lui faisait beaucoup de peine : quitter un palais si magnifique pour se mettre entre les mains de la barbare Grognon, la différence était grande, on hésiterait à moins. D'ailleurs, elle trouvait Percinet si engageant qu'elle ne voulait pas demeurer dans un palais dont il était le maître.

Lorsqu'elle fut levée, on lui présenta des robes de toutes les couleurs, des garnitures de pierreries de toutes les manières, des dentelles, des rubans, des gants et des bas de soie ; tout cela d'un goût merveilleux : rien n'y manquait. On lui mit une toilette d'or ciselé ; elle n'avait jamais été si bien parée et n'avait jamais paru si belle. Percinet entra dans sa chambre, vêtu d'un drap d'or et vert (car le vert était sa couleur, parce que Gracieuse l'aimait). Tout ce qu'on nous vante de mieux fait et de plus aimable n'approchait pas de ce jeune prince. Gracieuse lui dit qu'elle n'avait pu dormir, que le souvenir de ses malheurs la tourmentait, et qu'elle ne pouvait s'empêcher d'en appréhender les suites.

— Qu'est-ce qui peut vous alarmer, madame ? lui dit-il. Vous êtes souveraine ici, vous y êtes adorée ; voudriez-vous m'abandonner pour votre cruelle ennemie ?

— Si j'étais la maîtresse de ma destinée, lui dit-elle, le parti que vous me proposez serait celui que j'accepterais ; mais je suis comptable de mes actions au roi mon père ; il vaut mieux souffrir que de manquer à mon devoir.

Percinet lui dit tout ce qu'il put au monde pour la persuader de l'épouser, elle n'y voulut point consentir, et ce fut presque malgré elle qu'il la retint huit jours, pendant lesquels il imagina mille nouveaux plaisirs pour la divertir.

Elle disait souvent au prince :

— Je voudrais bien savoir ce qui se passe à la cour de Grognon, et comment elle s'est expliquée de la pièce qu'elle m'a faite.

Percinet lui dit qu'il y enverrait son écuyer, qui était homme d'esprit. Elle répliqua qu'elle était persuadée qu'il n'avait besoin de personne pour être informé de ce qui se passait, et qu'ainsi il pouvait le lui dire.

— Venez donc avec moi, lui dit-il, dans la grande tour et vous le verrez vous-même.

Là-dessus il la mena au haut d'une tour prodigieusement haute, qui était toute de cristal de roche, comme le reste du château : il lui dit de mettre son pied sur le sien, et son petit doigt dans sa bouche, puis de regarder du côté de la ville. Elle s'aperçut aussitôt que la vilaine Grognon était avec le roi, et qu'elle lui disait :

— Cette misérable princesse s'est pendue dans la cave, je viens de la voir, elle fait horreur ; il faut vivement l'enterrer et vous consoler d'une si petite perte.

Le roi se mit à pleurer la mort de sa fille. Grognon, lui tournant le dos, se retira dans sa chambre, et fit prendre une bûche, que l'on ajusta de cornettes, et bien enveloppée on la mit dans le cercueil ; puis par l'ordre du roi, on lui fit un grand enterrement, où tout le monde assista en pleurant, et maudissant la marâtre qu'ils accusaient de cette mort ; chacun prit le grand deuil : elle entendait les regrets qu'on faisait de sa perte, et qu'on disait tout bas :

— Quel dommage que cette belle et jeune princesse ait péri par les cruautés d'une si mauvaise créature ! Il faudrait la hacher et en faire un pâté.

Le roi ne pouvant ni boire ni manger, pleurait de tout son cœur. Gracieuse, voyant son père si affligé :

— Ah ! Percinet, dit-elle, je ne puis souffrir que mon père me croie plus longtemps morte ; si vous m'aimez, ramenez-moi.

Quelque chose qu'il pût lui dire, il fallut obéir, quoique avec une répugnance extrême.

— Ma princesse, lui disait-il, vous regretterez plus d'une fois le palais de féerie, car pour moi je n'ose croire que vous me regrettiez ; vous m'êtes plus inhumaine que Grognon ne vous l'est.

Quoi qu'il pût lui dire, elle s'entêta de partir ; elle prit congé de la mère et des sœurs du prince. Il monta avec elle dans le traîneau, les cerfs se mirent à courir ; et comme elle sortait du palais, elle entendit un grand bruit : elle regarda derrière elle, c'était l'édifice qui tombait en mille morceaux.

— Que vois-je ! s'écria-t-elle, il n'y a plus ici de palais !

— Non, lui répliqua Percinet, mon palais sera parmi les morts ; vous n'y entrerez qu'après votre enterrement.

— Vous êtes en colère, lui dit Gracieuse en essayant de le radoucir ; mais, au fond, ne suis-je pas plus à plaindre que vous ?

Quand ils arrivèrent, Percinet fit que la princesse, lui et le traîneau devinrent invisibles. Elle monta dans la chambre du roi, et fut se jeter à ses pieds. Lorsqu'il la vit, il eut peur et voulut fuir, la prenant pour un fantôme ; elle le retint, et lui dit qu'elle n'était point morte ; que Grognon l'avait fait conduire dans la forêt sauvage ; qu'elle était montée au haut d'un arbre, où elle avait vécu de fruits ; qu'on avait fait enterrer une bûche à sa place, et qu'elle lui demandait en grâce de l'envoyer dans quelqu'un de ses châteaux, où elle ne fût plus exposée aux fureurs de sa marâtre.

Le roi, incertain si elle lui disait vrai, envoya déterrer la bûche, et demeura bien étonné de la malice de Grognon. Tout autre que lui l'aurait fait mettre à la place ; mais c'était un pauvre homme faible, qui n'avait pas le courage de se fâcher tout de bon : il caressa beaucoup sa fille et la fit souper avec lui. Quand les créatures de Grognon allèrent lui dire le retour de la princesse, et qu'elle soupait avec le roi, elle commença de faire la forcenée ; et courant chez lui, elle lui dit qu'il n'y avait point à balancer, qu'il fallait lui abandonner cette friponne, ou la voir partir dans le même moment pour ne revenir de sa vie ; que c'était une supposition de croire qu'elle fût la princesse Gracieuse ; qu'à la vérité elle lui ressemblait un peu, mais Gracieuse s'était pendue ; qu'elle l'avait vue de ses yeux ; et que si l'on ajoutait foi aux impostures de celle-ci, c'était manquer de considération et de confiance pour elle. Le roi, sans dire un mot, lui abandonna l'infortunée princesse, croyant ou feignant de croire que ce n'était pas sa fille.

Grognon, transportée de joie, la traîna, avec le secours de ses femmes, dans un cachot où elle la fit déshabiller. On lui ôta ses riches habits et on la couvrit d'un pauvre guenillon de grosse toile, avec des sabots à ses pieds et un capuchon de bure sur sa tête. À peine lui donna-t-on un peu de paille pour se coucher et du pain bis.

Dans cette détresse, elle se prit à pleurer amèrement et à regretter le château de féerie ; mais elle n'osait appeler Percinet à son secours, trouvant qu'elle en avait trop mal usé pour lui, et ne pouvant se promettre qu'il l'aimât assez pour lui aider encore. Cependant la mauvaise Grognon avait envoyé quérir une fée, qui n'était guère moins malicieuse qu'elle.

— Je tiens ici, lui dit-elle, une petite coquine dont j'ai sujet de me plaindre ; je veux la faire souffrir et lui donner toujours des ouvrages difficiles, dont elle ne puisse venir à bout, afin de la pouvoir rouer de coups sans qu'elle ait lieu de s'en plaindre ; aidez-moi à lui trouver chaque jour de nouvelles peines.

La fée répliqua qu'elle y rêverait et qu'elle reviendrait le lendemain. Elle n'y manqua pas ; elle apporta un écheveau de fil gros comme quatre personnes, si délié que le fil se cassait à souffler dessus, et si mêlé, qu'il était en un tampon, sans commencement ni fin. Grognon, ravie, envoya quérir sa belle prisonnière, et lui dit :

— Çà, ma bonne commère, apprêtez vos grosses pattes pour dévider ce fil, et soyez assurée que, si vous en rompez un seul brin, vous êtes perdue, car je vous écorcherai moi-même ; commencez quand il vous plaira, mais je veux l'avoir dévidé avant que le soleil se couche.

Puis elle l'enferma sous trois clefs dans une chambre. La princesse n'y fut pas plus tôt que, regardant ce gros écheveau, le tournant et le retournant, cassant mille fils pour un, elle demeura si interdite qu'elle ne voulut pas seulement tenter d'en rien dévider, et le jetant au milieu de la place :

— Va, dit-elle, fil fatal, tu seras cause de ma mort. Ah ! Percinet, Percinet, si mes rigueurs ne vous ont point trop rebuté, je ne demande pas que vous me veniez secourir, mais tout au moins venez recevoir mon dernier adieu.

Là-dessus elle se mit à pleurer si amèrement que quelque chose de moins sensible qu'un amant en aurait été touché. Percinet ouvrit la porte avec la même facilité que s'il en eût gardé la clé dans sa poche.

— Me voici, ma princesse, lui dit-il, toujours prêt à vous servir ; je ne suis point capable de vous abandonner, quoique vous reconnaissiez mal ma passion.

Il frappa trois coups de sa baguette sur l'écheveau, les fils aussitôt se rejoignirent les uns aux autres ; et en deux autres coups tout fut dévidé d'une propreté surprenante. Il lui demanda si elle souhaitait encore quelque chose de lui, et si elle ne l'appellerait jamais que dans ses détresses.

— Ne me faites point de reproches, beau Percinet, dit-elle, je suis déjà assez malheureuse.

— Mais, ma princesse, il ne tient qu'à vous de vous affranchir de la tyrannie dont vous êtes la victime ; venez avec moi, faisons notre commune félicité. Que craignez-vous ?

— Que vous ne m'aimiez pas assez, répliqua-t-elle ; je veux que le temps me confirme vos sentiments. Percinet, outré de ces soupçons, prit congé d'elle et la quitta.

Le soleil était sur le point de se coucher, Grognon en attendait l'heure avec mille impatiences ; enfin elle la devança et vint avec ses quatre furies, qui l'accompagnaient partout ; elle mit les trois clés dans les trois serrures, et disait en ouvrant la porte :

— Je gage que cette belle paresseuse n'aura fait œuvre de ses dix doigts ; elle aura mieux aimé dormir pour avoir le teint frais.

Quand elle fut entrée, Gracieuse lui présenta le peloton de fil, où rien ne manquait. Elle n'eut pas autre chose à dire, sinon qu'elle l'avait sali, qu'elle était une malpropre, et pour cela elle lui donna deux soufflets, dont ses joues blanches et incarnates devinrent bleues et jaunes. L'infortunée Gracieuse souffrit patiemment une insulte qu'elle n'était pas en état de repousser ; on la ramena dans son cachot, où elle fut bien enfermée.

Grognon, chagrine de n'avoir pas réussi avec l'écheveau de fil, envoya quérir la fée, et la chargea de reproches.

— Trouvez, lui dit-elle, quelque chose de plus malaisé, pour qu'elle n'en puisse venir à bout.

La fée s'en alla, et le lendemain elle fit apporter une grande tonne pleine de plumes. Il y en avait de toutes sortes d'oiseaux : de rossignols, de serins, de tarins, de chardonnerets, linottes, fauvettes, perroquets, hiboux, moineaux, colombes, autruches, outardes, paons, alouettes, perdrix : je n'aurais jamais fait si je voulais tout nommer. Ces plumes étaient mêlées les unes parmi les autres ; les oiseaux mêmes n'auraient pu les reconnaître.

— Voici, dit la fée en parlant à Grognon, de quoi éprouver l'adresse et la patience de votre prisonnière ; commandez-lui de trier ces plumes, de mettre celles des paons à part, des rossignols à part, et qu'ainsi de chacune elle fasse un monceau : une fée y serait assez nouvelle. Grognon pâma de joie en se figurant l'embarras de la malheureuse princesse ; elle l'envoya quérir, lui fit ses menaces ordinaires, et l'enferma avec la tonne dans la chambre des trois serrures, lui ordonnant que tout l'ouvrage fût fini au coucher du soleil.

Gracieuse prit quelques plumes, mais il lui était impossible de connaître la différence des unes aux autres ; elle les rejeta dans la tonne. Elle les prit encore, elle essaya plusieurs fois, et, voyant qu'elle tentait une chose impossible :

— Mourons, dit-elle, d'un ton et d'un air désespérés ; c'est ma mort que l'on souhaite, c'est elle qui finira mes malheurs ; il ne faut plus appeler Percinet à mon secours : s'il m'aimait, il serait déjà ici.

— J'y suis, princesse, s'écria Percinet en sortant du fond de la tonne, où il était caché, j'y suis pour vous tirer de l'embarras où vous êtes ; doutez-vous, après tant de preuves de mon attention, que je vous aime plus que ma vie.

Aussitôt, il frappa trois coups de sa baguette, et les plumes, sortant à milliers de la tonne, se rangeaient d'elles-mêmes par petits monceaux tout autour de la chambre.

— Que ne vous dois-je pas, seigneur, lui dit Gracieuse, sans vous j'allais succomber ; soyez certain de toute ma reconnaissance.

Le prince n'oublia rien pour lui persuader de prendre une ferme résolution en sa faveur ; elle lui demanda du temps, et, quelque violence qu'il se fit, il lui accorda ce qu'elle voulait.

Grognon vint ; elle demeura si surprise de ce qu'elle voyait qu'elle ne savait plus qu'imaginer pour désoler Gracieuse : elle ne laissa pas de la battre, disant que les plumes étaient mal arrangées. Elle envoya quérir la fée, et se mit dans une colère horrible contre elle. La fée ne savait que lui répondre ; elle demeurait confondue. Enfin, elle lui dit qu'elle allait employer toute son industrie à faire une boîte qui embarrasserait bien sa prisonnière si elle s'avisait de l'ouvrir ; et, quelques jours après, elle lui apporta une boîte assez grande.

— Tenez, dit-elle à Grognon, envoyez porter cela quelque part par votre esclave ; défendez-lui bien de l'ouvrir ; elle ne pourra s'en empêcher, et vous serez contente.

Grognon ne manqua à rien.

— Portez cette boîte, dit-elle, à mon riche château, et la mettez sur la table du cabinet ; mais je vous défends, sous peine de mourir, de regarder ce qui est dedans.

Gracieuse partit avec ses sabots, son habit de toile et son capuchon de laine ; ceux qui la rencontraient disaient : « Voici quelque déesse déguisée », car elle ne laissait pas d'être d'une beauté merveilleuse. Elle ne marcha guère sans se lasser beaucoup. En passant dans un petit bois qui était bordé d'une prairie agréable, elle s'assit pour respirer un peu. Elle tenait la boîte sur ses genoux, et tout d'un coup l'envie la prit de l'ouvrir. « Qu'est-ce qui m'en peut arriver ? disait-elle. Je n'y prendrai rien, mais tout au moins je verrai ce qui est dedans. » Elle ne réfléchit pas davantage aux conséquences, elle l'ouvrit, et aussitôt il en sort tant de petits hommes et de petites femmes, de violons, d'instruments, de petites tables, petits cuisiniers, petits plats ; enfin le géant de la troupe était haut comme le doigt. Ils sautent dans le pré ; ils se séparent en plusieurs bandes, et commencent le plus joli bal que l'on ait jamais vu : les uns dansaient, les autres faisaient la cuisine, et les autres mangeaient ; les petits violons jouaient à merveille. Gracieuse prit d'abord quelque plaisir à voir une chose si extraordinaire ; mais quand elle fut un peu délassée et qu'elle voulut les obliger de rentrer dans la boîte, pas un seul ne le voulut ; les petits messieurs et les petites dames s'enfuyaient, les violons de même, et les cuisiniers, avec leurs marmites sur leur tête et les broches sur l'épaule, gagnaient le bois quand elle entrait dans le pré, et passaient dans le pré quand elle venait dans le bois.

— Curiosité trop indiscrète, disait Gracieuse en pleurant, tu vas être bien favorable à mon ennemie ! Le seul malheur dont je pouvais me garantir m'arrive par ma faute : non, je ne puis assez me le reprocher. Percinet, s'écria-t-elle, Percinet, s'il est possible que vous aimiez encore une princesse si imprudente, venez m'aider dans la rencontre la plus fâcheuse de ma vie.

Percinet ne se fit pas appeler jusqu'à trois fois ; elle l'aperçut avec son riche habit vert.

— Sans la méchante Grognon, lui dit-il, belle princesse, vous ne penseriez jamais à moi.

— Ah ! jugez mieux de mes sentiments, répliqua-t-elle, je ne suis ni insensible au mérite, ni ingrate aux bienfaits ; il est vrai que j'éprouve votre constance, mais c'est pour la couronner quand j'en serai convaincue.

Percinet, plus content qu'il eût encore été, donna trois coups de baguette sur la boîte : aussitôt petits hommes, petites femmes, violons, cuisiniers et rôti, tout s'y plaça comme s'il ne s'en fût déplacé. Percinet avait laissé dans le bois son chariot ; il pria la princesse de s'en servir pour aller au riche château : elle avait bien besoin de cette voiture en l'état où elle était ; de sorte que, la rendant invisible, il la mena lui-même, et il eut le plaisir de lui tenir compagnie, plaisir auquel ma chronique dit qu'elle n'était pas indifférente dans le fond de son cœur ; mais elle cachait ses sentiments avec soin.

Elle arriva au riche château, et quand elle demanda, de la part de Grognon, qu'on lui ouvrît le cabinet, le gouverneur éclata de rire.

— Quoi, lui dit-il, tu crois en quittant tes moutons entrer dans un si beau lieu ? Va, retourne où tu voudras, jamais sabots n'ont été sur un tel plancher.

Gracieuse le pria de lui écrire un mot comme quoi il la refusait ; il le voulut bien ; et sortant du riche château, elle trouva l'aimable Percinet qui l'attendait et qui la ramena au palais. Il serait difficile d'écrire tout ce qu'il lui dit pendant le chemin, de tendre et de respectueux, pour lui persuader de finir ses malheurs. Elle lui répliqua que, si Grognon lui faisait encore un mauvais tour, elle y consentirait.

Lorsque cette marâtre la vit revenir, elle se jeta sur la fée, qu'elle avait retenue ; elle l'égratigna, et l'aurait étranglée si une fée était étranglable. Gracieuse lui présenta le billet du gouverneur et la boîte : elle jeta l'un et l'autre au feu, sans daigner les ouvrir, et, si elle s'en était accrue, elle y aurait bien jeté la princesse ; mais elle ne différait pas son supplice pour longtemps.

Elle fit faire un grand trou dans le jardin, aussi profond qu'un puits ; l'on posa dessus une grosse pierre. Elle s'alla promener, et dit à Gracieuse et à tous ceux qui l'accompagnaient :

— Voici une pierre sous laquelle je suis avertie qu'il y a un trésor : allons, qu'on la lève promptement.

Chacun y mit la main, et Gracieuse comme les autres : c'était ce qu'on voulait. Dès qu'elle fut au bord, Grognon la poussa rudement dans le puits, et on laissa retomber la pierre qui le fermait.

Pour ce coup-là il n'y avait plus rien à espérer ; où Percinet l'aurait-il pu trouver, au fond de la terre ? Elle en comprit bien les difficultés et se repentit d'avoir attendu si tard à l'épouser.

— Que ma destinée est terrible ! s'écria-t-elle, je suis enterrée toute vivante ! ce genre de mort est plus affreux qu'aucun autre. Vous êtes vengé de mes retardements, Percinet, mais je craignais que vous ne fussiez de l'humeur légère des autres hommes, qui changent quand ils sont certains d'être aimés. Je voulais enfin être sûre de votre cœur. Mes injustes défiances sont cause de l'état où je me trouve. Encore, continuait-elle, si je pouvais espérer que vous donnassiez des regrets à ma perte, il me semble qu'elle me serait moins sensible.

Elle parlait ainsi pour soulager sa douleur, quand elle sentit ouvrir une petite porte qu'elle n'avait pu remarquer dans l'obscurité. En même temps elle aperçut le jour, et un jardin rempli de fleurs, de fruits, de fontaines, de grottes, de statues, de bocages et de cabinets ; elle n'hésita point à y entrer. Elle s'avança dans une grande allée, rêvant dans son esprit quelle fin aurait ce commencement d'aventure ; en même temps elle découvrit le château de féerie : elle n'eut pas de peine à le reconnaître, sans compter que l'on n'en trouve guère tout de cristal de roche, et qu'elle y voyait ses nouvelles aventures gravées. Percinet parut avec la reine sa mère et ses sœurs.

— Ne vous en défendez plus, belle princesse, dit la reine à Gracieuse, il est temps de rendre mon fils heureux et de vous tirer de l'état déplorable où vous vivez sous la tyrannie de Grognon.

La princesse reconnaissante se jeta à ses genoux, et lui dit qu'elle pouvait ordonner de sa destinée, et qu'elle lui obéirait en tout ; qu'elle n'avait pas oublié la prophétie de Percinet lorsqu'elle partit du palais de féerie, quand il lui dit que ce même palais serait parmi les morts, et qu'elle n'y entrerait qu'après avoir été enterrée ; qu'elle voyait avec admiration son savoir, et qu'elle n'en avait pas moins pour son mérite ; qu'ainsi elle l'acceptait pour époux. Le prince se jeta à son tour à ses pieds ; en même temps le palais retentit de voix et d'instruments, et les noces se firent avec la dernière magnificence. Toutes les fées de mille lieux à la ronde y vinrent avec des équipages somptueux ; les unes arrivèrent dans des chars tirés par des cygnes, d'autres par des dragons, d'autres sur des nues, d'autres dans des globes de feu. Entre celles-là parut la fée qui avait aidé à Grognon à tourmenter Gracieuse ; quand elle la reconnut, l'on n'a jamais été plus surpris ; elle la conjura d'oublier ce qui s'était passé, et qu'elle chercherait les moyens de réparer les maux qu'elle lui avait fait souffrir. Ce qui est de vrai, c'est qu'elle ne voulut pas demeurer au festin, et que remontant dans son char attelé de deux terribles serpents, elle vola au palais du roi ; en ce lieu elle chercha Grognon, et lui tordit le col sans que ses gardes ni ses femmes l'en pussent empêcher.

C'est toi, triste et funeste envie,
Qui causes les maux des humains,
Et qui de la plus belle vie
Troubles les jours les plus sereins.

C'est toi qui contre Gracieuse
De l'indigne Grognon animas le courroux ;
C'est toi qui conduisis les coups,
Qui la rendirent malheureuse.

Hélas ! quel eût été son sort,
Si de son Percival la constance amoureuse
Ne l'avait tant de fois dérobée à la mort.

Il méritait la récompense
Que reçut son ardeur.
Lorsque l'on aime avec constance,
Tôt ou tard on se voit dans un parfait bonheur.

LA BICHE AU BOIS

Il était une fois un roi et une reine dont l'union était parfaite ; ils s'aimaient tendrement, et leurs sujets les adoraient ; mais il manquait à la satisfaction des uns et des autres de leur voir un héritier. La reine, qui était persuadée que le roi l'aimerait encore davantage si elle en avait un, ne manquait pas, au printemps, d'aller boire des eaux qui étaient excellentes. L'on y venait en foule, et le nombre d'étrangers était si grand, qu'il s'en trouvait là de toutes les parties du monde.

Il y avait plusieurs fontaines dans un grand bois où l'on allait boire : elles étaient entourées de marbre et de porphyre, car chacun se piquait de les embellir. Un jour que la reine était assise au bord de la fontaine, elle dit à toutes ses dames de s'éloigner et de la laisser seule ; puis elle commença ses plaintes ordinaires :

— Ne suis-je pas bien malheureuse, dit-elle, de n'avoir point d'enfants ! les plus pauvres femmes en ont : il y a cinq ans que j'en demande au Ciel : je n'ai pu encore le toucher. Mourrai-je sans avoir cette satisfaction ?

Comme elle parlait ainsi, elle remarqua que l'eau de la fontaine s'agitait ; puis une grosse écrevisse parut et lui dit :

— Grande reine, vous aurez enfin ce que vous désirez : je vous avertis qu'il y a ici proche un palais superbe que les fées ont bâti ; mais il est impossible de le trouver, parce qu'il est environné de nuées fort épaisses que l'œil d'une personne mortelle ne peut pénétrer. Cependant, comme je suis votre très humble servante, si vous voulez vous fier à la conduite d'une pauvre écrevisse, je m'offre de vous y mener.

La reine l'écoutait sans l'interrompre, la nouveauté de voir parler une écrevisse l'ayant fort surprise ; elle lui dit qu'elle accepterait avec plaisir ses offres, mais qu'elle ne savait pas aller en reculant comme elle. L'écrevisse sourit, sur-le-champ elle prit la figure d'une belle petite vieille.

— Eh bien ! madame, lui dit-elle, n'allons pas à reculons, j'y consens ; mais surtout regardez-moi comme une de vos amies, car je ne souhaite que ce qui peut vous être avantageux.

Elle sortit de la fontaine sans être mouillée. Ses habits étaient blancs, doublés de cramoisi, et ses cheveux gris tout renoués de rubans verts. Il ne s'est guère vu de vieille dont l'air fût plus galant. Elle salua la reine et elle en fut embrassée ; et, sans tarder davantage, elle la conduisit dans une route du bois qui surprit cette princesse ; car, encore qu'elle y fût venue mille et mille fois, elle n'était jamais entrée dans celle-là. Comment y serait-elle entrée ? c'était le chemin des fées pour aller à la fontaine. Il était ordinairement fermé de ronces et d'épines ; mais quand la reine et sa conductrice parurent, aussitôt les rosiers poussèrent des roses, les jasmins et les orangers entrelacèrent leurs branches pour faire un berceau couvert de feuilles et de fleurs ; la terre fut couverte de violettes ; mille oiseaux différents chantaient à l'envi sur les arbres.

La reine n'était pas encore revenue de sa surprise, lorsque ses yeux furent frappés par l'éclat sans pareil d'un palais tout de diamant ; les murs et les toits, les plafonds, les planchers, les degrés, les balcons, jusqu'aux terrasses, tout était de diamant. Dans l'excès de son admiration, elle ne put s'empêcher de pousser un grand cri et de demander à la galante vieille qui l'accompagnait si ce qu'elle voyait était un songe ou une réalité.

— Rien n'est plus réel, madame, répliqua-t-elle. Aussitôt les portes du palais s'ouvrirent ; il en sortit six fées ; mais quelles fées ! les plus belles et les plus magnifiques qui aient jamais paru dans leur empire. Elles vinrent toutes faire une profonde révérence à la reine, et chacune lui présenta une fleur de pierreries pour lui faire un bouquet ; il y avait une rose, une tulipe, une anémone, une ancolie, un œillet et une grenade.

— Madame, lui dirent-elles, nous ne pouvons pas vous donner une plus grande marque de notre considération qu'en vous permettant de nous venir voir ici ; nous sommes bien aises de vous annoncer que vous aurez une belle princesse que vous nommerez Désirée ; car l'on doit avouer qu'il y a longtemps que vous la désirez. Ne manquez pas, aussitôt qu'elle sera au monde, de nous appeler, parce que nous voulons la douer de toutes sortes de bonnes qualités. Vous n'avez qu'à prendre le bouquet que nous vous donnons et nommer chaque fleur en pensant à nous ; soyez certaine qu'aussitôt nous serons dans votre chambre.

La reine, transportée de joie, se jeta à leur col, et les embrassades durèrent plus d'une grosse demi-heure. Après cela, elles prièrent la reine d'entrer dans leur palais, dont on ne peut faire une assez belle description. Elles avaient pris pour le bâtir l'architecte du soleil : il avait fait en petit ce que celui du soleil est en grand. La reine, qui n'en soutenait l'éclat qu'avec peine, fermait à tous moments les yeux. Elles la conduisirent dans leur jardin. Il n'a jamais été de si beaux fruits ; les abricots étaient plus gros que la tête, et l'on ne pouvait manger une cerise sans la couper en quatre ; d'un goût si exquis, qu'après que la reine en eut mangé, elle ne voulut de sa vie en manger d'autres. Il y avait un verger tout d'arbres factices qui ne laissaient pas d'avoir vie et de croître comme les autres.

De dire tous les transports de la reine, combien elle parla de la petite princesse Désirée, combien elle remercia les aimables personnes qui lui annonçaient une si agréable nouvelle, c'est ce que je n'entreprendrai point ; mais enfin il n'y eut aucun terme de tendresse et de reconnaissance oublié. La fée de la Fontaine y trouva toute la part qu'elle méritait. La reine demeura jusqu'au soir dans le palais. Elle aimait la musique : on lui fit entendre des voix qui lui parurent célestes. On la chargea de présents, et, après avoir remercié ces grandes dames, elle revint avec la fée de la Fontaine.

Toute sa maison était très en peine d'elle : on la cherchait avec beaucoup d'inquiétude, on ne pouvait imaginer en quel lieu elle était : ils craignaient même que quelques étrangers audacieux ne l'eussent enlevée, car elle avait de la beauté et de la jeunesse ; de sorte que chacun témoigna une joie extrême de son retour ; et comme elle ressentait de son côté une satisfaction infinie des bonnes espérances qu'on venait de lui donner, elle avait une conversation agréable et brillante qui charmait tout le monde.

La fée de la Fontaine la quitta proche de chez elle ; les compliments et les caresses redoublèrent à leur séparation, et la reine, étant restée encore huit jours aux eaux, ne manqua pas de retourner au palais des fées avec sa coquette vieille, qui paraissait d'abord en écrevisse et puis qui prenait sa forme naturelle.

La reine partit ; elle devint grosse et mit au monde une princesse qu'elle appela Désirée. Aussitôt elle prit le bouquet qu'elle avait reçu ; elle nomma toutes les fleurs l'une après l'autre, et sur-le-champ on vit arriver les fées. Chacune avait son chariot de différente manière : l'un était d'ébène, tiré par des pigeons blancs ; d'autres d'ivoire, que de petits corbeaux traînaient ; d'autres encore de cèdre et de calambour. C'était là leur équipage d'alliance et de paix ; car, lorsqu'elles étaient fâchées, ce n'étaient que des dragons volants, que des couleuvres, qui jetaient le feu par la gueule et par les yeux ; que lions, que léopards, que panthères, sur lesquels elles se transportaient d'un bout du monde à l'autre en moins de temps qu'il n'en faut pour dire bonjour ou bonsoir ; mais, cette fois-ci, elles étaient de la meilleure humeur qu'il est possible.

La reine les vit entrer dans sa chambre avec un air gai et majestueux ; leurs nains et leurs naines les suivaient, tout chargés de présents. Après qu'elles eurent embrassé la reine et baisé la petite princesse, elles déployèrent sa layette, dont la toile était si fine et si bonne, qu'on pouvait s'en servir cent ans sans l'user : les fées la filaient à leurs heures de loisir. Pour les dentelles, elles surpassaient encore ce que j'ai dit de la toile ; toute l'histoire du monde y était représentée, soit à l'aiguille ou au fuseau. Après cela elles montrèrent les langes et les couvertures qu'elles avaient brodés exprès ; l'on y voyait représentés mille jeux différents auxquels les enfants s'amusent. Depuis qu'il y a des brodeurs et des brodeuses, il ne s'est rien vu de si merveilleux. Mais quand le berceau parut, la reine s'écria d'admiration, car il surpassait encore tout ce qu'elle avait vu jusqu'alors. Il était d'un bois si rare, qu'il coûtait cent mille écus la livre. Quatre petits amours le soutenaient ; c'étaient quatre chefs-d'œuvre, où l'art avait tellement surpassé la matière, quoiqu'elle fût de diamants et de rubis, que l'on n'en peut assez parler. Ces petits amours avaient été animés par les fées, de sorte que, lorsque l'enfant criait, ils le berçaient et l'endormaient ; cela était d'une commodité merveilleuse pour les nourrices.

Les fées prirent elles-mêmes la petite princesse sur leurs genoux ; elles l'emmaillotèrent et lui donnèrent plus de cent baisers, car elle était déjà si belle, qu'on ne pouvait la voir sans l'aimer. Elles remarquèrent qu'elle avait besoin de téter ; aussitôt elles frappèrent la terre avec leur baguette, il parut une nourrice telle qu'il la fallait pour cet aimable poupard. Il ne fut plus question que de douer l'enfant : les fées s'empressèrent de le faire. L'une la doua de vertu et l'autre d'esprit ; la troisième d'une beauté miraculeuse ; celle d'après d'une heureuse fortune ; la cinquième lui désira une longue santé, et la dernière, qu'elle fit bien toutes les choses qu'elle entreprendrait.

La reine, ravie, les remerciait mille et mille fois des faveurs qu'elles venaient de faire à la petite princesse, lorsque l'on vit entrer dans la chambre une si grosse écrevisse, que la porte fut à peine assez large pour qu'elle pût passer.

— Ha ! trop ingrate reine, dit l'écrevisse, vous n'avez donc pas daigné vous souvenir de moi ? Est-il possible que vous ayez sitôt oublié la fée de la Fontaine et les bons offices que je vous ai rendus en vous menant chez mes sœurs ? Quoi ! vous les avez toutes appelées, je suis la seule que vous négligez ! Il est certain que j'en avais un pressentiment, et c'est ce qui m'obligea de prendre la figure d'une écrevisse lorsque je vous parlai la première fois, voulant marquer par là que votre amitié, au lieu d'avancer, reculerait.

La reine, inconsolable de la faute qu'elle avait faite, l'interrompit et lui demanda pardon ; elle lui dit qu'elle avait cru nommer sa fleur comme celle des autres ; que c'était le bouquet de pierreries qui l'avait trompée ; qu'elle n'était pas capable d'oublier les obligations qu'elle lui avait ; qu'elle la suppliait de ne lui point ôter son amitié, et particulièrement d'être favorable à la princesse. Toutes les fées, qui craignaient qu'elle ne la douât de misères et d'infortunes, secondèrent la reine pour l'adoucir :

— Ma chère sœur, lui disaient-elles, que votre altesse ne soit point fâchée contre une reine qui n'a jamais eu dessein de vous déplaire ! Quittez, de grâce, cette figure d'écrevisse, faites que nous vous voyions avec tous vos charmes.

J'ai déjà dit que la fée de la Fontaine était assez coquette ; les louanges que ses sœurs lui donnèrent l'adoucirent un peu :

— Eh bien ! dit-elle, je ne ferai pas à Désirée tout le mal que j'avais résolu, car assurément j'avais envie de la perdre, et rien n'aurait pu m'en empêcher. Cependant je veux bien vous avertir que si elle voit le jour avant l'âge de quinze ans elle aura lieu de s'en repentir ; il lui en coûtera peut-être la vie.

Les pleurs de la reine et les prières des illustres fées ne changèrent point l'arrêt qu'elle venait de prononcer. Elle se retira à reculons, car elle n'avait pas voulu quitter sa robe d'écrevisse.

Dès qu'elle fut éloignée de la chambre, la triste reine demanda aux fées un moyen pour préserver sa fille des maux qui la menaçaient. Elles tinrent aussitôt conseil, et enfin, après avoir agité plusieurs avis différents, elles s'arrêtèrent à celui-ci : qu'il fallait bâtir un palais sans portes ni fenêtres, y faire une entrée souterraine, et nourrir la princesse dans ce lieu jusqu'à l'âge fatal où elle était menacée.

Trois coups de baguette commencèrent et finirent ce grand édifice. Il était de marbre blanc et vert par dehors ; les plafonds et les planchers de diamants et d'émeraudes qui formaient des fleurs, des oiseaux et mille choses agréables. Tout était tapissé de velours de différentes couleurs, brodé de la main des fées ; et, comme elles étaient savantes dans l'histoire, elles s'étaient fait un plaisir de tracer les plus belles et les plus remarquables ; l'avenir n'y était pas moins présent que le passé ; les actions héroïques du plus grand roi du monde remplissaient plusieurs tentures.

Ici du démon de la Thrace
Il a le port victorieux,
Les éclairs redoublés qui partent de ses yeux
Marquent sa belliqueuse audace.

Là, plus tranquille et plus serein,
Il gouverne la France en une paix profonde,
Il fait voir par ses lois que le reste du monde
Lui doit envier son destin.

Par les peintres les plus habiles
Il y paraissait peint avec ces divers traits,
Redoutable en prenant des villes,
Généreux en faisant la paix.

Ces sages fées avaient imaginé ce moyen pour apprendre plus aisément à la jeune princesse les divers événements de la vie des héros et des autres hommes.

L'on ne voyait chez elle que par la lumière des bougies, mais il y en avait une si grande quantité, qu'elles faisaient un jour perpétuel. Tous les maîtres dont elle avait besoin pour se rendre parfaite furent conduits en ce lieu ; son esprit, sa vivacité et son adresse prévenaient presque toujours ce qu'ils voulaient lui enseigner ; et chacun d'eux demeurait dans une admiration continuelle des choses surprenantes qu'elle disait, dans un âge où les autres savent à peine nommer leur nourrice ; aussi n'est-on pas doué par les fées pour demeurer ignorante et stupide.

Si son esprit charmait tous ceux qui l'approchaient, sa beauté n'avait pas des effets moins puissants ; elle ravissait les plus insensibles, et la reine sa mère ne l'aurait jamais quittée de vue, si son devoir ne l'avait pas attachée auprès du roi. Les bonnes fées venaient voir la princesse de temps en temps ; elles lui apportaient des raretés sans pareilles, des habits si bien entendus, si riches et si galants, qu'ils semblaient avoir été faits pour la noce d'une jeune princesse qui n'est pas moins aimable que celle dont je parle ; mais entre toutes les fées qui la chérissaient, Tulipe l'aimait davantage, et recommandait plus soigneusement à la reine de ne lui pas laisser voir le jour avant qu'elle eût quinze ans.

— Notre sœur de la Fontaine est vindicative, lui disait-elle, quelque intérêt que nous prenions à cet enfant ; elle lui fera du mal si elle peut. Ainsi, madame, vous ne sauriez être trop vigilante là-dessus.

La reine lui promettait de veiller sans cesse à une affaire si importante ; mais comme sa chère fille approchait du temps où elle devait sortir de ce château, elle la fit peindre. Son portrait fut porté dans les plus grandes cours de l'univers. À sa vue, il n'y eut aucun prince qui se défendît de l'admirer ; mais il y en eut un qui en fut si touché, qu'il ne pouvait plus s'en séparer. Il le mit dans son cabinet, il s'enfermait avec lui, et, lui parlant comme s'il eût été sensible, qu'il eût pu l'entendre, il lui disait les choses du monde les plus passionnées.

Le roi, qui ne voyait presque plus son fils, s'informa de ses occupations, et de ce qui pouvait l'empêcher de paraître aussi gai qu'à son ordinaire. Quelques courtisans, trop empressés de parler, car il y en a plusieurs de ce caractère, lui dirent qu'il était à craindre que le prince ne perdît l'esprit, parce qu'il demeurait des jours entiers enfermé dans son cabinet, où l'on entendait qu'il parlait seul comme s'il eût été avec quelqu'un.

Le roi reçut cet avis avec inquiétude.

— Est-il possible, disait-il à ses confidents, que mon fils perde la raison ? Il en a toujours tant marqué ! Vous savez l'admiration qu'on a eue pour lui jusqu'à présent, et je ne trouve encore rien d'égaré dans ses yeux ; il me paraît seulement plus triste. Il faut que je l'entretienne ; je démêlerai peut-être de quelle sorte de folie il est attaqué.

En effet, il l'envoya quérir ; il commanda qu'on se retirât, et après plusieurs choses auxquelles il n'avait pas une grande attention et auxquelles aussi il répondit assez mal, le roi lui demanda ce qu'il pouvait avoir pour que son humeur et sa personne fussent si changées. Le prince, croyant ce moment favorable, se jeta à ses pieds :

— Vous avez résolu, lui dit-il, de me faire épouser la princesse Noire ; vous trouverez des avantages dans son alliance que je ne puis vous promettre dans celle de la princesse Désirée ; mais, seigneur, je trouve des charmes dans celle-ci que je ne rencontrerai point dans l'autre.

— Et où les avez-vous vues ? dit le roi.

— Les portraits de l'une et de l'autre m'ont été apportés, répliqua le prince Guerrier (c'est ainsi qu'on le nommait depuis qu'il avait gagné trois grandes batailles) ; je vous avoue que j'ai pris une si forte passion pour la princesse Désirée, que si vous ne retirez les paroles que vous avez données à la Noire, il faut que je meure, heureux de cesser de vivre en perdant l'espérance d'être à ce que j'aime.

— C'est donc avec son portrait, reprit gravement le roi, que vous prenez en gré de faire des conversations qui vous rendent ridicule à tous les courtisans ? Ils vous croient insensé, et si vous saviez ce qui m'est revenu là-dessus, vous auriez honte de marquer tant de faiblesse.

— Je ne puis me reprocher une si belle flamme, répondit-il ; lorsque vous aurez vu le portrait de cette charmante princesse, vous approuverez ce que je sens pour elle.

— Allez donc le quérir tout à l'heure, dit le roi avec un air d'impatience qui faisait connaître son chagrin.

Le prince en aurait eu de la peine, s'il n'avait pas été certain que rien au monde ne pouvait égaler la beauté de Désirée. Il courut dans son cabinet, et revint chez le roi ; il demeura presque aussi enchanté que son fils :

— Ah ! dit-il, mon cher Guerrier, je consens à ce que vous souhaitez ; je rajeunirai lorsque j'aurai une si aimable princesse à ma cour. Je vais dépêcher sur-le-champ des ambassadeurs à celle de la Noire pour retirer ma parole : quand je devrais avoir une rude guerre contre elle, j'aime mieux m'y résoudre.

Le prince baisa respectueusement les mains de son père, et lui embrassa plus d'une fois les genoux. Il avait tant de joie, qu'on le reconnaissait à peine ; il pressa le roi de dépêcher des ambassadeurs, non seulement à la Noire, mais aussi à la Désirée, et il souhaita qu'il choisît pour cette dernière l'homme le plus capable et le plus riche, parce qu'il fallait paraître dans une occasion si célèbre et persuader ce qu'il désirait. Le roi jeta les yeux sur Becafigue ; c'était un jeune seigneur très éloquent, qui avait cent millions de rentes. Il aimait passionnément le prince Guerrier ; il fit, pour lui plaire, le plus grand équipage et la plus belle livrée qu'il put imaginer. Sa diligence fut extrême, car l'amour du prince augmentait chaque jour, et sans cesse il le conjurait de partir.

— Songez, lui disait-il confidemment, qu'il y va de ma vie ; que je perds l'esprit lorsque je pense que le père de cette princesse peut prendre des engagements avec quelque autre, sans vouloir les rompre en ma faveur, et que je la perdrais pour jamais.

Becafigue le rassurait afin de gagner du temps, car il était bien aise que sa dépense lui fît honneur. Il mena quatre-vingts carrosses tout brillants d'or et de diamants ; la miniature la mieux finie n'approche pas de celle qui les ornait. Il y avait cinquante autres carrosses, vingt-quatre mille pages à cheval, plus magnifiques que les princes, et le reste de ce grand cortège ne se démentait en rien.

Lorsque l'ambassadeur prit son audience de congé du prince, il l'embrassa étroitement :

— Souvenez-vous, mon cher Becafigue, lui dit-il, que ma vie dépend du mariage que vous allez négocier ; n'oubliez rien pour persuader, et amenez l'aimable princesse que j'adore.

Il le chargea aussitôt de mille présents où la galanterie égalait la magnificence : ce n'était que devises amoureuses gravées sur des cachets de diamants, des montres dans des escarboucles, chargées des chiffres de Désirée ; des bracelets de rubis taillés en cœur. Enfin que n'avait-il pas imaginé pour lui plaire !

L'ambassadeur portait le portrait de ce jeune prince, qui avait été peint par un homme si savant, qu'il parlait et faisait de petits compliments pleins d'esprit. À la vérité il ne répondait pas à tout ce qu'on lui disait, mais il ne s'en fallait guère. Becafigue promit au prince de ne rien négliger pour sa satisfaction, et il ajouta qu'il portait tant d'argent, que si on lui refusait la princesse, il trouverait le moyen de gagner quelqu'une de ses femmes et de l'enlever.

— Ah ! s'écria le prince, je ne puis m'y résoudre ; elle serait offensée d'un procédé si peu respectueux.

Becafigue ne répondit rien là-dessus et partit. Le bruit de son voyage prévint son arrivée ; le roi et la reine en furent ravis ; ils estimaient beaucoup son maître et savaient les grandes actions du prince Guerrier ; mais ce qu'ils connaissaient encore mieux, c'était son mérite personnel ; de sorte que quand ils auraient cherché dans tout l'univers un mari pour leur fille, ils n'auraient su en trouver un plus digne d'elle. On prépara un palais pour loger Becafigue et l'on donna tous les ordres nécessaires pour que la cour parût dans la dernière magnificence.

Le roi et la reine avaient résolu que l'ambassadeur verrait Désirée ; mais la fée Tulipe vint trouver la reine et lui dit :

— Gardez-vous bien, madame, de mener Becafigue chez notre enfant (c'est ainsi qu'elle nommait la princesse) ; il ne faut pas qu'il la voie si tôt, et ne consentez point à l'envoyer chez le roi qui la demande, qu'elle n'ait passé quinze ans ; car je suis assurée que si elle part plus tôt il lui arrivera quelque malheur.

La reine embrassant la bonne Tulipe, elle lui promit de suivre ses conseils, et sur-le-champ elles allèrent voir la princesse.

L'ambassadeur arriva. Son équipage demeura vingt-trois heures à passer ; car il avait six cent mille mulets, dont les clochettes et les fers étaient d'or, leurs couvertures de velours et de brocart en broderie de perle. C'était un embarras sans pareil dans les rues : tout le monde était accouru pour le voir. Le roi et la reine allèrent au-devant de lui, tant ils étaient aises de sa venue. Il est inutile de parler de la harangue qu'il fit et des cérémonies qui se passèrent de part et d'autre : on peut assez les imaginer ; mais lorsqu'il demanda à saluer la princesse, il demeura bien surpris que cette grâce lui fût déniée.

— Si nous vous refusons, seigneur Becafigue, lui dit le roi, une chose qui paraît si juste, ce n'est point par un caprice qui nous soit particulier ; il faut vous raconter l'étrange aventure de notre fille, afin que vous y preniez part. Une fée, au moment de sa naissance, la prit en aversion, et la menaça d'une très grande infortune si elle voyait le jour avant l'âge de quinze ans. Nous la tenons dans un palais où les plus beaux appartements sont sous terre. Comme nous étions dans la résolution de vous y mener, la fée Tulipe nous a prescrit de n'en rien faire.

— Eh ! quoi, sire, répliqua l'ambassadeur, aurai-je le chagrin de m'en retourner sans elle ? Vous l'accorderez au roi mon maître pour son fils, elle est attendue avec mille impatiences, est-il possible que vous vous arrêtiez à des bagatelles comme sont les prédictions des fées ? Voilà le portrait du prince Guerrier que j'ai ordre de lui présenter ; il est si ressemblant, que je crois le voir lui-même lorsque je le regarde.

Il le déploya aussitôt ; le portrait, qui n'était instruit que pour parler à la princesse, dit :

— Belle Désirée, vous ne pouvez imaginer avec quelle ardeur je vous attends : venez bientôt dans notre cour l'orner des grâces qui vous rendent incomparable.

Le portrait ne dit plus rien ; le roi et la reine demeurèrent si surpris qu'ils prièrent Becafigue de le leur donner pour le porter à la princesse. Il en fut ravi, et le remit entre leurs mains.

La reine n'avait point parlé jusqu'alors à sa fille de ce qui se passait ; elle avait même défendu aux dames qui étaient auprès d'elle de lui rien dire de l'arrivée de l'ambassadeur : elles ne lui avaient pas obéi, et la princesse savait qu'il s'agissait d'un grand mariage ; mais elle était si prudente, qu'elle n'en avait rien témoigné à sa mère. Quand elle lui montra le portrait du prince, qui parlait et qui lui fit un compliment aussi tendre que galant, elle en fut fort surprise ; car elle n'avait rien vu d'égal à cela, et la bonne mine du prince, l'air d'esprit, la régularité de ses traits, ne l'étonnaient pas moins que ce que disait le portrait.

— Seriez-vous fâchée, lui dit la reine, en riant, d'avoir un époux qui ressemblât à ce prince ?

— Madame, répliqua-t-elle, ce n'est point à moi à faire un choix ; ainsi je serai toujours contente de celui que vous me destinerez.

— Mais enfin, ajouta la reine, si le sort tombait sur lui, ne vous estimeriez-vous pas heureuse ?

Elle rougit, baissa les yeux, et ne répondit rien. La reine la prit dans ses bras et la baisa plusieurs fois. Elle ne put s'empêcher de verser des larmes lorsqu'elle pensa qu'elle était sur le point de la perdre, car il ne s'en fallait plus que trois mois qu'elle n'eût quinze ans ; et cachant son déplaisir, elle lui déclara tout ce qui la regardait dans l'ambassade du célèbre Becafigue ; elle lui donna même les raretés qu'il avait apportées pour lui présenter. Elle les admira, elle loua avec beaucoup de goût ce qu'il y avait de plus curieux, mais de temps en temps ses regards s'échappaient pour s'attacher sur le portrait du prince, avec un plaisir qui lui avait été inconnu jusqu'alors.

L'ambassadeur, voyant qu'il faisait des instances inutiles pour qu'on lui donnât la princesse, et qu'on se contentait de la lui promettre, mais si solennellement qu'il n'y avait pas lieu d'en douter, demeura peu auprès du roi, et retourna en poste rendre compte à ses maîtres de sa négociation.

Quand le prince sut qu'il ne pouvait espérer sa chère Désirée de plus de trois mois, il fit des plaintes qui affligèrent toute la cour. Il ne dormait plus, il ne mangeait point ; il devint triste et rêveur ; la vivacité de son teint se changea en couleur de souci. Il demeurait des jours entiers couché sur un canapé dans son cabinet à regarder le portrait de sa princesse ; il lui écrivait à tous moments et présentait les lettres à ce portrait, comme s'il eût été capable de les lire. Enfin ses forces diminuèrent peu à peu, il tomba dangereusement malade, et pour en deviner la cause, il ne fallait ni médecins ni docteurs.

Le roi se désespérait. Il aimait son fils plus tendrement que jamais père n'a aimé le sien. Il se trouvait sur le point de le perdre. Quelle douleur pour un père ! Il ne voyait aucun remède qui pût guérir le prince. Il souhaitait Désirée ; sans elle il fallait mourir. Il prit donc la résolution, dans une si grande extrémité, d'aller trouver le roi et la reine qui l'avaient promise, pour les conjurer d'avoir pitié de l'état où le prince était réduit, et de ne plus différer un mariage qui ne se ferait jamais s'ils voulaient obstinément attendre que la princesse eût quinze ans.

Cette démarche était extraordinaire ; mais elle l'aurait été bien davantage s'il eût laissé périr un fils si aimable et si cher. Cependant il se trouva une difficulté qui était insurmontable : c'est que son grand âge ne lui permettait que d'aller en litière, et cette voiture s'accordait mal avec l'impatience de son fils ; de sorte qu'il envoya en poste le fidèle Becafigue, et il écrivit les lettres du monde les plus touchantes pour engager le roi et la reine à ce qu'il souhaitait.

Pendant ce temps, Désirée n'avait guère moins de plaisir à voir le portrait du prince qu'il en avait à regarder le sien. Elle allait à tout moment dans le lieu où il était ; et quelque soin qu'elle prît de cacher ses sentiments, on ne laissait pas de les pénétrer. Entre autres, Giroflée et Longue-Épine, qui étaient ses filles d'honneur, s'aperçurent des petites inquiétudes qui commençaient à la tourmenter. Giroflée l'aimait passionnément et lui était fidèle ;

Longue-Épine de tout temps sentait une jalousie secrète de son mérite et de son rang. Sa mère avait élevé la princesse ; après avoir été sa gouvernante, elle devint sa dame d'honneur : elle aurait dû l'aimer comme la chose du monde la plus aimable, quoiqu'elle chérît sa fille jusqu'à la folie ; et voyant la haine qu'elle avait pour la belle princesse, elle ne pouvait lui vouloir du bien.

L'ambassadeur que l'on avait dépêché à la cour de la princesse Noire ne fut pas bien reçu lorsqu'on apprit le compliment dont il était chargé. Cette Éthiopienne était la plus vindicative créature du monde ; elle trouva que c'était la traiter cavalièrement, après avoir pris des engagements avec elle, de lui envoyer dire ainsi qu'on la remerciait. Elle avait vu un portrait du prince dont elle s'était entêtée, et les Éthiopiennes, quand elles se mêlent d'aimer, aiment avec plus d'extravagance que les autres.

— Comment, monsieur l'ambassadeur, dit-elle, est-ce que votre maître ne me croit pas assez riche ni assez belle ? Promenez-vous dans mes États, vous trouverez qu'il n'en est guère de plus vastes ; venez dans mon trésor royal voir plus d'or que toutes les mines du Pérou n'en ont jamais fourni ; enfin regardez la noirceur de mon teint, ce nez écrasé, ces grosses lèvres ; n'est-ce pas ainsi qu'il faut être pour être belle ?

— Madame, répondit l'ambassadeur, qui craignait les bastonnades plus que tous ceux qu'on envoie à la Porte, je blâme mon maître autant qu'il est permis à un sujet ; et si le Ciel m'avait mis sur le premier trône de l'univers, je sais vraiment bien à qui je l'offrirais.

— Cette parole vous sauvera la vie, lui dit-elle. J'avais résolu de commencer ma vengeance sur vous ; mais il y aurait de l'injustice, puisque vous n'êtes pas cause du mauvais procédé de votre prince. Allez lui dire qu'il me fait plaisir de rompre avec moi, parce que je n'aime pas les malhonnêtes gens.

L'ambassadeur, qui ne demandait pas mieux que son congé, l'eut à peine obtenu qu'il en profita.

Mais l'Éthiopienne était trop piquée contre le prince Guerrier pour lui pardonner. Elle monta dans un char d'ivoire traîné par six autruches qui faisaient dix lieues par heure. Elle se rendit au palais de la fée de la Fontaine ; c'était sa marraine et sa meilleure amie. Elle lui raconta son aventure et la pria avec les dernières instances de servir son ressentiment. La fée fut sensible à la douleur de sa filleule ; elle regarda dans le livre qui dit tout, et elle connut aussitôt que le prince Guerrier ne quittait la princesse Noire que pour la princesse Désirée, qu'il l'aimait éperdument, et qu'il était même malade de la seule impatience de la voir. Cette connaissance ralluma sa colère, qui était presque éteinte, et comme elle ne l'avait pas vue depuis le moment de sa naissance, il est à croire qu'elle aurait négligé de lui faire du mal si la vindicative Noiron ne l'en avait pas conjurée.

— Quoi ! s'écria-t-elle, cette malheureuse Désirée veut donc toujours me déplaire ? Non, charmante princesse, non. Ma mignonne, je ne souffrirai pas qu'on te fasse un affront ; les cieux et tous les éléments s'intéressent dans cette affaire. Retourne chez toi et te repose sur ta chère marraine.

La princesse Noire la remercia ; elle lui fit des présents de fleurs et de fruits qu'elle reçut fort agréablement.

L'ambassadeur Becafigue s'avançait en toute diligence vers la ville capitale où le père de Désirée faisait son séjour. Il se jeta aux pieds du roi et de la reine ; il versa beaucoup de larmes, et leur dit, dans les termes les plus touchants, que le prince Guerrier mourrait s'ils lui retardaient plus longtemps le plaisir de voir la princesse leur fille ; qu'il ne s'en fallait plus que trois mois qu'elle n'eût quinze ans ; qu'il ne lui pouvait rien arriver de fâcheux dans un espace si court ; qu'il prenait la liberté de les avertir qu'une si grande crédulité pour de petites fées faisait tort à la majesté royale. Enfin il harangua si bien qu'il eut le don de persuader. On pleura avec lui, se représentant le triste état où le jeune prince était réduit, et puis on lui dit qu'il fallait quelques jours pour se déterminer et lui répondre. Il repartit qu'il ne pouvait donner que quelques heures ; que son maître était à l'extrémité ; qu'il s'imaginait que la princesse le haïssait, et que c'était elle qui retardait son voyage. On l'assura donc que le soir il saurait ce qu'on pouvait faire.

La reine courut au palais de sa chère fille ; elle lui conta tout ce qui se passait. Désirée sentit alors une douleur sans pareille ; son cœur se serra, elle s'évanouit, et la reine connut les sentiments qu'elle avait pour le prince.

— Ne vous affligez point, ma chère enfant, lui dit-elle, vous pouvez tout pour sa guérison ; je ne suis inquiète que pour les menaces que la fée de la Fontaine fit à votre naissance.

— Je me flatte, madame, répliqua-t-elle, qu'en prenant quelques mesures nous tromperons la méchante fée. Par exemple, ne pourrais-je pas aller dans un carrosse tout fermé où je ne verrais point le jour ? On l'ouvrirait la nuit pour nous donner à manger ; ainsi j'arriverais heureusement chez le prince Guerrier.

La reine goûta beaucoup cet expédient, elle en fit part au roi qui l'approuva aussi ; de sorte qu'on envoya dire à Becafigue de venir promptement, et il reçut des assurances certaines que la princesse partirait au plus tôt, ainsi qu'il n'avait qu'à s'en retourner, pour donner cette bonne nouvelle à son maître ; et que pour se hâter davantage, on négligerait de lui faire l'équipage et les riches habits qui convenaient à son rang. L'ambassadeur, transporté de joie, se jeta encore aux pieds de leurs majestés, pour les remercier. Il partit ensuite sans avoir vu la princesse.

La séparation du roi et de la reine lui aurait semblé insupportable, si elle avait été moins prévenue en faveur du prince : mais il est de certains sentiments qui étouffent presque tous les autres. On lui fit un carrosse de velours vert par-dehors, orné de grandes plaques d'or, et par dedans de brocart argent et couleur de rose rebrodé ; il n'y avait aucune glace ; il était fort grand, il fermait mieux qu'une boîte, et un seigneur des premiers du royaume fut chargé des clés qui ouvraient les serrures qu'on avait mises aux portières.

Autour d'elle on voyait les Grâces,
Les ris, les plaisirs et les jeux,
Et les Amours respectueux
Empressés à suivre ses traces ;

Elle avait l'air majestueux,
Avec une douceur céleste.
Elle s'attirait tous les vœux
Sans compter ici tout le reste,

Elle avait les mêmes attraits

Que fit briller Adélaïde,
Quand, l'hymen lui servant de guide,
Elle vint dans ces lieux pour cimenter la paix.

L'on nomma peu d'officiers pour l'accompagner, afin qu'une nombreuse suite n'embarrassât point ; et après lui avoir donné les plus belles pierreries du monde et quelques habits très riches, après, dis-je, des adieux qui pensèrent faire étouffer le roi, la reine et toute la cour, à force de pleurer, on l'enferma dans le carrosse sombre avec sa dame d'honneur, Longue-Épine et Giroflée.

On a peut-être oublié que Longue-Épine n'aimait point la princesse Désirée ; mais elle aimait fort le prince Guerrier, car elle avait vu son portrait parlant. Le trait qui l'avait blessée était si vif, qu'étant sur le point de partir elle dit à sa mère qu'elle mourrait si le mariage de la princesse s'accomplissait, et que si elle voulait la conserver, il fallait absolument qu'elle trouvât un moyen de rompre cette affaire. La dame d'honneur lui dit de ne se point affliger, qu'elle tâcherait de remédier à sa peine en la rendant heureuse.

Lorsque la reine envoya sa chère enfant, elle la recommanda au-delà de tout ce qu'on peut dire à cette mauvaise femme.

— Quel dépôt ne vous confié-je pas ! lui dit-elle ; c'est plus que ma vie. Prenez soin de la santé de ma fille ; mais surtout soyez soigneuse d'empêcher qu'elle ne voie le jour, tout serait perdu. Vous savez de quels maux elle est menacée, et je suis convenue avec l'ambassadeur du prince Guerrier que, jusqu'à ce qu'elle ait quinze ans, on la mettrait dans un château où elle ne verra aucune lumière que celle des bougies.

La reine combla cette dame de présents, pour l'engager à une plus grande exactitude. Elle lui promit de veiller à la conservation de la princesse et de lui en rendre bon compte aussitôt qu'elles seraient arrivées.

Ainsi le roi et la reine, se reposant sur ses soins, n'eurent point d'inquiétude pour leur chère fille ; cela servit en quelque façon à modérer la douleur que son éloignement leur causait. Mais Longue-Épine, qui apprenait tous les soirs, par les officiers de la princesse qui ouvraient le carrosse pour lui servir à souper, que l'on approchait de la ville où elles étaient attendues, pressait sa mère d'exécuter son dessein, craignant que le roi et le prince ne vinssent au devant d'elle, et qu'il ne fût plus temps ; de sorte qu'environ l'heure de midi, où le soleil darde ses rayons avec force, elle coupa tout d'un coup l'impériale du carrosse où elles étaient renfermées, avec un grand couteau fait exprès qu'elle avait apporté. Alors pour la première fois la princesse Désirée vit le jour. À peine l'eut-elle regardé et poussé un profond soupir, qu'elle se précipita du carrosse sous la forme d'une biche blanche et se mit à courir jusqu'à la forêt prochaine, où elle s'enfonça dans un lieu sombre, pour y regretter, sans témoins, la charmante figure qu'elle venait de perdre.

La fée de la Fontaine, qui conduisait cette étrange aventure, voyant que tous ceux qui accompagnaient la princesse se mettaient en devoir, les uns de la suivre et les autres d'aller à la ville, pour avertir le prince Guerrier du malheur qui venait d'arriver, sembla aussitôt bouleverser la nature ; les éclairs et le tonnerre effrayèrent les plus assurés, et par son merveilleux savoir elle transporta tous ces gens fort loin, afin de les éloigner du lieu où leur présence lui déplaisait.

Il ne resta que la dame d'honneur, Longue-Épine et Giroflée. Celle-ci courut après sa maîtresse, faisant retentir les bois et les rochers de son nom et de ses plaintes. Les deux autres, ravies d'être en liberté, ne perdirent pas un moment à faire ce qu'elles avaient projeté. Longue-Épine mit les plus riches habits de Désirée. Le manteau royal qui avait été fait pour ses noces était d'une richesse sans pareille, et la couronne avait des diamants deux ou trois fois gros comme le poing ; son sceptre était d'un seul rubis ; le globe qu'elle tenait dans l'autre main, d'une perle plus grosse que la tête. Cela était rare et très lourd à porter ; mais il fallait persuader qu'elle était la princesse, et ne rien négliger de tous les ornements royaux.

En cet équipage, Longue-Épine, suivie de sa mère, qui portait la queue de son manteau, s'achemine vers la ville.

Cette fausse princesse marchait gravement, elle ne doutait pas que l'on ne vînt les recevoir ; et, en effet, elles n'étaient guère avancées quand elles aperçurent un gros de cavalerie, et, au milieu, deux litières brillantes d'or et de pierreries, portées par des mulets ornés de longs panaches de plumes vertes (c'était la couleur favorite de la princesse). Le roi, qui était dans l'une, et le prince malade dans l'autre, ne savaient que juger de ces dames qui venaient à eux. Les plus empressés galopèrent vers elles, et jugèrent par la magnificence de leurs habits qu'elles devaient être des personnes de distinction. Ils mirent pied à terre, et les abordèrent respectueusement.

— Obligez-moi de m'apprendre, leur dit Longue-Épine, qui est dans ces litières ?

— Mesdames, répliquèrent-ils, c'est le roi et le prince son fils, qui viennent au-devant de la princesse Désirée.

— Allez, je vous prie, leur dire, continua-t-elle, que la voici. Une fée, jalouse de mon bonheur, a dispersé tous ceux qui m'accompagnaient, par une centaine de coups de tonnerre, d'éclairs et de prodiges surprenants ; mais voici ma dame d'honneur, qui est chargée des lettres du roi mon père et de mes pierreries.

Aussitôt ces cavaliers lui baisèrent le bas de sa robe, et furent en diligence annoncer au roi que la princesse approchait.

— Comment ! s'écria-t-il, elle vient à pied en plein jour !

Ils lui racontèrent ce qu'elle avait dit. Le prince, brûlant d'impatience :

— Avouez, leur dit-il, que c'est un prodige de beauté, un miracle, une princesse tout accomplie. Ils ne répondirent rien, et surprirent le prince.

— Pour avoir trop à louer, continua-t-il, vous aimez mieux vous taire.

— Seigneur, vous l'allez voir, lui dit le plus hardi d'entre eux ; apparemment que la fatigue du voyage l'a changée.

Le prince demeura surpris ; s'il avait été moins faible, il se serait précipité de la litière pour satisfaire son impatience et sa curiosité. Le roi descendit de la sienne, et s'avançant avec toute la cour, il joignit la fausse princesse ; mais aussitôt qu'il eut jeté les yeux sur elle, il poussa un grand cri, et reculant quelques pas :

— Que vois-je ! dit-il. Quelle perfidie !

— Sire, dit la dame d'honneur en s'avançant hardiment, voici la princesse Désirée, avec les lettres du roi et de la reine ; je remets aussi entre vos mains la cassette de pierreries dont ils me chargèrent en partant.

Le roi gardait à tout cela un morne silence, et le prince, s'appuyant sur Becafigue, s'approcha de Longue-Épine. Ô dieux ! que devint-il après avoir considéré cette fille, dont la taille extraordinaire faisait peur ! Elle était si grande, que les habits de la princesse lui couvraient à peine les genoux ; sa maigreur affreuse, son nez, plus crochu que celui d'un perroquet, brillait d'un rouge luisant ; il n'a jamais été de dents plus noires et plus mal rangées. Enfin elle était aussi laide que Désirée était belle.

Le prince, qui n'était occupé que de la charmante idée de sa princesse, demeura transi et comme immobile à la vue de celle-ci ; il n'avait pas la force de proférer une parole, il la regardait avec étonnement, et s'adressant ensuite au roi :

— Je suis trahi, dit-il ; ce merveilleux portrait sur lequel j'engageai ma liberté n'a rien de la personne qu'on nous envoie. L'on a cherché à nous tromper ; l'on y a réussi, il m'en coûtera la vie.

— Comment l'entendez-vous, seigneur ? dit Longue-Épine ; l'on a cherché à vous tromper ? Sachez que vous ne le serez jamais en m'épousant.

Son effronterie et sa fierté n'avaient pas d'exemples. La dame d'honneur renchérissait encore par-dessus.

— Ah ! ma belle princesse ! s'écriait-elle, où sommes-nous venues ? Est-ce ainsi que l'on reçoit une personne de votre rang ? Quelle inconstance ! quel procédé ! Le roi votre père en saura bien tirer raison.

— C'est nous qui nous la ferons faire, répliqua le roi. Il nous avait promis une belle princesse, il nous envoie un squelette, une momie qui fait peur. Je ne m'étonne plus qu'il ait gardé ce beau trésor caché pendant quinze ans ; il voulait attraper quelque dupe. C'est sur nous que le sort a tombé, mais il n'est pas impossible de s'en venger.

— Quels outrages ! s'écria la fausse princesse ; ne suis-je pas bien malheureuse d'être venue sur la parole de telles gens ! Voyez que l'on a grand tort de s'être fait peindre un peu plus belle que l'on est : cela n'arrive-t-il pas tous les jours ? Si pour tels inconvénients les princes renvoyaient leurs fiancées, peu se marieraient.

Le roi et le prince, transportés de colère, ne daignèrent pas lui répondre, ils remontèrent chacun dans leur litière ; et, sans autre cérémonie, un garde du corps mit la princesse en trousse derrière lui, et la dame d'honneur fut traitée de même. On les mena dans la ville ; par ordre du roi, elles furent enfermées dans le château des Trois-Pointes.

Le prince Guerrier avait été si accablé du coup qui venait de le frapper, que son affliction s'était toute renfermée dans son cœur. Lorsqu'il eut assez de force pour se plaindre, que ne dit-il pas sur sa cruelle destinée ! Il était toujours amoureux, et n'avait pour tout objet de sa passion qu'un portrait. Ses espérances ne subsistaient plus, toutes les idées si charmantes qu'il s'était faites sur la princesse Désirée se trouvaient échouées. Il aurait mieux aimé mourir que d'épouser celle qu'il prenait pour elle. Enfin, jamais désespoir ne fut égal au sien : il ne pouvait plus souffrir la cour, et il résolut, dès que sa santé put lui permettre, de s'en aller secrètement et de se rendre dans quelque lieu solitaire pour y passer le reste de sa triste vie.

Il ne communiqua son dessein qu'au fidèle Becafigue ; il était bien persuadé qu'il le suivrait partout, et il le choisit pour parler avec lui plus souvent qu'avec un autre du mauvais tour qu'on lui avait joué. À peine commença-t-il à se porter mieux, qu'il partit et laissa une grande lettre pour le roi sur la table de son cabinet, l'assurant qu'aussitôt que son esprit serait un peu tranquillisé il reviendrait auprès de lui ; mais qu'il le suppliait, en attendant, de penser à leur commune vengeance, et de retenir toujours la laide prisonnière.

Il est aisé de juger de la douleur qu'eut le roi lorsqu'il reçut cette lettre. La séparation d'un fils si cher pensa le faire mourir. Pendant que tout le monde était occupé à le consoler, le prince et Becafigue s'éloignaient, et au bout de trois jours ils se trouvèrent dans une vaste forêt, si sombre par l'épaisseur des arbres, si agréable par la fraîcheur de l'herbe et des ruisseaux qui coulaient de tous côtés, que le prince, fatigué de la longueur du chemin, car il était encore malade, descendit de cheval et se jeta tristement sur la terre, sa main sous sa tête, ne pouvant presque parler, tant il était faible.

— Seigneur, dit Becafigue, pendant que vous allez vous reposer, je vais chercher quelques fruits pour vous rafraîchir et reconnaître un peu le lieu où nous sommes.

Le prince ne lui répondit rien, il lui témoigna seulement par un signe qu'il le pouvait.

Il y a longtemps que nous avons laissé la biche au bois, je veux parler de l'incomparable princesse. Elle pleura en biche désolée, lorsqu'elle vit sa figure dans une fontaine qui lui servait de miroir : « Quoi ! c'est moi ! disait-elle. C'est aujourd'hui que je me trouve réduite à subir la plus étrange aventure qui puisse arriver du règne des fées à une innocente princesse telle que je suis ! Combien durera ma métamorphose ? Où me retirer pour que les lions, les ours et les loups ne me dévorent point ? Comment pourrai-je manger de l'herbe ? » Enfin elle se faisait mille questions et ressentait la plus cruelle douleur qu'il est possible. Il est vrai que si quelque chose pouvait la consoler, c'est qu'elle était une aussi belle biche qu'elle avait été belle princesse.

La faim pressant Désirée, elle brouta l'herbe de bon appétit et demeura surprise que cela pût être. Ensuite elle se coucha sur la mousse ; la nuit la surprit, elle la passa avec des frayeurs inconcevables. Elle entendait les bêtes féroces proches d'elle, et souvent, oubliant qu'elle était biche, elle essayait de grimper sur un arbre. La clarté du jour la rassura un peu ; elle admirait sa beauté, et le soleil lui paraissait quelque chose de si merveilleux, qu'elle ne se lassait point de le regarder, tout ce qu'elle en avait entendu dire lui semblait fort au-dessous de ce qu'elle voyait. C'était l'unique consolation qu'elle pouvait trouver dans un lieu si désert ; elle y resta toute seule pendant plusieurs jours.

La fée Tulipe, qui avait toujours aimé cette princesse, ressentait vivement son malheur ; mais elle avait un véritable dépit que la reine et elle eussent fait si peu de cas de ses avis, car elle leur dit plusieurs fois que si la princesse partait avant que d'avoir quinze ans elle s'en trouverait mal ; cependant elle ne voulait point l'abandonner aux furies de la fée de la Fontaine, et ce fut elle qui conduisit les pas de

Giroflée vers la forêt, afin que cette fidèle confidente pût la consoler dans sa disgrâce.

Cette belle biche passait doucement le long d'un ruisseau quand Giroflée, qui ne pouvait presque marcher, se coucha pour se reposer. Elle rêvait tristement de quel côté elle pourrait aller pour trouver sa chère princesse. Lorsque la biche l'aperçut, elle franchit tout d'un coup le ruisseau, qui était large et profond, elle vint se jeter sur Giroflée et lui faire mille caresses. Elle en demeura surprise ; elle ne savait si les bêtes de ce canton avaient quelque amitié particulière pour les hommes qui les rendît humaines, ou si elles la connaissaient ; car enfin il était fort singulier qu'une biche s'avisât de faire si bien les honneurs de la forêt.

Elle la regarda attentivement, et vit avec une extrême surprise de grosses larmes qui coulaient de ses yeux ; elle ne douta plus que ce ne fût sa chère princesse. Elle prit ses pieds, elle les baisa avec autant de respect et de tendresse qu'elle lui avait baisé ses mains. Elle lui parla et connut que la biche l'entendait, mais qu'elle ne pouvait lui répondre ; les larmes et les soupirs redoublèrent de part et d'autre. Giroflée promit à sa maîtresse qu'elle ne la quitterait point, la biche lui fit mille petits signes de la tête et des yeux, qui marquaient qu'elle en serait très aise et qu'elle la consolerait d'une partie de ses peines.

Elles étaient demeurées presque tout le jour ensemble ; Bichette eut peur que sa fidèle Giroflée n'eût besoin de manger, elle la conduisit dans un endroit de la forêt où elle avait remarqué des fruits sauvages qui ne laissaient pas d'être bons. Elle en prit quantité, car elle mourait de faim ; mais après que sa collation fut finie, elle tomba dans une grande inquiétude, ne sachant où elles se retireraient pour dormir : car, de rester au milieu de la forêt exposées à tous les périls qu'elles pouvaient courir, il n'était pas possible de s'y résoudre.

— N'êtes-vous point effrayée, charmante biche, lui dit-elle, de passer la nuit ici ? La biche leva les yeux vers le ciel et soupira.

— Mais, continua Giroflée, vous avez parcouru déjà une partie de cette vaste solitude, n'y a-t-il point de maisonnettes, un charbonnier, un bûcheron, un ermitage ?

La biche marqua par les mouvements de sa tête qu'elle n'avait rien vu.

— Ô dieux ! s'écria Giroflée, je ne serai pas en vie demain. Quand j'aurais le bonheur d'éviter les tigres et les ours, je suis certaine que la peur suffit pour me tuer ; et ne croyez pas au reste, ma chère princesse, que je regrette la vie par rapport à moi : je la regrette par rapport à vous. Hélas ! vous laisser dans ces lieux dépourvue de toute consolation ! se peut-il rien de plus triste ?

La petite biche se prit à pleurer, elle sanglotait presque comme une personne.

Ses larmes touchèrent la fée Tulipe, qui l'aimait tendrement ; malgré sa désobéissance, elle avait toujours veillé à sa conservation, et, paraissant tout d'un coup :

— Je ne veux point vous gronder, lui dit-elle ; l'état où je vous vois me fait trop de peine.

Bichette et Giroflée l'interrompaient en se jetant à ses genoux ; la première lui baisait les mains et la caressait le plus joliment du monde, l'autre la conjurait d'avoir pitié de la princesse, et de lui rendre sa figure naturelle.

— Cela ne dépend pas de moi, dit Tulipe ; celle qui lui fait tant de mal a beaucoup de pouvoir. Mais j'accourcirai le temps de sa pénitence, et, pour l'adoucir, aussitôt que le jour laissera sa place à la nuit, elle quittera sa forme de biche ; mais à peine l'aurore paraîtra-t-elle, qu'il faudra qu'elle la reprenne, et qu'elle coure les plaines et les forêts comme les autres.

C'était déjà beaucoup de cesser d'être biche pendant la nuit ; la princesse témoigna sa joie par des sauts et des bonds qui réjouirent Tulipe :

— Avancez-vous, leur dit-elle, dans ce petit sentier, vous y trouverez une cabane assez propre pour un endroit champêtre.

En achevant ces mots, elle disparut. Giroflée obéit, elle entra avec Bichette dans la route qu'elles voyaient, et trouvèrent une vieille femme assise sur le pas de sa porte, qui achevait un panier d'osier fin. Giroflée la salua.

— Voudriez-vous, ma bonne mère, lui dit-elle, me retirer avec ma biche ? Il me faudrait une petite chambre.

— Oui, ma belle fille, répondit-elle, je vous donnerai volontiers une retraite ici ; entrez avec votre biche.

Elle les mena aussitôt dans une chambre très jolie, toute boisée de merisier ; il y avait deux petits lits de toile blanche, des draps fins, et tout paraissait si simple et si propre, que la princesse a dit depuis qu'elle n'avait rien trouvé de plus à son gré.

Dès que la nuit fut entièrement venue, Désirée cessa d'être biche. Elle embrassa cent fois sa chère Giroflée ; elle la remercia de l'affection qui l'engageait à suivre sa fortune, et lui promit qu'elle rendrait la sienne très heureuse dès que sa pénitence serait finie.

La vieille vint frapper doucement à la porte, et, sans entrer, elle donna des fruits excellents à Giroflée, dont la princesse mangea avec grand appétit, ensuite elles se couchèrent ; et sitôt que le jour parut, Désirée étant redevenue biche se mit à gratter la porte afin que Giroflée lui ouvrît. Elles se témoignèrent un sensible regret de se séparer, quoique ce ne fût pas pour longtemps, et Bichette s'étant élancée dans le plus épais du bois, elle commença d'y courir à son ordinaire.

J'ai déjà dit que le prince Guerrier s'était arrêté dans la forêt, et que Becafigue la parcourait pour trouver quelques fruits. Il était assez tard lorsqu'il se rendit à la maisonnette de la bonne vieille dont j'ai parlé. Il lui parla civilement, et lui demanda les choses dont il avait besoin pour son maître. Elle se hâta d'emplir une corbeille et la lui donna.

— Je crains, dit-elle, que si vous passez la nuit ici sans retraite, il ne vous arrive quelque accident ; je vous en offre une bien pauvre. Mais au moins elle met à l'abri des lions.

Il la remercia, et lui dit qu'il était avec un de ses amis ; qu'il allait lui proposer de venir chez elle. En effet, il sut si bien persuader le prince, qu'il se laissa conduire chez cette bonne femme. Elle était encore à sa porte, et, sans faire aucun bruit, elle les mena dans une chambre semblable à celle que la princesse occupait, si proches l'une de l'autre, qu'elles n'étaient séparées que par une cloison.

Le prince passa la nuit avec ses inquiétudes ordinaires. Dès que les premiers rayons du soleil eurent brillé à ses fenêtres, il se leva, et pour divertir sa tristesse, il sortit dans la forêt, disant à Becafigue de ne point venir avec lui. Il marcha longtemps sans tenir aucune route certaine ; enfin il arriva dans un lieu assez spacieux, couvert d'arbres et de mousse ; aussitôt une biche en partit. Il ne put s'empêcher de la suivre. Son penchant dominant était pour la chasse, mais il n'était plus si vif depuis la passion qu'il avait dans le cœur. Malgré cela, il poursuivit la pauvre biche, et de temps en temps il lui décochait des traits qui la faisaient mourir de peur, quoiqu'elle n'en fût pas blessée : car son amie Tulipe la garantissait, et il ne fallait pas moins que la main secourable d'une fée pour la préserver de périr sous des coups si justes. L'on n'a jamais été si lasse que l'était la princesse des biches : l'exercice qu'elle faisait lui était bien nouveau. Enfin elle se détourna à un sentier si heureusement, que le dangereux chasseur, la perdant de vue et se trouvant lui-même extrêmement fatigué, ne s'obstina pas à la suivre.

Le jour s'étant passé de cette manière, la biche vit avec joie l'heure de se retirer ; elle tourna ses pas vers la maison où Giroflée l'attendait impatiemment. Dès qu'elle fut dans sa chambre, elle se jeta sur le lit, haletante, elle était tout en nage. Giroflée lui fit mille caresses ; elle mourait d'envie de savoir ce qui lui était arrivé. L'heure de se débichonner étant arrivée, la belle princesse reprit sa forme ordinaire. Jetant les bras au cou de sa favorite :

— Hélas ! lui dit-elle, je croyais n'avoir à craindre que la fée de la Fontaine et les cruels hôtes des forêts ; mais j'ai été poursuivie aujourd'hui par un jeune chasseur, que j'ai vu à peine, tant j'étais pressée de fuir. Mille traits décochés après moi me menaçaient d'une mort inévitable ; j'ignore encore par quel bonheur j'ai pu m'en sauver.

— Il ne faut plus sortir, ma princesse, répliqua Giroflée. Passez dans cette chambre le temps fatal de votre pénitence. J'irai dans la ville la plus proche acheter des livres pour vous divertir ; nous lirons les Contes nouveaux que l'on a faits sur les fées, nous ferons des vers et des chansons.

— Tais-toi, ma chère fille, reprit la princesse. La charmante idée du prince Guerrier suffit pour m'occuper agréablement ; mais le même pouvoir qui me réduit pendant le jour à la triste condition de biche me force malgré moi de faire ce qu'elles font : je cours, je saute et je mange l'herbe comme elles. Dans ce temps-là, une chambre me serait insupportable.

Elle était si harassée de la chasse, qu'elle demanda promptement à manger ; ensuite ses beaux yeux se fermèrent jusqu'au lever de l'aurore. Dès qu'elle l'aperçut, la métamorphose ordinaire se fit, et elle retourna dans la forêt.

Le prince, de son côté, était venu sur le soir rejoindre son favori.

— J'ai passé le temps, lui dit-il, à courir après la plus belle biche que j'aie jamais vue ; elle m'a trompé cent fois avec une adresse merveilleuse. J'ai tiré si juste, que je ne comprends point comment elle a évité mes coups. Aussitôt qu'il fera jour, j'irai la chercher encore, et ne la manquerai point.

En effet, ce jeune prince, qui voulait éloigner de son cœur une idée qu'il croyait chimérique, n'étant pas fâché que la passion de la chasse l'occupât, se rendit de bonne heure dans le même endroit où il avait trouvé la biche ; mais elle se garda bien d'y aller, craignant une aventure semblable à celle qu'elle avait eue. Il jeta les yeux de tous côtés ; il marcha longtemps, et comme il s'était échauffé, il fut ravi de trouver des pommes dont la couleur lui fit plaisir ; il en cueillit, il en mangea, et presque aussitôt il s'endormit d'un profond sommeil. Il se jeta sur l'herbe fraîche, sous des arbres, où mille oiseaux semblaient s'être donné rendez-vous.

Dans le temps qu'il dormait, notre craintive biche, avide des lieux écartés, passa dans celui où il était. Si elle l'avait aperçu plus tôt, elle l'aurait fui ; mais elle se trouva si proche de lui, qu'elle ne put s'empêcher de le regarder, et son assoupissement la rassura si bien, qu'elle se donna le loisir de considérer tous ses traits. Ô dieux ! que devint-elle quand elle le reconnut ? Son esprit était trop rempli de sa charmante idée pour l'avoir perdue en si peu de temps. Amour, amour, que veux-tu donc ? faut-il que Bichette s'expose à perdre la vie par les mains de son amant ? Oui, elle s'y expose, il n'y a plus moyen de songer à sa sûreté. Elle se coucha à quelques pas de lui, et ses yeux ravis de le voir ne pouvaient s'en détourner un moment ; elle soupirait, poussait de petits gémissements. Enfin plus hardie, elle s'approcha encore davantage ; elle le touchait lorsqu'il s'éveilla.

Sa surprise parut extrême, il reconnut la même biche qui lui avait donné tant d'exercice et qu'il avait cherchée longtemps ; mais la trouver si familière lui paraissait une chose rare. Elle n'attendit pas qu'il eût essayé de la prendre : elle s'enfuit de toute sa force, et il la suivit de toute la sienne. De temps en temps, ils s'arrêtaient pour reprendre haleine, car la belle biche était encore lasse d'avoir couru la veille et le prince ne l'était pas moins qu'elle ; mais ce qui ralentissait le plus la fuite de Bichette, hélas ! faut-il le dire ? c'était la peine de s'éloigner de celui qui l'avait plus blessée par mérite que par les traits qu'il tirait sur elle. Il la voyait très souvent qui tournait la tête sur lui, comme pour lui demander s'il voulait qu'elle pérît sous ses coups, et lorsqu'il était sur le point de la joindre, elle faisait de nouveaux efforts pour se sauver.

— Ah ! si tu pouvais m'entendre, petite biche, lui criait-il, tu ne m'éviterais pas ; je t'aime, je te veux nourrir ; tu es charmante, j'aurai soin de toi.

L'air emportait ses paroles : elles n'allaient point jusqu'à elle.

Enfin, après avoir fait tout le tour de la forêt, notre biche, ne pouvant plus courir, ralentit ses pas, et le prince, redoublant les siens, la joignit avec une joie dont il ne croyait plus être capable. Il vit bien qu'elle avait perdu toutes ses forces ; elle était couchée comme une pauvre petite bête demi-morte, et elle n'attendait que de voir finir sa vie par les mains de son vainqueur ; mais au lieu de lui être cruel, il se mit à la caresser.

— Belle biche, lui dit-il, n'aie point de peur, je veux t'emmener avec moi, et que tu me suives partout.

Il coupa exprès des branches d'arbre, il les plia adroitement, il les couvrit de mousse, il y jeta des roses dont quelques buissons étaient chargés ; ensuite il prit la biche entre ses bras, il appuya sa tête sur son cou, et vint la coucher doucement sur ces ramées ; puis il s'assit auprès d'elle, cherchant de temps en temps des herbes fines, qu'il lui présentait, et qu'elle mangeait dans sa main.

Le prince continuait de lui parler, quoiqu'il fût persuadé qu'elle ne l'entendait pas. Cependant, quelque plaisir qu'elle eût de le voir, elle s'inquiétait, parce que la nuit s'approchait. « Que serait-ce, disait-elle en elle-même, s'il me voyait changer tout d'un coup de forme ? Il serait effrayé et me fuirait, ou, s'il ne me fuyait pas, que n'aurais-je pas à craindre ainsi seule dans une forêt ? » Elle ne faisait que penser de quelle manière elle pourrait se sauver, lorsqu'il lui en fournit le moyen : car, ayant peur qu'elle n'eût besoin de boire, il alla voir où il pourrait trouver quelque ruisseau, afin de l'y conduire. Pendant qu'il cherchait, elle se déroba promptement, et vint à la maisonnette où Giroflée l'attendait. Elle se jeta encore sur son lit ; la nuit vint, sa métamorphose cessa ; elle lui apprit son aventure.

— Le croirais-tu, ma chère, lui dit-elle, mon prince Guerrier est dans cette forêt, c'est lui qui m'a chassée depuis deux jours, et qui m'ayant prise m'a fait mille caresses. Ah ! que le portrait qu'on m'en apporta est peu fidèle ! il est cent fois mieux fait ; tout le désordre où l'on voit les chasseurs ne dérobe rien à sa bonne mine et lui conserve des agréments que je ne saurais t'exprimer. Ne suis-je pas bien malheureuse d'être obligée de fuir ce prince, lui qui m'est destiné par mes plus proches, lui qui m'aime et que j'aime ? Il faut qu'une méchante fée me prenne en aversion le jour de ma naissance, et trouble tous ceux de ma vie.

Elle se prit à pleurer. Giroflée la consola, et lui fit espérer que dans quelque temps ses peines seraient changées en plaisirs.

Le prince revint vers sa chère biche, dès qu'il eut trouvé une fontaine ; mais elle n'était plus au lieu où il l'avait laissée. Il la chercha inutilement partout, et sentit autant de chagrin contre elle que si elle avait dû avoir de la raison.

— Quoi ! s'écria-t-il, je n'aurai donc jamais que des sujets de me plaindre de ce sexe trompeur et infidèle !

Il retourna chez la bonne vieille, plein de mélancolie. Il conta à son confident l'aventure de Bichette, et l'accusa d'ingratitude. Becafigue ne put s'empêcher de sourire de la colère du prince ; il lui conseilla de punir la biche quand il la rencontrerait.

— Je ne reste plus ici que pour cela, répondit le prince ; ensuite nous partirons pour aller plus loin.

Le jour revint, et, avec lui, la princesse reprit sa figure de biche blanche. Elle ne savait à quoi se résoudre, ou d'aller dans les mêmes lieux que le prince parcourait ordinairement, ou de prendre une route tout opposée pour l'éviter. Elle choisit ce dernier parti, et s'éloigna beaucoup ; mais le jeune prince, qui était aussi fin qu'elle, en usa tout de même, croyant bien qu'elle aurait cette petite ruse ; de sorte qu'il la découvrit dans le plus épais de la forêt. Elle s'y trouvait en sûreté lorsqu'elle l'aperçut ; aussitôt elle bondit, elle saute par-dessus les buissons, et, comme si elle l'eût appréhendé davantage, à cause du tour qu'elle lui avait fait le soir, elle fuit plus légère que les vents ; mais, dans le moment qu'elle traversait un sentier, il la mire si bien, qu'il lui enfonce une flèche dans la jambe. Elle sentit une douleur violente, et, n'ayant plus assez de force pour fuir, elle se laissa tomber.

Amour cruel et barbare, où étais-tu donc ? Quoi ! tu laisses blesser une fille incomparable par son tendre amant ! Cette triste catastrophe était inévitable, car la fée de la Fontaine y avait attaché la fin de l'aventure. Le prince s'approcha. Il eut un sensible regret de voir couler le sang de la biche : il prit des herbes, il les lia sur sa jambe pour la soulager, et lui fit un nouveau lit de ramée. Il tenait la tête de Bichette appuyée sur ses genoux.

— N'es-tu pas cause, petite volage, lui disait-il, de ce qui t'est arrivé ? Que t'avais-je fait hier pour m'abandonner ? Il n'en sera pas aujourd'hui de même, je t'emporterai.

La biche ne répondit rien ; qu'aurait-elle dit ? elle avait tort et ne pouvait parler ; car ce n'est pas toujours une conséquence que ceux qui ont tort se taisent. Le prince lui faisait mille caresses.

— Que je souffre de t'avoir blessée, lui disait-il. Tu me haïras, et je veux que tu m'aimes.

Il semblait, à l'entendre, qu'un secret génie lui inspirait tout ce qu'il disait à Bichette. Enfin l'heure de revenir chez sa vieille hôtesse approchait ; il se chargea de sa chasse, et n'était pas médiocrement embarrassé à la porter, à la mener et quelquefois à la traîner. Elle n'avait aucune envie d'aller avec lui. « Qu'est-ce que je vais devenir ! disait-elle. Quoi, je me trouverai toute seule avec ce prince ! Ah ! mourons plutôt ! » Elle faisait la pesante et l'accablait ; il était tout en eau de tant de fatigue, et quoiqu'il n'y eût pas loin pour se rendre à la petite maison, il sentait bien que sans quelque secours, il n'y pourrait arriver. Il alla quérir son fidèle Becafigue ; mais, avant que de quitter sa proie, il l'attacha avec plusieurs rubans au pied d'un arbre, dans la crainte qu'elle ne s'enfuît.

Hélas ! qui aurait pu penser que la plus belle princesse du monde serait un jour traitée ainsi par un prince qui l'adorait ? Elle essaya inutilement d'arracher les rubans, ses efforts les nouèrent plus serrés, et elle était prête de s'étrangler avec un nœud coulant qu'il avait malheureusement fait, lorsque Giroflée, lasse d'être toujours enfermée dans sa chambre, sortit pour prendre l'air et passa dans le lieu où était la biche blanche, qui se débattait. Que devint-elle quand elle aperçut sa chère maîtresse ! Elle ne pouvait se hâter assez de la défaire ; les rubans étaient noués par différents endroits ; enfin le prince arriva avec Becafigue comme elle allait emmener la biche.

— Quelque respect que j'aie pour vous, madame, lui dit le prince, permettez-moi de m'opposer au larcin que vous voulez me faire ; j'ai blessé cette biche, elle est à moi, je l'aime, je vous supplie de m'en laisser le maître.

— Seigneur, répliqua civilement Giroflée (car elle était bien faite et gracieuse), la biche que voici est à moi avant que d'être à vous ; je renoncerais aussitôt à ma vie qu'à elle ; et si vous voulez voir comme elle me connaît, je ne vous demande que de lui donner un peu de liberté.... Allons, ma petite Blanche, dit-elle, embrassez-moi.

Bichette se jeta à son cou.

— Baisez-moi la joue droite.

Elle obéit.

— Touchez mon cœur.

Elle y porta le pied.

— Soupirez.

Elle soupira. Il ne fut plus permis au prince de douter de ce que Giroflée lui disait.

— Je vous la rends, lui dit-il honnêtement ; mais j'avoue que ce n'est pas sans chagrin.

Elle s'en alla aussitôt avec sa biche.

Elles ignoraient que le prince demeurait dans leur maison ; il les suivit d'assez loin et demeura surpris de les voir entrer chez la vieille bonne femme. Il s'y rendit fort peu après elles ; et, poussé d'un mouvement de curiosité dont Biche-Blanche était cause, il lui demanda qui était cette jeune personne. Elle répliqua qu'elle ne la connaissait pas ; qu'elle l'avait reçue chez elle avec sa biche ; qu'elle la payait bien, et qu'elle vivait dans une grande solitude. Becafigue s'informa en quel lieu était sa chambre ; elle lui dit que c'était si proche de la sienne qu'elle n'était séparée que par une cloison.

Lorsque le prince fut retiré, son confident lui dit qu'il était le plus trompé des hommes ou que cette fille avait demeuré avec la princesse Désirée ; qu'il l'avait vue au palais quand il y était allé en ambassade.

— Quel funeste souvenir me rappelez-vous ? lui dit le prince, et par quel hasard serait-elle ici ?

— C'est ce que j'ignore, seigneur, ajouta Becafigue ; mais j'ai envie de la voir encore, et puisqu'une simple menuiserie nous sépare, j'y vais faire un trou.

— Voilà une curiosité bien inutile, dit le prince tristement. Car les paroles de Becafigue avaient renouvelé toutes ses douleurs. En effet, il ouvrit sa fenêtre qui regardait dans la forêt, et se mit à rêver. Cependant Becafigue travaillait, et il eut bientôt fait un assez grand trou pour voir la charmante princesse vêtue d'une robe de brocart d'argent, mêlé de quelques fleurs incarnates brodées d'or avec des émeraudes : ses cheveux tombaient par grosses boucles sur la plus belle gorge du monde ; son teint brillait des plus vives couleurs et ses yeux ravissaient.

Giroflée était à genoux devant elle qui lui bandait le bras, dont le sang coulait avec abondance. Elles paraissaient toutes deux assez embarrassées de cette blessure.

— Laisse-moi mourir ! disait la princesse ; la mort me sera plus douce que la déplorable vie que je mène. Oui ! être biche tout le jour ! voir celui à qui je suis destinée sans lui parler, sans lui apprendre ma fatale aventure ! Hélas ! si tu savais tout ce qu'il m'a dit de touchant sous ma métamorphose, quel ton de voix il a, quelles manières nobles et engageantes, tu me plaindrais encore plus que tu ne fais de n'être point en état de l'éclaircir de ma destinée.

L'on peut assez juger de l'étonnement de Becafigue par tout ce qu'il venait de voir et d'entendre ; il courut vers le prince, il l'arracha de la fenêtre avec des transports de joie inexprimable.

— Ah ! seigneur ! lui dit-il, ne différez pas de vous approcher de cette cloison, vous verrez le véritable original du portrait qui vous a charmé.

Le prince regarda et reconnut aussitôt sa princesse. Il serait mort de plaisir s'il n'eût craint d'être déçu par quelque enchantement : car enfin comment accommoder une rencontre si surprenante avec Longue-Épine et sa mère, qui étaient renfermées dans le château des Trois-Pointes, et qui prenaient le nom, l'une de Désirée et l'autre de sa dame d'honneur ?

Cependant sa passion le flattait. L'on a un penchant naturel à se persuader ce que l'on souhaite, et, dans une telle occasion, il fallait mourir d'impatience ou s'éclaircir. Il alla, sans différer, frapper doucement à la porte de la chambre où était la princesse. Giroflée, ne doutant pas que ce ne fût la bonne vieille et ayant même besoin de son secours pour lui aider à bander le bras de sa maîtresse, se hâta d'ouvrir, et demeura bien surprise de voir le prince, qui vint se jeter aux pieds de Désirée. Les transports qui l'animaient lui permirent si peu de faire un discours suivi, que, quelque soin que j'aie eu de m'informer de ce qu'il lui dit dans ces premiers moments, je n'ai trouvé personne qui m'en ait bien éclairci. La princesse ne s'embarrassa pas moins dans ses réponses ; mais l'Amour, qui sert souvent d'interprète aux muets, se mit en tiers et persuada à l'un et l'autre qu'il ne s'était jamais rien dit de plus spirituel ; au moins ne s'était-il jamais rien dit de plus touchant et de plus tendre. Les larmes, les soupirs, les serments, et même quelques sourires gracieux, tout en fut. La nuit se passa ainsi, le jour parut sans que Désirée y eût fait aucune réflexion, et elle ne devint plus biche. Elle s'en aperçut : rien ne fut égal à sa joie ; le prince lui était trop cher pour différer de la partager avec lui. Au même moment, elle commença le récit de son histoire, qu'elle fit avec une grâce et une éloquence naturelle qui surpassait celle des plus habiles.

— Quoi ! s'écria-t-il, ma charmante princesse, c'est vous que j'ai blessée sous la forme d'une biche blanche ! Que ferai-je pour expier un si grand crime ? Suffira-t-il d'en mourir de douleur à vos yeux ?

Il était tellement affligé, que son déplaisir se voyait peint sur son visage. Désirée en souffrit plus que de sa blessure ; elle l'assura que ce n'était presque rien, et qu'elle ne pouvait s'empêcher d'aimer un mal qui lui procurait tant de bien.

La manière dont elle parla était si obligeante, qu'il ne put douter de ses bontés. Pour l'éclaircir à son tour de toutes choses, il lui raconta la supercherie que Longue-Épine et sa mère avaient faite, ajoutant qu'il fallait se hâter d'envoyer dire au roi son père le bonheur qu'il avait eu de la trouver, parce qu'il allait faire une terrible guerre, pour tirer raison de l'affront qu'il croyait avoir reçu. Désirée le pria d'écrire par Becafigue ; il voulait lui obéir, lorsqu'un bruit perçant de trompettes, clairons, timbales et tambours, se répandit dans la forêt ; il leur sembla même qu'ils entendaient passer beaucoup de monde proche de la petite maison. Le prince regarda par la fenêtre, il reconnut plusieurs officiers, ses drapeaux et ses guidons ; il leur commanda de s'arrêter et de l'attendre.

Jamais surprise n'a été plus agréable que celle de cette armée ; chacun était persuadé que leur prince allait la conduire, et tirer vengeance du père de Désirée. Le père du prince les menait lui-même, malgré son grand âge. Il venait dans une litière de velours en broderie d'or ; elle était suivie d'un chariot découvert : Longue-Épine y était avec sa mère. Le prince Guerrier, ayant vu la litière, y courut, et le roi, lui tendant les bras, l'embrassa avec mille témoignages d'un amour paternel.

— Et d'où venez-vous, mon cher fils ? s'écria-t-il. Est-il possible que vous m'ayez livré à la douleur que votre absence me cause ?

— Seigneur, dit le prince, daignez m'écouter.

Le roi aussitôt descendit de sa litière, et, se retirant dans un lieu écarté, son fils lui apprit l'heureuse rencontre qu'il avait faite, et la fourberie de Longue-Épine.

Le roi, ravi de cette aventure, leva les mains et les yeux au ciel pour lui en rendre grâce. Dans ce moment, il vit paraître la princesse Désirée, plus belle et plus brillante que tous les astres ensemble. Elle montait un superbe cheval, qui n'allait que par courbettes ; cent plumes de différentes couleurs paraient sa tête, et les plus gros diamants du monde avaient été mis à son habit. Elle était vêtue en chasseur. Giroflée, qui la suivait, n'était guère moins parée qu'elle. C'était là des effets de la protection de Tulipe ; elle avait tout conduit avec soin et avec succès. La jolie maison de bois fut faite en faveur de la princesse, et, sous la figure d'une vieille, elle l'avait régalée pendant plusieurs jours.

Dès que le prince reconnut ses troupes et qu'il alla trouver le roi son père, elle entra dans la chambre de Désirée ; elle souffla sur son bras pour guérir sa blessure ; elle lui donna ensuite les riches habits sous lesquels elle parut aux yeux du roi, qui demeura si charmé, qu'il avait bien de la peine à la croire une personne mortelle. Il lui dit tout ce qu'on peut imaginer de plus obligeant dans une semblable occasion, et la conjura de ne point différer à ses sujets le plaisir de l'avoir pour reine :

— Car je suis résolu, continua-t-il, de céder mon royaume au prince Guerrier, afin de le rendre plus digne de vous.

Désirée lui répondit avec toute la politesse qu'on devait attendre d'une personne si bien élevée ; puis, jetant les yeux sur les deux prisonnières qui étaient dans le chariot et qui se cachaient le visage de leurs mains, elle eut la générosité de demander leur grâce, et que le même chariot, où elles étaient, servît à les conduire où elles voudraient aller. Le roi consentit à ce qu'elle souhaitait, ce ne fut pas sans admirer son bon cœur et sans lui donner de grandes louanges.

On ordonna que l'armée retournerait sur ses pas. Le prince monta à cheval pour accompagner sa belle princesse.

On les reçut dans la ville capitale avec mille cris de joie ; l'on prépara tout pour le jour des noces, qui devint très solennel par la présence des six bénignes fées qui aimaient la princesse. Elles lui firent les plus riches présents qui se soient jamais imaginés ; entre autres ce magnifique palais, où la reine les avait été voir, parut tout d'un coup en l'air, porté par cinquante mille amours, qui le posèrent dans une belle plaine au bord de la rivière. Après un tel don, il ne s'en pouvait plus faire de considérables.

Le fidèle Becafigue pria son maître de parler à Giroflée et de l'unir avec elle lorsqu'il épouserait la princesse. Il le voulut bien. Cette aimable fille fut très aise de trouver un établissement si avantageux en arrivant dans un royaume étranger. La fée Tulipe, qui était encore plus libérale que ses sœurs, lui donna quatre mines d'or dans les Indes, afin que son mari n'eût pas l'avantage de se dire plus riche qu'elle. Les noces du prince durèrent plusieurs mois ; chaque jour fournissait une fête nouvelle, et les aventures de Biche-Blanche ont été chantées par tout le monde.

La princesse, trop empressée
De sortir de ces sombres lieux
Où voulait une sage fée
Lui cacher la clarté des cieux,

Ses malheurs, sa métamorphose,
Font assez voir en quel danger
Une jeune beauté s'expose
Quand trop tôt dans le monde elle ose s'engager !

Ô vous, à qui l'amour, d'une main libérale,
A donné des attraits capables de toucher,
La beauté souvent est fatale,
Vous ne sauriez trop la cacher.

Vous croyez toujours vous défendre,
En vous faisant aimer, de ressentir l'amour :
Mais sachez qu'à son tour,
À force d'en donner, on peut souvent en prendre.

BABIOLE

Il y avait un jour une reine qui ne pouvait rien souhaiter, pour être heureuse, que d'avoir des enfants : elle ne parlait d'autre chose, et disait sans cesse que la fée Fanferluche étant venue à sa naissance, et n'ayant pas été satisfaite de la reine sa mère, s'était mise en furie, et ne lui avait souhaité que des chagrins.

Un jour qu'elle s'affligeait toute seule au coin de son feu, elle vit descendre par la cheminée une petite vieille, haute comme la main ; elle était à cheval sur trois brins de jonc ; elle portait sur sa tête une branche d'aubépine, son habit était fait d'ailes de mouches ; deux coques de noix lui servaient de bottes, elle se promenait en l'air, et après avoir fait trois tours dans la chambre, elle s'arrêta devant la reine.

« Il y a longtemps, lui dit-elle, que vous murmurez contre moi, que vous m'accusez de vos déplaisirs, et que vous me rendez responsable de tout ce qui vous arrive : vous croyez, madame, que je suis cause de ce que vous n'avez point d'enfants, je viens vous annoncer une infante, mais j'appréhende qu'elle ne vous coûte bien des larmes.

— Ha ! noble Fanferluche, s'écria la reine, ne me refusez pas votre pitié et votre secours ; je m'engage de vous rendre tous les services qui seront en mon pouvoir, pourvu que la princesse que vous me promettez, soit ma consolation et non pas ma peine.

— Le destin est plus puissant que moi, répliqua la fée ; tout ce que je puis, pour vous marquer mon affection, c'est de vous donner cette épine blanche ; attachez-la sur la tête de votre fille, aussitôt qu'elle sera née, elle la garantira de plusieurs périls. »

Elle lui donna l'épine blanche, et disparut comme un éclair.

La reine demeura triste et rêveuse :

« Que souhaitai-je disait-elle ; une fille qui me coûtera bien des larmes et bien des soupirs : ne serais-je donc pas plus heureuse de n'en point avoir ? »

La présence du roi qu'elle aimait chèrement dissipa une partie de ses déplaisirs ; elle devint grosse, et tout son soin, pendant sa grossesse, était de recommander à ses plus confidentes, qu'aussitôt que la princesse serait née on lui attachât sur la tête cette fleur d'épine, qu'elle conservait dans une boîte d'or couverte de diamants, comme la chose du monde qu'elle estimait davantage.

Enfin la reine donna le jour à la plus belle créature que l'on ait jamais vue : on lui attacha en diligence la fleur d'aubépine sur la tête ; et dans le même instant, ô merveille ! elle devint une petite guenon, sautant, courant et cabriolant dans la chambre, sans que rien y manquât. À cette métamorphose, toutes les dames poussèrent des cris effroyables, et la reine, plus alarmée qu'aucune, pensa mourir de désespoir : elle cria qu'on lui ôtât le bouquet qu'elle avait sur l'oreille : l'on eut mille peines à prendre la guenuche, et on lui eût ôté inutilement ces fatales fleurs ; elle était déjà guenon, guenon confirmée, ne voulant ni téter, ni faire l'enfant, il ne lui fallait que des noix et des marrons.

« Barbare Fanferluche, s'écriait douloureusement la reine, que t'ai-je fait pour me traiter si cruellement ? Que vais-je devenir ! quelle honte pour moi, tous mes sujets croiront que j'ai fait un monstre : quelle sera l'horreur du roi pour un tel enfant ! »

Elle pleurait et priait les dames de lui conseiller ce qu'elle pouvait faire dans une occasion si pressante.

« Madame, dit la plus ancienne, il faut persuader au roi que la princesse est morte, et renfermer cette guenuche dans une boîte que l'on jettera au fond de la mer ; car ce serait une chose épouvantable, si vous gardiez plus longtemps une bestiole de cette nature. »

La reine eut quelque peine à s'y résoudre ; mais comme on lui dit que le roi venait dans sa chambre, elle demeura si confuse et si troublée, que sans délibérer davantage, elle dit à sa dame d'honneur de faire de la guenon tout ce qu'elle voudrait.

On la porta dans un autre appartement ; on l'enferma dans la boîte, et l'on ordonna à un valet de chambre de la reine de la jeter dans la mer ; il partit sur-le-champ. Voilà donc la princesse dans un péril extrême : cet homme ayant trouvé la boîte belle, eut regret de s'en défaire ; il s'assit au bord du rivage, et tira la guenuche de la boîte, bien résolu de la tuer, car il ne savait point que c'était sa souveraine ; mais comme il la tenait, un grand bruit qui le surprit, l'obligea de tourner la tête ; il vit un chariot découvert, traîné par six licornes ; il brillait d'or et de pierreries, plusieurs instruments de guerre le précédaient : une reine, en manteau royal, et couronnée, était assise sur des carreaux de drap d'or, et tenait devant elle son fils âgé de quatre ans.

Le valet de chambre reconnut cette reine, car c'était la sœur de sa maîtresse ; elle l'était venue voir pour se réjouir avec elle ; mais aussitôt qu'elle sut que la petite princesse était morte, elle partit fort triste, pour retourner dans son royaume ; elle rêvait profondément lorsque son fils cria :

« Je veux la guenon, je veux l'avoir. »

La reine ayant regardé, elle aperçut la plus jolie guenon qui ait jamais été. Le valet de chambre cherchait un moyen de s'enfuir ; on l'en empêcha : la reine lui en fit donner une grosse somme, et la trouvant douce et mignonne, elle la nomma Babiole : ainsi, malgré la rigueur de son sort, elle tomba entre les mains de la reine, sa tante.

Quand elle fut arrivée dans ses états, le petit prince la pria de lui donner Babiole pour jouer avec lui : il voulait qu'elle fût habillée comme une princesse : on lui faisait tous les jours des robes neuves, et on lui apprenait à ne marcher que sur les pieds ; il était impossible de trouver une guenon plus belle et de meilleur air : son petit visage était noir comme jais, avec une barbette blanche et des touffes incarnates aux oreilles ; ses menottes n'étaient pas plus grandes que les ailes d'un papillon, et la vivacité de ses yeux marquait tant d'esprit, que l'on n'avait pas lieu de s'étonner de tout ce qu'on lui voyait faire.

Le prince, qui l'aimait beaucoup, la caressait sans cesse ; elle se gardait bien de le mordre, et quand il pleurait, elle pleurait aussi. Il y avait déjà quatre ans qu'elle était chez la reine, lorsqu'elle commença un jour à bégayer comme un enfant qui veut dire quelque chose ; tout le monde s'en étonna, et ce fut bien un autre étonnement, quand elle se mit à parler avec une petite voix douce et claire, si distincte, que l'on n'en perdait pas un mot. Quelle merveille ! Babiole parlante, Babiole raisonnante ! La reine voulut la ravoir pour s'en divertir ; on la mena dans son appartement au grand regret du prince ; il lui en coûta quelques larmes ; et pour le consoler, on lui donna des chiens et des chats, des oiseaux, des écureuils, et même un petit cheval appelé Criquetin, qui dansait la sarabande : mais tout cela ne valait pas un mot de Babiole. Elle était de son côté plus contrainte chez la reine que chez le prince ; il fallait qu'elle répondît comme une sibylle, à cent questions spirituelles et savantes, dont elle ne pouvait quelquefois se bien démêler. Dès qu'il arrivait un ambassadeur ou un étranger, on la faisait paraître avec une robe de velours ou de brocart, en corps et en collerette : si la cour était en deuil, elle traînait une longue mante et des crêpes qui la fatiguaient beaucoup : on ne lui laissait plus la liberté de manger ce qui était de son goût ; le médecin en ordonnait, et cela ne lui plaisait guère, car elle était volontaire comme une guenuche née princesse.

La reine lui donna des maîtres qui exercèrent bien la vivacité de son esprit ; elle excellait à jouer du clavecin : on lui en avait fait un merveilleux dans une huître à l'écaille : il venait des peintres des quatre parties du monde, et particulièrement d'Italie pour la peindre ; sa renommée volait d'un pôle à l'autre, car on n'avait point encore vu une guenon qui parlât.

Le prince, aussi beau que l'on représente l'amour, gracieux et spirituel, n'était pas un prodige moins extraordinaire ; il venait voir Babiole ; il s'amusait quelquefois avec elle ; leurs conversations, de badines et d'enjouées, devenaient quelquefois sérieuses et morales. Babiole avait un cœur, et ce cœur n'avait pas été métamorphosé comme le reste de sa petite personne : elle prit donc de la tendresse pour le prince, et il en prit si fort qu'il en prit trop. L'infortunée Babiole ne savait que faire ; elle passait les nuits sur le haut d'un volet de fenêtres, ou sur le coin d'une cheminée, sans vouloir entrer dans son panier ouaté, plumé, propre et mollet. Sa gouvernante (car elle en avait une) l'entendait souvent soupirer, et se plaindre quelquefois ; sa mélancolie augmenta comme sa raison, et elle ne se voyait jamais dans un miroir, que par dépit elle ne cherchât à le casser ; de sorte qu'on disait ordinairement, le singe est toujours singe, Babiole ne saurait se défaire de la malice naturelle à ceux de sa famille.

Le prince étant devenu grand, il aimait la chasse, le bal, la comédie, les armes, les livres, et pour la guenuche, il n'en était presque plus mention. Les choses allaient bien différemment de son côté ; elle l'aimait mieux à douze ans, qu'elle ne l'avait aimé à six ; elle lui faisait quelquefois des reproches de son oubli, il croyait en être fort justifié, en lui donnant pour toute raison une pomme d'apis, ou des marrons glacés. Enfin, la réputation de Babiole fit du bruit au royaume des Guenons ; le roi Magot eut grande envie de l'épouser, et dans ce dessein il envoya une célèbre ambassade, pour l'obtenir de la reine ; il n'eut pas de peine à faire entendre ses intentions à son premier ministre : mais il en aurait eu d'infinies à les exprimer, sans le secours des perroquets et des pies, vulgairement appelées margots ; celles-ci jasaient beaucoup, et les geais qui suivaient l'équipage, auraient été bien fâchés de caqueter moins qu'elles. Un gros singe appelé Mirlifiche, fut chef de l'ambassade : il fit faire un carrosse de carte, sur lequel on peignit les amours du roi Magot avec Monette Guenuche, fameuse dans l'empire Magotique ; elle mourut impitoyablement sous la griffe d'un chat sauvage, peu accoutumé à ses espiègleries. L'on avait donc représenté les douceurs que Magot et Monette avaient goûtées pendant leur mariage, et le bon naturel avec lequel ce roi l'avait pleurée après son trépas. Six lapins blancs, d'une excellente garenne, traînaient ce carrosse, appelé par honneur carrosse du corps : on voyait ensuite un chariot de paille peinte de plusieurs couleurs, dans lequel étaient les guenons destinées à Babiole ; il fallait voir comme elles étaient parées : il paraissait vraisemblablement qu'elles venaient à la noce. Le reste du cortège était composé de petits épagneuls, de levrons, de chats d'Espagne, de rats de Moscovie, de quelques hérissons, de subtiles belettes, de friands renards ; les uns menaient les chariots, les autres portaient le bagage. Mirlifiche, sur le tout, plus grave qu'un dictateur romain, plus sage qu'un Caton, montait un jeune levraut qui allait mieux l'amble qu'aucun guildain d'Angleterre.

La reine ne savait rien de cette magnifique ambassade, lorsqu'elle parvint jusqu'à son palais. Les éclats de rire du peuple et de ses gardes l'ayant obligée de mettre la tête à la fenêtre, elle vit la plus extraordinaire cavalcade qu'elle eût vue de ses jours. Aussitôt Mirlifiche, suivi d'un nombre considérable de singes, s'avança vers le chariot des guenuches, et donnant la patte à la grosse guenon, appelée Gigogna, il l'en fit descendre, puis lâchant le petit perroquet qui devait lui servir d'interprète, il attendit que ce bel oiseau se fût présenté à la reine, et lui eût demandé audience de sa part. Perroquet s'élevant doucement en l'air, vint sur la fenêtre d'où la reine regardait, et lui dit d'un ton de voix le plus joli du monde :

« Madame, monseigneur le comte de Mirlifiche, ambassadeur du célèbre Magot, roi des singes, demande audience à votre majesté, pour l'entretenir d'une affaire très importante.

— Beau perroquet, lui dit la reine en le caressant, commencez par manger une rôtie, et buvez un coup ; après cela, je consens que vous alliez dire au comte Mirlifiche qu'il est le très bienvenu dans mes états, lui et tout ce qui l'accompagne. Si le voyage qu'il a fait depuis Magotie jusqu'ici ne l'a point trop fatigué, il peut tout à l'heure entrer dans la salle d'audience, où je vais l'attendre sur mon trône avec toute ma cour. »

À ces mots, Perroquet baissa deux fois la patte, battit la garde, chanta un petit air en signe de joie ; et reprenant son vol, il se percha sur l'épaule de Mirlifiche, et lui dit à l'oreille la réponse favorable qu'il venait de recevoir. Mirlifiche n'y fut pas insensible ; il fit demander à un des officiers de la reine par Margot, la pie, qui s'était érigée en sous-interprète, s'il voulait bien lui donner une chambre pour se délasser pendant quelques moments. On ouvrit aussitôt un salon, pavé de marbre peint et doré, qui était des plus propres du palais ; il y entra avec une partie de sa suite ; mais comme les singes sont grands fureteurs de leur métier, ils allèrent découvrir un certain coin, dans lequel on avait arrangé maints pots de confiture ; voilà mes gloutons après ; l'un tenait une tasse de cristal pleine d'abricots, l'autre une bouteille de sirop ; celui-ci des pâtés, celui-là des massepains. La gente volatile qui faisait cortège, s'ennuyait de voir un repas où elle n'avait ni chènevis, ni millet ; et un geai, grand causeur de son métier, vola dans la salle d'audience, où s'approchant respectueusement de la reine :

« Madame, lui dit-il, je suis trop serviteur de votre majesté, pour être complice bénévole du dégât qui se fait de vos très douces confitures : le comte Mirlifiche en a déjà mangé trois boîtes pour sa part : il croquait la quatrième sans aucun respect de la majesté royale, lorsque le cœur pénétré, je vous en suis venu donner avis.

— Je vous remercie, petit geai, mon ami, dit la reine en souriant, mais je vous dispense d'avoir tant de zèle pour mes pots de confitures, je les abandonne en faveur de Babiole que j'aime de tout mon cœur. »

Le geai un peu honteux de la levée de bouclier qu'il venait de faire, se retira sans dire mot.

L'on vit entrer quelques moments après l'ambassadeur avec sa suite : il n'était pas tout à fait habillé à la mode, car depuis le retour du fameux Fagotin, qui avait tant brillé dans le monde, il ne leur était venu aucun bon modèle : son chapeau était pointu, avec un bouquet de plumes vertes, un baudrier de papier bleu, couvert de papillotes d'or, de gros canons et une canne. Perroquet qui passait pour un assez bon poète, ayant composé une harangue fort sérieuse, s'avança jusqu'au pied du trône où la reine était assise ; il s'adressa à Babiole, et parla ainsi :

Madame, de vos yeux connaissez la puissance,
Par l'amour dont Magot ressent la violence.
Ces singes et ces chats, ce cortège pompeux,
Ces oiseaux, tout ici vous parle de ses feux,
Lorsque d'un chat sauvage éprouvant la furie,
Monette (c'est le nom d'une guenon chérie)
Madame, je ne peux la comparer qu'à vous,
Lorsqu'elle fut ravie à Magot son époux,
Le roi jura cent fois qu'à ses mânes, fidèle,
Il lui conserverait un amour éternel.

Madame, vos appas ont chassé de son cœur
Le tendre souvenir de sa première ardeur.
Il ne pense qu'à vous : si vous saviez, madame,
Jusques à quel excès il a porté sa flamme,
Sans doute votre cœur, sensible à la pitié,
Pour adoucir ses maux, en prendrait la moitié !
Lui qu'on voyait jadis gros, gras, dispos, allègre,
Maintenant inquiet, tout défait et tout maigre,
Un éternel souci semble le consumer,

Madame, qu'il sent bien ce que c'est que d'aimer !

Les olives, les noix dont il était avide,
Ne lui paraissent plus qu'un ragoût insipide.
Il se meurt : c'est à vous que nous avons recours !
Vous seule, vous pouvez nous conserver ses jours.
Je ne vous dirai point les charmants avantages
Que vous pouvez trouver dans nos heureuses plages.
La figue et le raisin y viennent à foison,
Là, les fruits les plus beaux sont de toute saison.

Perroquet eut à peine fini son discours, que la reine jeta les yeux sur Babiole, qui de son côté se trouvait si interdite, qu'on ne l'a jamais été davantage ; la reine voulut savoir son sentiment avant que de répondre. Elle dit à Perroquet de faire entendre à monsieur l'ambassadeur qu'elle favoriserait les prétentions de son roi, en tout ce qui dépendrait d'elle. L'audience finie, elle se retira, et Babiole la suivit dans son cabinet :

« Ma petite guenuche, lui dit-elle, je t'avoue que j'aurai bien du regret de ton éloignement, mais il n'y a pas moyen de refuser le Magot qui te demande en mariage, car je n'ai pas encore oublié que son père mit deux cent mille singes en campagne, pour soutenir une grande guerre contre le mien ; ils mangèrent tant de nos sujets, que nous fûmes obligés de faire une paix assez honteuse.

— Cela signifie, madame, répliqua impatiemment Babiole, que vous êtes résolue de me sacrifier à ce vilain monstre, pour éviter sa colère ; mais je supplie au moins votre majesté de m'accorder quelques jours pour prendre ma dernière résolution.

— Cela est juste, dit la reine ; néanmoins, si tu veux m'en croire, détermine-toi promptement ; considère les honneurs qu'on te prépare ; la magnificence de l'ambassade, et quelles dames d'honneur on t'envoie ; je suis sûre que jamais Magot n'a fait pour Monette, ce qu'il fait pour toi.

— Je ne sais ce qu'il a fait pour Monette, répondit dédaigneusement la petite Babiole, mais je sais bien que je suis peu touchée des sentiments dont il me distingue. »

Elle se leva aussitôt, et faisant la révérence de bonne grâce, elle fut chercher le prince pour lui conter ses douleurs. Dès qu'il la vit, il s'écria :

« Hé bien, ma Babiole, quand danserons-nous à ta noce ?

— Je l'ignore, seigneur, lui dit-elle tristement ; mais l'état où je me trouve est si déplorable, que je ne suis plus la maîtresse de vous taire mon secret, et quoiqu'il en coûte à ma pudeur, il faut que je vous avoue que vous êtes le seul que je puisse souhaiter pour époux.

— Pour époux ! dit le prince, en éclatant de rire ; pour époux, ma guenuche ! je suis charmé de ce que tu me dis ; j'espère cependant que tu m'excuseras, si je n'accepte point le parti ; car enfin, notre taille, notre air et nos manières ne sont pas tout à fait convenables.

— J'en demeure d'accord, dit-elle, et surtout nos cœurs ne se ressemblent point ; vous êtes un ingrat, il y a longtemps que je m'en aperçois, et je suis bien extravagante de pouvoir aimer un prince qui le mérite si peu.

— Mais, Babiole, dit-il, songe à la peine que j'aurais de te voir perchée sur la pointe d'un sycomore, tenant une branche par le bout de la queue : crois-moi, tournons cette affaire en raillerie pour ton honneur et pour le mien, épouse le roi Magot, et en faveur de la bonne amitié qui est entre nous, envoie-moi le premier Magotin de ta façon.

— Vous êtes heureux, seigneur, ajouta Babiole, que je n'ai pas tout à fait l'esprit d'une guenuche ; une autre que moi vous aurait déjà crevé les yeux, mordu le nez, arraché les oreilles ; mais je vous abandonne aux réflexions que vous ferez un jour sur votre indigne procédé. »

Elle n'en put dire davantage, sa gouvernante vint la chercher, l'ambassadeur Mirlifiche s'était rendu dans son appartement, avec des présents magnifiques.

Il y avait une toilette de réseau d'araignée, brodée de petits vers luisants, une coque d'œuf renfermait les peignes, un bigarreau servait de pelote, et tout le linge était garni de dentelles de papier : il y avait encore dans une corbeille plusieurs coquilles proprement assorties, les unes pour servir de pendants d'oreilles, les autres de poinçons, et cela brillait comme des diamants ce qui était bien meilleur, c'était une douzaine de boîtes pleines de confitures avec un petit coffre de verre dans lequel étaient renfermées une noisette et une olive, mais la clé était perdue, et Babiole s'en mit peu en peine.

L'ambassadeur lui fit entendre en grommelant, qui est la langue dont on se sert en Magotie, que son monarque était plus touché de ses charmes qu'il l'eût été de sa vie d'aucune guenon ; qu'il lui faisait bâtir un palais, au plus haut d'un sapin ; qu'il lui envoyait ces présents, et même de bonnes confitures pour lui marquer son attachement : qu'ainsi le roi son maître ne pouvait lui témoigner mieux son amitié :

« Mais, ajouta-t-il, la plus forte épreuve de sa tendresse, et à laquelle vous devez être la plus sensible, c'est, madame, au soin qu'il a pris de se faire peindre pour vous avancer le plaisir de le voir. »

Aussitôt il déploya le portrait du roi des singes assis sur un gros billot, tenant une pomme qu'il mangeait.

Babiole détourna les yeux pour ne pas regarder plus longtemps une figure si désagréable, et grondant trois ou quatre fois, elle fit entendre à Mirlifiche qu'elle était obligée à son maître de son estime ; mais qu'elle n'avait pas encore déterminé si elle voulait se marier.

Cependant la reine avait résolu de ne se point attirer la colère des singes, et ne croyant pas qu'il fallût beaucoup de cérémonies pour envoyer Babiole où elle voulait qu'elle allât, elle fit préparer tout pour son départ. À ces nouvelles le désespoir s'empara tout à fait de son cœur : les mépris du prince d'un côté, de l'autre l'indifférence de la reine, et plus que tout cela, un tel époux, lui firent prendre la résolution de s'enfuir : ce n'était pas une chose bien difficile ; depuis qu'elle parlait, on ne l'attachait plus, elle allait, elle venait et rentrait dans sa chambre aussi souvent par la fenêtre que par la porte.

Elle se hâta donc de partir, sautant d'arbre en arbre, de branche en branche jusqu'au bord d'une rivière ; l'excès de son désespoir l'empêcha de comprendre le péril où elle allait se mettre en voulant la passer à la nage, et sans rien examiner, elle se jeta dedans : elle alla aussitôt au fond. Mais comme elle ne perdit point le jugement, elle aperçut une grotte magnifique, toute ornée de coquilles, elle se hâta d'y entrer ; elle y fut reçue par un vénérable vieillard, dont la barbe descendait jusqu'à sa ceinture : il était couché sur des roseaux et des glaïeuls, il avait une couronne de pavots et de lis sauvages ; il s'appuyait contre un rocher, d'où coulaient plusieurs fontaines qui grossissaient la rivière.

« Hé ! qui t'amène ici, petite Babiole ? dit-il, en lui tendant la main.

— Seigneur, répondit-elle, je suis une guenuche infortunée, je fuis un singe affreux que l'on veut me donner pour époux.

— Je sais plus de tes nouvelles que tu ne penses, ajouta le sage vieillard ; il est vrai que tu abhorres Magot, mais il n'est pas moins vrai que tu aimes un jeune prince, qui n'a pour toi que de l'indifférence.

— Ah ! seigneur, s'écria Babiole en soupirant, n'en parlons point, son souvenir augmente toutes mes douleurs.

— Il ne sera pas toujours rebelle à l'amour, continua l'hôte des poissons, je sais qu'il est réservé à la plus belle princesse de l'univers.

— Malheureuse que je suis ! continua Babiole. Il ne sera donc jamais pour moi ! »

Le bonhomme sourit, et lui dit :

« Ne t'afflige point, bonne Babiole, le temps est un grand maître, prend seulement garde de ne pas perdre le petit coffre de verre que le Magot t'a envoyé, et que tu as par hasard dans ta poche, je ne t'en puis dire davantage : voici une tortue qui va bon train, assois-toi dessus, elle te conduira où il faut que tu ailles.

— Après les obligations dont je vous suis redevable, lui dit-elle, je ne puis me passer de savoir votre nom.

— On me nomme, dit-il, Biroqua, père de Biroquie, rivière, comme tu vois, assez grosse et assez fameuse. »

Babiole monta sur sa tortue avec beaucoup de confiance, elles allèrent pendant longtemps sur l'eau, et enfin à un détour qui paraissait long, la tortue gagna le rivage. Il serait difficile de rien trouver de plus galant que la selle à l'anglaise et le reste de son harnais ; il y avait jusqu'à de petits pistolets d'arçon, auxquels deux corps d'écrevisses servaient de fourreaux.

Babiole voyageait avec une entière confiance sur les promesses du sage Biroqua, lorsqu'elle entendit tout d'un coup un assez grand bruit. Hélas ! hélas ! c'était l'ambassadeur Mirlifiche, avec tous ses mirlifichons, qui retournaient en Magotie, tristes et désolés de la fuite de Babiole. Un singe de la troupe était monté à la dînée sur un noyer, pour abattre des noix et nourrir les magotins ; mais il fut à peine au haut de l'arbre, que regardant de tous côtés, il aperçut Babiole sur la pauvre tortue, qui cheminait lentement en pleine campagne. À cette vue il se prit à crier si fort, que les singes assemblés lui demandèrent en leur langage de quoi il était question ; il le dit : on lâcha aussitôt les perroquets, les pies et geais, qui volèrent jusqu'où elle était, et sur leur rapport l'ambassadeur, les guenons et le reste de l'équipage coururent et l'arrêtèrent.

Quel déplaisir pour Babiole ! il serait difficile d'en avoir un plus grand et plus sensible ; on la contraignit de monter dans le carrosse du corps, il fut aussitôt entouré des plus vigilantes guenons, de quelques renards et d'un coq qui se percha sur l'impériale, faisant la sentinelle jour et nuit. Un singe menait la tortue en main, comme un animal rare : ainsi la cavalcade continua son voyage au grand déplaisir de Babiole qui n'avait pour toute compagnie que madame Gigogna, guenon acariâtre et peu complaisante.

Au bout de trois jours, qui s'étaient passés sans aucune aventure, les guides s'étant égarés, ils arrivèrent tous dans une grande et fameuse ville qu'ils ne connaissaient point ; mais ayant aperçu un beau jardin, dont la porte était ouverte, ils s'y arrêtèrent, et firent main-basse partout, comme en pays de conquête. L'un croquait des noix, l'autre gobait des cerises, l'autre dépouillait un prunier ; enfin, il n'y avait si petit singenot qui n'allât à la picorée, et qui ne fît magasin.

Il faut savoir que cette ville était la capitale du royaume où Babiole avait pris naissance ; que la reine, sa mère, y demeurait, et que depuis le malheur qu'elle avait eu de voir métamorphoser sa fille en guenuche, par le bouquet d'aubépine, elle n'avait jamais voulu souffrir dans ses états, ni guenuches, ni sapajou, ni magot, enfin rien qui pût rappeler à son souvenir la fatalité de sa déplorable aventure. On regardait là un singe comme un perturbateur du repos public. De quel étonnement fut donc frappé le peuple, en voyant arriver un carrosse de carte, un chariot de paille peinte, et le reste du plus surprenant équipage qui se soit vu depuis que les contes sont contes, et que les fées sont fées ?

Ces nouvelles volèrent au palais, la reine demeura transie, elle crut que la gente singenote voulait attenter à son autorité. Elle assembla promptement son conseil, elle les fit condamner tous comme criminels de lèse-majesté ; et ne voulant pas perdre l'occasion de faire un exemple assez fameux pour qu'on s'en souvînt à l'avenir, elle envoya ses gardes dans le jardin, avec ordre de prendre tous les singes. Ils jetèrent de grands filets sur les arbres, la chasse fut bientôt faite, et, malgré le respect dû à la qualité d'ambassadeur, ce caractère se trouva fort méprisé en la personne de Mirlifiche, que l'on jeta impitoyablement dans le fond d'une cave sous un grand poinçon vide, où lui et ses camarades furent emprisonnés, avec les dames guenuches et les demoiselles guenuchonnes, qui accompagnaient Babiole.

À son égard elle ressentait une joie secrète de ce nouveau désordre : quand les disgrâces sont à un certain point, l'on n'appréhende plus rien, et la mort même peut être envisagée comme un bien ; c'était la situation où elle se trouvait, le cœur occupé du prince, qui l'avait méprisée, et l'esprit rempli de l'affreuse idée du roi Magot, dont elle était sur le point de devenir la femme. Au reste, il ne faut pas oublier de dire que son habit était si joli et ses manières si peu communes, que ceux qui l'avaient prise s'arrêtèrent à la considérer comme quelque chose de merveilleux ; et lorsqu'elle leur parla, ce fut bien un autre étonnement, ils avaient déjà entendu parler de l'admirable Babiole. La reine qui l'avait trouvée, et qui ne savait point la métamorphose de sa nièce, avait écrit très souvent à sa sœur, qu'elle possédait une guenuche merveilleuse, et qu'elle la priait de la venir voir ; mais la reine affligée passait cet article sans le vouloir lire. Enfin les gardes, ravis d'admiration, portèrent Babiole dans une grande galerie, ils y firent un petit trône ; elle s'y plaça plutôt en souveraine qu'en guenuche prisonnière, et la reine venant à passer, demeura si vivement surprise de sa jolie figure, et du gracieux compliment qu'elle lui fit, que malgré elle, la nature parla en faveur de l'infante.

Elle la prit entre ses bras. La petite créature animée de son côté par des mouvements qu'elle n'avait point encore ressentis, se jeta à son cou, et lui dit des choses si tendres et si engageantes, qu'elle faisait l'admiration de tous ceux qui l'entendaient.

« Non, madame, s'écriait-elle, ce n'est point la peur d'une mort prochaine, dont j'apprends que vous menacez l'infortunée race des singes, qui m'effraie et qui m'engage de chercher les moyens de vous plaire et de vous adoucir ; la fin de ma vie n'est pas le plus grand malheur qui puisse m'arriver, et j'ai des sentiments si fort au-dessus de ce que je suis, que je regretterais la moindre démarche pour ma conservation ; c'est donc par rapport à vous seule, madame, que je vous aime, votre couronne me touche bien moins que votre mérite. »

À votre avis, que répondre à une Babiole si complimenteuse et si révérencieuse ? La reine plus muette qu'une carpe, ouvrait deux grands yeux, croyait rêver, et sentait que son cœur était fort ému.

Elle emporta la guenuche dans son cabinet. Lorsqu'elles furent seules, elle lui dit :

« Ne diffère pas un moment à me conter tes aventures ; car je sens bien que de toutes les bestioles qui peuplent les ménageries, et que je garde dans mon palais, tu seras celle que j'aimerai davantage : je t'assure même qu'en ta faveur je ferai grâce aux singes qui t'accompagnent.

— Ha ! madame, s'écria-t-elle, je ne vous en demande point pour eux : mon malheur m'a fait naître guenuche, et ce même malheur m'a donné un discernement qui me fera souffrir jusqu'à la mort ; car enfin, que puis-je ressentir lorsque je me vois dans mon miroir, petite, laide et noire, ayant des pattes couvertes de poils, avec une queue et des dents toujours prêtes à mordre, et que d'ailleurs je ne manque point d'esprit, que j'ai du goût, de la délicatesse et des sentiments ?

— Es-tu capable, dit la reine, d'en avoir de tendresse ? »

Babiole soupira sans rien répondre.

« Oh ! continua la reine, il faut me dire si tu aimes un singe, un lapin ou un écureuil ; car si tu n'es point trop engagée, j'ai un nain qui serait bien ton fait. »

Babiole à cette proposition prit un air dédaigneux, dont la reine s'éclata de rire.

« Ne te fâche point, lui dit-elle, et apprends-moi par quel hasard tu parles ?

— Tout ce que je sais de mes aventures, répliqua Babiole, c'est que la reine, votre sœur, vous eut à peine quittée, après la naissance et la mort de la princesse, votre fille, qu'elle vit en passant sur le bord de la mer, un de vos valets de chambre qui voulait me noyer. Je fus arrachée de ses mains par son ordre ; et par un prodige dont tout le monde fut également surpris, la parole et la raison me vinrent : l'on me donna des maîtres qui m'apprirent plusieurs langues, et à toucher des instruments enfin, madame, je devins sensible à mes disgrâces, et.... Mais, s'écria-t-elle, voyant le visage de la reine pâle et couvert d'une sueur froide : qu'avez-vous, madame ? Je remarque un changement extraordinaire en votre personne.

— Je me meurs ! dit la reine d'une voix faible et mal articulée ; je me meurs, ma chère et trop malheureuse fille ! c'est donc aujourd'hui que je te retrouve. »

À ces mots, elle s'évanouit. Babiole effrayée, courut appeler du secours, les dames de la reine se hâtèrent de lui donner de l'eau, de la délacer et de la mettre au lit ; Babiole s'y fourra avec elle, l'on n'y prit pas seulement garde, tant elle était petite.

Quand la reine fut revenue de la longue pâmoison où le discours de la princesse l'avait jetée, elle voulut rester seule avec les dames qui savaient le secret de la fatale naissance de sa fille, elle leur raconta ce qui lui était arrivé, dont elles demeurèrent si éperdues, qu'elles ne savaient quel conseil lui donner. Mais elle leur commanda de lui dire ce qu'elles croyaient à propos de faire dans une conjoncture si triste. Les unes dirent qu'il fallait étouffer la guenuche, d'autres la renfermer dans un trou, d'autres encore la voulaient renvoyer à la mer. La reine pleurait et sanglotait.

« Elle a tant d'esprit, disait-elle, quel dommage de la voir réduite par un bouquet enchanté, dans ce misérable état ? Mais au fond, continuait-elle, c'est ma fille, c'est mon sang, c'est moi qui lui ai attiré l'indignation de la méchante Fanferluche ; est-il juste qu'elle souffre de la haine que cette fée a pour moi ?

— Oui, madame, s'écria sa vieille dame d'honneur, il faut sauver votre gloire ; que penserait-on dans le monde, si vous déclariez qu'une monne est votre infante ? Il n'est point naturel d'avoir de tels enfants, quand on est aussi belle que vous. »

La reine perdait patience de l'entendre raisonner ainsi. Elle et les autres n'en soutenaient pas avec moins de vivacité, qu'il fallait exterminer ce petit monstre ; et pour conclusion, elle résolut d'enfermer Babiole dans un château, où elle serait bien nourrie et bien traitée le reste de ses jours.

Lorsqu'elle entendit que la reine voulait la mettre en prison, elle se coula tout doucement par la ruelle du lit, et se jetant de la fenêtre sur un arbre du jardin, elle se sauva jusqu'à la grande forêt, et laissa tout le monde en rumeur de ne la point trouver.

Elle passa la nuit dans le creux d'un chêne, où elle eut le temps de moraliser sur la cruauté de sa destinée : mais ce qui lui faisait plus de peine, c'était la nécessité où on la mettait de quitter la reine ; cependant elle aimait mieux s'exiler volontairement, et demeurer maîtresse de sa liberté, que de la perdre pour jamais.

Dès qu'il fut jour, elle continua son voyage, sans savoir où elle voulait aller, pensant et repensant mille fois à la bizarrerie d'une aventure si extraordinaire.

« Quelle différence, s'écriait-elle, de ce que je suis, à ce que je devrais être ! »

Les larmes coulaient abondamment des petits yeux de la pauvre Babiole. Aussitôt que le jour parut, elle partit : elle craignait que la reine ne la fît suivre, ou que quelqu'un des singes échappés de la cave ne la menât malgré elle au roi Magot ; elle alla tant et tant, sans suivre ni chemin ni sentier, qu'elle arriva dans un grand désert où il n'y avait ni maison, ni arbre, ni fruits, ni herbe, ni fontaine : elle s'y engagea sans réflexion, et lorsqu'elle commença d'avoir faim, elle connut, mais trop tard, qu'il y avait bien de l'imprudence à voyager dans un tel pays.

Deux jours et deux nuits s'écoulèrent, sans qu'elle pût même attraper un vermisseau, ni un moucheron : la crainte de la mort la prit ; elle était si faible qu'elle s'évanouissait, elle se coucha par terre, et venant à se souvenir de l'olive et de la noisette qui étaient encore dans le petit coffre de verre, elle jugea qu'elle en pourrait faire un léger repas. Toute joyeuse de ce rayon d'espérance, elle prit une pierre, mit le coffre en pièce, et croqua l'olive. Mais elle y eut à peine donné un coup de dent, qu'il en sortit une si grande abondance d'huile parfumée, que tombant sur ses pattes, elles devinrent les plus belles mains du monde ; sa surprise fut extrême, elle prit de cette huile, et s'en frotta tout entière ! merveille ! Elle se rendit sur-le-champ si belle, que rien dans l'univers ne pouvait l'égaler ; elle se sentait de grands yeux, une petite bouche, le nez bien fait, elle mourait d'envie d'avoir un miroir ; enfin elle s'avisa d'en faire un du plus grand morceau de verre de son coffre. Ô quand elle se vit, quelle joie ! quelle surprise agréable ! Ses habits grandirent comme elle, elle était bien coiffée, ses cheveux faisaient mille boucles, son teint avait la fraîcheur des fleurs du printemps.

Les premiers moments de sa surprise étant passés, la faim se fit ressentir plus pressante, et ses regrets augmentèrent étrangement.

« Quoi ! disait-elle, si belle et si jeune, née princesse comme je le suis, il faut que je périsse dans ces tristes lieux. Ô ! barbare fortune qui m'as conduite ici ; qu'ordonnes-tu de mon sort ? Est-ce pour m'affliger davantage que tu as fait un changement si heureux et si inespéré en moi ? Et toi, vénérable fleuve Biroqua, qui me sauvas la vie si généreusement, me laisseras-tu périr dans cette affreuse solitude ? »

L'infante demandait inutilement du secours, tout était sourd à sa voix : la nécessité de manger la tourmentait à tel point, qu'elle prit la noisette et la cassa : mais en jetant la coquille, elle fut bien surprise d'en voir sortir des architectes, des peintres, des maçons, des tapissiers, des sculpteurs, et mille autres sortes d'ouvriers ; les uns dessinent un palais, les autres le bâtissent, d'autres le meublent ;

ceux-là peignent les appartements, ceux-ci cultivent les jardins, tout brille d'or et d'azur : l'on sert un repas magnifique ; soixante princesses mieux habillées que des reines, menées par des écuyers, et suivies de leurs pages, lui vinrent faire de grands compliments, et la convièrent au festin qui l'attendait. Aussitôt Babiole, sans se faire prier, s'avança promptement vers le salon ; et là d'un air de reine, elle mangea comme une affamée. À peine fut-elle hors de table, que ses trésoriers firent apporter devant elle quinze mille coffres, grands comme des muids, remplis d'or et de diamants : ils lui demandèrent si elle avait agréable qu'ils payassent les ouvriers qui avaient bâti son palais. Elle dit que cela était juste, à condition qu'ils bâtiraient aussi une ville, qu'ils se marieraient, et resteraient avec elle. Tous y consentirent, la ville fut achevée en trois quarts d'heure, quoiqu'elle fût cinq fois plus grande que Rome. Voilà bien des prodiges sortis d'une petite noisette.

La princesse minutait dans son esprit d'envoyer une célèbre ambassade à la reine sa mère, et de faire faire quelques reproches au jeune prince, son cousin. En attendant qu'elle prît là-dessus les mesures nécessaires, elle se divertissait à voir courre la bague, dont elle donnait toujours le prix, au jeu, à la comédie, à la chasse et à la pêche, car l'on y avait conduit une rivière. Le bruit de sa beauté se répandait par tout l'univers ; il venait à sa cour des rois, des quatre coins du monde, des géants plus hauts que les montagnes, et des pygmées plus petits que des rats.

Il arriva qu'un jour que l'on faisait une grande fête, où plusieurs chevaliers rompaient des lances, ils en vinrent à se fâcher, les uns contre les autres, ils se battirent et se blessèrent. La princesse en colère descendit de son balcon pour reconnaître les coupables : mais lorsqu'on les eut désarmés, que devint-elle quand elle vit le prince, son cousin. S'il n'était pas mort, il s'en fallait si peu, qu'elle en pensa mourir elle-même de surprise et de douleur. Elle le fit porter dans le plus bel appartement du palais, où rien ne manquait de tout ce qui lui était nécessaire pour sa guérison, médecin de Chodrai, chirurgiens, onguents, bouillons, sirops ; l'infante faisait elle-même les bandes et les charpies, ses yeux les arrosaient de larmes, et ces larmes auraient dû servir de baume au malade. Il l'était en effet de plus d'une manière car sans compter une demi-douzaine de coups d'épée, et autant de coups de lance qui le perçaient de part en part, il était depuis longtemps incognito dans cette cour, et il avait éprouvé le pouvoir des beaux yeux de Babiole, d'une manière à n'en guérir de sa vie. Il est donc aisé de juger à présent d'une partie de ce qu'il ressentit, quand il put lire sur le visage de cette aimable princesse, qu'elle était dans la dernière douleur de l'état où il était réduit. Je ne m'arrêterai point à redire toutes les choses que son cœur lui fournit pour la remercier des bontés qu'elle lui témoignait ; ceux qui l'entendirent furent surpris qu'un homme si malade pût marquer tant de passion et de reconnaissance. L'infante qui en rougit plus d'une fois, le pria de se taire ; mais l'émotion et l'ardeur de ses discours le menèrent si loin, qu'elle le vit tomber tout d'un coup dans une agonie affreuse. Elle s'était armée jusque-là de constance ; enfin, elle la perdit à tel point qu'elle s'arracha les cheveux, qu'elle jeta les hauts cris, et qu'elle donna lieu de croire à tout le monde, que son cœur était de facile accès, puisqu'en si peu de temps, elle avait pris tant de tendresse pour un étranger ; car on ne savait point en Babiolie (c'est le nom qu'elle avait donné à son royaume) que le prince était son cousin, et qu'elle l'aimait dès sa plus grande jeunesse.

C'était en voyageant qu'il s'était arrêté dans cette cour, et comme il n'y connaissait personne pour le présenter à l'infante, il crut que rien ne ferait mieux que de faire devant elle cinq ou six galanteries de héros c'est-à-dire, couper bras et jambes aux chevaliers du tournoi mais il n'en trouva aucun assez complaisant pour le souffrir. Il y eut donc une rude mêlée ; le plus fort battit le plus faible, et ce plus faible, comme je l'ai déjà dit, fut le prince. Babiole désespérée, courait les grands chemins sans carrosse et sans gardes, elle entra ainsi dans un bois, elle tomba évanouie au pied d'un arbre, où la fée Fanferluche qui ne dormait point, et qui ne cherchait que des occasions de mal faire, vint l'enlever dans une nuée plus noire que de l'encre, et qui allait plus vite que le vent. La princesse resta quelque temps sans aucune connaissance enfin elle revint à elle ; jamais surprise n'a été égale à la sienne, de se retrouver si loin de la terre, et si proche du pôle ; le parquet de nuée n'est pas solide, de sorte qu'en courant de-çà et de-là, il lui semblait marcher sur des plumes, et la nuée s'entr'ouvrant, elle avait beaucoup de peine de s'empêcher de tomber ; elle ne trouvait personne avec qui se plaindre, car la méchante Fanferluche s'était rendue invisible : elle eut le temps de penser à son cher prince, et à l'état où elle l'avait laissé, et elle s'abandonna aux sentiments les plus douloureux qui puissent occuper une âme.

« Quoi ! s'écriait-elle, je suis encore capable de survivre à ce que j'aime, et l'appréhension d'une mort prochaine trouve quelque place dans mon cœur ! Ah ! si le soleil voulait me rôtir, qu'il me rendrait un bon office ; ou si je pouvais me noyer dans l'arc-en-ciel, que je serais contente ! Mais, hélas ! tout le zodiaque est sourd à ma voix, le Sagittaire n'a point de flèches, le Taureau de cornes et le Lion de dents : peut-être que la terre sera plus obligeante, et qu'elle m'offrira la pointe d'un rocher sur lequel je me tuerai. Ô ! prince, mon cher cousin, que n'êtes-vous ici, pour me voir faire la plus tragique cabriole dont une amante désespérée se puisse aviser. »

En achevant ces mots, elle courut au bout de la nuée, et se précipita comme un trait que l'on décoche avec violence.

Tous ceux qui la virent, crurent que c'était la lune qui tombait ; et comme l'on était pour lors en décours, plusieurs peuples qui l'adorent et qui restent du temps sans la revoir, prirent le grand deuil, et se persuadèrent que le soleil, par jalousie, lui avait joué ce mauvais tour.

Quelque envie qu'eût l'infante de mourir, elle n'y réussit pas, elle tomba dans la bouteille de verre où les fées mettaient ordinairement leur ratafia au soleil mais quelle bouteille ! il n'y a point de tour dans l'univers qui soit si grande ; par bonheur elle était vide, car elle s'y serait noyée comme une mouche.

Six géants la gardaient, ils reconnurent aussitôt l'infante ; c'étaient les mêmes qui demeuraient dans sa cour et qui l'aimaient : la maligne Fanferluche qui ne faisait rien au hasard, les avait transportés là, chacun sur un dragon volant, et ces dragons gardaient la bouteille quand les géants dormaient. Pendant qu'elle y fut, il y eut bien des jours où elle regretta sa peau de guenuche ; elle vivait comme les caméléons, de l'air et de la rosée.

La prison de l'infante n'était sue de personne ; le jeune prince l'ignorait, il n'était pas mort, et demandait sans cesse Babiole. Il s'apercevait assez, par la mélancolie de tous ceux qui le servaient, qu'il y avait un sujet de douleur générale à la cour ; sa discrétion naturelle l'empêcha de chercher à la pénétrer mais lorsqu'il fut convalescent, il pressa si fort qu'on lui apprît des nouvelles de la princesse, que l'on n'eut pas le courage de lui celer sa perte. Ceux qui l'avaient vue entrer dans le bois, soutenaient qu'elle y avait été dévorée par les lions ; et d'autres croyaient qu'elle s'était tuée de désespoir d'autres encore qu'elle avait perdu l'esprit, et qu'elle allait errante par le monde.

Comme cette dernière opinion était la moins terrible, et qu'elle soutenait un peu l'espérance du prince, il s'y arrêta, et partit sur Criquetin dont j'ai déjà parlé, mais je n'ai pas dit que c'était le fils aîné de Bucéphale, et l'un des meilleurs chevaux qu'on ait vus dans ce siècle-là : il lui mit la bride sur le cou, et le laissa aller à l'aventure ; il appelait l'infante, les échos seuls lui répondaient.

Enfin il arriva au bord d'une grosse rivière. Criquetin avait soif, il y entra pour boire, et le prince, selon la coutume, se mit à crier de toute sa force :

« Babiole, belle Babiole, où êtes-vous ? »

Il entendit une voix, dont la douceur semblait réjouir l'onde : cette voix lui dit :

« Avance, et tu sauras où elle est. »

À ces mots, le prince aussi téméraire qu'amoureux, donne deux coups d'éperons à Criquetin, il nage et trouve un gouffre où l'eau plus rapide se précipitait, il tomba jusqu'au fond, bien persuadé qu'il s'allait noyer.

Il arriva heureusement chez le bonhomme Biroqua, qui célébrait les noces de sa fille avec un fleuve des plus riches et des plus graves de la contrée ; toutes les déités poissonneuses étaient dans sa grotte ; les tritons et les sirènes y faisaient une musique agréable, et la rivière Biroquie, légèrement vêtue, dansait les olivettes avec la Seine, la Tamise, l'Euphrate et le Gange, qui étaient assurément venus de fort loin pour se divertir ensemble. Criquetin, qui savait vivre, s'arrêta fort respectueusement à l'entrée de la grotte, et le prince qui savait encore mieux vivre que son cheval, faisant une profonde révérence, demanda s'il était permis à un mortel comme lui de paraître au milieu d'une si belle troupe.

Biroqua prit la parole, et répliqua d'un air affable qu'il leur faisait honneur et plaisir.

« Il y a quelques jours que je vous attends, seigneur, continua-t-il, je suis dans vos intérêts, et ceux de l'infante me sont chers : il faut que vous la retiriez du lieu fatal où la vindicative Fanferluche l'a mise en prison, c'est dans une bouteille.

— Ah ! que me dites-vous, s'écria le prince, l'infante est dans une bouteille ?

— Oui, dit le sage vieillard, elle y souffre beaucoup : mais je vous avertis, seigneur, qu'il n'est pas aisé de vaincre les géants et les dragons qui la gardent, à moins que vous ne suiviez mes conseils. Il faut laisser ici votre bon cheval, et que vous montiez sur un dauphin ailé que je vous élève depuis longtemps. »

Il fit venir le dauphin sellé et bridé, qui faisait si bien des voltes et courbettes, que Criquetin en fut jaloux.

Biroquie et ses compagnes s'empressèrent aussitôt d'armer le prince. Elles lui mirent une brillante cuirasse d'écailles de carpes dorées, on le coiffa de la coquille d'un gros limaçon, qui était ombragée d'une large queue de morue, élevée en forme d'aigrette ; une naïade le ceignit d'une anguille, de laquelle pendait une redoutable épée faite d'une longue arête de poisson ; on lui donna ensuite une large écaille de tortue dont il se fit un bouclier ; et dans cet équipage, il n'y eut si petit goujon qui ne le prît pour le dieu des soles, car il faut dire la vérité, ce jeune prince avait un certain air, qui se rencontre rarement parmi les mortels.

L'espérance de retrouver bientôt la charmante princesse qu'il aimait, lui inspira une joie dont il n'avait pas été capable depuis sa perte ; et la chronique de ce fidèle conte marque qu'il mangea de bon appétit chez Biroqua, et qu'il remercia toute la compagnie en des termes peu communs ; il dit adieu à son Criquetin, puis monta sur le poisson volant qui partit aussitôt. Le prince se trouva, à la fin du jour, si haut, que pour se reposer un peu, il entra dans le royaume de la lune. Les raretés qu'il y découvrit auraient été capables de l'arrêter, s'il avait eu un désir moins pressant de tirer son infante de la bouteille où elle vivait depuis plusieurs mois. L'aurore paraissait à peine lorsqu'il la découvrit environnée des géants et des dragons que la fée, par la vertu de sa petite baguette, avait retenus auprès d'elle ; elle croyait si peu que quelqu'un eût assez de pouvoir pour la délivrer, qu'elle se reposait sur la vigilance de ses terribles gardes pour la faire souffrir.

Cette belle princesse regardait pitoyablement le ciel, et lui adressait ses tristes plaintes, quand elle vit le dauphin volant et le chevalier qui venait la délivrer. Elle n'aurait pas cru cette aventure possible, quoiqu'elle sût, par sa propre expérience, que les choses les plus extraordinaires se rendent familières pour certaines personnes.

« Serait-ce bien par la malice de quelques fées, disait-elle, que ce chevalier est transporté dans les airs ? Hélas, que je le plains, s'il faut qu'une bouteille ou une carafe lui serve de prison comme à moi ? »

Pendant qu'elle raisonnait ainsi, les géants qui aperçurent le prince au-dessus de leurs têtes, crurent que c'était un cerf-volant, et s'écrièrent l'un à l'autre : « Attrape, attrape la corde, cela nous divertira » ; mais lorsqu'ils se baissèrent, pour la ramasser, il fondit sur eux, et d'estoc et de taille, il les mit en pièces comme un jeu de cartes que l'on coupe par la moitié, et que l'on jette au vent. Au bruit de ce grand combat, l'infante tourna la tête, elle reconnut son jeune prince. Quelle joie d'être certaine de sa vie ! mais quelles alarmes de la voir dans un péril si évident, au milieu de ces terribles colosses, et des dragons qui s'élançaient sur lui ! Elle poussa des cris affreux, et le danger où il était pensa la faire mourir.

Cependant l'arête enchantée, dont Biroqua avait armé la main du prince, ne portait aucuns coups inutiles ; et le léger dauphin qui s'élevait et qui se baissait fort à propos, lui était aussi d'un secours merveilleux ; de sorte qu'en très peu de temps, la terre fut couverte de ces monstres. L'impatient prince, qui voyait son infante au travers du verre, l'aurait mis en pièces, s'il n'avait pas appréhendé de l'en blesser : il prit le parti de descendre par le goulot de la bouteille. Quand il fut au fond, il se jeta aux pieds de Babiole et lui baisa respectueusement la main.

« Seigneur, lui dit-elle, il est juste que pour ménager votre estime, je vous apprenne les raisons que j'ai eues de m'intéresser si tendrement à votre conservation. Sachez que nous sommes proches parents, que je suis fille de la reine votre tante, et la même Babiole que vous trouvâtes sous la figure d'une guenuche au bord de la mer, et qui eut depuis la faiblesse de vous témoigner un attachement que vous méprisâtes.

— Ah ! madame, s'écria le prince, dois-je croire un événement si prodigieux ? Vous avez été guenuche ; vous m'avez aimé, je l'ai su, et mon cœur a été capable de refuser le plus grand de tous les biens !

— J'aurais à l'heure qu'il est très mauvaise opinion de votre goût, répliqua l'infante en souriant, si vous aviez pu prendre alors quelque attachement pour moi : mais, seigneur, partons, je suis lasse d'être prisonnière, et je crains mon ennemie ; allons chez la reine ma mère, lui rendre compte de tant de choses extraordinaires qui doivent l'intéresser.

— Allons, madame, allons, dit l'amoureux prince, en montant sur le dauphin ailé, et la prenant entre ses bras, allons lui rendre en vous la plus aimable princesse qui soit au monde. »

Le dauphin s'éleva doucement, et prit son vol vers la capitale où la reine passait sa triste vie ; la fuite de Babiole ne lui laissait pas un moment de repos, elle ne pouvait s'empêcher de songer à elle, de se souvenir des jolies choses qu'elle lui avait dites, et elle aurait voulu la revoir, toute guenuche qu'elle était, pour la moitié de son royaume.

Lorsque le prince fut arrivé, il se déguisa en vieillard, et lui fit demander une audience particulière.

« Madame, lui dit-il, j'étudie dès ma plus tendre jeunesse l'art de nécromancien ; vous devez juger par là que je n'ignore point la haine que Fanferluche a pour vous, et les terribles effets qui l'ont suivie : mais essuyez vos pleurs, madame, cette Babiole que vous avez vue si laide, est à présent la plus belle princesse de l'univers ; vous l'aurez bientôt auprès de vous, si vous voulez pardonner à la reine votre sœur, la cruelle guerre qu'elle vous a faite, et conclure la paix par le mariage de votre infante avec le prince votre neveu.

— Je ne puis me flatter de ce que vous me dites, répliqua la reine en pleurant ; sage vieillard, vous souhaitez d'adoucir mes ennuis, j'ai perdu ma chère fille, je n'ai plus d'époux, ma sœur prétend que mon royaume lui appartient, son fils est aussi injuste qu'elle ; ils me persécutent, je ne prendrai jamais alliance avec eux.

— Le destin en ordonne autrement continua-t-il, je suis choisi pour vous l'apprendre !

— Hé ! de quoi me servirait, ajouta la reine, de consentir à ce mariage ? La méchante Fanferluche a trop de pouvoir et de malice, elle s'y opposera toujours.

— Ne vous inquiétez pas, madame, répliqua le bonhomme, promettez-moi seulement que vous ne vous opposerez point au mariage que l'on désire.

— Je promets tout, s'écria la reine, pourvu que je revoie ma chère fille. »

Le prince sortit, et courut où l'infante l'attendait. Elle demeura surprise de le voir déguisé, et cela l'obligea de lui raconter que depuis quelque temps, les deux reines avaient eu de grands intérêts à démêler, et qu'il y avait beaucoup d'aigreur entre elles, mais qu'enfin il venait de faire consentir sa tante à ce qu'il souhaitait. La princesse fut ravie, elle se rendit au palais ; tous ceux qui la virent passer lui trouvèrent une si parfaite ressemblance avec sa mère, qu'on s'empressa de les suivre, pour savoir qui elle était.

Dès que la reine l'aperçut, son cœur s'agita si fort, qu'il ne fallut point d'autre témoignage de la vérité de cette aventure. La princesse se jeta à ses pieds, la reine la reçut entre ses bras ; et après avoir demeuré longtemps sans parler, essuyant leurs larmes par mille tendres baisers, elles se redirent tout ce qu'on peut imaginer dans une telle occasion : ensuite la reine jetant les yeux sur son neveu, elle lui fit un accueil très favorable, et lui réitéra ce qu'elle avait promis au nécromancien. Elle aurait parlé plus longtemps, mais le bruit qu'on faisait dans la cour du palais, l'ayant obligée de mettre la tête à la fenêtre, elle eut l'agréable surprise de voir arriver la reine sa sœur. Le prince et l'infante qui regardaient aussi, reconnurent auprès d'elle le vénérable Biroqua, et jusqu'au bon Criquetin qui était de la partie ; les uns pour les autres poussèrent de grands cris de joie ; l'on courut se revoir avec des transports qui ne se peuvent exprimer ; le célèbre mariage du prince et de l'infante se conclut sur-le-champ en dépit de la fée Fanferluche, dont le savoir et la malice furent également confondus.

FINETTE CENDRON

Il était une fois un roi et une reine qui avaient mal fait leurs affaires. On les chassa de leur royaume. Ils vendirent leurs couronnes pour vivre, puis leurs habits, leurs linges, leurs dentelles et tous leurs meubles, pièce à pièce. Les fripiers étaient las d'acheter, car tous les jours ils vendaient chose nouvelle. Quand le roi et la reine furent bien pauvres, le roi dit à sa femme :

« Nous voilà hors de notre royaume, nous n'avons plus rien, il faut gagner notre vie et celle de nos pauvres enfants ; avisez un peu ce que nous avons à faire, car jusqu'à présent je n'ai su que le métier de roi, qui est fort doux. »

La reine avait beaucoup d'esprit ; elle lui demanda huit jours pour y rêver. Au bout de ce temps, elle lui dit :

« Sire, il ne faut point nous affliger ; vous n'avez qu'à faire des filets dont vous prendrez des oiseaux à la chasse et des poissons à la pêche. Pendant que les cordelettes s'useront, je filerai pour en faire d'autres. À l'égard de nos trois filles, ce sont de franches paresseuses, qui croient être de grandes dames ; elles veulent faire les demoiselles. Il faut les mener si loin, si loin, qu'elles ne reviennent jamais ; car il serait impossible que nous puissions leur fournir assez d'habits à leur gré. »

Le roi commença de pleurer, quand il vit qu'il fallait se séparer de ses enfants. Il était bon père mais la reine était la maîtresse. Il demeura donc d'accord de tout ce qu'elle voulait ; il lui dit :

« Levez-vous demain de bon matin, et prenez vos trois filles, pour les mener où vous jugerez à propos. »

Pendant qu'ils complotaient cette affaire, la princesse Finette qui était la plus petite des filles, écoutait par le trou de la serrure ; et quand elle eut découvert le dessein de son papa et de sa maman, elle s'en alla tant vite qu'elle put à une grande grotte fort éloignée de chez eux, où demeurait la fée Merluche, qui était sa marraine.

Finette avait pris deux livres de beurre frais, des œufs, du lait et de la farine pour faire un excellent gâteau à sa marraine, afin d'en être bien reçue. Elle commença gaîment son voyage ; mais plus elle allait, plus elle se lassait. Ses souliers s'usèrent jusqu'à la dernière semelle ; et ses petits pieds mignons s'écorchèrent si fort que c'était grande pitié ; elle n'en pouvait plus. Elle s'assit sur l'herbe, pleurant.

Par là passa un beau cheval d'Espagne, tout sellé, tout bridé ; il y avait plus de diamants à sa housse, qu'il n'en faudrait pour acheter trois villes ; et quand il vit la princesse, il se mit à paître doucement auprès d'elle ; ployant le jarret, il semblait lui faire la révérence ; aussitôt elle le prit par la bride :

« Gentil dada, dit-elle, voudrais-tu bien me porter chez ma marraine la fée ? Tu me feras un grand plaisir, car je suis si lasse que je vais mourir ; mais si tu me sers dans cette occasion, je te donnerai de bonne avoine et de bon foin ; tu auras de la paille fraîche pour te coucher. »

Le cheval se baissa presque à terre devant elle, et la jeune Finette sauta dessus ; il se mit à courir si légèrement, qu'il semblait que ce fût un oiseau. Il s'arrêta à l'entrée de la grotte, comme s'il en avait su le chemin ; et il le savait bien aussi, car c'était Merluche qui, ayant deviné que sa filleule la voulait venir voir, lui avait envoyé ce beau cheval.

Quand elle fut entrée, elle fit trois grandes révérences à sa marraine, et prit le bas de sa robe qu'elle baisa ; et puis elle lui dit :

« Bonjour, ma marraine ; comment vous portez-vous ? voilà du beurre, du lait, de la farine et des œufs que je vous apporte pour vous faire un bon gâteau à la mode de notre pays.

— Soyez la bien venue, Finette, dit la fée ; venez que je vous embrasse. »

Elle l'embrassa deux fois, dont Finette resta très joyeuse, car madame Merluche n'était pas une fée à la douzaine. Elle dit :

« Ça, ma filleule, je veux que vous soyez ma petite femme de chambre ; décoiffez-moi et me peignez. »

La princesse la décoiffa et la peigna le plus adroitement du monde.

« Je sais bien, dit Merluche, pourquoi vous venez ici ; vous avez écouté le roi et la reine qui veulent vous mener perdre, et vous voulez éviter ce malheur. Tenez, vous n'avez qu'à prendre ce peloton, le fil n'en rompra jamais ; vous attacherez le bout à la porte de votre maison, et vous le tiendrez à votre main. Quand la reine vous aura laissée, il vous sera aisé de revenir en suivant le fil. »

La princesse remercia sa marraine, qui lui remplit un sac de beaux habits, tous d'or et d'argent. Elle l'embrassa ; elle la fit remonter sur le joli cheval, et en deux ou trois moments, il la rendit à la porte de la maisonnette de leurs majestés. Finette dit au cheval :

« Mon petit ami, vous êtes beau et très sage ; vous allez plus vite que le soleil ; je vous remercie de votre peine ; retournez d'où vous venez. »

Elle entra tout doucement dans la maison, cachant son sac sous son chevet ; elle se coucha sans faire semblant de rien. Dès que le jour parut, le roi réveilla sa femme :

« Allons, allons, madame, lui dit-il, apprêtez-vous pour le voyage. »

Aussitôt elle se leva, prit ses gros souliers, une jupe courte, une camisole blanche et un bâton. Elle fit venir l'aînée de ses filles qui s'appelait Fleur-d'Amour, la seconde Belle-de-Nuit et la troisième Fine-Oreille : c'est pourquoi on la nommait ordinairement Finette.

« J'ai rêvé cette nuit, dit la reine, qu'il faut que nous allions voir ma sœur, elle nous régalera bien ; nous mangerons et nous rirons tant que nous voudrons. »

Fleur d'Amour, qui se désespérait d'être dans un désert, dit à sa mère :

« Allons, madame, où il vous plaira, pourvu que je me promène, il ne m'importe. »

Les deux autres en dirent autant. Elles prennent congé du roi, et les voilà toutes quatre en chemin. Elles allèrent si loin, si loin, que Fine-Oreille avait grande peur de n'avoir pas assez de fil, car il y avait près de mille lieues. Elle marchait toujours derrière ses sœurs, passant le fil adroitement dans les buissons.

Quand la reine crut que ses filles ne pourraient plus retrouver le chemin, elle entra dans un grand bois, et leur dit :

« Mes petites brebis, dormez ; je ferai comme la bergère qui veille autour de son troupeau, crainte que le loup ne le mange. »

Elles se couchèrent sur l'herbe, et s'endormirent. La reine les quitta, croyant ne les revoir jamais. Finette fermait les yeux, et ne dormait pas.

« Si j'étais une méchante fille, disait-elle, je m'en irais tout à l'heure, et je laisserais mourir mes sœurs ici, car elles me battent et m'égratignent jusqu'au sang. Malgré toutes leurs malices, je ne les veux pas abandonner. »

Elle les réveille, et leur conte toute l'histoire ; elles se mettent à pleurer, et la prient de les mener avec elle, qu'elles lui donneront leurs belles poupées, leur petit ménage d'argent, leurs autres jouets et leurs bonbons.

« Je sais assez que vous n'en ferez rien, dit Finette, mais je n'en serai pas moins bonne sœur ; » et se levant, elle suivit son fil, et les princesses aussi ; de sorte qu'elles arrivèrent presque aussitôt que la reine.

En s'arrêtant à la porte, elles entendirent que le roi disait :

« J'ai le cœur tout saisi de vous voir revenir seule.

— Bon, dit la reine, nous étions trop embarrassés de nos filles.

— Encore, dit le roi, si vous aviez ramené ma Finette, je me consolerais des autres, car elles n'aiment rien. »

Elles frappèrent, toc, toc. Le roi dit :

« Qui va là ? »

Elles répondirent :

« Ce sont vos trois filles, Fleur-d'Amour, Belle-de-Nuit, et Fine-Oreille. »

La reine se mit à trembler :

« N'ouvrez pas, disait-elle, il faut que ce soit des esprits, car il est impossible qu'elles fussent revenues. »

Le roi était aussi poltron que sa femme, et il disait :

« Vous me trompez, vous n'êtes point mes filles. »

Mais Fine-Oreille, qui était adroite, lui dit :

« Mon papa, je vais me baisser, regardez-moi par le trou du chat, et si je ne suis pas Finette, je consens d'avoir le fouet. »

Le roi regarda comme elle lui avait dit, et dès qu'il l'eut reconnue, il leur ouvrit. La reine fit semblant d'être bien aise de les revoir ; elle leur dit qu'elle avait oublié quelque chose, qu'elle l'était venu chercher ; mais qu'assurément elle les aurait été retrouver. Elles feignirent de la croire, et montèrent dans un beau petit grenier où elles couchaient.

« Ça, dit Finette, mes sœurs, vous m'avez promis une poupée, donnez-la-moi.

— Vraiment tu n'as qu'à t'y attendre, petite coquine, dirent-elles, tu es cause que le roi ne nous regrette pas. »

Là-dessus prenant leurs quenouilles, elles la battirent comme plâtre. Quand elles l'eurent bien battue, elle se coucha ; et comme elle avait tant de plaies et de bosses, elle ne pouvait dormir, et elle entendit que la reine disait au roi :

« Je les mènerai d'un autre côté, encore plus loin, et je suis certaine qu'elles ne reviendront jamais. »

Quand Finette entendit ce complot, elle se leva tout doucement pour aller voir encore sa marraine. Elle entra dans le poulailler, elle prit deux poulets et un maître coq, à qui elle tordit le cou, puis deux petits lapins que la reine nourrissait de choux, pour s'en régaler dans l'occasion ; elle mit le tout dans un panier, et partit. Mais elle n'eut pas fait une lieue à tâtons, mourant de peur, que le cheval d'Espagne vint au galop, ronflant et hennissant ; elle crut que c'était fait d'elle, que quelques gens d'armes l'allaient prendre. Quand elle vit le joli cheval tout seul, elle monta dessus, ravie d'aller si à son aise : elle arriva promptement chez sa marraine.

Après les cérémonies ordinaires, elle lui présenta les poulets, le coq et les lapins, et la pria de l'aider de ses bons avis, parce que la reine avait juré qu'elle les mènerait jusqu'au bout du monde. Merluche dit à sa filleule de ne pas s'affliger ; elle lui donna un sac tout plein de cendre :

« Vous porterez le sac devant vous, lui dit-elle, vous le secouerez, vous marcherez sur la cendre, et quand vous voudrez revenir, vous n'aurez qu'à regarder l'impression de vos pas ; mais ne ramenez point vos sœurs, elles sont trop malicieuses, et si vous les ramenez, je ne veux plus vous voir. »

Finette prit congé d'elle, emportant, par son ordre, pour trente ou quarante millions de diamants en une petite boîte, qu'elle mit dans sa poche : le cheval était tout prêt, et la rapporta comme à l'ordinaire. Au point du jour, la reine appela les princesses ; elles vinrent, et elle leur dit :

« Le roi ne se porte pas trop bien ; j'ai rêvé cette nuit qu'il faut que j'aille lui cueillir des fleurs et des herbes en un certain pays où elles sont fort excellentes, elles le feront rajeunir ; c'est pourquoi allons-y tout à l'heure. »

Fleur-d'Amour et Belle-de-Nuit, qui ne croyaient pas que leur mère eût encore envie de les perdre, s'affligèrent de ces nouvelles. Il fallut pourtant partir ; et elles allèrent si loin, qu'il ne s'est jamais fait un si long voyage. Finette, qui ne disait mot, se tenait derrière les autres, et secouait sa cendre à merveille, sans que le vent ni la pluie y gâtassent rien. La reine étant persuadée qu'elles ne pourraient retrouver le chemin, remarqua un soir que ses trois filles étaient bien endormies ; elle prit ce temps pour les quitter, et revint chez elle. Quand il fut jour, et que Finette connut que sa mère n'y était plus, elle éveilla ses sœurs :

« Nous voici seules, dit-elle, la reine s'en est allée. »

Fleur-d'Amour et Belle-de-Nuit se prirent à pleurer : elles arrachaient leurs cheveux, et meurtrissaient leur visage à coups de poings. Elles s'écriaient :

« Hélas ! qu'allons-nous faire ? »

Finette était la meilleure fille du monde ; elle eut encore pitié de ses sœurs.

« Voyez à quoi je m'expose, leur dit-elle ; car lorsque ma marraine m'a donné le moyen de revenir, elle m'a défendu de vous enseigner le chemin ; et que si je lui désobéissais, elle ne voulait plus me voir. »

Belle-de-Nuit se jette au cou de Finette, autant en fit Fleur-d'Amour ; elles la caressèrent si tendrement, qu'il n'en fallut pas davantage pour revenir toutes trois ensemble chez le roi et la reine.

Leurs majestés furent bien surprises de revoir les princesses ; ils en parlèrent toute la nuit, et la cadette qui ne se nommait pas Fine-Oreille pour rien, entendait qu'ils faisaient un nouveau complot, et que le lendemain, la reine se remettrait en campagne. Elle courut éveiller ses sœurs.

« Hélas ! leur dit-elle, nous sommes perdues, la reine veut absolument nous mener dans quelque désert, et nous y laisser. Vous êtes cause que j'ai fâché ma marraine, je n'ose l'aller trouver comme je faisais toujours. »

Elles restèrent bien en peine, et se disaient l'une à l'autre :

« Que ferons-nous ? »

Enfin, Belle-de-Nuit dit aux deux autres :

« Il ne faut pas s'embarrasser, la vieille Merluche n'a pas tant d'esprit qu'il n'en reste un peu aux autres : nous n'avons qu'à nous charger de pois ; nous les sèmerons le long du chemin et nous reviendrons. »

Fleur-d'Amour trouva l'expédient admirable ; elles se chargèrent de pois, elles remplirent leurs poches ; pour Fine-Oreille, au lieu de prendre des pois, elle prit le sac aux beaux habits, avec la petite boîte de diamants, et dès que la reine les appela pour partir, elles se trouvèrent toutes prêtes.

Elle leur dit :

« J'ai rêvé cette nuit qu'il y a dans un pays, qu'il n'est pas nécessaire de nommer, trois beaux princes qui vous attendent pour vous épouser ; je vais vous y mener, pour voir si mon songe est véritable. »

La reine allait devant et ses filles après, qui semaient des pois sans s'inquiéter, car elles étaient certaines de retourner à la maison. Pour cette fois la reine alla plus loin encore qu'elle n'était allée : mais pendant une nuit obscure, elle les quitta et revint trouver le roi ; elle arriva fort lasse et fort aise de n'avoir plus un si grand ménage sur les bras.

Les trois princesses ayant dormi jusqu'à onze heures du matin se réveillèrent ; Finette s'aperçut la première de l'absence de la reine ; bien qu'elle s'y fût préparée, elle ne laissa pas de pleurer, se confiant davantage pour son retour à sa marraine la fée, qu'à l'habileté de ses sœurs. Elle fut leur dire toute effrayée :

« La reine est partie, il faut la suivre au plus vite.

— Taisez-vous, petite babouine, répliqua Fleur-d'Amour, nous trouverons bien le chemin quand nous voudrons, vous faites ici ma commère l'empressée mal à propos. »

Finette n'osa répliquer. Mais quand elles voulurent retrouver le chemin, il n'y avait plus ni traces ni sentiers ; les pigeons, dont il y a grand nombre en ce pays-là, étaient venus manger les pois ; elles se mirent à pleurer jusqu'aux cris. Après avoir resté deux jours sans manger, Fleur-d'Amour dit à Belle-de-Nuit :

« Ma sœur, n'as-tu rien à manger ?

— Non », dit-elle.

Elle dit la même chose à Finette :

« Je n'ai rien non plus, répliqua-t-elle, mais je viens de trouver un gland.

— Ha ! donnez-le-moi, dit l'une.

— Donnez-le-moi, dit l'autre. »

Chacune le voulait avoir.

« Nous ne serons guère rassasiées d'un gland à nous trois, dit Finette ; plantons-le, il en viendra un autre qui nous pourra servir. »

Elles y consentirent quoiqu'il n'y eût guère d'apparence qu'il vînt un arbre dans un pays où il n'y en avait point, on n'y voyait que des choux et des laitues, dont les princesses mangeaient ; si elles avaient été bien délicates, elles seraient mortes cent fois ; elles couchaient presque toujours à la belle étoile ; tous les matins et tous les soirs elles allaient tour à tour arroser le gland, et lui disaient : « Croîs, croîs, beau gland. » Il commença de croître à vue d'œil. Quand il fut un peu grand, Fleur-d'Amour voulut monter dessus, mais il n'était pas assez fort pour la porter ; elle le sentait plier sous elle, aussitôt elle descendit ; Belle-de-Nuit eut la même aventure ; Finette plus légère s'y tint longtemps ; et ses sœurs lui demandèrent :

« Ne vois-tu rien, ma sœur ? »

Elle leur répondit :

« Non, je ne vois rien.

— Ah ! c'est que le chêne n'est pas assez haut », disait Fleur-d'Amour.

De sorte qu'elles continuaient d'arroser le gland et de lui dire : « Croîs, croîs, beau gland. » Finette ne manquait jamais d'y monter deux fois par jour : un matin qu'elle y était, Belle-de-Nuit dit à Fleur-d'Amour :

« J'ai trouvé un sac que notre sœur nous a caché ; qu'est-ce qu'il peut y avoir dedans ? »

Fleur-d'Amour répondit :

« Elle m'a dit que c'était de vieilles dentelles qu'elle raccommode, et moi, je crois que c'est du bonbon. »

Belle-de-Nuit était friande, et voulut y voir ; elle y trouva effectivement toutes les dentelles du roi et de la reine, mais elles servaient à cacher les beaux habits de Finette et la boîte de diamants.

« Hé bien ! se peut-il une plus grande petite coquine, s'écria-t-elle, il faut prendre tout pour nous, et mettre des pierres à la place. »

Elles le firent promptement. Finette revint sans s'apercevoir de la malice de ses sœurs, car elle ne s'avisait pas de se parer dans un désert ; elle ne songeait qu'au chêne qui devenait le plus beau de tous les chênes.

Une fois qu'elle y monta et que ses sœurs, selon leur coutume, lui demandèrent si elle ne découvrait rien, elle s'écria :

« Je découvre une grande maison, si belle, si belle que je ne saurais assez le dire ; les murs en sont d'émeraudes et de rubis, le toit de diamants : elle est toute couverte de sonnettes d'or, les girouettes vont et viennent comme le vent.

— Tu mens, disaient-elles, cela n'est pas si beau que tu le dis.

— Croyez-moi, répondit Finette, je ne suis pas menteuse, venez-y plutôt voir vous-mêmes, j'en ai les yeux tout éblouis. »

Fleur-d'Amour monta sur l'arbre : quand elle eut vu le château, elle ne s'en pouvait taire. Belle-de-Nuit qui était fort curieuse, ne manqua pas de monter à son tour, elle demeura aussi ravie que ses sœurs.

« Certainement, dirent-elles, il faut aller à ce palais, peut-être que nous y trouverons de beaux princes qui seront trop heureux de nous épouser. »

Tant que la soirée fut longue, elles ne parlèrent que de leur dessein, elles se couchèrent sur l'herbe ; mais lorsque Finette leur parut fort endormie, Fleur-d'Amour dit à Belle-de-Nuit :

« Savez-vous ce qu'il faut faire, ma sœur, levons-nous et nous habillons des riches habits que Finette a apportés.

— Vous avez raison », dit Belle-de-Nuit ; elles se levèrent donc, se frisèrent, se poudrèrent, puis elles mirent des mouches, et les belles robes d'or et d'argent toutes couvertes de diamants ; il n'a jamais été rien de si magnifique.

Finette ignorait le vol que ses méchantes sœurs lui avaient fait ; elle prit son sac dans le dessein de s'habiller, mais elle demeura bien affligée de ne trouver que des cailloux ; elle aperçut en même temps ses sœurs qui s'étaient accommodées comme des soleils. Elle pleura et se plaignit de la trahison qu'elles lui avaient faite ; et elles d'en rire et de se moquer.

« Est-il possible, leur dit-elle, que vous ayez le courage de me mener au château sans me parer et me faire belle ?

— Nous n'en avons pas trop pour nous, répliqua Fleur-d'Amour, tu n'auras que des coups si tu nous importunes.

— Mais, continua-t-elle, ces habits que vous portez sont à moi, ma marraine me les a donnés, ils ne vous doivent rien.

— Si tu parles davantage, dirent-elles, nous allons t'assommer, et nous t'enterrerons sans que personne le sache. »

La pauvre Finette n'eut garde de les agacer ; elle les suivait doucement et marchait un peu derrière, ne pouvant passer que pour leur servante.

Plus elles approchaient de la maison, plus elle leur semblait merveilleuse.

« Ha ! disaient Fleur-d'Amour et Belle-de-Nuit, que nous allons nous bien divertir ! que nous ferons bonne chère, nous mangerons à la table du roi, mais pour Finette elle lavera les écuelles dans la cuisine, car elle est faite comme une souillon, et si l'on demande qui elle est, gardons-nous bien de l'appeler notre sœur : il faudra dire que c'est la petite vachère du village. »

Finette qui était pleine d'esprit et de beauté, se désespérait d'être si maltraitée. Quand elles furent à la porte du château, elles frappèrent : aussitôt une vieille femme épouvantable leur vint ouvrir, elle n'avait qu'un œil au milieu du front, mais il était plus grand que cinq ou six autres, le nez plat, le teint noir et la bouche si horrible, qu'elle faisait peur ; elle avait quinze pieds de haut et trente de tour.

« Ô malheureuses ! qui vous amène ici ? leur dit-elle. Ignorez-vous que c'est le château de l'ogre, et qu'à peine pouvez-vous suffire pour son déjeuner ; mais je suis meilleure que mon mari ; entrez, je ne vous mangerai pas tout d'un coup, vous aurez la consolation de vivre deux ou trois jours davantage. »

Quand elles entendirent l'ogresse parler ainsi, elles s'enfuirent, croyant se pouvoir sauver, mais une seule de ses enjambées en valait cinquante des leurs ; elle courut après et les reprit, les unes par les cheveux, les autres par la peau du cou ; et les mettant sous son bras, elle les jeta toutes trois dans la cave qui était pleine de crapauds et de couleuvres, et l'on ne marchait que sur les os de ceux qu'ils avaient mangés.

Comme elle voulait croquer sur-le-champ Finette, elle fut quérir du vinaigre, de l'huile et du sel pour la manger en salade ; mais elle entendit venir l'ogre, et trouvant que les princesses avaient la peau blanche et délicate, elle résolut de les manger toute seule, et les mit promptement sous une grande cuve où elles ne voyaient que par un trou.

L'ogre était six fois plus haut que sa femme ; quand il parlait, la maison tremblait, et quand il toussait, il semblait des éclats de tonnerre ; il n'avait qu'un grand vilain œil, ses cheveux étaient tout hérissés, il s'appuyait sur une bûche dont il avait fait une canne ; il avait dans sa main un panier couvert ; il en tira quinze petits enfants qu'il avait volés par les chemins, et qu'il avala comme quinze œufs frais. Quand les trois princesses le virent, elles tremblaient sous la cuve, elles n'osaient pleurer bien haut, de peur qu'il ne les entendît ; mais elles s'entredisaient tout bas :

« Il va nous manger tout en vie, comment nous sauverons-nous ? »

L'ogre dit à sa femme :

« Vois-tu, je sens chair fraîche, je veux que tu me la donnes.

— Bon, dit l'ogresse, tu crois toujours sentir chair fraîche, et ce sont tes moutons qui sont passés par là.

— Oh, je ne me trompe point, dit l'ogre, je sens chair fraîche assurément ; je vais chercher partout.

— Cherche, dit-elle, et tu ne trouveras rien.

— Si je trouve, répliqua l'ogre, et que tu me le caches, je te couperai la tête pour en faire une boule. »

Elle eut peur de cette menace, et lui dit :

« Ne te fâche point, mon petit ogrelet, je vais te déclarer la vérité. Il est venu aujourd'hui trois jeunes fillettes que j'ai prises, mais ce serait dommage de les manger, car elles savent tout faire. Comme je suis vieille, il faut que je me repose ; tu vois que notre belle maison est fort malpropre, que notre pain n'est pas cuit, que la soupe ne te semble plus si bonne, et que je ne te parais plus si belle, depuis que je me tue de travailler ; elles seront mes servantes ; je te prie, ne les mange pas à présent ; si tu en as envie quelque jour, tu en seras assez le maître. »

L'ogre eut bien de la peine à lui promettre de ne les pas manger tout à l'heure. Il disait :

« Laisse-moi faire, je n'en mangerai que deux.— Non, tu n'en mangeras pas.

— Hé bien, je ne mangerai que la plus petite. »

Et elle disait :

« Non, tu n'en mangeras pas une. »

Enfin après bien des contestations, il lui promit de ne les pas manger. Elle pensait en elle-même :

« Quand il ira à la chasse, je les mangerai, et je lui dirai qu'elles se sont sauvées. »

L'ogre sortit de la cave, il lui dit de les mener devant lui ; les pauvres filles étaient presque mortes de peur, l'ogresse les rassura ; et quand il les vit, il leur demanda ce qu'elles savaient faire. Elles répondirent qu'elles savaient balayer, qu'elles savaient coudre et filer à merveille, qu'elles faisaient de si bons ragoûts, que l'on mangeait jusques aux plats, que pour du pain, des gâteaux et des pâtés, l'on en venait chercher chez elles de mille lieues à la ronde. L'ogre était friand, il dit :

« Ça, çà, mettons vite ces bonnes ouvrières en besogne ; mais, dit-il à Finette, quand tu as mis le feu au four, comment peux-tu savoir s'il est assez chaud ?

— Monseigneur, répliqua-t-elle, j'y jette du beurre, et puis j'y goûte avec la langue.

— Hé bien, dit-il, allume donc le four. »

Ce four était aussi grand qu'une écurie, car l'ogre et l'ogresse mangeaient plus de pain que deux armées. La princesse y fit un feu effroyable, il était embrasé comme une fournaise, et l'ogre qui était présent, attendant le pain tendre, mangea cent agneaux et cent petits cochons de lait. Fleur-d'Amour et Belle-de-Nuit accommodaient la pâte. Le maître ogre dit :

« Hé bien, le four est-il chaud ? »

Finette répondit :

« Monseigneur, vous l'allez voir. »

Elle jeta devant lui mille livres de beurre au fond du four, et puis elle dit :

Il faut tâter avec la langue, mais je suis trop petite.

— Je suis grand, » dit l'ogre, et se baissant, il s'enfonça si avant qu'il ne pouvait plus se retirer, de sorte qu'il brûla jusqu'aux os. Quand l'ogresse vint au four, elle demeura bien étonnée de trouver une montagne de cendre des os de son mari.

Fleur-d'Amour et Belle-de-Nuit, qui la virent fort affligée, la consolèrent de leur mieux ; mais elles craignaient que sa douleur ne s'apaisât trop tôt, et que l'appétit lui venant, elle ne les mît en salade, comme elle avait déjà pensé faire. Elles lui dirent :

« Prenez courage, madame, vous trouverez quelque roi ou quelque marquis, qui seront heureux de vous épouser. »

Elle sourit un peu, montrant des dents plus longues que le doigt. Lorsqu'elles la virent de bonne humeur, Finette lui dit :

« Si vous vouliez quitter ces horribles peaux d'ours, dont vous êtes habillée, vous mettre à la mode, nous vous coifferions à merveille, vous seriez comme un astre.

— Voyons, dit-elle, comme tu l'entends ; mais assure-toi que s'il y a quelques dames plus jolies que moi, je te hacherai menu comme chair à pâté. »

Là-dessus les trois princesses lui ôtèrent son bonnet, et se mirent à la peigner et la friser ; en l'amusant de leur caquet, Finette prit une hache, et lui donna par derrière un si grand coup, qu'elle sépara son corps d'avec sa tête.

Il ne fut jamais une telle allégresse ; elles montèrent sur le toit de la maison pour se divertir à sonner les clochettes d'or, elles furent dans toutes les chambres, qui étaient de perles et de diamants, et les meubles si riches qu'elles mouraient de plaisir ; elles riaient et chantaient, rien ne leur manquait, du blé, des confitures, des fruits et des poupées en abondance. Fleur-d'Amour et Belle-de-Nuit se couchèrent dans des lits de brocart et de velours, et s'entredirent : « Nous voilà plus riches que n'était notre père, quand il avait son royaume, mais il nous manque d'être mariées, il ne viendra personne ici, cette maison passe assurément pour un coupe-gorge, car on ne sait point la mort de l'ogre et de l'ogresse. Il faut que nous allions à la plus prochaine ville nous faire voir avec nos beaux habits ; et nous n'y serons pas longtemps sans trouver de bons financiers qui seront bien aises d'épouser des princesses. »

Dès qu'elles furent habillées, elles dirent à Finette qu'elles allaient se promener, qu'elle demeurât à la maison à faire le ménage et la lessive, et qu'à leur retour tout fût net et propre ; que si elle y manquait, elles l'assommeraient de coups. La pauvre Finette qui avait le cœur serré de douleur, resta seule au logis, balayant, nettoyant, lavant sans se reposer, et toujours pleurant. « Que je suis malheureuse, disait-elle, d'avoir désobéi à ma marraine, il m'en arrive toutes sortes de disgrâces ; mes sœurs m'ont volé mes riches habits ; ils servent à les parer ; sans moi, l'ogre et sa femme se porteraient encore bien ; de quoi me profite de les avoir fait mourir ? N'aimerais-je pas autant qu'ils m'eussent mangée que de vivre comme je vis ? » Quand elle avait dit cela, elle pleurait à étouffer, puis ses sœurs arrivaient chargées d'oranges de Portugal, de confitures, de sucre, et elles lui disaient : « Ah ! que nous venons d'un beau bal ! qu'il y avait de monde ! le fils du roi y dansait ; l'on nous a fait mille honneurs : allons, viens nous déchausser et nous décrotter, car c'est là ton métier. » Finette obéissait ; et si par hasard elle voulait dire un mot pour se plaindre, elles se jetaient sur elle, et la battaient à la laisser pour morte.

Le lendemain encore elles retournaient et revenaient conter des merveilles. Un soir que Finette était assise proche du feu sur un monceau de cendres, ne sachant que faire, elle cherchait dans les fentes de la cheminée ; et cherchant ainsi elle trouva une petite clé si vieille et si crasseuse, qu'elle eut toutes les peines du monde à la nettoyer. Quand elle fut claire, elle connut qu'elle était d'or, et pensa qu'une clé d'or devait ouvrir un beau petit coffre ; elle se mit aussitôt à courir par toute la maison, essayant la clé aux serrures, et enfin elle trouva une cassette qui était un chef-d'œuvre. Elle l'ouvrit : il y avait dedans des habits, des diamants, des dentelles, du linge, des rubans pour des sommes immenses : elle ne dit mot de sa bonne fortune ; mais elle attendit impatiemment que ses sœurs sortissent le lendemain. Dès qu'elle ne les vit plus, elle se para, de sorte qu'elle était plus belle que le soleil.

Ainsi ajustée, elle fut au même bal où ses sœurs dansaient ; et quoiqu'elle n'eût point de masque, elle était si changée en mieux, qu'elles ne la reconnurent pas. Dès qu'elle parut dans l'assemblée, il s'éleva un murmure de voix, les unes d'admiration, et les autres de jalousie. On la prit pour danser, elle surpassa toutes les dames à la danse, comme elle les surpassait en beauté. La maîtresse du logis vint à elle, et lui ayant fait une profonde révérence, elle la pria de lui dire comment elle s'appelait, afin de ne jamais oublier le nom d'une personne si merveilleuse. Elle lui répondit civilement qu'on la nommait Cendron. Il n'y eut point d'amant qui ne fût infidèle à sa maîtresse pour Cendron, point de poète qui ne rimât en Cendron ; jamais petit nom ne fit tant de bruit en si peu de temps ; les échos ne répétaient que les louanges de Cendron ; l'on n'avait pas assez d'yeux pour la regarder, assez de bouche pour la louer.

Fleur-d'Amour et Belle-de-Nuit, qui avaient fait d'abord grand fracas dans les lieux où elles avaient paru, voyant l'accueil que l'on faisait à cette nouvelle venue, en crevaient de dépit ; mais Finette se démêlait de tout cela de la meilleure grâce du monde ; il semblait, à son air, qu'elle n'était faite que pour commander. Fleur-d'Amour et Belle-de-Nuit, qui ne voyaient leur sœur qu'avec de la suie de cheminée sur le visage, et plus barbouillée qu'un petit chien, avaient si fort perdu l'idée de sa beauté, qu'elles ne la reconnurent point du tout ; elles faisaient leur cour à Cendron comme les autres. Dès qu'elle voyait le bal prêt à finir, elle sortait vite, revenait à la maison, se déshabillait en diligence, reprenait ses guenilles ; et quand ses sœurs arrivaient :

« Ah ! Finette, nous venons de voir, lui disaient-elles, une jeune princesse qui est toute charmante ; ce n'est pas une guenuche comme toi ; elle est blanche comme la neige, plus vermeille que les roses ; ses dents sont de perles, ses lèvres de corail ; elle a une robe qui pèse plus de mille livres, ce n'est qu'or et diamants : qu'elle est belle ! qu'elle est aimable ! »

Finette répondait entre ses dents :

« Ainsi j'étais, ainsi j'étais.

— Qu'est-ce que tu bourdonnes ? », disaient-elles.

Finette répliquait encore plus bas :

« Ainsi j'étais. »

Ce petit jeu dura longtemps ; il n'y eut presque pas de jour que Finette ne changeât d'habits, car la cassette était fée, et plus on y en prenait, plus il en revenait, et si fort à la mode, que les dames ne s'habillaient que sur son modèle.

Un soir que Finette avait plus dansé qu'à l'ordinaire, et qu'elle avait tardé assez tard à se retirer, voulant réparer le temps perdu et arriver chez elle un peu avant ses sœurs, en marchant de toute sa force, elle laissa tomber une de ses mules, qui était de velours rouge, toute brodée de perles. Elle fit son possible pour la retrouver dans le chemin ; mais le temps était si noir, qu'elle prit une peine inutile ; elle rentra au logis, un pied chaussé et l'autre nu.

Le lendemain le prince Chéri, fils aîné du roi, allant à la chasse, trouve la mule de Finette ; il la fait ramasser, la regarde, en admire la petitesse et la gentillesse, la tourne, retourne, la baise, la chérit et l'emporte avec lui. Depuis ce jour-là, il ne mangeait plus ; il devenait maigre et changé, jaune comme un coing, triste, abattu. Le roi et la reine, qui l'aimaient éperdument, envoyaient de tous côtés pour avoir de bon gibier et des confitures ; c'était pour lui moins que rien ; il regardait tout cela sans répondre à la reine, quand elle lui parlait. L'on envoya quérir des médecins partout, même jusqu'à Paris et à Montpellier. Quand ils furent arrivés, on leur fit voir le prince, et après l'avoir considéré trois jours et trois nuits sans le perdre de vue, ils conclurent qu'il était amoureux, et qu'il mourrait si l'on n'y apportait remède.

La reine, qui l'aimait à la folie, pleurait à fondre en eau, de ne pouvoir découvrir celle qu'il aimait, pour la lui faire épouser. Elle amenait dans sa chambre les plus belles dames, il ne daignait pas les regarder. Enfin elle lui dit une fois :

« Mon cher fils, tu veux nous faire étouffer de douleur, car tu aimes, et tu nous caches tes sentiments ; dis-nous qui tu veux, et nous te la donnerons, quand ce ne serait qu'une simple bergère. »

Le prince, plus hardi par les promesses de la reine, tira la mule de dessous son chevet, et l'ayant montrée :

« Voilà, madame, lui dit-il, ce qui cause mon mal ; j'ai trouvé cette petite pouponne, mignonne, jolie mule en allant à la chasse ; je n'épouserai jamais que celle qui pourra la chausser.

— Hé bien, mon fils, dit la reine, ne t'afflige point, nous la ferons chercher. »

Elle fut dire au roi cette nouvelle ; il demeura bien surpris, et commanda en même temps que l'on fût avec des tambours et des trompettes, annoncer que toutes les filles et les femmes vinssent pour chausser la mule, et que celle à qui elle serait propre, épouserait le prince. Chacune ayant entendu de quoi il était question, se décrassa les pieds avec toutes sortes d'eaux, de pâtes et de pommades. Il y eut des dames qui se les firent peler, pour avoir la peau plus belle ; d'autres jeûnaient ou se les écorchaient afin de les avoir plus petits. Elles allaient en foule essayer la mule, une seule ne la pouvait mettre et plus il en venait inutilement, plus le prince s'affligeait.

Fleur-d'Amour et Belle-de-Nuit se firent un jour si braves, que c'était une chose étonnante.

« Où allez-vous donc ? leur dit Finette.

— Nous allons à la grande ville, répondirent-elles, où le roi et la reine demeurent, essayer la mule que le fils du roi a trouvée ; car si elle est propre à l'une de nous deux, il l'épousera, et nous serons reines.

— Et moi, dit Finette, n'irai-je point ?

— Vraiment, dirent-elles, tu es un bel oison bridé : va, va arroser nos choux, tu n'es propre à rien. »

Finette songea aussitôt qu'elle mettrait ses plus beaux habits, et qu'elle irait tenter l'aventure comme les autres, car elle avait quelque petit soupçon qu'elle y aurait bonne part ; ce qui lui faisait de la peine, c'est qu'elle ne savait pas le chemin, le bal où l'on allait danser n'était point dans la grande ville. Elle s'habilla magnifiquement ; sa robe était de satin bleu, toute couverte d'étoiles et de diamants ; elle avait un soleil sur la tête, une pleine lune sur le dos ; tout cela brillait si fort, qu'on ne la pouvait regarder sans clignoter les yeux. Quand elle ouvrit la porte pour sortir elle resta bien étonnée de trouver le joli cheval d'Espagne qui l'avait portée chez sa marraine. Elle le caressa et lui dit :

« Sois le bien venu, mon petit dada ; je suis obligée à ma marraine Merluche. »

Il se baissa ; elle s'assit dessus comme une nymphe. Il était tout couvert de sonnettes d'or et de rubans ; sa housse et sa bride n'avaient point de prix ; et Finette était trente fois plus belle que la belle Hélène.

Le cheval d'Espagne allait légèrement, ses sonnettes faisaient din, din, din. Fleur-d'Amour et Belle-de-Nuit les ayant entendues, se retournèrent et la virent venir ; mais dans ce moment quelle fut leur surprise ? Elles la reconnurent pour être Finette Cendron. Elles étaient fort crottées, leurs beaux habits étaient couverts de boue :

« Ma sœur, s'écria Fleur-d'Amour, en parlant à Belle-de-Nuit, je vous proteste que voici Finette Cendron » ; l'autre s'écria tout de même, et Finette passant près d'elles, son cheval les éclaboussa, et leur fit un masque de crotte ; elle se prit à rire, et leur dit : « Altesses, Cendrillon vous méprise autant que vous le méritez » ; puis passant comme un trait, la voilà partie. Belle-de-Nuit et Fleur-d'Amour s'entre-regardèrent.

« Est-ce que nous rêvons ? disaient-elles ; qui est-ce qui peut avoir fourni des habits et un cheval à Finette ? Quelle merveille le bonheur lui en veut, elle va chausser la mule, et nous n'aurons que la peine d'un voyage inutile. »

Pendant qu'elles se désespéraient, Finette arrive au palais ; dès qu'on la vit, chacun crut que c'était une reine, les gardes prennent leurs armes, l'on bat le tambour, l'on sonne la trompette, l'on ouvre toutes les portes, et ceux qui l'avaient vue au bal, allaient devant elle, disant : « Place, place, c'est la belle Cendron, c'est la merveille de l'univers. » Elle entre avec cet appareil dans la chambre du prince mourant ; il jette les yeux sur elle, et demeure charmé, souhaitant qu'elle eût le pied assez petit pour chausser la mule : elle la mit tout d'un coup et montra la pareille, qu'elle avait apportée exprès. En même temps l'on crie : « Vive la princesse Chérie, vive la princesse qui sera notre reine ! » Le prince se leva de son lit, il vint lui baiser les mains, elle le trouva beau et plein d'esprit : il lui fit mille amitiés. L'on avertit le roi et la reine, qui accoururent ; la reine prend Finette entre ses bras, l'appelle sa fille, sa mignonne, sa petite reine, lui fait des présents admirables, sur lesquels le roi libéral renchérit encore. L'on tire le canon ; les violons, les musettes, tout joue ; l'on ne parle que de danser et de se réjouir.

Le roi, la reine et le prince prient Cendron de se laisser marier : « Non, dit-elle, il faut avant que je vous conte mon histoire » ; ce qu'elle fit en quatre mots. Quand ils surent qu'elle était née princesse, c'était bien une autre joie, il tint à peu qu'ils n'en mourussent ; mais lorsqu'elle leur dit le nom du roi son père, de la reine sa mère, ils reconnurent que c'étaient eux qui avaient conquis leur royaume : ils le lui annoncèrent ; et elle jura qu'elle ne consentirait point à son mariage, qu'ils ne rendissent les états de son père ; ils le lui promirent, car ils avaient plus de cent royaumes, un de moins n'était pas une affaire.

Cependant Belle-de-Nuit et Fleur-d'Amour arrivèrent. La première nouvelle fut que Cendron avait mis la mule, elles ne savaient que faire, ni que dire, elles voulaient s'en retourner sans la voir ; mais quand elle sut qu'elles étaient là, elle les fit entrer, et au lieu de leur faire mauvais visage, et de les punir comme elles le méritaient, elle se leva, et fut au devant d'elles les embrasser tendrement, puis elle les présenta à la reine, lui disant : « Madame, ce sont mes sœurs qui sont fort aimables, je vous prie de les aimer. » Elles demeurèrent si confuses de la bonté de Finette, qu'elles ne pouvaient proférer un mot. Elle leur promit qu'elles retourneraient dans leur royaume, que le prince le voulait rendre à leur famille. À ces mots, elles se jetèrent à genoux devant elle, pleurant de joie.

Les noces furent les plus belles que l'on eût jamais vues. Finette écrivit à sa marraine, et mit sa lettre avec de grands présents sur le joli cheval d'Espagne, la priant de chercher le roi et la reine, de leur dire son bonheur, et qu'ils n'avaient qu'à retourner dans leur royaume.

La fée Merluche s'acquitta fort bien de cette commission. Le père et la mère de Finette revinrent dans leurs états, et ses sœurs furent reines aussi bien qu'elle.

FORTUNÉE

Il était une fois un pauvre laboureur, qui se voyant sur le point de mourir, ne voulut laisser dans sa succession aucun sujet de dispute à son fils et à sa fille qu'il aimait tendrement.

« Votre mère m'apporta, leur dit-il, pour dot, deux escabelles et une paillasse. Les voilà avec ma poule, un pot d'œillets, et un jonc d'argent qui me fut donné par une grande dame qui séjourna dans ma pauvre chaumière ; elle me dit en partant : "Mon bon homme, voilà un don que je vous fais ; soyez soigneux de bien arroser les œillets, et de bien serrer la bague. Au reste, votre fille sera d'une incomparable beauté, nommez-la Fortunée, donnez-lui la bague et les œillets, pour la consoler de sa pauvreté." Ainsi, ajouta le bon homme, ma Fortunée, tu auras l'un et l'autre, le reste sera pour ton frère. »

Les deux enfants du laboureur parurent contents : il mourut. Ils pleurèrent, et les partages se firent sans procès. Fortunée croyait que son frère l'aimait ; mais ayant voulu prendre une des escabelles pour s'asseoir :

« Garde tes œillets et ta bague, lui dit-il, d'un air farouche, et pour mes escabelles ne les dérange point, j'aime l'ordre dans ma maison. »

Fortunée qui était très douce, se mit à pleurer sans bruit ; elle demeura debout, pendant que Bedou (c'est le nom de son frère) était mieux assis qu'un docteur.

L'heure de souper vint, Bedou avait un excellent œuf frais de son unique poule, il en jeta la coquille à sa sœur.

« Tiens, lui dit-il, je n'ai pas autre chose à te donner ; si tu ne t'en accommodes point, va à la chasse aux grenouilles, il y en a dans le marais prochain. »

Fortunée ne répliqua rien. Qu'aurait-elle répliqué ? Elle leva les yeux au ciel, elle pleura encore, et puis elle entra dans sa chambre. Elle la trouva toute parfumée, et ne doutant point que ce ne fût l'odeur de ses œillets, elle s'en approcha tristement, et leur dit :

« Beaux œillets, dont la variété me fait un extrême plaisir à voir, vous qui fortifiez mon cœur affligé, par ce doux parfum que vous répandez, ne craignez point que je vous laisse manquer d'eau, et que d'une main cruelle, je vous arrache de votre tige ; j'aurai soin de vous, puisque vous êtes mon unique bien. »

En achevant ces mots, elle regarda s'ils avaient besoin d'être arrosés ; ils étaient fort secs. Elle prit sa cruche, et courut au clair de la lune jusqu'à la fontaine, qui était assez loin.

Comme elle avait marché vite, elle s'assit au bord pour se reposer ; mais elle y fut à peine, qu'elle vit venir une dame, dont l'air majestueux répondit bien à la nombreuse suite qui l'accompagnait ; six filles d'honneur soutenaient la queue de son manteau ; elle s'appuyait sur deux autres ; ses gardes marchaient devant elle, richement vêtus de velours amarante, en broderie de perles : on portait un fauteuil de drap d'or, où elle s'assit, et un dais de campagne, qui fut bientôt tendu ; en même temps on dressa le buffet, il était tout couvert de vaisselle d'or et de vases de cristal. On lui servit un excellent souper au bord de la fontaine, dont le doux murmure semblait s'accorder à plusieurs voix, qui chantaient ces paroles :

Nos bois sont agités des plus tendres zéphirs,
Flore brille sur ces rivages ;
Sous ces sombres feuillages
Les oiseaux enchantés expriment leurs désirs.

Occupez-vous à les entendre ;
Et si votre cœur veut aimer,
Il est de doux objets qui peuvent vous charmer :
On fera gloire de se rendre.

Fortunée se tenait dans un petit coin, n'osant remuer, tant elle était surprise de toutes les choses qui se passaient. Au bout d'un moment, cette grande reine dit à l'un de ses écuyers :

« Il me semble que j'aperçois une bergère vers ce buisson, faites-la approcher. »

Aussitôt Fortunée s'avança, et quelque timide qu'elle fût naturellement, elle ne laissa pas de faire une profonde révérence à la reine, avec tant de grâce, que ceux qui la virent en demeurèrent étonnés ; elle prit le bas de sa robe qu'elle baisa, puis elle se tint debout devant elle, baissant les yeux modestement ; ses joues s'étaient couvertes d'un incarnat qui relevait la blancheur de son teint, et il était aisé de remarquer dans ses manières cet air de simplicité et de douceur, qui charme dans les jeunes personnes.

« Que faites-vous ici, la belle fille, lui dit la reine, ne craignez-vous point les voleurs ?

— Hélas ! madame, dit Fortunée, je n'ai qu'un habit de toile, que gagneraient-ils avec une pauvre bergère comme moi ?

— Vous n'êtes donc pas riche ? reprit la reine en souriant.

— Je suis si pauvre, dit Fortunée, que je n'ai hérité de mon père qu'un pot d'œillets et un jonc d'argent.

— Mais vous avez un cœur, ajouta la reine, si quelqu'un voulait vous le prendre, voudriez-vous le donner ?

— Je ne sais ce que c'est que de donner mon cœur, madame, répondit-elle, j'ai toujours entendu dire que sans son cœur on ne peut vivre, que lorsqu'il est blessé il faut mourir, et malgré ma pauvreté, je ne suis point fâchée de vivre.

— Vous aurez toujours raison, la belle fille, de défendre votre cœur. Mais, dites-moi, continua la reine, avez-vous bien soupé ?

— Non, madame, dit Fortunée, mon frère a tout mangé. »

La reine commanda qu'on lui apportât un couvert, et la faisant mettre à table, elle lui servit ce qu'il y avait de meilleur. La jeune bergère était si surprise d'admiration, et si charmée des bontés de la reine, qu'elle pouvait à peine manger un morceau.

« Je voudrais bien savoir, lui dit la reine, ce que vous venez faire si tard à la fontaine ?

— Madame, dit-elle, voilà ma cruche, je venais quérir de l'eau pour arroser mes œillets. »

En parlant ainsi, elle se baissa pour prendre sa cruche qui était auprès d'elle ; mais lorsqu'elle la montra à la reine, elle fut bien étonnée de la trouver d'or, toute couverte de gros diamants, et remplie d'une eau qui sentait admirablement bon. Elle n'osait l'emporter, craignant qu'elle ne fût pas à elle.

« Je vous la donne, Fortunée, dit la reine ; allez arroser les fleurs dont vous prenez soin, et souvenez-vous que la reine des Bois veut être de vos amies. »

À ces mots, la bergère se jeta à ses pieds.

« Après vous avoir rendu de très humbles grâces, madame, lui dit-elle, de l'honneur que vous me faites, j'ose prendre la liberté de vous prier d'attendre ici un moment, je vais vous quérir la moitié de mon bien, c'est mon pot d'œillets, qui ne peut jamais être en de meilleures mains que les vôtres.

— Allez, Fortunée, lui dit la reine, en lui touchant doucement les joues, je consens de rester ici jusqu'à ce que vous reveniez. »

Fortunée prit sa cruche d'or, et courut dans sa petite chambre ; mais pendant qu'elle en avait été absente, son frère Bedou y était entré, il avait pris le pot d'œillets, et mis à la place un grand chou. Quand Fortunée aperçut ce malheureux chou, elle tomba dans la dernière affliction, et demeura fort irrésolue si elle retournerait à la fontaine. Enfin elle s'y détermina, et se mettant à genoux devant la reine :

« Madame, lui dit-elle, Bedou m'a volé mon pot d'œillets, il ne me reste que mon jonc ; je vous supplie de le recevoir comme une preuve de ma reconnaissance.

— Si je prends votre jonc, belle bergère, dit la reine, vous voilà ruinée ?

— Ha ! madame, dit-elle, avec un air tout spirituel, si je possède vos bonnes grâces, je ne puis me ruiner. »

La reine prit le jonc de Fortunée, et le mit à son doigt ; aussitôt elle monta dans un char de corail, enrichi d'émeraudes, tiré par six chevaux blancs, plus beaux que l'attelage du soleil. Fortunée la suivit des yeux, tant qu'elle put ; enfin les différentes routes de la forêt la dérobèrent à sa vue. Elle retourna chez Bedou, toute remplie de cette aventure. La première chose qu'elle fit en entrant dans la chambre, ce fut de jeter le chou par la fenêtre. Mais elle fut bien étonnée d'entendre une voix, qui criait : « Ha ! je suis mort. » Elle ne comprit rien à ces plaintes, car ordinairement les choux ne parlent pas. Dès qu'il fut jour, Fortunée, inquiète de son pot d'œillets, descendit en bas pour l'aller chercher ; et la première chose qu'elle trouva, ce fut le malheureux chou ; elle lui donna un coup de pied, et disant :

« Que fais-tu ici, toi qui te mêles de tenir dans ma chambre la place de mes œillets ?

— Si l'on ne m'y avait pas porté, répondit le chou, je ne me serais pas avisé de ma tête d'y aller. »

Elle frissonna, car elle avait grand'peur ; mais le chou lui dit encore :

« Si vous voulez me reporter avec mes camarades, je vous dirai en deux mots que vos œillets sont dans la paillasse de Bedou. »

Fortunée, au désespoir, ne savait comment les reprendre ; elle eut la bonté de planter le chou, et ensuite elle prit la poule favorite de son frère, et lui dit :

« Méchante bête, je vais te faire payer tous les chagrins que Bedou me donne.

— Ha ! bergère, dit la poule, laissez-moi vivre, et comme mon humeur est de caqueter, je vais vous apprendre des choses surprenantes.

"Ne croyez pas être fille du laboureur chez qui vous avez été nourrie ; non, belle Fortunée, il n'est point votre père ; mais la reine qui vous donna le jour, avait déjà eu six filles ; et comme si elle eût été la maîtresse d'avoir un garçon, son mari et son beau-père lui dirent qu'ils la poignarderaient, à moins qu'elle ne leur donnât un héritier.

"La pauvre reine affligée devint grosse ; on l'enferma dans un château, et l'on mit auprès d'elle des gardes, ou pour mieux dire, des bourreaux, qui avaient ordre de la tuer, si elle avait encore une fille. Cette princesse alarmée du malheur qui la menaçait, ne mangeait et ne dormait plus ; elle avait une sœur qui était fée ; elle lui écrivit ses justes craintes ; la fée étant grosse, savait bien qu'elle aurait un fils. Lorsqu'elle fut accouchée, elle chargea les zéphirs d'une corbeille, où elle enferma son fils bien proprement, et elle leur donna ordre qu'ils portassent le petit prince dans la chambre de la reine, afin de le changer contre la fille qu'elle aurait : cette prévoyance ne servit de rien, parce que la reine ne recevant aucune nouvelle de sa sœur la fée, profita de la bonne volonté d'un de ses gardes, qui en eut pitié, et qui la sauva avec une échelle de cordes.

"Dès que vous fûtes venue au monde, la reine affligée cherchant à se cacher, arriva dans cette maisonnette, demi-morte de lassitude et de douleur ; j'étais laboureuse, dit la poule, et bonne nourrice, elle me chargea de vous, et me raconta ses malheurs, dont elle se trouva si accablée, qu'elle mourut sans avoir le temps de nous ordonner ce que nous ferions de vous.

"Comme j'ai aimé toute ma vie à causer, je n'ai pu m'empêcher de dire cette aventure ; de sorte qu'un jour il vint ici une belle dame, à laquelle je contai tout ce que j'en savais. Aussitôt, elle me toucha d'une baguette, et je devins poule, sans pouvoir parler davantage : mon affliction fut extrême et mon mari qui était absent dans le moment de cette métamorphose, n'en a jamais mais rien su.

"À son retour, il me chercha partout ; enfin il crut que j'étais noyée, ou que les bêtes des forêts m'avaient dévorée. Cette même dame qui m'avait fait tant de mal, passa une seconde fois par ici ; elle lui ordonna de vous appeler Fortunée, et lui fit présent d'un jonc d'argent et d'un pot d'œillets ; mais comme elle était céans, il arriva vingt-cinq gardes du roi votre père, qui vous cherchaient avec de mauvaises intentions : elle dit quelques paroles, et les fit devenir des choux verts, du nombre desquels est celui que vous jetâtes hier au soir par votre fenêtre. Je ne l'avais point entendu parler jusqu'à présent, je ne pouvais parler moi-même, j'ignore comment la voix nous est revenue. »

La princesse demeura bien surprise des merveilles que la poule venait de lui raconter ; elle était encore pleine de bonté, et lui dit :

« Vous me faites grand'pitié, ma pauvre nourrice, d'être devenue poule, je voudrais fort vous rendre votre première figure, si je le pouvais ; mais ne désespérons de rien, il me semble que toutes les choses que vous venez de m'apprendre, ne peuvent demeurer dans la même situation. Je vais chercher mes œillets, car je les aime uniquement. »

Bedou était allé au bois, ne pouvant imaginer que Fortunée s'avisât de fouiller dans sa paillasse ; elle fut ravie de son éloignement, et se flatta qu'elle ne trouverait aucune résistance, lorsqu'elle vit tout d'un coup une grande quantité de rats prodigieux, armés en guerre : ils se rangèrent par bataillons, ayant derrière eux la fameuse paillasse et les escabelles aux côtés ; plusieurs grosses souris formaient le corps de réserve, résolues de combattre comme des amazones.

Fortunée demeura bien surprise ; elle n'osait s'approcher, car les rats se jetaient sur elle, la mordaient et la mettaient en sang.

« Quoi ! s'écria-t-elle, mon œillet, mon cher œillet, resterez-vous en si mauvaise compagnie ? »

Elle s'avisa tout d'un coup, que peut-être cette eau si parfumée qu'elle avait dans un vase d'or, aurait une vertu particulière ; elle courut la quérir ; elle en jeta quelques gouttes sur le peuple souriquois ; en même temps la racaille se sauva chacun dans son trou et la princesse prit promptement ses beaux œillets, qui étaient sur le point de mourir, tant ils avaient besoin d'être arrosés ; elle versa dessus toute l'eau qui était dans son vase d'or, et elle les sentait avec beaucoup de plaisir, lorsqu'elle entendit une voix fort douce qui sortait d'entre les branches, et qui lui dit :

« Incomparable Fortunée, voici le jour heureux et tant désiré de vous déclarer mes sentiments ; sachez que le pouvoir de votre beauté est tel, qu'il peut rendre sensible jusqu'aux fleurs. »

La princesse, tremblante et surprise d'avoir entendu parler un chou, une poule, un œillet, et d'avoir vu une armée de rats, devint pâle et s'évanouit. Bedou arriva là-dessus : le travail et le soleil lui avaient échauffé la tête ; quand il vit que Fortunée était venue chercher ses œillets, et qu'elle les avait trouvés, il la traîna jusqu'à sa porte, et la mit dehors. Elle eut à peine senti la fraîcheur de la terre, qu'elle ouvrit ses beaux yeux ; elle aperçut auprès d'elle la reine des Bois, toujours charmante et magnifique.

« Vous avez un mauvais frère, dit-elle à Fortunée, j'ai vu avec quelle inhumanité il vous a jetée ici ; voulez-vous que je vous venge ?

— Non, madame, lui dit-elle, je ne suis point capable de me fâcher, et son mauvais naturel ne peut changer le mien.

— Mais, ajouta la reine, j'ai un pressentiment qui m'assure que ce gros laboureur n'est pas votre frère ; qu'en pensez-vous ?

— Toutes les apparences me persuadent qu'il l'est, madame, répliqua modestement la bergère, et je dois les en croire.

— Quoi ! continua la reine, n'avez-vous pas entendu dire que vous êtes née princesse ?

— On me l'a dit depuis peu, répondit-elle, cependant oserais-je me vanter d'une chose dont je n'ai aucune preuve ?

— Ha, ma chère enfant, ajouta la reine, que je vous aime de cette humeur ! je connais à présent que l'éducation obscure que vous avez reçue n'a point étouffé la noblesse de votre sang. Oui, vous êtes princesse, et il n'a pas tenu à moi de vous garantir des disgrâces que vous avez éprouvées jusqu'à cette heure. »

Elle fut interrompue en cet endroit par l'arrivée d'un jeune adolescent plus beau que le jour ; il était habillé d'une longue veste mêlée d'or et de soie verte, rattachée par de grandes boutonnières d'émeraudes, de rubis et de diamants ; il avait une couronne d'œillets, ses cheveux couvraient ses épaules. Aussitôt qu'il vit la reine, il mit un genou en terre, et la salua respectueusement.

« Ha ! mon fils, mon aimable Œillet, lui dit-elle, le temps fatal de votre enchantement vient de finir, par le secours de la belle Fortunée : quelle joie de vous voir ! »

Elle le serra étroitement entre ses bras ; et se tournant ensuite vers la bergère :

« Charmante princesse, lui dit-elle, je sais tout ce que la poule vous a raconté : mais ce que vous ne savez point, c'est que les zéphyrs que j'avais chargés de mettre mon fils à votre place, le portèrent dans un parterre de fleurs. Pendant qu'ils allaient chercher votre mère qui était ma sœur, une fée qui n'ignorait rien des choses les plus secrètes, et avec laquelle je suis brouillée depuis longtemps, épia si bien le moment qu'elle avait prévu dès la naissance de mon fils, qu'elle le changea sur-le-champ en œillet, et malgré ma science, je ne pus empêcher ce malheur. Dans le chagrin où j'étais réduite, j'employai tout mon art pour chercher quelque remède, et je n'en trouvai point de plus assuré que d'apporter le prince Œillet dans le lieu où vous étiez nourrie, devinant que lorsque vous auriez arrosé les fleurs de l'eau délicieuse que j'avais dans un vase d'or, il parlerait, il vous aimerait, et qu'à l'avenir rien ne troublerait votre repos ; j'avais même le jonc d'argent qu'il fallait que je reçusse de votre main, n'ignorant pas que ce serait la marque à quoi je connaîtrais que l'heure approchait où le charme perdait sa force, malgré les rats et les souris que notre ennemie devait mettre en campagne, pour vous empêcher de toucher aux œillets. Ainsi, ma chère Fortunée, si mon fils vous épouse avec ce jonc, votre félicité sera permanente : voyez à présent si ce prince vous paraît assez aimable pour le recevoir pour époux.

— Madame, répliqua-t-elle en rougissant, vous me comblez de grâces, je connais que vous êtes ma tante ; que par votre savoir, les gardes envoyés pour me tuer, ont été métamorphosés en choux, et ma nourrice en poule ; qu'en me proposant l'alliance du prince Œillet, c'est le plus grand honneur où je puisse prétendre. Mais, vous dirai-je mon incertitude ? Je ne connais point son cœur, et je commence à sentir pour la première fois de ma vie que je ne pourrais être contente s'il ne m'aimait pas.

— N'ayez point d'incertitude là-dessus, belle princesse, lui dit le prince, il y a longtemps que vous avez fait en moi toute l'impression que vous y voulez faire à présent, et si l'usage de la voix m'avait été permis, que n'auriez-vous pas entendu tous les jours des progrès d'une passion qui me consumait ? mais je suis un prince malheureux, pour lequel vous ne ressentez que de l'indifférence. »

Il lui dit ensuite ces vers :

Vous me donniez vos tendres soins :
Vous veniez quelquefois admirer sans témoins,
De mes brillantes fleurs la bizarre peinture.

Pour vous je répandais mes parfums les plus doux,
J'affectais à vos yeux une beauté nouvelle ;
Et lorsque j'étais loin de vous,
Une sécheresse mortelle
Ne vous prouvait que trop, qu'en secret consumé,
Je languissais toujours dans l'attente cruelle
De l'objet qui m'avait charmé.

À mes douleurs vous étiez favorable,
Et votre belle main,
D'une eau pure arrosait mon sein,
Et quelquefois votre bouche adorable,
Me donnait des baisers, hélas ! pleins de douceurs.

Pour mieux jouir de mon bonheur,
Et vous prouver mes feux et ma reconnaissance,
Je souhaitais, en un si doux moment,
Que quelque magique puissance,
Me fît sortir d'un triste enchantement.
Mes vœux sont exaucés, je vous vois, je vous aime ;
Je puis vous dire mon tourment :
Mais par malheur pour moi, vous n'êtes plus la même.

Quels vœux ai-je formés ! justes dieux, qu'ai-je fait !

La princesse parut fort contente de la galanterie du prince ; elle loua beaucoup cet impromptu, et quoiqu'elle ne fût pas accoutumée à entendre des vers, elle en parla en personne de bon goût. La reine, qui ne la souffrait vêtue en bergère qu'avec impatience, la toucha, lui souhaitant les plus riches habits qui se fussent jamais vus ; en même temps sa toile blanche se changea en brocart d'argent, brodé d'escarboucles ; de sa coiffure élevée, tombait un long voile de gaze mêlé d'or ; ses cheveux noirs étaient ornés de mille diamants ; et son teint, dont la blancheur éblouissait, prit des couleurs si vives, que le prince pouvait à peine en soutenir l'éclat.

« Ha ! Fortunée, que vous êtes belle et charmante ! s'écria-t-il en soupirant ; serez-vous inexorable à mes peines ?

— Non, mon fils, dit la reine, votre cousine ne résistera point à nos prières. »

Dans le temps qu'elle parlait ainsi, Bedou qui retournait à son travail, passa, et voyant Fortunée comme une déesse, il crut rêver ; elle l'appela avec beaucoup de bonté, et pria la reine d'avoir pitié de lui.

« Quoi ! après vous avoir si maltraitée ! dit-elle.

— Ha ! madame, répliqua la princesse, je suis incapable de me venger. »

La reine l'embrassa, et loua la générosité de ses sentiments.

« Pour vous contenter, ajouta-t-elle, je vais enrichir l'ingrat Bedou » ; sa chaumière devint un palais meublé et plein d'argent ; ses escabelles ne changèrent point de forme, non plus que sa paillasse, pour le faire souvenir de son premier état, mais la reine des Bois lima son esprit ; elle lui donna de la politesse, elle changea sa figure. Bedou alors se trouva capable de reconnaissance. Que ne dit-il pas à la reine et à la princesse pour leur témoigner la sienne dans cette occasion.

Ensuite par un coup de baguette, les choux devinrent des hommes, la poule une femme ; le prince Œillet était seul mécontent ; il soupirait auprès de sa princesse ; il la conjurait de prendre une résolution en sa faveur : enfin elle y consentit ; elle n'avait rien vu d'aimable, et tout ce qui était aimable, l'était moins que ce jeune prince. La reine des Bois, ravie d'un si heureux mariage, ne négligea rien pour que tout y fût somptueux ; cette fête dura plusieurs années, et le bonheur de ces tendres époux dura autant que leur vie.

LA BONNE PETITE SOURIS

Il y avait une fois un roi et une reine qui s'aimaient si fort, si fort, qu'ils faisaient la félicité l'un de l'autre. Leurs cœurs et leurs sentiments se trouvaient toujours d'intelligence ; ils allaient tous les jours à la chasse tuer des lièvres et des cerfs ; ils allaient à la pêche prendre des soles et des carpes ; au bal, danser la bourrée et la pavane ; à de grands festins, manger du rôt et des dragées ; à la comédie et à l'opéra. Ils riaient, ils chantaient, ils se faisaient mille pièces pour se divertir ; enfin c'était le plus heureux de tous les temps.

Leurs sujets suivaient l'exemple du roi et de la reine ; ils se divertissaient à l'envi l'un de l'autre. Par toutes ces raisons, l'on appelait ce royaume le pays de joie. Il arriva qu'un roi voisin du roi Joyeux vivait tout différemment. Il était ennemi déclaré des plaisirs ; il ne demandait que plaies et bosses ; il avait une mine renfrognée, une grande barbe, les yeux creux ; il était maigre et sec, toujours vêtu de noir, des cheveux hérissés, gras et crasseux. Pour lui plaire, il fallait tuer et assommer les passants. Il pendait lui-même les criminels ; il se réjouissait à leur faire du mal.

Quand une bonne maman aimait bien sa petite fille ou son petit garçon, il l'envoyait quérir, et devant elle il lui rompait les bras ou lui tordait le cou. On nommait ce royaume le pays des larmes. Le méchant roi entendit parler de la satisfaction du roi Joyeux ; il lui porta grande envie, et résolut de faire une grosse armée, et d'aller le battre tout son saoul, jusqu'à ce qu'il fût mort ou bien malade. Il envoya de tous côtés pour amasser du monde et des armes ; il faisait faire des canons. Chacun tremblait. L'on disait : sur qui se jettera le roi, il ne fera point de quartier. Lorsque tout fut prêt, il s'avança vers le pays du roi Joyeux. À ces mauvaises nouvelles il se mit promptement en défense ; la reine mourait de peur, elle lui disait en pleurant :

« Sire, il faut nous enfuir : tâchons d'avoir bien de l'argent, et nous en allons tant que terre nous pourra porter. »

Le roi répondait :

« Fi, madame, j'ai trop de courage ; il vaudrait mieux mourir que d'être un poltron. »

Il ramassa tous ses gens d'armes, dit un tendre adieu à la reine, monta sur un beau cheval, et partit. Quand elle l'eut perdu de vue, elle se mit à pleurer douloureusement ; et joignant ses mains, elle disait :

« Hélas, je suis grosse ; si le roi est tué à la guerre, je serai veuve et prisonnière, le méchant roi me fera dix mille maux. »

Cette pensée l'empêchait de manger et de dormir. Il lui écrivait tous les jours ; mais un matin qu'elle regardait par-dessus les murailles, elle vit venir un courrier qui courait de toute sa force, elle l'appela :

« Hô, courrier, hô, quelle nouvelle ?

— Le roi est mort, s'écria-t-il, la bataille est perdue, le méchant roi arrivera dans un moment. »

La pauvre reine tomba évanouie ; on la porta dans son lit, et toutes ses dames étaient autour d'elle, qui pleuraient, l'une son père, l'autre son fils ; elles s'arrachèrent les cheveux, c'était la chose du monde la plus pitoyable. Voilà que tout d'un coup l'on entend : « Au meurtre, au larron ! » C'était le méchant roi qui arrivait avec tous ses malheureux sujets ; ils tuaient pour oui et pour non, ceux qu'ils rencontraient. Il entra tout armé dans la maison du roi, et monta dans la chambre de la reine. Quand elle le vit entrer, elle eut si grande peur, qu'elle s'enfonça dans son lit, et mit la couverture sur sa tête. Il l'appela deux ou trois fois, mais elle ne disait mot ; il se fâcha, bien fâché, et dit :

« Je crois que tu te moques de moi ; sais-tu que je peux t'égorger tout à l'heure ? »

Il la découvrit, lui arracha ses cornettes, ses beaux cheveux tombèrent sur ses épaules ; il en fit trois tours à sa main, et la chargea dessus son dos comme un sac de blé : il l'emporta ainsi, et monta sur son grand cheval qui était tout noir. Elle le priait d'avoir pitié d'elle, il s'en moquait, et lui disait : « Crie, plains-toi, cela me fait rire et me divertit. » Il l'emmena en son pays, et jura pendant tout le chemin qu'il était résolu de la pendre ; mais on lui dit que c'était dommage, et qu'elle était grosse.

Quand il vit cela, il lui vint dans l'esprit que si elle accouchait d'une fille, il la marierait avec son fils ; et pour savoir ce qui en était, il envoya quérir une fée, qui demeurait près de son royaume. Étant venue, il la régala mieux qu'il n'avait de coutume ; ensuite il la mena dans une tour, au haut de laquelle la pauvre reine avait une chambre bien petite et bien pauvrement meublée. Elle était couchée par terre, sur un matelas qui ne valait pas deux sous, où elle pleurait jour et nuit. La fée en la voyant fut attendrie ; elle lui fit la révérence, et lui dit tous bas en l'embrassant :

« Prenez courage, madame, vos malheurs finiront ; j'espère y contribuer. »

La reine un peu consolée de ces paroles, la caressait, et la priait d'avoir pitié d'une pauvre princesse qui avait joui d'une grande fortune, et qui s'en voyait bien éloignée. Elles parlaient ensemble, quand le méchant roi dit :

« Allons, point tant de compliments ; je vous ai amenée ici pour me dire si cette esclave est grosse d'un garçon ou d'une fille. »

La fée répondit :

« Elle est grosse d'une fille, qui sera la plus belle princesse et la mieux apprise que l'on ait jamais vue. »

Elle lui souhaita ensuite des biens et des honneurs infinis.

« Si elle n'est pas belle et bien apprise, dit le méchant roi, je la pendrai au cou de sa mère, et sa mère à un arbre, sans que rien m'en puisse empêcher. »

Après cela il sortit avec la fée, et ne regarda pas la bonne reine, qui pleurait amèrement ; car elle disait en elle-même :

« Hélas ! que ferai-je ? Si j'ai une belle petite fille, il la donnera à son magot de fils ; et si elle est laide, il nous pendra toutes deux. À quelle extrémité suis-je réduite ? Ne pourrai-je point la cacher quelque part, afin qu'il ne la vît jamais ? »

Le temps que la petite princesse devait venir au monde approchait, et les inquiétudes de la reine augmentaient : elle n'avait personne avec qui se plaindre et se consoler. Le geôlier qui la gardait, ne lui donnait que trois pois cuits dans l'eau pour toute la journée, avec un petit morceau de pain noir.

Elle devint plus maigre qu'un hareng : elle n'avait plus que la peau et les os. Un soir qu'elle filait (car le méchant roi qui était fort avare, la faisait travailler jour et nuit), elle vit entrer par un trou une petite souris, qui était fort jolie. Elle lui dit :

« Hélas ! ma mignonne, que viens-tu chercher ici ? Je n'ai que trois pois pour toute ma journée ; si tu ne veux jeûner, va-t'en. »

La petite souris courait de-çà, courait de-là, dansait, cabriolait comme un petit singe ; et la reine prenait un si grand plaisir à la regarder, qu'elle lui donna le seul pois qui restait pour son souper.

« Tiens, mignonne, dit-elle, mange, je n'en ai pas davantage, et je te le donne de bon cœur. »

Dès qu'elle eut fait cela, elle vit sur sa table une perdrix excellente, cuite à merveille, et deux pots de confitures. « En vérité, dit-elle, un bienfait n'est jamais perdu. » Elle mangea un peu, mais son appétit était passé à force de jeûner.

Elle jeta du bonbon à la souris, qui le grignota encore ; et puis elle se mit à sauter mieux qu'avant le souper. Le lendemain matin le geôlier apporta de bonne heure les trois pois de la reine, qu'il avait mis dans un grand plat pour se moquer d'elle ; la petite souris vint doucement, et les mangea tous trois, et le pain aussi. Quand la reine voulut dîner, elle ne trouva plus rien ; la voilà bien fâchée contre la souris.

« C'est une méchante petite bête, disait-elle, si elle continue, je mourrai de faim. »

Comme elle voulut couvrir le grand plat qui était vide, elle trouva dedans toutes sortes de bonnes choses à manger : elle en fut bien aise, et mangea ; mais en mangeant, il lui vint dans l'esprit que le méchant roi ferait peut-être mourir dans deux ou trois jours son enfant, et elle quitta la table pour pleurer ; puis elle disait, en levant les yeux au ciel : « Quoi ! n'y a-t-il point quelque moyen de se sauver ? » En disant cela, elle vit la petite souris qui jouait avec de longs brins de paille ; elle les prit, et commença de travailler avec.

« Si j'ai assez de paille, dit-elle, je ferai une corbeille couverte pour mettre ma petite fille, et je la donnerai par la fenêtre à la première personne charitable qui voudra en avoir soin. »

Elle se mit donc à travailler de bon courage ; la paille ne lui manquait point, la souris en traînait toujours par la chambre où elle continuait de sauter ; et aux heures des repas, la reine lui donnait ses trois pois, et trouvait en échange cent sortes de ragoûts. Elle en était bien étonnée ; elle songeait sans cesse qui pouvait lui envoyer de si excellentes choses. La reine regardait un jour à la fenêtre, pour voir de quelle longueur elle ferait cette corde, dont elle devait attacher la corbeille pour la descendre. Elle aperçut en bas une vieille petite bonne femme qui s'appuyait sur un bâton, et qui lui dit :

« Je sais votre peine, madame ; si vous voulez je vous servirai.

— Hélas ma chère amie, lui dit la reine, vous me ferez un grand plaisir venez tous les soirs au bas de la tour, je vous descendrai mon pauvre enfant ; vous le nourrirez, et je tâcherai, si je suis jamais riche, de vous bien payer.

— Je ne suis pas intéressée, répondit la vieille, mais je suis friande ; il n'y a rien que j'aime tant qu'une souris grassette et dodue. Si vous en trouvez dans votre galetas, tuez-les et me les jetez ; je n'en serai point ingrate, votre poupard s'en trouvera bien. »

La reine l'entendant se mit à pleurer sans rien répondre ; et la vieille, après avoir un peu attendu, lui demanda pourquoi elle pleurait.

« C'est, dit-elle, qu'il ne vient dans ma chambre qu'une seule souris, qui est si jolie, si joliette, que je ne puis me résoudre à la tuer.

— Comment, dit la vieille en colère, vous aimez donc mieux une friponne de petite souris, qui ronge tout, que l'enfant que vous allez avoir ? Hé bien, madame, vous n'êtes pas à plaindre, restez en si bonne compagnie, j'aurai bien des souris sans vous, je ne m'en soucie guère. »

Elle s'en alla grondant et marmottant. Quoique la reine eût un bon repas, et que la souris vînt danser devant elle, jamais elle ne leva les yeux de terre, où elle les avait attachés, et les larmes coulaient le long de ses joues. Elle eut cette même nuit une princesse, qui était un miracle de beauté ; au lieu de crier comme les autres enfants, elle riait à sa bonne maman, et lui tendait ses petites menottes, comme si elle eût été bien raisonnable. La reine la caressait et la baisait de tout son cœur, songeant tristement.

« Pauvre mignonne ! chère enfant ! si tu tombes entre les mains du méchant roi, c'est fait de ta vie. »

Elle l'enferma dans la corbeille, avec un billet attaché sur son maillot, où était écrit :

« Cette infortunée petite fille a nom Joliette. »

Et quand elle l'avait laissée un moment sans la regarder, elle ouvrait encore la corbeille, et la trouvait embellie ; puis elle la baisait et pleurait plus fort, ne sachant que faire. Mais voici la petite souris qui vient, et qui se met dans la corbeille avec Joliette.

« Ah ! petite bestiole, dit la reine, que tu me coûtes cher pour te sauver la vie ! Peut-être que je perdrai ma chère Joliette ! Une autre que moi t'aurait tuée, et donnée à la vieille friande ; je n'ai pu y consentir. »

La souris commence à dire :

« Ne vous en repentez point, madame, je ne suis pas si indigne de votre amitié que vous le croyez. »

La reine mourait de peur d'entendre parler la souris ; mais sa peur augmenta bien quand elle aperçut que son petit museau prenait la figure d'un visage, que ses pattes devinrent des mains et des pieds, et qu'elle grandit tout d'un coup. Enfin la reine n'osant presque la regarder, la reconnut pour la fée qui l'était venue voir avec le méchant roi, et qui lui avait fait tant de caresses.

Elle lui dit :

« J'ai voulu éprouver votre cœur ; j'ai reconnu qu'il est bon, et que vous êtes capable d'amitié. Nous autres fées, qui possédons des trésors et des richesses immenses, nous ne cherchons pour la douceur de la vie que de l'amitié, et nous en trouvons rarement.

— Est-il possible, belle dame, dit la reine en l'embrassant, que vous ayez de la peine à trouver des amies, étant si riches et si puissantes ?

— Oui, répliqua-t-elle ; car on ne nous aime que par intérêt, et cela ne nous touche guère ; mais quand vous m'avez aimée en petite souris, ce n'était pas un motif d'intérêt. J'ai voulu vous éprouver plus fortement ; j'ai pris la figure d'une vieille ; c'est moi qui vous ai parlé au bas de la tour, et vous m'avez toujours été fidèle. »

À ces mots elle embrassa la reine ; puis elle baisa trois fois le bécot vermeil de la petite princesse, et elle lui dit :

« Je te doue, ma fille, d'être la consolation de ta mère, et plus riche que ton père ; de vivre cent ans toujours belle, sans maladie, sans rides et sans vieillesse. »

La reine toute ravie la remercia, et la pria d'emporter Joliette, et d'en prendre soin, ajoutant qu'elle la lui donnait pour être sa fille. La fée l'accepta, et la remercia ; elle mit la petite dans la corbeille, qu'elle descendit en bas ; mais s'étant un peu arrêtée à reprendre sa forme de petite souris, quand elle descendit après elle par la cordelette, elle ne trouva plus l'enfant ; et remontant fort effrayée :

« Tout est perdu, dit-elle à la reine, mon ennemie Cancaline vient d'enlever la princesse ! Il faut que vous sachiez que c'est une cruelle fée qui me hait ; et par malheur, étant mon ancienne, elle a plus de pouvoir que moi. Je ne sais par quel moyen retirer Joliette de ses vilaines griffes. »

Quand la reine entendit de si tristes nouvelles, elle pensa mourir de douleur ; elle pleura bien fort, et pria sa bonne amie de tâcher de ravoir la petite, à quelque prix que ce fût. Cependant le geôlier vint dans la chambre de la reine ; il vit qu'elle n'était plus grosse ; il fut le dire au roi, qui accourut pour lui demander son enfant mais elle dit qu'une fée, dont elle ne savait pas le nom, l'était venue prendre par force. Voilà le méchant roi qui frappait du pied, et qui rongeait ses ongles jusqu'au dernier morceau :

« Je t'ai promis, dit-il, de te pendre ; je vais tenir ma parole tout à l'heure. »

En même temps il traîne la pauvre reine dans un bois, grimpe sur un arbre, et l'allait pendre, lorsque la fée se rendit invisible, et le poussant rudement, elle le fit tomber du haut de l'arbre ; il se cassa quatre dents. Pendant qu'on tâchait de les raccommoder, la fée enleva la reine dans son char volant, et elle l'emporta dans un beau château. Elle en prit grand soin et si elle avait eu la princesse Joliette, elle aurait été contente mais on ne pouvait découvrir en quel lieu Cancaline l'avait mise, bien que la petite souris y fît tout son possible. Enfin le temps se passait, et la grande affliction de la reine diminuait. Il y avait quinze ans déjà lorsqu'on entendit dire que le fils du méchant roi s'allait marier à sa dindonnière, et que cette petite créature n'en voulait point.

Cela était bien surprenant qu'une dindonnière refusât d'être reine ; mais pourtant les habits de noces étaient faits, et c'était une si belle noce, qu'on y allait de cent lieues à la ronde. La petite souris s'y transporta ; elle voulait voir la dindonnière tout à son aise. Elle entra dans le poulailler, et la trouva vêtue d'une grosse toile, nu-pieds, avec un torchon gras sur sa tête. Il y avait là des habits d'or et d'argent, des diamants, des perles, des rubans, des dentelles qui traînaient à terre ; les dindons se hochaient dessus, les crottaient et les gâtaient. La dindonnière était assise sur une grosse pierre ; le fils du méchant roi, qui était tordu, borgne et boiteux, lui disait rudement :

« Si vous me refusez votre cœur, je vous tuerai. »

Elle lui répondait fièrement :

« Je ne vous épouserai point, vous êtes trop laid, vous ressemblez à votre cruel père. Laissez-moi en repos avec mes petits dindons ; je les aime mieux que toutes vos braveries. »

La petite souris la regardait avec admiration ; car elle était aussi belle que le soleil. Dès que le fils du méchant roi fut sorti, la fée prit la figure d'une vieille bergère, et lui dit :

« Bonjour, ma mignonne, voilà vos dindons en bon état. »

La jeune dindonnière regarda cette vieille avec des yeux pleins de douceur, et lui dit :

« L'on veut que je les quitte pour une méchante couronne ; que m'en conseillez-vous ?

— Ma petite fille, dit la fée, une couronne est fort belle ; vous n'en connaissez pas le prix ni le poids.

— Mais si fait, je le connais, repartit promptement la dindonnière, puisque je refuse de m'y soumettre ; je ne sais pourtant qui je suis, ni où est mon père, ni où est ma mère ; je me trouve sans parents et sans amis.

— Vous avez beauté et vertu, mon enfant, dit la sage fée, qui valent plus que dix royaumes. Contez-moi, je vous prie, qui vous a donc mise ici, puisque vous n'avez ni père, ni mère, ni parents, ni amis ?

— Une fée, appelée Cancaline, est cause que j'y suis venue ; elle me battait ; elle m'assommait sans sujet et sans raison. Je m'enfuis un jour, et ne sachant où aller, je m'arrêtai dans un bois. Le fils du méchant roi s'y vint promener ; il me demanda si je voulais servir à sa basse-cour. Je le voulus bien ; j'eus soin des dindons ; il venait à tout moment les voir, et il me voyait aussi. Hélas ! sans que j'en eusse envie, il se mit à m'aimer tant et tant, qu'il m'importune fort. »

La fée, a ce récit, commença de croire que la dindonnière était la princesse Joliette. Elle lui dit :

« Ma fille, apprenez-moi votre nom ?

— Je m'appelle Joliette, pour vous rendre service », dit-elle.

À ce mot la fée ne douta plus de la vérité ; et lui jetant les bras au cou, elle pensa la manger de caresses ; puis elle lui dit :

« Joliette, je vous connais il y a longtemps, je suis bien aise que vous soyez si sage et si bien apprise ; mais je voudrais que vous fussiez plus propre, car vous ressemblez à une petite souillon ; prenez les beaux habits que voilà, et vous accommodez. »

Joliette, qui était fort obéissante, quitta aussitôt le torchon gras qu'elle avait dessus la tête, et la secouant un peu, elle se trouva toute couverte de ses cheveux, qui étaient blonds comme un bassin, et déliés comme fils d'or. Ils tombaient par boucles jusqu'à terre. Puis prenant dans ses mains délicates de l'eau à une fontaine qui coulait proche le poulailler, elle se débarbouilla le visage, qui devint aussi clair qu'une perle orientale. Il semblait que des roses s'étaient épanouies sur ses joues et sur sa bouche ; sa douce haleine sentait le thym et le serpolet ; elle avait le corps plus droit qu'un jonc ; en temps d'hiver, l'on eût pris sa peau pour de la neige ; en temps d'été, c'était des lys. Quand elle fut parée des diamants et des belles robes, la fée la considéra comme une merveille ; elle lui dit :

« Qui croyez-vous être, ma chère Joliette, car vous voilà bien brave ? »

Elle répliqua :

« En vérité, il me semble que je suis la fille de quelque grand roi.

— En seriez-vous bien aise ? dit la fée.

— Oui, ma bonne mère, répondit Joliette, en faisant la révérence ; j'en serais fort aise.

— Hé bien, dit la fée, soyez donc contente ; je vous en dirai davantage demain. »

Elle se rendit en diligence à son beau château, où la reine était occupée à filer de la soie. La petite souris lui cria :

« Voulez-vous gager, madame la reine, votre quenouille et votre fuseau, que je vous apporte les meilleures nouvelles que vous puissiez jamais entendre ?

— Hélas ! répliqua la reine, depuis la mort du roi Joyeux et la perte de ma Joliette, je donnerais bien toutes les nouvelles de ce monde pour une épingle.

— Là, là, ne vous chagrinez point, dit la fée, la princesse se porte à merveille ; je viens de la voir ; elle est si belle, si belle, qu'il ne tient qu'à elle d'être reine. »

Elle lui conta tout le conte d'un bout à l'autre, et la reine pleurait de joie de savoir sa fille si belle, et de tristesse qu'elle fût dindonnière.

« Quand nous étions de grands rois dans notre royaume, disait-elle, et que nous faisions tant de bombance, le pauvre défunt et moi, nous n'aurions pas cru voir notre enfant dindonnière.

— C'est la cruelle Cancaline, ajouta la fée, qui sachant comme je vous aime, pour me faire dépit, l'a mise en cet état ; mais elle en sortira, ou j'y brûlerai mes livres.

— Je ne veux pas, dit la reine, qu'elle épouse le fils du méchant roi ; allons dès demain la quérir, et l'amenons ici. »

Or, il arriva que le fils du méchant roi étant tout à fait fâché contre Joliette, fut s'asseoir sous un arbre, où il pleurait si fort, si fort, qu'il hurlait. Son père l'entendit ; il se mit à la fenêtre, et lui cria :

« Qu'est-ce que tu as à pleurer ? Comme tu fais la bête ! »

Il répondit :

« C'est que notre dindonnière ne veut pas m'aimer.

— Comment ! elle ne veut pas t'aimer, dit le méchant roi. Je veux qu'elle t'aime ou qu'elle meure. »

Il appela ses gens d'armes, et leur dit :

« Allez la quérir ; car je lui ferai tant de mal, qu'elle se repentira d'être opiniâtre. »

Ils furent au poulailler, et trouvèrent Joliette qui avait une belle robe de satin blanc, toute en broderie d'or, avec des diamants rouges, et plus de mille aunes de rubans partout. Jamais, au grand jamais, il ne s'est vu une si belle fille ; ils n'osaient lui parler, la prenant pour une princesse.

Elle leur dit fort civilement :

« Je vous prie, dites-moi qui vous cherchez ici ?

— Madame, dirent-ils, nous cherchons une petite malheureuse, qu'on appelle Joliette.

— Hélas ! c'est moi, dit-elle ; qu'est-ce que vous me voulez ? »

Ils la prirent vitement, et lièrent ses pieds et ses mains avec de grosses cordes, de peur qu'elle ne s'enfuît. Ils la menèrent de cette manière au méchant roi, qui était avec son fils. Quand il la vit si belle, il ne laissa pas d'être un peu ému ; sans doute qu'elle lui aurait fait pitié, s'il n'avait pas été le plus méchant et le plus cruel du monde. Il lui dit :

« Ha, ha petite friponne, petite crapaude, vous ne voulez donc pas aimer mon fils ? Il est cent fois plus beau que vous ; un seul de ses regards vaut mieux que toute votre personne. Allons, aimez-le tout à l'heure, ou je vais vous écorcher. »

La princesse, tremblante comme un petit pigeon, se mit à genoux devant lui, et lui dit :

« Sire, je vous prie de ne me point écorcher, cela fait trop de mal ; laissez-moi un ou deux jours pour songer à ce que je dois faire, et puis vous serez le maître. »

Son fils, désespéré, voulait qu'elle fût écorchée. Ils conclurent ensemble de l'enfermer dans une tour où elle ne verrait pas seulement le soleil. Là-dessus, la bonne fée arriva dans le char volant, avec la reine ; elles apprirent toutes ces nouvelles ; aussitôt la reine se mit à pleurer amèrement disant qu'elle était toujours malheureuse, et qu'elle aimerait mieux que sa fille fût morte, que d'épouser le fils du méchant roi. La fée lui dit :

« Prenez courage ; je vais tant les fatiguer, que vous serez contente et vengée. »

Comme le méchant roi allait se coucher, la fée se met en petite souris, et se fourre sous le chevet du lit : dès qu'il voulut dormir, elle lui mordit l'oreille ; le voilà bien fâché ; il se tourna de l'autre côté, elle lui mord l'autre oreille ; il crie au meurtre, il appelle pour qu'on vienne ; on vient, on lui trouve les deux oreilles mordues, qui saignaient si fort qu'on ne pouvait arrêter le sang. Pendant qu'on cherchait partout la souris, elle en fut faire autant au fils du méchant roi : il fait venir ses gens, et leur montre ses oreilles qui étaient toutes écorchées ; on lui met des emplâtres dessus. La petite souris retourna dans la chambre du méchant roi, qui était un peu assoupi ; elle mord son nez et s'attache à le ronger ; il y porte les mains, et elle le mord et l'égratigne. Il crie :

« Miséricorde, je suis perdu ! »

Elle entre dans sa bouche et lui grignote la langue, les lèvres, les joues. L'on entre, on le voit épouvantable, qui ne pouvait presque plus parler, tant il avait mal à la langue ; il fit signe que c'était une souris ; on cherche dans la paillasse, dans le chevet, dans les petits coins, elle n'y était déjà plus ; elle courut faire pis au fils, et lui mangea son bon œil (car il était déjà borgne). Il se leva comme un furieux, l'épée à la main ; il était aveugle, il courut dans la chambre de son père, qui de son côté avait pris son épée, tempêtant et jurant qu'il allait tout tuer, si l'on n'attrapait la souris.

Quand il vit son fils si désespéré, il le gronda, et celui-ci qui avait les oreilles échauffées, ne reconnut pas la voix de son père, il se jeta sur lui. Le méchant roi, en colère, lui donna un grand coup d'épée, il en reçut un autre ; ils tombèrent tous deux par terre, saignant comme des bœufs. Tous leurs sujets qui les haïssaient mortellement, et qui ne les servaient que par crainte, ne les craignant plus, leur attachèrent des cordes aux pieds, et les traînèrent dans la rivière, disant qu'ils étaient bienheureux d'en être quittes. Voilà le méchant roi tout mort et son fils aussi. La bonne fée qui savait cela, fut quérir la reine, elles allèrent à la tour noire, où Joliette était enfermée sous plus de quarante clés.

La fée frappa trois fois avec une petite baguette de coudre à la grosse porte qui s'ouvrit, et les autres de même ; elles trouvèrent la pauvre princesse bien triste, qui ne disait pas un petit mot. La reine se jeta à son cou :

« Ma chère mignonne, lui dit-elle, je suis ta maman la reine Joyeuse. »

Elle lui conta le conte de sa vie. Ô bon Dieu ! quand Joliette entendit de si belles nouvelles, à peu tint qu'elle ne mourût de plaisir ; elle se jeta aux pieds de la reine, elle lui embrassait les genoux, elle mouillait ses mains de ses larmes, et les baisait mille fois ; elle caressait tendrement la fée qui lui avait porté des corbeilles pleines de bijoux sans prix, d'or et de diamants ; des bracelets, des perles, et le portrait du roi Joyeux entouré de pierreries, qu'elle mit devant elle.

La fée dit :

« Ne nous amusons point, il faut faire un coup d'état : allons dans la grande salle du château, haranguer le peuple. »

Elle marcha la première, avec un visage grave et sérieux, ayant une robe qui traînait de plus de dix aunes ; et la reine une autre de velours bleu, toute brodée d'or, qui traînait bien davantage. Elles avaient apporté leurs beaux habits avec elles ; puis elles avaient des couronnes sur la tête, qui brillaient comme des soleils ; la princesse Joliette les suivait avec sa beauté et sa modestie, qui n'avaient rien que de merveilleux. Elles faisaient la révérence à tous ceux qu'elles rencontraient par le chemin, aux petits comme aux grands.

On les suivait, fort empressés de savoir qui étaient ces belles dames. Lorsque la salle fut toute pleine, la bonne fée dit aux sujets du méchant roi, qu'elle voulait leur donner pour reine, la fille du roi Joyeux qu'ils voyaient, qu'ils vivraient contents sous son empire ; qu'ils l'acceptassent, qu'elle lui chercherait un époux aussi parfait qu'elle, qui rirait toujours, et qui chasserait la mélancolie de tous les cœurs. À ces mots chacun cria :

« Oui, oui, nous le voulons bien ; il y a trop longtemps que nous sommes tristes et misérables. »

En même temps cent sortes d'instruments jouèrent de tous côtés ; chacun se donna la main et dansa en danse ronde, chantant autour de la reine, de sa fille et de la bonne fée :

« Oui, oui, nous le voulons bien. »

Voilà comme elles furent reçues. Jamais joie n'a été égale. On mit les tables, l'on mangea, l'on but, et puis on se coucha pour bien dormir. Au réveil de la jeune princesse, la fée lui présenta le plus beau prince qui eût encore vu le jour. Elle l'était allé quérir dans le char volant jusqu'au bout du monde ; il était tout aussi aimable que Joliette. Dès qu'elle le vit, elle l'aima. De son côté, il en fut charmé, et pour la reine, elle était transportée de joie. On prépara un repas admirable et des habits merveilleux. Les noces se firent avec des réjouissances infinies.

LA PRINCESSE ROSETTE

Il était une fois un roi et une reine qui avaient deux beaux garçons : ils croissaient comme le jour, tant ils se faisaient bien nourrir. La reine n'avait jamais d'enfant qu'elle n'envoyât convier les fées à leur naissance ; elle les priait toujours de lui dire ce qui leur devait arriver.

Elle donna naissance à une belle petite fille, qui était si jolie, qu'on ne la pouvait voir sans l'aimer. La reine ayant bien régalé toutes les fées qui étaient venues la voir, quand elles furent prêtes à s'en aller, elle leur dit : « N'oubliez pas votre bonne coutume et dites-moi ce qui arrivera à Rosette. »(C'est ainsi que l'on appelait la petite princesse.)

Les fées lui dirent qu'elles avaient oublié leur grimoire à la maison, qu'elles reviendraient une autre fois la voir.

« Ah ! dit la reine, cela ne m'annonce rien de bon ; vous ne voulez pas m'affliger par une mauvaise prédiction. Mais, je vous en prie, que je sache tout ; ne me cachez rien. »

Elles s'en excusaient bien fort, et la reine avait encore bien plus envie de savoir ce que c'était. Enfin, la plus jeune des fées lui dit :

« Nous craignons, madame, que Rosette ne cause un grand malheur à ses frères ; qu'ils ne meurent dans quelque affaire pour elle. Voilà tout ce que nous pouvons deviner sur cette belle petite fille : nous sommes bien fâchées de n'avoir pas de meilleures nouvelles à vous apprendre. »

Elles s'en allèrent ; et la reine resta si triste, si triste, que le roi s'en aperçut à sa mine.

Il lui demanda ce qu'elle avait : elle répondit qu'elle s'était approchée trop près du feu, et qu'elle avait brûlé tout le lin qui était sur sa quenouille. « N'est-ce que cela ? » dit le roi. Il monta dans son grenier et lui apporta plus de lin qu'elle n'en pouvait filer en cent ans. La reine continua d'être triste : il lui demanda ce qu'elle avait.

Elle lui dit qu'étant au bord de la rivière, elle avait laissé tomber sa pantoufle de satin vert dans le cours d'eau. « N'est-ce que cela ? » dit le roi. Il envoya quérir tous les cordonniers de son royaume, et apporta dix mille pantoufles de satin vert à la reine.

Celle-ci continua d'être triste : il lui demanda ce qu'elle avait. Elle lui dit qu'en mangeant de trop bon appétit, elle avait avalé sa bague de noce, qui était à son doigt. Le roi découvrit qu'elle mentait car il avait caché cette bague, et lui dit : « Ma chère femme, vous mentez ! voilà votre bague que j'ai cachée dans ma bourse. »

Dame ! elle fut bien attrapée d'être prise à mentir (car c'est la chose la plus laide du monde), et elle vit que le roi boudait. C'est pourquoi elle lui dit ce que les fées avaient prédit de la petite Rosette, et que s'il savait quelque bon remède, il le dît. Le roi s'attrista beaucoup. Il avoua enfin à la reine : « Je ne sais point d'autre moyen de sauver nos deux fils, qu'en faisant mourir Rosette. » Mais la reine s'écria qu'elle n'y survivrait pas. On apprit cependant à la reine qu'il y avait dans un grand bois un vieil ermite, qui couchait dans le tronc d'un arbre, que l'on allait consulter de partout.

« Il faut que j'y aille aussi, dit la reine, les fées m'ont annoncé le mal, mais elles ont oublié le remède. » Elle monta de bon matin sur une belle petite mule blanche, toute ferrée d'or, avec deux de ses demoiselles, qui avaient chacune un joli cheval. Quand elles furent auprès du bois, la reine et ses demoiselles descendirent de cheval et se rendirent à l'arbre où l'ermite demeurait. Il n'aimait guère voir des femmes ; mais quand il reconnut la reine il lui dit : « Soyez la bienvenue ! Que me voulez-vous ? »

Elle lui conta ce que les fées avaient dit de Rosette, et lui demanda conseil. Il lui répondit qu'il fallait cacher la princesse dans une tour, sans qu'elle en sortît jamais. La reine le remercia, lui fit une bonne aumône, et revint tout raconter au roi. Quand le roi sut ces nouvelles, il fit rapidement bâtir une grosse tour. Il y mit sa fille et, pour qu'elle ne s'ennuyât point, le roi, la reine et les deux frères allaient la voir tous les jours. L'aîné s'appelait le grand prince, et le cadet, le petit prince.

Ils aimaient leur sœur passionnément car elle était la plus belle et la plus gracieuse que l'on eût jamais vue, et le moindre de ses regards valait mieux que cent pistoles. Quand elle eut quinze ans, le grand prince dit au roi : « Ma sœur est assez grande pour être mariée : n'irons-nous pas bientôt à la noce ? » Le petit prince en dit autant à la reine, mais Leurs Majestés leur firent des réponses évasives. Mais le roi et la reine tombèrent malades. Ils moururent tous deux le même jour. La cour s'habilla de noir, et l'on sonna les cloches partout. Rosette était inconsolable de la mort de sa maman.

Quand le roi et la reine eurent été enterrés, les marquis et les ducs du royaume firent monter le grand prince sur un trône d'or et de diamants, avec une belle couronne sur sa tête, et des habits de velours violet, chamarrés de soleils et de lunes. Et puis toute la cour cria trois fois « Vive le roi ! » L'on ne songea plus qu'à se réjouir. Le roi et son frère décidèrent : « À présent que nous sommes les maîtres, il faut retirer notre sœur de la tour où elle s'ennuie depuis longtemps. »

Ils n'eurent qu'à traverser le jardin pour aller à la tour, qu'on avait bâtie la plus haute que l'on avait pu car le roi et la reine défunts voulaient qu'elle y demeurât toujours. Rosette brodait une belle robe sur un métier qui était là devant elle ; mais quand elle vit ses frères, elle se leva et prit la main du roi, lui disant : « Bonjour, sire ! Vous êtes à présent le roi, et moi votre petite servante. Je vous prie de me retirer de la tour où je m'ennuie fort. » Et, là-dessus, elle se mit à pleurer.

Le roi l'embrassa, et lui dit de ne point pleurer ; qu'il venait pour l'ôter de la tour, et la mener dans un beau château. Le prince avait ses poches pleines de dragées, qu'il donna à Rosette. « Allons, lui dit-il, sortons de cette vilaine tour ! Le roi te mariera bientôt ! Ne t'afflige point ! »

Quand Rosette vit le beau jardin tout rempli de fleurs, de fruits, de fontaines, elle demeura si étonnée qu'elle ne pouvait pas dire un mot, car elle n'avait encore jamais rien vu d'aussi beau. Elle regardait de tous côtés ; elle marchait, elle s'arrêtait ; elle cueillait des fruits sur les arbres, et des fleurs dans le parterre : son petit chien, appelé Frétillon, qui était vert comme un perroquet, qui n'avait qu'une oreille, et qui dansait à ravir, allait devant elle, faisant jap, jap, jap, avec mille sauts et mille cabrioles. Frétillon réjouissait fort la compagnie. Il se mit tout d'un coup à courir dans un petit bois. La princesse le suivit et fut émerveillée de voir, dans ce bois, un grand paon qui faisait la roue et qui lui parut si beau, si beau, qu'elle n'en pouvait détourner ses yeux.

Le roi et le prince arrivèrent auprès d'elle, et lui demandèrent à quoi elle s'amusait. Elle leur montra le paon, et leur demanda ce que c'était que cela. Ils lui dirent que c'était un oiseau dont on mangeait quelquefois.

« Quoi ! dit-elle, on ose tuer un si bel oiseau, et le manger ? Je vous déclare que je ne me marierai jamais qu'au roi des paons, et quand j'en serai la reine, j'empêcherai bien que l'on en mange. »

L'on ne peut dire l'étonnement du roi.

« Mais, ma sœur, lui dit-il, où voulez-vous que nous trouvions le roi des paons ?

— Où il vous plaira, sire ! Mais je ne me marierai qu'à lui ! »

Après avoir pris cette résolution, les deux frères la conduisirent à leur château, où il fallut apporter le paon, et le mettre dans sa chambre. Les dames qui n'avaient pas encore vu Rosette, accoururent pour la saluer : les unes lui apportèrent des confitures, les autres du sucre ; les autres des robes d'or, de beaux rubans, des poupées, des souliers en broderie, des perles, des diamants. Pendant qu'elle causait avec des amis, le roi et le prince songeaient à trouver le roi des paons, s'il y en avait un au monde. Ils s'avisèrent qu'il fallait faire un portrait de la princesse Rosette ; et ils le firent faire si beau, qu'il ne lui manquait que la parole et lui dirent :

« Puisque vous ne voulez épouser que le roi des paons, nous allons partir ensemble, et nous irons le chercher par toute la terre. Prenez soin de notre royaume en attendant que nous revenions. »

Rosette les remercia de la peine qu'ils prenaient ; elle leur dit qu'elle gouvernerait bien le royaume, et qu'en leur absence tout son plaisir serait de regarder le beau paon et de faire danser Frétillon. Ils ne purent s'empêcher de pleurer en se disant adieu. Voilà les deux princes partis, qui demandaient à tout le monde :

« Ne connaissez-vous point le roi des paons ?

— Non, non ! »

Ils passaient et allaient encore plus loin. Comme cela, ils allèrent si loin, si loin, que personne n'a jamais été si loin. Ils arrivèrent au royaume des hannetons : il ne s'en est point encore tant vu ; ceux-ci faisaient un si grand bourdonnement que le roi avait peur de devenir sourd. Il demanda à celui qui lui parut le plus raisonnable s'il ne savait point en quel endroit il pourrait trouver le roi des paons.

« Sire, lui dit le hanneton, son royaume est à trente mille lieues d'ici. Vous avez pris le plus long chemin pour y aller.

— Et comment savez-vous cela ? dit le roi.

— C'est, répondit le hanneton, que nous vous connaissons bien, et que nous allons tous les ans passer deux ou trois mois dans vos jardins. »

Voilà le roi et son frère qui prirent le hanneton bras dessus, bras dessous : en guise d'amitié, ils dînèrent ensemble. Ils virent avec admiration toutes les curiosités de ce pays-là, où la plus petite feuille d'arbre vaut une pistole. Après cela, ils partirent pour achever leur voyage, et comme ils savaient le chemin, ils ne mirent pas longtemps. Ils voyaient tous les arbres chargés de paons, et tout en était si rempli qu'on les entendait crier et parler de deux lieues.

Le roi disait à son frère :

« Si le roi des paons est un paon lui-même, comment notre sœur prétend-elle l'épouser ? Il faudrait être fou pour y consentir. Voyez la belle alliance qu'elle nous donnerait, des petits paonneaux pour neveux. »

Le prince n'était pas moins en peine :

« C'est là, dit-il, une malheureuse fantaisie qui lui est venue dans l'esprit. Je ne sais où elle a été deviner qu'il y a dans le monde un roi des paons. »

Quand ils arrivèrent à la grande ville, ils virent qu'elle était pleine d'hommes et de femmes, mais qui avaient des habits faits de plumes de paon, et qu'ils en mettaient partout comme une fort belle chose. Ils rencontrèrent le roi qui allait se promener dans un beau petit carrosse d'or et de diamants, que douze paons menaient à toute bride. Ce roi des paons était si beau, si beau, que le roi et le prince en furent charmés : il avait de longs cheveux blonds et frisés, le visage blanc, une couronne de queue de paon.

Quand il les vit, il jugea que puisqu'ils avaient des habits d'une autre façon que les gens du pays, il fallait qu'ils fussent étrangers ; et pour le savoir, il arrêta son carrosse, et les fit appeler. Le roi et le prince vinrent à lui. Ayant fait la révérence, ils lui dirent :

« Sire, nous venons de bien loin pour vous montrer un beau portrait. »

Ils tirèrent de leur valise le grand portrait de Rosette. Lorsque le roi des paons l'eut bien regardé :

« Je ne peux croire, dit-il, qu'il y ait au monde une si belle fille !

— Elle est encore cent fois plus belle, dit le roi.

— Ah ! vous vous moquez, répliqua le roi des paons.

— Sire, dit le prince, voilà mon frère qui est roi comme vous. Notre sœur, dont voici le portrait, est la princesse Rosette : nous venons vous demander si vous voulez l'épouser ; elle est belle et bien sage, et nous lui donnerons un boisseau d'écus d'or.

— Oui, dit le roi, je l'épouserai de bon cœur. Elle ne manquera de rien avec moi, je l'aimerai beaucoup : mais je vous assure que je veux qu'elle soit aussi belle que son portrait, sinon, je vous ferai mourir.

— Eh bien, nous y consentons, dirent les deux frères de Rosette.

— Vous y consentez ? ajouta le roi. Allez donc en prison, et restez-y jusqu'à ce que la princesse soit arrivée. »

Les princes le firent sans difficulté, car ils étaient bien certains que Rosette était plus belle que son portrait. Lorsqu'ils furent dans la prison, le roi allait les voir souvent et il avait dans son château le portrait de Rosette, dont il était si fou qu'il ne dormait ni jour, ni nuit.

Comme le roi et son frère étaient en prison, ils écrivirent par la poste à la princesse de faire rapidement sa malle et de venir le plus vite possible parce que, enfin, le roi des paons l'attendait. Ils ne lui dirent pas qu'ils étaient prisonniers, de peur de l'inquiéter trop. Quand elle reçut cette lettre, elle fut tellement transportée qu'elle pensa en mourir. Elle dit à tout le monde que le roi des paons était trouvé, et qu'il voulait l'épouser. On alluma des feux de joie, on tira le canon ; l'on mangea des dragées et du sucre partout. Elle laissa ses belles poupées à ses amies, et le royaume de son frère entre les mains des plus sages vieillards de la ville.

Elle leur recommanda bien de prendre soin de tout, de ne guère dépenser, d'amasser de l'argent pour le retour du roi ; elle les pria de conserver son paon, et ne voulut emmener avec elle que sa nourrice et sa sœur de lait, avec le petit chien vert Frétillon. Elles se mirent dans un bateau sur la mer. Elles portaient le boisseau d'écus d'or et des habits pour dix ans, à en changer deux fois par jour. Elles ne faisaient que rire et chanter. La nourrice demandait au batelier :

« Approchons-nous, approchons-nous du royaume des paons ? »

Il lui disait :

« Non, non ! »

Une autre fois elle lui demandait :

« Approchons-nous, approchons-nous ? »

Il lui disait :

« Bientôt, bientôt. »

Une autre fois elle lui dit :

« Approchons-nous, approchons-nous ? »

Il répliqua :

« Oui, oui. »

Et quand il eut dit cela, elle se mit au bout du bateau, assise auprès de lui, et lui dit :

« Si tu veux, tu seras riche à jamais. »

Il répondit :

« Je le veux bien ! »

Elle continua :

« Si tu veux, tu gagneras de bonnes pistoles. »

Il répondit :

« Je ne demande pas mieux.

— Eh bien, dit-elle, il faut que cette nuit, pendant que la princesse dormira, tu m'aides à la jeter dans la mer. Après qu'elle sera noyée, j'habillerai ma fille de ses beaux habits, et nous la mènerons au roi des paons qui sera bien aise de l'épouser ; et, pour ta récompense, nous te donnerons plein de diamants. »

Le batelier fut bien étonné de ce que lui proposait la nourrice ; il lui dit que c'était dommage de noyer une si belle princesse, qu'elle lui faisait pitié : mais elle prit une bouteille de vin, et le fit tant boire qu'il ne savait plus rien lui refuser.

La nuit étant venue, la princesse se coucha : son petit Frétillon était joliment couché au fond du lit, sans remuer ni pieds, ni pattes. Rosette dormait à poings fermés, quand la méchante nourrice, qui ne dormait pas, s'en alla quérir le batelier. Elle le fit entrer dans la chambre de la princesse ; puis, sans la réveiller, ils la prirent avec son lit de plume, son matelas, ses draps, ses couvertures. La sœur de lait les aidait de toutes ses forces. Ils jetèrent le tout à la mer ; et la princesse dormait de si bon sommeil, qu'elle ne se réveilla point.

Mais ce qu'il y eut d'heureux, c'est que son lit de plume était fait de plumes de phénix, qui sont fort rares, et qui ont cette propriété qu'elles ne vont jamais au fond de l'eau ; de sorte qu'elle nageait dans son lit, comme si elle eût été dans un bateau. L'eau pourtant mouillait peu à peu son lit de plume, puis le matelas ; et Rosette, sentant de l'eau, eut peur d'avoir fait pipi au dodo, et d'être grondée. Comme elle se tournait d'un côté sur l'autre, Frétillon s'éveilla. Il avait le nez excellent ; il sentait les soles et les morues de si près, qu'il se mit à japper, à japper, tant qu'il éveilla tous les autres poissons.

Ils commencèrent à nager : les gros poissons donnaient de la tête contre le lit de la princesse, qui ne tenant à rien, tournait et retournait comme une pirouette. Dame, elle était bien étonnée ! « Est-ce que notre bateau danse sur l'eau ? disait-elle. Je n'ai jamais été aussi mal à mon aise que cette nuit. » Et toujours Frétillon qui jappait, et qui faisait une vie de désespéré. La méchante nourrice et le batelier l'entendaient de bien loin, et disaient : « Voilà ce petit drôle de chien qui boit avec sa maîtresse à notre santé. Dépêchons-nous d'arriver ! »

Car ils étaient tout près de la ville du roi des paons. Il avait envoyé au bord de la mer cent carrosses tirés par toutes sortes de bêtes rares : il y avait des lions, des ours, des cerfs, des loups, des chevaux, des bœufs, des ânes, des aigles, des paons. Le carrosse où la princesse Rosette devait prendre place était traîné par six singes bleus, qui sautaient, qui dansaient sur la corde, qui faisaient mille tours agréables : ils avaient de beaux harnais de velours cramoisi, avec des plaques d'or.

On voyait soixante jeunes demoiselles que le roi avait choisies pour la divertir. Elles étaient habillées de toutes sortes de couleurs, et l'or et l'argent étaient la moindre chose. La nourrice avait pris grand soin de parer sa fille ; elle lui mit les diamants de Rosette à la tête et partout, ainsi que sa plus belle robe : mais elle était avec ses ajustements plus laide qu'une guenon, ses cheveux d'un noir gras, les yeux de travers, les jambes tordues, une grosse bosse au milieu du dos, de méchante humeur et maussade, qui grognait toujours.

Quand tous les gens du roi des paons la virent sortir du bateau, ils demeurèrent si surpris, qu'ils ne pouvaient parler.

« Qu'est-ce que cela ? dit-elle. Est-ce que vous dormez ? Allons, allons, que l'on m'apporte à manger ! Vous êtes de bonnes canailles, je vous ferai tous pendre ! »

À cette nouvelle, ils se disaient :

« Quelle vilaine bête ! Elle est aussi méchante que laide. Voilà notre roi bien marié, je ne m'étonne point ; ce n'était pas la peine de la faire venir du bout du monde. »

Elle faisait toujours la maîtresse, et pour moins que rien elle donnait des soufflets et des coups de poing à tout le monde. Comme son équipage était fort grand, elle allait doucement. Elle se carrait comme une reine dans son carrosse. Mais tous les paons qui s'étaient mis sur les arbres pour la saluer en passant, et qui avaient résolu de crier : « Vive la belle reine Rosette ! », quand ils l'aperçurent si horrible, ils criaient : « Fi, fi, qu'elle est laide ! » Elle enrageait de dépit, et disait à ses gardes : « Tuez ces coquins de paons qui me chantent injures. » Les paons s'envolaient bien vite et se moquaient d'elle.

Le fripon de batelier, qui voyait tout cela, disait tout bas à la nourrice : « Commère, nous ne sommes pas bien ; votre fille devrait être plus jolie. » Elle lui répondit : « Tais-toi, étourdi, tu nous porteras malheur. » L'on alla avertir le roi que la princesse approchait.

« Eh bien, dit-il, ses frères m'ont-ils dit vrai ? Est-elle plus belle que son portrait ?

— Sire, dit-on, c'est bien assez qu'elle soit aussi belle.

— Oui, dit le roi, j'en serai bien content : allons la voir ! »

Car il entendit, par le grand bruit que l'on faisait dans la cour, qu'elle arrivait, et il ne pouvait rien distinguer de ce que l'on disait, sinon :

« Fi, fi, qu'elle est laide ! » Il crut qu'on parlait de quelque naine ou de quelque bête qu'elle avait peut-être amenée avec elle, car il ne pouvait lui entrer dans l'esprit que ce fût effectivement de la jeune fille. L'on portait le portrait de Rosette au bout d'un grand bâton tout découvert, et le roi marchait gravement après, avec tous ses barons et tous ses paons, puis les ambassadeurs des royaumes voisins. Le roi des paons était impatient de voir sa chère Rosette.

Dame ! quand il l'aperçut, il faillit mourir sur place ; il se mit dans la plus grande colère du monde ; il déchira ses habits ; il ne voulait pas l'approcher : elle lui faisait peur.

« Comment, dit-il, ces deux marauds que je tiens dans mes prisons ont bien de la hardiesse de s'être moqués de moi et de m'avoir proposé d'épouser une magotte comme cela : je les ferai mourir. Allons, que l'on enferme tout à l'heure cette pimbêche, sa nourrice et celui qui les amène ! Qu'on les mette au fond de ma grande tour ! »

D'un autre côté, le roi et son frère, qui étaient prisonniers, et qui savaient que leur sœur devait arriver, s'étaient habillés de beau pour la recevoir.

Au lieu de venir ouvrir la prison, et les mettre en liberté ainsi qu'ils l'espéraient, le geôlier vint avec des soldats et les fit descendre dans une cave toute noire, pleine de vilaines bêtes, où ils avaient de l'eau jusqu'au cou. « Hélas ! se disaient-ils l'un à l'autre, voilà de tristes noces pour nous. Qu'est-ce qui peut nous procurer un si grand malheur ? » Ils ne savaient au monde que penser, sinon qu'on voulait les faire mourir. Trois jours se passèrent sans qu'ils entendissent parler de rien. Au bout de trois jours, le roi des paons vint leur dire des injures par un trou.

« Vous avez pris le titre de roi et de prince, leur cria-t-il, pour m'attraper et pour m'engager à épouser votre sœur ! Mais vous n'êtes tous deux que des gueux, qui ne valez pas l'eau que vous buvez. Je vais envoyer des juges qui feront bien vite votre procès. L'on file déjà la corde dont je vous ferai pendre.

— Roi des paons, répondit le roi en colère, n'allez pas si vite dans cette affaire, car vous pourriez vous en repentir. Je suis roi comme vous ; j'ai un beau royaume, des habits et des couronnes, et de bons écus ; j'y mangerais jusqu'à ma chemise. Ho, ho, vous êtes plaisant de nous vouloir pendre ! est-ce que nous avons volé quelque chose ? »

Quand le roi l'entendit parler si résolument, il ne savait où il en était, et il avait quelquefois envie de les laisser partir avec leur sœur sans les faire mourir. Mais son confident, qui était un vrai flatteur, l'encouragea, lui disant que s'il ne se vengeait pas, tout le monde se moquerait de lui, et qu'on le prendrait pour un petit roitelet de quatre deniers. Il jura de ne leur point pardonner, et il ordonna que l'on fît leur procès.

Cela ne dura guère : il n'y eut qu'à voir le portrait de la véritable princesse Rosette auprès de celle qui était venue, et qui prétendait l'être, de sorte qu'on les condamna d'avoir le cou coupé, comme étant menteurs, puisqu'ils avaient promis une belle princesse au roi, et qu'ils ne lui avaient donné qu'une laide paysanne. L'on alla à la prison leur lire cet arrêt et ils s'écrièrent qu'ils n'avaient point menti ; que leur sœur était princesse, et plus belle que le jour ; qu'il y avait quelque chose là-dessous qu'ils ne comprenaient pas, et qu'ils demandaient encore sept jours avant qu'on les fît mourir ; que peut-être pendant ce temps leur innocence serait reconnue.

Le roi des paons, qui était fort en colère, eut beaucoup de peine à accorder cette grâce ; mais enfin il le voulut bien. Pendant que toutes ces affaires se passaient à la cour, il faut dire quelque chose de la pauvre princesse Rosette. Dès qu'il fit jour, elle demeura bien étonnée, et Frétillon aussi, de se voir au milieu de la mer sans bateau et sans secours. Elle se prit à pleurer, à pleurer tant et tant, qu'elle faisait pitié à tous les poissons. Elle ne savait que faire, ni que devenir.

« Assurément, disait-elle, j'ai été jetée dans la mer par l'ordre du roi des paons ; il s'est repenti de m'épouser, et pour se défaire de moi, il m'a fait noyer. Voilà un étrange homme, continua-t-elle. Je l'aurais tant aimé ! Nous aurions fait si bon ménage ! »

Là dessus elle pleurait plus fort, car elle ne pouvait s'empêcher de l'aimer. Elle demeura deux jours ainsi, flottant d'un côté et de l'autre de la mer, mouillée jusqu'aux os, enrhumée à mourir, et presque transie. Si ce n'avait été le petit Frétillon qui lui réchauffait un peu le cœur, elle serait morte cent fois.

Elle avait une faim épouvantable ; elle vit des huîtres à l'écaille ; elle en prit autant qu'elle en voulut, et elle en mangea. Frétillon ne les aimait guère ; il fallut pourtant bien qu'il s'en nourrît. Quand la nuit venait, une grande peur prenait Rosette, et elle disait à son chien : « Frétillon, jappe toujours, de crainte que les soles ne nous mangent. » Il avait jappé toute la nuit, et le lit de la princesse n'était pas bien loin du bord de l'eau. En ce lieu-là, il y avait un bon vieillard qui vivait tout seul dans une petite chaumière où personne n'allait jamais : il était fort pauvre, et ne se souciait pas des biens du monde.

Quand il entendit japper Frétillon, il fut tout étonné car il ne passait guère de chiens par là. Il crut que quelques voyageurs s'étaient égarés. Il sortit pour les remettre charitablement dans leur chemin. Tout d'un coup il aperçut la princesse et Frétillon qui nageaient sur la mer ; et la princesse, le voyant, lui tendit les bras et lui cria :

« Bon vieillard, sauvez-moi, car je périrai ici ; il y a deux jours que je languis. »

Lorsqu'il l'entendit parler si tristement, il en eut pitié, et rentra dans sa maison pour prendre un long crochet. Il s'avança dans l'eau jusqu'au cou, et pensa deux ou trois fois être noyé. Enfin il tira tant qu'il amena le lit jusqu'au bord de l'eau. Rosette et Frétillon furent bien aises d'être sur la terre.

Elle remercia bien fort le bonhomme, et prit sa couverture dont elle s'enveloppa. Puis, toute nu-pieds elle entra dans la chaumière, où il lui alluma un petit feu de paille sèche, et tira de son coffre le plus bel habit de feu sa femme, avec des bas et des souliers dont la princesse s'habilla. Ainsi vêtue en paysanne, elle était belle comme le jour, et Frétillon dansait autour d'elle pour la divertir.

Le vieillard voyait bien que Rosette était quelque grande dame, car les couvertures de son lit étaient toutes d'or et d'argent, et son matelas de satin. Il la pria de lui conter son histoire, et qu'il n'en dirait mot si elle le souhaitait. Elle lui apprit tout d'un bout à l'autre, pleurant bien fort, car elle croyait toujours que c'était le roi des paons qui l'avait fait noyer.

« Comment ferons-nous, ma fille ? lui dit le vieillard. Vous êtes une si grande princesse, accoutumée à manger de bons morceaux, et moi je n'ai que du pain noir et des raves. Vous allez faire méchante chère, et si vous m'en vouliez croire, j'irais dire au roi des paons que vous êtes ici : certainement, s'il vous avait vue, il vous épouserait.

— Ah ! c'est un méchant, dit Rosette, il me ferait mourir : mais si vous avez un petit panier, il faut l'attacher au cou de mon chien, et il y aura bien du malheur s'il ne rapporte la provision. »

Le vieillard donna un panier à la princesse ; elle l'attacha au cou de Frétillon, et lui dit :

« Va-t'en au meilleur pot de la ville, et me rapporte ce qu'il y a dedans. »

Frétillon court à la ville ; comme il n'y avait point de meilleur pot que celui du roi, il entre dans sa cuisine, il découvre le pot, prend adroitement tout ce qui était dedans, et revient à la maison. Rosette lui dit :

« Retourne à l'office et prends ce qu'il y aura de meilleur. »

Frétillon retourne à l'office, et prend du vin blanc, du vin muscat, toutes sortes de fruits et de confitures : il était si chargé qu'il n'en pouvait plus. Quand le roi des paons voulut dîner, il n'y avait rien dans son pot ni dans son office.

Chacun se regardait, et le roi était dans une colère horrible.

« Eh bien, dit-il, je ne dînerai donc point ! Mais que ce soir on mette la brioche au feu, et que j'aie de bons rôtis. »

Le soir étant venu, la princesse dit à Frétillon :

« Va-t'en à la ville, entre dans la meilleure cuisine, et m'apporte de bons rôtis. »

Frétillon fit comme sa maîtresse lui avait commandé, et ne sachant point de meilleure cuisine que celle du roi, il y entra tout doucement.

Pendant que les cuisiniers avaient le dos tourné, il prit le rôti qui était à la broche ; il avait une mine excellente et, à voir seulement, faisait appétit.

Frétillon rapporta son panier plein à la princesse. Elle le renvoya aussitôt à l'office, et il apporta toutes les compotes et les dragées du roi. Le roi, qui n'avait pas dîné, ayant grand-faim, voulut souper de bonne heure ; mais il n'y avait rien : il se mit dans une colère effroyable, et alla se coucher sans souper.

Le lendemain au dîner et au souper, il en fut de même ; de sorte que le roi resta trois jours sans boire ni manger, parce que quand il allait se mettre à table, l'on trouvait que tout était pris. Son confident fort en peine, craignant la mort du roi, se cacha dans un petit coin de la cuisine, et il avait toujours les yeux sur la marmite qui bouillait. Il fut bien étonné de voir entrer tout doucement un petit chien vert, qui n'avait qu'une oreille, qui découvrait le pot, et mettait la viande dans son panier. Il le suivit pour savoir où il irait ; il le vit sortir de la ville.

Le suivant toujours, il fut chez le bon vieillard. En même temps il vint tout conter au roi ; que c'était chez un pauvre paysan que son bouilli et son rôti allaient soir et matin. Le roi demeura bien étonné. Il demanda qu'on allât le chercher. Le confident, pour faire sa cour, y voulut aller lui-même et mena des archers : ils le trouvèrent qui dînait avec la princesse, mangeant le bouilli du roi. Il les fit prendre, et les attacha de grosses cordes, ainsi que Frétillon.

Quand ils furent arrivés, on alla prévenir le roi, qui répondit :

« C'est demain qu'expire le septième jour que j'ai accordé à ces affronteurs. Je les ferai mourir avec les voleurs de mon dîner. »

Puis il entra dans sa salle de justice. Le vieillard se mit à genoux, et dit qu'il allait lui conter tout. Pendant qu'il parlait, le roi regardait la belle princesse, et il avait pitié de la voir pleurer.

Puis quand le bonhomme eut déclaré que c'était elle qui se nommait la princesse Rosette, qu'on avait jetée dans la mer, malgré la faiblesse où il était d'avoir été si longtemps sans manger, il fit trois sauts tout de suite, et courut l'embrasser, et lui détacher les cordes dont elle était prisonnière, lui disant qu'il l'aimait de tout son cœur. On fut en même temps quérir les princes, qui croyaient que c'était pour les faire mourir, et qui arrivèrent fort tristes, en baissant la tête. L'on alla de même quérir la nourrice et sa fille. Quand ils se virent, ils se reconnurent tous : Rosette sauta au cou de ses frères ; la nourrice et sa fille, avec le batelier, se jetèrent à genoux et demandèrent grâce.

La joie était si grande que le roi et la princesse leur pardonnèrent ; et le bon vieillard fut récompensé largement : il demeura toujours dans le palais. Enfin le roi des paons fit toute sorte de satisfaction au roi et à son frère, témoignant sa douleur de les avoir maltraités. La nourrice rendit à Rosette ses beaux habits et son boisseau d'écus d'or, et la noce dura quinze jours. Tous furent heureux, jusqu'à Frétillon, qui ne mangeait plus que des ailes de perdrix.

Le ciel veille pour nous, et lorsque l'innocence
Se trouve en un pressant danger,
Il sait embrasser sa défense,
La délivrer et la venger.

À voir la timide Rosette,
Ainsi qu'un Alcion, dans son petit berceau,
Au gré des vents voguer sur l'eau,
On sent en sa faveur une pitié secrète ;

On craint qu'elle ne trouve une tragique fin
Au milieu des flots abîmée,
Et qu'elle n'aille faire un fort léger festin
À quelque baleine affamée.

Sans le secours du ciel, sans doute, elle eût péri.
Frétillon sut jouer son rôle
Contre la morue et la sole,

Et quand il s'agissait aussi
De nourrir sa chère maîtresse.
Il en est bien en ce temps-ci
Qui voudraient rencontrer des chiens de cette espèce

Rosette, échappée au naufrage,
Aux auteurs de ses maux accorde le pardon.
Ô vous, à qui l'on fait outrage,

Qui voulez en tirer raison,

Apprenez qu'il est beau de pardonner l'offense,
Après que l'on a su vaincre ses ennemis,
Et qu'on en peut tirer une juste vengeance !
La vertu vous admire, et le crime pâlit.

LE MOUTON

Dans l'heureux temps où les fées vivaient, régnait un roi qui avait trois filles ; elles étaient belles et jeunes ; elles avaient du mérite mais la cadette était la plus aimable et la mieux aimée ; on la nommait Merveilleuse. Le roi son père lui donnait plus de robes et de rubans en un mois, qu'aux autres en un an ; et elle avait un si bon petit cœur, qu'elle partageait tout avec ses sœurs, de sorte que l'union était grande entre elles.

Le roi avait de mauvais voisins, qui, las de le laisser en paix, lui firent une si forte guerre, qu'il craignit d'être battu, s'il ne se défendait. Il assembla une grosse armée, et se mit en campagne. Les trois princesses restèrent avec leur gouverneur dans un château, où elles apprenaient tous les jours de bonnes nouvelles du roi, tantôt qu'il avait pris une ville, puis gagné une bataille ; enfin, il fit tant qu'il vainquit ses ennemis, et les chassa de ses états ; puis il revint bien vite dans son château, pour revoir sa petite Merveilleuse qu'il aimait tant. Les trois princesses s'étaient fait faire trois robes de satin, l'une verte, l'autre bleue, et la dernière blanche ; leurs pierreries revenaient aux robes : la verte avait des émeraudes, la bleue des turquoises, la blanche des diamants ; et ainsi parées, elles furent au-devant du roi, chantant ces vers qu'elles avaient composés sur ses victoires :

Après tant d'illustres conquêtes,
Quel bonheur de revoir et son père et son roi !
Inventons des plaisirs, célébrons mille fêtes,
Que tout ici se soumette à sa loi,
Et tâchons de prouver quelle est notre tendresse,
Par nos soins empressés et nos chants d'allégresse.

Lorsqu'il les vit si belles et si gaies, il les embrassa tendrement, et fit à Merveilleuse plus de caresses qu'aux autres. On servit un magnifique repas ; le roi et ses trois filles se mirent à table ; et comme il tirait des conséquences de tout, il dit à l'aînée : ça, dites-moi, pourquoi avez-vous pris une robe verte ? Monseigneur, dit-elle, ayant su vos exploits, j'ai cru que le vert signifierait ma joie et l'espoir de votre retour. Cela est fort bien dit, s'écria le roi. Et vous, ma fille, continua-t-il, pourquoi avez-vous pris une robe bleue ? Monseigneur, dit la princesse, pour marquer qu'il fallait sans cesse implorer les dieux en votre faveur, et qu'en vous voyant, je crois voir le ciel et les plus beaux astres. Comment, dit le roi, vous parlez comme un oracle. Et vous, Merveilleuse, quelle raison avez-vous eue pour vous habiller de blanc ? Monseigneur, dit-elle, parce que cela me sied mieux que les autres couleurs. Comment, dit le roi fort fâché, petite coquette, vous n'avez eu que cette intention ? J'avais celle de vous plaire, dit la princesse, il me semble que je n'en dois point avoir d'autre. Le roi, qui l'aimait, trouva l'affaire si bien accommodée, qu'il dit que ce petit tour d'esprit lui plaisait, et qu'il y avait même de l'art à n'avoir pas déclaré tout d'un coup sa pensée. Ho ça, dit-il, j'ai bien soupé, je ne veux pas me coucher si tôt ; contez-moi les rêves que vous avez faits la nuit qui a précédé mon retour.

L'aînée dit qu'elle avait songé qu'il lui apportait une robe, dont l'or et les pierreries brillaient plus que le soleil. La seconde, qu'elle avait songé qu'il lui apportait une robe et une quenouille d'or pour lui filer des chemises. La cadette dit qu'elle avait songé qu'il mariait sa seconde sœur, et que le jour des noces, il tenait une aiguière d'or, et qu'il lui disait, venez, Merveilleuse, venez que je vous donne à laver.

Le roi indigné de ce rêve, fronça le sourcil, et fit la plus laide grimace du monde ; chacun connut qu'il était fâché. Il entra dans sa chambre ; il se mit brusquement au lit ; le songe de sa fille lui revenait toujours dans la tête. Cette petite insolente, disait-il, voudrait me réduire à devenir son domestique ! Je ne m'étonne pas si elle prit la robe de satin blanc, sans penser à moi ; elle me croit indigne de ses réflexions, mais je veux prévenir son mauvais dessein avant qu'il ait lieu.

Il se leva tout en furie ; et quoiqu'il ne fût pas encore jour, il envoya quérir son capitaine des gardes, et lui dit, vous avez entendu le rêve que Merveilleuse a fait, il signifie des choses étranges contre moi. Je veux que vous la preniez tout à l'heure, que vous la meniez dans la forêt, et que vous l'égorgiez ; ensuite vous m'apporterez son cœur et sa langue, car je ne prétends pas être trompé, ou je vous ferai cruellement mourir. Le capitaine des gardes fut bien étonné d'entendre un ordre si barbare. Il ne voulut point contrarier le roi, crainte de l'aigrir davantage, et qu'il ne donnât cette commission à quelqu'autre. Il lui dit qu'il allait emmener la princesse, qu'il l'égorgerait et lui rapporterait son cœur et sa langue.

Il alla aussitôt dans sa chambre, qu'on eut bien de la peine à lui ouvrir, car il était fort matin. Il dit à Merveilleuse que le roi la demandait. Elle se leva promptement. Une petite mauresse, appelée Patypata, prit la queue de sa robe ; sa guenuche et son doguin qui la suivaient toujours, coururent après elle. Sa guenuche se nommait Grabugeon, et le doguin Tintin.

Le capitaine des gardes obligea Merveilleuse de descendre, et lui dit que le roi était dans le jardin pour prendre le frais ; elle y entra. Il fit semblant de le chercher, et ne l'ayant point trouvé : sans doute, dit-il, le roi a passé jusqu'à la forêt. Il ouvrit une petite porte, et la mena dans la forêt. Le jour paraissait déjà un peu ; la princesse regarda son conducteur ; il avait les larmes aux yeux, et il était si triste, qu'il ne pouvait parler. Qu'avez-vous ? lui dit-elle avec un air de bonté charmant, vous me paraissez bien affligé ! Ha ! madame, qui ne le serait, s'écria-t-il, de l'ordre le plus funeste qui ait jamais été. Le roi veut que je vous égorge ici, et que je lui porte votre cœur et votre langue ; si j'y manque, il me fera mourir. La pauvre princesse effrayée, pâlit et commença à pleurer tout doucement ; elle semblait d'un petit agneau qu'on allait immoler. Elle attacha ses beaux yeux sur le capitaine des gardes, et le regardant sans colère : aurez-vous bien le courage, lui dit-elle, de me tuer, moi qui ne vous ai jamais fait de mal, et qui n'ai dit au roi que du bien de vous ? Encore si j'avais mérité la haine de mon père, j'en souffrirais les effets sans murmurer. Hélas ! je lui ai tant témoigné de respect et d'attachement, qu'il ne peut se plaindre sans injustice. Ne craignez pas aussi, belle princesse, dit le capitaine des gardes, que je sois capable de lui prêter ma main pour une action si barbare, je me résoudrais plutôt à la mort dont il me menace ; mais, quand je me poignarderais, vous n'en seriez pas plus en sûreté ; il faut trouver moyen que je puisse retourner auprès du roi, et lui persuader que vous êtes morte.

Quel moyen trouverons-nous, dit Merveilleuse ; car il veut que vous lui portiez ma langue et mon cœur, sans cela il ne vous croira point ? Patypata qui avait tout écouté, et que la princesse ni le capitaine des gardes n'avaient pas même aperçue, tant ils étaient tristes, s'avança courageusement et vint se jeter aux pieds de Merveilleuse : Madame, lui dit-elle, je viens vous offrir ma vie ; il faut me tuer ; je serai trop contente de mourir pour une si bonne maîtresse. Ha ! je n'ai garde, ma chère Patypata, dit la princesse en la baisant ; après un si tendre témoignage de ton amitié, ta vie ne me doit pas être moins précieuse que la mienne propre. Grabugeon s'avança et dit : vous avez raison, ma princesse, d'aimer une esclave aussi fidèle que Patypata ; elle vous peut être plus utile que moi ; je vous offre ma langue et mon cœur, avec joie, voulant m'immortaliser dans l'empire des magots. Ha ! ma mignonne Grabugeon, répliqua Merveilleuse, je ne puis souffrir la pensée de t'ôter la vie. Il ne serait pas supportable pour moi, s'écria Tintin, qu'étant aussi bon doguin que je le suis, un autre donnât sa vie pour ma maîtresse, je dois mourir ou personne ne mourra. Il s'éleva là-dessus une grande dispute entre Patypata, Grabugeon et Tintin ; l'on en vint aux grosses paroles ; enfin Grabugeon, plus vive que les autres, monta au haut d'un arbre, et se laissa tomber exprès la tête la première, ainsi elle se tua ; et quelque regret qu'en eût la princesse, elle consentit, puisqu'elle était morte, que le capitaine des gardes prît sa langue, mais elle se trouva si petite (car en tout elle n'était pas plus grosse que le poing), qu'ils jugèrent avec une grande douleur que le roi n'y serait point trompé.

Hélas ! ma chère petite guenon, te voilà donc morte, dit la princesse, sans que ta mort mette ma vie en sûreté. C'est à moi que cet honneur est réservé, interrompit la mauresse. En même temps, elle prit le couteau dont on s'était servi pour Grabugeon, et se l'enfonça dans la gorge. Le capitaine des gardes voulut emporter sa langue, elle était si noire, qu'il n'osa se flatter de tromper le roi avec. Ne suis-je pas bien malheureuse, dit la princesse en pleurant, je perds tout ce que j'aime, et ma fortune ne change point. Si vous aviez voulu, dit Tintin, accepter ma proposition, vous n'auriez eu que moi à regretter, et j'aurais l'avantage d'être seul regretté. Merveilleuse baisa son petit doguin, en pleurant si fort qu'elle n'en pouvait plus : elle s'éloigna promptement ; de sorte que lorsqu'elle se retourna, elle ne vit plus son conducteur ; elle se trouva au milieu de sa mauresse, de sa guenuche et de son doguin. Elle ne put s'en aller qu'elle ne les eût mis dans une fosse qu'elle trouva par hasard au pied d'un arbre, ensuite elle écrivit ces paroles sur l'arbre.

Ci-gît un mortel, deux mortelles,
Tous trois également fidèles,
Qui voulant conserver mes jours,

Des leurs ont avancé le cours.

Elle songea enfin à sa sûreté ; et comme il n'y en avait point pour elle dans cette forêt qui était si proche du château de son père, que les premiers passants pouvaient la voir et la reconnaître, ou que les lions et les loups pouvaient la manger comme un poulet, elle se mit à marcher tant qu'elle put ; mais la forêt était si grande, et le soleil si ardent, qu'elle mourait de chaud, de peur et de lassitude. Elle regardait de tous côtés sans voir le bout de la forêt. Tout l'effrayait ; elle croyait toujours que le roi courait après elle pour la tuer : il est impossible de redire ses tristes plaintes.

Elle marchait sans suivre aucune route certaine ; les buissons déchiraient sa belle robe, et blessaient sa peau blanche. Enfin elle entendit bêler un mouton : sans doute, dit-elle, qu'il y a des bergers ici avec leurs troupeaux ; ils pourront me guider à quelque hameau, où je me cacherai sous l'habit d'une paysanne. Hélas ! continua-t-elle, ce ne sont pas les souverains et les princes qui sont toujours les plus heureux. Qui croirait dans tout ce royaume que je suis fugitive, que mon père, sans sujet ni raison, souhaite ma mort, et que pour l'éviter, il faut que je me déguise !

En faisant ces réflexions, elle s'avançait vers le lieu où elle entendait bêler ; mais quelle fut sa surprise, en arrivant dans un endroit assez spacieux, tout entouré d'arbres, de voir un gros mouton plus blanc que la neige, dont les cornes étaient dorées, qui avait une guirlande de fleurs autour de son col, les jambes entourées de fils de perles d'une grosseur prodigieuse, quelques chaînes de diamants sur lui, et qui était couché sur des fleurs d'oranges ; un pavillon de drap d'or suspendu en l'air, empêchait le soleil de l'incommoder ; une centaine de moutons parés étaient autour de lui, qui ne paissaient point l'herbe, mais les uns prenaient du café, du sorbet, des glaces, de la limonade, les autres des fraises, de la crème et des confitures les uns jouaient à la bassette, d'autres au lansquenet ; plusieurs avaient des colliers d'or enrichis de devises galantes, les oreilles percées, des rubans et des fleurs en mille endroits. Merveilleuse demeura si étonnée, qu'elle resta presque immobile. Elle cherchait des yeux le berger d'un troupeau si extraordinaire, lorsque le plus beau mouton vint à elle, bondissant et sautant. Approchez, divine princesse, lui dit-il, ne craignez point des animaux aussi doux et pacifiques que nous. Quel prodige ! des moutons qui parlent ! Ha ! madame, reprit-il, votre guenon et votre doguin parlaient si joliment, avez-vous moins de sujet de vous en étonner ? Une fée, répliqua Merveilleuse, leur avait fait don de la parole, c'est ce qui rendait le prodige plus familier. Peut-être qu'il nous est arrivé quelque aventure semblable, répondit le mouton en souriant à la moutonne. Mais, ma princesse, qui conduit ici vos pas ? Mille malheurs, seigneur mouton, lui dit-elle, je suis la plus infortunée personne du monde ; je cherche un asile contre les fureurs de mon père. Venez, madame, répliqua le mouton, venez avec moi, je vous en offre un qui ne sera connu que de vous, et vous y serez la maîtresse absolue. Il m'est impossible de vous suivre, dit Merveilleuse ; je suis si lasse que j'en mourrais.

Le mouton aux cornes dorées commanda qu'on fût quérir son char. Un moment après l'on vit venir six chèvres attelées à une citrouille d'une si prodigieuse grosseur, que deux personnes pouvaient s'y asseoir très commodément. La citrouille était sèche, il y avait dedans de bons carreaux de duvet et de velours partout. La princesse s'y plaça, admirant un équipage si nouveau. Le maître mouton entra dans la citrouille avec elle, et les chèvres coururent de toute leur force jusqu'à une caverne, dont l'entrée se fermait par une grosse pierre.

Le mouton doré la toucha avec son pied, aussitôt elle tomba. Il dit à la princesse d'entrer sans crainte ; elle croyait que cette caverne n'avait rien que d'affreux, et si elle eût été moins alarmée, rien n'aurait pu l'obliger de descendre ; mais dans la force de son appréhension, elle se serait même jetée dans un puits.

Elle n'hésita donc pas à suivre le mouton, qui marchait devant elle : il la fit descendre si bas, si bas, qu'elle pensait aller au moins aux antipodes ; et elle avait peur quelquefois qu'il ne la conduisît au royaume des morts. Enfin elle découvrit tout d'un coup une vaste plaine émaillée de mille fleurs différentes, dont la bonne odeur surpassait toutes celles qu'elle avait jamais senties ; une grosse rivière d'eau de fleurs d'oranges coulait autour, des fontaines de vin d'Espagne, de rossolis, d'hypocras et de mille autres sortes de liqueurs formaient des cascades et de petits ruisseaux charmants. Cette plaine était couverte d'arbres singuliers ; il y avait des avenues tout entières de perdreaux, mieux piqués et mieux cuits que chez la Guerbois, et qui pendaient aux branches ; il y avait d'autres allées de cailles et de lapereaux, de dindons, de poulets, de faisans et d'ortolans ; en de certains endroits où l'air paraissait plus obscur, il y pleuvait des bisques d'écrevisses, des soupes de santé, des foies gras, des ris de veau mis en ragoûts, des boudins blancs, des saucissons, des tourtes, des pâtés, des confitures sèches et liquides, des louis d'or, des écus, des perles et des diamants. La rareté de cette pluie, et tout ensemble l'utilité, aurait attiré la bonne compagnie, si le gros mouton avait été un peu plus d'humeur à se familiariser ; mais toutes les chroniques qui ont parlé de lui, assurent qu'il gardait mieux sa gravité qu'un sénateur romain.

Comme l'on était dans la plus belle saison de l'année, lorsque Merveilleuse arriva dans ces beaux lieux, elle ne vit point d'autres palais qu'une longue suite d'orangers, de jasmins, de chèvrefeuilles et de petites roses muscades, dont les branches entrelacées les unes dans les autres formaient des cabinets, des salles et des chambres toutes meublées de gaze d'or et d'argent, avec de grands miroirs, des lustres et des tableaux admirables.

Le maître mouton dit à la princesse qu'elle était souveraine dans ces lieux, que depuis quelques années il avait eu des sujets sensibles de s'affliger et de répandre des larmes, mais qu'il ne tiendrait qu'à elle de lui faire oublier ses malheurs. La manière dont vous en usez, charmant mouton, lui dit-elle, a quelque chose de si généreux, et tout ce que je vois ici me paraît si extraordinaire, que je ne sais qu'en juger.

Elle avait à peine achevé ces paroles, qu'elle vit paraître devant elle une troupe de nymphes d'une admirable beauté. Elles lui présentèrent des fruits dans des corbeilles d'ambre ; mais lorsqu'elle voulut s'approcher d'elles, insensiblement leur corps s'éloigna ; elle allongea le bras pour les toucher, elle ne sentit rien, et reconnut que c'était des fantômes. Ha ! qu'est ceci ? s'écria-t-elle. Avec qui suis-je ? Elle se prit à pleurer ; et le roi Mouton (car on le nommait ainsi), qui l'avait laissée pour quelques moments, étant revenu auprès d'elle, et voyant couler ses larmes, en demeura si éperdu, qu'il pensa mourir à ses pieds.

Qu'avez-vous, belle princesse ? lui dit-il. A-t-on manqué dans ces lieux au respect qui vous est dû ? Non, lui dit-elle, je ne me plains point, je vous avoue seulement que je ne suis pas accoutumée à vivre avec les morts et avec les moutons qui parlent. Tout me fait peur ici ; et quelque obligation que je vous aie de m'y avoir amenée, je vous en aurai encore davantage de me remettre dans le monde.

Ne vous effrayez point, répliqua le mouton, daignez m'entendre tranquillement, et vous saurez ma déplorable aventure.

Je suis né sur le trône. Une longue suite de rois que j'ai pour aïeux, m'avait assuré la possession du plus beau royaume de l'univers ; mes sujets m'aimaient, et j'étais craint et envié de mes voisins, et estimé avec quelque justice. On disait que jamais roi n'avait été plus digne de l'être. Ma personne n'était pas indifférente à ceux qui me voyaient ; j'aimais fort la chasse ; et m'étant laissé emporter au plaisir de suivre un cerf qui m'éloigna un peu de tous ceux qui m'accompagnaient, je le vis tout d'un coup se précipiter dans un étang ; j'y poussai mon cheval avec autant d'imprudence que de témérité ; mais en avançant un peu, je sentis, au lieu de la fraîcheur de l'eau, une chaleur extraordinaire ; l'étang tarit ; et par une ouverture dont il sortait des feux terribles, je tombai au fond d'un précipice où l'on ne voyait que des flammes.

Je me croyais perdu, lorsque j'entendis une voix qui me dit : il ne faut pas moins de feux, ingrat, pour échauffer ton cœur. Hé ! qui se plaint ici de ma froideur ? m'écriai-je. Une personne infortunée, répliqua la voix, qui t'adore sans espoir. En même temps les feux s'éteignirent ; je vis une fée que je connaissais dès ma plus tendre jeunesse, dont l'âge et la laideur m'avaient toujours épouvanté. Elle s'appuyait sur une jeune esclave d'une beauté incomparable ; elle avait des chaînes d'or qui marquaient assez sa condition. Quel prodige se passe ici, Ragotte (c'est le nom de la fée) ? lui dis-je. Serait-ce bien par vos ordres ? Hé, par l'ordre de qui donc ? répliqua-t-elle. N'as-tu point connu jusqu'à présent mes sentiments ? Faut-il que j'aie la honte de m'en expliquer ? Mes yeux, autrefois si sûrs de leurs coups, ont-ils perdu tout leur pouvoir ? Considère où je m'abaisse, c'est moi qui te fais l'aveu de ma faiblesse, car encore que tu sois un grand roi, tu es moins qu'une fourmi devant une fée comme moi.

Je suis tout ce qu'il vous plaira, lui dis-je, d'un air et d'un ton impatient ; mais enfin, que me demandez-vous ? Est-ce ma couronne, mes villes, mes trésors ? Ha ! malheureux, reprit-elle dédaigneusement, mes marmitons, quand je voudrai, seront plus puissants que toi. Je demande ton cœur ; mes yeux te l'ont demandé mille et mille fois ; tu ne les as pas entendus, ou pour mieux dire, tu n'as pas voulu les entendre. Si tu étais engagé avec une autre, continua-t-elle, je te laisserais faire des progrès dans tes amours ; mais j'ai eu trop d'intérêt à t'éclairer, pour n'avoir pas découvert l'indifférence qui règne dans ton cœur. Eh bien, aime-moi, ajouta-t-elle, en serrant la bouche pour l'avoir plus agréable, et roulant les yeux, je serai ta petite Ragotte, j'ajouterai vingt royaumes à celui que tu possèdes, cent tours pleines d'or, cinq cents pleines d'argent ; en un mot, tout ce que tu voudras.

Madame Ragotte, lui dis-je, ce n'est point dans le fond d'un trou où j'ai pensé être rôti, que je veux faire une déclaration à une personne de votre mérite ; je vous supplie, par tous les charmes qui vous rendent aimable, de me mettre en liberté, et puis nous verrons ensemble ce que je pourrai pour votre satisfaction. Ha ! traître, s'écria-t-elle, si tu m'aimais, tu ne chercherais point le chemin de ton royaume ; dans une grotte, dans une renardière, dans les bois, dans les déserts, tu serais content. Ne crois pas que je sois novice ; tu songes à t'esquiver, mais je t'avertis qu'il faut que tu restes ici ; et la première chose que tu feras, c'est de garder mes moutons : ils ont de l'esprit, et parlent pour le moins aussi bien que toi.

En même temps, elle s'avança dans la plaine où nous sommes, et me montra son troupeau. Je le considérai peu ; cette belle esclave qui était auprès d'elle m'avait semblé merveilleuse ; mes yeux me trahirent. La cruelle Ragotte y prenant garde, se jeta sur elle, et lui enfonça un poinçon si avant dans l'œil, que cet objet adorable perdit sur-le-champ la vie. À cette funeste vue, je me jetai sur Ragotte, et mettant l'épée à la main, je l'aurais immolée à des mânes si chers, si par son pouvoir elle ne m'eût rendu immobile. Mes efforts étant inutiles, je tombai par terre, et je cherchais les moyens de me tuer pour me délivrer de l'état où j'étais, quand elle me dit avec un sourire ironique : je veux te faire connaître ma puissance ; tu es un lion à présent, tu vas devenir un mouton.

Aussitôt elle me toucha de sa baguette, et je me trouvai métamorphosé comme vous voyez. Je ne perdis point l'usage de la parole, ni les sentiments de douleur que je devais à mon état. Tu seras cinq ans mouton, dit-elle, et maître absolu de ces beaux lieux ; pendant qu'éloignée de toi, et ne voyant plus ton agréable figure, je ne songerai qu'à la haine que je te dois.

Elle disparut. Et si quelque chose avait pu adoucir ma disgrâce, ç'aurait été son absence. Les moutons parlants, qui sont ici, me reconnurent pour leur roi ; ils me racontèrent qu'ils étaient des malheureux qui avaient déplu par plusieurs sujets différents à la vindicative fée, et qu'elle en avait composé un troupeau ; que leur pénitence n'était pas aussi longue pour les uns que pour les autres. En effet, ajouta-t-il, de temps en temps ils redeviennent ce qu'ils ont été, et quittent le troupeau. Pour les autres, ce sont des rivales ou des ennemies de Ragotte, qu'elle a tuées pour un siècle ou pour moins, et qui retourneront ensuite dans le monde. La jeune esclave dont je vous ai parlé est de ce nombre ; je l'ai vue plusieurs fois de suite avec plaisir, quoiqu'elle ne me parlât point, et qu'en voulant l'approcher, il me fût fâcheux de connaître que ce n'était qu'une ombre ; mais ayant remarqué un de mes moutons assidu près de ce petit fantôme, j'ai su que c'était son amant, et que Ragotte, susceptible des tendres impressions, avait voulu le lui ôter.

Cette raison m'éloigna de l'ombre esclave ; et depuis trois ans, je n'ai senti aucun penchant pour rien que pour ma liberté.

C'est ce qui m'engage d'aller quelquefois dans la forêt. Je vous y ai vue, belle princesse, continua-t-il, tantôt sur un chariot que vous conduisiez vous-même avec plus d'adresse que le soleil n'en a lorsqu'il conduit les siens, tantôt à la chasse sur un cheval qui semblait indomptable à tout autre qu'à vous ; puis courant légèrement dans la plaine avec les princesses de votre cour, vous gagniez le prix comme une autre Atalante. Ah ! princesse, si dans tous ces temps où mon cœur vous rendait des vœux secrets, j'avais osé vous parler, que ne vous aurais-je point dit ? Mais comment auriez-vous reçu la déclaration d'un malheureux mouton comme moi ?

Merveilleuse était si troublée de tout ce qu'elle avait entendu jusqu'alors, qu'elle ne savait presque plus lui répondre ; elle lui fit cependant des honnêtetés qui lui laissèrent quelque espérance, et dit qu'elle avait moins de peur des ombres, puisqu'elles devaient revivre un jour. Hélas ! continua-t-elle, si ma pauvre Patypata, ma chère Grabugeon et le joli Tintin, qui sont morts pour me sauver, pouvaient avoir un sort semblable, je ne m'ennuierais plus ici.

Malgré la disgrâce du roi Mouton, il ne laissait pas d'avoir des privilèges admirables. Allez, dit-il à son grand écuyer (c'était un mouton de fort bonne mine), allez quérir la mauresse, la guenuche et le doguin, leurs ombres divertiront notre princesse. Un instant après, Merveilleuse les vit, et quoiqu'ils ne l'approchassent pas d'assez près pour en être touchés, leur présence lui fut d'une consolation infinie.

Le roi Mouton avait tout l'esprit et toute la délicatesse qui pouvait former d'agréables conversations. Il aimait si passionnément Merveilleuse qu'elle vint aussi à le considérer, et ensuite à l'aimer. Un joli mouton, bien doux, bien caressant ne laisse pas de plaire, surtout quand on sait qu'il est roi, et que la métamorphose doit finir. Ainsi la princesse passait doucement ses beaux jours, attendant un sort plus heureux. Le galant mouton ne s'occupait que d'elle ; il faisait des fêtes, des concerts, des chasses ; son troupeau le secondait, jusqu'aux ombres, elles y jouaient leur personnage.

Un soir que les courriers arrivèrent, car il envoyait soigneusement aux nouvelles, et il en savait toujours des meilleures, on vint lui dire que la sœur aînée de la princesse Merveilleuse allait épouser un grand prince, et que rien n'était plus magnifique que tout ce qu'on préparait pour les noces. Ha ! s'écria la jeune princesse, que je suis infortunée de ne pas voir tant de belles choses ; me voilà sous la terre avec des ombres et des moutons, pendant que ma sœur va paraître parée comme une reine ; chacun lui fera sa cour, je serai la seule qui ne prendra point de part à sa joie. De quoi vous plaignez-vous, madame, lui dit le roi des moutons, vous ai-je refusé d'aller à la noce ? Partez quand il vous plaira, mais donnez-moi parole de revenir ; si vous n'y consentez pas, vous m'allez voir expirer à vos pieds, car l'attachement que j'ai pour vous est trop violent pour que je puisse vous perdre sans mourir.

Merveilleuse attendrie, promit au mouton que rien au monde ne pourrait empêcher son retour. Il lui donna un équipage proportionné à sa naissance ; elle s'habilla superbement, et n'oublia rien de tout ce qui pouvait augmenter sa beauté ; elle monta dans un char de nacre de perle, traîné par six hippogriffes isabelles nouvellement arrivés des antipodes ; il la fit accompagner par un grand nombre d'officiers richement vêtus et admirablement bien faits ; il les avait envoyés chercher fort loin pour faire le cortège.

Elle se rendit au palais du roi son père, dans le moment qu'on célébrait le mariage ; dès qu'elle entra, elle surprit par l'éclat de sa beauté et par celui de ses pierreries, tous ceux qui la virent ; elle n'entendait autour d'elle que des acclamations et des louanges ; le roi la regardait avec une attention et un plaisir qui lui fit craindre d'en être reconnue ; mais il était si prévenu de sa mort, qu'il n'en eut pas la moindre idée.

Cependant, l'appréhension d'être arrêtée l'empêcha de rester jusqu'à la fin de la cérémonie ; elle sortit brusquement, et laissa un petit coffre de corail garni d'émeraudes ; on voyait écrit dessus en pointes de diamants, pierreries pour la mariée. On l'ouvrit aussitôt, et que n'y trouva-t-on pas ? Le roi qui avait espéré de la rejoindre et qui brûlait de la connaître, fut au désespoir de ne plus la voir ; il ordonna absolument que, si jamais elle revenait, on fermât toutes les portes sur elle, et qu'on la retint.

Quelque courte que fut l'absence de Merveilleuse, elle avait semblé au mouton de la longueur d'un siècle. Il l'attendait au bord d'une fontaine, dans le plus épais de la forêt ; il y avait fait étaler des richesses immenses pour les lui offrir en reconnaissance de son retour. Dès qu'il la vit, il courut vers elle, sautant et bondissant comme un vrai mouton ; il lui fit mille tendres caresses, il se couchait à ses pieds, il baisait ses mains, il lui racontait ses inquiétudes et ses impatiences ; sa passion lui donnait une éloquence dont la princesse était charmée.

Au bout de quelque temps, le roi maria sa seconde fille. Merveilleuse l'apprit, et elle pria le mouton de lui permettre d'aller voir, comme elle avait déjà fait, une fête où elle s'intéressait si fort. À cette proposition, il sentit une douleur dont il ne fut point le maître, un pressentiment secret lui annonçait son malheur ; mais comme il n'est pas toujours en nous de l'éviter, et que sa complaisance pour la princesse l'emportait sur tous les autres intérêts, il n'eut pas la force de la refuser. Vous voulez me quitter, madame, lui dit-il ; cet effet de mon malheur vient plutôt de ma mauvaise destinée que de vous. Je consens à ce que vous souhaitez, et je ne puis jamais vous faire un sacrifice plus complet.

Elle l'assura qu'elle tarderait aussi peu que la première fois ; qu'elle ressentirait vivement tout ce qui pourrait l'éloigner de lui, et qu'elle le conjurait de ne se pas inquiéter. Elle se servit du même équipage qui l'avait déjà conduite, et elle arriva comme la cérémonie commençait : malgré l'attention que l'on y avait, sa présence fit élever un cri de joie et d'admiration, qui attira les yeux de tous les princes sur elle ; ils ne pouvaient se lasser de la regarder, et ils la trouvaient d'une beauté si peu commune, qu'ils étaient prêts à croire que ce n'était pas une personne mortelle.

Le roi se sentit charmé de la revoir ; il n'ôta les yeux de sur elle que pour ordonner que l'on fermât bien toutes les portes pour la retenir. La cérémonie étant sur le point de finir, la princesse se leva promptement, voulant se dérober parmi la foule, mais elle fut extrêmement surprise et affligée de trouver les portes fermées.

Le roi l'aborda avec un grand respect et une soumission qui la rassura. Il la pria de ne leur pas ôter si tôt le plaisir de la voir et d'être du célèbre festin qu'il donnait aux princes et aux princesses. Il la conduisit dans un salon magnifique où toute la cour était ; il prit lui-même un bassin d'or et un vase plein d'eau, pour laver ses belles mains. Dans ce moment, elle ne fut plus maîtresse de son transport, elle se jeta à ses pieds, et embrassant ses genoux : Voilà mon songe accompli, dit-elle, vous m'avez donné à laver le jour des noces de ma sœur, sans qu'il vous en soit rien arrivé de fâcheux.

Le roi la reconnut avec d'autant moins de peine qu'il avait trouvé plus d'une fois qu'elle ressemblait parfaitement à Merveilleuse ! Ha ! ma chère fille, dit-il, en l'embrassant et versant des larmes, pouvez-vous oublier ma cruauté ? J'ai voulu votre mort, parce que je croyais que votre songe signifiait la perte de ma couronne. Il la signifiait aussi, continua-t-il ; voilà vos deux sœurs mariées, elles en ont chacune une, et la mienne sera pour vous. Dans le même moment, il se leva et la mit sur la tête de la princesse, puis il cria : vive la reine Merveilleuse ; toute la cour cria comme lui : les deux sœurs de cette jeune reine vinrent lui sauter au cou, et lui faire mille caresses. Merveilleuse ne se sentait pas, tant elle était aise : elle pleurait et riait tout à la fois ; elle embrassait l'une, elle parlait à l'autre, elle remerciait le roi, et parmi toutes ces différentes choses, elle se souvenait du capitaine des gardes, auquel elle avait tant d'obligation, et elle le demandait avec instance ; mais on lui dit qu'il était mort : elle ressentit vivement cette perte.

Lorsqu'elle fut à table, le roi la pria de raconter ce qui lui était arrivé depuis le jour où il avait donné des ordres si funestes contre elle. Aussitôt elle prit la parole avec une grâce admirable, et tout le monde attentif l'écoutait.

Mais pendant qu'elle s'oubliait auprès du roi et de ses sœurs, l'amoureux mouton voyait passer l'heure du retour de la princesse, et son inquiétude devenait si extrême, qu'il n'en était point le maître. Elle ne veut plus revenir, s'écriait-il, ma malheureuse figure de mouton lui déplaît. Ha ! trop infortuné amant, que ferai-je sans Merveilleuse ? Ragotte, barbare fée, quelle vengeance ne prends-tu point de l'indifférence que j'ai pour toi ? Il se plaignit longtemps, et voyant que la nuit approchait, sans que la princesse parût, il courut à la ville. Quand il fut au palais du roi, il demanda Merveilleuse ; mais comme chacun savait déjà son aventure, et qu'on ne voulait plus qu'elle retournât avec le mouton, on lui refusa durement de la voir ; il poussa des plaintes, et fit des regrets capables d'émouvoir tout autre que les suisses, qui gardaient la porte du palais. Enfin, pénétré de douleur, il se jeta par terre et y rendit la vie.

Le roi et Merveilleuse ignoraient la triste tragédie qui venait de se passer. Il proposa à sa fille de monter dans un char, et de se faire voir par toute la ville, à la clarté de mille et mille flambeaux, qui étaient aux fenêtres et dans les grandes places ; mais quel spectacle pour elle, de trouver en sortant de son palais son cher mouton, étendu sur le pavé, qui ne respirait plus ? Elle se précipita du chariot, elle courut vers lui, elle pleura, elle gémit, elle connut que son peu d'exactitude avait causé la mort du mouton royal. Dans son désespoir, elle pensa mourir elle-même. L'on convint alors que les personnes les plus élevées sont sujettes, comme les autres, aux coups de la fortune, et que souvent elles éprouvent les plus grands malheurs dans le moment où elles se croient au comble de leurs souhaits.

Souvent les plus beaux dons des cieux
Ne servent qu'à notre ruine :
Le mérite éclatant que l'on demande aux Dieux,
Quelquefois de nos maux est la triste origine.

Le roi mouton eût moins souffert,
S'il n'eût point allumé cette flamme fatale

Que Ragotte vengea sur lui, sur sa rivale :
C'est son mérite qui le perd.

Il devait éprouver un destin plus propice.
Ragotte et ses présents ne purent rien sur lui ;
Il haïssait sans feinte, aimait sans artifice,
Et ne ressemblait pas aux hommes d'aujourd'hui.

Sa fin même pourra nous paraître fort rare,
Et ne convient qu'au roi Mouton.
On n'en voit point dans ce canton
Mourir quand leur brebis s'égare.

LE NAIN JAUNE

Il était une fois une reine à laquelle il ne resta, de plusieurs enfants qu'elle avait eus, qu'une fille qui en valait plus de mille : mais sa mère se voyant veuve, et n'ayant rien au monde de si cher que cette jeune princesse, elle avait une si terrible appréhension de la perdre, qu'elle ne la corrigeait point de ses défauts ; de sorte que cette merveilleuse personne, qui se voyait d'une beauté plus céleste que mortelle, et destinée à porter une couronne, devint si fière et si entêtée de ses charmes naissants, qu'elle méprisait tout le monde.

La reine sa mère aidait, par ses caresses et par ses complaisances, à lui persuader qu'il n'y avait rien qui pût être digne d'elle : on la voyait presque toujours vêtue en Pallas ou en Diane, suivie des premières dames de la cour habillées en nymphes ; enfin, pour donner le dernier coup à sa vanité, la reine la nomma Toute-Belle ; et, l'ayant fait peindre par les plus habiles peintres, elle envoya son portrait chez plusieurs rois, avec lesquels elle entretenait une étroite amitié. Lorsqu'ils virent ce portrait, il n'y en eut aucun qui se défendît du pouvoir inévitable de ses charmes : les uns en tombèrent malades, les autres en perdirent l'esprit, et les plus heureux arrivèrent en bonne santé auprès d'elle ; mais sitôt qu'elle parut, devinrent ses esclaves.

Il n'a jamais été une cour plus galante et plus polie. Vingt rois, à l'envi, essayaient de lui plaire ; et après avoir dépensé trois ou quatre cents millions à lui donner seulement une fête, lorsqu'ils en avaient tiré un « cela est joli », ils se trouvaient trop récompensés. Les adorations qu'on avait pour elle ravissaient la reine ; il n'y avait point de jour qu'on ne reçût à sa cour sept ou huit mille sonnets, autant d'élégies, de madrigaux et de chansons, qui étaient envoyés par tous les poètes de l'univers. Toute-Belle était l'unique objet de la prose et de la poésie des auteurs de son temps : l'on ne faisait jamais de feux de joie qu'avec ces vers, qui pétillaient et brûlaient mieux qu'aucune sorte de bois.

La princesse avait déjà quinze ans, personne n'osait prétendre à l'honneur d'être son époux, et il n'y avait personne qui ne désirât de le devenir. Mais comment toucher un cœur de ce caractère ? On se serait pendu cinq ou six fois par jour pour lui plaire qu'elle aurait traité cela de bagatelle. Ses amants murmuraient fort contre sa cruauté ; et la reine, qui voulait la marier, ne savait comment s'y prendre pour l'y résoudre.

« Ne voulez-vous pas, lui disait-elle quelquefois, rabattre un peu de cet orgueil insupportable qui vous fait regarder avec mépris tous les rois qui viennent à notre cour : je veux vous en donner un, vous n'avez aucune complaisance pour moi ?

— Je suis si heureuse, lui répondait Toute-Belle ; permettez, madame, que je demeure dans une tranquille indifférence ; si je l'avais une fois perdue, vous pourriez en être fâchée.

— Oui, répliquait la reine, j'en serais fâchée si vous aimiez quelque chose au-dessous de vous ; mais voyez ceux qui vous demandent, et sachez qu'il n'y en a point ailleurs qui les valent. »

Cela était vrai ; mais la princesse prévenue de son mérite, croyait valoir encore mieux ; et peu à peu, par un entêtement de rester fille, elle commença de chagriner si fort sa mère, qu'elle se repentit, mais trop tard, d'avoir eu tant de complaisance pour elle.

Incertaine de ce qu'elle devait faire, elle fut toute seule chercher une célèbre fée, qu'on appelait la fée du désert ; mais il n'était pas aisé de la voir, car elle était gardée par des lions. La reine y aurait été bien empêchée, si elle n'avait pas su, depuis longtemps, qu'il fallait leur jeter du gâteau fait de farine de millet, avec du sucre candi et des œufs de crocodiles : elle pétrit elle-même ce gâteau et le mit dans un petit panier à son bras. Comme elle était lasse d'avoir marché si longtemps, n'y étant point accoutumée, elle se coucha au pied d'un arbre pour prendre quelque repos ; insensiblement elle s'assoupit, mais en se réveillant, elle trouva seulement son panier : le gâteau n'y était plus ; et, pour comble de malheur, elle entendit les grands lions venir, qui faisaient beaucoup de bruit, car ils l'avaient sentie.

« Hélas ! que deviendrai-je ? s'écria-t-elle douloureusement ; je serai dévorée. »

Elle pleurait, et n'ayant pas la force de faire un pas pour se sauver, elle se tenait contre l'arbre où elle avait dormi : en même temps elle entendit : « Chet, chet, hem, hem. » Elle regarde de tous côtés, en levant les yeux, elle aperçoit sur l'arbre un petit homme qui n'avait qu'une coudée de haut, il mangeait des oranges et lui dit :

« Oh ! reine, je vous connais bien, et je sais la crainte où vous êtes que les lions ne vous dévorent ; ce n'est pas sans raison que vous avez peur, car ils en ont dévoré bien d'autres ; et pour comble de disgrâce, vous n'avez point de gâteau.

— Il faut me résoudre à la mort, dit la reine en soupirant, hélas j'y aurais moins de peine si ma chère fille était mariée !

— Quoi, vous avez une fille ? s'écria le Nain jaune (on le nommait ainsi à cause de la couleur de son teint et de l'oranger où il demeurait), vraiment, je m'en réjouis, car je cherche une femme par terre et par mer ; voyez si vous me la voulez promettre, je vous garantirai des lions, des tigres et des ours. »

La reine le regarda, et elle ne fut guère moins effrayée de son horrible petite figure, qu'elle l'était déjà des lions ; elle rêvait et ne lui répondait rien.

« Quoi, vous hésitez, madame, lui cria-t-il, il faut que vous n'aimiez guère la vie ? »

En même temps la reine aperçut les lions sur le haut d'une colline, qui accouraient à elle ; ils avaient chacun deux têtes, huit pieds, quatre rangs de dents, et leur peau était aussi dure que l'écaille et aussi rouge que du maroquin. À cette vue la pauvre reine, plus tremblante que la colombe quand elle aperçoit un milan, cria de toute sa force :

« Monseigneur le Nain, Toute-Belle est à vous.

— Oh ! dit-il d'un air dédaigneux, Toute-Belle est trop belle, je n'en veux point, gardez-la.

— Hé, monseigneur, continua la reine affligée, ne la refusez pas, c'est la plus charmante princesse de l'univers.

— Hé bien, répliqua-t-il, je l'accepte par charité ; mais souvenez-vous du don que vous m'en faites. »

Aussitôt l'oranger sur lequel il était s'ouvrit, la reine se jeta dedans à corps perdu ; il se referma, et les lions n'attrapèrent rien.

La reine était si troublée, qu'elle ne voyait pas une porte ménagée dans cet arbre ; enfin, elle l'aperçut et l'ouvrit ; elle donnait dans un champ d'orties et de chardons. Il était entouré d'un fossé bourbeux, et un peu plus loin était une maisonnette fort basse, couverte de paille : le Nain jaune en sortit d'un air enjoué, il avait des sabots, une jaquette de bure jaune, point de cheveux, de grandes oreilles, et tout l'air d'un petit scélérat.

« Je suis ravi, dit-il à la reine, madame ma belle-mère, que vous voyiez le petit château où votre Toute-Belle vivra avec moi ; elle pourra nourrir de ses orties et de ses chardons, un âne qui la portera à la promenade, elle se garantira sous ce rustique toit de l'injure des saisons, elle boira de cette eau et mangera quelques grenouilles qui s'y nourrissent grassement ; enfin elle m'aura jour et nuit auprès d'elle, beau, dispos et gaillard comme vous me voyez ; car je serais bien fâché que son ombre l'accompagnât mieux que moi. »

L'infortunée reine, considérant tout d'un coup la déplorable vie que ce nain promettait à sa chère fille, et ne pouvant soutenir une idée si terrible, tomba de sa hauteur sans connaissance et sans avoir eu la force de lui répondre un mot : mais pendant qu'elle était ainsi, elle fut rapportée dans son lit bien proprement avec les plus belles cornettes de nuit et la fontange du meilleur air qu'elle eût mises de ses jours. La reine s'éveilla et se souvint de ce qui lui était arrivé ; elle n'en crut rien du tout, car se trouvant dans son palais au milieu de ses dames, sa fille à ses côtés, il n'y avait guère d'apparence qu'elle eût été au désert, qu'elle y eût couru de si grands périls, et que le nain l'en eût tirée à des conditions si dures, que de lui donner Toute-Belle. Cependant ces cornettes d'une dentelle rare, et le ruban, l'étonnaient autant que le rêve qu'elle croyait avoir fait, et dans l'excès de son inquiétude, elle tomba dans une mélancolie si extraordinaire, qu'elle ne pouvait presque plus ni parler, ni manger, ni dormir.

La princesse, qui l'aimait de tout son cœur, s'en inquiéta beaucoup ; elle la supplia plusieurs fois de lui dire ce qu'elle avait : mais la reine cherchant des prétextes, lui répondait, tantôt que c'était l'effet de sa mauvaise santé, et tantôt que quelqu'un de ses voisins la menaçait d'une grande guerre. Toute-Belle voyait bien que ses réponses étaient plausibles, mais que dans le fond il y avait autre chose, et que la reine s'étudiait à le lui cacher. N'étant plus maîtresse de son inquiétude, elle prit la résolution d'aller trouver la fameuse fée du désert, dont le savoir faisait grand bruit partout ; elle avait aussi envie de lui demander son conseil pour demeurer fille ou pour se marier, car tout le monde la pressait fortement de choisir un époux : elle prit soin de pétrir elle-même le gâteau qui pouvait apaiser la fureur des lions ; et faisant semblant de se coucher le soir de bonne heure, elle sortit par un petit degré dérobé, le visage couvert d'un grand voile blanc qui tombait jusqu'à ses pieds ; et ainsi seule elle s'achemina vers la grotte où demeurait cette habile fée.

Mais en arrivant à l'oranger fatal dont j'ai déjà parlé, elle le vit si couvert de fruits et de fleurs, qu'il lui prit envie d'en cueillir ; elle posa sa corbeille par terre, et prit des oranges qu'elle mangea. Quand il fut question de retrouver sa corbeille et son gâteau, il n'y avait plus rien ; elle s'inquiète, elle s'afflige, et voit tout d'un coup auprès d'elle l'affreux petit nain dont j'ai déjà parlé.

« Qu'avez-vous, la belle fille, qu'avez-vous à pleurer ? lui dit-il.

— Hélas ! qui ne pleurerait, répondit-elle ; j'ai perdu mon panier et mon gâteau, qui m'étaient si nécessaires pour arriver à bon port chez la fée du désert.

— Hé ! que lui voulez-vous, belle fille ? dit ce petit magot, je suis son parent, son ami, et pour le moins aussi habile qu'elle ?

— La reine ma mère, répliqua la princesse, est tombée depuis quelque temps dans une affreuse tristesse, qui me fait tout craindre pour sa vie ; j'ai dans l'esprit que j'en suis peut-être la cause, car elle souhaite de me marier ; je vous avoue que je n'ai encore rien trouvé digne de moi ; toutes ces raisons m'engagent à vouloir parler à la fée.

— N'en prenez point la peine, princesse, lui dit le nain, je suis plus propre qu'elle à vous éclairer sur ces choses. La reine votre mère a du chagrin de vous avoir promise en mariage.

— La reine m'a promise ! dit-elle en l'interrompant. Ah ! sans doute, vous vous trompez, elle me l'aurait dit, et j'y ai trop d'intérêt, pour qu'elle m'engage sans mon consentement.

— Belle princesse, lui dit le nain en se jetant tout d'un coup à ses genoux, je me flatte que ce choix ne vous déplaira point, quand je vous aurai dit que c'est moi qui suis destiné à ce bonheur.

— Ma mère vous veut pour son gendre, s'écria Toute-Belle en reculant quelques pas, est-il une folie semblable à la vôtre ?

— Je me soucie fort peu, dit le nain en colère, de cet honneur : voici les lions qui s'approchent, en trois coups de dents ils m'auront vengé de votre injuste mépris. »

En même temps la pauvre princesse les entendit qui venaient avec de longs hurlements.

« Que vais-je devenir ? s'écria-t-elle. Quoi, je finirai donc ainsi mes beaux jours ? »

Le méchant nain la regardait, et riant dédaigneusement :

« Vous aurez au moins la gloire de mourir fille, lui dit-il, et de ne pas mésallier votre éclatant mérite avec un misérable nain tel que moi.

— De grâce, ne vous fâchez pas, lui dit la princesse en joignant ses belles mains, j'aimerais mieux épouser tous les nains de l'univers, que de périr d'une manière si affreuse.

— Regardez-moi bien, princesse, avant que de me donner votre parole, répliqua-t-il, car je ne prétends pas vous surprendre.

— Je vous ai regardé de reste, lui dit-elle, les lions approchent, ma frayeur augmente ; sauvez-moi, sauvez-moi, ou la peur me fera mourir. »

Effectivement elle n'avait pas achevé ces mots qu'elle tomba évanouie ; et sans savoir comment, elle se trouva dans son lit avec le plus beau linge du monde, les plus beaux rubans, et une petite bague faite d'un seul cheveu roux, qui tenait si fort, qu'elle se serait plutôt arraché la peau, qu'elle ne l'aurait ôtée de son doigt.

Quand la princesse vit toutes ces choses, et qu'elle se souvint de ce qui s'était passé la nuit, elle tomba dans une mélancolie qui surprit et qui inquiéta toute la cour ; la reine en fut plus alarmée que personne, elle lui demanda cent et cent fois ce qu'elle avait : elle s'opiniâtre à lui cacher son aventure. Enfin, les états du royaume, impatients de voir leur princesse mariée, s'assemblèrent et vinrent ensuite trouver la reine pour la prier de lui choisir au plus tôt un époux. Elle répliqua qu'elle ne demandait pas mieux, mais que sa fille y témoignait tant de répugnance, qu'elle leur conseillait de l'aller trouver et de la haranguer : ils y furent sur-le-champ. Toute-Belle avait bien rabattu de sa fierté depuis son aventure avec le Nain jaune ; elle ne comprenait pas de meilleur moyen pour se tirer d'affaire que de se marier à quelque grand roi, contre lequel ce petit magot ne serait pas en état de disputer une conquête si glorieuse. Elle répondit donc plus favorablement que l'on ne l'avait espéré, qu'encore qu'elle se fût estimée heureuse de rester fille toute sa vie, elle consentirait à épouser le roi des mines d'or : c'était un prince très puissant et très bien fait, qui l'aimait avec la dernière passion depuis quelques années, et qui, jusqu'alors, n'avait pas eu lieu de se flatter d'aucun retour.

Il est aisé de juger de l'excès de sa joie, lorsqu'il apprit de si charmantes nouvelles, et de la fureur de tous ses rivaux, de perdre pour toujours une espérance qui nourrissait leur passion : mais Toute-Belle ne pouvait pas épouser vingt rois ; elle avait eu bien de la peine d'en choisir un, car sa vanité ne se démentait point, et elle était fort persuadée que personne au monde ne pouvait lui être comparable.

L'on prépara toutes les choses nécessaires pour la plus grande fête de l'univers : le roi des mines d'or fit venir des sommes si prodigieuses, que toute la mer était couverte des navires qui les apportaient : l'on envoya dans les cours les plus polies et les plus galantes, et particulièrement à celle de France, pour avoir ce qu'il y avait de plus rare, afin de parer la princesse ; elle avait moins besoin qu'une autre des ajustements qui relèvent la beauté : la sienne était si parfaite qu'il ne s'y pouvait rien ajouter, et le roi des mines d'or, se voyant sur le point d'être heureux, ne quittait plus cette charmante princesse.

L'intérêt qu'elle avait à le connaître, l'obligea de l'étudier avec soin ; elle lui découvrit tant de mérite, tant d'esprit, des sentiments si vifs et si délicats, enfin une si belle âme dans un corps si parfait, qu'elle commença de ressentir pour lui une partie de ce qu'il ressentait pour elle. Quels heureux moments pour l'un et pour l'autre, lorsque dans les plus beaux jardins du monde, ils se trouvaient en liberté de se découvrir toute leur tendresse : ces plaisirs étaient souvent secondés par ceux de la musique. Le roi, toujours galant et amoureux, faisait des vers et des chansons pour la princesse : en voici une qu'elle trouva fort agréable.

Ces bois, en vous voyant, sont parés de feuillages,
Et ces prés font briller leurs charmantes couleurs.
Le zéphir sous vos pas fait éclore les fleurs ;
Les oiseaux amoureux redoublent leurs ramages ;
Dans ce charmant séjour
Tout rit, tout reconnaît la fille de l'amour.

L'on était au comble de la joie. Les rivaux du roi, désespérés de sa bonne fortune, avaient quitté la cour ; ils étaient retournés chez eux accablés de la plus vive douleur, ne pouvant être témoins du mariage de Toute-Belle ; ils lui dirent adieu d'une manière si touchante, qu'elle ne put s'empêcher de les plaindre.

« Ah ! madame, lui dit le roi des mines d'or, quel larcin me faites-vous aujourd'hui ? Vous accordez votre pitié à des amants qui sont trop payés de leurs peines par un seul de vos regards.

— Je serais fâchée, répliqua Toute-Belle, que vous fussiez insensible à la compassion que j'ai témoignée aux princes qui me perdent pour toujours, c'est une preuve de votre délicatesse dont je vous tiens compte : mais, seigneur, leur état est si différent du vôtre ; vous devez être si content de moi, ils ont si peu de sujet de s'en louer, que vous ne devez pas pousser plus loin votre jalousie. »

Le roi des mines d'or, tout confus de la manière obligeante dont la princesse prenait une chose qui pouvait la chagriner, se jeta à ses pieds, et lui baisant les mains, il lui demanda mille fois pardon.

Enfin, ce jour tant attendu et tant souhaité arriva : tout étant prêt pour les noces de Toute-Belle, les instruments et les trompettes annoncèrent par toute la ville cette grande fête ; l'on tapissa les rues, elles furent jonchées de fleurs, le peuple en foule accourut dans la grande place du palais ; la reine ravie, s'était à peine couchée, et elle se leva plus matin que l'aurore pour donner les ordres nécessaires, et pour choisir les pierreries dont la princesse devait être parée ; ce n'était que diamants jusqu'à ses souliers, ils en étaient faits, sa robe de brocart d'argent était chamarrée d'une douzaine de rayons du soleil que l'on avait achetés bien cher ; mais aussi rien n'était plus brillant, et il n'y avait que la beauté de cette princesse qui pût être plus éclatante : une riche couronne ornait sa tête, ses cheveux flottaient jusqu'à ses pieds, et la majesté de sa taille se faisait distinguer au milieu de toutes les dames qui l'accompagnaient. Le roi des mines d'or n'était pas moins accompli ni moins magnifique : sa joie paraissait sur son visage et dans toutes ses actions ; personne ne l'abordait qui ne s'en retournât chargé de ses libéralités, car il avait fait arranger autour de sa salle des festins, mille tonneaux remplis d'or, et de grands sacs de velours en broderie de perles, que l'on remplissait de pistoles ; chacun en pouvait tenir cent mille : on les donnait indifféremment à ceux qui tendaient la main ; de sorte que cette petite cérémonie, qui n'était pas une des moins utiles et des moins agréables de la noce, y attira beaucoup de personnes qui étaient peu sensibles à tous les autres plaisirs.

La reine et la princesse s'avançaient pour sortir avec le roi, lorsqu'elles virent entrer dans une longue galerie où elles étaient, deux gros coqs d'Inde qui traînaient une boîte fort mal faite ; il venait derrière eux une grande vieille, dont l'âge avancé et la décrépitude ne surprirent pas moins que son extrême laideur ; elle s'appuyait sur une béquille, elle avait une fraise de taffetas noir, un chaperon de velours rouge, un vertugadin en guenille ; elle fit trois tours avec les coqs d'Inde sans dire une parole, puis s'arrêtant au milieu de la galerie, et branlant sa béquille d'une manière menaçante :

« Ho, ho, reine, ho, ho, princesse, s'écria-t-elle, vous prétendez donc fausser impunément la parole que vous avez donnée à mon ami le

Nain jaune ; je suis la fée du désert ; sans lui, sans son oranger, ne savez-vous pas que mes grands lions vous auraient dévorées ? L'on ne souffre pas dans le royaume de féerie de telles insultes ; songez promptement à ce que vous voulez faire, car je jure par mon escoffion que vous l'épouserez, ou que je brûlerai ma béquille.

— Ah ! princesse, dit la reine en pleurant, qu'est-ce que j'apprends, qu'avez-vous promis ?

— Ah ! ma mère, répliqua douloureusement Toute-Belle, qu'avez-vous promis vous-même ? »

Le roi des mines d'or, indigné de ce qui se passait, et que cette méchante vieille vînt s'opposer à sa félicité, s'approcha d'elle l'épée à la main, et la portant à sa gorge :

« Malheureuse, lui dit-il, éloigne-toi de ces lieux pour jamais ou la perte de ta vie me vengera de ta malice ».

Il eut à peine prononcé ces mots, que le dessus de la boîte sauta jusqu'au plancher avec un bruit affreux, et l'on en vit sortir le Nain jaune monté sur un gros chat d'Espagne, qui vint se mettre entre la fée du désert et le roi des mines d'or.

« Jeune téméraire, lui dit-il, ne pense pas outrager cette illustre fée ; c'est à moi seul que tu as affaire, je suis ton rival, je suis ton ennemi ; l'infidèle princesse qui veut se donner à toi m'a donné sa parole, et reçu la mienne ; regarde si elle n'a pas une bague d'un de mes cheveux ; tâche de la lui ôter, et tu verras par ce petit essai que ton pouvoir est moindre que le mien.

— Misérable monstre, lui dit le roi, as-tu bien la témérité de te dire l'adorateur de cette divine princesse, et de prétendre à une possession si glorieuse ? Songes-tu que tu es un magot, dont l'hideuse figure fait mal aux yeux, et que je t'aurais déjà ôté la vie, si tu étais digne d'une mort si glorieuse. »

Le Nain jaune offensé jusqu'au fond de l'âme, appuya l'éperon dans le ventre de son chat, qui commença un miaulis épouvantable, et sautant de-çà et de-là, il faisait peur à tout le monde, hors au brave roi, qui serrait le nain de près, quand il tira un large coutelas dont il était armé ; et, défiant le roi au combat, il descendit dans la place du palais avec un bruit étrange.

Le roi courroucé le suivit à grands pas. À peine furent-ils vis-à-vis l'un de l'autre et de toute la cour sur des balcons, que le soleil devenant tout d'un coup aussi rouge que s'il eût été ensanglanté, il s'obscurcit à tel point, qu'à peine se voyait-on : le tonnerre et les éclairs semblaient vouloir abîmer le monde ; et les deux coqs d'Inde parurent aux côtés du mauvais nain, comme deux géants plus hauts que des montagnes, qui jetaient le feu par la bouche et par les yeux, avec une telle abondance, que l'on eût cru que c'était une fournaise ardente. Toutes ces choses n'auraient point été capables d'effrayer le cœur magnanime du jeune monarque ; il marquait une intrépidité dans ses regards et dans ses actions, qui rassurait tous ceux qui s'intéressaient à sa conservation, et qui embarrassait peut-être bien le Nain jaune : mais son courage ne fut pas à l'épreuve de l'état où il aperçut sa chère princesse, lorsqu'il vit la fée du désert, coiffée en Tisiphone, sa tête couverte de longs serpents, montée sur un griffon ailé, armée d'une lance dont elle la frappa si rudement, qu'elle la fit tomber entre les bras de la reine toute baignée de son sang. Cette tendre mère, plus blessée du coup que sa fille ne l'avait été, poussa des cris, et fit des plaintes que l'on ne peut représenter. Le roi perdit alors son courage et sa raison ; il abandonna le combat, et courut vers la princesse pour la secourir, ou pour expirer avec elle : mais le Nain jaune ne lui laissa pas le temps de s'en approcher, il s'élança avec son chat espagnol dans le balcon où elle était ; il l'arracha des mains de la reine et de celles de toutes les dames, puis sautant sur le toit du palais, il disparut avec sa proie.

Le roi, confus et immobile, regardait avec le dernier désespoir une aventure si extraordinaire, et à laquelle il était assez malheureux de ne pouvoir apporter aucun remède ; quand pour comble de disgrâce, il sentit que ses yeux se couvraient, qu'ils perdaient la lumière, et que quelqu'un d'une force extraordinaire l'emportait dans le vaste espace de l'air. Que de disgrâces ! Amour, cruel amour, est-ce ainsi que tu traites ceux qui te reconnaissent pour leur vainqueur ?

Cette mauvaise fée du désert, qui était venue avec le Nain jaune pour le seconder dans l'enlèvement de la princesse, eut à peine vu le roi des mines d'or, que son cœur barbare devenant sensible au mérite de ce jeune prince, elle en voulut faire sa proie, et l'emporta au fond d'une affreuse caverne, où elle le chargea de chaînes qu'elle avait attachées à un rocher ; elle espérait que la crainte d'une mort prochaine lui ferait oublier Toute-Belle, et l'engagerait de faire ce qu'elle voudrait. Dès qu'elle fut arrivée, elle lui rendit la vue, sans lui rendre la liberté, et empruntant de l'art de féerie les grâces et les charmes que la nature lui avait refusés, elle parut devant lui comme une aimable nymphe que le hasard conduisait dans ces lieux.

« Que vois-je ? s'écria-t-elle, quoi, c'est vous, prince charmant ; quelle infortune vous accable et vous retient dans un si triste séjour ? »

Le roi déçu par des apparences si trompeuses, lui répliqua :

« Hélas ! belle nymphe, j'ignore ce que me veut la furie infernale qui m'a conduit ici ; bien qu'elle m'ait ôté l'usage de mes yeux, lorsqu'elle m'a enlevé, et qu'elle n'ait point paru depuis, je n'ai pas laissé de reconnaître au son de sa voix que c'est la fée du désert.

— Ah ! seigneur, s'écria la fausse nymphe, si vous êtes entre les mains de cette femme, vous n'en sortirez point qu'après l'avoir épousée ; elle a fait ce tour à plus d'un héros, et c'est la personne du monde la moins traitable sur ses entêtements. »

Pendant qu'elle feignait de prendre beaucoup de part à l'affliction du roi, il aperçut les pieds de la nymphe, qui étaient semblables à ceux d'un griffon : c'était toujours à cela qu'on reconnaissait la fée dans ses différentes métamorphoses car à l'égard de ce griffonnage, elle ne pouvait le changer.

Le roi n'en témoigna rien, et lui parlant sur un ton de confidence :

« Je ne sens aucune aversion, lui dit-il, pour la fée du désert, mais il ne m'est pas supportable qu'elle protège le Nain jaune contre moi, et qu'elle me tienne enchaîné comme un criminel. Qui lui ai-je fait ? J'ai aimé une princesse charmante : mais si elle me rend ma liberté, je sens bien que la reconnaissance m'engagera à n'aimer qu'elle.

— Parlez-vous sincèrement ? lui dit la nymphe déçue.

— N'en doutez pas, répliqua le roi, je ne sais point l'art de feindre, et je vous avoue qu'une fée peut flatter davantage ma vanité, qu'une simple princesse ; mais quand je devrais mourir d'amour pour elle, je lui témoignerai toujours de la haine, jusqu'à ce que je sois maître de ma liberté. »

La fée du désert, trompée par ces paroles, prit la résolution de transporter le roi dans un lieu aussi agréable que cette solitude était affreuse, de manière, que l'obligeant à monter dans son chariot où elle avait attaché des cygnes, au lieu de chauves-souris qui le conduisaient ordinairement, elle vola d'un pôle à l'autre.

Mais que devint ce prince, lorsqu'en traversant ainsi le vaste espace de l'air, il aperçut sa chère princesse dans un château tout d'acier, dont les murs frappés par les rayons du soleil, faisaient des miroirs ardents qui brûlaient tous ceux qui voulaient en approcher ; elle était dans un bocage, couchée sur le bord d'un ruisseau, une de ses mains sous sa tête, et de l'autre elle semblait essuyer ses larmes : comme elle levait les yeux vers le ciel, pour lui demander quelque secours, elle vit passer le roi avec la fée du désert, qui ayant employé l'art de féerie où elle était experte, pour paraître belle aux yeux du jeune monarque, parut en effet à ceux de la princesse la plus merveilleuse personne du monde.

« Quoi ! s'écria-t-elle, ne suis-je donc pas assez malheureuse dans cet inaccessible château, où l'affreux Nain jaune m'a transportée ? Faut-il que pour comble de disgrâce le démon de la jalousie vienne me persécuter ? Faut-il que par une aventure si extraordinaire, j'apprenne l'infidélité du roi de mines d'or ? Il a cru, en me perdant de vue, être affranchi de tous les serments qu'il m'a faits. Mais qui est cette redoutable rivale, dont la fatale beauté surpasse la mienne ? »

Pendant qu'elle parlait ainsi, l'amoureux roi ressentit une peine mortelle de s'éloigner avec tant de vitesse du cher objet de ses vœux. S'il avait moins connu le pouvoir de la fée, il aurait tout tenté pour se séparer d'elle, soit en lui donnant la mort, ou par quelque autre moyen que son amour et son courage lui auraient fourni : mais que faire contre une personne si puissante ? Il n'y avait que le temps et l'adresse qui pussent le retirer de ses mains.

La fée avait aperçu Toute-Belle, et cherchait dans les yeux du roi à pénétrer l'effet que cette vue aurait produit sur son cœur.

« Personne ne peut mieux que moi vous apprendre, lui dit-il, ce que vous voulez savoir : la rencontre imprévue d'une princesse malheureuse, et pour laquelle j'avais de l'attachement, avant d'en prendre pour vous, m'a un peu ému ; mais vous êtes si fort au-dessus d'elle dans mon esprit, que j'aimerais mieux mourir que de vous faire une infidélité.

— Ah ! prince, lui dit-elle, puis-je me flatter de vous avoir inspiré des sentiments si avantageux en ma faveur.

— Le temps vous en convaincra, madame, lui dit-il ; mais si vous vouliez me convaincre que j'ai quelque part dans vos bonnes grâces, ne me refusez point votre secours pour Toute-Belle.

— Pensez-vous à ce que vous me demandez ? lui dit la fée, en fronçant le sourcil, et le regardant de travers. Vous voulez que j'emploie ma science contre le Nain jaune, qui est mon meilleur ami ; que je retire de ses mains une orgueilleuse princesse, que je ne puis regarder que comme ma rivale ! »

Le roi soupira sans rien répondre ; qu'aurait-il répondu à cette pénétrante personne ?

Ils arrivèrent dans une vaste prairie, émaillée de mille fleurs différentes ; une profonde rivière l'entourait, et plusieurs ruisseaux de fontaine coulaient doucement sous des arbres touffus, où l'on trouvait une fraîcheur éternelle ; on voyait dans l'éloignement, s'élever un superbe palais, dont les murs étaient de transparents émeraudes. Aussitôt que les cygnes qui conduisaient la fée se furent abaissés sous un portique, dont le pavé était de diamants, et les voûtes de rubis, il parut de tous côtés mille belles personnes, qui vinrent la recevoir avec de grandes acclamations de joie ; elles chantaient ces paroles :

Quand l'amour veut d'un cœur remporter la victoire,
On fait pour résister des efforts superflus,
On ne fait qu'augmenter sa gloire,
Les plus puissants vainqueurs sont les premiers vaincus.

La fée du désert était ravie d'entendre chanter ses amours ; elle conduisit le roi dans le plus superbe appartement qui se soit jamais vu de mémoire de fée, et elle l'y laissa quelques moments pour qu'il ne se crût pas absolument captif ; il se douta bien qu'elle ne s'éloignait guère, et qu'en quelque lieu caché, elle observait ce qu'il faisait ; cela l'obligea de s'approcher d'un grand miroir, et s'adressant à lui :

« Fidèle conseiller, lui dit-il, permets que je voie ce que je peux faire pour me rendre agréable à la charmante fée du désert, car l'envie que j'ai de lui plaire m'occupe sans cesse. »

Aussitôt il se peigna, se poudra, se mit une mouche, et voyant sur une table un habit plus magnifique que le sien, il le mit en diligence.

La fée entra si transportée de joie, qu'elle ne pouvait la modérer.

« Je vous tiens compte, lui dit-elle, des soins que vous prenez pour me plaire, vous en avez trouvé le secret, même sans le chercher ; jugez donc, seigneur, s'il vous sera difficile, lorsque vous le voudrez. »

Le roi qui avait des raisons pour dire des douceurs à la vieille fée, ne les épargna pas, et il en obtint insensiblement la liberté de s'aller promener le long du rivage de la mer. Elle l'avait rendue par son art si terrible et si orageuse, qu'il n'y avait point de pilotes assez hardis pour naviguer dessus ; ainsi elle ne devait rien craindre de la complaisance qu'elle avait pour son prisonnier ; il sentit quelque soulagement à ses peines, de pouvoir rêver seul, sans être interrompu par sa méchante geôlière.

Après avoir marché assez longtemps sur le sable, il se baissa et écrivit ces vers avec une canne qu'il tenait dans sa main :

Enfin, je puis en liberté
Adoucir mes douleurs par un torrent de larmes :
Hélas ! je ne vois plus les charmes
De l'adorable objet qui m'avait enchanté.

Toi qui rends aux mortels ce bord inaccessible,

Mer orageuse, mer terrible,
Que poussent les vents furieux,
Tantôt jusqu'aux enfers, et tantôt jusqu'aux cieux,
Mon cœur est encor moins paisible
Que tu ne parais à mes yeux.

Toute-Belle ! oh ! destin barbare,
Je perds l'objet de mon amour ;
Oh Ciel ! dont l'arrêt m'en sépare,
Pourquoi diffères-tu de me ravir le jour ?

Divinité des ondes,
Vous avez de l'amour ressenti le pouvoir ;
Sortez de vos grottes profondes,
Secourez un amant réduit au désespoir.

Comme il écrivait, il entendit une voix qui attira malgré lui toute son attention, et, voyant que les flots grossissaient, il regardait de tous côtés, lorsqu'il aperçut une femme d'une beauté extraordinaire, son corps n'était couvert que par ses longs cheveux qui, doucement agités des zéphirs, flottaient sur l'onde. Elle tenait un miroir dans l'une de ses mains, et un peigne dans l'autre, une longue queue de poisson avec des nageoires terminait son corps. Le roi demeura bien surpris d'une rencontre si extraordinaire ; dès qu'elle fut à portée de lui parler, elle lui dit :

« Je sais le triste état où vous êtes réduit par l'éloignement de votre princesse, et par la bizarre passion que la fée du désert a prise pour vous ; si vous voulez, je vous tirerai de ce lieu fatal où vous languirez peut-être encore plus de trente ans. »

Le roi ne savait que répondre à cette proposition ; ce n'était pas manque d'envie de sortir de captivité, mais il craignait que la fée du désert n'eût emprunté cette figure pour le décevoir. Comme il hésitait, la sirène qui devina ses pensées, lui dit :

« Ne croyez pas que ce soit un piège que je vous tends, je suis de trop bonne foi pour vouloir servir vos ennemis : le procédé de la fée du désert et celui du Nain jaune, m'ont aigrie contre eux ; je vois tous les jours votre infortunée princesse, sa beauté et son mérite me font une égale pitié, et je vous le répète encore, si vous avez de la confiance en moi, je vous sauverai.

— J'y en ai une si parfaite, s'écria le roi, que je ferai tout ce que vous m'ordonnerez ; mais puisque vous avez vu ma princesse, apprenez-moi de ses nouvelles.

— Nous perdrions trop de temps à nous en entretenir, lui dit-elle ; venez avec moi, je vais vous porter au château d'acier, et laisser sur ce rivage une figure qui vous ressemblera si fort, que la fée en sera la dupe. »

Elle coupa aussitôt des joncs marins, elle en fit un gros paquet, et soufflant trois fois dessus, elle leur dit :

« Joncs marins, mes amis, je vous ordonne de rester étendus sur le sable, sans en partir jusqu'à ce que la fée du désert vous vienne enlever. »

Les joncs parurent couverts de peau, et si semblables au roi des mines d'or, qu'il n'avait jamais vu une chose si surprenante ; ils étaient vêtus d'un habit comme le sien, ils étaient pâles et défaits, comme s'il se fût noyé ; en même temps, la bonne sirène fit asseoir le roi sur sa grande queue de poisson, et tous les deux voguèrent en pleine mer, avec une égale satisfaction.

« Je veux bien à présent, lui dit-elle, vous apprendre que lorsque le méchant Nain jaune eut enlevé Toute-Belle, il la mit, malgré la blessure que la fée du désert lui avait faite, en trousse derrière lui sur son terrible chat d'Espagne ; elle perdait tant de sang, et elle était si troublée de cette aventure, que ses forces l'abandonnèrent ; elle resta évanouie pendant tout le chemin ; mais le Nain jaune ne voulut point s'arrêter pour la secourir, qu'il ne se vît en sûreté dans son terrible palais d'acier : il y fut reçu par les plus belles personnes du monde qu'il y avait transportées. Chacune à l'envi lui marqua son empressement pour servir la princesse ; elle fut mise dans un lit de drap d'or, chamarré de perles plus grosses que des noix.

— Ah ! s'écria le roi des mines d'or, en interrompant la sirène, il l'a épousée, je pâme, je me meurs.

— Non, lui dit-elle, seigneur, rassurez-vous, la fermeté de Toute-Belle l'a garantie des violences de cet affreux nain.

— Achevez donc, dit le roi.

— Qu'ai-je à vous dire davantage ? continua la sirène. Elle était dans le bois, lorsque vous avez passé, elle vous a vu avec la fée du désert, elle était si fardée qu'elle lui a paru d'une beauté supérieure à la sienne, son désespoir ne se peut comprendre, elle croit que vous l'aimez.

— Elle croit que je l'aime ! justes dieux, s'écria le roi, dans quelle fatale erreur est-elle tombée, et que dois-je faire pour l'en détromper ?

— Consultez votre cœur, répliqua la sirène avec un gracieux sourire : lorsque l'on est fortement engagé, l'on n'a pas besoin de conseils. »

En achevant ces mots, ils arrivèrent au château d'acier, le côté de la mer était le seul endroit que le Nain jaune n'avait pas revêtu de ces formidables murs qui brûlaient tout le monde.

« Je sais fort bien, dit la sirène au roi, que Toute-Belle est au bord de la même fontaine où vous la vîtes en passant ; mais, comme vous aurez des ennemis à combattre avant que d'y arriver, voici une épée avec laquelle vous pouvez tout entreprendre, et affronter les plus grands périls, pourvu que vous ne la laissiez pas tomber. Adieu, je vais me retirer sous le rocher que vous voyez ; si vous avez besoin de moi pour vous conduire plus loin avec votre chère princesse, je ne vous manquerai pas ; car la reine sa mère est ma meilleure amie, et c'est pour la servir que je suis venue vous chercher. »

En achevant ces mots, elle donna au roi une épée faite d'un seul diamant ; les rayons du soleil brillent moins ; il en comprit toute l'utilité, et ne pouvant trouver des termes assez forts pour lui marquer sa reconnaissance, il la pria d'y vouloir suppléer, en imaginant ce qu'un cœur bien fait est capable de ressentir pour de si grandes obligations.

Il faut dire quelque chose de la fée du désert. Comme elle ne vit point revenir son aimable amant, elle se hâta de l'aller chercher ; elle fut sur le rivage avec cent filles de sa suite, toutes chargées de présents magnifiques pour le roi. Les unes portaient de grandes corbeilles remplies de diamants, les autres des vases d'or d'un travail merveilleux, plusieurs de l'ambre gris, du corail et des perles ; d'autres avaient sur leurs têtes des ballots d'étoffes d'une richesse inconcevable, quelques autres encore des fruits, des fleurs et jusqu'à des oiseaux. Mais que devint la fée, qui marchait après cette galante et nombreuse troupe, lorsqu'elle aperçut les joncs marins, si semblables au roi des mines d'or, que l'on n'y reconnaissait aucune différence ? À cette vue, frappée d'étonnement, et de la plus vive douleur, elle jeta un cri si épouvantable qu'il pénétra les cieux, fit trembler les monts, et retentit jusqu'aux enfers. Mégère furieuse, Alecto, Tisiphone, ne sauraient prendre des figures plus redoutables que celle qu'elle prit. Elle se jeta sur le corps du roi, elle pleura, elle hurla, elle mit en pièces cinquante des plus belles personnes qui l'avaient accompagnée, les immolant aux mânes de ce cher défunt. Ensuite elle appela onze de ses sœurs qui étaient fées comme elle, les priant de lui aider à faire un superbe mausolée à ce jeune héros. Il n'y en eut pas une qui ne fût la dupe des joncs marins. Cet événement est assez propre à surprendre, car les fées savaient tout ; mais l'habile sirène en savait encore plus qu'elles.

Pendant qu'elles fournissaient le porphyre, le jaspe, l'agate et le marbre, les statues, les devises, l'or et le bronze, pour immortaliser la mémoire du roi qu'elles croyaient mort, il remerciait l'aimable sirène, la conjurant de lui accorder sa protection ; elle s'y engagea de la meilleure grâce du monde, et disparut à ses yeux. Il n'eut plus rien à faire qu'à s'avancer vers le château d'acier.

Ainsi guidé par son amour, il marcha à grands pas, regardant d'un œil curieux s'il apercevrait son adorable princesse : mais il ne fut pas longtemps sans occupation ; quatre sphinx terribles l'environnèrent, et jetant sur lui leurs griffes aiguës, ils l'auraient mis en pièces, si l'épée de diamant n'avait commencé à lui être aussi utile que la sirène l'avait prédit. Il la fit à peine briller aux yeux de ces monstres, qu'ils tombèrent sans force à ses pieds : il donna à chacun un coup mortel, puis s'avançant encore, il trouva six dragons couverts d'écailles plus difficiles à pénétrer que le fer. Quelque effrayante que fût cette rencontre, il demeura intrépide, et se servant de sa redoutable épée, il n'y en eut pas un qu'il ne coupât par la moitié : il espérait avoir surmonté les plus grandes difficultés, quand il lui en survint une bien embarrassante. Vingt-quatre nymphes, belles et gracieuses, vinrent à sa rencontre, tenant de longues guirlandes de fleurs dont elles lui fermaient le passage.

« Où voulez-vous aller, seigneur ? lui dirent-elles. Nous sommes commises à la garde de ces lieux ; si nous vous laissons passer, il en arriverait à vous et à nous des malheurs infinis ; de grâce, ne vous opiniâtrez point ; voudriez-vous tremper votre main victorieuse dans le sang de vingt-quatre filles innocentes qui ne vous ont jamais causé de déplaisir ? »

Le roi à cette vue demeura interdit et en suspens ; il ne savait à quoi se résoudre : lui qui faisait profession de respecter le beau sexe, et d'en être le chevalier à toute outrance, il fallait que dans cette occasion il se portât à le détruire : mais une voix qu'il entendit le fortifia tout d'un coup.

« Frappe, frappe, n'épargne rien, lui dit cette voix, ou tu perds ta princesse pour jamais. »

En même temps sans rien répondre à ces nymphes il se jette au milieu d'elles, rompt leurs guirlandes, les attaque sans nul quartier, et les dissipe en un moment : c'était un des derniers obstacles qu'il devait trouver, il entra dans le petit bois où il avait vu Toute-Belle : elle y était au bord de la fontaine, pâle et languissante. Il l'aborde en tremblant ; il veut se jeter à ses pieds ; mais elle s'éloigne de lui avec autant de vitesse et d'indignation que s'il avait été le Nain jaune.

« Ne me condamnez pas sans m'entendre, madame, lui dit-il ; je ne suis ni infidèle ni coupable ; je suis un malheureux qui vous a déjà déplu sans le vouloir.

— Ah ! barbare, s'écria-t-elle, je vous ai vu traverser les airs avec une personne d'une beauté extraordinaire ; est-ce malgré vous que vous faisiez ce voyage ?

— Oui, princesse, lui dit-il, c'était malgré moi ; la méchante fée du désert ne s'est pas contentée de m'enchaîner à un rocher, elle m'a enlevé dans un char jusqu'à un des bouts de la terre, où je serais encore à languir sans le secours inespéré d'une sirène bienfaisante, qui m'a conduit jusqu'ici. Je viens, ma princesse, pour vous arracher des mains qui vous retiennent captive ; ne refusez pas le secours du plus fidèle de tous les amants. »

Il se jeta à ses pieds, et l'arrêtant par sa robe, il laissa malheureusement tomber sa redoutable épée. Le Nain jaune, qui se tenait caché sous une laitue, ne la vit pas plus tôt hors de la main du roi, qu'en connaissant tout le pouvoir, il se jeta dessus et s'en saisit.

La princesse poussa un cri terrible en apercevant le nain mais ses plaintes ne servirent qu'à aigrir ce petit monstre : avec deux mots de son grimoire, il fit paraître deux géants qui chargèrent le roi de chaînes et de fers.

« C'est à présent, dit le nain, que je suis maître de la destinée de mon rival ; mais je lui veux bien accorder la vie et la liberté de partir de ces lieux, pourvu que sans différer vous consentiez à m'épouser.

— Ah ! que je meure plutôt mille fois, s'écria l'amoureux roi.

— Que vous mouriez, hélas ! dit la princesse, seigneur, est-il rien de si terrible ?

— Que vous deveniez la victime de ce monstre, répliqua le roi, est-il rien de si affreux ?

— Mourons donc ensemble, continua-t-elle.

— Laissez-moi, ma princesse, la consolation de mourir pour vous.

— Je consens plutôt, dit-elle au nain, à ce que vous souhaitez.

— À mes yeux, reprit le roi, à mes yeux, vous en ferez votre époux, cruelle princesse, la vie me serait odieuse !

— Non, dit le Nain jaune, ce ne sera point à tes yeux que je deviendrai son époux ; un rival aimé m'est trop redoutable. »

En achevant ces mots, malgré les pleurs et les cris de Toute-Belle, il frappa le roi droit au cœur, et l'étendit à ses pieds. La princesse ne pouvant survivre à son cher amant, se laissa tomber sur son corps, et ne fut pas longtemps sans unir son âme à la sienne. C'est ainsi que périrent ces illustres infortunés, sans que la sirène y pût apporter aucun remède, car la force du charme était dans l'épée de diamant.

Le méchant nain aima mieux voir la princesse privée de vie, que de la voir entre les bras d'un autre ; et la fée du désert ayant appris cette aventure, détruisit le mausolée qu'elle avait élevé, concevant autant de haine pour la mémoire du roi des mines d'or qu'elle avait conçu de passion pour sa personne. La secourable sirène, désolée d'un si grand malheur, ne put rien obtenir du destin, que de les métamorphoser en palmiers. Ces deux corps si parfaits devinrent deux beaux arbres, conservant toujours un amour fidèle l'un pour l'autre, ils se caressent de leurs branches entrelacées, et immortalisent leurs feux par leur tendre union.

LE PRINCE LUTIN

Il était une fois un roi et une reine qui n'avaient qu'un fils qu'ils aimaient passionnément, bien qu'il fût très mal fait. Il était aussi gros que le plus gros homme, et aussi petit que le plus petit nain. Mais ce n'était rien de la laideur de son visage et de la difformité de son corps en comparaison de la malice de son esprit : c'était une bête opiniâtre qui désolait tout le monde. Dès sa plus grande enfance le roi le remarqua bien, mais la reine en était folle ; elle contribuait encore à le gâter par des complaisances outrées, qui lui faisaient connaître le pouvoir qu'il avait sur elle ; et pour faire sa cour à cette princesse, il fallait lui dire que son fils était beau et spirituel. Elle voulut lui donner un nom qui inspirât du respect et de la crainte. Après avoir longtemps cherché, elle l'appela Furibon.

Quand il fut en âge d'avoir un gouverneur, le roi choisit un prince qui avait d'anciens droits sur la couronne, qu'il aurait soutenus en homme de courage, si ses affaires avaient été en meilleur état ; mais il y avait longtemps qu'il n'y pensait plus : toute son application était à bien élever son fils unique.

Il n'a jamais été un plus beau naturel, un esprit plus vif et plus pénétrant, plus docile et plus soumis ; tout ce qu'il disait avait un tour heureux et une grâce particulière : sa personne était toute parfaite.

Le roi ayant choisi ce grand seigneur pour conduire la jeunesse de Furibon, il lui commanda d'être bien obéissant ; mais c'était un indocile que l'on fouettait cent fois sans le corriger de rien. Le fils de son gouverneur s'appelait Léandre : tout le monde l'aimait. Les dames le voyaient très favorablement, mais il ne s'attachait à pas une : elles l'appelaient le bel indifférent. Elles lui faisaient la guerre sans le faire changer de manière : il ne quittait presque point Furibon ; cette compagnie ne servait qu'à le faire trouver plus hideux. Il ne s'approchait des dames que pour leur dire des duretés : tantôt elles étaient mal habillées, une autre fois elles avaient l'air provincial ; il les accusait devant tout le monde d'être fardées. Il ne voulait savoir leurs intrigues que pour en parler à la reine, qui les grondait, et pour les punir, elle les faisait jeûner. Tout cela était cause que l'on haïssait mortellement Furibon ; il le voyait bien, et s'en prenait presque toujours au jeune Léandre.

« Vous êtes fort heureux, lui disait-il en le regardant de travers : les dames vous louent et vous applaudissent, elles ne sont pas de même pour moi.

— Seigneur, répliquait-il modestement, le respect qu'elles ont pour vous les empêche de se familiariser.

— Elles font fort bien, disait-il, car je les battrais comme plâtre pour leur apprendre leur devoir. »

Un jour qu'il était arrivé des ambassadeurs de bien loin, le prince, accompagné de Léandre, resta dans une galerie pour les voir passer. Dès que les ambassadeurs aperçurent Léandre, ils s'avancèrent, et vinrent lui faire de profondes révérences, témoignant par des signes leur admiration ; puis, regardant Furibon, ils crurent que c'était son nain ; ils le prirent par le bras, le firent tourner et retourner en dépit qu'il en eût.

Léandre était au désespoir ; il se tuait de leur dire que c'était le fils du roi, ils ne l'entendaient point ; par malheur l'interprète était allé les attendre chez le roi. Léandre, connaissant qu'ils ne comprenaient rien à ses signes, s'humiliait encore davantage auprès de Furibon ; et les ambassadeurs, aussi bien que ceux de leur suite, croyant que c'était un jeu, riaient à s'en trouver mal, et voulaient lui donner des croquignoles et des nasardes à la mode de leur pays. Ce prince, désespéré, tira sa petite épée, qui n'était pas plus longue qu'un éventail ; il aurait fait quelque violence, sans le roi qui venait au-devant des ambassadeurs, et qui demeura bien surpris de cet emportement. Il leur en demanda excuse, car il savait leur langue ; ils lui répliquèrent que cela ne tirait point à conséquence, qu'ils avaient bien vu que cet affreux petit nain était de mauvaise humeur. Le roi fut affligé que la méchante mine de son fils et ses extravagances le fissent méconnaître.

Quand Furibon ne les vit plus, il prit Léandre par les cheveux, il lui en arracha deux ou trois poignées : il l'aurait étranglé s'il avait pu ; il lui défendit de paraître jamais devant lui. Le père de Léandre, offensé du procédé de Furibon, envoya son fils dans un château qu'il avait à la campagne. Il ne s'y trouva point désœuvré, il aimait la chasse, la pêche et la promenade, il savait peindre, il lisait beaucoup, et jouait de plusieurs instruments. Il s'estima heureux de n'être plus obligé de faire la cour à son fantasque prince, et, malgré la solitude, il ne s'ennuyait pas un moment.

Un jour qu'il s'était promené longtemps dans ses jardins, comme la chaleur augmentait, il entra dans un petit bois dont les arbres étaient si hauts et si touffus qu'il se trouva agréablement à l'ombre. Il commençait à jouer de la flûte pour se divertir, lorsqu'il sentit quelque chose qui faisait plusieurs tours à sa jambe et qui la serrait très fort. Il regarda ce que ce pouvait être, et fut bien surpris de voir une grosse couleuvre ; il prit son mouchoir, et l'attrapant par la tête, il allait la tuer ; mais elle entortilla encore le reste de son corps autour de son bras, et, le regardant fixement, elle semblait lui demander grâce. Un de ses jardiniers arriva là-dessus il n'eut pas plus tôt aperçu la couleuvre qu'il cria à son maître.

« Seigneur, tenez-la bien, il y a une heure que je la poursuis pour la tuer ; c'est la plus fine bête qui soit au monde, elle désole nos parterres. »

Léandre jeta encore les yeux sur la couleuvre, qui était tachetée de mille couleurs extraordinaires, et qui, le regardant toujours, ne remuait point pour se défendre.

« Puisque tu voulais la tuer, dit-il à son jardinier, et qu'elle est venue se réfugier auprès de moi, je te défends de lui faire aucun mal, je veux la nourrir ; et quand elle aura quitté sa belle peau, je la laisserai aller. »

Il retourna chez lui, il la mit dans une grande chambre dont il garda la clef ; il lui fit apporter du son, du lait, des fleurs et des herbes pour la nourrir et pour la réjouir : voilà une couleuvre fort heureuse ! Il allait quelquefois la voir ; dès qu'elle l'apercevait, elle venait au-devant de lui, rampant et faisant toutes les petites mines et les airs gracieux dont une couleuvre est capable. Ce prince en était surpris ; mais cependant il n'y faisait pas une grande attention.

Toutes les dames de la cour étaient affligées de son absence ; on ne parlait que de lui, on désirait son retour.

« Hélas ! disaient-elles, il n'y a plus de plaisirs à la cour depuis que Léandre en est parti ; le méchant Furibon en est cause. Faut-il qu'il lui veuille du mal d'être plus aimable et plus aimé que lui ? Faut-il que pour lui plaire il se défigure la taille et le visage ? Faut-il que pour lui ressembler il se disloque les os, qu'il se fende la bouche jusqu'aux oreilles, qu'il s'apetisse les yeux, qu'il s'arrache le nez ? Voilà un petit magot bien injuste ! Il n'aura jamais de joie en sa vie, car il ne trouvera personne qui ne soit plus beau que lui. »

Quelque méchants que soient les princes, ils ont toujours des flatteurs, et même les méchants en ont plus que les autres. Furibon avait les siens : son pouvoir sur l'esprit de la reine le faisait craindre. On lui conta ce que les dames disaient ; il se mit dans une colère qui allait jusqu'à la fureur. Il entra ainsi dans la chambre de la reine, et lui dit qu'il allait se tuer à ses yeux, si elle ne trouvait le moyen de faire périr Léandre. La reine, qui le haïssait parce qu'il était plus beau que son singe de fils, répliqua qu'il y avait longtemps qu'elle le regardait comme un traître, qu'elle donnerait volontiers les mains à sa mort ; qu'il fallait qu'il allât avec ses plus confidents à la chasse, que Léandre y viendrait, et qu'on lui apprendrait bien à se faire aimer de tout le monde.

Furibon fut donc à la chasse ; quand Léandre entendit des chiens et des cors dans ses bois, il monta à cheval et vint voir qui c'était. Il demeura fort surpris de la rencontre inopinée du prince ; il mit pied à terre et le salua respectueusement ; il le reçut mieux qu'il ne l'espérait, et lui dit de le suivre. Aussitôt il se détourna, faisant signe aux assassins de ne pas manquer leur coup. Il s'éloignait fort vite, lorsqu'un lion d'une grandeur prodigieuse sortit du fond de sa caverne, et se lançant sur lui, le jeta par terre. Ceux qui l'accompagnaient prirent la fuite ; Léandre resta seul à combattre ce furieux animal. Il fut à lui l'épée à la main, il hasarda d'en être dévoré, et par sa valeur et son adresse il sauva son plus cruel ennemi. Furibon s'était évanoui de peur ; Léandre le secourut avec des soins merveilleux. Lorsqu'il fut un peu revenu, il lui présenta son cheval pour monter dessus ; tout autre qu'un ingrat aurait ressenti jusqu'au fond du cœur des obligations si vives et si récentes et n'aurait pas manqué de faire et de dire des merveilles. Point du tout, il ne regarda pas seulement Léandre, et il ne se servit de son cheval que pour aller chercher les assassins, auxquels il ordonna de le tuer. Ils environnèrent Léandre, et il aurait été infailliblement tué s'il avait eu moins de courage. Il gagna un arbre, il s'y appuya pour n'être pas attaqué par derrière, il n'épargna aucun de ses ennemis, et combattit en homme désespéré. Furibon, le croyant mort, se hâta de venir pour se donner le plaisir de le voir ; mais il eut un autre spectacle que celui auquel il s'attendait, tous ces scélérats rendaient les derniers soupirs. Quand Léandre le vit, il s'avança et lui dit :

« Seigneur, si c'est par votre ordre que l'on m'assassine, je suis fâché de m'être défendu.

— Vous êtes un insolent, répliqua le prince en colère ; si jamais vous paraissez devant moi, je vous ferai mourir. »

Léandre ne lui répliqua rien ; il se retira fort triste chez lui, et passa la nuit à songer à ce qu'il devait faire, car il n'y avait pas d'apparence de tenir tête au fils du roi. Il résolut de voyager par le monde mais, étant près de partir, il se souvint de la couleuvre ; il prit du lait et des fruits qu'il lui porta. En ouvrant la porte, il aperçut une lueur extraordinaire qui brillait dans un des coins de la chambre ; il y jeta les yeux, et fut surpris de la présence d'une dame dont l'air noble et majestueux ne laissait pas douter de la grandeur de sa naissance ; son habit était de satin amarante, brodé de diamants et de perles. Elle s'avança vers lui d'un air gracieux et lui dit :

« Jeune prince, ne cherchez point ici la couleuvre que vous y avez apportée, elle n'y est plus ; vous me trouvez à sa place pour vous payer ce qu'elle vous doit ; mais il faut vous parler plus intelligiblement. Sachez que je suis la fée Gentille, fameuse à cause des tours de gaieté et de souplesse que je sais faire ; nous vivons cent ans sans vieillir, sans maladies, sans chagrins et sans peines ; ce terme expiré, nous devenons couleuvres pendant huit jours : c'est ce temps seul qui nous est fatal, car alors nous ne pouvons plus prévoir ni empêcher nos malheurs, et si l'on nous tue, nous ne ressuscitons plus : ces huit jours expirés, nous reprenons notre forme ordinaire, avec notre beauté, notre pouvoir et nos trésors. Vous savez à présent, seigneur, les obligations que je vous ai, il est bien juste que je m'en acquitte ; pensez à quoi je peux vous être utile, et comptez sur moi. »

Le jeune prince, qui n'avait point eu jusque-là de commerce avec les fées, demeura si surpris qu'il fut longtemps sans pouvoir parler. Mais, lui faisant une profonde révérence :

« Madame, dit-il, après l'honneur que j'ai eu de vous servir, il me semble que je n'ai rien à souhaiter de la fortune.

— J'aurais bien du chagrin, répliqua-t-elle, que vous ne me missiez pas en état de vous être utile. Considérez que je peux vous faire un grand roi, prolonger votre vie, vous rendre plus aimable, vous donner des mines de diamants et des maisons pleines d'or ; je peux vous rendre excellent orateur, poète, musicien et peintre ; je peux vous faire aimer des dames, augmenter votre esprit ; je peux vous faire lutin aérien, aquatique et terrestre. »

Léandre l'interrompit en cet endroit.

« Permettez-moi, madame, de vous demander, lui dit-il, à quoi me servirait d'être lutin.

— À mille choses utiles et agréables, repartit la fée. Vous êtes invisible quand il vous plaît ; vous traversez en un instant le vaste espace de l'univers ; vous vous élevez sans avoir des ailes ; vous allez au fond de la terre sans être mort ; vous pénétrez les abîmes de la mer sans vous noyer ; vous entrez partout, quoique les fenêtres et les portes soient fermées ; et, dès que vous le jugez à propos, vous vous laissez voir sous votre forme naturelle.

— Ah ! madame, s'écria-t-il, je choisis d'être lutin ; je suis sur le point de voyager, j'imagine des plaisirs infinis dans ce personnage, et je le préfère à toutes les autres choses que vous m'avez si généreusement offertes.

— Soyez lutin, répliqua Gentille en lui passant trois fois la main sur les yeux et sur le visage ; soyez lutin aimé, soyez lutin aimable, soyez lutin lutinant. »

Ensuite elle l'embrassa et lui donna un petit chapeau rouge, garni de deux plumes de perroquet.

« Quand vous l'ôterez, on vous verra. »

Léandre, ravi, enfonça le petit chapeau rouge sur sa tête, et souhaita d'aller dans la forêt cueillir des roses sauvages qu'il y avait remarquées. En même temps son corps devint aussi léger que sa pensée ; il se transporta dans la forêt, passant par la fenêtre et voltigeant comme un oiseau ; il ne laissa pas de sentir de la crainte lorsqu'il se vit si élevé, et qu'il traversait la rivière ; il appréhendait de tomber dedans et que le pouvoir de la fée n'eût pas celui de le garantir. Mais il se trouva heureusement au pied du rosier ; il prit trois roses, et revint sur-le-champ dans la chambre où la fée était encore : il les lui présenta, étant ravi que son petit coup d'essai eût si bien réussi. Elle lui dit de garder ces roses ; qu'il y en avait une qui lui fournirait tout l'argent dont il aurait besoin ; qu'en mettant l'autre sur la gorge de sa maîtresse, il connaîtrait si elle était fidèle, et que la dernière l'empêcherait d'être malade. Puis, sans attendre des remerciements, elle lui souhaita un heureux voyage et disparut.

Il se réjouit infiniment du beau don qu'il venait d'obtenir.

« Aurais-je pu penser, disait-il que, pour avoir sauvé une pauvre couleuvre des mains de mon jardinier, il m'en serait revenu des avantages si rares et si grands ? Ô que je vais me réjouir ! que je passerai d'agréables moments ! que je saurai de choses ! Me voilà invisible ; je serai informé des aventures les plus secrètes. »

Il songea aussi qu'il se ferait un ragoût sensible de prendre quelque vengeance de Furibon. Il mit promptement ordre à ses affaires, et monta sur le plus beau cheval de son écurie, appelé Gris-de-lin, suivi de quelques-uns de ses domestiques vêtus de sa livrée, pour que le bruit de son retour fût plus tôt répandu.

Il faut savoir que Furibon, qui était un grand menteur, avait dit que sans son courage Léandre l'aurait assassiné à la chasse ; qu'il avait tué tous ses gens, et qu'il voulait qu'on en fît justice. Le roi, importuné par la reine, donna ordre qu'on allât l'arrêter de sorte que, lorsqu'il vint d'un air si résolu, Furibon en fut averti. Il était trop timide pour l'aller chercher lui-même ; il courut dans la chambre de sa mère, et lui dit que Léandre venait d'arriver, qu'il la priait qu'on l'arrêtât. La reine, diligente pour tout ce que pouvait désirer son magot de fils, ne manqua pas d'aller trouver le roi, et le prince, impatient de savoir ce qui serait résolu, la suivit sans dire mot. Il s'arrêta à la porte, il en approcha l'oreille, et releva ses cheveux pour mieux entendre. Léandre entra dans la grande salle du palais avec le petit chapeau rouge sur sa tête : le voilà devenu invisible. Dès qu'il aperçut Furibon qui écoutait, il prit un clou avec un marteau, il y attacha rudement son oreille.

Furibon se désespère, enrage, frappe comme un fou à la porte, poussant de hauts cris. La reine, à cette voix, courut l'ouvrir ; elle acheva d'emporter l'oreille de son fils ; il saignait comme si on l'eût égorgé, et faisait une laide grimace. La reine inconsolable le met sur ses genoux, porte la main à son oreille, la baise et l'accommode. Lutin se saisit d'une poignée de verges dont on fouettait les petits chiens du roi, et commença d'en donner plusieurs coups sur les mains de la reine et sur le museau de son fils : elle s'écrie qu'on l'assassine, qu'on l'assomme. Le roi regarde, le monde accourt, l'on n'aperçoit personne ; l'on dit tout bas que la reine est folle, et que cela ne lui vient que de douleur de voir l'oreille de Furibon arrachée. Le roi est le premier à le croire, il l'évite quand elle veut l'approcher : cette scène était fort plaisante. Enfin le bon Lutin donne encore mille coups à Furibon, puis il sort de la chambre, passe dans le jardin, et se rend visible. Il va hardiment cueillir les cerises, les abricots, les fraises et les fleurs du parterre de la reine : c'était elle seule qui les arrosait, il y allait de la vie d'y toucher. Les jardiniers, bien surpris, vinrent dire à leurs majestés que le prince Léandre dépouillait les arbres de fruits et le jardin de fleurs.

« Quelle insolence ! s'écria la reine. Mon petit Furibon ! mon cher poupard, oublie pour un moment ton mal d'oreille, et cours vers ce scélérat ; prends nos gardes, nos mousquetaires, nos gendarmes, nos courtisans ; mets-toi à leur tête, attrape-le et fais-en une capilotade. »

Furibon, animé par sa mère et suivi de mille hommes bien armés, entre dans le jardin, et voit Léandre sous un arbre qui lui jette une pierre dont il lui casse le bras, et plus de cent oranges au reste de sa troupe. On voulut courir vers Léandre, mais en même temps on ne le vit plus. Il se glissa derrière Furibon qui était déjà bien mal il lui passa une corde dans les jambes, le voilà tombé sur le nez on le relève et on le porte dans son lit bien malade.

Léandre, satisfait de cette vengeance, retourna où ses gens l'attendaient ; il leur donna de l'argent et les renvoya dans son château, ne voulant mener personne avec lui qui pût connaître les secrets du petit chapeau rouge et des roses. Il n'avait point déterminé où il voulait aller ; il monta sur son beau cheval appelé Gris-de-lin, et le laissa marcher à l'aventure. Il traversa des bois, des plaines, des coteaux et des vallées sans compte et sans nombre ; il se reposait de temps en temps, mangeait et dormait, sans rencontrer rien digne de remarque. Enfin il arriva dans une forêt, où il s'arrêta pour se mettre un peu à l'ombre, car il faisait grand chaud.

Au bout d'un moment il entendit soupirer et sangloter ; il regarda de tous côtés, il aperçut un homme qui courait, qui s'arrêtait, qui criait, qui se taisait, qui s'arrachait les cheveux, qui se meurtrissait de coups ; il ne douta point que ce ne fût quelque malheureux insensé. Il lui parut bien fait et jeune ; ses habits avaient été magnifiques, mais ils étaient tout déchirés. Le prince, touché de compassion, l'aborda :

« Je vous vois dans un état, lui dit-il, si pitoyable, que je ne peux m'empêcher de vous en demander le sujet, en vous offrant mes services.

— Ah ! seigneur, répondit ce jeune homme, il n'y a plus de remède à mes maux : c'est aujourd'hui que ma chère maîtresse va être sacrifiée à un vieux jaloux qui a beaucoup de bien, mais qui la rendra la plus malheureuse personne du monde !

— Elle vous aime donc ? dit Léandre.

— Je puis m'en flatter, répliqua-t-il.

— Et dans quel lieu est-elle ? continua le prince.

— Dans un château au bout de cette forêt, répondit l'amant.

— Hé bien, attendez-moi, dit encore Léandre, je vous en donnerai de bonnes nouvelles avant qu'il soit peu. »

En même temps il mit le petit chapeau rouge, et se souhaita dans le château. Il n'y était pas encore qu'il entendit l'agréable bruit de la symphonie. En arrivant, tout retentissait de violons et d'instruments. Il entre dans un grand salon rempli des parents et des amis du vieillard et de la jeune demoiselle : rien n'était plus aimable qu'elle ; mais la pâleur de son teint, la mélancolie qui paraissait sur son visage et les larmes qui lui couvraient les yeux de temps en temps marquaient assez sa peine.

Léandre était alors Lutin, il resta dans un coin pour connaître une partie de ceux qui étaient présents. Il vit le père et la mère de cette jolie fille, qui la grondaient tout bas de la mauvaise mine qu'elle faisait ; ensuite ils retournèrent à leur place. Lutin se mit derrière la mère, et s'approchant de son oreille, il lui dit :

« Puisque tu contrains ta fille de donner sa main à ce vieux magot, assure-toi qu'avant huit jours tu en seras punie par ta mort. »

Cette femme, effrayée d'entendre une voix et de n'apercevoir personne, et encore plus de la menace qui lui était faite, jeta un grand cri et tomba de son haut. Son mari lui demanda ce qu'elle avait. Elle s'écria qu'elle était morte si le mariage de sa fille s'achevait ; qu'elle ne le souffrirait pas pour tous les trésors du monde. Le mari voulut se moquer d'elle, il la traitait de visionnaire ; mais Lutin s'en approcha et lui dit :

« Vieil incrédule, si tu ne crois ta femme, il t'en coûtera la vie ; romps l'hymen de ta fille et la donne promptement à celui qu'elle aime. »

Ces paroles produisirent un effet admirable ; on congédia sur-le-champ le fiancé, on lui dit qu'on ne rompait que par des ordres d'en haut. Il en voulait douter et chicaner, car il était Normand ; mais Lutin lui fit un si terrible hou hou dans l'oreille qu'il en pensa devenir sourd ; et pour l'achever, il lui marcha si fort sur ses pieds goutteux qu'il les écrasa.

Ainsi on courut chercher l'amant du bois, qui continuait de se désespérer. Lutin l'attendait avec mille impatiences, et il n'y avait que sa jeune maîtresse qui pût en avoir davantage. L'amant et la maîtresse furent sur le point de mourir de joie ; le festin qui avait été préparé pour les noces du vieillard servit à celles de ces heureux amants ; et Lutin, se délutinant, parut tout d'un coup à la porte de la salle, comme un étranger qui était attiré par le bruit de la fête. Dès que le marié l'aperçut, il courut se jeter à ses pieds, le nommant de tous les noms que sa reconnaissance pouvait lui fournir. Il passa deux jours dans ce château, et s'il avait voulu il les aurait ruinés, car ils lui offrirent tout leur bien ; il ne quitta une si bonne compagnie qu'avec regret.

Il continua son voyage, et se rendit dans une grande ville où était une reine qui se faisait un plaisir de grossir sa cour des plus belles personnes de son royaume. Léandre en arrivant se fit faire le plus grand équipage que l'on eût jamais vu ; mais aussi il n'avait qu'à secouer sa rose, et l'argent ne manquait point. Il est aisé de juger qu'étant beau, jeune, spirituel, et surtout magnifique, la reine et toutes les princesses le reçurent avec mille témoignages d'estime et de considération.

Cette cour était des plus galantes ; n'y point aimer, c'était se donner un ridicule : il voulut suivre la coutume, et pensa qu'il se ferait un jeu de l'amour, et qu'en s'en allant il laisserait sa passion comme son train. Il jeta les yeux sur une des filles d'honneur de la reine, qu'on appelait la belle Blondine. C'était une personne fort accomplie, mais si froide et si sérieuse qu'il ne savait pas trop par où s'y prendre pour lui plaire.

Il lui donnait des fêtes enchantées, le bal et la comédie tous les soirs ; il lui faisait venir des raretés des quatre parties du monde, tout cela ne pouvait la toucher ; et plus elle lui paraissait indifférente, plus il s'obstinait à lui plaire : ce qui l'engageait davantage, c'est qu'il croyait qu'elle n'avait jamais rien aimé. Pour être plus certain, il lui prit envie d'éprouver sa rose ; il la mit en badinant sur la gorge de Blondine : en même temps, de fraîche et d'épanouie qu'elle était, elle devint sèche et fanée. Il n'en fallut pas davantage pour faire connaître à Léandre qu'il avait un rival aimé ; il le ressentit vivement, et, pour en être convaincu par ses yeux, il se souhaita le soir dans la chambre de Blondine. Il y vit entrer un musicien de la plus méchante mine qu'il est possible ; il lui hurla trois ou quatre couplets qu'il avait faits pour elle, dont les paroles et la musique étaient détestables ; mais elle s'en récréait comme de la plus belle chose qu'elle eût entendue de sa vie ; il faisait des grimaces de possédé, qu'elle louait, tant elle était folle de lui ; et enfin elle permit à ce crasseux de lui baiser la main pour sa peine. Lutin outré se jeta sur l'impertinent musicien, et le poussant rudement contre un balcon, il le jeta dans le jardin, où il se cassa ce qui lui restait de dents.

Si la foudre était tombée sur Blondine, elle n'aurait pas été plus surprise ; elle crut que c'était un esprit. Lutin sortit de la chambre sans se laisser voir, et sur-le-champ il retourna chez lui, où il écrivit à Blondine tous les reproches qu'elle méritait. Sans attendre sa réponse il partit, laissant son équipage à ses écuyers et à ses gentilshommes ; il récompensa le reste de ses gens. Il prit le fidèle Gris-de-lin et monta dessus, bien résolu de ne plus aimer après un tel tour.

Léandre s'éloigna d'une vitesse extrême. Il fut longtemps chagrin ; mais sa raison et l'absence le guérirent. Il se rendit dans une autre ville, où il apprit en arrivant qu'il y avait ce jour-là une grande cérémonie pour une fille qu'on allait mettre parmi les vestales, quoiqu'elle n'y voulût point entrer. Le prince en fut touché ; il semblait que son petit chapeau rouge ne lui devait servir que pour réparer les torts publics et pour consoler les affligés. Il courut au temple ; la jeune enfant était couronnée de fleurs, vêtue de blanc, couverte de ses cheveux ; deux de ses frères la conduisaient par la main, et sa mère la suivait avec une grosse troupe d'hommes et de femmes ; la plus ancienne des vestales attendait à la porte du temple. En même temps Lutin cria à tue-tête :

« Arrêtez, arrêtez, mauvais frères, mère inconsidérée, arrêtez, le ciel s'oppose à cette injuste cérémonie ! Si vous passez outre, vous serez écrasés comme des grenouilles. »

On regardait de tous côtés sans voir d'où venaient ces terribles menaces. Les frères dirent que c'était l'amant de leur sœur qui s'était caché au fond de quelque trou pour faire ainsi l'oracle ; mais Lutin en colère prit un long bâton et leur en donna cent coups. On voyait hausser et baisser le bâton sur leurs épaules, comme un marteau dont on aurait frappé l'enclume ; il n'y avait plus moyen de dire que les coups n'étaient pas réels. La frayeur saisit les vestales, elles s'enfuirent ; chacun en fit autant. Lutin resta avec la jeune victime. Il ôta promptement son petit chapeau, et lui demanda en quoi il pouvait la servir. Elle lui dit, avec plus de hardiesse qu'on n'en aurait attendu d'une fille de son âge, qu'il y avait un cavalier qui ne lui était pas indifférent, mais qu'il lui manquait du bien ; il leur secoua tant la rose de la fée Gentille qu'il leur laissa dix millions : ils se marièrent et vécurent très heureux.

La dernière aventure qu'il eut fut la plus agréable. En entrant dans une grande forêt, il entendit les cris plaintifs d'une jeune personne : il ne douta point qu'on ne lui fît quelque violence ; il regarda de tous côtés, et enfin il aperçut quatre hommes bien armés qui emmenaient une fille qui paraissait avoir treize ou quatorze ans. Il s'approcha au plus vite et leur cria :

« Que vous a fait cette enfant pour la traiter comme une esclave ?

— Ha ! ha ! mon petit seigneur, dit le plus apparent de la troupe, de quoi vous mêlez-vous ?

— Je vous ordonne, ajouta Léandre, de la laisser tout à l'heure.

— Oui, oui, nous n'y manquerons pas », s'écrièrent-ils en riant.

Le prince en colère se jette par terre et met le petit chapeau rouge, car il ne trouvait pas trop nécessaire d'attaquer lui seul quatre hommes qui étaient assez forts pour en battre douze.

Quand il eut son petit chapeau, bien fin qui l'aurait vu ; les voleurs dirent :

« Il a fui, ce n'est pas la peine de le chercher ; attrapons seulement son cheval. »

Il y en eut un qui resta avec la jeune fille pour la garder, pendant que les trois autres coururent après Gris-de-lin qui leur donnait bien de l'exercice : la petite fille continuait de crier et de se plaindre.

« Hélas ! ma belle princesse, disait-elle, que j'étais heureuse dans votre palais ! Comment pourrai-je vivre éloignée de vous ? Si vous saviez ma triste aventure, vous enverriez vos amazones après la pauvre Abricotine. »

Léandre l'écoutait et sans tarder il saisit le bras du voleur qui la retenait, et l'attacha contre un arbre, sans qu'il eût le temps ni la force de se défendre, car il ne voyait pas même celui qui le liait. Aux cris qu'il fit, il y eut un de ses camarades qui vint tout essoufflé et lui demanda qui l'avait attaché.

« Je n'en sais rien, dit-il, je n'ai vu personne.

— C'est pour t'excuser, dit l'autre ; mais je sais depuis longtemps que tu n'es qu'un poltron, je vais te traiter comme tu le mérites. »

Il lui donna une vingtaine de coups d'étrivière.

Lutin se divertissait fort à le voir crier ; puis, s'approchant du second voleur, il lui prit les bras et l'attacha vis-à-vis de son camarade. Il ne manqua pas alors de lui dire :

« Hé bien ! brave homme, qui vient donc de te garrotter ? N'es-tu pas un grand poltron de l'avoir souffert ? »

L'autre ne disait mot, et baissait la tête de honte, ne pouvant imaginer par quel moyen il avait été attaché sans avoir vu personne.

Cependant Abricotine profita de ce moment pour fuir, sans savoir même où elle allait. Léandre, ne la voyant plus, appela trois fois Gris-de-lin, qui, se sentant pressé d'aller trouver son maître, se défit en deux coups de pieds des deux voleurs qui l'avaient poursuivi ; il cassa la tête de l'un, et trois côtes de l'autre. Il n'était plus question que de rejoindre Abricotine, car elle avait paru fort jolie à Lutin ; il souhaita d'être où était cette jeune fille. En même temps il y fut ; il la trouva si lasse, si lasse, qu'elle s'appuyait contre les arbres, ne pouvant se soutenir. Lorsqu'elle aperçut Gris-de-lin, qui venait si gaillardement, elle s'écria :

« Bon, bon, voici un joli cheval qui reportera Abricotine au palais des plaisirs. »

Lutin l'entendait bien, mais elle ne le voyait pas. Il s'approche, Gris-de-lin s'arrête, elle se jette dessus ; Lutin la serre entre ses bras, et la met doucement devant lui. Ô qu'Abricotine eut de peur de sentir quelqu'un et de ne voir personne ! Elle n'osait remuer, elle fermait les yeux de crainte d'apercevoir un esprit ; elle ne disait pas un pauvre petit mot. Le prince, qui avait toujours dans ses poches les meilleures dragées du monde, lui en voulut mettre dans la bouche, mais elle serrait les dents et les lèvres.

Enfin il ôta son petit chapeau, et lui dit :

« Comment, Abricotine, vous êtes bien timide de me craindre si fort : c'est moi qui vous ai tirée de la main des voleurs. »

Elle ouvrit les yeux et le reconnut.

« Ah ! seigneur, dit-elle, je vous dois tout ! Il est vrai que j'avais grande peur d'être avec un invisible.

— Je ne suis point invisible, répliqua-t-il, mais apparemment que vous aviez mal aux yeux, et que cela vous empêchait de me voir. »

Abricotine le crut, quoique d'ailleurs elle eût beaucoup d'esprit. Après avoir parlé quelque temps de choses indifférentes, Léandre la pria de lui apprendre son âge, son pays, et par quel hasard elle était tombée entre les mains des voleurs.

« Je vous ai trop d'obligation, dit-elle, pour refuser de satisfaire votre curiosité ; mais, seigneur, je vous supplie de songer moins à m'écouter qu'à avancer notre voyage.

« Une fée dont le savoir n'a rien d'égal s'entêta si fort d'un certain prince, qu'encore qu'elle fût la première fée qui eût eu la faiblesse d'aimer, elle ne laissa pas de l'épouser en dépit de toutes les autres, qui lui représentaient sans cesse le tort qu'elle faisait à l'ordre de féerie : elles ne voulurent plus qu'elle demeurât avec elles, et tout ce qu'elle put faire, ce fut de se bâtir un grand palais proche de leur royaume. Mais le prince qu'elle avait épousé se lassa d'elle : il était au désespoir de ce qu'elle devinait tout ce qu'il faisait. Dès qu'il avait le moindre penchant pour une autre, elle lui faisait le sabbat, et rendait laide à faire peur la plus jolie personne du monde.

« Ce prince, se trouvant gêné par l'excès d'une tendresse si incommode, partit un beau matin sur des chevaux de poste, et s'en alla bien loin, bien loin, se fourrer dans un grand trou au fond d'une montagne, afin qu'elle ne pût le trouver. Cela ne réussit pas ; elle le suivit, et lui dit qu'elle était grosse, qu'elle le conjurait de revenir à son palais, qu'elle lui donnerait de l'argent, des chevaux, des chiens, des armes ; qu'elle ferait faire un manège, un jeu de paume et un mail pour le divertir. Tout cela ne put le persuader ; il était naturellement opiniâtre et libertin. Il lui dit cent duretés ; il l'appela vieille fée et loup-garou.

« Tu es bien heureux, lui dit-elle, que je sois plus sage que tu n'es fou : car je ferais de toi, si je voulais, un chat criant éternellement sur les gouttières, ou un vilain crapaud barbotant dans la boue, ou une citrouille, ou une chouette ; mais le plus grand mal que je puisse te faire, c'est de t'abandonner à ton extravagance. Reste dans ton trou, dans ta caverne obscure avec les ours, appelle les bergères du voisinage ; tu connaîtras avec le temps la différence qu'il y a entre des gredines et des paysannes, ou une fée comme moi, qui peut se rendre aussi charmante qu'elle le veut.

« Elle entra aussitôt dans son carrosse volant, et s'en alla plus vite qu'un oiseau. Dès qu'elle fut de retour, elle transporta son palais, elle en chassa les gardes et les officiers : elle prit des femmes de race d'amazones ; elle les envoya autour de son île pour y faire une garde exacte, afin qu'aucun homme n'y pût entrer. Elle nomma ce lieu l'île des Plaisirs tranquilles ; elle disait toujours qu'on n'en pouvait avoir de véritables quand on faisait quelque société avec les hommes : elle éleva sa fille dans cette opinion. Il n'a jamais été une plus belle personne : c'est la princesse que je sers ; et comme les plaisirs règnent avec elle, on ne vieillit point dans son palais : telle que vous me voyez, j'ai plus de deux cents ans. Quand ma maîtresse fut grande, sa mère la fée lui laissa son île ; elle lui donna des leçons excellentes pour vivre heureuse : elle retourna dans le royaume de féerie, et la princesse des Plaisirs tranquilles gouverne son état d'une manière admirable.

« Il ne me souvient pas, depuis que je suis au monde, d'avoir vu d'autres hommes que les voleurs qui m'avaient enlevée, et vous, seigneur. Ces gens-là m'ont dit qu'ils étaient envoyés par un certain laid et malbâti, appelé Furibon, qui aime ma maîtresse, et n'a jamais vu que son portrait. Ils rôdaient autour de l'île sans oser y mettre le pied : nos amazones sont trop vigilantes pour laisser entrer personne mais, comme j'ai soin des oiseaux de la princesse, je laissai envoler son beau perroquet, et dans la crainte d'être grondée, je sortis imprudemment de l'île pour l'aller chercher ; ils m'attrapèrent et m'auraient emmenée avec eux sans votre secours.

— Si vous êtes sensible à la reconnaissance, dit Léandre, ne puis-je pas espérer, belle Abricotine, que vous me ferez entrer dans l'île des Plaisirs tranquilles, et que je verrai cette merveilleuse princesse qui ne vieillit point ?

— Ah ! seigneur, lui dit-elle, nous serions perdus, vous et moi, si nous faisions une telle entreprise ! Il vous doit être aisé de vous passer d'un bien que vous ne connaissez point ; vous n'avez jamais été dans ce palais, figurez-vous qu'il n'y en a point.

— Il n'est pas si facile que vous le pensez, répliqua le prince, d'ôter de sa mémoire les choses qui s'y placent agréablement ; et je ne conviens pas avec vous que ce soit un moyen bien sûr pour avoir des plaisirs tranquilles, d'en bannir absolument notre sexe.

— Seigneur, répondit-elle, il ne m'appartient pas de décider là-dessus ; je vous avoue même que si tous les hommes vous ressemblaient, je serais bien d'avis que la princesse fît d'autres lois ; mais puisque n'en ayant jamais vu que cinq, j'en ai trouvé quatre si méchants, je conclus que le nombre des mauvais est supérieur à celui des bons, et qu'il vaut mieux les bannir tous. »

En parlant ainsi ils arrivèrent au bord d'une grosse rivière. Abricotine sauta légèrement à terre.

« Adieu, seigneur, dit-elle au prince en lui faisant une profonde révérence ; je vous souhaite tant de bonheur que toute la terre soit pour vous l'île des Plaisirs : retirez-vous promptement, crainte que nos amazones ne vous aperçoivent.

— Et moi, dit-il, belle Abricotine, je vous souhaite un cœur sensible, afin d'avoir quelquefois part dans votre souvenir. »

En même temps il s'éloigna et fut dans le plus épais d'un bois qu'il voyait proche de la rivière ; il ôta la selle et la bride à Gris-de-lin, pour qu'il pût se promener et paître l'herbe : il mit le petit chapeau rouge, et se souhaita dans l'île des Plaisirs tranquilles. Son souhait s'accomplit sur-le-champ, il se trouva dans le lieu du monde le plus beau et le moins commun.

Le palais était d'or pur ; il s'élevait dessus des figures de cristal et de pierreries, qui représentaient le zodiaque et toutes les merveilles de la nature, les sciences et les arts, les éléments, la mer et les poissons, la terre et les animaux, les chasses de Diane avec ses nymphes, les nobles exercices des amazones, les amusements de la vie champêtre, les troupeaux des bergères et leurs chiens, les soins de la vie rustique, l'agriculture, les moissons, les jardins, les fleurs, les abeilles ; et parmi tant de différentes choses, il n'y paraissait ni hommes, ni garçons, pas un pauvre petit amour. La fée avait été trop en colère contre son léger époux pour faire grâce à son sexe infidèle.

« Abricotine ne m'a point trompé, dit le prince en lui-même ; l'on a banni de ces lieux jusqu'à l'idée des hommes : voyons donc s'ils y perdent beaucoup. »

Il entra dans le palais, et rencontrait à chaque pas des choses si merveilleuses que, lorsqu'il y avait une fois jeté les yeux, il se faisait une violence extrême pour les en retirer. L'or et les diamants étaient bien moins rares par leurs qualités que par la manière dont ils étaient employés. Il voyait de tous côtés des jeunes personnes d'un air doux, innocent, riantes et belles comme le beau jour. Il traversa un grand nombre de vastes appartements : les uns étaient remplis de ces beaux morceaux de la Chine dont l'odeur, jointe à la bizarrerie des couleurs et des figures, plaisent infiniment ; d'autres étaient de porcelaines si fines que l'on voyait le jour au travers des murailles qui en étaient faites ; d'autres étaient de cristal de roche gravé : il y en avait d'ambre et de corail, de lapis, d'agate, de cornaline et celui de la princesse était tout entier de grandes glaces de miroirs : car on ne pouvait trop multiplier un objet si charmant.

Son trône était fait d'une seule perle creusée en coquille où elle s'asseyait fort commodément ; il était environné de girandoles garnies de rubis et de diamants, mais c'était moins que rien auprès de l'incomparable beauté de la princesse. Son air enfantin avait toutes les grâces des plus jeunes personnes, avec toutes les manières de celles qui sont déjà formées. Rien n'était égal à la douceur et à la vivacité de ses yeux : il était impossible de lui trouver un défaut. Elle souriait gracieusement à ses filles d'honneur, qui s'étaient ce jour-là vêtues en nymphes pour la divertir.

Comme elle ne voyait point Abricotine, elle leur demanda où elle était. Les nymphes répondirent qu'elles l'avaient cherchée inutilement, qu'elle ne paraissait point. Lutin, mourant d'envie de causer, prit un petit ton de voix de perroquet (car il y en avait plusieurs dans la chambre), et dit :

« Charmante princesse, Abricotine reviendra bientôt ; elle courait grand risque d'être enlevée, sans un jeune prince qu'elle a trouvé. »

La princesse demeura surprise de ce que lui disait le perroquet, car il avait répondu très juste.

« Vous êtes bien joli, petit perroquet, lui dit-elle, mais vous avez l'air de vous tromper, et quand Abricotine sera venue, elle vous fouettera.

— Je ne serai point fouetté, répondit Lutin, contrefaisant toujours le perroquet ; elle vous contera l'envie qu'avait cet étranger de pouvoir venir dans ce palais pour détruire dans votre esprit les fausses idées que vous avez prises contre son sexe.

— En vérité, perroquet, s'écria la princesse, c'est dommage que vous ne soyez pas tous les jours aussi aimable, je vous aimerais chèrement.

— Ah ! s'il ne faut que causer pour plaire, répliqua Lutin, je ne cesserai pas un moment de parler.

— Mais, continua la princesse, ne jureriez-vous pas que perroquet est sorcier ?

— Il est bien plus amoureux que sorcier », dit-il.

Dans ce moment Abricotine entra, et vint se jeter aux pieds de sa belle maîtresse : elle lui apprit son aventure, et lui fit le portrait du prince avec des couleurs fort vives et fort avantageuses.

« J'aurais haï tous les hommes, ajouta-t-elle, si je n'avais pas vu celui-là. Ah ! madame, qu'il est charmant ! Son air et toutes ses manières ont quelque chose de noble et spirituel ; et comme tout ce qu'il dit plaît infiniment, je crois que j'ai bien fait de ne le pas emmener. »

La princesse ne répliqua rien là-dessus, mais elle continua de questionner Abricotine sur le prince : si elle ne savait point son nom, son pays, sa naissance, d'où il venait, où il allait ; et ensuite elle tomba dans une profonde rêverie.

Lutin examinait tout, et continuant de parler comme il avait commencé :

« Abricotine est une ingrate, madame, dit-il ; ce pauvre étranger mourra de chagrin s'il ne vous voit pas.

— Hé bien, perroquet, qu'il en meure, répondit la princesse en soupirant ; et puisque tu te mêles de raisonner en personne d'esprit, et non pas en petit oiseau, je te défends de me parler jamais de cet inconnu. »

Léandre était ravi de voir que le récit d'Abricotine et celui du perroquet avaient fait tant d'impression sur la princesse ; il la regardait avec un plaisir qui lui fit oublier ses serments de n'aimer de sa vie : il n'y avait aussi aucune comparaison à faire entre elle et la coquette Blondine.

« Est-ce possible, disait-il en lui-même, que ce chef-d'œuvre de la nature, que ce miracle de nos jours demeure éternellement dans une île, sans qu'aucun mortel ose en approcher ! Mais, continuait-il, de quoi m'importe que tous les autres en soient bannis, puisque j'ai le bonheur d'y être, que je la vois, que je l'entends, que je l'admire, et que je l'aime déjà éperdument ! »

Il était tard, la princesse passa dans un salon de marbre et de porphyre, où plusieurs fontaines jaillissantes entretenaient une agréable fraîcheur. Dès qu'elle fut entrée, la symphonie commença, et l'on servit un souper somptueux. Il y avait dans les côtés de la salle de longues volières remplies d'oiseaux rares dont Abricotine prenait soin.

Léandre avait appris dans ses voyages la manière de chanter comme eux, il en contrefit même qui n'y étaient pas. La princesse écoute, regarde, s'émerveille, sort de table et s'approche. Lutin gazouille la moitié plus fort et plus haut ; et prenant la voix d'un serin de Canarie, il dit ces paroles, où il fit un air impromptu :

Les plus beaux jours de la vie
S'écoulent sans agrément ;
Si l'amour n'est de la partie,
On les passe tristement :
Aimez, aimez tendrement,
Tout ici vous y convie ;
Faites le choix d'un amant,
L'amour même vous en prie.

La princesse, encore plus surprise, fit venir Abricotine, et lui demanda si elle avait appris à chanter à quelqu'un de ses serins. Elle lui dit que non, mais qu'elle croyait que les serins pouvaient bien avoir autant d'esprit que les perroquets. La princesse sourit, et s'imagina qu'Abricotine avait donné des leçons à la gent volatile ; elle se remit à table pour achever son souper.

Léandre avait assez fait de chemin pour avoir bon appétit ; il s'approcha de ce grand repas, dont la seule odeur réjouissait. La princesse avait un chat bleu fort à la mode, qu'elle aimait beaucoup ; une de ses filles d'honneur le tenait entre ses bras elle lui dit :

« Madame, je vous avertis que Bluet a faim. »

On le mit à table avec une petite assiette d'or, et dessus une serviette à dentelle bien pliée : il avait un grelot d'or avec un collier de perles, et, d'un air de raminagrobis, il commença à manger.

« Ho, ho, dit Lutin en lui-même, un gros matou bleu, qui n'a peut-être jamais pris de souris, et qui n'est pas assurément de meilleure maison que moi, a l'honneur de manger avec ma belle princesse ! Je voudrais bien savoir s'il l'aime autant que je le fais, et s'il est juste que je n'avale que de la fumée quand il croque de bons morceaux. »

Il ôta tout doucement le chat bleu, il s'assit dans le fauteuil et le mit sur lui. Personne ne voyait Lutin : comment l'aurait-on vu ? il avait le petit chapeau rouge. La princesse mettait perdreaux, cailleteaux, faisandeaux, sur l'assiette d'or de Bluet ; perdreaux, cailleteaux, faisandeaux, disparaissaient en un moment ; toute la cour disait :

« jamais chat bleu n'a mangé d'un plus grand appétit. » Il y avait des ragoûts excellents ; Lutin prenait une fourchette, et, tenant la patte du chat, il tâtait aux ragoûts : il la tirait quelquefois un peu trop fort ; Bluet n'entendait point raillerie, il miaulait et voulait égratigner comme un chat désespéré ; la princesse disait : « Que l'on approche cette tourte ou cette fricassée au pauvre Bluet voyez comme il crie pour en avoir ; » Léandre riait tout bas d'une si plaisante aventure, mais il avait grande soif, n'étant point accoutumé à faire de si longs repas sans boire ; il attrapa un gros melon avec la patte du chat, qui le désaltéra un peu ; et le souper étant presque fini, il courut au buffet et prit deux bouteilles d'un nectar délicieux.

La princesse entra dans son cabinet ; elle dit à Abricotine de la suivre et de fermer la porte. Lutin marchait sur ses pas, et se trouva en tiers sans être aperçu. La princesse dit à sa confidente :

« Avoue-moi que tu as exagéré en me faisant le portrait de cet inconnu ; il n'est pas, ce me semble, possible qu'il soit si aimable.

— Je vous proteste, madame, répliqua-t-elle, que, si j'ai manqué en quelque chose, c'est à n'en avoir pas dit assez. »

La princesse soupira et se tut pour un moment ; puis, reprenant la parole :

« Je te sais bon gré, dit-elle, de lui avoir refusé de l'amener avec toi.

— Mais, madame, répondit Abricotine (qui était une franche finette, et qui pénétrait déjà les pensées de sa maîtresse), quand il serait venu admirer les merveilles de ces beaux lieux, quel mal vous en pouvait-il arriver ? Voulez-vous être éternellement inconnue dans un coin du monde, cachée au reste des mortels ? De quoi vous sert tant de grandeur, de pompe, de magnificence, si elle n'est vue de personne ?

— Tais-toi, tais-toi, petite causeuse, dit la princesse, ne trouble point l'heureux repos dont je jouis depuis six cents ans. Penses-tu que, si je menais une vie inquiète et turbulente, j'eusse vécu un si grand nombre d'années ? Il n'y a que les plaisirs innocents et tranquilles qui puissent produire de tels effets. N'avons-nous pas lu dans les plus belles histoires les révolutions des plus grands états, les coups imprévus d'une fortune inconstante, les désordres inouïs de l'amour, les peines de l'absence ou de la jalousie ? Qu'est-ce qui produit toutes ces alarmes et toutes ces afflictions ? le seul commerce que les humains ont les uns avec les autres. Je suis, grâce aux soins de ma mère, exempte de toutes ces traverses ; je ne connais ni les amertumes du cœur, ni les désirs inutiles, ni l'envie, ni l'amour, ni la haine. Ah ! vivons, vivons toujours avec la même indifférence ! »

Abricotine n'osa répondre ; la princesse attendit quelque temps, puis elle lui demanda si elle n'avait rien à dire. Elle répliqua qu'elle pensait qu'il était donc bien inutile d'avoir envoyé son portrait dans plusieurs cours, où il ne servirait qu'à faire des misérables ; que chacun aurait envie de l'avoir, et que, n'y pouvant réussir, ils se désespéreraient.

« Je t'avoue, malgré cela, dit la princesse, que je voudrais que mon portrait tombât entre les mains de cet étranger dont tu ne sais pas le nom.

— Hé ! madame, répondit-elle, n'a-t-il pas déjà un désir assez violent de vous voir ? Voudriez-vous l'augmenter ?

— Oui, s'écria la princesse, un certain mouvement de vanité qui m'avait été inconnu jusqu'à présent m'en fait naître l'envie. »

Lutin écoutait tout sans perdre un mot ; il y en avait plusieurs qui lui donnaient de flatteuses espérances, et quelques autres les détruisaient absolument.

Il était tard, la princesse entra dans sa chambre pour se coucher. Lutin aurait bien voulu la suivre à sa toilette ; mais, encore qu'il le pût, le respect qu'il avait pour elle l'en empêcha ; il lui semblait qu'il ne devait prendre que les libertés qu'elle aurait bien voulu lui accorder ; et sa passion était si délicate et si ingénieuse qu'il se tourmentait sur les plus petites choses.

Il entra dans un cabinet proche de la chambre de la princesse, pour avoir au moins le plaisir de l'entendre parler. Elle demandait dans ce moment à Abricotine si elle n'avait rien vu d'extraordinaire dans son petit voyage.

« Madame, lui dit-elle, j'ai passé par une forêt où j'ai vu des animaux qui ressemblaient à des enfants ; ils sautent et dansent sur les arbres comme des écureuils ; ils sont fort laids, mais leur adresse est sans pareille.

— Ah ! que j'en voudrais avoir ! dit la princesse ; s'ils étaient moins légers, on en pourrait attraper. »

Lutin, qui avait passé par cette forêt, se douta bien que c'étaient des singes. Aussitôt il s'y souhaita ; il en prit une douzaine, de gros, de petits, et de plusieurs couleurs différentes ; il les mit avec bien de la peine dans un grand sac, puis se souhaita à Paris, où il avait entendu dire que l'on trouvait tout ce qu'on voulait pour de l'argent. Il fut acheter chez Dautel, qui est un curieux, un petit carrosse tout d'or, où il fit atteler six singes verts, avec de petits harnais de maroquin couleur de feu garnis d'or ; il alla ensuite chez Brioché, fameux joueur de marionnettes, il y trouva deux singes de mérite : le plus spirituel s'appelait Briscambille, et l'autre Perceforêt, qui étaient très galants et bien élevés : il habilla Briscambille en roi, et le mit dans le carrosse ; Perceforêt servait de cocher, les autres singes étaient vêtus en pages ; jamais rien n'a été plus gracieux. Il mit le carrosse et les singes bottés dans le même sac ; et, comme la princesse n'était pas encore couchée, elle entendit dans sa galerie le bruit du petit carrosse, et ses nymphes vinrent lui conter l'arrivée du roi des Nains. En même temps le carrosse entra dans sa chambre avec le cortège singenois ; et les singes de campagne ne laissaient pas de faire des tours de passe-passe, qui valaient bien ceux de Briscambille et de Perceforêt. Pour dire la vérité, Lutin conduisait toute la machine : il tira le magot du petit carrosse d'or, lequel tenait une boîte couverte de diamants, qu'il présenta de fort bonne grâce à la princesse. Elle l'ouvrit promptement, et trouva dedans un billet, où elle lut ces vers :

Que de beautés ! que d'agréments !
Palais délicieux, que vous êtes charmant !
Mais vous ne l'êtes pas encore
Autant que celle que j'adore.

Bienheureuse tranquillité
Qui régnez dans ce lieu champêtre,
Je perds chez vous ma liberté,
Sans oser en parler ni me faire connaître !

Il est aisé de juger de sa surprise : Briscambille fit signe à Perceforêt de venir danser avec lui. Tous les fagotins si renommés n'approchent en rien de l'habileté de ceux-ci. Mais la princesse, inquiète de ne pouvoir deviner d'où venaient ces vers, congédia les baladins plus tôt qu'elle n'aurait fait, quoiqu'ils la divertissent infiniment, et qu'elle eût fait d'abord des éclats de rire à s'en trouver mal. Enfin elle s'abandonna tout entière à ses réflexions, sans quelle pût démêler un mystère si caché.

Léandre, content de l'attention avec laquelle ses vers avaient été lus, et du plaisir que la princesse avait pris à voir les singes, ne songea qu'à prendre un peu de repos, car il en avait un grand besoin ; mais il craignait de choisir un appartement occupé par quelqu'une des nymphes de la princesse. Il demeura quelque temps dans la grande galerie du palais, ensuite il descendit. Il trouva une porte ouverte ; il entra sans bruit dans un appartement bas, le plus beau et le plus agréable que l'on ait jamais vu : il y avait un lit de gaze or et vert, relevé en festons avec des cordons de perles et des glands de rubis et d'émeraudes. Il faisait déjà assez de jour pour pouvoir admirer l'extraordinaire magnificence de ce meuble. Après avoir bien fermé la porte, il s'endormit ; mais le souvenir de sa belle princesse le réveilla plusieurs fois, et il ne put s'empêcher de pousser d'amoureux soupirs vers elle.

Il se leva de si bonne heure qu'il eut le temps de s'impatienter jusqu'au moment qu'il pouvait la voir ; et, regardant de tous côtés, il aperçut une toile préparée et des couleurs ; il se souvint en même temps de ce que sa princesse avait dit à Abricotine sur son portrait ; et, sans perdre un moment (car il peignait mieux que les plus excellents maîtres), il s'assit devant un grand miroir, et fit son portrait ; il peignit dans un ovale celui de la princesse, l'ayant si vivement dans son imagination qu'il n'avait pas besoin de la voir pour cette première ébauche ; il perfectionna ensuite l'ouvrage sur elle sans qu'elle s'en aperçût. Et, comme c'était l'envie de lui plaire qui le faisait travailler, jamais portrait n'a été mieux fini ; il s'était peint un genou en terre, soutenant le portrait de la princesse d'une main, et de l'autre un rouleau où il y avait écrit :

Elle est mieux dans mon cœur.

Lorsqu'elle entra dans son cabinet, elle fut étonnée d'y voir le portrait d'un homme ; elle y attacha ses yeux avec une surprise d'autant plus grande qu'elle y reconnut aussi le sien, et que les paroles qui étaient écrites sur le rouleau lui donnaient une ample matière de curiosité et de rêverie : elle était seule dans ce moment, elle ne pouvait que juger d'une aventure si extraordinaire ; mais elle se persuadait que c'était Abricotine qui lui avait fait cette galanterie : il ne lui restait qu'à savoir si le portrait de ce cavalier était l'effet de son imagination, ou s'il avait un original ; elle se leva brusquement, et courut appeler Abricotine. Lutin était déjà avec le petit chapeau rouge dans le cabinet, fort curieux d'entendre ce qui s'allait passer.

La princesse dit à Abricotine de jeter les yeux sur cette peinture, et de lui en dire son sentiment. Dès qu'elle l'eut regardée, elle s'écria :

« Je vous proteste, madame, que c'est le portrait de ce généreux étranger auquel je dois la vie. Oui, c'est lui, je n'en puis douter ; voilà ses traits, sa taille, ses cheveux, et son air.

— Tu feins d'être surprise, dit la princesse en souriant, mais c'est toi qui l'as mis ici.

— Moi, madame ! reprit Abricotine, je vous jure que je n'ai vu de ma vie ce tableau ; serais-je assez hardie pour vous cacher une chose qui vous intéresse ? Et par quel miracle serait-il entre mes mains ? Je ne sais point peindre, il n'a jamais entré d'homme dans ces lieux ; le voilà cependant peint avec vous.

— Je suis saisie de peur, dit la princesse ; il faut que quelque démon l'ait apporté.

— Madame, dit Abricotine, ne serait-ce point l'amour ? Si vous le croyez comme moi, j'ose vous donner un conseil : brûlons-le tout à l'heure.

— Quel dommage, dit la princesse en soupirant ; il me semble que mon cabinet ne peut être mieux orné que par ce tableau. »

Elle le regardait en disant ces mots. Mais Abricotine s'opiniâtre à soutenir qu'elle devait brûler une chose qui ne pouvait être venue là que pas un pouvoir magique.

« Et ces paroles : Elle est mieux dans mon cœur, dit la princesse, les brûlerons-nous aussi ?

— Il ne faut faire grâce à rien, répondit Abricotine, pas même à votre portrait. »

Elle courut sur-le-champ quérir du feu. La princesse s'approcha d'une fenêtre, ne pouvant plus regarder un portrait qui faisait tant d'impression sur son cœur ; mais Lutin ne voulant pas souffrir qu'on le brûlât, profita de ce moment pour le prendre et pour se sauver sans qu'elle s'en aperçût. Il était à peine sorti de son cabinet qu'elle se tourna pour voir encore ce portrait enchanteur qui lui plaisait si fort. Quelle fut sa surprise de ne le trouver plus ? Elle cherche de tous côtés. Abricotine rentre ; elle lui demande si c'est elle qui vient de l'ôter. Elle l'assure que non ; et cette dernière aventure achève de les effrayer.

Aussitôt il cacha le portrait et revint sur ses pas ; il avait un extrême plaisir d'entendre et de voir si souvent sa belle princesse ; il mangeait tous les jours à sa table avec chat bleu qui n'en faisait pas meilleure chère : cependant il manquait beaucoup à la satisfaction de Lutin, puisqu'il n'osait ni parler, ni se faire voir ; et il est rare qu'un invisible se fasse aimer.

La princesse avait un goût universel pour les belles choses dans la situation où était son cœur, elle avait besoin d'amusement. Comme elle était un jour avec toutes ses nymphes, elle leur dit qu'elle aurait un grand plaisir de savoir comment les dames étaient vêtues dans les différentes cours de l'univers, afin de s'habiller de la manière la plus galante. Il n'en fallut pas davantage pour déterminer Lutin à courir l'univers : il enfonce son petit chapeau rouge, et se souhaite en Chine ; il achète là les plus belles étoffes, et prend un modèle d'habits ; il vole à Siam où il en use de même ; il parcourt toutes les quatre parties du monde en trois jours : à mesure qu'il était chargé, il venait au palais des Plaisirs tranquilles cacher dans une chambre tout ce qu'il apportait. Quand il eut ainsi rassemblé un nombre de raretés infinies (car l'argent ne lui coûtait rien, et sa rose en fournissait sans cesse), il fut acheter cinq ou six douzaines de poupées qu'il fit habiller à Paris ; c'est l'endroit du monde où les modes ont le plus de cours. Il y en avait de toutes les manières, et d'une magnificence sans pareille. Lutin les arrangea dans le cabinet de la princesse.

Lorsqu'elle y entra, l'on n'a jamais été plus agréablement surpris : chacune tenait un présent, soit montres, bracelets, boutons de diamants, colliers ; la plus apparente avait une boîte de portrait. La princesse l'ouvrit, et trouva celui de Léandre ; l'idée qu'elle conservait du premier lui fit reconnaître le second. Elle fit un grand cri ; puis, regardant Abricotine, elle lui dit :

« Je ne sais que comprendre à tout ce qui se passe depuis quelque temps dans ce palais : mes oiseaux y sont pleins d'esprit ; il semble que je n'aie qu'à former des souhaits pour être obéie : je vois deux fois le portrait de celui qui t'a sauvé de la main des voleurs ; voilà des étoffes, des diamants, des broderies, des dentelles et des raretés infinies. Quelle est donc la fée, quel est donc le démon qui prend soin de me rendre de si agréables services ? »

Léandre, l'entendant parler, écrivit ces mots sur ses tablettes et les jeta aux pieds de la princesse :

Non je ne suis démon ni fée,
Je suis un amant malheureux
Qui n'ose paraître à vos yeux :
Plaignez du moins ma destinée
LE PRINCE LUTIN.

Les tablettes étaient si brillantes d'or et de pierreries qu'aussitôt elle les aperçut ; elle les ouvrit et lut ce que Lutin avait écrit, avec le dernier étonnement.

« Cet invisible est donc un monstre, disait-elle, puisqu'il n'ose se montrer. Mais, s'il était vrai qu'il eût quelque attachement pour moi, il n'aurait guère de délicatesse de me présenter un portrait si touchant ; il faut qu'il ne m'aime point, d'exposer mon cœur à cette épreuve, ou qu'il ait bonne opinion de lui-même, de se croire encore plus aimable.

— J'ai entendu dire, madame, répliqua Abricotine, que les lutins sont composés d'air et de feu ; qu'ils n'ont point de corps, et que c'est seulement leur esprit et leur volonté qui agit.

— J'en suis très aise, répliqua la princesse ; un tel amant ne peut guère troubler le repos de ma vie. »

Léandre était ravi de l'entendre et de la voir si occupée de son portrait : il se souvint qu'il y avait dans une grotte où elle allait souvent un piédestal sur lequel on devait poser une Diane qui n'était pas encore finie ; il s'y plaça avec un habit extraordinaire, couronné de lauriers, et tenant une lyre à la main, dont il jouait mieux qu'Apollon. Il attendait impatiemment que sa princesse s'y rendît, comme elle faisait tous les jours. C'était le lieu où elle venait rêver à l'inconnu. Ce que lui en avait dit Abricotine, joint au plaisir qu'elle avait à regarder le portrait de Léandre, ne lui laissait plus guère de repos. Elle aimait la solitude, et son humeur enjouée avait si fort changé que ses nymphes ne la reconnaissaient plus.

Lorsqu'elle entra dans la grotte, elle fit signe qu'on ne la suivît pas ; ses nymphes s'éloignèrent chacune dans des allées séparées. Elle se jeta sur un lit de gazon ; elle soupira, elle répandit quelques larmes ; elle parla même, mais c'était si bas que Lutin ne put l'entendre : il avait mis le petit chapeau rouge pour qu'elle ne le vît pas d'abord ; ensuite il l'ôta, elle l'aperçut avec une surprise extrême ; elle s'imagina que c'était une statue, car il affectait de ne point sortir de l'attitude qu'il avait choisie ; elle le regardait avec une joie mêlée de crainte. Cette vision si peu attendue l'étonnait ; mais au fond le plaisir chassait la peur, et elle s'accoutumait à voir une figure si approchante du naturel, lorsque le prince, accordant sa lyre à sa voix, chanta ces paroles :

Que ce séjour est dangereux !
Le plus indifférent y deviendrait sensible.
En vain j'ai prétendu n'être plus amoureux,
J'en perds ici l'espoir : la chose est impossible !

Pourquoi dit-on que ce palais
Est le lieu des plaisirs tranquilles ?
J'y perds ma liberté sitôt que j'y parais,
Et, pour m'en garantir, mes soins sont inutiles,

Je cède à mon ardent amour,
Et voudrais être ici jusqu'à mon dernier jour.

Quelque charmante que fût la voix de Léandre, la princesse ne put résister à la frayeur qui la saisit ; elle pâlit tout d'un coup et tomba évanouie. Lutin, alarmé, sauta du piédestal à terre, et remit son petit chapeau rouge pour n'être vu de personne. Il prit la princesse entre ses bras, il la secourut avec un zèle et une ardeur sans pareils. Elle ouvrit ses beaux yeux, elle regarda de tous côtés comme pour le chercher, elle n'aperçut personne ; mais elle sentit quelqu'un auprès d'elle qui lui prenait les mains, qui les baisait, qui les mouillait de larmes. Elle fut longtemps sans oser parler, son esprit agité flottait entre la crainte et l'espérance ; elle craignait Lutin, mais elle l'aimait quand il prenait la figure de l'inconnu. Enfin elle s'écria :

« Lutin, galant Lutin, que n'êtes-vous celui que je souhaite ! »

À ces mots, Lutin allait se déclarer, mais il n'osa encore le faire.

« Si j'effraye l'objet que j'adore, disait-il, si elle me craint, elle ne voudra point m'aimer. »

Ces considérations le firent taire, et l'obligèrent de se retirer dans un coin de la grotte.

La princesse, croyant être seule, appela Abricotine et lui conta les merveilles de la statue animée ; que sa voix était céleste, et que, dans son évanouissement, Lutin l'avait fort bien secourue.

« Quel dommage, disait-elle, que ce Lutin soit difforme et affreux ! car se peut-il des manières plus gracieuses et plus aimables que les siennes ?

— Et qui vous a dit, madame, répliqua Abricotine, qu'il soit tel que vous vous le figurez ? Psyché ne croyait-elle pas que l'amour était un serpent ? Votre aventure a quelque chose de semblable à la sienne, vous n'êtes pas moins belle. Si c'était Cupidon qui vous aimât, ne l'aimeriez-vous point ?

— Si Cupidon et l'inconnu sont la même chose, dit la princesse en rougissant, hélas ! je veux bien aimer Cupidon ! Mais que je suis éloignée d'un pareil bonheur ! je m'attache à une chimère, et ce portrait fatal de l'inconnu, joint à ce que tu m'en as dit, me jettent dans des dispositions si opposées aux préceptes que j'ai reçus de ma mère que je ne peux trop craindre d'en être punie.

— Hé ! madame, dit Abricotine en l'interrompant, n'avez-vous pas déjà assez de peines ? pourquoi prévoir des malheurs qui n'arriveront jamais ? »

Il est aisé de s'imaginer tout le plaisir que cette conversation fit à Léandre.

Cependant le petit Furibon, toujours amoureux de la princesse sans l'avoir vue, attendait impatiemment le retour de ses quatre hommes qu'il avait envoyés à l'île des Plaisirs tranquilles ; il en revint un, qui lui rendit compte de tout. Il lui dit qu'elle était défendue par des amazones ; et qu'à moins de mener une grosse armée, il n'entrerait jamais dans l'île.

Le roi son père venait de mourir, il se trouva maître de tout. Il assembla plus de quatre cent mille hommes, et partit à leur tête. C'était là un beau général ; Briscambille ou Perceforêt auraient mieux fait que lui : son cheval de bataille n'avait pas une demi-aune de haut. Quand les amazones aperçurent cette grande armée, elles en vinrent donner avis à la princesse, qui ne manqua pas d'envoyer la fidèle Abricotine au royaume des fées, pour prier sa mère de lui mander ce qu'elle devait faire pour chasser le petit Furibon de ses états. Mais Abricotine trouva la fée fort en colère :

« Je n'ignore rien de ce que fait ma fille, lui dit-elle ; le prince Léandre est dans son palais ; il l'aime, il en est aimé. Tous mes soins n'ont pu la garantir de la tyrannie de l'amour ; la voilà sous son fatal empire. Hélas ! le cruel n'est pas content des maux qu'il m'a faits ; il exerce encore son pouvoir sur ce que j'aimais plus que ma vie ! Tels sont les décrets du destin, je ne puis m'y opposer. Retirez-vous, Abricotine, je ne veux plus entendre parler de cette fille dont les sentiments me donnent tant de chagrin ! »

Abricotine vint apprendre à la princesse ces mauvaises nouvelles ; il ne s'en fallut presque rien qu'elle ne se désespérât. Lutin était auprès d'elle sans qu'elle le vît : il connaissait avec une peine extrême l'excès de sa douleur. Il n'osa lui parler dans ce moment ; mais il se souvint que Furibon était fort intéressé, et qu'en lui donnant bien de l'argent peut-être qu'il se retirerait.

Il s'habilla en amazone, il se souhaita dans la forêt pour reprendre son cheval. Dès qu'il l'eut appelé « Gris-de-lin ! », Gris-de-lin vint à lui, sautant et bondissant car il s'était bien ennuyé d'être si longtemps éloigné de son cher maître. Mais, quand il le vit vêtu en femme, il ne le reconnaissait plus, et craignait d'être trompé. Léandre arriva au camp de Furibon : tout le monde le prit pour une amazone, tant il était beau. On fut dire au roi qu'une jeune dame demandait à lui parler de la part de la princesse des Plaisirs tranquilles. Il prit promptement son manteau royal et se mit sur son trône : l'on eût dit que c'était un gros crapaud qui contrefaisait le roi.

Léandre le harangua, et lui dit que la princesse préférant une vie douce et paisible aux embarras de la guerre, elle lui envoyait offrir de l'argent autant qu'il en voudrait, pour qu'il la laissât en paix ; qu'à la vérité, s'il refusait cette proposition, elle ne négligerait rien pour se défendre. Furibon répliqua qu'il voulait bien avoir pitié d'elle ; qu'il lui accordait l'honneur de sa protection, et qu'elle n'avait qu'à lui envoyer cent mille mille mille millions de pistoles, qu'aussitôt il retournerait dans son royaume. Léandre dit que l'on serait trop longtemps à compter cent mille mille mille millions de pistoles, qu'il n'avait qu'à dire combien il en voulait de chambres pleines, et que la princesse était assez généreuse et assez puissante pour n'y pas regarder de si près. Furibon demeura bien étonné qu'au lieu de lui demander à rabattre, on lui proposât d'augmenter ; il pensa en lui-même qu'il fallait prendre tout l'argent qu'il pourrait, puis arrêter l'amazone et la tuer pour qu'elle ne retournât point vers sa maîtresse.

Il dit à Léandre qu'il voulait trente chambres bien grandes toutes remplies de pièces d'or, et qu'il donnait sa parole royale qu'il s'en retournerait. Léandre fut conduit dans les chambres qu'il devait remplir d'or ; il prit la rose et la secoua, la secoua tant et tant qu'il en tomba pistoles, quadruples, louis, écus d'or, nobles à la rose, souverains, guinées, sequins ; cela tombait comme une grosse pluie : il y a peu de chose dans le monde qui soit plus joli.

Furibon se ravissait, s'extasiait, et plus il voyait d'or, plus il avait d'envie de prendre l'amazone et d'attraper la princesse. Dès que les trente chambres furent pleines, il cria à ses gardes :

« Arrêtez, arrêtez cette friponne, c'est de la fausse monnaie qu'elle m'apporte. »

Tous les gardes se voulurent jeter sur l'amazone, mais en même temps le petit chapeau rouge fut mis, et Lutin disparut. Ils crurent qu'il était sorti, ils coururent après lui et laissèrent Furibon seul. Dans ce moment Lutin le prit par les cheveux, et lui coupa la tête comme à un poulet, sans que le petit malheureux roi vît la main qui l'égorgeait.

Quand Lutin eut sa tête, il se souhaita dans le palais des Plaisirs. La princesse se promenait, rêvant tristement à ce que sa mère lui avait mandé, et aux moyens de repousser Furibon, qu'elle imaginait difficiles, étant seule avec un petit nombre d'amazones, qui ne pourraient la défendre contre quatre cent mille hommes ; elle vit tout d'un coup une tête en l'air, sans que personne la tînt. Ce prodige l'étonna si fort qu'elle ne savait qu'en penser. Ce fut bien pis quand on posa cette tête à ses pieds, sans qu'elle vît la main qui la tenait. Aussitôt elle entendit une voix qui lui dit : Ne craignez plus, charmante princesse, Furibon ne vous fera jamais de mal.

Abricotine reconnut la voix de Léandre, et s'écria :

« Je vous proteste, madame, que l'invisible qui parle est l'étranger qui m'a secourue. »

La princesse parut étonnée et ravie.

« Ah, dit-elle, s'il est vrai que Lutin et l'étranger soient une même chose, j'avoue que j'aurais bien du plaisir de lui témoigner ma reconnaissance ! »

Lutin repartit :

« Je veux encore travailler à la mériter. »

En effet, il retourna à l'armée de Furibon, où le bruit de sa mort venait de se répandre. Dès qu'il y parut avec ses habits ordinaires, chacun vint à lui ; les capitaines et les soldats l'environnèrent, poussant de grands cris de joie : ils le reconnurent pour leur roi, et que la couronne lui appartenait. Il leur donna libéralement à partager entre eux les trente chambres pleines d'or, de manière que cette armée fût riche à jamais. Et, après quelques cérémonies qui assuraient Léandre de la foi des soldats, il retourna encore vers sa princesse, ordonnant à son armée de s'en aller à petites journées dans son royaume. La princesse s'était couchée, et le profond respect que ce prince avait pour elle l'empêcha d'entrer dans sa chambre ; il se retira dans la sienne, car il avait toujours couché en bas. Il était lui-même assez fatigué pour avoir besoin de repos ; cela fit qu'il ne pensa point à fermer la porte aussi soigneusement qu'il le faisait d'ordinaire.

La princesse mourait de chaud et d'inquiétude ; elle se leva plus matin que l'aurore, et descendit en déshabillé dans son appartement bas. Mais quelle surprise fut la sienne d'y trouver Léandre endormi sur un lit ! Elle eut tout le temps de le regarder sans être vue, et de se convaincre que c'était la personne dont elle avait le portrait dans sa boîte de diamants.

« Il n'est pas possible, disait-elle, que ce soit ici Lutin, car les lutins dorment-ils ? Est-ce là un corps d'air et de feu, qui ne remplit aucun espace, comme le dit Abricotine ? »

Elle touchait doucement ses cheveux, elle l'écoutait respirer, elle ne pouvait s'arracher d'auprès de lui ; tantôt elle était ravie de l'avoir trouvé, tantôt elle en était alarmée. Dans le temps qu'elle était le plus attentive à le regarder, sa mère la fée entra, avec un bruit si épouvantable que Léandre s'éveilla en sursaut. Quelle surprise et quelle affliction pour lui de voir sa princesse dans le dernier désespoir ! Sa mère l'entraînait, la chargeant de mille reproches. Oh ! quelle douleur pour ces jeunes amants ! ils se trouvaient sur le point d'être séparés pour jamais. La princesse n'osait rien dire à la terrible fée ; elle jetait les yeux sur Léandre, comme pour lui demander quelque secours.

Il jugea bien qu'il ne pouvait pas la retenir malgré une personne si puissante, mais il chercha dans son éloquence et dans sa soumission les moyens de toucher cette mère irritée. Il courut après elle, il se jeta à ses pieds ; il la conjura d'avoir pitié d'un jeune roi qui ne changerait jamais pour sa fille, et qui ferait sa souveraine félicité de la rendre heureuse. La princesse, encouragée par son exemple, embrassa aussitôt les genoux de sa mère, et lui dit que sans le roi elle ne pouvait être contente, et qu'elle lui avait de grandes obligations.

« Vous ne connaissez pas les disgrâces de l'amour, s'écria la fée, et les trahisons dont ces aimables trompeurs sont capables ; ils ne nous enchantent que pour nous empoisonner ; je l'ai éprouvé. Voulez-vous avoir une destinée semblable à la mienne ?

— Ah ! madame, répliqua la princesse, n'y a-t-il point d'exception ? Les assurances que le roi vous donne, et qui paraissent si sincères, ne semblent-elles pas me mettre à couvert de ce que vous craignez ? »

L'opiniâtre fée les laissait soupirer à ses pieds ; c'était inutilement qu'ils mouillaient ses mains de leurs larmes, elle y paraissait insensible ; et sans doute elle ne leur aurait point pardonné, si l'aimable fée Gentille n'eût paru dans la chambre, plus brillante que le soleil. Les Grâces l'accompagnaient ; elle était suivie d'une troupe d'Amours, de jeux et de Plaisirs, qui chantaient mille chansons agréables et nouvelles ; ils folâtraient comme des enfants.

Elle embrassa la vieille fée.

« Ma chère sœur, lui dit-elle, je suis persuadée que vous n'avez pas oublié les bons offices que je vous rendis lorsque vous voulûtes revenir dans notre royaume ; sans moi vous n'y auriez jamais été reçue, et depuis ce temps-là je ne vous ai demandé aucun service ; mais enfin le temps est venu de m'en rendre un essentiel. Pardonnez à cette belle princesse, consentez que ce jeune roi l'épouse, je vous réponds qu'il ne changera point pour elle. Leurs jours seront filés d'or et de soie ; cette alliance vous comblera de satisfaction, et je n'oublierai jamais le plaisir que vous m'aurez fait.

— Je consens à tout ce que vous souhaitez, charmante Gentille, s'écria la fée. Venez, mes enfants, venez entre mes bras recevoir l'assurance de mon amitié. »

À ces mots elle embrassa la princesse et son amant. La fée Gentille, ravie de joie, et toute la troupe commencèrent les chants d'hyménée ; et la douceur de cette symphonie ayant réveillé toutes les nymphes du palais, elles accoururent avec de légères robes de gaze pour apprendre ce qui se passait.

Quelle agréable surprise pour Abricotine ! Elle eut à peine jeté les yeux sur Léandre qu'elle le reconnut, et, lui voyant tenir la main de la princesse, elle ne douta point de leur commun bonheur. C'est ce qui lui fut confirmé lorsque la mère fée dit qu'elle voulait transporter l'île des Plaisirs tranquilles, le château et toutes les merveilles qu'il renfermait, dans le royaume de Léandre ; qu'elle y demeurerait avec eux et qu'elle leur ferait encore de plus grands biens.

« Quelque chose que votre générosité vous inspire, madame, lui dit le roi, il est impossible que vous puissiez me faire un présent qui égale celui que je reçois aujourd'hui ; vous me rendez le plus heureux de tous les hommes, et je sens bien que j'en suis aussi le plus reconnaissant. »

Ce petit compliment plut fort à la fée : elle était du vieux temps, où l'on complimentait tout un jour sur le pied d'une mouche.

Comme Gentille pensait à tout, elle avait fait transporter, par la vertu de Brelic-breloc, les généraux et les capitaines de l'armée de Furibon au palais de la princesse, afin qu'ils fussent témoins de la galante fête qui allait se passer. Elle en prit soin en effet ; et cinq ou six volumes ne suffiraient point pour décrire les comédies, les opéras, les courses de bagues, les musiques, les combats de gladiateurs, les chasses et les autres magnificences qu'il y eut à ces charmantes noces. Le plus singulier de l'aventure, c'est que chaque nymphe trouva parmi les braves que Gentille avait attirés dans ces beaux lieux un époux aussi passionné que s'ils s'étaient vus depuis dix ans. Ce n'était néanmoins qu'une connaissance au plus de vingt-quatre heures ; mais la petite baguette produit des effets encore plus extraordinaires.

LA GRENOUILLE BIENFAISANTE

Il était une fois un roi, qui soutenait depuis longtemps une guerre contre ses voisins. Après plusieurs batailles, on mit le siège devant sa ville capitale ; il craignit pour la reine, et la voyant grosse, il la pria de se retirer dans un château qu'il avait fait fortifier, et où il n'était jamais allé qu'une fois. La reine employa les prières et les larmes pour lui persuader de la laisser auprès de lui ; elle voulait partager sa fortune, et jeta les hauts cris lorsqu'il la mit dans son chariot pour la faire partir ; cependant il ordonna à ses gardes de l'accompagner, et lui promit de se dérober le plus secrètement qu'il pourrait pour l'aller voir : c'était une espérance dont il la flattait ; car le château était fort éloigné, environné d'une épaisse forêt, et à moins d'en savoir bien les routes, l'on n'y pouvait arriver.

La reine partit, très attendrie de laisser son mari dans les périls de la guerre ; on la conduisait à petites journées, de crainte qu'elle ne fût malade de la fatigue d'un si long voyage ; enfin elle arriva dans son château, bien inquiète et bien chagrine. Après qu'elle se fut assez reposée, elle voulut se promener aux environs, et elle ne trouvait rien qui pût la divertir ; elle jetait les yeux de tous côtés ; elle voyait de grands déserts qui lui donnaient plus de chagrins que de plaisirs ; elle les regardait tristement, et disait quelquefois :

« Quelle comparaison du séjour où je suis, à celui où j'ai été toute ma vie ! si j'y reste encore longtemps, il faut que je meure : à qui parler dans ces lieux solitaires ? avec qui puis-je soulager mes inquiétudes, et qu'ai-je fait au roi pour m'avoir exilée ? Il semble qu'il veuille me faire ressentir toute l'amertume de son absence, lorsqu'il me relègue dans un château si désagréable. »

C'est ainsi qu'elle se plaignait ; et quoiqu'il lui écrivît tous les jours, et qu'il lui donnât de fort bonnes nouvelles du siège, elle s'affligeait de plus en plus, et prit la résolution de s'en retourner auprès du roi ; mais comme les officiers qu'il lui avait donnés, avaient ordre de ne la ramener que lorsqu'il lui enverrait un courrier exprès, elle ne témoigna point ce qu'elle méditait, et se fit faire un petit char, où il n'y avait place que pour elle, disant qu'elle voulait aller quelquefois à la chasse. Elle conduisait elle-même les chevaux, et suivait les chiens de si près que les veneurs allaient moins vite qu'elle : par ce moyen elle se rendait maîtresse de son char, et de s'en aller quand elle voudrait. Il n'y avait qu'une difficulté, c'est qu'elle ne savait point les routes de la forêt ; mais elle se flatta que les dieux la conduiraient à bon port ; et après leur avoir fait quelques petits sacrifices, elle dit qu'elle voulait qu'on fît une grande chasse, et que tout le monde y vînt, qu'elle monterait dans son char, que chacun irait par différentes routes, pour ne laisser aucune retraite aux bêtes sauvages. Ainsi l'on se partagea : la jeune reine, qui croyait revoir bientôt son époux, avait pris un habit très avantageux ; sa capeline était couverte de plumes de différentes couleurs, sa veste toute garnie de pierreries et sa beauté, qui n'avait rien de commun, la faisait paraître une seconde Diane.

Dans le temps qu'on était le plus occupé du plaisir de la chasse, elle lâcha la bride à ses chevaux, et les anima de la voix et de quelques coups de fouet. Après avoir marché assez vite, ils prirent le galop, et ensuite le mors aux dents, le chariot semblait traîné par les vents, les yeux auraient eu peine à le suivre ; la pauvre reine se repentit, mais trop tard, de sa témérité :

« Qu'ai-je prétendu, disait-elle, me pouvait-il convenir de conduire toute seule des chevaux si fiers et si peu dociles ? Hélas ! que va-t-il m'arriver ? ah ! si le roi me croyait exposée au péril où je suis, que deviendrait-il, lui qui m'aime si chèrement, et qui ne m'a éloignée de sa ville capitale, que pour me mettre en plus grande sûreté ; voilà comme j'ai répondu à ses tendres soins, et ce cher enfant que je porte dans mon sein, va être aussi bien que moi la victime de mon imprudence. »

L'air retentissait de ses douloureuses plaintes ; elle invoquait les dieux, elle appelait les fées à son secours, et les dieux et les fées l'avaient abandonnée : le chariot fut renversé, elle n'eut pas la force de se jeter assez promptement à terre, son pied demeura pris entre la roue et l'essieu ; il est aisé de croire qu'il ne fallait pas moins qu'un miracle pour la sauver, après un si terrible accident.

Elle resta enfin étendue sur la terre, au pied d'un arbre ; elle n'avait ni pouls ni voix, son visage était tout couvert de sang ; elle était demeurée longtemps en cet état ; lorsqu'elle ouvrit les yeux, elle vit auprès d'elle une femme d'une grandeur gigantesque, couverte seulement de la peau d'un lion ; ses bras et ses jambes étaient nus, ses cheveux noués ensemble avec une peau sèche de serpent, dont la tête pendait sur ses épaules, une massue de pierre à la main, qui lui servait de canne pour s'appuyer, et un carquois plein de flèches au côté. Une figure si extraordinaire persuada la reine qu'elle était morte ; car elle ne croyait pas qu'après de si grands accidents elle dût vivre encore, et parlant tout bas :

« Je ne suis point surprise, dit-elle, qu'on ait tant de peine à se résoudre à la mort, ce qu'on voit dans l'autre monde est bien affreux. »

La géante qui l'écoutait, ne put s'empêcher de rire de l'opinion où elle était d'être morte :

« Reprends tes esprits, lui dit-elle, sache que tu es encore au nombre des vivants : mais ton sort n'en sera guère moins triste. Je suis la fée Lionne, qui demeure proche d'ici ; il faut que tu viennes passer ta vie avec moi. »

La reine la regarda tristement, et lui dit :

« Si vous vouliez, madame Lionne, me ramener dans mon château, et prescrire au roi ce qu'il vous donnera pour ma rançon, il m'aime si chèrement, qu'il ne refuserait pas même la moitié de son royaume ?

— Non, lui répondit-elle, je suis suffisamment riche, il m'ennuyait depuis quelque temps d'être seule, tu as de l'esprit, peut-être que tu me divertiras. »

En achevant ces paroles, elle prit la figure d'une lionne, et chargeant la reine sur son dos, elle l'emporta au fond de sa terrible grotte. Dès qu'elle y fut, elle la guérît avec une liqueur dont elle la frotta.

Quelle surprise et quelle douleur pour la reine, de se voir dans cet affreux séjour ! l'on y descendait par dix mille marches, qui conduisaient jusqu'au centre de la terre ; il n'y avait point d'autre lumière que celle de plusieurs grosses lampes qui réfléchissaient sur un lac de vif-argent. Il était couvert de monstres, dont les différentes figures auraient épouvanté une reine moins timide ; les hiboux et les chouettes, quelques corbeaux et d'autres oiseaux de sinistre augure s'y faisaient entendre ; l'on apercevait dans un lointain une montagne d'où coulaient des eaux presque dormantes ; ce sont toutes les larmes que les amants malheureux ont jamais versées, dont les tristes amours ont fait des réservoirs. Les arbres étaient toujours dépouillés de feuilles et de fruits, la terre couverte de soucis, de ronces et d'orties. La nourriture convenait au climat d'un pays si maudit ; quelques racines sèches, des marrons d'Inde et des pommes d'églantier, c'est tout ce qui s'offrait pour soulager la faim des infortunés qui tombaient entre les mains de la fée Lionne.

Sitôt que la reine se trouva en état de travailler, la fée lui dit qu'elle pouvait se faire une cabane, parce qu'elle resterait toute sa vie avec elle. À ces mots cette princesse n'eut pas la force de retenir ses larmes :

« Hé ! que vous ai-je fait, s'écria-t-elle, pour me garder ici ? Si la fin de ma vie, que je sens approcher, vous cause quelque plaisir, donnez-moi la mort, c'est tout ce que j'ose espérer de votre pitié ; mais ne me condamnez point à passer une longue et déplorable vie sans mon époux. »

La Lionne se moqua de sa douleur, et lui dit qu'elle lui conseillait d'essuyer ses pleurs, et d'essayer à lui plaire ; que si elle prenait une autre conduite, elle serait là plus malheureuse personne du monde.

« Que faut-il donc faire, répliqua la reine, pour toucher votre cœur ?

— J'aime, lui dit-elle, les pâtés de mouches : je veux que vous trouviez le moyen d'en avoir assez pour m'en faire un très grand et très excellent.

— Mais, lui dit la reine, je n'en vois point ici ; quand il y en aurait, il ne fait pas assez clair pour les attraper, et quand je les attraperais, je n'ai jamais fait de pâtisserie : de sorte que vous me donnez des ordres que je ne puis exécuter.

— N'importe, dit l'impitoyable Lionne, je veux ce que je veux. »

La reine ne répliqua rien : elle pensa qu'en dépit de la cruelle fée, elle n'avait qu'une vie à perdre, et en l'état où elle était que pouvait-elle craindre ? Au lieu donc d'aller chercher des mouches, elle s'assit sous un if, et commença ses tristes plaintes :

« Quelle sera votre douleur, mon cher époux, disait-elle, lorsque vous viendrez me chercher, et que vous ne me trouverez plus ! vous me croirez morte ou infidèle, et j'aime encore mieux que vous pleuriez la perte de ma vie, que celle de ma tendresse ; l'on retrouvera peut-être dans la forêt mon chariot en pièces, et tous les ornements que j'avais pris pour vous plaire ; à cette vue, vous ne douterez plus de ma mort ; et que sais-je si vous n'accorderez point à une autre la part que vous m'aviez donnée dans votre cœur ? Mais au moins je ne le saurai pas, puisque je ne dois plus retourner dans le monde. »

Elle aurait continué longtemps à s'entretenir de cette manière, si elle n'avait pas entendu au-dessus de sa tête le triste croassement d'un corbeau. Elle leva les yeux, et à la faveur du peu de lumière qui éclairait le rivage, elle vit en effet un gros corbeau qui tenait une grenouille, bien intentionné de la croquer.

« Encore que rien ne se présente ici pour me soulager, dit-elle, je ne veux pas négliger de sauver une pauvre grenouille, qui est aussi affligée en son espèce, que je le suis dans la mienne. »

Elle se servit du premier bâton qu'elle trouva sous sa main, et fit quitter prise au corbeau. La grenouille tomba, resta quelque temps étourdie, et reprenant ensuite ses esprits grenouilliques :

« Belle reine, lui dit-elle, vous êtes la seule personne bienfaisante que j'aie vue en ces lieux, depuis que la curiosité m'y a conduite.

— Par quelle merveille parlez-vous, petite Grenouille, répondit la reine, et qui sont les personnes que vous voyez ici ? car je n'en ai encore aperçu aucune.

— Tous les monstres dont ce lac est couvert, reprit Grenouillette, ont été dans le monde ; les uns sur le trône, les autres dans la confidence de leurs souverains, il y a même des maîtresses de quelques rois, qui ont coûté bien du sang à l'état : ce sont elle que vous voyez métamorphosées en sangsues : le destin les envoie ici pour quelque temps, sans qu'aucun de ceux qui y viennent retourne meilleur et se corrige.

— Je comprends bien, dit la reine, que plusieurs méchants ensemble n'aident pas à s'amender ; mais à votre égard, ma commère la Grenouille, que faites-vous ici ?

— La curiosité m'a fait entreprendre d'y venir, répliqua-t-elle, je suis demi-fée, mon pouvoir est borné en de certaines choses, et fort étendu en d'autres ; si la fée Lionne me reconnaissait dans ses états, elle me tuerait. »

« Comment est-il possible, lui dit la reine, que fée ou demi-fée, un corbeau ait été prêt à vous manger ?

— Deux mots vous le feront comprendre, répondit la Grenouille ; lorsque j'ai mon petit chaperon de roses sur ma tête, dans lequel consiste ma plus grande vertu, je ne crains rien ; mais malheureusement je l'avais laissé dans le marécage, quand ce maudit corbeau est venu fondre sur moi : j'avoue, madame, que sans vous, je ne serais plus ; et puisque je vous dois la vie, si je peux quelque chose pour le soulagement de la vôtre, vous pouvez m'ordonner tout ce qu'il vous plaira.

— Hélas ! ma chère Grenouille, dit la reine, la mauvaise fée qui me retient captive, veut que je lui fasse un pâté de mouches ; il n'y en a point ici ; quand il y en aurait, on n'y voit pas assez clair pour les attraper, et je cours grand risque de mourir sous ses coups.

— Laissez-moi faire, dit la Grenouille, avant qu'il soit peu, je vous en fournirai. »

Elle se frotta aussitôt de sucre, et plus de six mille grenouilles de ses amies en firent autant : elle fut ensuite dans un endroit rempli de mouches ; la méchante fée en avait là un magasin, exprès pour tourmenter de certains malheureux. Dès qu'elles sentirent le sucre, elles s'y attachèrent, et les officieuses grenouilles revinrent au grand galop où la reine était. Il n'a jamais été une telle capture de mouches, ni un meilleur pâté que celui qu'elle fit à la fée Lionne. Quand elle le lui présenta, elle en fut très surprise, ne comprenant point par quelle adresse elle avait pu les attraper.

La reine qui était exposée à toutes les intempéries de l'air, qui était empoisonné, coupa quelques cyprès pour commencer à bâtir sa maisonnette. La Grenouille vint lui offrir généreusement ses services, et se mettant à la tête de toutes celles qui avaient été quérir les mouches, elles aidèrent à la reine à élever un petit bâtiment, le plus joli du monde ; mais elle y fut à peine couchée, que les monstres du lac, jaloux de son repos, vinrent la tourmenter par le plus horrible charivari que l'on eût entendu jusqu'alors. Elle se leva toute effrayée, et s'enfuit ; c'est ce que les monstres demandaient. Un dragon, jadis tyran d'un des plus beaux royaumes de l'univers, en prit possession.

La pauvre reine affligée voulut s'en plaindre ; mais vraiment on se moqua bien d'elle, les monstres la huèrent, et la fée Lionne lui dit, que si à l'avenir elle l'étourdissait de ses lamentations, elle la rouerait de coups. Il fallut se taire et recourir à la Grenouille, qui était bien la meilleure personne du monde. Elles pleurèrent ensemble ; car aussitôt qu'elle avait son chaperon de roses, elle était capable de rire et de pleurer tout comme une autre.

« J'ai, dit-elle, une si grande amitié pour vous, que je veux recommencer votre bâtiment, quand tous les monstres du lac devraient s'en désespérer. »

Elle coupa sur-le-champ du bois ; et le petit palais rustique de la reine se trouva fait en si peu de temps, qu'elle s'y retira la même nuit.

La Grenouille, attentive à tout ce qui était nécessaire à la reine, lui fit un lit de serpolet et de thym sauvage. Lorsque la méchante fée sut que la reine ne couchait plus par terre, elle l'envoya quérir :

« Quels sont donc les hommes ou les dieux qui vous protègent ? lui dit-elle. Cette terre, toujours arrosée d'une pluie de soufre et de feux, n'a jamais rien produit qui vaille une feuille de sauge ; j'apprends malgré cela que les herbes odoriférantes croissent sous vos pas !

— J'en ignore la cause, madame, lui dit la reine, et si je l'attribue à quelque chose, c'est à l'enfant dont je suis grosse, qui sera peut-être moins malheureux que moi. »

« L'envie me prend, dit la fée, d'avoir un bouquet des fleurs les plus rares ; essayez si la fortune de votre marmot vous en fournira ; si elle y manque, vous ne manquerez pas de coups ; car j'en donne souvent, et les donne toujours à merveille. »

La reine se prit à pleurer ; de telles menaces ne lui convenaient guère, et l'impossibilité de trouver des fleurs la mettait au désespoir. Elle s'en retourna dans sa maisonnette ; son amie la Grenouille y vint :

« Que vous êtes triste, dit-elle à la reine.

— Hélas ! ma chère commère, qui ne le serait ? La fée veut un bouquet des plus belles fleurs ; où les trouverai-je ? Vous voyez celles qui naissent ici ; il y va cependant de ma vie, si je ne la satisfais.

— Aimable princesse, dit gracieusement la Grenouille, il faut tâcher de vous tirer de l'embarras où vous êtes : il y a ici une chauve-souris, qui est la seule avec qui j'ai lié commerce ; c'est une bonne créature, elle va plus vite que moi ; je lui donnerai mon chaperon de feuilles de roses, avec ce secours, elle vous trouvera des fleurs. »

La reine lui fit une profonde révérence ; car il n'y avait pas moyen d'embrasser Grenouillette.

Celle-ci alla aussitôt parler à la chauve-souris, et quelques heures après elle revint, cachant sous ses ailes des fleurs admirables. La reine les porta bien vite à la mauvaise fée, qui demeura encore plus surprise qu'elle ne l'avait été, ne pouvant comprendre par quel miracle la reine était si bien servie.

Cette princesse rêvait incessamment aux moyens de pouvoir s'échapper. Elle communiqua son envie à la bonne Grenouille, qui lui dit :

« Madame, permettez-moi avant toutes choses, que je consulte mon petit chaperon, et nous agirons ensuite selon ses conseils. »

Elle le prit, l'ayant mis sur un fétu, elle brûla devant quelques brins de genièvre, des câpres et deux petits pois verts ; elle coassa cinq fois, puis la cérémonie finie, remettant le chaperon de roses, elle commença de parler comme un oracle.

« Le destin, maître de tout, dit-elle, vous défend de sortir de ces lieux ; vous y aurez une princesse plus belle que la mère des amours ; ne vous mettez point en peine du reste, le temps seul peut vous soulager. »

La reine baissa les yeux, quelques larmes en tombèrent mais elle prit la résolution de croire son amie.

« Tout au moins, lui dit-elle, ne m'abandonnez pas ; soyez à mes couches, puisque je suis condamnée à les faire ici. »

L'honnête Grenouille s'engagea d'être sa Lucine, et la consola le mieux qu'elle put.

Mais il est temps de parler du roi. Pendant que ses ennemis le tenaient assiégé dans sa ville capitale, il ne pouvait envoyer sans cesse des courriers à la reine : cependant ayant fait plusieurs sorties, il les obligea de se retirer, et il ressentit bien moins le bonheur de cet événement, par rapport à lui, qu'à la chère reine, qu'il pouvait aller quérir sans crainte. Il ignorait son désastre, aucun de ses officiers n'avait osé l'en aller avertir. Ils avaient trouvé dans la forêt le chariot en pièces, les chevaux échappés, et toute la parure d'amazone qu'elle avait mise pour l'aller trouver.

Comme ils ne doutèrent point de sa mort, et qu'ils crurent qu'elle avait été dévorée, il ne fut question entre eux que de persuader au roi qu'elle était morte subitement. À ces funestes nouvelles, il pensa mourir lui-même de douleur ; cheveux arrachés, larmes répandues, cris pitoyables, sanglots, soupirs, et autres menus droits du veuvage, rien ne fut épargné en cette occasion.

Après avoir passé plusieurs jours sans voir personne, et sans vouloir être vu, il retourna dans sa grande ville, traînant après lui un long deuil, qu'il portait mieux dans le cœur que dans ses habits. Tous les ambassadeurs des rois ses voisins vinrent le complimenter ; et après les cérémonies qui sont inséparables de ces sortes de catastrophes, il s'attacha à donner du repos à ses sujets, en les exemptant de guerre, et leur procurant un grand commerce.

La reine ignorait toutes ces choses : le temps de ses couches arriva, elles furent très heureuses : le ciel lui donna une petite princesse, aussi belle que Grenouille l'avait prédit ; elles la nommèrent Moufette, et la reine avec bien de la peine obtint permission de la fée Lionne de la nourrir ; car elle avait grande envie de la manger, tant elle était féroce et barbare.

Moufette, la merveille de nos jours, avait déjà six mois ; et la reine, en la regardant avec une tendresse mêlée de pitié, disait sans cesse :

« Ah ! si le roi ton père te voyait, ma pauvre petite, qu'il aurait de joie, que tu lui serais chère ! mais peut-être, dans ce même moment, qu'il commence à m'oublier ; il nous croit ensevelies pour jamais dans les horreurs de la mort : peut-être, dis-je, qu'une autre occupe dans son cœur la place qu'il m'y avait donnée. »

Ces tristes réflexions lui coûtaient bien des larmes : la Grenouille qui l'aimait de bonne foi, la voyant pleurer ainsi, lui dit un jour :

« Si vous voulez, madame, j'irai trouver le roi votre époux ; le voyage est long : je chemine lentement : mais enfin un peu plus tôt, ou un peu plus tard, j'espère arriver. »

Cette proposition ne pouvait être plus agréablement reçue qu'elle le fut ; la reine joignit ses mains, et les fit même joindre à Moufette, pour marquer à madame la Grenouille l'obligation qu'elle lui aurait d'entreprendre un tel voyage. Elle l'assura que le roi n'en serait point ingrat :

« Mais continua-t-elle, de quelle utilité lui pourra être de me savoir dans ce triste séjour ? Il lui sera impossible de m'en retirer.

— Madame, reprit la Grenouille, il faut laisser ce soin aux dieux, et faire de notre côté ce qui dépend de nous. »

Aussitôt elles se dirent adieu : la reine écrivit au roi avec son propre sang sur un petit morceau de linge, car elle n'avait ni encre, ni papier.

Elle le priait de croire en toutes choses la vertueuse Grenouille qui l'allait informer de ses nouvelles.

Elle fut un an et quatre jours à monter les dix mille marches qu'il y avait depuis la plaine noire, où elle laissait la reine, jusqu'au monde, et elle demeura une autre année à faire faire son équipage, car elle était trop fière pour vouloir paraître dans une grande cour comme une méchante Grenouillette de marécages. Elle fit faire une litière assez grande pour mettre commodément deux œufs ; elle était couverte toute d'écaille de tortue en dehors, doublée en peau de jeunes lézards ; elle avait cinquante filles d'honneur ; c'était de ces petites reines vertes qui sautillent dans les prés ; chacune était montée sur un escargot, avec une selle à l'anglaise, la jambe sur l'arçon d'un air merveilleux ; plusieurs rats d'eau, vêtus en pages, précédaient les limaçons, auxquels elle avait confié la garde de sa personne : enfin rien n'a jamais été si joli, surtout son chaperon de roses vermeilles, toujours fraîches et épanouies, lui seyait le mieux du monde. Elle était un peu coquette de son métier, cela l'avait obligée de mettre du rouge et des mouches ; l'on dit même qu'elle était fardée, comme sont la plupart des dames de ce pays-là ; mais la chose approfondie, l'on a trouvé que c'étaient ses ennemis qui en parlaient ainsi.

Elle demeura sept ans à faire son voyage, pendant lesquels la pauvre reine souffrit des maux et des peines inexprimables ; et sans la belle Moufette qui la consolait, elle serait morte cent et cent fois. Cette merveilleuse petite créature n'ouvrait pas la bouche, et ne disait pas un mot qu'elle ne charmât sa mère ; il n'était pas jusqu'à la fée Lionne qu'elle n'eût apprivoisée ; et enfin au bout de six ans que la reine avait passés dans cet horrible séjour, elle voulut bien la mener à la chasse, à condition que tout ce qu'elle tuerait serait pour elle.

Quelle joie pour la pauvre reine de revoir le soleil ! elle en avait si fort perdu l'habitude, qu'elle en pensa devenir aveugle. Pour Moufette, elle était si adroite, qu'à cinq ou six ans, rien n'échappait aux coups qu'elle tirait ; par ce moyen, la mère et la fille adoucissaient un peu la férocité de la fée.

Grenouillette chemina par monts et par vaux, de jour et de nuit ; enfin elle arriva proche de la ville capitale où le roi faisait son séjour ; elle demeura surprise de ne voir partout que des danses et des festins ; on riait, on chantait ; et plus elle approchait de la ville, et plus elle trouvait de joie et de jubilation. Son équipage marécageux surprenait tout le monde : chacun la suivait ; et la foule devint si grande lorsqu'elle entra dans la ville, qu'elle eut beaucoup de peine à parvenir jusqu'au palais ; c'est en ce lieu que tout était dans la magnificence. Le roi, veuf depuis neuf ans, s'était enfin laissé fléchir aux prières de ses sujets ; il allait se marier à une princesse moins belle à la vérité que sa femme, mais qui ne laissait pas d'être fort agréable.

La bonne Grenouille étant descendue de sa litière, entra chez le roi, suivie de tout son cortège. Elle n'eut pas besoin de demander audience : le monarque, sa fiancée et tous les princes avaient trop d'envie de savoir le sujet de sa venue pour l'interrompre :

« Sire, dit-elle, je ne sais si la nouvelle que je vous apporte vous donnera de la joie ou de la peine ; les noces que vous êtes sur le point de faire, me persuadent votre infidélité pour la reine.

— Son souvenir m'est toujours cher, dit le roi (en versant quelques larmes qu'il ne put retenir) : mais il faut que vous sachiez, gentille Grenouille, que les rois ne font pas toujours ce qu'ils veulent ; il y a neuf ans que mes sujets me pressent de me remarier ; je leur dois des héritiers : ainsi j'ai jeté les yeux sur cette jeune princesse qui me paraît toute charmante.

— Je ne vous conseille pas de l'épouser, car la polygamie est un cas pendable : la reine n'est pas morte ; voici une lettre écrite de son sang, dont elle m'a chargée : vous avez une petite princesse, Moufette, qui est plus belle que tous les cieux ensemble. »

Le roi prit le chiffon où la reine avait griffonné quelques mots, il le baisa, il l'arrosa de ses larmes, il le fit voir à toute l'assemblée, disant qu'il reconnaissait fort bien le caractère de sa femme, il fit mille questions à la Grenouille, auxquelles elle répondit avec autant d'esprit que de vivacité. La princesse fiancée, et les ambassadeurs, chargés de voir célébrer son mariage, faisaient laide grimace :

« Comment, sire, dit le plus célèbre d'entre eux, pouvez-vous sur les paroles d'une crapaudine comme celle-ci, rompre un hymen si solennel ? Cette écume de marécage a l'insolence de venir mentir à votre cour, et goûte le plaisir d'être écoutée !

— Monsieur l'ambassadeur, répliqua la Grenouille, sachez que je ne suis point écume de marécage, et puisqu'il faut ici étaler ma science, allons, fées et féos, paraissez. »

Toutes les grenouillettes, rats, escargots, lézards, et elle à leur tête parurent en effet ; mais ils n'avaient plus la figure de ces vilains petits animaux, leur taille était haute et majestueuse, leur visage agréable, leurs yeux plus brillants que les étoiles, chacun portait une couronne de pierreries sur sa tête, et sur ses épaules un manteau royal, de velours doublé d'hermine, avec une longue queue, que des nains et des naines portaient. En même temps, voici des trompettes, timbales, hautbois et tambours qui percent les nues par leurs sons agréables et guerriers, toutes les fées et féos commencèrent un ballet si légèrement dansé, que la moindre gambade les élevait jusqu'à la voûte du salon. Le roi attentif et la future reine n'étaient pas moins surpris l'un que l'autre, quand ils virent tout d'un coup ces honorables baladins métamorphosés en fleurs, qui ne baladinaient pas moins, jasmins, jonquilles, violettes, œillets et tubéreuses, que lorsqu'ils étaient pourvus de jambes et de pieds. C'était un parterre animé, dont tous les mouvements réjouissaient autant l'odorat que la vue.

Un instant après, les fleurs disparurent ; plusieurs fontaines prirent leurs places ; elles s'élevaient rapidement, et retombaient dans un large canal qui se forma au pied du château ; il était couvert de petites galères peintes et dorées, si jolies et si galantes, que la princesse convia ses ambassadeurs d'y entrer avec elle pour s'y promener. Ils le voulurent bien, comprenant que tout cela n'était qu'un jeu qui se terminerait par d'heureuses noces.

Dès qu'ils furent embarqués, la galère, le fleuve et toutes les fontaines disparurent ; les grenouilles redevinrent grenouilles. Le roi demanda où était sa princesse ; la Grenouille repartit :

« Sire, vous n'en devez point avoir d'autre que la reine votre épouse : si j'étais moins de ses amies, je ne me mettrais pas en peine du mariage que vous étiez sur le point de faire ; mais elle a tant de mérite, et votre fille Moufette est si aimable, que vous ne devez pas perdre un moment à tâcher de les délivrer.

— Je vous avoue, madame la Grenouille, dit le roi, que si je ne croyais pas ma femme morte, il n'y a rien au monde que je ne fisse pour la ravoir.

— Après les merveilles que j'ai faites devant vous, répliqua-t-elle, il me semble que vous devriez être persuadé de ce que je vous dis : laissez votre royaume avec de bons ordres, et ne différez pas à partir. Voici une bague qui vous fournira les moyens de voir la reine, et de parler à la fée Lionne, quoiqu'elle soit la plus terrible créature qui soit au monde. »

Le roi ne voyant plus la princesse qui lui était destinée, sentit que sa passion pour elle s'affaiblissait fort, et qu'au contraire, celle qu'il avait eue pour la reine prenait de nouvelles forces.

Il partit sans vouloir être accompagné de personne, et fît des présents très considérables à la Grenouille :

« Ne vous découragez point, lui dit-elle, vous aurez de terribles difficultés à surmonter ; mais j'espère que vous réussirez dans ce que vous souhaitez. »

Le roi, consolé par ces promesses, ne prit point d'autres guides que sa bague pour aller trouver sa chère reine. À mesure que Moufette grandissait, sa beauté se perfectionnait si fort, que tous les monstres du lac de vif-argent en devinrent amoureux ; l'on voyait des dragons d'une figure épouvantable, qui venaient ramper à ses pieds. Bien qu'elle les eût toujours vus, ses beaux yeux ne pouvaient s'y accoutumer, elle fuyait et se cachait entre les bras de sa mère.

« Serons-nous longtemps ici ? lui disait-elle. Nos malheurs ne finiront-ils point ? »

La reine lui donnait de bonnes espérances pour la consoler ; mais dans le fond elle n'en avait aucune ; l'éloignement de la Grenouille, son profond silence, tant de temps passé sans avoir aucunes nouvelles du roi ; tout cela, dis-je, l'affligeait à l'excès.

La fée Lionne s'accoutuma peu à peu à les mener à la chasse ; elle était friande ; elle aimait le gibier qu'elles lui tuaient, et pour toute récompense, elle leur en donnait les pieds ou la tête ; mais c'était même beaucoup de leur permettre de revoir encore la lumière du jour.

Cette fée prenait la figure d'une lionne ; la reine ou sa fille s'asseyaient sur elle, et couraient ainsi les forêts.

Le roi, conduit par sa bague, s'étant arrêté dans une forêt, les vit passer comme un trait qu'on décoche ; il n'en fût pas aperçu ; mais voulant les suivre, elles disparurent absolument à ses yeux.

Malgré les continuelles peines de la reine, sa beauté ne s'était point altérée ; elle lui parut plus aimable que jamais. Tous ses feux se rallumèrent et ne doutant pas que la jeune princesse qui était avec elle, ne fût sa chère Moufette, il résolut de périr mille fois, plutôt que d'abandonner le dessein de les ravoir.

L'officieuse bague le conduisit dans l'obscur séjour où était la reine depuis tant d'années : il n'était pas médiocrement surpris de descendre jusqu'au fond de la terre ; mais tout ce qu'il y vit l'étonna bien davantage. La fée Lionne qui n'ignorait rien, savait le jour et l'heure qu'il devait arriver : que n'aurait-elle pas fait pour que le destin d'intelligence avec elle en eût ordonné autrement ? Mais elle résolut au moins de combattre son pouvoir de tout le sien.

Elle bâtit au milieu du lac de vif-argent un palais de cristal, qui voguait comme l'onde ; elle y renferma la pauvre reine et sa fille ; ensuite elle harangua tous les monstres qui étaient amoureux de Moufette :

« Vous perdrez cette belle princesse, leur dit-elle, si vous ne vous intéressez avec moi à la défendre contre un chevalier qui vient pour l'enlever. »

Les monstres promirent de ne rien négliger de ce qu'ils pouvaient faire ; ils entourèrent le palais de cristal ; les plus légers se placèrent sur le toit et sur les murs ; les autres aux portes, et le reste dans le lac.

Le roi étant conseillé par sa fidèle bague, fut d'abord à la caverne de la fée ; elle l'attendait sous sa figure de Lionne. Dès qu'il parut, elle se jeta sur lui : il mit l'épée à la main avec une valeur qu'elle n'avait pas prévue ; et comme elle allongeait sa patte pour le terrasser, il la lui coupa à la jointure, c'était justement au coude. Elle poussa un grand cri, et tomba ; il s'approcha d'elle, il lui mit le pied sur la gorge, il lui jura par sa foi qu'il l'allait tuer ; et malgré son invulnérable furie, elle ne laissa pas d'avoir peur.

« Que me veux-tu, lui dit-elle, que me demandes-tu ?

— Je veux te punir, répliqua-t-il fièrement, d'avoir enlevé ma femme ; et je veux t'obliger à me la rendre, ou je t'étranglerai tout à l'heure.

— Jette les yeux sur ce lac, dit-elle, vois si elle est en mon pouvoir. »

Le roi regarda du côté qu'elle lui montrait, il vit la reine et sa fille dans le château de cristal, qui voguait sans rames et sans gouvernail comme une galère sur le vif-argent.

Il pensa mourir de joie et de douleur : il les appela de toute sa force, et il en fut entendu ; mais où les joindre ? Pendant qu'il en cherchait le moyen, la fée Lionne disparut.

Il courait le long des bords du lac : quand il était d'un côté prêt à joindre le palais transparent, il s'éloignait d'une vitesse épouvantable ; et ses espérances étaient toujours ainsi déçues. La reine qui craignait qu'à la fin il ne se lassât, lui criait de ne point perdre courage, que la fée Lionne voulait le fatiguer ; mais qu'un véritable amour ne peut être rebuté par aucunes difficultés. Là-dessus, elle et Moufette lui tendaient les mains, prenaient des manières suppliantes. À cette vue, le roi se sentait pénétré de nouveaux traits ; il élevait la voix ; il jurait par le Styx et l'Achéron, de passer plutôt le reste de sa vie dans ces tristes lieux, que d'en partir sans elles.

Il fallait qu'il fût doué d'une grande persévérance : il passait aussi mal son temps que roi du monde ; la terre, pleine de ronces et couverte d'épines, lui servait de lit ; il ne mangeait que des fruits sauvages, plus amers que du fiel, et il avait sans cesse des combats à soutenir contre les monstres du lac. Un mari qui tient cette conduite pour ravoir sa femme, est assurément du temps des fées, et son procédé marque assez l'époque de mon conte.

Trois années s'écoulèrent sans que le roi eût lieu de se promettre aucuns avantages ; il était presque désespéré ; il prit cent fois la résolution de se jeter dans le lac ; et il l'aurait fait, s'il avait pu envisager ce dernier coup comme un remède aux peines de la reine et de la princesse. Il courait à son ordinaire, tantôt d'un côté, tantôt d'un autre, lorsqu'un dragon affreux l'appela, et lui dit :

« Si vous voulez me jurer par votre couronne et par votre sceptre, par votre manteau royal, par votre femme et votre fille, de me donner un certain morceau à manger, dont je suis friand, et que je vous demanderai lorsque j'en aurai envie, je vais vous prendre sur mes ailes, et malgré tous les monstres qui couvrent ce lac, et qui gardent ce château de cristal, je vous promets que nous retirerons la reine et la princesse Moufette. »

« Ah ! cher dragon de mon âme, s'écria le roi, je vous jure, et à toute votre dragonienne espèce, que je vous donnerai à manger tout votre saoul, et que je resterai à jamais votre petit serviteur.

— Ne vous engagez pas, répliqua le dragon, si vous n'avez envie de me tenir parole ; car il arriverait des malheurs si grands, que vous vous en souviendriez le reste de votre vie. »

Le roi redoubla ses protestations ; il mourait d'impatience de délivrer sa chère reine ; il monta sur le dos du dragon, comme il aurait fait sur le plus beau cheval du monde : en même temps les monstres vinrent au-devant de lui pour l'arrêter au passage, ils se battent, l'on n'entend que le sifflement aigu des serpents, l'on ne voit que du feu, le soufre et le salpêtre tombent pêle-mêle : enfin le roi arrive au château ; les efforts s'y renouvellent ; chauves-souris, hiboux, corbeaux, tout lui en défend l'entrée ; mais le dragon avec ses griffes, ses dents et sa queue, mettait en pièces les plus hardis. La reine de son côté qui voyait cette grande bataille, casse ses murs à coup de pieds, et des morceaux, elle en fait des armes pour aider à son cher époux ; ils furent enfin victorieux, ils se joignirent, et l'enchantement s'acheva par un coup de tonnerre qui tomba dans le lac, et qui le tarit.

L'officieux dragon était disparu comme tous les autres ; et sans que le roi pût deviner par quel moyen il avait été transporté dans sa ville capitale, il s'y trouva avec la reine et Moufette, assis dans un salon magnifique, vis-à-vis d'une table délicieusement servie. Il n'a jamais été un étonnement pareil au leur, ni une plus grande joie. Tous leurs sujets accoururent pour voir leur souveraine et la jeune princesse, qui, par une suite de prodiges, était si superbement vêtue, qu'on avait peine à soutenir l'éclat de ses pierreries.

Il est aisé d'imaginer que tous les plaisirs occupèrent cette belle cour : l'on y faisait des mascarades, des courses de bagues, des tournois, qui attiraient les plus grands princes du monde ; et les beaux yeux de Moufette les arrêtaient tous. Entre ceux qui parurent les mieux faits et les plus adroits, le prince Moufy emporta partout l'avantage ; l'on n'entendait que des applaudissements ; chacun l'admirait, et la jeune Moufette, qui avait été jusqu'alors avec les serpents et les dragons du lac, ne put s'empêcher de rendre justice au mérite de Moufy ; il ne se passait aucun jour, sans qu'il fît des galanteries nouvelles pour lui plaire, car il l'aimait passionnément ; et s'étant mis sur les rangs pour établir ses prétentions, il fit connaître au roi et à la reine que sa principauté était d'une beauté et d'une étendue qui méritait bien une attention particulière.

Le roi lui dit que Moufette était maîtresse de se choisir un mari, et qu'il ne la voulait contraindre en rien, qu'il travaillât à lui plaire, que c'était l'unique moyen d'être heureux. Le prince fut ravi de cette réponse, il avait connu en plusieurs rencontres qu'il ne lui était pas indifférent ; et s'en étant enfin expliqué avec elle, elle lui dit que s'il n'était pas son époux, elle n'en aurait jamais d'autre. Moufy, transporté de joie, se jeta à ses pieds, et la conjura dans les termes les plus tendres, de se souvenir de la parole qu'elle lui donnait.

Il courut aussitôt dans l'appartement du roi et de la reine ; il leur rendit compte des progrès que son amour avait fait sur Moufette, et les supplia de ne plus différer son bonheur. Ils y consentirent avec plaisir. Le prince Moufy avait de si grandes qualités, qu'il semblait être seul digne de posséder la merveilleuse Moufette. Le roi voulut bien les fiancer avant qu'il retournât à Moufy, où il était obligé d'aller donner des ordres pour son mariage ; mais il ne serait plutôt jamais parti, que de s'en aller sans des assurances certaines d'être heureux à son retour. La princesse Moufette ne put lui dire adieu sans répandre beaucoup de larmes ; elle avait je ne sais quels pressentiments qui l'affligeaient ; et la reine voyant le prince accablé de douleur, lui donna le portrait de sa fille, le priant, pour l'amour d'eux tous, que l'entrée qu'il allait ordonner ne fût plutôt pas si magnifique, et qu'il tardât moins à revenir. Il lui dit :

« Madame, je n'ai jamais tant pris de plaisir à vous obéir, que j'en aurai dans cette occasion ; mon cœur y est trop intéressé pour que je néglige ce qui peut me rendre heureux. »

Il partit en poste ; et la princesse Moufette en attendant son retour, s'occupait de la musique et des instruments qu'elle avait appris à toucher depuis quelques mois, et dont elle s'acquittait merveilleusement bien. Un jour qu'elle était dans la chambre de la reine, le roi y entra, le visage tout couvert de larmes, et prenant sa fille entre ses bras :

« Ô ! mon enfant, s'écria-t-il. Ô ! père infortuné ! Ô ! malheureux roi ! »

Il n'en put dire davantage : les soupirs coupèrent le fil de sa voix ; la reine et la princesse épouvantées, lui demandèrent ce qu'il avait ; enfin il leur dit qu'il venait d'arriver un géant d'une grandeur démesurée, qui se disait ambassadeur du dragon du lac, lequel, suivant la promesse qu'il avait exigée du roi pour lui aider à combattre et à vaincre les monstres, venait demander la princesse Moufette, afin de la manger en pâté ; qu'il s'était engagé par des serments épouvantables de lui donner tout ce qu'il voudrait ; et en ce temps-là, on ne savait pas manquer à sa parole.

La reine, entendant ces tristes nouvelles, poussa des cris affreux, elle serra la princesse entre ses bras :

« L'on m'arracherait plutôt la vie, dit-elle, que de me résoudre à livrer ma fille à ce monstre ; qu'il prenne notre royaume et tout ce que nous possédons. Père dénaturé, pourriez-vous donner les mains à une si grande barbarie ? Quoi ! mon enfant serait mis en pâte ! Ha ! je n'en peux soutenir la pensée : envoyez-moi ce barbare ambassadeur ; peut-être que mon affliction le touchera. »

Le roi ne répliqua rien : il fut parler au géant, et l'amena ensuite à la reine, qui se jeta à ses pieds, elle et sa fille le conjurant d'avoir pitié d'elles, et de persuader au dragon de prendre tout ce qu'elles avaient, et de sauver la vie à Moufette ; mais il leur répondit que cela ne dépendait point du tout de lui, et que le dragon était trop opiniâtre et trop friand ; que lorsqu'il avait en tête de manger quelque bon morceau, tous les dieux ensemble ne lui en ôteraient pas l'envie ;

qu'il leur conseillait en ami, de faire la chose de bonne grâce, parce qu'il en pourrait encore arriver de plus grands malheurs. À ces mots la reine s'évanouit, et la princesse en aurait fait autant, s'il n'eût fallu qu'elle secourût sa mère.

Ces tristes nouvelles furent à peine répandues dans le palais, que toute la ville le sut, et l'on n'entendait que des pleurs et des gémissements, car Moufette était adorée. Le roi ne pouvait se résoudre à la donner au géant ; et le géant, qui avait déjà attendu plusieurs jours, commençait à se lasser, et menaçait d'une manière terrible. Cependant le roi et la reine disaient :

« Que peut-il nous arriver de pis ? Quand le dragon du lac viendrait nous dévorer nous ne serions pas plus affligés ; si l'on met notre Moufette en pâte, nous sommes perdus. »

Là-dessus le géant leur dit qu'il avait reçu des nouvelles de son maître, et que si la princesse voulait épouser un neveu qu'il avait, il consentait à la laisser vivre ; qu'au reste, ce neveu était beau et bien fait, qu'il était prince, et qu'elle pourrait vivre fort contente avec lui.

Cette proposition adoucit un peu la douleur de leurs majestés ; la reine parla à la princesse, mais elle la trouva beaucoup plus éloignée de ce mariage que de la mort :

« Je ne suis point capable, lui dit-elle, madame, de conserver ma vie par une infidélité, vous m'avez promise au prince Moufy, je ne serai jamais à d'autre : laissez-moi mourir : la fin de ma vie assurera le repos de la vôtre. »

Le roi survint : il dit à sa fille tout ce que la plus forte tendresse peut faire imaginer : elle demeura ferme dans ses sentiments ; et pour conclusion, il fut résolu de la conduire sur le haut d'une montagne où le dragon du lac la devait venir prendre.

L'on prépara tout pour ce triste sacrifice ; jamais ceux d'Iphigénie et de Psyché n'ont été si lugubres : l'on ne voyait que des habits noirs, des visages pâles et consternés. Quatre cents jeunes filles de la première qualité s'habillèrent de longs habits blancs, et se couronnèrent de cyprès pour l'accompagner : on la portait dans une litière de velours noir découverte, afin que tout le monde vît ce chef-d'œuvre des dieux ; ses cheveux étaient épars sur ses épaules, rattachés de crêpes, et la couronne qu'elle avait sur sa tête était de jasmins, mêlés de quelques soucis. Elle ne paraissait touchée que de la douleur du roi et de la reine qui la suivaient accablés de la plus profonde tristesse : le géant, armé de toutes pièces, marchait à côté de la litière où était la princesse ; et la regardant d'un œil avide, il semblait qu'il était assuré d'en manger sa part ; l'air retentissait de soupirs et de sanglots ; le chemin était inondé des larmes que l'on répandait.

« Ha ! Grenouille, Grenouille, s'écriait la reine, vous m'avez bien abandonnée ! hélas, pourquoi me donniez-vous votre secours dans la sombre plaine, puisque vous me le déniez à présent ? Que je serais heureuse d'être morte alors ! je ne verrais pas aujourd'hui toutes mes espérances déçues ! je ne verrais pas, dis-je, ma chère Moufette sur le point d'être dévorée. »

Pendant qu'elle faisait ces plaintes, l'on avançait toujours, quelque lentement qu'on marchât ; et enfin l'on se trouva au haut de la fatale montagne. En ce lieu, les cris et les regrets redoublèrent d'une telle force, qu'il n'a jamais rien été de si lamentable ; le géant convia tout le monde de faire ses adieux et de se retirer. Il fallait bien le faire, car en ce temps-là on était fort simple, et on ne cherchait des remèdes à rien.

Le roi et la reine s'étant éloignés, montèrent sur une autre montagne avec toute leur cour, parce qu'ils pouvaient voir de là ce qui allait arriver à la princesse ; et en effet ils ne restèrent pas longtemps sans apercevoir en l'air un dragon qui avait près d'une demi-lieue de long, bien qu'il eût six grandes ailes, il ne pouvait presque voler, tant son corps était pesant, tout couvert de grosses écailles bleues, et de longs dards enflammés ; sa queue faisait cinquante tours et demi ; chacune de ses griffes était de la grandeur d'un moulin à vent, et l'on voyait dans sa gueule béante trois rangs de dents aussi longues que celles d'un éléphant.

Mais pendant qu'il s'avançait peu à peu, la chère et fidèle Grenouille, montée sur un épervier, vola rapidement vers le prince Moufy. Elle avait son chaperon de roses ; et quoiqu'il fût enfermé dans son cabinet, elle y entra sans clé :

« Que faites-vous ici, amant infortuné ? lui dit-elle. Vous rêvez aux beautés de Moufette, qui est dans ce moment exposée à la plus rigoureuse catastrophe : voici donc une feuille de rose, en soufflant dessus, j'en fais un cheval rare, comme vous allez voir. »

Il parut aussitôt un cheval tout vert ; il avait douze pieds et trois têtes ; l'une jetait du feu, l'autre des bombes, et l'autre des boulets de canon. Elle lui donna une épée qui avait dix-huit aunes de long, et qui était plus légère qu'une plume ; elle le revêtit d'un seul diamant, dans lequel il entra comme dans un habit, et bien qu'il fût plus dur qu'un rocher, il était si maniable, qu'il ne le gênait en rien :

« Partez, lui dit-elle, courez, volez à la défense de ce que vous aimez ; le cheval vert que je vous donne, vous mènera où elle est ; quand vous l'aurez délivrée, faites-lui entendre la part que j'y ai. »

« Généreuse fée, s'écria le prince, je ne puis à présent vous témoigner toute ma reconnaissance ; mais je me déclare pour jamais votre esclave très fidèle. »

Il monta sur le cheval aux trois têtes, aussitôt il se mit à galoper avec ses douze pieds, et faisait plus de diligence que trois des meilleurs chevaux, de sorte qu'il arriva en peu de temps au haut de la montagne, où il vit sa chère princesse toute seule, et l'affreux dragon qui s'en approchait lentement. Le cheval vert se mit à jeter du feu, des bombes et des boulets de canon, qui ne surprirent pas médiocrement le monstre ; il reçut vingt coups de ces boulets dans la gorge, qui entamèrent un peu les écailles ; et les bombes lui crevèrent un œil. Il devint furieux, et voulut se jeter sur le prince ; mais l'épée de dix-huit aunes était d'une si bonne trempe, qu'il la maniait comme il voulait, la lui enfonçant quelquefois jusqu'à la garde, ou s'en servant comme d'un fouet. Le prince n'aurait pas laissé de sentir l'effort de ses griffes, sans l'habit de diamant qui était impénétrable.

Moufette l'avait reconnu de fort loin, car le diamant qui le couvrait était fort brillant et clair, de sorte qu'elle fut saisie de la plus mortelle appréhension dont une maîtresse puisse être capable ; mais le roi et la reine commencèrent à sentir dans leur cœur quelques rayons d'espérance, car il était fort extraordinaire de voir un cheval à trois têtes, à douze pieds, qui jetait feu et flammes et un prince dans un étui de diamants, armé d'une épée formidable, venir dans un moment si nécessaire, et combattre avec tant de valeur. Le roi mit son chapeau sur sa canne, et la reine attacha son mouchoir au bout d'un bâton, pour faire des signes au prince, et l'encourager. Toute leur suite en fit autant. En vérité, il n'en avait pas besoin, son cœur tout seul et le péril où il voyait sa maîtresse, suffisaient pour l'animer.

Quels efforts ne fit-il point ! la terre était couverte des dards, des griffes, des cornes, des ailes et des écailles du dragon ; son sang coulait par mille endroits ; il était tout bleu, et celui du cheval tout vert ; ce qui faisait une nuance singulière sur la terre. Le prince tomba cinq fois, il se releva toujours, il prenait son temps pour remonter sur son cheval, et puis c'était des canonnades et des feux grégeois qui n'ont jamais rien eu de semblable : enfin le dragon perdit ses forces, il tomba, et le prince lui donna un coup dans le ventre qui lui fit une épouvantable blessure ; mais, ce qu'on aura peine à croire, et qui est pourtant aussi vrai que le reste du conte, c'est qu'il sortit par cette large blessure, un prince le plus beau et le plus charmant que l'on ait jamais vu ; son habit était de velours bleu à fond d'or, tout brodé de perles ; il avait sur la tête un petit morion à la grecque, ombragé de plumes blanches. Il accourut les bras ouverts, embrassant le prince Moufy :

« Que ne vous dois-je pas mon généreux libérateur ! lui dit-il ; vous venez de me délivrer de la plus affreuse prison où jamais un souverain puisse être renfermé : j'y avais été condamné par la fée Lionne : il y a seize ans que j'y languis ; et son pouvoir était tel, que malgré ma propre volonté, elle me forçait à dévorer cette belle princesse : menez-moi à ses pieds, pour que je lui explique mon malheur. »

Le prince Moufy, surpris et charmé d'une aventure si étonnante, ne voulut céder en rien aux civilités de ce prince ; ils se hâtèrent de joindre la belle Moufette, qui rendait de son côté mille grâces aux dieux pour un bonheur si inespéré. Le roi, la reine et toute la cour étaient déjà auprès d'elle ; chacun parlait à la fois, personne ne s'entendait, l'on pleurait presque autant de joie, que l'on avait pleuré de douleur. Enfin pour que rien ne manquât à la fête, la bonne Grenouille parut en l'air, montée sur un épervier qui avait des sonnettes d'or aux pieds. Lorsqu'on entendit drelin dindin, chacun leva les yeux ; l'on vit briller le chaperon de roses comme un soleil, et la Grenouille était aussi belle que l'aurore. La reine s'avança vers elle, et la prit par une de ses petites pattes ; aussitôt la sage Grenouille se métamorphosa, et parut comme une grande reine ; son visage était le plus agréable du monde :

« Je viens, s'écria-t-elle, pour couronner la fidélité de la princesse Moufette, elle a mieux aimé exposer sa vie, que de changer ; cet exemple est rare dans le siècle où nous sommes, mais il le sera bien davantage dans les siècles à venir. »

Elle prit aussitôt deux couronnes de myrtes qu'elle mit sur la tête des deux amants qui s'aimaient, et frappant trois coups de sa baguette, l'on vit que tous les os du dragon s'élevèrent pour former un arc de triomphe, en mémoire de la grande aventure qui venait de se passer.

Ensuite cette belle et nombreuse troupe s'achemina vers la ville, chantant hymen et hyménée, avec autant de gaieté, qu'ils avaient célébré tristement le sacrifice de la princesse.

Ses noces ne furent différées que jusqu'au lendemain ; il est aisé de juger de la joie qui les accompagna.

La Chatte Blanche

Il était une fois un roi qui avait trois fils bien faits et courageux ; il eut peur que l'envie de régner ne leur prît avant sa mort ; il courait même certains bruits qu'ils cherchaient à s'acquérir des créatures, et que c'était pour lui ôter son royaume. Le roi se sentait vieux, mais son esprit et sa capacité n'ayant point diminué, il n'avait pas envie de leur céder une place qu'il remplissait si dignement ; il pensa donc que le meilleur moyen de vivre en repos, c'était de les amuser par des promesses dont il saurait toujours éluder l'effet.

Il les appela dans son cabinet, et après leur avoir parlé avec beaucoup de bonté, il ajouta : « Vous conviendrez avec moi, mes chers enfants, que mon grand âge ne permet pas que je m'applique aux affaires de mon État avec autant de soin que je le faisais autrefois. Je crains que mes sujets n'en souffrent, je veux mettre ma couronne sur la tête de l'un de vous autres ; mais il est bien juste que, pour un tel présent, vous cherchiez les moyens de me plaire, dans le dessein que j'ai de me retirer à la campagne. Il me semble qu'un petit chien adroit, joli et fidèle me tiendrait bonne compagnie : de sorte que sans choisir mon fils aîné plutôt que mon cadet, je vous déclare que celui des trois qui m'apportera le plus beau petit chien sera aussitôt mon héritier. » Ces princes demeurèrent surpris de l'inclination de leur père pour un petit chien mais les deux cadets y pouvaient trouver leur compte, et ils acceptèrent avec plaisir la commission d'aller en chercher un ; l'aîné était trop timide ou trop respectueux pour représenter ses droits. Ils prirent congé du roi ; il leur donna de l'argent et des pierreries, ajoutant que dans un an sans y manquer ils revinssent, au même jour et à la même heure, lui apporter leurs petits chiens.

Avant de partir, ils allèrent dans un château qui n'était qu'à une lieue de la ville. Ils y menèrent leurs plus confidents, et firent de grands festins, où les trois frères se promirent une amitié éternelle, qu'ils agiraient dans l'affaire en question sans jalousie et sans chagrin, et que le plus heureux ferait toujours part de sa fortune aux autres ; enfin ils partirent, réglant qu'ils se trouveraient à leur retour dans le même château, pour aller ensemble chez le roi ; ils ne voulurent être suivis de personne, et changèrent leurs noms pour n'être pas connus.

Chacun prit une route différente : les deux aînés eurent beaucoup d'aventures ; mais je ne m'attache qu'à celles du cadet. Il était gracieux, il avait l'esprit gai et réjouissant, la tête admirable, la taille noble, les traits réguliers, de belles dents, beaucoup d'adresse dans tous les exercices qui conviennent à un prince. Il chantait agréablement, il touchait le luth et le théorbe avec une délicatesse qui charmait, il savait peindre. En un mot, il était très accompli ; et pour sa valeur, elle allait jusqu'à l'intrépidité.

Il n'y avait guère de jours qu'il n'achetât des chiens, de grands, de petits, des lévriers, des dogues, limiers, chiens de chasse, épagneuls, barbets, bichons ; dès qu'il en avait un beau, et qu'il en trouvait un plus beau, il laissait aller le premier pour garder l'autre ; car il aurait été impossible qu'il eût mené tout seul trente ou quarante mille chiens, et il ne voulait ni gentilshommes, ni valets de chambre, ni pages à sa suite. Il avançait toujours son chemin, n'ayant point déterminé jusqu'où il irait, lorsqu'il fut surpris de la nuit, du tonnerre et de la pluie dans une forêt, dont il ne pouvait plus reconnaître les sentiers.

Il prit le premier chemin, et après avoir marché longtemps, il aperçut un peu de lumière ; ce qui lui persuada qu'il y avait quelque maison proche, où il se mettrait à l'abri jusqu'au lendemain. Ainsi guidé par la lumière qu'il voyait, il arriva à la porte d'un château, le plus superbe qui se soit jamais imaginé. Cette porte était d'or, couverte d'escarboucles, dont la lumière vive et pure éclairait tous les environs. C'était elle que le prince avait vue de fort loin ; les murs étaient d'une porcelaine transparente, mêlée de plusieurs couleurs, qui représentaient l'histoire de toutes les fées, depuis la création du monde jusqu'alors ; les fameuses aventures de Peau-d'Âne, de Finette, de l'Oranger, de Gracieuse, de la Belle au bois dormant, de Serpentin-Vert, et de cent autres, n'y étaient pas oubliées. Il fut charmé d'y reconnaître le prince Lutin, car c'était son oncle à la mode de Bretagne. La pluie et le mauvais temps l'empêchèrent de s'arrêter davantage dans un lieu où il se mouillait jusqu'aux os, outre qu'il ne voyait point du tout aux endroits où la lumière des escarboucles ne pouvait s'étendre.

Il revint à la porte d'or ; il vit un pied de chevreuil attaché à une chaîne toute de diamant, il admira cette magnificence, et la sécurité avec laquelle on vivait dans le château. Car enfin, disait-il, qui empêche les voleurs de venir couper cette chaîne, et d'arracher les escarboucles ? Ils se feraient riches pour toujours.

Il tira le pied de chevreuil, et aussitôt il entendit sonner une cloche, qui lui parut d'or ou d'argent par le son qu'elle rendait ; au bout d'un moment la porte fut ouverte, sans qu'il aperçût autre chose qu'une douzaine de mains en l'air, qui tenaient chacune un flambeau. Il demeura si surpris qu'il hésitait à avancer, quand il sentit d'autres mains qui le poussaient par derrière avec assez de violence. Il marcha donc fort inquiet, et, à tout hasard, il porta la main sur la garde de son épée ; mais en entrant dans un vestibule tout incrusté de porphyre et de lapis, il entendit deux voix ravissantes qui chantaient ces paroles :

Des mains que vous voyez ne prenez point d'ombrage,
Et ne craignez, en *ce séjour,*
Que les charmes d'un beau visage,
Si votre cœur veut fuir l'amour.

Il ne put croire qu'on l'invitât de si bonne grâce pour lui faire ensuite du mal ; de sorte que se sentant poussé vers une grande porte de corail, qui s'ouvrit dès qu'il s'en fut approché, il entra dans un salon de nacre de perle, et ensuite dans plusieurs chambres ornées différemment, et si riches par les peintures et les pierreries qu'il en était comme enchanté. Mille et mille lumières attachées depuis la voûte du salon jusqu'en bas éclairaient une partie des autres appartements, qui ne laissaient pas d'être remplis de lustres, de girandoles, et de gradins couverts de bougies ; enfin la magnificence était telle qu'il n'était pas aisé de croire que ce fût une chose possible.

Après avoir passé dans soixante chambres, les mains qui le conduisaient l'arrêtèrent ; il vit un grand fauteuil de commodité, qui s'approcha tout seul de la cheminée. En même temps le feu s'alluma, et les mains qui lui semblaient fort belles, blanches, petites, grassettes et bien proportionnées le déshabillèrent, car il était mouillé comme je l'ai déjà dit, et l'on avait peur qu'il ne s'enrhumât. On lui présenta, sans qu'il vît personne, une chemise aussi belle que pour un jour de noces, avec une robe de chambre d'une étoffe glacée d'or, brodée de petites émeraudes qui formaient des chiffres. Les mains sans corps approchèrent de lui une table, sur laquelle sa toilette fut mise. Rien n'était plus magnifique ; elles le peignèrent avec une légèreté et une adresse dont il fut fort content. Ensuite on le rhabilla, mais ce ne fut pas avec ses habits, on lui en apporta de beaucoup plus riches. Il admirait silencieusement tout ce qui se passait, et quelquefois il lui prenait de petits mouvements de frayeur, dont il n'était pas tout à fait le maître.

Après qu'on l'eut poudré, frisé, parfumé, paré, ajusté, et rendu plus beau qu'Adonis, les mains le conduisirent dans une salle superbe par ses dorures et ses meubles. On voyait autour l'histoire des plus fameux chats : Rodillardus pendu par les pieds au conseil des rats, Chat botté marquis de Carabas, le Chat qui écrit, la Chatte devenue femme, les sorciers devenus chats, le sabbat et toutes ses cérémonies ; enfin rien n'était plus singulier que ces tableaux.

Le couvert était mis ; il y en avait deux, chacun garni de son cadenas d'or ; le buffet surprenait par la quantité de vases de cristal de roche et de mille pierres rares. Le prince ne savait pour qui ces deux couverts étaient mis, lorsqu'il vit des chats qui se placèrent dans un petit orchestre, ménagé exprès ; l'un tenait un livre avec des notes les plus extraordinaires du monde, l'autre un rouleau de papier dont il battait la mesure, et les autres avaient de petites guitares. Tout d'un coup chacun se mit à miauler sur différents tons, et à gratter les cordes des guitares avec ses ongles ; c'était la plus étrange musique que l'on eût jamais entendue. Le prince se serait cru en enfer, s'il n'avait pas trouvé ce palais trop merveilleux pour donner dans une pensée si peu vraisemblable ; mais il se bouchait les oreilles, et riait de toute sa force, de voir les différentes postures et les grimaces de ces nouveaux musiciens.

Il rêvait aux différentes choses qui lui étaient déjà arrivées dans ce château, lorsqu'il vit entrer une petite figure qui n'avait pas une coudée de haut. Cette bamboche se couvrait d'un long voile de crêpe noir. Deux chats la menaient ; ils étaient vêtus de deuil, en manteau, et l'épée au côté ; un nombreux cortège de chats venait après ; les uns portaient des ratières pleines de rats, et les autres des souris dans des cages.

Le prince ne sortait point d'étonnement ; il ne savait que penser. La figurine noire s'approcha ; et levant son voile, il aperçut la plus belle petite chatte blanche qui ait jamais été et qui sera jamais. Elle avait l'air fort jeune et fort triste ; elle se mit à faire un miaulis si doux et si charmant qu'il allait droit au cœur ; elle dit au prince : « Fils de roi, sois le bien venu, ma miaularde majesté te voit avec plaisir.—

Madame la Chatte, dit le prince, vous êtes bien généreuse de me recevoir avec tant d'accueil, mais vous ne me paraissez pas une bestiole ordinaire ; le don que vous avez de la parole, et le superbe château que vous possédez, en sont des preuves assez évidentes.— Fils de roi, reprit Chatte Blanche, je te prie, cesse de me faire des compliments, je suis simple dans mes discours et dans mes manières, mais j'ai un bon cœur. Allons, continua-t-elle, que l'on serve, et que les musiciens se taisent, car le prince n'entend pas ce qu'ils disent.— Et disent-ils quelque chose, madame ? reprit-il.— Sans doute, continua-t-elle ; nous avons ici des poètes qui ont infiniment d'esprit, et si vous restez un peu parmi nous, vous aurez lieu d'en être convaincu.— Il ne faut que vous entendre pour le croire, dit galamment le prince ; mais aussi, madame, je vous regarde comme une chatte fort rare. »

L'on apporta le souper, les mains dont les corps étaient invisibles servaient. L'on mit d'abord sur la table deux bisques, l'une de pigeonneaux, et l'autre de souris fort grasses. La vue de l'une empêcha le prince de manger de l'autre, se figurant que le même cuisinier les avait accommodées : mais la petite chatte, qui devina par la mine qu'il faisait ce qu'il avait dans l'esprit, l'assura que sa cuisine était à part, et qu'il pouvait manger de ce qu'on lui présenterait avec certitude qu'il n'y aurait ni rats, ni souris.

Le prince ne se le fit pas dire deux fois, croyant bien que la belle petite chatte ne voudrait pas le tromper. Il remarqua qu'elle avait à sa patte un portrait fait en table ; cela le surprit. Il la pria de le lui montrer, croyant que c'était maître Minagrobis. Il fut bien étonné de voir un jeune homme si beau qu'il était à peine croyable que la nature en pût former un semblable, et qui lui ressemblait si fort qu'on n'aurait pu le peindre mieux. Elle soupira, et devenant encore plus triste, elle garda un profond silence. Le prince vit bien qu'il y avait quelque chose d'extraordinaire là-dessous ; cependant il n'osa s'en informer, de peur de déplaire à la chatte, ou de la chagriner. Il l'entretint de toutes les nouvelles qu'il savait, et il la trouva fort instruite des différents intérêts des princes, et des autres choses qui se passaient dans le monde.

Après le souper, Chatte Blanche convia son hôte d'entrer dans un salon où il y avait un théâtre, sur lequel douze chats et douze singes dansèrent un ballet. Les uns étaient vêtus en Maures, et les autres en

Chinois. Il est aisé de juger des sauts et des cabrioles qu'ils faisaient, et de temps en temps ils se donnaient des coups de griffes ; c'est ainsi que la soirée finit. Chatte Blanche donna le bonsoir à son hôte ; les mains qui l'avaient conduit jusque-là le reprirent et le menèrent dans un appartement tout opposé à celui qu'il avait vu. Il était moins magnifique que galant ; tout était tapissé d'ailes de papillons, dont les diverses couleurs formaient mille fleurs différentes. Il y avait aussi des plumes d'oiseaux très rares, et qui n'ont peut-être jamais été vus que dans ce lieu-là. Les lits étaient de gaze, rattachés par mille nœuds de rubans. C'étaient de grandes glaces depuis le plafond jusqu'au parquet, et les bordures d'or ciselé représentaient mille petits amours.

Le prince se coucha sans dire mot, car il n'y avait pas moyen de faire la conversation avec les mains qui le servaient ; il dormit peu, et fut réveillé par un bruit confus. Les mains aussitôt le tirèrent de son lit, et lui mirent un habit de chasse. Il regarda dans la cour du château, il aperçut plus de cinq cents chats, dont les uns menaient des lévriers en laisse, les autres sonnaient du cor ; c'était une grande fête. Chatte Blanche allait à la chasse ; elle voulait que le prince y vînt. Les officieuses mains lui présentèrent un cheval de bois qui courait à toute bride, et qui allait le pas à merveille ; il fit quelque difficulté d'y monter, disant qu'il s'en fallait beaucoup qu'il ne fût chevalier errant comme don Quichotte : mais sa résistance ne servit de rien, on le planta sur le cheval de bois. Il avait une housse et une selle en broderie d'or et de diamants. Chatte Blanche montait un singe, le plus beau et le plus superbe qui se soit encore vu ; elle avait quitté son grand voile, et portait un bonnet à la dragonne, qui lui donnait un air si résolu que toutes les souris du voisinage en avaient peur. Il ne s'était jamais fait une chasse plus agréable ; les chats couraient plus vite que les lapins et les lièvres ; de sorte que, lorsqu'ils en prenaient, Chatte Blanche faisait faire la curée devant elle, et il s'y passait mille tours d'adresse très réjouissants ; les oiseaux n'étaient pas de leur côté trop en sûreté, car les chatons grimpaient aux arbres, et le maître singe portait Chatte Blanche jusque dans les nids des aigles, pour disposer à sa volonté des petites altesses aiglonnes.

La chasse étant finie, elle prit un cor qui était long comme le doigt, mais qui rendait un son si clair et si haut qu'on l'entendait aisément de dix lieues : dès qu'elle eut sonné deux ou trois fanfares, elle fut environnée de tous les chats du pays, les uns paraissaient en l'air, montés sur des chariots, les autres dans des barques abordaient par eau, enfin, il ne s'en est jamais tant vu. Ils étaient presque tous habillés de différentes manières : elle retourna au château avec ce pompeux cortège, et pria le prince d'y venir. Il le voulut bien, quoiqu'il lui semblât que tant de chatonnerie tenait un peu du sabbat et du sorcier, et que la chatte parlante l'étonnât plus que tout le reste.

Dès qu'elle fut rentrée chez elle, on lui mit son grand voile noir ; elle soupa avec le prince, il avait faim, et mangea de bon appétit ; l'on apporta des liqueurs dont il but avec plaisir, et sur-le-champ elles lui ôtèrent le souvenir du petit chien qu'il devait porter au roi. Il ne pensa plus qu'à miauler avec Chatte Blanche, c'est-à-dire, à lui tenir bonne et fidèle compagnie ; il passait les jours en fêtes agréables, tantôt à la pêche ou à la chasse, puis l'on faisait des ballets, des carrousels, et mille autres choses où il se divertissait très bien ; souvent même la belle chatte composait des vers et des chansonnettes d'un style si passionné qu'il semblait qu'elle avait le cœur tendre, et que l'on ne pouvait parler comme elle faisait sans aimer ; mais son secrétaire, qui était un vieux chat, écrivait si mal que, encore que ses ouvrages aient été conservés, il est impossible de les lire.

Le prince avait oublié jusqu'à son pays. Les mains dont j'ai parlé continuaient de le servir. Il regrettait quelquefois de n'être pas chat, pour passer sa vie dans cette bonne compagnie. « Hélas ! disait-il à Chatte Blanche, que j'aurai de douleur de vous quitter ; je vous aime si chèrement ! ou devenez fille, ou rendez-moi chat. » Elle trouvait son souhait fort plaisant, et ne lui faisait que des réponses obscures, où il ne comprenait presque rien.

Une année s'écoule bien vite quand on n'a ni souci ni peine, qu'on se réjouit et qu'on se porte bien. Chatte Blanche savait le temps où il devait retourner ; et comme il n'y pensait plus, elle l'en fit souvenir. « Sais-tu, dit-elle, que tu n'as que trois jours pour chercher le petit chien que le roi ton père souhaite, et que tes frères en ont trouvé de fort beaux ? » Le prince revint à lui, et s'étonnant de sa négligence : « Par quel charme secret, s'écria-t-il, ai-je oublié la chose du monde qui m'est la plus importante ? Il y va de ma gloire et de ma fortune ; où prendrai-je un chien tel qu'il le faut pour gagner un royaume, et un cheval assez diligent pour faire tant de chemin ? » Il commença de s'inquiéter, et s'affligea beaucoup.

Chatte Blanche lui dit, en s'adoucissant : « Fils de roi, ne te chagrine point, je suis de tes amies ; tu peux rester encore ici un jour, et quoiqu'il y ait cinq cents lieues d'ici à ton pays, le bon cheval de bois t'y portera en moins de douze heures.— Je vous remercie, belle Chatte, dit le prince ; mais il ne me suffit pas de retourner vers mon père, il faut que je lui porte un petit chien.— Tiens, lui dit Chatte Blanche, voici un gland où il y en a un plus beau que la canicule.— Oh, dit le prince, madame la Chatte, Votre Majesté se moque de moi.— Approche le gland de ton oreille, continua-t-elle, et tu l'entendras japper. » Il obéit. Aussitôt le petit chien fit jap, jap, et le prince demeura transporté de joie, car tel chien qui tient dans un gland doit être fort petit. Il voulait l'ouvrir, tant il avait envie de le voir, mais Chatte Blanche lui dit qu'il pourrait avoir froid par les chemins, et qu'il valait mieux attendre qu'il fût devant le roi son père. Il la remercia mille fois, et lui dit un adieu très tendre. « Je vous assure, ajouta-t-il, que les jours m'ont paru si courts avec vous que je regrette en quelque façon de vous laisser ici ; et quoique vous y soyez souveraine, et que tous les chats qui vous font la cour aient plus d'esprit et de galanterie que les nôtres, je ne laisse pas de vous convier de venir avec moi. » La Chatte ne répondit à cette proposition que par un profond soupir.

Ils se quittèrent ; le prince arriva le premier au château où le rendez-vous avait été réglé avec ses frères. Ils s'y rendirent peu après, et demeurèrent surpris de voir dans la cour un cheval de bois qui sautait mieux que tous ceux que l'on a dans les académies.

Le prince vint au-devant d'eux. Ils s'embrassèrent plusieurs fois, et se rendirent compte de leurs voyages ; mais notre prince déguisa à ses frères la vérité de ses aventures, et leur montra un méchant chien, qui servait à tourner la broche, disant qu'il l'avait trouvé si joli que c'était celui qu'il apportait au roi. Quelque amitié qu'il y eût entre eux, les deux aînés sentirent une secrète joie du mauvais choix de leur cadet : ils étaient à table, et se marchaient sur le pied, comme pour se dire qu'ils n'avaient rien à craindre de ce côté-là.

Le lendemain ils partirent ensemble dans un même carrosse. Les deux fils aînés du roi avaient de petits chiens dans des paniers, si beaux et si délicats que l'on osait à peine les toucher. Le cadet portait le pauvre tournebroche, qui était si crotté que personne ne pouvait le souffrir. Lorsqu'ils furent dans le palais, chacun les environna pour leur souhaiter la bienvenue ; ils entrèrent dans l'appartement du roi. Celui-ci ne savait en faveur duquel décider, car les petits chiens qui lui étaient présentés par ses deux aînés étaient presque d'une égale beauté, et ils se disputaient déjà l'avantage de la succession, lorsque leur cadet les mit d'accord en tirant de sa poche le gland que Chatte Blanche lui avait donné. Il l'ouvrit promptement, puis chacun vit un petit chien couché sur du coton. Il passait au milieu d'une bague sans y toucher. Le prince le mit par terre, aussitôt il commença de danser la sarabande avec des castagnettes, aussi légèrement que la plus célèbre Espagnole. Il était de mille couleurs différentes, ses soies et ses oreilles traînaient par terre. Le roi demeura fort confus, car il était impossible de trouver rien à redire à la beauté du toutou.

Cependant il n'avait aucune envie de se défaire de sa couronne. Le plus petit fleuron lui était plus cher que tous les chiens de l'univers. Il dit donc à ses enfants qu'il était satisfait de leurs peines ; mais qu'ils avaient si bien réussi dans la première chose qu'il avait souhaitée d'eux qu'il voulait encore éprouver leur habileté avant de tenir parole ; qu'ainsi il leur donnait un an à chercher par terre et par mer une pièce de toile si fine qu'elle passât par le trou d'une aiguille à faire du point de Venise. Ils demeurèrent tous trois très affligés d'être en obligation de retourner à une nouvelle quête. Les deux princes, dont les chiens étaient moins beaux que celui de leur cadet, y consentirent. Chacun partit de son côté, sans se faire autant d'amitié que la première fois, car le tournebroche les avait un peu refroidis.

Notre prince reprit son cheval de bois ; et sans vouloir chercher d'autres secours que ceux qu'il pourrait espérer de l'amitié de Chatte Blanche, il partit en toute diligence, et retourna au château où elle l'avait si bien reçu. Il en trouva toutes les portes ouvertes ; les fenêtres, les toits, les tours et les murs étaient bien éclairés de cent mille lampes, qui faisaient un effet merveilleux. Les mains qui l'avaient si bien servi s'avancèrent au-devant de lui, prirent la bride de l'excellent cheval de bois, qu'elles menèrent à l'écurie, pendant que le prince entrait dans la chambre de Chatte Blanche.

Elle était couchée dans une petite corbeille, sur un matelas de satin blanc très propre. Elle avait des cornettes négligées, et paraissait abattue ; mais quand elle aperçut le prince, elle fit mille sauts et autant de gambades, pour lui témoigner la joie qu'elle avait. « Quelque sujet que j'eusse, lui dit-elle, d'espérer ton retour, je t'avoue, fils de roi, que je n'osais m'en flatter ; et je suis ordinairement si malheureuse dans les choses que je souhaite, que celle-ci me surprend. » Le prince reconnaissant lui fit mille caresses ; il lui conta le succès de son voyage, qu'elle savait peut-être mieux que lui, et que le roi voulait une pièce de toile qui pût passer par le trou d'une aiguille ; qu'à la vérité il croyait la chose impossible, mais qu'il n'avait pas laissé de la tenter, se promettant tout de son amitié et de son secours. Chatte Blanche, prenant un air plus sérieux, lui dit que c'était une affaire à laquelle il fallait penser, que par bonheur elle avait dans son château des chattes qui filaient fort bien, qu'elle-même y mettrait la griffe, et qu'elle avancerait cette besogne ; qu'ainsi il pouvait demeurer tranquille, sans aller bien loin chercher ce qu'il trouverait plus aisément chez elle qu'en aucun lieu du monde.

Les mains parurent, elles portaient des flambeaux ; et le prince les suivant avec Chatte Blanche entra dans une magnifique galerie qui régnait le long d'une grande rivière, sur laquelle on tira un grand feu d'artifice surprenant. L'on y devait brûler quatre chats, dont le procès était fait dans les formes. Ils étaient accusés d'avoir mangé le rôti du souper de Chatte Blanche, son fromage, son lait, d'avoir même conspiré contre sa personne avec Martafax et L'hermite, fameux rats de la contrée, et tenus pour tels par La Fontaine, auteur très véritable : mais avec tout cela, l'on savait qu'il y avait beaucoup de cabale dans cette affaire, et que la plupart des témoins étaient subornés. Quoi qu'il en soit, le prince obtint leur grâce. Le feu d'artifice ne fit mal à personne, et l'on n'a encore jamais vu de si belles fusées.

L'on servit ensuite une médianoche très propre, qui causa plus de plaisir au prince que le feu, car il avait grand faim, et son cheval de bois l'avait mené si vite qu'il n'a jamais été de diligence pareille. Les jours suivants se passèrent comme ceux qui les avaient précédés, avec mille fêtes différentes, dont l'ingénieuse Chatte Blanche régalait son hôte. C'est peut-être le premier mortel qui se soit si bien diverti avec des chats, sans avoir d'autre compagnie.

Il est vrai que Chatte Blanche avait l'esprit agréable, liant, et presque universel. Elle était plus savante qu'il n'est permis à une chatte de l'être. Le prince s'en étonnait quelquefois : « Non, lui disait-il, ce n'est point une chose naturelle que tout ce que je remarque de merveilleux en vous : si vous m'aimez, charmante minette, apprenez-moi par quel prodige vous pensez et vous parlez si juste qu'on pourrait vous recevoir dans les académies fameuses des plus beaux esprits ?— Cesse tes questions, fils de roi, lui disait-elle, il ne m'est pas permis d'y répondre, et tu peux pousser tes conjectures aussi loin que tu voudras, sans que je m'y oppose ; qu'il te suffise que j'aie toujours pour toi patte de velours, et que je m'intéresse tendrement dans tout ce qui te regarde. »

Insensiblement cette seconde année s'écoula comme la première, le prince ne souhaitait guère de choses que les mains diligentes ne lui apportassent sur-le-champ, soit des livres, des pierreries, des tableaux, des médailles antiques ; enfin il n'avait qu'à dire je veux un tel bijou, qui est dans le cabinet du Mogol ou du roi de Perse, telle statue de Corinthe ou de la Grèce, il voyait aussitôt devant lui ce qu'il désirait, sans savoir ni qui l'avait apporté, ni d'où il venait. Cela ne laisse pas d'avoir ses agréments ; et pour se délasser, l'on est quelquefois bien aise de se voir maître des plus beaux trésors de la terre.

Chatte Blanche, qui veillait toujours aux intérêts du prince, l'avertit que le temps de son départ approchait, qu'il pouvait se tranquilliser sur la pièce de toile qu'il désirait, et qu'elle lui en avait fait une merveilleuse ; elle ajouta qu'elle voulait cette fois-ci lui donner un équipage digne de sa naissance, et sans attendre sa réponse, elle l'obligea de regarder dans la grande cour du château. Il y avait une calèche découverte, d'or émaillé de couleur de feu, avec mille devises galantes, qui satisfaisaient autant l'esprit que les yeux. Douze chevaux blancs comme la neige, attachés quatre à quatre de front, la traînaient, chargés de harnais de velours couleur de feu en broderie de diamants, et garnis de plaques d'or. La doublure de la calèche était pareille, et cent carrosses à huit chevaux, tous remplis de seigneurs de grande apparence, très superbement vêtus, suivaient cette calèche. Elle était encore accompagnée par mille gardes du corps dont les habits étaient si couverts de broderie que l'on n'apercevait point l'étoffe ; ce qui était singulier, c'est qu'on voyait partout le portrait de Chatte Blanche, soit dans les devises de la calèche, ou sur les habits des gardes du corps, ou attachés avec un ruban du justaucorps de ceux qui faisaient le cortège, comme un ordre nouveau dont elle les avait honorés.

« Va, dit-elle au prince, va paraître à la cour du roi ton père, d'une manière si somptueuse que tes airs magnifiques servent à lui en imposer, afin qu'il ne te refuse plus la couronne que tu mérites. Voilà une noix, ne la casse qu'en sa présence, tu y trouveras la pièce de toile que tu m'as demandée.— Aimable Blanchette, lui dit-il, je vous avoue que je suis si pénétré de vos bontés, que si vous y vouliez consentir, je préférerais de passer ma vie avec vous à toutes les grandeurs que j'ai lieu de me promettre ailleurs.— Fils de roi, répliqua-t-elle, je suis persuadée de la bonté de ton cœur, c'est une marchandise rare parmi les princes, ils veulent être aimés de tout le monde, et ne veulent rien aimer ; mais tu montres assez que la règle générale a son exception. Je te tiens compte de l'attachement que tu témoignes pour une petite Chatte Blanche, qui dans le fond n'est propre à rien qu'à prendre des souris. » Le prince lui baisa la patte, et partit.

L'on aurait de la peine à croire la diligence qu'il fit, si l'on ne savait déjà de quelle manière le cheval de bois l'avait porté en moins de deux jours à plus de cinq cents lieues du château ; de sorte que le même pouvoir qui anima celui-là pressa si fort les autres qu'ils ne restèrent que vingt-quatre heures sur le chemin ; ils ne s'arrêtèrent en aucun endroit, jusqu'à ce qu'ils fussent arrivés chez le roi, où les deux frères aînés du prince s'étaient déjà rendus ; de sorte que ne voyant point paraître leur cadet, ils s'applaudissaient de sa négligence, et se disaient tout bas l'un à l'autre : « Voilà qui est bien heureux, il est mort ou malade, il ne sera point notre rival dans l'affaire importante qui va se traiter. » Aussitôt ils déployèrent leurs toiles, qui à la vérité étaient si fines qu'elles passaient par le trou d'une grosse aiguille, mais dans une petite, cela ne se pouvait ; et le roi, très aise de ce prétexte de dispute, leur montra l'aiguille qu'il avait proposée et que les magistrats, par son ordre, apportèrent du trésor de la ville, où elle avait été soigneusement enfermée.

Il y avait beaucoup de murmure sur cette dispute. Les amis des princes, et particulièrement ceux de l'aîné, car c'était sa toile qui était la plus belle, disaient que c'était là une franche chicane, où il entrait beaucoup d'adresse et de normanisme. Les créatures du roi soutenaient qu'il n'était point obligé de tenir des conditions qu'il n'avait pas proposées ; enfin, pour les mettre tous d'accord, l'on entendit un bruit charmant de trompettes, de timbales et de hautbois ; c'était notre prince qui arrivait en pompeux appareil. Le roi et ses deux fils demeurèrent aussi étonnés les uns que les autres d'une si grande magnificence.

Après qu'il eut salué respectivement son père, embrassé ses frères, il tira d'une boîte couverte de rubis la noix qu'il cassa ; il croyait y trouver la pièce de toile tant vantée ; mais il y avait au lieu une noisette. Il cassa encore, et demeura surpris de voir un noyau de cerise. Chacun se regardait, le roi riait tout doucement, et se moquait que son fils eût été assez crédule pour croire apporter dans une noix une pièce de toile : mais pourquoi ne l'aurait-il pas cru, puisqu'il a déjà donné un petit chien qui tenait dans un gland ? Il cassa donc le noyau de cerise, qui était rempli de son amande ; alors il s'éleva un grand bruit dans la chambre, l'on n'entendait autre chose que : « Le prince cadet est la dupe de l'aventure. » Il ne répondit rien aux mauvaises plaisanteries des courtisans ; il ouvre l'amande, et trouve un grain de blé puis dans le grain de blé un grain de millet. Oh ! c'est la vérité qu'il commença à se défier, et marmotta entre ses dents : « Chatte Blanche, Chatte Blanche, tu t'es moquée de moi. » Il sentit dans ce moment la griffe d'un chat sur sa main, dont il fut si bien égratigné qu'il saignait. Il ne savait si cette griffade était faite pour lui donner du cœur, ou lui faire perdre courage. Cependant il ouvrit le grain de millet, et l'étonnement de tout le monde ne fut pas petit, quand il en tira une pièce de toile de quatre cents aunes, si merveilleuse que tous les oiseaux, les animaux et les poissons y étaient peints avec les arbres, les fruits et les plantes de la terre, les rochers, les raretés et les coquillages de la mer, le soleil, la lune, les étoiles, les astres et les planètes des cieux : il y avait encore le portrait des rois et autres souverains qui régnaient pour lors dans le monde ; celui de leurs femmes, de leurs maîtresses, de leurs enfants et de tous leurs sujets, sans que le plus petit polisson y fût oublié. Chacun dans son état faisait le personnage qui lui convenait, et vêtu à la mode de son pays. Lorsque le roi vit cette pièce de toile, il devint aussi pâle que le prince était devenu rouge de la chercher si longtemps. L'on présenta l'aiguille, et elle y passa et repassa six fois. Le roi et les deux princes aînés gardaient un morne silence, quoique la beauté si rare de cette toile les forçât de temps en temps de dire que tout ce qui était dans l'univers ne lui était pas comparable.

Le roi poussa un profond soupir, et se tournant vers ses enfants : « Rien ne peut, leur dit-il, me donner tant de consolation dans ma vieillesse que de reconnaître votre déférence pour moi, je souhaite donc que vous vous mettiez à une nouvelle épreuve. Allez encore voyager un an, et celui qui au bout de l'année ramènera la plus belle fille l'épousera, et sera couronné roi à son mariage ; c'est aussi bien une nécessité que mon successeur se marie. Je jure, je promets, que je ne différerai plus à donner la récompense que j'ai promise. »

Toute l'injustice roulait sur notre prince. Le petit chien et la pièce de toile méritaient dix royaumes plutôt qu'un ; mais il était si bien né qu'il ne voulut point contrarier la volonté de son père ; et sans différer, il remonta dans sa calèche : tout son équipage le suivit, et il retourna auprès de sa chère Chatte Blanche ; elle savait le jour et le moment qu'il devait arriver, tout était jonché de fleurs sur le chemin, mille cassolettes fumaient de tous côtés, et particulièrement dans le château. Elle était assise sur un tapis de Perse, et sous un pavillon de drap d'or, dans une galerie où elle pouvait le voir revenir. Il fut reçu par les mains qui l'avaient toujours servi. Tous les chats grimpèrent sur les gouttières pour le féliciter par un miaulage désespéré.

« Eh bien, fils de roi, lui dit-elle, te voilà donc encore revenu sans couronne ?— Madame, répliqua-t-il, vos bontés m'avaient mis en état de la gagner : mais je suis persuadé que le roi aurait plus de peine à s'en défaire que je n'aurais de plaisir à la posséder.— N'importe, dit-elle, il ne faut rien négliger pour la mériter, je te servirai dans cette occasion ; et puisqu'il faut que tu mènes une belle fille à la cour de ton père, je t'en chercherai quelqu'une qui te fera gagner le prix ; cependant réjouissons-nous, j'ai ordonné un combat naval entre mes chats et les terribles rats de la contrée. Mes chats seront peut-être embarrassés, car ils craignent l'eau ; mais aussi ils auraient trop d'avantage, et il faut, autant qu'on le peut, égaler toutes choses. » Le prince admira la prudence de madame Minette. Il la loua beaucoup, et fut avec elle sur une terrasse qui donnait vers la mer.

Les vaisseaux des chats consistaient en de grands morceaux de liège, sur lesquels ils voguaient assez commodément. Les rats avaient joint plusieurs coques d'œufs, et c'étaient là leurs navires. Le combat s'opiniâtra cruellement ; les rats se jetaient dans l'eau, et nageaient bien mieux que les chats ; de sorte que vingt fois ils furent vainqueurs et vaincus ; mais Minagrobis, amiral de la flotte chatonique, réduisit la gente ratonienne dans le dernier désespoir. Il mangea à belles dents le général de leur flotte ; c'était un vieux rat expérimenté, qui avait fait trois fois le tour du monde dans de bons vaisseaux, où il n'était ni capitaine, ni matelot, mais seulement croque-lardon.

Chatte Blanche ne voulut pas qu'on détruisît absolument ces pauvres infortunés. Elle avait de la politique, et songeait que s'il n'y avait plus ni rats, ni souris dans le pays, ses sujets vivraient dans une oisiveté qui pourrait lui devenir préjudiciable. Le prince passa cette année comme il avait fait des autres, c'est-à-dire à la chasse, à la pêche, au jeu, car Chatte Blanche jouait fort bien aux échecs. Il ne pouvait s'empêcher de temps en temps de lui faire de nouvelles questions, pour savoir par quel miracle elle parlait. Il lui demandait si elle était fée, ou si par une métamorphose on l'avait rendue chatte ; mais comme elle ne disait jamais que ce qu'elle voulait bien dire, elle ne répondait aussi que ce qu'elle voulait bien répondre, et c'était tant de petits mots qui ne signifiaient rien qu'il jugea aisément qu'elle ne voulait pas partager son secret avec lui.

Rien ne s'écoule plus vite que des jours qui se passent sans peine et sans chagrin, et si la chatte n'avait pas été soigneuse de se souvenir du temps qu'il fallait retourner à la cour, il est certain que le prince l'aurait absolument oublié. Elle l'avertit la veille qu'il ne tiendrait qu'à lui d'emmener une des plus belles princesses qui fût dans le monde, que l'heure de détruire le fatal ouvrage des fées était à la fin arrivé, et qu'il fallait pour cela qu'il se résolût à lui couper la tête et la queue, qu'il jetterait promptement dans le feu. « Moi, s'écria-t-il, Blanchette ! mes amours ! moi, dis-je, je serais assez barbare pour vous tuer ? Ah ! vous voulez sans doute éprouver mon cœur, mais soyez certaine qu'il n'est point capable de manquer à l'amitié et à la reconnaissance qu'il vous doit.— Non, fils de roi, continua-t-elle, je ne te soupçonne d'aucune ingratitude ; je connais ton mérite, ce n'est ni toi, ni moi qui réglons dans cette affaire notre destinée. Fais ce que je souhaite, nous recommencerons l'un et l'autre d'être heureux, et tu connaîtras, foi de chatte de bien et d'honneur, que je suis véritablement ton amie.

Les larmes vinrent deux ou trois fois aux yeux du jeune prince, de la seule pensée qu'il fallait couper la tête à sa petite chatonne qui était si jolie et si gracieuse. Il dit encore tout ce qu'il put imaginer de plus tendre pour qu'elle l'en dispensât, elle répondait opiniâtrement qu'elle voulait mourir de sa main ; et que c'était l'unique moyen d'empêcher que ses frères n'eussent la couronne ; en un mot, elle le pressa avec tant d'ardeur qu'il tira son épée en tremblant, et, d'une main mal assurée, il coupa la tête et la queue de sa bonne amie la chatte : en même temps il vit la plus charmante métamorphose qui se puisse imaginer. Le corps de Chatte Blanche devint grand, et se changea tout d'un coup en fille, c'est ce qui ne saurait être décrit, il n'y a eu que celle-là d'aussi accomplie. Ses yeux ravissaient les cœurs, et sa douceur les retenait : sa taille était majestueuse, l'air noble et modeste, un esprit liant, des manières engageantes ; enfin, elle était au-dessus de tout ce qu'il y a de plus aimable.

Le prince en la voyant demeura si surpris, et d'une surprise si agréable, qu'il se crut enchanté. Il ne pouvait parler, ses yeux n'étaient pas assez grands pour la regarder, et sa langue liée ne pouvait expliquer son étonnement ; mais ce fut bien autre chose, lorsqu'il vit entrer un nombre extraordinaire de dames et de seigneurs, qui tenant tous leur peau de chattes ou de chats jetée sur leurs épaules vinrent se prosterner aux pieds de la reine, et lui témoigner leur joie de la revoir dans son état naturel. Elle les reçut avec des témoignages de bonté qui marquaient assez le caractère de son cœur. Et après avoir tenu son cercle quelques moments, elle ordonna qu'on la laissât seule avec le prince, et elle lui parla ainsi :

« Ne pensez pas, seigneur, que j'aie toujours été chatte, ni que ma naissance soit obscure parmi les hommes. Mon père était roi de six royaumes. Il aimait tendrement ma mère, et la laissait dans une entière liberté de faire tout ce qu'elle voulait. Son inclination dominante était de voyager ; de sorte qu'étant grosse de moi, elle entreprit d'aller voir une certaine montagne, dont elle avait entendu dire des choses surprenantes. Comme elle était en chemin, on lui dit qu'il y avait, proche du lieu où elle passait, un ancien château de fées, le plus beau du monde, tout au moins qu'on le croyait tel par une tradition qui en était restée ; car d'ailleurs comme personne n'y entrait, on n'en pouvait juger, mais qu'on savait très sûrement que ces fées avaient dans leur jardin les meilleurs fruits, les plus savoureux et délicats qui se fussent jamais mangés.

Aussitôt la reine ma mère eut une envie si violente d'en manger qu'elle y tourna ses pas. Elle arriva à la porte de ce superbe édifice, qui brillait d'or et d'azur de tous les côtés ; mais elle y frappa inutilement : qui que ce soit ne parut, il semblait que tout le monde y était mort ; son envie augmentant par les difficultés, elle envoya quérir des échelles, afin que l'on pût passer par-dessus les murs du jardin, et l'on en serait venu à bout si ces murs ne se fussent haussés à vue d'œil, bien que personne n'y travaillât ; l'on attachait des échelles les unes aux autres, elles rompaient sous le poids de ceux qu'on y faisait monter, et ils s'estropiaient ou se tuaient.

La reine se désespérait. Elle voyait de grands arbres chargés de fruits qu'elle croyait délicieux, elle en voulait manger ou mourir ; de sorte qu'elle fit tendre des tentes fort riches devant le château, et elle y resta six semaines avec toute sa cour. Elle ne dormait ni ne mangeait, elle soupirait sans cesse, elle ne parlait que des fruits du jardin inaccessible ; enfin elle tomba dangereusement malade, sans que qui que ce soit pût apporter le moindre remède à son mal, car les inexorables fées n'avaient pas même paru depuis qu'elle s'était établie proche de leur château. Tous ses officiers s'affligeaient extraordinairement : l'on n'entendait que des pleurs et des soupirs, pendant que la reine mourante demandait des fruits à ceux qui la servaient ; mais elle n'en voulait point d'autres que ceux qu'on lui refusait.

Une nuit qu'elle s'était un peu assoupie, elle vit en se réveillant une petite vieille, laide et décrépite, assise dans un fauteuil au chevet de son lit. Elle était surprise que ses femmes eussent laissé approcher si près d'elle une inconnue, lorsque celle-ci lui dit : « Nous trouvons Ta Majesté bien importune, de vouloir avec tant d'opiniâtreté manger de nos fruits ; mais puisqu'il y va de ta précieuse vie, mes sœurs et moi consentons à t'en donner tant que tu pourras en emporter, et tant que tu resteras ici, pourvu que tu nous fasses un don.— Ah ! ma bonne mère, s'écria la reine, parlez, je vous donne mes royaumes, mon cœur, mon âme, pourvu que j'aie des fruits, je ne saurais les acheter trop cher.— Nous voulons, dit-elle, que Ta Majesté nous donne la fille que tu portes dans ton sein ; dès qu'elle sera née, nous la viendrons quérir ; elle sera nourrie parmi nous ; il n'y a point de vertus, de beautés, de sciences, dont nous ne la voulions douer : en un mot, ce sera notre enfant, nous la rendrons heureuse ; mais observe que Ta Majesté ne la reverra plus qu'elle ne soit mariée. Si la proposition t'agrée, je vais tout à l'heure te guérir, et te mener dans nos vergers ; malgré la nuit, tu verras assez clair pour choisir ce que tu voudras. Si ce que je te dis ne te plaît pas, bonsoir, madame la reine, je vais dormir.— Quelque dure que soit la loi que vous m'imposez, répondit la reine, je l'accepte plutôt que de mourir ; car il est certain que je n'ai pas un jour à vivre, ainsi je perdrais mon enfant en me perdant. Guérissez-moi, savante fée, continua-t-elle, et ne me laissez pas un moment sans jouir du privilège que vous venez de m'accorder. »

La fée la toucha avec une petite baguette d'or, en disant : « Que Ta Majesté soit quitte de tous les maux qui la retiennent dans ce lit. » Il lui sembla aussitôt qu'on lui ôtait une robe fort pesante et fort dure, dont elle se sentait comme accablée, et qu'il y avait des endroits où elle tenait davantage. C'était apparemment ceux où le mal était le plus grand. Elle fit appeler toutes ses dames, et leur dit avec un visage gai qu'elle se portait à merveille, qu'elle allait se lever, et qu'enfin ces portes si bien verrouillées et si bien barricadées du palais de féerie lui seraient ouvertes pour manger de beaux fruits, et pour en emporter tant qu'il lui plairait.

Il n'y eut aucune de ses dames qui ne crût la reine en délire, et que dans ce moment elle rêvait à ces fruits qu'elle avait tant souhaités ; de sorte qu'au lieu de lui répondre, elles se prirent à pleurer, et firent éveiller tous les médecins pour voir en quel état elle était. Ce retardement désespérait la reine ; elle demandait promptement ses habits, on les lui refusait ; elle se mettait en colère, et devenait fort rouge. L'on disait que c'était l'effet de sa fièvre ; cependant les médecins étant entrés, après lui avoir touché le pouls, et fait leurs cérémonies ordinaires, ne purent nier qu'elle fût dans une parfaite santé. Ses femmes qui virent la faute que le zèle leur avait fait commettre tâchèrent de la réparer en l'habillant promptement. Chacun lui demanda pardon, tout fut apaisé, et elle se hâta de suivre la vieille fée qui l'avait toujours attendue.

Elle entra dans le palais où rien ne pouvait être ajouté pour en faire le plus beau lieu du monde. Vous le croirez aisément, seigneur, ajouta la reine Chatte Blanche, quand je vous aurai dit que c'est celui où nous sommes ; deux autres fées un peu moins vieilles que celle qui conduisait ma mère les reçurent à la porte, et lui firent un accueil très favorable. Elle les pria de la mener promptement dans le jardin, et vers les espaliers où elle trouverait les meilleurs fruits. « Ils sont tous également bons, lui dirent-elles, et si ce n'était que tu veux avoir le plaisir de les cueillir toi-même, nous n'aurions qu'à les appeler pour les faire venir ici.— Je vous supplie, mesdames, dit la reine, que j'aie la satisfaction de voir une chose si extraordinaire. » La plus vieille mit ses doigts dans sa bouche, et siffla trois fois, puis elle cria : « Abricots, pêches, pavis, brugnons, cerises, prunes, poires, bigarreaux, melons, muscats, pommes, oranges, citrons, groseilles, fraises, framboises, accourez à ma voix.— Mais, dit la reine, tout ce que vous venez d'appeler vient en différentes saisons.— Cela n'est pas ainsi dans nos vergers, dirent-elles, nous avons de tous les fruits qui sont sur la terre, toujours mûrs, toujours bons, et qui ne se gâtent jamais.

En même temps, ils arrivèrent roulants, rampants, pêle-mêle, sans se gâter ni se salir ; de sorte que la reine, impatiente de satisfaire son envie, se jeta dessus, et prit les premiers qui s'offrirent sous ses mains ; elle les dévora plutôt qu'elle ne les mangea.

Après s'en être un peu rassasiée, elle pria les fées de la laisser aller aux espaliers, pour avoir le plaisir de les choisir de l'œil avant que de les cueillir. » Nous y consentons volontiers, dirent les trois fées ; mais souviens-toi de la promesse que tu nous as faite, il ne te sera plus permis de t'en dédire.— Je suis persuadée, répliqua-t-elle, que l'on est si bien avec vous, et ce palais me semble si beau, que si je n'aimais pas chèrement le roi mon mari, je m'offrirais d'y demeurer aussi ; c'est pourquoi vous ne devez point craindre que je rétracte ma parole. » Les fées, très contentes, lui ouvrirent tous leurs jardins, et tous leurs enclos ; elle y resta trois jours et trois nuits sans en vouloir sortir, tant elle les trouvait délicieux. Elle cueillit des fruits pour sa provision ; et comme ils ne se gâtent jamais, elle en fit charger quatre mille mulets qu'elle emmena. Les fées ajoutèrent à leurs fruits des corbeilles d'or, d'un travail exquis, pour les mettre, et plusieurs raretés dont le prix est excessif ; elles lui promirent de m'élever en princesse, de me rendre parfaite, et de me choisir un époux, qu'elle serait avertie de la noce, et qu'elles espéraient bien qu'elle y viendrait.

Le roi fut ravi du retour de la reine ; toute la cour lui en témoigna sa joie ; ce n'étaient que bals, mascarades, courses de bagues et festins, où les fruits de la reine étaient servis comme un régal délicieux. Le roi les mangeait préférablement à tout ce qu'on pouvait lui présenter. Il ne savait point le traité qu'elle avait fait avec les fées, et souvent il lui demandait en quel pays elle était allée pour rapporter de si bonnes choses ; elle lui répondait qu'elles se trouvaient sur une montagne presque inaccessible, une autre fois qu'elles venaient dans des vallons, puis au milieu d'un jardin ou dans une grande forêt. Le roi demeurait surpris de tant de contrariétés. Il questionnait ceux qui l'avaient accompagnée ; mais elle leur avait tant défendu de conter à personne son aventure qu'ils n'osaient en parler. Enfin la reine inquiète de ce qu'elle avait promis aux fées, voyant approcher le temps de ses couches, tomba dans une mélancolie affreuse, elle soupirait à tout moment, et changeait à vue d'œil. Le roi s'inquiéta, il pressa la reine de lui déclarer le sujet de sa tristesse ; et après des peines extrêmes, elle lui apprit tout ce qui s'était passé entre les fées et elle, et comme elle leur avait promis la fille qu'elle devait avoir. « Quoi ! s'écria le roi, nous n'avons point d'enfants, vous savez à quel point j'en désire, et pour manger deux ou trois pommes, vous avez été capable de promettre votre fille ? Il faut que vous n'ayez aucune amitié pour moi. » Là-dessus il l'accabla de mille reproches, dont ma pauvre mère pensa mourir de douleur ; mais il ne se contenta pas de cela, il la fit enfermer dans une tour, et mit des gardes de tous côtés pour empêcher qu'elle n'eût commerce avec qui que ce fût au monde, que les officiers qui la servaient, encore changea-t-il ceux qui avaient été avec elle au château des fées.

La mauvaise intelligence du roi et de la reine jeta la cour dans une consternation infinie. Chacun quitta ses riches habits pour en prendre de conformes à la douleur générale. Le roi, de son côté, paraissait inexorable ; il ne voyait plus sa femme, et sitôt que je fus née, il me fit apporter dans son palais pour y être nourrie, pendant qu'elle resterait prisonnière et fort malheureuse. Les fées n'ignoraient rien de ce qui se passait ; elles s'en irritèrent, elles voulaient m'avoir, elles me regardaient comme leur bien, et que c'était leur faire un vol que de me retenir. Avant que de chercher une vengeance proportionnée à leur chagrin, elles envoyèrent une célèbre ambassade au roi, pour l'avertir de mettre la reine en liberté, et de lui rendre ses bonnes grâces, et pour le prier aussi de me donner à leurs ambassadeurs, afin d'être nourrie et élevée parmi elles. Les ambassadeurs étaient si petits et si contrefaits, car c'étaient des nains hideux, qu'ils n'eurent pas le don de persuader ce qu'ils voulaient au roi. Il les refusa rudement, et s'ils n'étaient partis en diligence, il leur serait peut-être arrivé pis.

Quand les fées surent le procédé de mon père, elles s'indignèrent autant qu'on peut l'être ; et après avoir envoyé dans ses six royaumes tous les maux qui pouvaient les désoler, elles lâchèrent un dragon épouvantable, qui remplissait de venin les endroits où il passait, qui mangeait les hommes et les enfants, et qui faisait mourir les arbres et les plantes du souffle de son haleine.

Le roi se trouva dans la dernière désolation : il consulta tous les sages de son royaume sur ce qu'il devait faire pour garantir ses sujets des malheurs, dont il les voyait accablés. Ils lui conseillèrent d'envoyer chercher par tout le monde les meilleurs médecins et les plus excellents remèdes, et d'un autre côté, qu'il fallait promettre la vie aux criminels condamnés à la mort qui voudraient combattre le dragon. Le roi, assez satisfait de cet avis, l'exécuta, et n'en reçut aucune consolation, car la mortalité continuait, et personne n'allait contre le dragon qu'il n'en fût dévoré ; de sorte qu'il eut recours à une fée dont il était protégé dès sa plus tendre jeunesse. Elle était fort vieille, et ne se levait presque plus ; il alla chez elle, et lui fit mille reproches de souffrir que le destin le persécutât sans le secourir. « Comment voulez-vous que je fasse, lui dit-elle, vous avez irrité mes sœurs ; elles ont autant de pouvoir que moi, et rarement nous agissons les unes contre les autres. Songez à les apaiser en leur donnant votre fille, cette petite princesse leur appartient : vous avez mis la reine dans une étroite prison ; que vous a donc fait cette femme si aimable pour la traiter si mal ? Résolvez-vous de tenir la parole qu'elle a donnée, je vous assure que vous serez comblé de biens. »

Le roi mon père m'aimait chèrement ; mais ne voyant point d'autre moyen de sauver ses royaumes, et de se délivrer du fatal dragon, il dit à son amie qu'il était résolu de la croire, qu'il voulait bien me donner aux fées, puisqu'elle assurait que je serais chérie et traitée en princesse de mon rang ; qu'il ferait aussi revenir la reine, et qu'elle n'avait qu'à lui dire à qui il me confierait pour me porter au château de féerie. « Il faut, lui dit-elle, la porter dans son berceau sur la montagne de fleurs ; vous pourrez même rester aux environs, pour être spectateur de la fête qui se passera. » Le roi lui dit que dans huit jours il irait avec la reine, qu'elle en avertît ses sœurs les fées, afin qu'elles fissent là-dessus ce qu'elles jugeraient à propos.

Dès qu'il fut de retour au palais, il envoya quérir la reine avec autant de tendresse et de pompe qu'il l'avait fait mettre prisonnière avec colère et emportement. Elle était si abattue et si changée qu'il aurait eu peine à la reconnaître, si son cœur ne l'avait pas assuré que c'était cette même personne qu'il avait tant chérie. Il la pria, les larmes aux yeux, d'oublier les déplaisirs qu'il venait de lui causer, l'assurant que ce seraient les derniers qu'elle éprouverait jamais avec lui. Elle répliqua qu'elle se les était attirés par l'imprudence qu'elle avait eue de promettre sa fille aux fées ; et que si quelque chose la pouvait rendre excusable, c'était l'état où elle était ; enfin il lui déclara qu'il voulait me remettre entre leurs mains. La reine à son tour combattit ce dessein : il semblait que quelque fatalité s'en mêlait, et que je devais toujours être un sujet de discorde entre mon père et ma mère. Après qu'elle eut bien gémi et pleuré, sans rien obtenir de ce qu'elle souhaitait (car le roi en voyait trop les funestes conséquences, et nos sujets continuaient de mourir, comme s'ils eussent été coupables des fautes de notre famille), elle consentit à tout ce qu'il désirait, et l'on prépara tout pour la cérémonie.

Je fus mise dans un berceau de nacre de perle, orné de tout ce que l'art peut faire imaginer de plus galant. Ce n'étaient que guirlandes de fleurs et festons qui pendaient autour, et les fleurs en étaient de pierreries, dont les différentes couleurs, frappées par le soleil, réfléchissaient des rayons si brillants qu'on ne pouvait les regarder. La magnificence de mon ajustement surpassait, s'il se peut, celle du berceau. Toutes les bandes de mon maillot étaient faites de grosses perles, vingt-quatre princesses du sang me portaient sur une espèce de brancard fort léger ; leurs parures n'avaient rien de commun, mais il ne leur fut pas permis de mettre d'autres couleurs que du blanc, par rapport à mon innocence. Toute la cour m'accompagna, chacun dans son rang.

Pendant que l'on montait la montagne, on entendit une mélodieuse symphonie qui s'approchait ; enfin les fées parurent, au nombre de trente-six ; elles avaient prié leurs bonnes amies de venir avec elles ; chacune était assise dans une coquille de perle, plus grande que celle où Vénus était lorsqu'elle sortit de la mer ; des chevaux marins qui n'allaient guère bien sur la terre les traînaient plus pompeuses que les premières reines de l'univers ; mais d'ailleurs vieilles et laides avec excès. Elles portaient une branche d'olivier, pour signifier au roi que sa soumission trouvait grâce devant elles ; et lorsqu'elles me tinrent, ce furent des caresses si extraordinaires qu'il semblait qu'elles ne voulaient plus vivre que pour me rendre heureuse.

Le dragon qui avait servi à les venger contre mon père venait après elles, attaché avec des chaînes de diamant : elles me prirent entre leurs bras, me firent mille caresses, me douèrent de plusieurs avantages, et commencèrent ensuite le branle des fées. C'est une danse fort gaie ; il n'est pas croyable combien ces vieilles dames sautèrent et gambadèrent ; puis le dragon qui avait mangé tant de personnes s'approcha en rampant. Les trois fées à qui ma mère m'avait promise, s'assirent dessus, mirent mon berceau au milieu d'elles, et frappant le dragon avec une baguette, il déploya aussitôt ses grandes ailes écaillées ; plus fines que du crêpe, elles étaient mêlées de mille couleurs bizarres : elles se rendirent ainsi au château. Ma mère me voyant en l'air, exposée sur ce furieux dragon, ne put s'empêcher de pousser de grands cris. Le roi la consola, par l'assurance que son amie lui avait donnée qu'il ne m'arriverait aucun accident, et que l'on prendrait le même soin de moi que si j'étais restée dans son propre palais. Elle s'apaisa, bien qu'il lui fût très douloureux de me perdre pour si longtemps, et d'en être la seule cause ; car si elle n'avait pas voulu manger les fruits du jardin, je serais demeurée dans le royaume de mon père, et je n'aurais pas eu tous les déplaisirs qui me restent à vous raconter.

Sachez donc, fils de roi, que mes gardiennes, avaient bâti exprès une tour, dans laquelle on trouvait mille beaux appartements pour toutes les saisons de l'année, des meubles magnifiques, des livres agréables, mais il n'y avait point de porte, et il fallait toujours entrer par les fenêtres, qui étaient prodigieusement hautes. L'on trouvait un beau jardin sur la tour, orné de fleurs, de fontaines et de berceaux de verdure, qui garantissaient de la chaleur dans la plus ardente canicule. Ce fut en ce lieu que les fées m'élevèrent avec des soins qui surpassaient tout ce qu'elles avaient promis à la reine. Mes habits étaient des plus à la mode, et si magnifiques que si quelqu'un m'avait vue, l'on aurait cru que c'était le jour de mes noces. Elles m'apprenaient tout ce qui convenait à mon âge et à ma naissance : je ne leur donnais pas beaucoup de peine, car il n'y avait guère de choses que je ne comprisse avec une extrême facilité : ma douceur leur était fort agréable, et comme je n'avais jamais rien vu qu'elles, je serais demeurée tranquille dans cette situation le reste de ma vie.

Elles venaient toujours me voir, montées sur le furieux dragon dont j'ai déjà parlé ; elles ne m'entretenaient jamais ni du roi, ni de la reine ; elles me nommaient leur fille, et je croyais l'être. Personne au monde ne restait avec moi dans la tour qu'un perroquet et un petit chien, qu'elles m'avaient donnés pour me divertir, car ils étaient doués de raison, et parlaient à merveille.

Un des côtés de la tour était bâti sur un chemin creux, plein d'ornières et d'arbres qui l'embarrassaient, de sorte que je n'y avais aperçu personne depuis qu'on m'avait enfermée. Mais un jour, comme j'étais à la fenêtre, causant avec mon perroquet et mon chien, j'entendis quelque bruit. Je regardai de tous côtés, et j'aperçus un jeune chevalier qui s'était arrêté pour écouter notre conversation ; je n'en avais jamais vu qu'en peinture. Je ne fus pas fâchée qu'une rencontre inespérée me fournît cette occasion ; de sorte que ne me défiant point du danger qui est attaché à la satisfaction de voir un objet aimable, je m'avançai pour le regarder, et plus je le regardais, plus j'y prenais de plaisir. Il me fit une profonde révérence, il attacha ses yeux sur moi, et me parut très en peine de quelle manière il pourrait m'entretenir ; car ma fenêtre était fort haute, il craignait d'être entendu, et il savait bien que j'étais dans le château des fées.

La nuit vint presque tout d'un coup, ou, pour parler plus juste, elle vint sans que nous nous en aperçussions ; il sonna deux ou trois fois du cor, et me réjouit de quelques fanfares, puis il partit sans que je pusse même distinguer de quel côté il allait, tant l'obscurité était grande. Je restai très rêveuse ; je ne sentis plus le même plaisir que j'avais toujours pris à causer avec mon perroquet et mon chien. Ils me disaient les plus jolies choses du monde, car des bêtes fées deviennent spirituelles, mais j'étais occupée, et je ne savais point l'art de me contraindre. Perroquet le remarqua ; il était fin, il ne témoigna rien de ce qui roulait dans sa tête.

Je ne manquai pas de me lever avec le jour. Je courus à ma fenêtre ; je demeurai agréablement surprise d'apercevoir au pied de la tour le jeune chevalier. Il avait des habits magnifiques ; je me flattai que j'y avais un peu de part, et je ne me trompais point. Il me parla avec une espèce de trompette qui porte la voix, et par son secours, il me dit qu'ayant été insensible jusqu'alors à toutes les beautés qu'il avait vues, il s'était senti tout d'un coup si vivement frappé de la mienne qu'il ne pouvait comprendre comment il se passerait sans mourir de me voir tous les jours de sa vie. Je demeurai très contente de son compliment, et très inquiète de n'oser y répondre ; car il aurait fallu crier de toute ma force, et me mettre dans le risque d'être mieux entendue encore des fées que de lui. Je tenais quelques fleurs que je lui jetai, il les reçut comme une insigne faveur ; de sorte qu'il les baisa plusieurs fois, et me remercia. Il me demanda ensuite si je trouverais bon qu'il vînt tous les jours à la même heure sous mes fenêtres, et que si je le voulais bien, je lui jetasse quelque chose. J'avais une bague de turquoise que j'ôtai brusquement de mon doigt, et que je lui jetai avec beaucoup de précipitation, lui faisant signe de s'éloigner en diligence ; c'est que j'entendais de l'autre côté la fée Violente, qui montait sur son dragon pour m'apporter à déjeuner.

La première chose qu'elle dit en entrant dans ma chambre, ce furent ces mots : « Je sens ici la voix d'un homme, cherche, dragon. » Oh ! que devins-je ! J'étais transie de peur qu'il ne passât par l'autre fenêtre, et qu'il ne suivît le chevalier, pour lequel je m'intéressais déjà beaucoup. « En vérité, dis-je, ma bonne maman (car la vieille fée voulait que je la nommasse ainsi), vous plaisantez, quand vous dites que vous sentez la voix d'un homme : est-ce que la voix sent quelque chose ? Et quand cela serait, quel est le mortel assez téméraire pour hasarder de monter dans cette tour ?— Ce que tu dis est vrai, ma fille, répondit-elle, je suis ravie de te voir raisonner si joliment, et je conçois que c'est la haine que j'ai pour tous les hommes qui me persuade quelquefois qu'ils ne sont pas éloignés de moi. » Elle me donna mon déjeuner et ma quenouille. « Quand tu auras mangé, ne manque pas de filer, car tu ne fis rien hier, me dit-elle, et mes sœurs se fâcheront. » En effet, je m'étais si fort occupée de l'inconnu qu'il m'avait été impossible de filer.

Dès qu'elle fut partie, je jetai la quenouille d'un petit air mutin, et montai sur la terrasse pour découvrir de plus loin dans la campagne. J'avais une lunette d'approche excellente ; rien ne bornait ma vue, je regardais de tous côtés, lorsque je découvris mon chevalier sur le haut d'une montagne. Il se reposait sous un riche pavillon d'étoffe d'or, et il était entouré d'une fort grosse cour. Je ne doutai point que ce ne fût le fils de quelque roi voisin du palais des fées. Comme je craignais que, s'il revenait à la tour, il ne fût découvert par le terrible dragon, je vins prendre mon perroquet, et lui dis de voler jusqu'à cette montagne, qu'il y trouverait celui qui m'avait parlé, et qu'il le priât de ma part de ne plus revenir, parce que j'appréhendais la vigilance de mes gardiennes, et qu'elles ne lui fissent un mauvais tour.

Perroquet s'acquitta de sa commission en perroquet d'esprit. Chacun demeura surpris de le voir venir à tire-d'aile se percher sur l'épaule du prince, et lui parler tout bas à l'oreille. Le prince ressentit de la joie et de la peine de cette ambassade. Le soin que je prenais flattait son cœur ; mais les difficultés qui se rencontraient à me parler l'accablaient, sans pouvoir le détourner du dessein qu'il avait formé de me plaire. Il fit cent questions à Perroquet, et Perroquet lui en fit cent à son tour, car il était naturellement curieux. Le roi le chargea d'une bague pour moi, à la place de ma turquoise ; c'en était une aussi, mais beaucoup plus belle que la mienne : elle était taillée en cœur avec des diamants. « Il est juste, ajoutait-il, que je vous traite en ambassadeur : voilà mon portrait que je vous donne, ne le montrez qu'à votre charmante maîtresse. » Il lui attacha sous son aile son portrait, et il apporta la bague dans son bec.

J'attendais le retour de mon petit courrier vert avec une impatience que je n'avais point connue jusqu'alors. Il me dit que celui à qui je l'avais envoyé était un grand roi, qu'il l'avait reçu le mieux du monde, et que je pouvais m'assurer qu'il ne voulait plus vivre que pour moi ; qu'encore qu'il y eût beaucoup de péril à venir au bas de ma tour, il était résolu à tout, plutôt que de renoncer à me voir. Ces nouvelles m'intriguèrent fort, je me pris à pleurer. Perroquet et Toutou me consolèrent de leur mieux, car ils m'aimaient tendrement. Puis Perroquet me présenta la bague du prince, et me montra le portrait. J'avoue que je n'ai jamais été si aise que je le fus de pouvoir considérer de près celui que je n'avais vu que de loin. Il me parut encore plus aimable qu'il ne m'avait semblé ; il me vint cent pensées dans l'esprit, dont les unes agréables, et les autres tristes, me donnèrent un air d'inquiétude extraordinaire. Les fées qui vinrent me voir s'en aperçurent. Elles se dirent l'une à l'autre que sans doute je m'ennuyais, et qu'il fallait songer à me trouver un époux de race fée. Elles parlèrent de plusieurs, et s'arrêtèrent sur le petit roi Migonnet, dont le royaume était à cinq cent mille lieues de leur palais ; mais ce n'était pas là une affaire. Perroquet entendit ce beau conseil, il vint m'en rendre compte, et me dit : « Ah ! que je vous plains, ma chère maîtresse, si vous devenez la reine Migonnette ! C'est un magot qui fait peur, j'ai regret de vous le dire, mais en vérité le roi qui vous aime ne voudrait pas de lui pour être son valet de pied.— Est-ce que tu l'as vu, Perroquet— Je le crois vraiment, continua-t-il, j'ai été élevé sur une branche avec lui.— Comment ! Sur une branche ? repris-je.— Oui, dit-il, c'est qu'il a les pieds d'un aigle. »

Un tel récit m'affligea étrangement ; je regardais le charmant portrait du jeune roi, je pensais bien qu'il n'en avait régalé Perroquet que pour me donner lieu de le voir ; et quand j'en faisais la comparaison avec Migonnet, je n'espérais plus rien de ma vie, et je me résolvais plutôt à mourir qu'à l'épouser.

Je ne dormis point tant que la nuit dura. Perroquet et Toutou causèrent avec moi ; je m'endormis un peu sur le matin ; et comme mon chien avait le nez bon, il sentit que le roi était au pied de la tour. Il éveilla Perroquet : « Je gage, dit-il, que le roi est là-bas. » Perroquet répondit : « Tais-toi, babillard, parce que tu as presque toujours les yeux ouverts et l'oreille alerte, tu es fâché du repos des autres.— Mais gageons, dit encore le bon Toutou, je sais bien qu'il y est. » Perroquet répliqua. « Et moi, je sais bien qu'il n'y est point ; ne lui ai-je pas défendu d'y venir de la part de notre maîtresse ?— Ah ! vraiment, tu me la donnes belle avec tes défenses, s'écria mon chien, un homme passionné ne consulte que son cœur. » Là-dessus il se mit à lui tirailler si fort les ailes que Perroquet se fâcha. Je m'éveillai aux cris de l'un et de l'autre ; ils me dirent ce qui en faisait le sujet, je courus, ou plutôt je volai à ma fenêtre ; je vis le roi qui me tendait les bras, et qui me dit avec sa trompette qu'il ne pouvait plus vivre sans moi, qu'il me conjurait de trouver les moyens de sortir de ma tour, ou de l'y faire entrer ; qu'il attestait tous les dieux et tous les éléments, qu'il m'épouserait aussitôt, et que je serais une des plus grandes reines de l'univers.

Je commandai à Perroquet de lui aller dire que ce qu'il souhaitait me semblait presque impossible ; que cependant, sur la parole qu'il me donnait et les serments qu'il avait faits, j'allais m'appliquer à ce qu'il désirait ; que je le conjurais de ne pas venir tous les jours, qu'enfin l'on pourrait s'en apercevoir, et qu'il n'y aurait point de quartier avec les fées.

Il se retira comblé de joie, dans l'espérance dont je le flattais ; et je me trouvai dans le plus grand embarras du monde, lorsque je fis réflexion à ce que je venais de promettre. Comment sortir de cette tour, où il n'y avait point de portes ? Et n'avoir pour tout secours que Perroquet et Toutou ! Être si jeune, si peu expérimentée, si craintive ! Je pris donc la résolution de ne point tenter une chose où je ne réussirais jamais, et je l'envoyai dire au roi par Perroquet. Il voulut se tuer à ses yeux ; mais enfin il le chargea de me persuader, ou de le venir voir mourir, ou de le soulager. « Sire, s'écria l'ambassadeur emplumé, ma maîtresse est suffisamment persuadée, elle ne manque que de pouvoir. »

Quand il me rendit compte de tout ce qui s'était passé, je m'affligeai plus encore. La fée Violente vint, elle me trouva les yeux enflés et rouges ; elle dit que j'avais pleuré, et que si je ne lui en avouais le sujet, elle me brûlerait ; car toutes ses menaces étaient toujours terribles. Je répondis, en tremblant, que j'étais lasse de filer, et que j'avais envie de petits filets pour prendre des oisillons qui venaient becqueter sur les fruits de mon jardin. « Ce que tu souhaites, ma fille, me dit-elle, ne te coûtera plus de larmes, je t'apporterai des cordelettes tant que tu en voudras. » En effet, j'en eus le soir même : mais elle m'avertit de songer moins à travailler qu'à me faire belle, parce que le roi Migonnet devait arriver dans peu. Je frémis à ces fâcheuses nouvelles, et ne répliquai rien.

Dès qu'elle fut partie, je commençai deux ou trois morceaux de filets ; mais à quoi je m'appliquai, ce fut à faire une échelle de corde, qui était très bien faite, sans en avoir jamais vu. Il est vrai que la fée ne m'en fournissait pas autant qu'il m'en fallait, et sans cesse elle disait : « Mais ma fille, ton ouvrage est semblable à celui de Pénélope, il n'avance point, et tu ne te lasses pas de me demander de quoi travailler.— Oh ! ma bonne maman ! disais-je. Vous en parlez bien à votre aise ; ne voyez-vous pas que je ne sais comment m'y prendre, et que je brûle tout ? Avez-vous peur que je vous ruine en ficelle ? » Mon air de simplicité la réjouissait, bien qu'elle fût d'une humeur très désagréable et très cruelle.

J'envoyai Perroquet dire au roi de venir un soir sous les fenêtres de la tour, qu'il y trouverait l'échelle, et qu'il saurait le reste quand il serait arrivé. En effet je l'attachai bien ferme, résolue de me sauver avec lui ; mais quand il la vit, sans attendre que je descendisse, il monta avec empressement, et se jeta dans ma chambre comme je préparais tout pour ma fuite.

Sa vue me donna tant de joie, que j'en oubliai le péril où nous étions. Il renouvela tous ses serments, et me conjura de ne point différer de le recevoir pour époux : nous prîmes Perroquet et Toutou pour témoins de notre mariage ; jamais noces ne se sont faites, entre des personnes si élevées, avec moins d'éclat et de bruit, et jamais cœurs n'ont été plus contents que les nôtres.

Le jour n'était pas encore venu quand le roi me quitta, je lui racontai l'épouvantable dessein des fées de me marier au petit Migonnet ; je lui dépeignis sa figure, dont il eut autant d'horreur que moi. À peine fut-il parti que les heures me semblèrent aussi longues que des années : je courus à la fenêtre, je le suivis des yeux malgré l'obscurité. Quel fut mon étonnement de voir en l'air un chariot de feu traîné par des salamandres ailées, qui faisaient une telle diligence que l'œil pouvait à peine les suivre ! Ce chariot était accompagné de plusieurs gardes montés sur des autruches. Je n'eus pas assez de loisir pour bien considérer le magot qui traversait ainsi les airs ; mais je crus aisément que c'était une fée ou un enchanteur.

Peu après la fée Violente entra dans ma chambre : « Je t'apporte de bonnes nouvelles, me dit-elle ; ton amant est arrivé depuis quelques heures, prépare-toi à le recevoir : voici des habits et des pierreries.— Eh ! qui vous a dit, m'écriai-je, que je voulais être mariée ? Ce n'est point du tout mon intention, renvoyez le roi Migonnet, je n'en mettrai pas une épingle davantage ; qu'il me trouve belle ou laide, je ne suis point pour lui.— Ouais, ouais, dit la fée encore, quelle petite révoltée, quelle tête sans cervelle ! Je n'entends pas raillerie, et je te...— Que me ferez-vous répliquai-je, toute rouge des noms qu'elle m'avait donnés ? Peut-on être plus tristement nourrie que je le suis, dans une tour avec un perroquet et un chien, voyant tous les jours plusieurs fois l'horrible figure d'un dragon épouvantable ?— Ah ! petite ingrate, dit la fée, méritais-tu tant de soins et de peines ? Je ne l'ai que trop dit à mes sœurs, que nous en aurions une triste récompense. » Elle fut les trouver, elle leur raconta notre différend ; elles restèrent aussi surprises les unes que les autres.

Perroquet et Toutou me firent de grandes remontrances, que si je faisais davantage la mutine, ils prévoyaient qu'il m'en arriverait des cuisants déplaisirs. Je me sentais si fière de posséder le cœur d'un grand roi que je méprisais les fées et les conseils de mes pauvres petits camarades. Je ne m'habillai point, et j'affectai de me coiffer de travers, afin que Migonnet me trouvât désagréable. Notre entrevue se fit sur la terrasse. Il y vint dans son chariot de feu. Jamais depuis qu'il y a des nains, il ne s'en est vu un si petit. Il marchait sur ses pieds d'aigle et sur les genoux tout ensemble, car il n'avait point d'os aux jambes ; de sorte qu'il se soutenait sur deux béquilles de diamant. Son manteau royal n'avait qu'une demi-aune de long, et traînait plus d'un tiers. Sa tête était grosse comme un boisseau, et son nez si grand qu'il portait dessus une douzaine d'oiseaux, dont le ramage le réjouissait : il avait une si furieuse barbe que les serins de Canarie y faisaient leurs nids, et ses oreilles passaient d'une coudée au-dessus de sa tête ; mais on s'en apercevait peu, à cause d'une haute couronne pointue qu'il portait pour paraître plus grand. La flamme de son chariot rôtit les fruits, sécha les fleurs, et tarit les fontaines de mon jardin. Il vint à moi, les bras ouverts pour m'embrasser, je me tins fort droite, il fallut que son premier écuyer le haussât ; mais aussitôt qu'il s'approcha, je m'enfuis dans ma chambre, dont je fermai la porte et les fenêtres de sorte que Migonnet se retira chez les fées très indigné contre moi.

Elles lui demandèrent mille fois pardon de ma brusquerie, et pour l'apaiser, car il était redoutable, elles résolurent de l'amener la nuit dans ma chambre pendant que je dormirais, de m'attacher les pieds et les mains, pour me mettre avec lui dans son brûlant chariot, afin qu'il m'emmenât. La chose ainsi arrêtée, elles me grondèrent à peine des brusqueries que j'avais faites. Elles dirent seulement qu'il fallait songer à les réparer. Perroquet et Toutou restèrent surpris d'une si grande douceur. « Savez-vous bien, ma maîtresse, dit mon chien, que le cœur ne m'annonce rien de bon : mesdames les fées sont d'étranges personnages, et surtout Violente. » Je me moquai de ces alarmes, et j'attendis mon cher époux avec mille impatiences : il en avait trop de me voir pour tarder ; je jetai l'échelle de corde, bien résolue de m'en retourner avec lui ; il monta légèrement, et me dit des choses si tendres que je n'ose encore les rappeler à mon souvenir.

Comme nous parlions ensemble avec la même tranquillité que nous aurions eue dans son palais, nous vîmes tout d'un coup enfoncer les fenêtres de ma chambre. Les fées entrèrent sur leur terrible dragon, Migonnet les suivait dans son chariot de feu, et tous ses gardes avec leurs autruches. Le roi, sans s'effrayer, mit l'épée à la main, et ne songea qu'à me garantir de la plus furieuse aventure qui se soit jamais passée ; car enfin, vous le dirai-je, seigneur ? ces barbares créatures poussèrent leur dragon sur lui, et à mes yeux il le dévora.

Désespérée de son malheur et du mien, je me jetai dans la gueule de cet horrible monstre, voulant qu'il m'engloutît, comme il venait d'engloutir tout ce que j'aimais au monde. Il voulait bien aussi ; mais les fées encore plus cruelles que lui ne le voulurent pas. « Il faut, s'écrièrent-elles, la réserver à de plus longues peines, une prompte mort est trop douce pour cette indigne créature. » Elles me touchèrent, je me vis aussitôt sous la figure d'une chatte blanche ; elles me conduisirent dans ce superbe palais qui était à mon père ; elles métamorphosèrent tous les seigneurs et toutes les dames du royaume en chats et en chattes ; elles en laissèrent à qui l'on ne voyait que les mains, et me réduisirent dans le déplorable état où vous me trouvâtes, me faisant savoir ma naissance, la mort de mon père, celle de ma mère, et que je ne serais délivrée de ma chatonique figure que par un prince qui ressemblerait parfaitement à l'époux qu'elles m'avaient ravi. C'est vous, seigneur, qui avez cette ressemblance, continua-t-elle, mêmes traits, même air, même son de voix ; j'en fus frappée aussitôt que je vous vis ; j'étais informée de tout ce qui devait arriver, et je le suis encore de tout ce qui arrivera ; mes peines vont finir.— Et les miennes, belle reine, dit le prince, en se jetant à ses pieds, seront-elles de longue durée ?— Je vous aime déjà plus que ma vie, seigneur, dit la reine ; il faut partir pour aller vers votre père, nous verrons ses sentiments pour moi, et s'il consentira à ce que vous désirez.

Elle sortit, le prince lui donna la main, elle monta dans un chariot avec lui : il était beaucoup plus magnifique que ceux qu'il avait eus jusqu'alors. Le reste de l'équipage y répondait à tel point que tous les fers des chevaux étaient d'émeraude, et les clous, de diamant. Cela ne s'est peut-être jamais vu que cette fois-là. Je ne dis point les agréables conversations que la reine et le prince avaient ensemble ; si elle était unique en beauté, elle ne l'était pas moins en esprit, et le jeune prince était aussi parfait qu'elle ; de sorte qu'ils pensaient des choses toutes charmantes.

Lorsqu'ils furent près du château, où les deux frères aînés du prince devaient se trouver, la reine entra dans un petit rocher de cristal, dont toutes les pointes étaient garnies d'or et de rubis. Il y avait des rideaux tout autour, afin qu'on ne la vît point, et il était porté par de jeunes hommes très bien faits et superbement vêtus. Le prince demeura dans le chariot ; il aperçut ses frères qui se promenaient avec des princesses d'une excellente beauté. Dès qu'ils le reconnurent, ils s'avancèrent pour le recevoir, et lui demandèrent s'il amenait une maîtresse : il leur dit qu'il avait été si malheureux, que dans tout son voyage il n'en avait rencontré que de très laides, que ce qu'il apportait de plus rare, c'était une petite chatte blanche. Ils se prirent à rire de sa simplicité. « Une chatte, lui dirent-ils, avez-vous peur que les souris ne mangent notre palais ? » Le prince répliqua qu'en effet il n'était pas sage de vouloir faire un tel présent à son père ; là-dessus chacun prit le chemin de la ville.

Les princes aînés montèrent avec leurs princesses dans des calèches toutes d'or et d'azur, leurs chevaux avaient sur leurs têtes des plumes et des aigrettes ; rien n'était plus brillant que cette cavalcade. Notre jeune prince allait après, et puis le rocher de cristal que tout le monde regardait avec admiration.

Les courtisans s'empressèrent de venir dire au roi que les trois princes arrivaient : « Amènent-ils des belles dames ? répliqua le roi.— Il est impossible de rien voir qui les surpasse. » À cette réponse il parut fâché. Les deux princes s'empressèrent de monter avec leurs merveilleuses princesses. Le roi les reçut très bien, et ne savait à laquelle donner le prix ; il regarda son cadet, et lui dit : « Cette fois-ci vous venez donc seul ?— Votre Majesté verra dans ce rocher une petite chatte blanche, répliqua le prince, qui miaule si doucement, et qui fait si bien patte de velours, qu'elle lui agréera. » Le roi sourit, et fut lui-même pour ouvrir le rocher ; mais aussitôt qu'il s'approcha, la reine avec un ressort en fit tomber toutes les pièces, et parut comme le soleil qui a été quelque temps enveloppé dans une nue ; ses cheveux blonds étaient épars sur ses épaules, ils tombaient par grosses boucles jusqu'à ses pieds ; sa tête était ceinte de fleurs, sa robe d'une légère gaze blanche, doublée de taffetas couleur de rosé, elle se leva et fit une profonde révérence au roi, qui ne put s'empêcher, dans l'excès de son admiration, de s'écrier : « Voici l'incomparable, et celle qui mérite ma couronne. »

« Seigneur, lui dit-elle, je ne suis pas venue pour vous arracher un trône que vous remplissez si dignement, je suis née avec six royaumes : permettez que je vous en offre un, et que j'en donne autant à chacun de vos fils. Je ne vous demande pour toute récompense que votre amitié, et ce jeune prince pour époux. Nous aurons encore assez de trois royaumes. » Le roi et toute la cour poussèrent de longs cris de joie et d'étonnement. Le mariage fut célébré aussitôt, aussi bien que celui des deux princes ; de sorte que toute la cour passa plusieurs mois dans les divertissements et les plaisirs. Chacun ensuite partit pour aller gouverner ses États ; la belle Chatte Blanche s'y est immortalisée, autant par ses bontés et ses libéralités que par son rare mérite et sa beauté.

LE RAMEAU D'OR

Il était une fois un roi dont l'humeur austère et chagrine inspirait plutôt de la crainte que de l'amour. Il se laissait voir rarement ; et sur les plus légers soupçons, il faisait mourir ses sujets. On le nommait le roi Brun, parce qu'il fronçait toujours le sourcil. Le roi Brun avait un fils qui ne lui ressemblait point. Rien n'égalait son esprit, sa douceur, sa magnificence et sa capacité ; mais il avait les jambes tordues, une bosse plus haute que sa tête, les yeux de travers, la bouche de côté ; enfin c'était un petit monstre, et jamais une si belle âme n'avait animé un corps si mal fait. Cependant, par un sort singulier, il se faisait aimer jusqu'à la folie des personnes auxquelles il voulait plaire ; son esprit était si supérieur à tous les autres, qu'on ne pouvait l'entendre avec indifférence.

La reine sa mère voulut qu'on l'appelât Torticoli ; soit qu'elle aimât ce nom, ou qu'étant effectivement tout de travers, elle crût avoir rencontré ce qui lui convenait davantage. Le roi Brun, qui pensait plus à sa grandeur qu'à la satisfaction de son fils, jeta les yeux sur la fille d'un puissant roi, qui était son voisin, et dont les États, joints aux siens, pouvaient le rendre redoutable à toute la terre. Il pensa que cette princesse serait fort propre pour le prince Torticoli, parce qu'elle n'aurait pas lieu de lui reprocher sa difformité et sa laideur, puisqu'elle était pour le moins aussi laide et aussi difforme que lui. Elle allait toujours dans une jatte, elle avait les jambes rompues. On l'appelait Trognon. C'était la créature du monde la plus aimable par l'esprit ; il semblait que le ciel avait voulu la récompenser du tort que lui avait fait la nature.

Le roi Brun ayant demandé et obtenu le portrait de la princesse Trognon, le fit mettre dans une grande salle sous un dais, et il envoya quérir le prince Torticoli, auquel il commanda de regarder ce portrait avec tendresse, puisque c'était celui de Trognon, qui lui était destinée. Torticoli y jeta les yeux, et les détourna aussitôt avec un air de dédain qui offensa son père.

« Est-ce que vous n'êtes pas content ? lui dit-il d'un ton aigre et fâché.

— Non, seigneur, répondit-il ; je ne serai jamais content d'épouser un cul-de-jatte.

— Il vous sied bien, dit le roi Brun, de trouver des défauts en cette princesse, étant vous-même un petit monstre qui fait peur !

— C'est par cette raison, ajouta le prince, que je ne veux point m'allier avec un autre monstre ; j'ai assez de peine à me souffrir : que serait-ce si j'avais une telle compagnie ?

— Vous craignez de perpétuer la race des magots, répondit le roi d'un air offensant ; mais vos craintes sont vaines, vous l'épouserez. Il suffit que je l'ordonne pour être obéi. »

Torticoli ne répliqua rien ; il fit une profonde révérence, et se retira.

Le roi Brun n'était point accoutumé à trouver la plus petite résistance ; celle de son fils le mit dans une colère épouvantable. Il le fit enfermer dans une tour qui avait été bâtie exprès pour les princes rebelles, mais il ne s'en était point trouvé depuis deux cent ans ; de sorte que tout y était en assez mauvais ordre. Les appartements et les meubles y paraissaient d'une antiquité surprenante. Le prince aimait la lecture. Il demanda des livres ; on lui permit d'en prendre dans la bibliothèque de la tour. Il crut d'abord que cette permission suffisait. Lorsqu'il voulut les lire, il en trouva le langage si ancien qu'il n'y comprenait rien. Il les laissait, puis il les reprenait, essayant d'y entendre quelque chose, ou tout au moins de s'amuser avec.

Le roi Brun, persuadé que Torticoli se lasserait de sa prison, agit comme s'il avait consenti à épouser Trognon ; il envoya des ambassadeurs au roi son voisin, pour lui demander sa fille, à laquelle il promettait une félicité parfaite. Le père de Trognon fut ravi de trouver une occasion si avantageuse de la marier ; car tout le monde n'est pas d'humeur de se charger d'un cul-de-jatte. Il accepta la proposition du roi Brun, quoiqu'à dire vrai, le portrait du prince Torticoli, qu'on lui avait apporté, ne lui parût pas fort touchant. Il le fit placer à son tour dans une galerie magnifique ; l'on y apporta Trognon. Lorsqu'elle l'aperçut, elle baissa les yeux et se mit à pleurer.

Son père, indigné de la répugnance qu'elle témoignait, prit un miroir. Le mettant vis-à-vis d'elle :

« Vous pleurez, ma fille, lui dit-il. Ah ! regardez-vous, et convenez après cela qu'il ne vous est pas permis de pleurer.

— Si j'avais quelque empressement d'être mariée, seigneur, lui dit-elle, j'aurais peut-être tort d'être si délicate ; mais je chérirai mes disgrâces, si je les souffre toute seule ; je ne veux partager avec personne l'ennui de me voir. Que je reste toute ma vie la malheureuse princesse Trognon, je serai contente, ou tout au moins je ne me plaindrai point. »

Quelque bonnes que pussent être ses raisons, le roi ne les écouta pas ; il fallut partir avec les ambassadeurs qui l'étaient venus demander.

Pendant qu'elle fait son voyage dans une litière, où elle était comme un vrai Trognon, il faut revenir dans la tour, et voir ce que fait le prince. Aucun de ses gardes n'osait lui parler. On avait ordre de le laisser s'ennuyer, de lui donner mal à manger, et de le fatiguer par toute sorte de mauvais traitements. Le roi Brun savait se faire obéir : si ce n'était pas par amour, c'était au moins par crainte ; mais l'affection qu'on avait pour le prince était cause qu'on adoucissait ses peines autant qu'on le pouvait.

Un jour qu'il se promenait dans une grande galerie, pensant tristement à sa destinée, qui l'avait fait naître si laid et si affreux, et qui lui faisait rencontrer une princesse encore plus disgraciée, il jeta les yeux sur les vitres, qu'il trouva peintes de couleurs si vives, et les dessins si bien exprimés, qu'ayant un goût particulier pour ces beaux ouvrages, il s'attacha à regarder celui-là ; mais il n'y comprenait rien, car c'étaient des histoires qui étaient passées depuis plusieurs siècles. Il est vrai que ce qui le frappa, ce fut de voir un homme qui lui ressemblait si fort, qu'il paraissait que c'était son portrait. Cet homme était dans le donjon de la tour, et cherchait dans la muraille, où il trouvait un tire-bourre d'or, avec lequel il ouvrait un cabinet. Il y avait encore beaucoup d'autres choses qui frappèrent son imagination ; et sur la plupart des vitres, il voyait toujours son portrait. « Par quelle aventure, disait-il, me fait-on faire ici un personnage, moi qui n'étais pas encore né ? Et par quelle fatale idée le peintre s'est-il diverti à faire un homme comme moi ? » Il voyait sur ces vitres une belle personne, dont les traits étaient si réguliers, et la physionomie si spirituelle, qu'il ne pouvait en détourner les yeux. Enfin il y avait mille objets différents, et toutes les passions y étaient si bien exprimées, qu'il croyait voir arriver ce qui n'était représenté que par le mélange des couleurs.

Il ne sortit de la galerie que lorsqu'il n'eut plus assez de jour pour distinguer ces peintures. Quand il fut retourné dans sa chambre, il prit un vieux manuscrit qui lui tomba le premier sous la main ; les feuilles en étaient de vélin, peintes tout autour, et la couverture d'or émaillé de bleu, qui formait des chiffres. Il demeura bien surpris d'y voir les mêmes choses qui étaient sur les vitres de la galerie ; il tâchait de lire ce qui était écrit ; il n'en put venir à bout. Mais tout d'un coup il vit que dans un des feuillets où l'on représentait des musiciens, ils se mirent à chanter ; et dans un autre feuillet, où il y avait des joueurs de bassette et de trictrac, les cartes et les dés allaient et venaient. Il tourna le vélin ; c'était un bal où l'on dansait ; toutes les dames étaient parées, et d'une beauté merveilleuse. Il tourna encore le feuillet : il sentit l'odeur d'un excellent repas : c'étaient les petites figures qui mangeaient. La plus grande n'avait pas un quartier de haut. Il y en eut une qui se tournant vers le prince : « À ta santé, Torticoli, lui dit-elle, songe à nous rendre notre reine ; si tu le fais, tu t'en trouveras bien ; si tu y manques, tu t'en trouveras mal. »

À ces paroles, le prince fut saisi d'une si violente peur, car il y avait déjà quelque temps qu'il commençait à trembler, qu'il laissa tomber le livre d'un côté, et il tomba de l'autre comme un homme mort. Au bruit de sa chute, ses gardes accoururent ; ils l'aimaient chèrement, et ne négligèrent rien pour le faire revenir de son évanouissement. Lorsqu'il se trouva en état de parler, ils lui demandèrent ce qu'il avait ; il leur dit qu'on le nourrissait si mal qu'il n'y pouvait résister, et qu'ayant la tête pleine d'imaginations, il s'était figuré de voir et d'entendre des choses si surprenantes dans ce livre, qu'il avait été saisi de peur. Ses gardes affligés lui donnèrent à manger, malgré toutes les défenses du roi Brun. Quand il eut mangé, il reprit le livre devant eux, et ne trouva plus rien de ce qu'il avait vu ; cela lui confirma qu'il s'était trompé.

Il retourna le lendemain dans la galerie ; il vit encore les peintures sur les vitres, qui se remuaient, qui se promenaient dans des allées, qui chassaient des cerfs et des lièvres, qui pêchaient, ou qui bâtissaient de petites maisons ; car c'étaient des miniatures fort petites et son portrait était toujours partout. Il avait un habit semblable au sien, il montait dans le donjon de la tour, et il y trouvait le tire-bourre d'or. Comme il avait bien mangé, il n'y avait plus lieu de croire qu'il entrât de la vision dans cette affaire. » Ceci est trop mystérieux, dit-il, pour que je doive négliger les moyens d'en savoir davantage ; peut-être que je les apprendrai dans le donjon. » Il y monta, et frappant contre le mur, il lui sembla qu'un endroit était creux ; il prit un marteau, il démaçonna cet endroit, et trouva un tire-bourre d'or fort proprement fait. Il ignorait encore à quel usage il devait lui servir, lorsqu'il aperçut dans un coin du donjon une vieille armoire de méchant bois. Il voulut l'ouvrir, mais il ne put trouver de serrures ; de quelque côté qu'il la tournât, c'était une peine inutile. Enfin il vit un petit trou, et soupçonnant que le tire-bourre lui serait utile, il l'y mit ; puis tirant avec force, il ouvrit l'armoire. Mais autant qu'elle était vieille et laide par dehors, autant était-elle belle et merveilleuse par dedans ; tous les tiroirs étaient de cristal de roche gravé, ou d'ambre, ou de pierres précieuses ; quand on en avait tiré un, l'on en trouvait de plus petits aux côtés, dessus, dessous et au fond, qui étaient séparés par de la nacre de perle. On tirait cette nacre, et les tiroirs ensuite ; chacun était rempli des plus belles armes du monde, de riches couronnes, de portraits admirables. Le prince Torticoli était charmé ; il tirait toujours sans se lasser. Enfin il trouva une petite clef, faite d'une seule émeraude, avec laquelle il ouvrit un guichet d'or qui était dans le fond ; il fut ébloui d'une brillante escarboucle qui formait une grande boîte. Il la tira promptement du guichet ; mais que devint-il, lorsqu'il la trouva toute pleine de sang, et la main d'un homme qui était coupée, laquelle tenait encore une boîte de portrait.

À cette vue Torticoli frémit, ses cheveux se hérissèrent, ses jambes mal assurées le soutenaient avec peine. Il s'assit par terre, tenant encore la boîte, détournant les yeux d'un objet si funeste ; il avait grande envie de la remettre où il l'avait prise, mais il pensait que tout ce qui s'était passé jusqu'alors n'était point arrivé sans de grands mystères. Il se souvenait de ce que la petite figure du livre lui avait dit : « Que selon qu'il en userait, il s'en trouverait bien ou mal. » Il craignait autant l'avenir que le présent. Et venant à se reprocher une timidité indigne d'une grande âme, il fit un effort sur lui-même ; puis attachant les yeux sur cette main :

« Ô main infortunée ! dit-il, ne peux-tu par quelques signes m'instruire de ta triste aventure ? Si je suis en état de te servir, assure-toi de la générosité de mon cœur. »

Cette main à ces paroles parut agitée, et remuant les doigts, elle lui fit des signes, dont il entendit aussi bien le discours, que si une bouche intelligente lui eût parlé.

« Apprends, dit la main, que tu peux tout pour celui dont la barbarie d'un jaloux m'a séparée. Tu vois dans ce portrait l'adorable beauté qui est cause de mon malheur ; va sans différer dans la galerie, prends garde à l'endroit où le soleil darde ses plus ardents rayons ; cherche, et tu trouveras mon trésor. »

La main cessa alors d'agir ; le prince lui fit plusieurs questions, à quoi elle ne répondit point.

« Où vous remettrai-je ? » lui dit-il.

Elle lui fit de nouveaux signes ; il comprit qu'il fallait la remettre dans l'armoire : il n'y manqua pas. Tout fut refermé ; il serra le tire-bourre dans le même mur où il l'avait pris, et s'étant un peu aguerri sur les prodiges, il descendit dans la galerie.

À son arrivée les vitres commencèrent à faire un cliquetis et un trémoussement extraordinaires ; il regarda où les rayons du soleil donnaient ; il vit que c'était sur le portrait d'un jeune adolescent, si beau et d'un si grand air qu'il en demeura charmé. En levant ce tableau, il trouva un lambris d'ébène avec des filets d'or, comme dans tout le reste de la galerie : il ne savait comment l'ôter, et s'il devait l'ôter. Il regarda sur les vitres, il connut que le lambris se levait ; aussitôt il le lève, et il se trouve dans un vestibule tout de porphyre, orné de statues ; il monte un large degré d'agate, dont la rampe était d'or de rapport ; il entre dans un salon tout de lapis et traversant des appartements sans nombre, où il restait ravi de l'excellence des peintures et de la richesse des meubles, il arriva enfin dans une petite chambre, dont tous les ornements étaient de turquoise, et il vit sur un lit de gaze bleue et or, une dame qui semblait dormir. Elle était d'une beauté incomparable ; ses cheveux plus noirs que l'ébène relevaient la blancheur de son teint ; elle paraissait inquiète dans son sommeil ; son visage avait quelque chose d'abattu et d'une personne malade.

Le prince, craignant de la réveiller, s'approcha doucement ; il entendit qu'elle parlait, et prêtant une grande attention à ses paroles, il ouït ce peu de mots, entrecoupés de soupirs : « Penses-tu, perfide, que je puisse t'aimer, après m'avoir éloignée de mon aimable Trasimène ? Quoi ! à mes yeux tu as osé séparer une main si chère, d'un bras qui doit t'être toujours redoutable ? Est-ce ainsi que tu prétends me prouver ton respect et ton amour ? Ah ! Trasimène, mon cher amant, ne dois-je plus vous voir ? » Le prince remarqua que les larmes cherchaient un passage entre ses paupières fermées, et que coulant sur ses joues, elles ressemblaient aux pleurs de l'aurore.

Il restait au pied de son lit comme immobile, ne sachant s'il devait l'éveiller ou la laisser plus longtemps dans un sommeil si triste ; il comprenait déjà que Trasimène était son amant, et qu'il en avait trouvé la main dans le donjon ; il roulait mille pensées confuses sur tant de différentes choses, quand il entendit une musique charmante ; elle était composée de rossignols et de serins, qui accordaient si bien leur ramage, qu'ils surpassaient les plus agréables voix. Aussitôt un aigle, d'une grandeur extraordinaire, entra ; il volait doucement, et tenait dans ses serres un rameau d'or chargé de rubis, qui formaient des cerises. Il attacha fixement ses yeux sur la belle endormie ; il semblait voir son soleil ; et déployant ses grandes ailes, il planait devant elle, tantôt s'élevant, et tantôt s'abaissant jusqu'à ses pieds.

Après quelques moments, il se tourna vers le prince, et s'en approcha, mettant dans sa main le rameau d'or cerisé ; les oiseaux qui chantaient poussèrent alors des tons qui percèrent les voûtes du palais. Le prince appliqua si bien son esprit aux différentes choses qui s'entre-succédaient, qu'il jugea que cette dame était enchantée, et que l'honneur d'une aventure si glorieuse lui était réservé ; il s'avance vers elle, il met un genou en terre, il la frappe avec le rameau, lui dit :

« Belle et charmante personne, qui dormez par un pouvoir qui m'est inconnu, je vous conjure au nom de Trasimène de rentrer dans toutes les fonctions de la vie, qu'il semble que vous avez perdue. »

La dame ouvre les yeux, aperçoit l'aigle, et s'écrie :

« Arrêtez, cher amant, arrêtez. »

Mais l'oiseau royal jette un cri aussi aigu que douloureux, et il s'envole avec ses petits musiciens emplumés.

La dame, se tournant en même temps vers Torticoli :

« J'ai écouté mon cœur plutôt que ma reconnaissance, lui dit-elle ; je sais que je vous dois tout, et que vous me rappelez à la lumière, que j'ai perdue depuis deux cents ans. L'enchanteur qui m'aimait, et qui m'a fait souffrir tant de maux, vous avait réservé cette grande aventure ; j'ai le pouvoir de vous servir, j'en ai un désir passionné. Voyez ce que vous souhaitez ; j'emploierai l'art de féerie, que je possède souverainement, pour vous rendre heureux.

— Madame, répondit le prince, si votre science vous fait pénétrer jusqu'aux sentiments du cœur, il vous est aisé de connaître que, malgré les disgrâces dont je suis accablé, je suis moins à plaindre qu'un autre.

— C'est l'effet de votre bon esprit, ajouta la fée ; mais enfin ne me laissez pas la honte d'être ingrate à votre égard. Que souhaitez-vous ? Je peux tout : demandez.

— Je souhaiterais, répondit Torticoli, vous rendre le beau Trasimène, qui vous coûte de si fréquents soupirs.

— Vous êtes trop généreux, lui dit-elle, de préférer mes intérêts aux vôtres ; cette grande affaire s'achèvera par une autre personne : je ne m'explique pas davantage. Sachez seulement qu'elle ne vous sera pas indifférente ; mais ne me refusez pas plus longtemps le plaisir de vous obliger.

— Que désirez-vous, madame ? dit le prince, en se jetant à ses pieds, vous voyez mon affreuse figure, on me nomme Torticoli par dérision ; rendez-moi moins ridicule.

— Va, prince, lui dit la fée, en le touchant trois fois avec le rameau d'or, va, tu seras si accompli et si parfait, que jamais homme, devant ni après toi, ne t'égalera ; nomme-toi *Sans-Pair*, tu porteras ce nom à juste titre. »

Le prince reconnaissant embrassa ses genoux, et par un silence qui expliquait sa joie, il lui laissait deviner ce qui se passait dans son âme. Elle l'obligea de se relever ; il se mira dans les glaces qui ornaient cette chambre, et Sans-Pair ne reconnut plus Torticoli. Il était grandi de trois pieds ; il avait des cheveux qui tombaient par grosses boucles sur ses épaules, un air plein de grandeur et de grâces, des traits réguliers, des yeux d'esprit ; enfin c'était le digne ouvrage d'une fée bienfaisante et sensible.

« Que ne m'est-il permis, lui dit-elle, de vous apprendre votre destinée ! de vous instruire des écueils que la fortune mettra en votre chemin ! de vous enseigner les moyens de les éviter ! Que j'aurais de satisfaction de joindre ce bon office à celui que je viens de vous rendre ! mais j'offenserais le Génie supérieur qui vous guide. Allez, prince, fuyez de la tour, et souvenez-vous que la fée Bénigne sera toujours de vos amies. »

À ces mots, elle, le palais et les merveilles que le prince avait vues, disparurent : il se trouva dans une épaisse forêt, à plus de cent lieues de la tour où le roi Brun l'avait fait mettre.

Laissons-le revenir de son juste étonnement, et voyons deux choses ; l'une, ce qui se passe entre les gardes que son père lui avait donnés, et l'autre, ce qui arrive à la princesse Trognon. Ces pauvres gardes, surpris que leur prince ne demandât point à souper, entrèrent dans sa chambre, et ne l'ayant pas trouvé, ils le cherchèrent partout avec une extrême crainte qu'il ne se fût sauvé. Leur peine étant inutile, ils pensèrent se désespérer ; car ils appréhendaient que le roi Brun, qui était si terrible, ne les fît mourir. Après avoir agité tous les moyens propres à l'apaiser, ils conclurent qu'il fallait qu'un d'entre eux se mit au lit et ne se laissât point voir ; qu'ils diraient que le prince était bien malade, que peu après ils le feindraient mort, et qu'une bûche ensevelie et enterrée les tirerait d'intrigue. Ce remède leur parut infaillible ; sur-le-champ ils le mirent en pratique. Le plus petit des gardes, à qui l'on fit une grosse bosse, se coucha. On fut dire au roi que son fils était bien malade ; il crut que c'était pour l'attendrir, et ne voulut rien relâcher de sa sévérité : c'était justement ce que les timides gardes souhaitaient ; et plus ils faisaient paraître d'empressements, plus le roi Brun marquait d'indifférence.

Pour la princesse Trognon, elle arriva dans une petite machine qui n'avait qu'une coudée de haut, et la machine était dans une litière. Le roi Brun alla au-devant d'elle ; lorsqu'il la vit si difforme, dans une jatte, la peau écaillée comme une morue, les sourcils joints, le nez plat et large, et la bouche proche des oreilles, il ne put s'empêcher de lui dire :

« En vérité, princesse Trognon, vous êtes gracieuse de mépriser mon Torticoli ; sachez qu'il est bien laid, mais sans mentir il l'est moins que vous.

— Seigneur, lui dit-elle, je n'ai pas assez d'amour-propre pour m'offenser des choses désobligeantes que vous me dites ; je ne sais cependant si vous croyez que ce soit un moyen sûr pour me persuadée d'aimer votre charmant Torticoli ; mais je vous déclare, malgré ma misérable jatte, et les défauts dont je suis remplie, que je ne veux point l'épouser, et que je préfère le titre de princesse Trognon à celui de reine Torticoli. »

Le roi Brun s'échauffa fort de cette réponse.

« Je vous assure, lui dit-il, que je n'en aurai pas le démenti ; le roi votre père doit être votre maître, et je le suis devenu depuis qu'il vous a mise entre mes mains.

— Il est des choses, dit-elle, sur lesquelles nous pouvons opter ; c'est en dépit de moi qu'on m'a conduite ici, je vous en avertis ; et je vous regarderai comme mon plus mortel ennemi, si vous me faites violence. »

Le roi encore plus irrité la quitta et lui donna un appartement dans son palais, avec des dames qui avaient ordre de lui persuader que le meilleur parti à prendre, pour elle, était d'épouser le prince.

Cependant les gardes, qui craignaient d'être découverts, et que le roi ne sût que son fils s'était sauvé, se hâtèrent de lui aller dire qu'il était mort. À ces nouvelles il ressentit une douleur dont on le croyait incapable ; il cria, il hurla, et se prenant à Trognon de la perte qu'il venait de faire, il l'envoya dans la tour à la place de son cher défunt.

La pauvre princesse demeura aussi triste qu'étonnée de se trouver prisonnière ; elle avait du cœur, et elle parla comme elle devait d'un procédé si dur. Elle croyait qu'on le dirait au roi ; mais personne n'osa l'en entretenir. Elle croyait aussi qu'elle pouvait écrire à son père les mauvais traitements qu'elle souffrait, et qu'il viendrait la délivrer. Ses projets de ce côté-là furent inutiles : on interceptait ses lettres et on les donnait au roi Brun.

Comme elle vivait dans cette espérance, elle s'affligeait moins, et tous les jours elle allait dans la galerie regarder les peintures qui étaient sur les vitres ; rien ne lui paraissait plus extraordinaire que ce nombre de choses différentes qui y étaient représentées, et de s'y voir dans sa jatte. « Depuis que je suis arrivée en ce pays-ci, les peintres, disait-elle, ont pris un étrange plaisir à me peindre ; est-ce qu'il n'y a pas assez de figures ridicules sans la mienne ? ou veulent-ils par des oppositions faire éclater davantage la beauté de cette jeune bergère qui me semble charmante ? » Elle regardait ensuite le portrait d'un berger qu'elle ne pouvait assez louer. « Que l'on est à plaindre, disait-elle, d'être disgraciée de la nature au point que je le suis ! Et que l'on est heureuse quand on est belle ! » En disant ces mots, elle avait les larmes aux yeux ; puis se voyant dans un miroir, elle se tourna brusquement ; mais elle fut bien étonnée de trouver derrière elle une petite vieille, coiffée d'un chaperon, qui était la moitié plus laide qu'elle ; et la jatte où elle se traînait avait plus de vingt trous, tant elle était usée.

« Princesse, lui dit cette vieillotte, vous pouvez choisir entre la vertu et la beauté ; vos regrets sont si touchants que je les ai entendus. Si vous voulez être belle, vous serez coquette, glorieuse et très galante ; si vous voulez rester comme vous êtes, vous serez sage, estimée et fort humble. »

Trognon regarda celle qui lui parlait, et lui demanda si la beauté était incompatible avec la sagesse.

« Non, lui dit la bonne femme ; mais à votre égard il est arrêté que vous ne pouvez avoir que l'un des deux.

— Hé bien, s'écria Trognon d'un air ferme, je préfère ma laideur à la beauté.

— Quoi ! vous aimez mieux effrayer ceux qui vous voient ? reprit la vieille.

— Oui, madame, dit la princesse, je choisis plutôt tous les malheurs ensemble, que de manquer de vertu.

— J'avais apporté exprès mon manchon jaune et blanc, dit la fée ; en soufflant du coté jaune, vous seriez devenue semblable à cette admirable bergère qui vous a paru si charmante, et vous auriez été aimée d'un berger dont le portrait a arrêté vos yeux plus d'une fois ; en soufflant du côté blanc, vous pourrez vous affermir encore dans le chemin de la vertu, où vous entrez si courageusement.

— Hé ! madame, reprit la princesse, ne me refusez pas cette grâce, elle me consolera de tout le mépris que l'on a pour moi. »

La petite vieille lui donna le manchon de vertu et de beauté ; Trognon ne se méprit point, elle souffla par le côté blanc, et remercia la fée qui disparut aussitôt.

Elle était ravie du bon choix qu'elle avait fait ; et quelque sujet qu'elle eût d'envier l'incomparable beauté de la bergère peinte sur les vitres, elle pensait, pour s'en consoler, que la beauté passe comme un songe ; que la vertu est un trésor éternel et une beauté inaltérable, qui dure plus que la vie : elle espérait toujours que le roi son père se mettrait à la tête d'une grosse armée, et qu'il la tirerait de la tour. Elle attendait le moment de le voir avec mille impatiences, et elle mourait d'envie de monter au donjon pour voir arriver le secours qu'elle attendait. Mais comment grimper si haut ? Elle allait dans sa chambre moins vite qu'une tortue ; et pour monter, c'était ses femmes qui la portaient.

Cependant elle en trouva un moyen assez particulier. Elle sut que l'horloge était dans le donjon ; elle ôta les poids, et se mit à la place. Lorsqu'on remonta l'horloge, elle fut guindée jusqu'en haut ; elle regarda promptement à la fenêtre qui donnait sur la campagne, mais elle ne vit rien venir, et elle s'en retira pour se reposer un peu. En s'appuyant contre le mur que Torticoli, ou pour mieux dire le prince

Sans-Pair, avait défait et raccommodé assez mal, le plâtre tomba et le tire-bourre d'or, qui fit tin, tin, près de Trognon. Elle l'aperçut, et après l'avoir ramassé, elle examina à quoi il pouvait servir. Comme elle avait plus d'esprit qu'une autre, elle jugea bien vite que c'était pour ouvrir l'armoire, où il n'y avait point de serrure ; elle en vint à bout, et elle ne fut pas moins ravie que le prince l'avait été de tout ce qu'elle y rencontra de rare et de galant. Il y avait quatre mille tiroirs, tous remplis de bijoux antiques et modernes ; enfin elle trouve le guichet d'or, la boîte d'escarboucle, et la main qui nageait dans le sang. Elle en frémit, et voulut la jeter ; mais il ne fut pas en son pouvoir de la laisser aller, une puissance secrète l'en empêchait. « Hélas ! que vais-je faire ? dit-elle tristement. J'aime mieux mourir que de rester davantage avec cette main coupée. » Dans ce moment elle entendit une voix douce et agréable, qui lui dit :

« Prends courage, princesse, ta félicité dépend de cette aventure.

— Hé ! que puis-je faire ? répondit-elle en tremblant.

— Il faut, lui dit la voix, emporter cette main dans ta chambre la cacher sous ton chevet ; et, quand tu verras un aigle, la lui donner sans tarder un moment. »

Quelque effrayée que fût la princesse, cette voix avait quelque chose de si persuasif, qu'elle n'hésita pas à obéir ; elle replaça les tiroirs et les raretés comme elle les avait trouvés, sans en prendre aucune. Ses gardes, qui craignaient qu'elle ne leur échappât à son tour, ne l'ayant point vue dans sa chambre, la cherchèrent et demeurèrent surpris de la rencontrer dans un lieu où elle ne pouvait, disaient-ils, monter que par enchantement.

Elle fut trois jours sans rien voir ; elle n'osait ouvrir la belle boîte d'escarboucle, parce que la main coupée lui faisait trop grand peur. Enfin, une nuit elle entendit du bruit contre sa fenêtre ; elle ouvrit son rideau, et elle aperçut au clair de la lune un aigle qui voltigeait. Elle se leva comme elle put, et se traînant dans la chambre, elle ouvrit la fenêtre. L'aigle entra, faisant grand bruit avec ses ailes, en signe de réjouissance ; elle ne différa pas à lui présenter la main, qu'il prit avec ses serres, et un moment après elle ne l'aperçut plus ; il y avait à sa place un jeune homme, le plus beau et le mieux fait qu'elle eût jamais vu ; son front était ceint d'un diadème, son habit couvert de pierreries. Il tenait dans sa main un portrait ; et prenant le premier la parole :

« Princesse, dit-il à Trognon, il y a deux cents ans qu'un perfide enchanteur me retient en ces lieux. Nous aimions l'un et l'autre l'admirable fée Bénigne ; j'étais souffert, il était jaloux. Son art surpassait le mien ; et voulant s'en prévaloir pour me perdre, il me dit d'un air absolu qu'il me défendait de la voir davantage. Une telle défense ne convenait ni à mon amour, ni au rang que je tenais : je le menaçai ; et la belle que j'adore se trouva si offensée de la conduite de l'enchanteur, qu'elle lui défendit à son tour de l'approcher jamais. Ce cruel résolut de nous punir l'un et l'autre.

« Un jour que j'étais auprès d'elle, charmé du portrait qu'elle m'avait donné, et que je regardais, le trouvant mille fois moins beau que l'original, il parut, et d'un coup de sabre il sépara ma main de mon bras. La fée Bénigne (c'est le nom de ma reine) ressentit plus vivement que moi la douleur de cet accident ; elle tomba évanouie sur son lit, et sur-le-champ je me sentis couvert de plumes ; je fus métamorphosé en aigle. Il m'était permis de venir tous les jours voir la reine, sans pouvoir en approcher ni la réveiller ; mais j'avais la consolation de l'entendre sans cesse pousser de tendres soupirs, et parler en rêvant de son cher Trasimène. Je savais encore qu'au bout de deux cents ans un prince rappellerait Bénigne à la lumière, et qu'une princesse, en me rendant ma main coupée, me rendrait ma première forme. Une fée qui s'intéresse à votre gloire a voulu que cela fût ainsi ; c'est elle qui a si soigneusement enfermé ma main dans l'armoire du donjon ; c'est elle qui m'a donné le pouvoir de vous marquer aujourd'hui ma reconnaissance. Souhaitez, princesse, ce qui peut vous faire le plus de plaisir, et sur-le-champ vous l'obtiendrez.

— Grand roi, répliqua Trognon (après quelques moments de silence), si je ne vous ai pas répondu promptement, ce n'est point que j'hésite ; mais je vous avoue que je ne suis pas aguerrie sur des aventures aussi surprenantes que celle-ci, et je me figure que c'est plutôt un rêve qu'une vérité.

— Non, madame, répondit Trasimène, ce n'est point une illusion ; vous en ressentirez les effets dès que vous voudrez me dire quel don vous désirez.

— Si je demandais tous ceux dont j'aurais besoin pour être parfaite, dit-elle, quelque pouvoir que vous ayez, il vous serait difficile d'y satisfaire ; mais je m'en tiens au plus essentiel : rendez mon âme aussi belle que mon corps est laid et difforme.

— Ah ! princesse, s'écria le roi Trasimène, vous me charmez par un choix si juste et si élevé ; mais qui est capable de le faire est déjà accomplie : votre corps va donc devenir aussi beau que votre âme et que votre esprit. »

Il toucha la princesse avec le portrait de la fée ; elle entend cric, croc dans tous ses os ; ils s'allongent, ils se remboîtent ; elle se lève, elle est grande, elle est belle, elle est droite, elle a le teint plus blanc que du lait, tous les traits réguliers, un air majestueux et modeste, une physionomie fine et agréable.

« Quel prodige ! s'écrie-t-elle. Est-ce moi ? Est-ce une chose possible ?

— Oui, madame, reprit Trasimène, c'est vous ; le sage choix que vous avez fait de la vertu vous attire l'heureux changement que vous éprouvez. Quel plaisir pour moi, après ce que je vous dois, d'avoir été destiné pour y contribuer ! Mais quittez pour toujours le nom de Trognon ; prenez celui de Brillante, que vous méritez par vos lumières et par vos charmes. »

Dans ce moment il disparut ; et la princesse, sans savoir par quelle voiture elle était allée, se trouva au bord d'une petite rivière, dans un lieu ombragé d'arbres, le plus agréable de la terre.

Elle ne s'était point encore vue ; l'eau de cette rivière était si claire qu'elle connut avec une surprise extrême qu'elle était la même bergère dont elle avait tant admiré le portrait sur les vitres de la galerie. En effet, elle avait comme elle un habit blanc, garni de dentelles fines, le plus propre qu'on eût jamais vu à aucune bergère ; sa ceinture était de petites roses et de jasmins, ses cheveux ornés de fleurs ; elle trouva une houlette peinte et dorée auprès d'elle, avec un troupeau de moutons qui paissaient le long du rivage, et qui entendaient sa voix ; jusqu'au chien du troupeau, il semblait la connaître, et la caressait.

Quelles réflexions ne faisait-elle point sur des prodiges si nouveaux ! Elle était née, et elle avait vécu jusqu'alors, la plus laide de toutes les créatures ; mais elle était princesse. Elle devenait plus belle que l'astre du jour ; elle n'était plus qu'une bergère, et la perte de son rang ne laissait pas de lui être sensible.

Ces différentes pensées l'agitèrent jusqu'au moment où elle s'endormit. Elle avait veillé toute la nuit (comme je l'ai déjà dit), et le voyage qu'elle avait fait, sans s'en apercevoir, était de cent lieues : de sorte qu'elle s'en trouvait un peu lasse. Ses moutons et son chien, rassemblés à ses côtés, semblaient la garder, et lui donner les soins qu'elle leur devait. Le soleil ne pouvait l'incommoder, quoiqu'il fût dans toute sa force ; les arbres touffus l'en garantissaient ; et l'herbe fraîche et fine, sur laquelle elle s'était laissée tomber, paraissait orgueilleuse d'une charge si belle. C'est là

Qu'on voyait les violettes,
À l'envi des autres fleurs,
S'élever sur les herbettes
Pour répandre leurs odeurs.

Les oiseaux y faisaient de doux concerts, et les zéphirs retenaient leur haleine, dans la crainte de l'éveiller. Un berger, fatigué de l'ardeur du soleil, ayant remarqué de loin cet endroit, s'y rendit en diligence ; mais lorsqu'il vit la jeune Brillante, il demeura si surpris, que sans un arbre contre lequel il s'appuya, il serait tombé de toute sa hauteur. En effet, il la reconnut pour cette même personne dont il avait admiré la beauté sur les vitres de la galerie et dans le livre de vélin ; car le lecteur ne doute pas que ce berger ne soit le prince Sans-Pair. Un pouvoir inconnu l'avait arrêté dans cette contrée ; il s'était fait admirer de tous ceux qui l'avaient vu. Son adresse en toutes choses, sa bonne mine et son esprit, ne le distinguaient pas moins entre les autres bergers, que sa naissance l'aurait distingué ailleurs.

Il attacha ses yeux sur Brillante avec une attention et un plaisir qu'il n'avait point ressentis jusqu'alors. Il se mit à genoux auprès d'elle ; il examinait cet assemblage de beauté qui la rendait toute parfaite ; et son cœur fut le premier qui paya le tribut qu'aucun autre depuis n'osa lui refuser. Comme il rêvait profondément, Brillante s'éveilla ; et voyant Sans-Pair proche d'elle avec un habit de pasteur extrêmement galant, elle le regarda, et rappela aussitôt son idée, parce qu'elle avait vu son portrait dans la tour.

« Aimable bergère, lui dit-il, quelle heureuse destinée vous conduit ici ? Vous y venez, sans doute, pour recevoir notre encens et nos vœux. Ah ! je sens déjà que je serai le plus empressé à vous rendre mes hommages.

— Non, berger, lui dit-elle, je ne prétends point exiger des honneurs qui ne me sont pas dus ; je veux demeurer simple bergère, j'aime mon troupeau et mon chien. La solitude a des charmes pour moi, je ne cherche qu'elle.

— Quoi ! jeune bergère, en arrivant en ces lieux vous y apportez le dessein de vous cacher aux mortels qui les habitent ! Est-il possible, continua-t-il, que vous nous vouliez tant de mal ? Tout du moins exceptez-moi, puisque je suis le premier qui vous ai offert ses services.

— Non, reprit Brillante, je ne veux point vous voir plus souvent que les autres, quoique je sente déjà une estime particulière pour vous ; mais enseignez-moi quelque sage bergère chez qui je puisse me retirer ; car étant inconnue ici, et dans un âge à ne pouvoir demeurer seule, je serai bien aise de me mettre sous sa conduite. »

Sans-Pair fut ravi de cette commission. Il la mena dans une cabane si propre qu'elle avait mille agréments dans sa simplicité. Il y avait une petite vieillotte qui sortait rarement, parce qu'elle ne pouvait presque plus marcher.

« Tenez, ma bonne mère, dit Sans-Pair en lui présentant Brillante, voici une fille incomparable dont la seule présence vous rajeunira. »

La vieille l'embrassa, et lui dit d'un air affable qu'elle était la bienvenue ; qu'elle avait de la peine de la loger si mal, mais que tout au moins elle la logerait fort bien dans son cœur.

« Je ne pensais pas, dit Brillante, trouver ici un accueil si favorable, et tant de politesse ; je vous assure, ma bonne mère, que je suis ravie d'être auprès de vous. Ne me refusez pas, continua-t-elle, en s'adressant au berger, de me dire votre nom, pour que je sache à qui je suis obligée d'un tel service.

— On m'appelle Sans-Pair, répondit le prince ; mais à présent je ne veux point d'autre nom que celui de votre esclave.

— Et moi, dit la petite vieille, je souhaite aussi de savoir comment on appelle la bergère pour qui j'exerce l'hospitalité. »

La princesse lui dit qu'on la nommait Brillante. La vieille parut charmée d'un si aimable nom, et Sans-Pair dit cent jolies choses là-dessus.

La vieille bergère, ayant peur que Brillante n'eût faim, lui présenta dans une terrine fort propre, du lait doux, avec du pain bis, des œufs frais, du beurre nouveau battu et un fromage à la crème. Sans-Pair courut dans sa cabane ; il en apporta des fraises, des noisettes, des cerises et d'autres fruits, tout entourés de fleurs ; et pour avoir lieu de rester plus longtemps auprès de Brillante, il lui demanda permission d'en manger avec elle. Hélas ! qu'il lui aurait été difficile de la lui refuser. Elle le voyait avec un plaisir extrême ; et quelque froideur qu'elle affectât, elle sentait bien que sa présence ne lui serait point indifférente.

Lorsqu'il l'eut quittée, elle pensa encore longtemps à lui, et lui à elle. Il la voyait tous les jours, il conduisait son troupeau dans le lieu où elle faisait paître le sien, il chantait auprès d'elle des paroles passionnées : il jouait de la flûte et de la musette pour la faire danser, et elle s'en acquittait avec une grâce et une justesse qu'il ne pouvait assez admirer. Chacun de son côté faisait réflexion à cette suite surprenante d'aventures qui leur étaient arrivées, et chacun commençait à s'inquiéter. Sans-Pair la cherchait soigneusement partout.

Enfin, toutes les fois qu'il la trouva seulette,
Il lui parla tant d'amourette,
Il lui peignit si bien son feu, sa passion,
Et ce qui de deux cœurs fait la douce union,
Qu'elle reconnut dans son âme
Que ce petit je ne sais quoi
Qu'elle sentait pour lui, sans bien savoir pourquoi,

Était une amoureuse flamme.
Alors connaissant le danger
Où, pour son peu d'expérience,
Elle exposait son innocence,
Elle évite avec soin cet aimable berger ;
Mais ce fut pour elle
Une peine cruelle !
Et que souvent son cœur, soupirant en secret,
Lui reprocha de fuir un amant si discret !
Sans-Pair, qui ne pouvait comprendre
Ce qui causait ce cruel changement,
Cherche partout un moment pour l'apprendre,
Mais il le cherche vainement ;
Brillante ne veut plus l'approcher ni l'entendre.

Elle l'évitait avec soin et se reprochait sans cesse ce qu'elle ressentait pour lui. « Quoi ! j'ai le malheur d'aimer, disait-elle, et d'aimer un malheureux berger ! Quelle destinée est la mienne ? J'ai préféré la vertu à la beauté : il semble que le ciel, pour me récompenser de ce choix, m'avait voulu rendre belle ; mais que je m'estime malheureuse de l'être devenue ! Sans ces inutiles attraits, le berger que je fuis ne serait point attaché à me plaire, et je n'aurais pas la honte de rougir des sentiments que j'ai pour lui. » Ses larmes finissaient toujours par de si douloureuses réflexions, et ses peines augmentaient par l'état où elle réduisait son aimable berger.

Il était de son côté accablé de tristesse ; il avait envie de déclarer à Brillante la grandeur de sa naissance, dans la pensée qu'elle serait peut-être piquée d'un sentiment de vanité, et qu'elle l'écouterait plus favorablement ; mais il se persuadait ensuite qu'elle ne le croirait pas, et que si elle lui demandait quelque preuve de ce qu'il lui dirait, il était hors d'état de lui en donner. « Que mon sort est cruel ! s'écriait-il. Quoique je fusse affreux, je devais succéder à mon père. Un grand royaume répare bien des défauts. Il me serait à présent inutile de me présenter à lui ni à ses sujets, il n'y en a aucun qui puisse me reconnaître ; et tout le bien que m'a fait la fée Bénigne, en m'ôtant mon nom et ma laideur, consiste à me rendre berger, et à me livrer aux charmes d'une bergère inexorable, qui ne peut me souffrir. Étoile barbare, disait-il en soupirant, deviens-moi plus propice, ou rends-moi ma difformité avec ma première indifférence ! »

Voilà les tristes regrets que l'amant et la maîtresse faisaient sans se connaître. Mais comme Brillante s'appliquait à fuir Sans-Pair, un jour qu'il avait résolu de lui parler, pour en trouver un prétexte qui ne l'offensât point, il prit un petit agneau, qu'il enjoliva de rubans et de fleurs ; il lui mit un collier de paille peinte, travaillé si proprement que c'était une espèce de chef-d'œuvre ; il avait un habit de taffetas couleur de rose, couvert de dentelles d'Angleterre, une houlette garnie de rubans, une panetière ; et en cet état tous les Céladons du monde n'auraient osé paraître devant lui. Il trouva Brillante assise au bord d'un ruisseau qui coulait lentement dans le plus épais du bois ; ses moutons y paissaient épars. La profonde tristesse de la bergère ne lui permettait pas de leur donner ses soins. Sans-Pair l'aborda d'un air timide ; il lui présenta le petit agneau ; et la regardant tendrement :

« Que vous ai-je donc fait, belle bergère, lui dit-il, qui m'attire de si terribles marques de votre aversion ? Vous reprochez à vos yeux le moindre de leurs regards ; vous me fuyez. Ma passion vous paraît-elle si offensante ? En pouvez-vous souhaiter une plus pure et plus fidèle ? Mes paroles, mes actions n'ont-elles pas toujours été remplies de respect et d'ardeur ? Mais, sans doute, vous aimez ailleurs ; votre cœur est prévenu pour un autre. »

Elle lui repartit aussitôt :

Berger, lorsque je vous évite,
Devez-vous vous en alarmer ?
On connaît assez par ma fuite
Que je crains de vous trop aimer.
Je fuirais avec moins de peine,
Si la haine me faisait fuir ;
Mais lorsque la raison m'entraîne,
L'amour cherche à me retenir.
Tout m'alarme ; en ce moment même,
Je sens que vos regards affaiblissent mon cœur.
Je reste toutefois ; quand l'amour est extrême,
Berger, que le devoir paraît plein de rigueur !
Et qu'on fuit lentement, quand on fuit ce qu'on aime !
Adieu ; si vous m'aimez, hélas !
Mon repos en dépend, gardez-vous de me suivre.
Peut-être que sans vous, je ne pourrai plus vivre ;

Mais toutefois, berger, ne suivez point mes pas.

En achevant ces mots, Brillante s'éloigna. Le prince amoureux et désespéré voulut la suivre ; mais sa douleur devint si forte qu'il tomba sans connaissance au pied d'un arbre. Ah ! vertu sévère et trop farouche, pourquoi redoutez-vous un homme qui vous a chérie dès sa plus tendre enfance ? Il n'est point capable de vous méconnaître, et sa passion est toute innocente. Mais la princesse se défiait autant d'elle que de lui ; elle ne pouvait s'empêcher de rendre justice au mérite de ce charmant berger, et elle savait bien qu'il faut éviter ce qui nous paraît trop aimable.

On n'a jamais tant pris sur soi qu'elle y prit dans ce moment ; elle s'arrachait à l'objet le plus tendre et le plus chèrement aimé qu'elle eût vu de sa vie. Elle ne put s'empêcher de tourner plusieurs fois la tête pour regarder s'il la suivait ; elle l'aperçut tomber demi-mort. Elle l'aimait et elle se refusa la consolation de le secourir. Lorsqu'elle fut dans la plaine, elle leva pitoyablement les yeux ; et joignant ses bras l'un sur l'autre : « Ô vertu ! ô gloire, ô grandeur ! je te sacrifie mon repos, s'écria-t-elle. Ô destin ! ô Trasimène ! je renonce à ma fatale beauté ; rends-moi ma laideur, ou rends-moi, sans que j'en puisse rougir, l'amant que j'abandonne ! » Elle s'arrêta à ces mots, incertaine si elle continuerait de fuir, ou si elle retournerait sur ses pas. Son cœur voulait qu'elle rentrât dans le bois où elle avait laissé Sans-Pair ; mais sa vertu triompha de sa tendresse. Elle prit la généreuse résolution de ne le plus voir.

Depuis qu'elle avait été transportée dans ces lieux, elle avait entendu parler d'un célèbre enchanteur, qui demeurait dans un château qu'il avait bâti avec sa sœur aux confins de l'île. On ne parlait que de leur savoir ; c'était tous les jours de nouveaux prodiges. Elle pensa qu'il ne fallait pas moins qu'un pouvoir magique pour effacer de son cœur l'image du charmant berger ; et sans en rien dire à sa charitable hôtesse, qui l'avait reçue et qui la traitait comme sa fille, elle se mit en chemin, si occupée de ses déplaisirs qu'elle ne faisait aucune réflexion au péril qu'elle courait, étant belle et jeune, de voyager toute seule. Elle ne s'arrêtait ni jour ni nuit ; elle ne buvait ni ne mangeait, tant elle avait envie d'arriver au château pour guérir de sa tendresse. Mais en passant dans, un bois, elle ouït quelqu'un qui chantait ; elle crut entendre prononcer son nom, et reconnaître la voix d'une de ses compagnes. Elle s'arrêta pour l'écouter ; elle entendit ces paroles :

Sans-Pair, de son hameau,
Le mieux fait, le plus beau,
Aimait la bergère Brillante,
Aimable, jeune et belle, enfin toute charmante.
Par mille petits soins, ce berger, chaque jour,
Lui déclarait assez ce qu'il sentait pour elle,
Mais la jeune rebelle
Ignorait ce que c'est qu'amour.
Son cœur plein de tristesse
Soupirait toutefois loin du berger absent :
Ce qui marque de la tendresse,
Et ce qu'on ne fait pas pour un indiffèrent.
Il est vrai qu'à notre bergère,
De tels chagrins n'arrivaient guère ;
Car son amant la suivait en tous lieux
(Elle ne demandait pas mieux).
Souvent couchés dessus l'herbette,
Il lui chantait des vers de sa façon ;
La belle avec plaisir écoutait sa musette,
Et même apprenait sa chanson.

« Ah ! c'en est trop, dit-elle, en versant des larmes ; indiscret berger, tu t'es vanté des faveurs innocentes que je t'ai accordées ! Tu as osé présumer que mon faible cœur serait plus sensible à ta passion qu'à mon devoir ! Tu as fait confidence de tes injustes désirs, et tu es cause que l'on me chante dans les bois et dans les plaines ! » Elle en conçut un dépit si violent, qu'elle se crut en état de le voir avec indifférence, et peut-être avec de la haine. « Il est inutile, continua-t-elle, que j'aille plus loin pour chercher des remèdes à ma peine ; je n'ai rien à craindre d'un berger en qui je connais si peu de mérite. Je vais retourner au hameau avec la bergère que je viens d'entendre. » Elle l'appela de toute sa force, sans que personne lui répondit, et cependant elle entendait de temps en temps chanter assez proche d'elle. L'inquiétude et la peur la prirent. En effet, ce bois appartenait à l'enchanteur, et l'on n'y passait point sans avoir quelque aventure.

Brillante, plus incertaine que jamais, se hâta de sortir du bois. « Le berger que je craignais, disait-elle, m'est-il devenu si peu redoutable, que je doive m'exposer à le revoir ? N'est-ce point plutôt que mon cœur, d'intelligence avec lui, cherche à me tromper ? Ah ! fuyons,

fuyons, c'est le meilleur parti pour une princesse aussi malheureuse que moi. » Elle continua son chemin vers le château de l'enchanteur ; elle y parvint, et elle y entra sans obstacle. Elle traversa plusieurs grandes cours, où l'herbe et les ronces étaient si hautes qu'il semblait qu'on n'y avait pas marché depuis cent ans ; elle les rangea avec ses mains, qu'elle égratigna en plus d'un endroit. Elle entra dans une salle où le jour ne venait que par un petit trou : elle était tapissée d'ailes de chauves-souris. Il y avait douze chats pendus au plancher, qui servaient de lustres, et qui faisaient un miaulis à faire perdre patience ; et sur une longue table, douze grosses souris attachées par la queue, qui avaient chacune devant elles un morceau de lard, où elles ne pouvaient atteindre ; de sorte que les chats voyaient les souris sans les pouvoir manger ; les souris craignaient les chats, et se désespéraient de faim près d'un bon morceau de lard.

La princesse considérait le supplice de ces animaux, lorsqu'elle vit entrer l'enchanteur avec une longue robe noire. Il avait sur sa tête un crocodile qui lui servait de bonnet ; et jamais il n'a été une coiffure si effrayante. Ce vieillard portait des lunettes et un fouet à la main d'une vingtaine de longs serpents tous en vie. Oh ! que la princesse eut de peur ! qu'elle regretta dans ce moment son berger, ses moutons et son chien ! Elle ne pensa qu'à fuir ; et sans dire mot à ce terrible homme, elle courut vers la porte ; mais elle était couverte de toiles d'araignées. Elle en leva une, et elle en trouva une autre, qu'elle leva encore, et à laquelle une troisième succéda ; elle la lève, il en paraît une nouvelle, qui était devant une autre ; enfin ces vilaines portières de toiles d'araignées étaient sans compte et sans nombre. La pauvre princesse n'en pouvait plus de lassitude ; ses bras n'étaient pas assez forts pour soutenir ces toiles. Elle voulut s'asseoir par terre afin de se reposer un peu, elle sentit de longues épines qui la pénétraient. Elle fut bientôt relevée, et se mit encore en devoir de passer ; mais toujours il paraissait une toile sur l'autre. Le méchant vieillard, qui la regardait, faisait des éclats de rire à s'en engouer. À la fin il l'appela et lui dit :

« Tu passerais là le reste de ta vie sans en venir à bout ; tu me sembles jeune et plus belle que tout ce que j'ai vu de plus beau ; si tu veux, je t'épouserai. Je te donnerai ces douze chats que tu vois pendus au plancher, pour en faire tout ce que tu voudras, et ces douze souris qui sont sur cette table seront tiennes aussi. Les chats sont autant de princes, et les souris autant de princesses. Les friponnes, en différents temps, avaient eu l'honneur de me plaire (car j'ai toujours été aimable et galant) ; aucune d'elles ne voulut m'aimer. Ces princes étaient mes rivaux, et plus heureux que moi. La jalousie me prit ; je trouvai le moyen de les attirer ici, et à mesure que je les ai attrapés, je les ai métamorphosés en chats et en souris. Ce qui est plaisant, c'est qu'ils se haïssent autant qu'ils se sont aimés, et que l'on ne peut trouver une vengeance plus complète.

— Ah ! seigneur, s'écria Brillante, rendez-moi souris ; je ne le mérite pas moins que ces pauvres princesses.

— Comment, dit le magicien, petite bergeronnette, tu ne veux donc pas m'aimer ?

— J'ai résolu de n'aimer jamais, dit-elle.

— Oh ! que tu es simple ! continua-t-il. Je te nourrirai à merveille, je te ferai des contes, je te donnerai les plus beaux habits du monde ; tu n'iras qu'en carrosse et en litière, tu t'appelleras madame.

— J'ai résolu de n'aimer jamais, répondit encore la princesse.

— Prends garde à ce que tu dis, s'écria l'enchanteur en colère ; tu t'en repentiras pour longtemps.

— N'importe, dit Brillante, j'ai résolu de n'aimer jamais.

— Ho bien, trop indifférente créature, dit-il en la touchant, puisque tu ne veux pas aimer, tu dois être d'une espèce particulière : tu ne seras donc à l'avenir ni chair ni poisson, tu n'auras ni sang ni os, tu seras verte, parce que tu es encore dans ta verte jeunesse ; tu seras légère et fringante, tu vivras dans les prairies comme tu vivais ; on t'appellera sauterelle. »

Au même moment, la princesse Brillante devint la plus jolie sauterelle du monde ; et jouissant de la liberté, elle se rendit promptement dans le jardin.

Dès qu'elle fut en état de se plaindre, elle s'écria douloureusement ; « Ah ! ma jatte, ma chère jatte, qu'êtes-vous devenue ? Voilà donc l'effet de vos promesses, Trasimène ? Voilà donc ce qu'on me gardait depuis deux cents ans avec tant de soin ? Une beauté aussi peu durable que les fleurs du printemps ; et pour conclusion, un habit de crêpe vert, une petite figure singulière, qui n'est ni chair ni poisson, qui n'a ni os ni sang. Je suis bien malheureuse ! Hélas ! une couronne aurait caché tous mes défauts, j'eusse trouvé un époux digne de moi ; et si j'étais restée bergère, l'aimable Sans-Pair ne souhaitait que la possession de mon cœur : il n'est que trop vengé de mes injustes dédains. Me voilà sauterelle, destinée à chanter jour et nuit, quand mon cœur rempli d'amertume m'invite à pleurer ! » C'est ainsi que parlait la sauterelle, cachée entre les herbes fines qui bordaient un ruisseau.

Mais que faisait le prince Sans-Pair, absent de son adorable bergère ? La dureté avec laquelle elle l'avait quitté le pénétra si vivement qu'il n'eut pas la force de la suivre. Avant qu'il l'eût jointe, il s'évanouit, et il resta longtemps sans aucune connaissance au pied de l'arbre où Brillante l'avait vu tomber. Enfin la fraîcheur de la terre, ou quelque puissance inconnue, le fit revenir à lui : il n'osa aller ce jour-là chez elle ; et repassant dans son esprit les derniers vers qu'elle lui avait dits :

Et pour fuir un amant
Tendre, jeune et confiant,
On ne prend guère tant de peine,
Quand on ne le fait que par haine.

Il en prit des espérances assez flatteuses ; et il se promit du temps et de ses soins un peu de reconnaissance. Mais que devint-il, lorsque, ayant été chez la vieille bergère où Brillante se retirait, il apprit qu'elle n'avait point paru depuis la veille ? Il pensa mourir d'inquiétude. Il s'éloigna, accablé de mille pensées différentes ; il s'assit tristement au bord de la rivière : il fut près cent fois de s'y jeter et de chercher dans la fin de sa vie celle de ses malheurs. Enfin il prit un poinçon et grava ces vers sur l'écorce d'un alisier :

Belle fontaine, clair ruisseau,
Vallons délicieux, et vous, fertiles plaines,
Séjour que je trouvais si beau,
Hélas ! vous augmentez mes peines.
Le tendre objet de mon amour,
Dont vous empruntez tous vos charmes,

Pour fuir un malheureux, vous quitte sans retour.
Vous ne me verrez plus que répandre des larmes.
Quand l'aurore aux mortels vient annoncer le jour,
Elle me voit plongé dans ma douleur profonde ;
Le soleil chaque instant est témoin de mes pleurs,
Et quand il est caché dans l'onde,
Je n'interromps point mes douleurs.
Ô toi ! tendre arbrisseau, pardonne les blessures
Que pour graver mes maux j'ose faire à ton sein ;
Ce sont de légères peintures,
De ce qu'a fait au mien cet objet inhumain.
La pointe de ce fer ne t'ôte point la vie ;
Des chiffres de son nom tu paraîtras plus beau.
Mais, hélas ! ma plus chère envie,
Lorsque je perds Brillante, est d'entrer au tombeau.

Il n'en put écrire davantage, parce qu'il fut abordé par une petite vieille, qui avait une fraise au cou, un vertugadin, un moule sous ses cheveux blancs, un chaperon de velours ; et son antiquité avait quelque chose de vénérable.

« Mon fils, lui dit-elle, vous poussez des regrets bien amers ; je vous prie de m'en apprendre le sujet.

— Hélas ! ma bonne mère, lui dit Sans-Pair, je déplore l'éloignement d'une aimable bergère qui me fuit ; j'ai résolu de l'aller chercher par toute la terre, jusqu'à ce que je l'aie trouvée.

— Allez de ce côté-là, mon enfant, lui dit-elle, en lui montrant le chemin du château où la pauvre Brillante était devenue sauterelle. J'ai un pressentiment que vous ne la chercherez pas longtemps. »

Sans-Pair la remercia, et pria l'Amour de fui être favorable.

Le prince n'eut aucune rencontre sur sa route digne de l'arrêter, mais en arrivant dans le bois, proche le château du magicien et de sa sœur, il crut voir sa bergère ; il se hâta de la suivre : elle s'éloigna.

« Brillante, lui criait-il, Brillante que j'adore, arrêtez un peu, daignez m'entendre. »

Le fantôme fuyait encore plus fort ; et dans cet exercice, le reste du jour se passa. Lorsque la nuit fut venue, il vit beaucoup de lumières dans le château : il se flatta que sa bergère y pouvait être. Il y court ; il entre sans aucun empêchement. Il monte et trouve dans un salon magnifique une grande et vieille fée d'une horrible maigreur. Ses yeux ressemblaient à deux lampes éteintes ; on voyait le jour au travers de ses joues. Ses bras étaient comme des lattes, ses doigts comme des fuseaux, une peau de chagrin noir couvrait son squelette ; avec cela elle avait du rouge, des mouches, des rubans verts et couleur de rose ; un manteau de brocart d'argent, une couronne de diamants sur sa tête et des pierreries partout.

« Enfin, prince, lui dit-elle, vous arrivez dans un lieu où je vous souhaite depuis longtemps. Ne songez plus à votre petite bergère ; une passion si disproportionnée vous doit faire rougir. Je suis la reine des Météores ; je vous veux du bien et je puis vous en faire d'infinis si vous m'aimez.

— Vous aimer, s'écria le prince, en la regardant d'un œil indigné, vous aimer, madame ! Hé ! suis-je maître de mon cœur ! Non, je ne saurais consentir à une infidélité ; et je sens même que si je changeais l'objet de mes amours, ce ne serait pas vous qui le deviendriez. Choisissez dans vos Météores quelque influence qui vous accommode ; aimez l'air, aimez les vents, et laissez les mortels en paix. »

La fée était fière et colère ; en deux coups de baguette elle remplit la galerie de monstres affreux, contre lesquels il fallut que le jeune prince exerçât son adresse et sa valeur. Les uns paraissaient avec plusieurs têtes et plusieurs bras, les autres avaient la figure d'un centaure ou d'une sirène, plusieurs lions à la face humaine, des sphinx et des dragons volants. Sans-Pair n'avait que sa seule houlette, et un petit épieu, dont il s'était armé en commençant son voyage. La grande fée faisait cesser de temps en temps le chamaillis et lui demandait s'il voulait l'aimer. Il disait toujours qu'il se vouait à l'amour fidèle, qu'il ne pouvait changer. Lassée de sa fermeté, elle fît paraître Brillante :

« Hé bien, lui dit-elle, tu vois ta maîtresse au fond de cette galerie, songe à ce que tu vas faire ; si tu refuses de m'épouser, elle sera déchirée et mise en pièces à tes yeux par des tigres.

— Ah ! madame, s'écria le prince en se jetant à ses pieds, je me dévoue volontiers à la mort pour sauver ma chère maîtresse ; épargnez ses jours en abrégeant les miens.

— Il n'est pas question de ta mort, répliqua la fée ; traître, il est question de ton cœur et de ta main. »

Pendant qu'ils parlaient, le prince entendait la voix de sa bergère qui semblait se plaindre.

« Voulez-vous me laisser dévorer ? lui disait-elle. Si vous m'aimez, déterminez-vous à faire ce que la reine vous ordonne. »

Le pauvre prince hésitait : « Hé quoi ! Bénigne, s'écria-t-il, m'avez-vous donc abandonné, après tant de promesses ? Venez, venez nous secourir. » Ces mots furent à peine prononcés qu'il entendit une voix dans les airs, qui prononçait distinctement ces paroles :

Laisse agir le destin ; mais sois fidèle, et cherche le Rameau d'Or.

La grande fée, qui s'était crue victorieuse par le secours de tant de différentes illusions, pensa se désespérer de trouver en son chemin un aussi puissant obstacle que la protection de Bénigne.

« Fuis ma présence, s'écria-t-elle, prince malheureux et opiniâtre ; puisque ton cœur est rempli de tant de flamme, tu seras un grillon, ami de la chaleur et du feu. »

Sur-le-champ, le beau et merveilleux prince Sans-Pair devint un petit grillon noir, qui se serait brûlé tout vif dans la première cheminée ou le premier four, s'il ne s'était pas souvenu de la voix favorable qui l'avait rassuré. « Il faut, dit-il, chercher le Rameau d'Or, peut-être que je me dégrillonnerai. Ah ! si j'y trouvais ma bergère, que manquerait-il à ma félicité ? »

Le grillon se hâta de sortir du fatal palais ; et sans savoir où il fallait aller, il se recommanda aux soins de la belle fée Bénigne, puis partit sans équipage et sans bruit ; car un grillon ne craint ni les voleurs ni les mauvaises rencontres. Au premier gîte, qui fut dans le trou d'un arbre, il trouva une sauterelle fort triste ; elle ne chantait point. Le grillon ne s'avisant pas de soupçonner que ce fût une personne toute pleine d'esprit et de raison, lui dit :

« Où va ainsi ma commère la sauterelle ? »

Elle lui répondit aussitôt :

« Et vous, mon compère le grillon, où allez-vous ? »

Cette réponse surprit étrangement l'amoureux grillon.

« Quoi ! vous parlez ? s'écria-t-il.

— Hé ! vous parlez bien ! s'écria-t-elle. Pensez-vous qu'une sauterelle ait des privilèges moins étendus qu'un grillon ?

— Je puis bien parler, dit le grillon, puisque je suis un homme.

— Et par la même règle, dit la sauterelle, je dois encore plus parler que vous, puisque je suis une fille.

— Vous avez donc éprouvé un sort semblable au mien ? dit le grillon.

— Sans doute, dit la sauterelle. Mais encore, où allez-vous ?

— Je serais ravi, ajouta le grillon, que nous fussions longtemps ensemble. Une voix qui m'est inconnue, répliqua-t-il, s'est fait entendre dans l'air. Elle a dit :

Laisse agir le destin, et cherche le Rameau d'Or.

Il m'a semblé que cela ne pouvait être dit que pour moi. Sans hésiter, je suis parti, quoique j'ignore où je dois aller. »

Leur conversation fut interrompue par deux souris qui couraient de toute leur force, et qui, voyant un trou au pied de l'arbre, se jetèrent dedans la tête la première, et pensèrent étouffer le compère grillon et la commère sauterelle. Ils se rangèrent de leur mieux dans un petit coin.

« Ah ! madame, dit la plus grosse souris, j'ai mal au côté d'avoir tant couru ; comment se porte votre altesse ?

— J'ai arraché ma queue, répliqua la plus jeune souris ; car sans cela je tiendrais encore sur la table de ce vieux sorcier. Mais as-tu vu comme il nous a poursuivies ? Que nous sommes heureuses d'être sauvées de son palais infernal !

— Je crains un peu les chats et les ratières, ma princesse, continua la grosse souris, et je fais des vœux ardents pour arriver bientôt au Rameau d'Or.

— Tu en sais donc le chemin ? dit l'altesse sourissonne.

— Si je le sais, madame ! comme celui de ma maison, répliqua l'autre. Ce Rameau est merveilleux ; une seule de ses feuilles suffit pour être toujours riche ; elle fournit de l'argent, elle désenchante, elle rend belle, elle conserve la jeunesse ; il faut, avant le jour, nous mettre en campagne.

— Nous aurons l'honneur de vous accompagner, un honnête grillon que voici et moi, si vous le trouvez bon, mesdames, dit la sauterelle ; car nous sommes, aussi bien que vous, pèlerins du Rameau d'Or. »

Il y eut alors beaucoup de compliments faits de part et d'autre ; les souris étaient des princesses que ce méchant enchanteur avait liées sur la table ; et pour le grillon et la sauterelle, ils avaient une politesse qui ne se démentait jamais.

Chacun d'eux s'éveilla très matin ; ils partirent de compagnie fort silencieusement, car ils craignaient que des chasseurs à l'affût les entendant parler, ne les prissent pour les mettre en cage. Ils arrivèrent ainsi au Rameau d'Or. Il était planté au milieu d'un jardin merveilleux ; au lieu de sable, les allées étaient remplies de petites perles orientales plus rondes que des pois ; les roses étaient de diamants incarnats, et les feuilles d'émeraudes ; les fleurs de grenades, de grenats ; les soucis, de topazes ; les jonquilles, de brillants jaunes ; les violettes, de saphirs ; les bluets, de turquoises ; les tulipes, d'améthystes, opales et diamants ; enfin, la quantité et la diversité de ces belles fleurs brillaient plus que le soleil.

C'était donc là (comme je l'ai déjà dit) qu'était le Rameau d'Or, le même que le prince Sans-Pair reçut de l'aigle, et dont il toucha la fée Bénigne lorsqu'elle était enchantée. Il était devenu aussi haut que les plus grands arbres, et tout chargé de rubis qui formaient des cerises. Dès que le grillon, la sauterelle et les deux souris s'en furent approchés, ils reprirent leur forme naturelle. Quelle joie ! quels transports ne ressentit point l'amoureux prince à la vue de sa belle bergère ? Il se jeta à ses pieds ; il allait lui dire tout ce qu'une surprise si agréable et si peu espérée lui faisait ressentir, lorsque la reine Bénigne et le roi Trasimène parurent dans une pompe sans pareille ; car tout répondait à la magnificence du jardin. Quatre Amours armés de pied en cap, l'arc au côté, le carquois sur l'épaule, soutenaient avec leurs flèches un petit pavillon de brocart or et bleu, sous lequel paraissaient deux riches couronnes.

« Venez, aimables amants, s'écria la reine, en leur tendant les bras, venez recevoir de nos mains les couronnes que votre vertu, votre naissance et votre fidélité méritent ; vos travaux vont se changer en plaisirs. Princesse Brillante, continua-t-elle, ce berger si terrible à votre cœur est le prince qui vous fut destiné par votre père et par le sien. Il n'est point mort dans la tour. Recevez-le pour époux, et me laissez le soin de votre repos et de votre bonheur. »

La princesse, ravie, se jeta au cou de Bénigne ; et lui laissant voir les larmes qui coulaient de ses yeux, elle connut par son silence que l'excès de sa joie lui ôtait l'usage de la parole. Sans-Pair s'était mis aux genoux de cette généreuse fée ; il baisait respectueusement ses mains, et disait mille choses sans ordre et sans suite. Trasimène lui faisait de grandes caresses, et Bénigne leur conta, en peu de mots, qu'elle ne les avait presque point quittés ; que c'était elle qui avait proposé à Brillante de souffler dans le manchon jaune et blanc ; qu'elle avait pris la figure d'une vieille bergère pour loger la princesse chez elle ; que c'était encore elle qui avait enseigné au prince de quel côte il fallait suivre sa bergère. « À la vérité, continua-t-elle, vous avez eu des peines que je vous aurais évitées si j'en avais été la maîtresse ; mais, enfin, les plaisirs d'amour veulent être achetés. »

L'on entendit aussitôt une douce symphonie qui retentit de tous côtés ; les Amours se hâtèrent de couronner les jeunes amants. L'hymen se fit ; et pendant cette cérémonie, les deux princesses qui venaient de quitter la figure de souris conjurèrent la fée d'user de son pouvoir, pour délivrer du château de l'enchanteur les souris et les chats infortunés qui s'y désespéraient.

« Ce jour-ci est trop célèbre, dit-elle, pour vous rien refuser. »

En même temps elle frappe trois fois le Rameau d'Or, et tous ceux qui avaient été retenus dans le château parurent ; chacun sous sa forme naturelle y retrouva sa maîtresse. La fée, libérale, voulant que tout se ressentît de la fête, leur donna l'armoire du donjon à partager entre eux. Ce présent valait plus que dix royaumes de ce temps-là. Il est aisé d'imaginer leur satisfaction et leur reconnaissance. Bénigne et Trasimène achevèrent ce grand ouvrage par une générosité qui surpassait tout ce qu'ils avaient fait jusqu'alors, déclarant que le palais et le jardin du Rameau d'Or seraient à l'avenir au roi Sans-Pair et à la reine Brillante ; cent autres rois en étaient tributaires et cent royaumes en dépendaient.

Lorsqu'une fée offrait son secours à Brillante,
Qui ne l'était pas trop pour lors ;
Elle pouvait, d'une beauté charmante,
Demander les rares trésors ;
C'est une chose bien tentante !
Je n'en veux prendre pour témoins,
Que les embarras et les soins.
Dont pour la conserver le sexe se tourmente.
Mais Brillante n'écouta pas
Le désir séducteur d'obtenir des appas ;
Elle aima mieux avoir l'esprit et l'âme belle :
Les roses et les lis d'un visage charmant,
Comme les autres fleurs, passent en un moment,
Et l'âme demeure immortelle.

LE PIGEON ET LA COLOMBE

Il était une fois un roi et une reine qui s'aimaient si chèrement, que cette union servait d'exemple dans toutes les familles ; et l'on aurait été bien surpris de voir un ménage en discorde dans leur royaume. Il se nommait le royaume des Déserts.

La reine avait eu plusieurs enfants ; il ne lui restait qu'une fille, dont la beauté était si grande, que si quelque chose pouvait la consoler de la perte des autres, c'était les charmes que l'on remarquait dans celle-ci. Le roi et la reine l'élevaient comme leur unique espérance ; mais le bonheur de la famille royale dura peu. Le roi étant à la chasse sur un cheval ombrageux, il entendit tirer quelques coups ; le bruit et le feu l'effrayèrent, il prit le mors aux dents, il partit comme un éclair ; il voulut l'arrêter au bord d'un précipice ; il se cabra, et s'étant renversé sur lui, la chute fut si rude qu'il le tua avant qu'on fût en état de le secourir.

Des nouvelles si funestes réduisirent la reine à l'extrémité : elle ne put modérer sa douleur ; elle sentit bien qu'elle était trop violente pour y résister, et elle ne songea plus qu'à mettre ordre aux affaires de sa fille, afin de mourir avec quelque sorte de repos. Elle avait une amie qui s'appelait la fée Souveraine, parce qu'elle avait une grande autorité dans tous les empires, et qu'elle était fort habile. Elle lui écrivit, d'une main mourante, qu'elle souhaitait de rendre les derniers soupirs entre ses bras ; qu'elle se hâtât de venir, si elle voulait la trouver en vie, et qu'elle avait des choses de conséquence à lui dire.

Quoique la fée ne manquât pas d'affaires, elle les quitta toutes, et montant sur son chameau de feu, qui allait plus vite que le soleil, elle arriva chez la reine, qui l'attendait impatiemment ; elle lui parla de plusieurs choses qui regardaient la régence du royaume, la priant de l'accepter et de prendre soin de la petite princesse Constancia.

« Si quelque chose, ajouta-t-elle, peut soulager l'inquiétude que j'ai de la laisser orpheline dans un âge si tendre, c'est l'espérance que vous me donnerez en sa personne des marques de l'amitié que vous avez toujours eue pour moi ; qu'elle trouvera en vous une mère qui peut la rendre bien plus heureuse et plus parfaite que je n'aurais fait, et que vous lui choisirez un époux assez aimable pour qu'elle n'aime jamais que lui.

— Tu souhaites tout ce qu'il faut souhaiter, grande reine, lui dit la fée, je n'oublierai rien pour ta fille ; mais j'ai tiré son horoscope, il semble que le destin est irrité contre la nature, d'avoir épuisé tous ses trésors en la formant ; il a résolu de la faire souffrir, et ta royale majesté doit savoir qu'il prononce quelquefois des arrêts sur un ton si absolu, qu'il est impossible de s'y soustraire.

— Tout au moins, reprit la reine, adoucissez ses disgrâces, et n'oubliez rien pour les prévenir : il arrive souvent que l'on évite de grands malheurs, lorsqu'on y fait une sérieuse attention. »

La fée Souveraine lui promit tout ce qu'elle souhaitait, et la reine ayant embrassé cent et cent fois sa chère Constancia, mourut avec assez de tranquillité.

La fée lisait dans les astres avec la même facilité qu'on lit à présent les contes nouveaux qui s'impriment tous les jours. Elle vit que la princesse était menacée de la fatale passion d'un géant, dont les États n'étaient pas fort éloignés du royaume des Déserts ; elle connaissait bien qu'il fallait sur toutes choses l'éviter, et elle n'en trouva pas de meilleur moyen que d'aller cacher sa chère élève à un des bouts de la terre, si éloigné de celui où le géant régnait, qu'il n'y avait aucune apparence qu'il vînt y troubler leur repos.

Dès que la fée Souveraine eut choisi des ministres capables de gouverner l'État qu'elle voulait leur confier, et qu'elle eut établi des lois si judicieuses, que tous les sages de la Grèce n'auraient pu rien faire d'approchant, elle entra une nuit dans la chambre de Constancia ; et sans la réveiller, elle l'emporta sur son chameau de feu, puis partit pour aller dans un pays fertile, où l'on vivait sans ambition et sans peine ; c'était une vraie vallée de Tempé : l'on n'y trouvait que des bergers et des bergères, qui demeuraient dans des cabanes dont chacun était l'architecte.

Elle n'ignorait pas que si la princesse passait seize ans sans voir le géant, elle n'aurait plus qu'à retourner en triomphe dans son royaume ; mais que s'il la voyait plus tôt, elle serait exposée à de grandes peines. Elle était très soigneuse de la cacher aux yeux de tout le monde, et pour qu'elle parût moins belle, elle l'avait habillée en bergère, avec de grosses cornettes toujours abattues sur son visage ; mais telle que le soleil, qui, enveloppé d'une nuée, la perce par de longs traits de lumière, cette charmante princesse ne pouvait être si bien couverte, que l'on n'aperçût quelques-unes de ses beautés ; et malgré tous les foins de la fée, on ne parlait plus de Constancia que comme d'un chef-d'œuvre des cieux qui ravissait tous les cœurs.

Sa beauté n'était pas la seule chose qui la rendait merveilleuse : Souveraine l'avait douée d'une voix si admirable, et de toucher si bien tous les instruments dont elle voulait jouer, que sans jamais avoir appris la musique, elle aurait pu donner des leçons aux muses, et même au céleste Apollon.

Ainsi elle ne s'ennuyait point, la fée lui avait expliqué les raisons qu'elle avait de l'élever dans une condition si obscure. Comme elle était toute pleine d'esprit, elle y entrait avec tant de jugement, que Souveraine s'étonnait qu'à un âge si peu avancé, l'on pût trouver tant de docilité et d'esprit. Il y avait plusieurs mois qu'elle n'était allée au royaume des Déserts, parce qu'elle ne la quittait qu'avec peine ; mais sa présence y était nécessaire, l'on n'agissait que par ses ordres, et les ministres ne faisaient pas également bien leur devoir. Elle partit, lui recommandant fort de s'enfermer jusqu'à son retour.

Cette belle princesse avait un petit mouton qu'elle aimait chèrement, elle se plaisait à lui faire des guirlandes de fleurs ; d'autres fois, elle le couvrait de nœuds de rubans. Elle l'avait nommé Ruson. Il était plus habile que tous ses camarades, il entendait la voix et les ordres de sa maîtresse, il y obéissait ponctuellement : « Ruson, lui disait-elle, allez quérir ma quenouille » ; il courait dans sa chambre, et la lui apportait en faisant mille bonds. Il sautait autour d'elle, il ne mangeait plus que les herbes qu'elle avait cueillies, et il serait plutôt mort de soif que de boire ailleurs que dans le creux de sa main. Il savait fermer la porte, battre la mesure quand elle chantait, et bêler en cadence. Ruson était aimable, Ruson était aimé ; Constancia lui parlait sans cesse et lui faisait mille caresses.

Cependant une jolie brebis du voisinage plaisait pour le moins autant à Ruson que sa princesse. Tout mouton est mouton, et la plus chétive brebis était plus belle aux yeux de Ruson que la mère des amours. Constancia lui reprochait souvent ses coquetteries : « Petit libertin, disait-elle, ne saurais-tu rester auprès de moi ? Tu m'es si cher, je néglige tout mon troupeau pour toi, et tu ne veux pas laisser cette galeuse pour me plaire. » Elle l'attachait avec une chaîne de fleurs ; alors il semblait se dépiter, et tirait tant et tant qu'il la rompait : « Ah ! lui disait Constancia en colère, la fée m'a dit bien des fois que les hommes sont volontaires comme toi, qu'ils fuient le plus léger assujettissement, et que ce sont les animaux du monde les plus mutins. Puisque tu veux leur ressembler, méchant Ruson, va chercher ta belle bête de brebis, si le loup te mange, tu seras bien mangé ; je ne pourrai peut-être pas te secourir. »

Le mouton amoureux ne profita point des avis de Constancia. Étant tout le jour avec sa chère brebis, proche de la maisonnette où la princesse travaillait toute seule, elle l'entendit bêler si haut et si pitoyablement, qu'elle ne douta point de sa funeste aventure. Elle se lève bien émue, sort, et voit un loup qui emportait le pauvre Ruson : elle ne songea plus à tout ce que la fée lui avait dit en partant ; elle courut après le ravisseur de son mouton, criant : « Au loup ! Au loup ! » Elle le suivait, lui jetant des pierres avec sa houlette sans qu'il quittât sa proie ; mais, hélas ! en passant proche d'un bois, il en sortit bien un autre loup : c'était un horrible géant. À la vue de cet épouvantable colosse, la princesse transie de peur leva les vers le ciel pour lui demander du secours, et pria la terre de l'engloutir. Elle ne fut écoutée ni du ciel ni de la terre ; elle méritait d'être punie de n'avoir pas cru la fée Souveraine.

Le géant ouvrit les bras pour l'empêcher de passer outre ; mais quelque terrible et furieux qu'il fût, il ressentit les effets de sa beauté.

« Quel rang tiens-tu parmi les déesses ? lui dit-il d'une voix qui faisait plus de bruit que le tonnerre, car ne pense pas que je m'y méprenne, tu n'es point une mortelle ; apprends-moi seulement ton nom, et si tu es fille ou femme de Jupiter ? qui sont tes frères ? quelles sont tes sœurs ? Il y a longtemps que je cherche une déesse pour l'épouser, te voilà heureusement trouvée. »

La princesse sentait que la peur avait lié sa langue, et que les paroles mouraient dans sa bouche.

Comme il vit qu'elle ne répondait pas à ses galantes questions :

Pour une divinité, lui dit-il, tu n'as guère d'esprit. »

Sans autre discours, il ouvrit un grand sac et la jeta dedans.

La première chose qu'elle aperçut au fond, ce fut le méchant loup et le pauvre mouton. Le géant s'était diverti à les prendre à la course :

« Tu mourras avec moi, mon cher Ruson, lui dit-elle en le baisant, c'est une petite consolation, il vaudrait bien mieux nous sauver ensemble. »

Cette triste pensée la fit pleurer amèrement, elle soupirait et sanglotait fort haut ; Ruson bêlait, le loup hurlait ; cela réveilla un chien, un chat, un coq et un perroquet qui dormaient. Ils commencèrent de leur côté à faire un bruit désespéré : voilà un étrange charivari dans la besace du géant. Enfin, fatigué de les entendre, il pensa tout tuer ; mais il se contenta de lier le sac, et de le jeter sur le haut d'un arbre, après l'avoir marqué pour le venir reprendre ; il allait se battre en duel contre un autre géant, et toute cette crierie lui déplaisait.

La princesse se douta bien que pour peu qu'il marchât il s'éloignerait beaucoup, car un cheval courant à toute bride n'aurait pu l'attraper quand il allait au petit pas : elle tira ses ciseaux et coupa la toile de la besace, puis elle en fit sortir son cher Ruson, le chien, le chat, le coq, le perroquet, elle se sauva ensuite, et laissa le loup dedans, pour lui apprendre à manger les petits moutons. La nuit était fort obscure, c'était une étrange chose de se trouver seule au milieu d'une forêt, sans savoir de quel côté tourner ses pas, ne voyant ni le ciel ni la terre, et craignant toujours de rencontrer le géant.

Elle marchait le plus vite qu'elle pouvait ; elle serait tombée cent et cent fois, mais tous les animaux qu'elle avait délivrés, reconnaissants de la grâce qu'ils en avaient reçue, ne voulurent point l'abandonner, et la servirent utilement dans son voyage. Le chat avait les yeux si étincelants qu'il éclairait comme un flambeau ; le chien qui jappait faisait sentinelle ; le coq chantait pour épouvanter les lions ; le perroquet jargonnait si haut, qu'on aurait jugé, à l'entendre, que vingt personnes causaient ensemble, de sorte que les voleurs s'éloignaient pour laisser le passage libre à notre belle voyageuse, et le mouton qui marchait quelques pas devant elle, la garantissait de tomber dans de grands trous, dont il avait lui-même bien de la peine à se retirer.

Constancia allait à l'aventure, se recommandant à sa bonne amie la fée, dont elle espérait quelque secours, quoiqu'elle se reprochât beaucoup de n'avoir pas suivi ses ordres ; mais quelquefois elle craignait d'en être abandonnée. Elle aurait bien souhaité que sa bonne fortune l'eût conduite dans la maison où elle avait été secrètement élevée : comme elle n'en savait point le chemin, elle n'osait point se flatter de la rencontrer sans un bonheur particulier.

Elle se trouva, à la pointe du jour, au bord d'une rivière qui arrosait la plus agréable prairie du monde ; elle regarda autour d'elle, et ne vit ni chien, ni chat, ni coq, ni perroquet ; le seul Ruson lui tenait compagnie. « Hélas ! où suis-je ? dit-elle. Je ne connais point ces beaux lieux, que vais-je devenir ? qui aura soin de moi ? Ah ! petit mouton, que tu me coûtes cher ! si je n'avais pas couru après toi, je serais encore chez la fée Souveraine, je ne craindrais ni le géant, ni aucune aventure fâcheuse. » Il semblait, à l'air de Ruson, qu'il l'écoutait en tremblant, et qu'il reconnaissait sa faute : enfin la princesse abattue et fatiguée cessa de le gronder, elle s'assit au bord de l'eau ; et comme elle était lasse, et que l'ombre de plusieurs arbres la garantissait des ardeurs du soleil, ses yeux fermèrent doucement, elle se laissa tomber sur l'herbe, et s'endormit d'un profond sommeil.

Elle n'avait point d'autres gardes que le fidèle Ruson, il marcha sur elle, il la tirailla ; mais quel fut son étonnement de remarquer à vingt pas d'elle un jeune homme qui se tenait derrière quelques buissons ? Il s'en couvrait pour la voir sans être vu : la beauté de sa taille, celle de sa tête, la noblesse de son air et la magnificence de ses habits surprirent si fort la princesse, qu'elle se leva brusquement, dans la résolution de s'éloigner. Je ne sais quel charme secret l'arrêta ; elle jetait les yeux d'un air craintif sur cet inconnu, le géant ne lui avait presque pas fait plus de peur, mais la peur part de différentes causes : leurs regards et leurs actions marquaient assez les sentiments qu'ils avaient déjà l'un pour l'autre.

Ils seraient peut-être demeurés longtemps sans se parler que des yeux, si le prince n'avait pas entendu le bruit des cors et celui des chiens qui s'approchaient ; il s'aperçut qu'elle en était étonnée :

« Ne craignez rien, belle bergère, lui dit-il, vous êtes en sûreté dans ces lieux : plût au ciel que ceux qui vous y voient y pussent être de même !

— Seigneur, dit-elle, j'implore votre protection, je suis une pauvre orpheline qui n'ai point d'autre parti à prendre que d'être bergère ; procurez-moi un troupeau, j'en aurai grand soin.

— Heureux les moutons, dit-il en souriant, que vous voudrez conduire au pâturage ! mais enfin, aimable bergère, si vous le souhaitez, j'en parlerai à la reine ma mère, et je me ferai un plaisir de commencer dès aujourd'hui à vous rendre mes services.

— Ah ! seigneur, dit Constancia, je vous demande pardon de la liberté que j'ai prise, je n'aurais osé le faire si j'avais su votre rang. »

Le prince l'écoutait avec le dernier étonnement, il lui trouvait de l'esprit et de la politesse, rien ne répondait mieux à son excellente beauté ; mais rien ne s'accordait plus mal avec la simplicité de ses habits et l'état de bergère. Il voulut même essayer de lui faire prendre un autre parti :

« Songez-vous, lui dit-il, que vous serez exposée, toute seule dans un bois ou dans une campagne, n'ayant pour compagnie que vos innocentes brebis ? Les manières délicates que je vous remarque s'accommoderont-elles de la solitude ? Qui sait d'ailleurs si vos charmes, dont le bruit se répandra dans cette contrée, ne vous attireront point mille importuns ? Moi-même, adorable bergère, moi-même je quitterai la cour pour m'attacher à vos pas ; et ce que je ferai, d'autres le feront aussi.

— Cessez, lui dit-elle, seigneur, de me flatter par des louanges que je ne mérite point ; je suis née dans un hameau ; je n'ai jamais connu que la vie champêtre, et j'espère que vous me laisserez garder tranquillement les troupeaux de la reine, si elle daigne me les confier ; je la supplierai même de me mettre sous quelque bergère plus expérimentée que moi ; et comme je ne la quitterai point, il est bien certain que je ne m'ennuierai pas. »

Le prince ne put lui répondre ; ceux qui l'avaient suivi à la chasse parurent sur un coteau.

« Je vous quitte, charmante personne, lui dit-il d'un air empressé ; il ne faut pas que tant de gens partagent le bonheur que j'ai de vous voir ; allez au bout de cette prairie, il y a une maison où vous pourrez demeurer en sûreté, après que vous aurez dit que vous y venez ma part. »

Constancia, qui aurait eu de la peine à se trouver en si grande compagnie, se hâta de marcher vers le lieu que Constancio (c'est ainsi que s'appelait le prince) lui avait enseigné.

Il la suivit des yeux, il soupira tendrement, et remontant à cheval, il se mit à la tête de sa troupe sans continuer la chasse. En entrant chez la reine, il la trouva fort irritée contre une vieille bergère qui lui rendait un assez mauvais compte de ses agneaux. Après que la reine eut bien grondé, elle lui dit de ne paraître jamais devant elle.

Cette occasion favorisa le dessein de Constancio ; il lui conta qu'il avait rencontré une jeune fille qui désirait passionnément d'être à elle, qu'elle avait l'air soigneux, et qu'elle ne paraissait pas intéressée. La reine goûta fort ce que lui disait son fils, elle accepta la bergère avant de l'avoir vue, et dit au prince de donner ordre qu'on la menât avec les autres dans les pacages de la couronne. Il fut ravi qu'elle la dispensât de venir au palais : certains sentiments empressés et jaloux lui faisaient craindre des rivaux, bien qu'il n'y en eût aucuns qui pussent lui rien disputer ni sur le rang, ni sur le mérite ; il est vrai qu'il craignait moins les grands seigneurs que les petits, il pensait qu'elle aurait plus de penchant pour un simple berger que pour un prince qui était si proche du trône.

Il serait difficile de raconter toutes les réflexions dont celle-ci était suivie : que ne reprochait-il pas à son cœur, lui qui jusqu'alors n'avait rien aimé, et qui n'avait trouvé personne digne de lui ! Il se donnait à une fille d'une naissance si obscure, qu'il ne pourrait jamais avouer sa passion sans rougir : il voulut la combattre ; et se persuadant que l'absence était un remède immanquable, particulièrement sur une tendresse naissante, il évita de revoir la bergère ; il suivit son penchant pour la chasse et pour le jeu : en quelque lieu qu'il aperçût des moutons, il s'en détournait comme s'il eût rencontré des serpents ; de sorte qu'avec un peu de temps, le trait qui l'avait blessé lui parut moins sensible. Mais un jour des plus ardents de la canicule, Constancio, fatigué d'une longue chasse, se trouvant au bord de la rivière, il en suivit le cours à l'ombre des alisiers qui joignaient leurs branches à celles des saules, et rendaient cet endroit aussi frais qu'agréable. Une profonde rêverie le surprit, il était seul, il ne songeait plus à tous ceux qui l'attendaient, quand il fut frappé tout d'un coup par les charmants accents d'une voix qui lui parut céleste ; il s'arrêta pour l'écouter, et ne demeura pas médiocrement surpris d'entendre ces paroles :

Hélas ! j'avais promis de vivre sans ardeur ;
Mais l'amour prend plaisir à me rendre parjure ;
Je me sens déchirer d'une vive blessure,
Constancio devient le maître de mon cœur.
L'autre jour je le vis dans cette solitude,
Fatigué du travail qu'il trouve en ces forêts ;
Il chantait son inquiétude,
Assis sous ces ombrages frais.
Jamais rien de si beau ne s'offrit à ma vue ;
Je demeurai longtemps immobile, éperdue ;
De la main de l'Amour je vis partir les traits
Que je porte au fond de mon âme.
Le mal que je ressens a pour moi trop d'attraits ;
Je vois par l'ardeur qui m'enflamme,
Que je n'en guérirai jamais.

Sa curiosité l'emporta sur le plaisir qu'il avait d'entendre chanter si bien : il s'avança diligemment ; le nom de Constancio l'avait frappé, car c'était le sien ; mais cependant un berger pouvait le porter aussi bien qu'un prince, et ainsi il ne savait si c'était pour lui ou pour quelque autre que ces paroles avaient été faites. Il eut à peine monté sur une petite éminence couverte d'arbres, qu'il aperçut au pied la belle Constancia : elle était assise sur le bord d'un ruisseau, dont la chute précipitée faisait un bruit si agréable, qu'elle semblait y vouloir accorder sa voix. Son fidèle mouton, couché sur l'herbe, se tenait comme un mouton favori bien plus près d'elle que les autres ; Constancia lui donnait de temps en temps de petits coups de sa houlette, elle le caressait d'un air enfantin, et toutes les fois qu'elle le touchait, il baisait sa main, et la regardait avec des yeux tout plein d'esprit. « Ah ! que tu serais heureux, disait le prince tout bas, si tu connaissais le prix des caresses qui te sont faites ! Hé quoi ! cette bergère est encore plus belle que lorsque je la rencontrai ! Amour ! Amour ! que veux-tu de moi ? dois-je l'aimer, ou plutôt suis-je encore en état de m'en défendre ? Je l'avais évitée soigneusement, parce que je sentais bien tout le danger qu'il y a de la voir ; quelles impressions, grands dieux, ces premiers mouvements ne firent-ils pas sur moi ! Ma raison essayait de me secourir, je fuyais un objet si aimable : hélas ! je le trouve, mais celui dont elle parle est l'heureux berger qu'elle a choisi ! »

Pendant qu'il raisonnait ainsi, la bergère se leva pour rassembler son troupeau, et le faire passer dans un autre endroit de la prairie où elle avait laissé ses compagnes. Le prince craignit de perdre cette occasion de lui parler ; il s'avança vers elle d'un air empressé : « Aimable bergère, lui dit-il, ne voulez-vous pas bien que je vous demande si le petit service que je vous ai rendu vous a fait quelque plaisir ? » À sa vue, Constancia rougit, son teint parut animé des plus vives couleurs :

« Seigneur, lui dit-elle, j'aurais pris soin de vous faire mes très humbles remerciements, s'il convenait à une pauvre fille comme moi d'en faire à un prince comme vous ; mais encore que j'aie manqué, le ciel m'est témoin que je n'en suis point ingrate, et que je prie les dieux de combler vos jours de bonheur.

— Constancia, répliqua-t-il, s'il est vrai que mes bonnes intentions vous aient touchée au point que vous le dites, il vous est aisé de me le marquer.

— Hé ! que puis-je faire pour vous, seigneur ? répliqua-t-elle d'un air empressé.

— Vous pouvez me dire, ajouta-t-il, pour qui sont les paroles que vous venez de chanter.

— Comme je ne les ai pas faites, repartit-elle, il me serait difficile de vous apprendre rien là-dessus. »

Dans le temps qu'elle parlait, il l'examinait, il la voyait rougir, elle était embarrassée et tenait les yeux baissés.

« Pourquoi me cacher vos sentiments, Constancia ? lui dit-il ; votre visage trahit le secret de votre cœur, vous aimez ? » Il se tut et la regarda encore avec plus d'application.

— Seigneur, lui dit-elle, les choses où j'ai quelque intérêt méritent si peu qu'un grand prince s'en informe, et je suis si accoutumée à garder le silence avec mes chères brebis, que je vous supplie de me pardonner si je ne réponds point à vos questions. » Elle s'éloigna si vite qu'il n'eut pas le temps de l'arrêter.

La jalousie sert quelquefois de flambeau pour rallumer l'amour : celui du prince prit dans ce moment tant de forces qu'il ne s'éteignit jamais ; il trouva mille grâces nouvelles dans cette jeune personne, qu'il n'avait point remarquées la première fois qu'il la vit ; la manière dont elle le quitta lui fit croire, autant que les paroles, qu'elle était prévenue pour quelque berger. Une profonde tristesse s'empara de son âme, il n'osa la suivre, bien qu'il eût une extrême envie de l'entretenir ; il se coucha dans le même lieu qu'elle venait de quitter, et après avoir essayé de se souvenir des paroles qu'elle venait de chanter, il les écrivit sur ses tablettes, et les examina avec attention. « Ce n'est que depuis quelques jours, disait-il, qu'elle a vu ce Constancio qui l'occupe : faut-il que je me nomme comme lui, et que je sois si éloigné de sa bonne fortune ? qu'elle m'a regardé froidement ! Elle me paraît plus indifférente aujourd'hui que lorsque je la rencontrai la première fois ; son plus grand soin a été de chercher un prétexte pour s'éloigner de moi. » Ces pensées l'affligèrent sensiblement, car il ne pouvait comprendre qu'une simple bergère pût être si indifférente pour un grand prince.

Dès qu'il fut de retour, il fit appeler un jeune garçon qui était de tous ses plaisirs ; il avait de la naissance, il était aimable ; il lui ordonna de s'habiller en berger, d'avoir un troupeau, et de le conduire tous les jours aux pacages de la reine, afin de voir ce que faisait Constancia, sans lui être suspect. Mirtain (c'est ainsi qu'il se nommait) avait trop envie de plaire à son maître pour en négliger une occasion qui paraissait l'intéresser ; il lui promit de s'acquitter fort bien de ses ordres, et dès le lendemain, il fut en état d'aller dans la plaine : celui qui en prenait soin ne l'y aurait pas reçu s'il n'eût montré un ordre du prince, disant qu'il était son berger, et qu'il l'avait chargé de ses moutons.

Aussitôt on le laissa venir parmi la troupe champêtre ; il était galant, il plut sans peine aux bergères ; mais à l'égard de Constancia, il lui trouvait un air de fierté si fort au-dessus de ce qu'elle paraissait être, qu'il ne pouvait accorder tant de beauté, d'esprit et de mérite avec la vie rustique et champêtre qu'elle menait ; il la suivait inutilement, il la trouvait toujours seule au fond des bois, qui chantait d'un air occupé ; il ne voyait aucuns bergers qui osassent entreprendre de lui plaire, la chose semblait trop difficile. Mirtain tenta cette grande aventure, il se rendit assidu auprès d'elle, et connut par sa propre expérience qu'elle ne voulait point d'engagement.

Il rendait compte tous les soirs au prince de la situation des choses ; tout ce qu'il lui apprenait ne servait qu'à le désespérer.

« Ne vous y trompez pas, seigneur, lui dit-il un jour, cette belle fille aime ; il faut que ce soit en son pays.

— Si cela était, reprit le prince, ne voudrait-elle pas y retourner ?

— Que savons-nous, ajouta Mirtain, si elle n'a point quelques raisons qui l'empêchent de revoir sa patrie, elle est peut-être en colère contre son amant ?

— Ah ! s'écria le prince, elle chante trop tendrement les paroles que j'ai entendues.

— Il est vrai, continua Mirtain, que tous les arbres sont couverts de chiffres de leurs noms ; et puisque rien ne lui plaît ici, sans doute quelque chose lui a plu ailleurs.

— Éprouve, dit le prince, ses sentiments pour moi, dis-en du bien, dis-en du mal, tu pourras connaître ce qu'elle pense. »

Mirtain ne manqua pas de chercher une occasion de parler à Constancia.

« Qu'avez-vous, belle bergère ? lui dit-il. Vous paraissez mélancolique malgré toutes les raisons que vous avez d'être plus gaie qu'une autre ?

— Et quels sujets de joie me trouvez-vous, lui dit-elle ; je suis réduite à garder des moutons ; éloignée de mon pays, je n'ai aucunes nouvelles de mes parents, tout cela est-il fort agréable ?

— Non, répliqua-t-il, mais vous êtes la plus aimable personne du monde, vous avez beaucoup d'esprit, vous chantez d'une manière ravissante, et rien ne peut égaler votre beauté.

— Quand je posséderais tous ces avantages, ils me toucheraient peu, dit-elle, en poussant un profond soupir.

— Quoi donc, ajouta Mirtain, vous avez de l'ambition, vous croyez qu'il faut être née sur le trône et du sang des dieux, pour vivre contente ? Ah ! détrompez-vous de cette erreur, je suis au prince Constancio, et malgré l'inégalité de nos conditions, je ne laisse pas de l'approcher quelquefois, je l'étudie, je pénètre ce qui se passe dans son âme, et je sais qu'il n'est point heureux.

— Hé ! qui trouble son repos ? dit la princesse.

— Une passion fatale, continua Mirtain.

— Il aime, reprit-elle d'un air inquiet, hélas ! que je le plains ! mais que dis-je ? continua-t-elle en rougissant. Il est trop aimable pour n'être pas aimé.

— Il n'ose s'en flatter, belle bergère, dit-il ; et si vous vouliez bien le mettre en repos là-dessus, il ajouterait plus de foi à vos paroles qu'à aucune autre.

— Il ne me convient pas, dit-elle, de me mêler des affaires d'un si grand prince ; celles dont vous me parlez sont trop particulières pour que je m'avise d'y entrer. Adieu, Mirtain, ajouta-t-elle, en le quittant brusquement, si vous voulez m'obliger, ne me parlez plus de votre prince ni de ses amours. »

Elle s'éloigna tout émue, elle n'avait pas été indifférente au mérite du prince ; le premier moment qu'elle le vit ne s'effaça plus de sa pensée, et sans le charme secret qui l'arrêtait malgré elle, il est certain qu'elle aurait tout tenté pour retrouver la fée Souveraine. Au reste, l'on s'étonnera que cette habile personne qui savait tout ne vînt pas la chercher, mais cela ne dépendait plus d'elle. Aussitôt que le géant eut rencontré la princesse, elle fut soumise à la fortune pour un certain temps, il fallait que sa destinée s'accomplît, de sorte que la fée se contentait de la venir voir dans un rayon du soleil ; les yeux de Constancia ne le pouvaient regarder assez fixement pour l'y remarquer.

Cette aimable personne s'était aperçue avec dépit que le prince l'avait si fort négligée, qu'il ne l'aurait pas revue si le hasard ne l'eût conduit dans le lieu où elle chantait ; elle se voulait un mal mortel des sentiments qu'elle avait pour lui ; et s'il est possible d'aimer et de haïr en même temps, je puis dire qu'elle le haïssait parce qu'elle l'aimait trop. Combien de larmes répandait-elle en secret ! Le seul Ruson en était témoin ; souvent elle lui confiait ses ennuis comme s'il avait été capable de l'entendre ; et lorsqu'il bondissait dans la plaine avec les brebis : « Prends garde, Ruson, prends garde, s'écriait-elle, que l'amour ne t'enflamme ; de tous les maux c'est le plus grand, et si tu aimes sans être aimé, pauvre petit mouton, que feras-tu ? »

Ces réflexions étaient suivies de mille reproches qu'elle se faisait sur ses sentiments pour un prince indifférent ; elle avait bien envie de l'oublier, lorsqu'elle le trouva qui s'était arrêté dans un lieu agréable pour y rêver avec plus de liberté à la bergère qu'il fuyait. Enfin, accablé de sommeil, il se coucha sur l'herbe ; elle le vit, et son inclination pour lui prit de nouvelles forces ; elle ne put s'empêcher de faire les paroles qui donnèrent lieu à l'inquiétude du prince. Mais de quel ennui ne fut-elle pas frappée à son tour, lorsque Mirtain lui dit que Constancio aimait ! Quelque attention qu'elle eût faite sur elle-même, elle n'avait pas été maîtresse de s'empêcher de changer plusieurs fois de couleur. Mirtain, qui avait ses raisons pour l'étudier, le remarqua, il en fut ravi, et courut rendre compte à son maître de ce qui s'était passé.

Le prince avait bien moins de disposition à se flatter que son confident ; il ne crut voir que de l'indifférence dans le procédé de la bergère, il en accusa l'heureux Constancio qu'elle aimait, et dès le lendemain il fut la chercher. Aussitôt qu'elle l'aperçut, elle s'enfuit comme si elle eût vu un tigre ou un lion ; la fuite était le seul remède qu'elle imaginait à ses peines. Depuis sa conversation avec Mirtain, elle comprit qu'elle ne devait rien oublier pour l'arracher de son cœur, et que le moyen d'y réussir, c'était de l'éviter.

Que devint Constancio, quand sa bergère s'éloigna si brusquement ? Mirtain était auprès de lui.

« Tu vois, lui dit-il, tu vois l'heureux effet de tes soins, Constancia me hait, je n'ose la suivre pour m'éclaircir moi-même de ses sentiments.

— Vous avez trop d'égards pour une personne si rustique, répliqua Mirtain ; et, si vous le voulez, seigneur, je vais lui ordonner de votre part de venir vous trouver.

— Ah ! Mirtain, s'écria le prince, qu'il y a de différence entre l'amant et le confident ! Je ne pense qu'à plaire à cette aimable fille, je lui ai trouvé une sorte de politesse qui s'accommoderait mal des airs brusques que tu veux prendre ; je consens à souffrir plutôt qu'à la chagriner. »

En achevant ces mots, il fut d'un autre côté, avec une si profonde mélancolie, qu'il pouvait faire pitié à une personne moins touchée que Constancia.

Dès qu'elle l'eut perdu de vue, elle revint sur ses pas, pour avoir le plaisir de se trouver dans l'endroit qu'il venait de quitter. « C'est ici, disait-elle, où il s'est arrêté, c'est là qu'il m'a regardée ; mais, hélas ! dans tous ces lieux il n'a que de l'indifférence pour moi, il y vient pour rêver en liberté à ce qu'il aime : cependant, continuait-elle, ai-je raison de me plaindre ? Par quel hasard voudrait-il s'attacher à une fille qu'il croit si fort au-dessous de lui ? » Elle voulait quelquefois lui apprendre ses aventures ; mais la fée Souveraine lui avait défendu si absolument de n'en point parler, que pour lors son obéissance prévalut sur ses propres intérêts, et elle prit la résolution de garder le silence.

Au bout de quelques jours le prince revint encore ; elle l'évita soigneusement, il en fut affligé, et chargea Mirtain de lui en faire des reproches ; elle feignit de n'y avoir pas fait réflexion, mais puisqu'il daignait s'en apercevoir, elle y prendrait garde. Mirtain, bien content d'avoir tiré cette parole d'elle, en avertit son maître ; dès le lendemain il vint la chercher. À son abord elle parut interdite ; quand il lui parla de ses sentiments, elle le fut bien davantage : quelque envie qu'elle eût de le croire, elle appréhendait de se tromper, et que jugeant d'elle par ce qu'il en voyait, il ne voulût peut-être se faire un plaisir de l'éblouir par une déclaration qui ne convenait point à une pauvre bergère. Cette pensée l'irrita, elle en parut plus fière, et reçut si froidement les assurances qu'il lui donnait de sa passion, qu'il se confirma tous ses soupçons. « Vous êtes touchée, lui dit-il ; un autre a su vous charmer ; mais j'atteste les dieux que si je peux le connaître, il éprouvera tout mon courroux.

— Je ne vous demande grâce pour personne, seigneur, répliqua-t-elle ; si vous êtes jamais informé de mes sentiments, vous les trouverez bien éloignés de ceux que vous m'attribuez. »

Le prince, à ces mots, reprit quelque espérance, mais elle fut bientôt détruite par la suite de leur conversation ; car elle lui protesta qu'elle avait un fond d'indifférence invincible, et qu'elle sentait bien qu'elle n'aimerait de sa vie. Ces dernières paroles le jetèrent dans une douleur inconcevable, il se contraignit pour ne lui pas montrer toute sa douleur.

Soit la violence qu'il s'était faite, soit l'excès de sa passion, qui avait pris de nouvelles forces par les difficultés qu'il envisageait, il tomba si dangereusement malade, que les médecins ne connaissant rien à la cause de son mal, désespérèrent bientôt de sa vie. Mirtain, qui était toujours demeuré par son ordre auprès de Constancia, lui en apprit les fâcheuses nouvelles ; elle les entendit avec un trouble et une émotion difficiles à exprimer.

« Ne savez-vous point quelque remède, lui dit-il, pour la fièvre et pour les grands maux de tête et de cœur ?

— J'en sais un, répliqua-t-elle, ce sont des simples avec des fleurs ; tout consiste dans la manière de les appliquer.

— Ne viendrez-vous pas au palais pour cela ? ajouta-t-il.

— Non, dit-elle, en rougissant, je craindrais trop de ne pas réussir.

— Quoi ! vous pourriez négliger quelque chose pour nous le rendre ? continua-t-il. Je vous croyais bien dure, mais vous l'êtes encore cent fois plus que je ne l'avais imaginé. »

Les reproches de Mirtain faisaient plaisir à Constancia, elle était ravie qu'il la pressât de voir le prince : ce n'était que pour se procurer cette satisfaction, qu'elle s'était vantée de savoir un remède propre à le soulager, car il est vrai qu'elle n'en avait aucun.

Mirtain se rendit auprès de lui ; il lui conta ce que la bergère avait dit, et avec quelle ardeur elle souhaitait le retour de sa santé. « Tu cherches à me flatter, lui dit Constancio, mais je te le pardonne, et je voudrais (dussé-je être trompé) pouvoir penser que cette belle fille a quelque amitié pour moi. Va chez la reine, dis-lui qu'une de ses bergères a un secret merveilleux, qu'elle pourra me guérir, obtiens permission de l'amener : cours, vole, Mirtain, les moments vont me paraître des siècles. »

La reine n'avait pas encore vu la bergère quand Mirtain lui en parla ; elle dit qu'elle n'ajoutait point foi à ce que de petites ignorantes se piquaient de savoir, et que c'était là une folie.

« Certainement, madame, lui dit-il, l'on peut quelquefois trouver plus de soulagement dans l'usage des simples que dans tous les livres d'Esculape. Le prince souffre tant, qu'il souhaite d'éprouver tout ce que cette jeune fille propose.

— Volontiers, dit la reine ; mais si elle ne le guérit pas, je la traiterai si rudement qu'elle n'aura plus l'audace de se vanter mal à propos. »

Mirtain retourna vers son maître, il lui rendit compte de la mauvaise humeur de la reine, et qu'il en craignait les effets pour Constancia.

« J'aimerais mieux mourir, s'écria le prince ; retourne sur tes pas, dis à ma mère que je la prie de laisser cette belle fille auprès de ses innocentes brebis : quel paiement, continua-t-il, pour la peine qu'elle prendrait ! je sens que cette idée redouble mon mal. »

Mirtain courut chez la reine, lui dire de la part du prince de ne point faire venir Constancia ; mais comme elle était naturellement fort prompte, elle se mit en colère de ses irrésolutions :

« Je l'ai envoyé quérir, dit-elle : si elle guérit mon fils, je lui donnerai quelque chose ; si elle ne le guérit pas, je sais ce que j'ai à faire. Retournez auprès de lui, et tâchez de le divertir, il est dans une mélancolie qui me désole. »

Mirtain lui obéit, et se garda bien de dire à son maître la mauvaise humeur où il l'avait trouvée, car il serait mort d'inquiétude pour sa bergère.

Le pacage royal était si proche de la ville, qu'elle ne tarda pas longtemps à s'y rendre, sans compter qu'elle était guidée par une passion qui fait aller ordinairement bien vite. Lorsqu'elle fut au palais, on vint le dire à la reine, mais elle ne daigna pas la voir, elle se contenta de lui mander qu'elle prît bien garde à ce qu'elle allait entreprendre ; que si elle manquait de guérir le prince, elle la ferait coudre dans un sac, et jeter dans la rivière. À cette menace la belle princesse pâlit, son sang se glaça.

« Hélas ! dit-elle en elle-même, ce châtiment m'est bien dû, j'ai fait un mensonge lorsque je me suis vantée d'avoir quelque science, et mon envie de voir Constancio n'est pas assez raisonnable pour que les dieux me protègent. »

Elle baissa doucement la tête, laissant couler des larmes sans rien répondre.

Ceux qui étaient autour d'elle l'admiraient ; elle leur paraissait plutôt une fille du ciel qu'une personne mortelle.

De quoi vous défiez-vous, aimable bergère ? lui dirent-ils. Vous portez dans vos yeux la mort et la vie, un seul de vos regards peut conserver notre jeune prince ; venez dans sa chambre, essuyez vos pleurs, et employez vos remèdes sans crainte. »

La manière dont on lui parlait, et l'extrême désir qu'elle avait de le voir, lui redonnèrent de la confiance : elle pria qu'on la laissât entrer dans le jardin pour cueillir elle-même tout ce qui lui était nécessaire, elle prit du myrte, du trèfle, des herbes et des fleurs, les unes dédiées à Cupidon, les autres à sa mère ; les plumes d'une colombe, et quelques gouttes de sang d'un pigeon : elle appela à son secours toutes les déités et toutes les fées. Ensuite, plus tremblante que la tourterelle quand elle voit un milan, elle dit qu'on pouvait la mener dans la chambre du prince. Il était couché, son visage était pâle et ses yeux languissants ; mais aussitôt qu'il l'aperçut, il prit une meilleure couleur, elle le remarqua avec une extrême joie.

« Seigneur, lui dit-elle, il y a déjà plusieurs jours que je fais des vœux pour le retour de votre santé ; mon zèle m'a même engagée à dire à l'un de vos bergers que je savais quelques petits remèdes, et que volontiers j'essayerais de vous soulager ; mais la reine m'a mandé que si le ciel m'abandonne dans cette prise, elle veut qu'on me noie si vous ne guérissez pas ; jugez, seigneur, des alarmes où je suis, et soyez persuadé que je m'intéresse plus à votre conservation par rapport à vous que par rapport à moi.

— Ne craignez rien, charmante bergère, lui dit-il ; les souhaits favorables que vous faites pour ma vie vont me la rendre si chère que j'en serai occupé très sérieusement. Je négligeais mes jours : hélas ! en puis-je avoir d'heureux, quand je me souviens de ce que je vous ai entendu chanter pour Constancio ! Ces fatales paroles et vos froideurs m'ont réduit au triste état où vous me voyez ; mais, belle bergère, vous m'ordonnez de vivre, vivons et ne vivons que pour vous. »

Constancia ne cachait qu'avec peine le plaisir que lui causait une déclaration si obligeante ; cependant, comme elle appréhendait que quelqu'un n'écoutât ce que lui disait le prince, elle demanda s'il ne trouverait pas bon qu'elle lui mît un bandeau et des bracelets, des herbes qu'elle avait cueillies. Il lui tendit les bras d'une manière si tendre qu'elle lui attacha promptement un des bracelets, de peur qu'on ne pénétrât ce qui se passait entre eux ; et après avoir bien fait de petites cérémonies pour en imposer à toute la cour de ce prince, il s'écria au bout de quelques moments que son mal diminuait. Cela était vrai, comme il le disait : on appela ses médecins, ils demeurèrent surpris de l'excellence d'un remède dont les effets étaient si prompts ; mais quand ils virent la bergère qui l'avait appliqué, ils ne s'étonnèrent plus de rien, et dirent en leur jargon qu'un de ses regards était plus puissant que toute la pharmacie ensemble.

La bergère était si peu touchée de toutes les louanges qu'on lui donnait, que ceux qui ne la connaissaient pas, prenaient pour stupidité ce qui avait une source bien différente : elle se mit dans un coin de la chambre, se cachant à tout le monde, hors à son malade, dont elle s'approchait de temps en temps pour lui toucher la tête ou le pouls, et dans ces petits moments ils se disaient mille jolies choses où le cœur avait encore plus de part que l'esprit.

« J'espère, lui dit-elle, seigneur, que le sac qu'a fait faire la reine pour me noyer, ne servira point à un usage si funeste ; votre santé, qui m'est précieuse, va se rétablir.

— Il ne tiendra qu'à vous, aimable Constancia, répondit-il ; un peu de part dans votre cœur peut tout faire pour mon repos et pour la conservation de ma vie. »

Le prince se leva, et fut dans l'appartement de la reine. Lorsqu'on lui dit qu'il entrait, elle ne voulut pas le croire ; elle s'avança brusquement, et demeura bien surprise de le trouver à la porte de sa chambre.

« Quoi ! c'est vous, mon fils, mon cher fils ! s'écria-t-elle. À qui dois-je une résurrection si merveilleuse ? À vos bontés, madame, lui dit le prince, vous m'avez envoyé chercher la plus habile personne qui soit dans l'univers ; je vous supplie de la récompenser d'une manière proportionnée au service que j'en ai reçu.

— Cela ne presse pas, répondit la reine d'un air rude ; c'est une pauvre bergère, qui s'estimera heureuse de garder toujours mes moutons. »

Dans ce moment le roi arriva, on lui était allé annoncer la bonne nouvelle de la guérison du prince ; il entrait chez la reine, la première chose qui frappa ses yeux, ce fut Constancia : sa beauté, semblable au soleil qui brille de mille feux, l'éblouit à tel point, qu'il demeura quelques instants sans pouvoir demander à ceux qui étaient près de lui, ce qu'il voyait de si merveilleux, et depuis quand les déesses habitaient dans son palais ; enfin il rappela ses esprits, il s'approcha d'elle, et sachant qu'elle était l'enchanteresse qui venait de guérir son fils, il l'embrassa, et dit galamment qu'il se trouvait fort mal, et qu'il la conjurait de le guérir aussi.

Il entra, et elle le suivit. La reine ne l'avait point encore vue ; son étonnement ne se peut représenter ; elle poussa un grand cri, et tomba en faiblesse, jetant sur la bergère des regards furieux. Constancio et Constancia en demeurèrent effrayés. Le roi ne savait à quoi attribuer un mal si subit, toute la cour était consternée ; enfin la reine revint à elle. Le roi lui demanda plusieurs fois ce qu'elle avait vu pour se trouver si abattue : elle dissimula son inquiétude, dit que c'étaient des vapeurs ; mais le prince, qui la connaissait bien, en demeura fort inquiet ; elle parla à la bergère avec quelque sorte de bonté, disant qu'elle voulait la garder auprès d'elle, pour avoir soin des fleurs de son parterre. La princesse ressentit de la joie, de penser qu'elle restait dans un lieu où elle pourrait voir tous les jours Constancio.

Cependant le roi obligea la reine d'entrer dans son cabinet ; il lui demanda tendrement ce qui pouvait la chagriner.

« Ah ! sire, s'écria-t-elle, j'ai fait un rêve affreux, je n'avais jamais vu cette jeune bergère, quand mon imagination me l'a si bien représentée, qu'en jetant les yeux sur son visage, je l'ai reconnue : elle épousait mon fils ; je suis trompée si cette malheureuse paysanne ne me donne bien de la douleur.

— Vous ajoutez trop de foi à la chose du monde la plus incertaine, lui dit le roi ; je vous conseille de ne point agir sur de tels principes ; renvoyez la bergère garder vos troupeaux, et ne vous affligez point mal à propos. »

Le conseil du roi fâcha la reine ; bien éloignée de le suivre, elle ne s'appliqua plus qu'à pénétrer les sentiments de son fils pour Constancia.

Ce prince profitait de toutes les occasions de la voir. Comme elle avait soin des fleurs, elle était souvent dans le jardin à les arroser ; et il semblait que lorsqu'elle les avait touchées, elles en étaient plus brillantes et plus belles. Ruson lui tenait compagnie, elle lui parlait quelquefois du prince, quoiqu'il ne pût lui répondre ; et lorsqu'il l'abordait, elle demeurait si interdite, que ses yeux lui découvraient assez le secret de son cœur. Il en était ravi, et lui disait tout ce que la passion la plus tendre peut inspirer.

La reine, sur la foi de son rêve, et bien davantage sur l'incomparable beauté de Constancia, ne pouvait plus dormir en repos. Elle se levait avant le jour ; elle se cachait tantôt derrière des palissades, tantôt au fond d'une grotte, pour entendre ce que son fils disait à cette belle fille ; mais ils avaient l'un et l'autre la précaution de parler si bas, qu'elle ne pouvait agir que sur des soupçons. Elle en était encore plus inquiète ; elle ne regardait le prince qu'avec mépris, pensant jour et nuit que cette bergère monterait sur le trône.

Constancio s'observait autant qu'il lui était possible, quoique, malgré lui, chacun s'aperçût qu'il aimait Constancia, et que soit qu'il la louât par l'habitude qu'il avait à l'admirer, ou qu'il la blâmât exprès, il s'acquittait de l'un et de l'autre en homme intéressé. Constancia, de son côté, ne pouvait s'empêcher de du prince à ses compagnes : comme elle chantait souvent les paroles qu'elle avait faites pour lui, la reine qui les entendit, ne demeura pas moins surprise de sa merveilleuse voix, que du sujet de sa poésie :

« Que vous ai-je donc fait, justes dieux ! disait-elle, pour me vouloir punir par la chose du monde qui m'est la plus sensible ? Hélas ! je destinais mon fils à ma nièce, et je vois, avec un mortel déplaisir, qu'il s'attache à une malheureuse bergère, qui le rendra peut-être rebelle à mes volontés. »

Pendant qu'elle s'affligeait, et qu'elle prenait mille desseins furieux pour punir Constancia d'être si belle et si charmante, l'amour faisait sans cesse de nouveaux progrès sur nos jeunes amants. Constancia, convaincue de la sincérité du prince, ne put lui cacher la grandeur de sa naissance et ses sentiments pour lui. Un aveu si tendre et une confidence si particulière le ravirent à tel point, qu'en tout autre lieu que dans le jardin de la reine, il se serait jeté à ses pieds pour l'en remercier. Ce ne fut pas même sans peine qu'il s'en empêcha ; il ne voulut plus combattre sa passion, il avait aimé Constancia bergère, il est aisé de croire qu'il l'adora lorsqu'il sut son rang ; et s'il n'eut pas de peine à se laisser persuader sur une chose aussi extraordinaire que de voir une grande princesse errante par le monde, tantôt bergère et tantôt jardinière, c'est qu'en ce temps-là ces sortes d'aventures étaient très communes, et qu'il lui trouvait un air et des manières qui lui étaient caution de la sincérité de ses paroles.

Constancio, touché d'amour et d'estime, jura une fidélité éternelle à la princesse : elle ne la lui jura pas moins de son côté ; ils se promirent de s'épouser dès qu'ils auraient fait agréer leur mariage aux personnes de qui ils dépendaient. La reine s'aperçut de toute la force de cette passion naissante : sa confidente, qui ne cherchait pas moins qu'elle à découvrir quelque chose pour faire sa cour, vint lui dire un jour que Constancia envoyait Ruson tous les matins dans l'appartement du prince ; que ce petit mouton portait deux corbeilles ; qu'elle les emplissait de fleurs, et que Mirtain le conduisait. La reine, à ces nouvelles, perdit patience : le pauvre Ruson passait, elle fut l'attendre elle-même ; et malgré les prières de Mirtain, elle l'emmena dans sa chambre, elle mit les corbeilles et les fleurs en pièces, et chercha tant, qu'elle trouva dans un gros œillet, qui n'était pas encore fleuri, un petit morceau de papier, que Constancia y avait glissé avec beaucoup d'adresse ; elle faisait de tendres reproches au prince, sur les périls où il s'exposait presque tous les jours à la chasse. Son billet contenait ces vers :

Parmi tous mes plaisirs j'éprouve des alarmes ;
Mon prince, chaque jour, vous chassez dans ces lieux.
Ciel ! pouvez-vous trouver des charmes
À suivre des forêts les hôtes furieux ?
Tournez plutôt, tournez vos armes
Contre les tendres cœurs qui cèdent à vos coups :
Des ours et des lions évitez le courroux.

Pendant que la reine s'emportait contre la bergère, Mirtain était allé rendre compte à son maître de la mauvaise aventure du mouton. Le prince, inquiet, accourut dans l'appartement de sa mère ; mais elle était déjà passée chez le roi.

« Voyez, seigneur, lui dit-elle, voyez les nobles inclinations de votre fils ; il aime cette malheureuse bergère, qui nous a persuadés qu'elle savait des remèdes sûrs pour le guérir : hélas ! elle n'en sait que trop ; en effet, continua-t-elle, c'est l'amour qui l'a instruite, elle ne lui a rendu la santé que pour lui faire de plus grands maux ; et si nous ne prévenons les malheurs qui nous menacent, mon songe ne se trouvera que véritable.

Vous êtes naturellement rigoureuse, lui dit le roi ; vous voudriez que votre fils ne songeât qu'à la princesse que vous lui destinez ; la chose n'est pas aisée, il faut que vous ayez un peu d'indulgence pour son âge.

Je ne puis souffrir votre prévention en sa faveur, s'écria la reine ; vous ne pouvez jamais le blâmer ; tout ce que je vous demande, seigneur, c'est de consentir que je l'éloigne pour quelque temps ; l'absence aura plus de pouvoir que toutes mes raisons. »

Le roi aimait la paix, il donna les mains à ce que sa femme désirait, et sur-le-champ elle revint dans son appartement.

Elle y trouva le prince, il l'attendait avec la dernière inquiétude :

« Mon fils, lui dit-elle, avant qu'il pût lui parler, le roi vient de me montrer des lettres du roi son frère ; il le conjure de vous envoyer dans sa cour, afin que vous connaissiez la princesse qui vous est destinée depuis votre enfance, et qu'elle vous connaisse aussi ; n'est-il pas juste que vous jugiez vous-même de son mérite, et que vous l'aimiez avant de vous unir ensemble pour jamais ?

— Je ne dois pas souhaiter des règles particulières pour moi, lui dit le prince : ce n'est point la coutume, madame, que les souverains passent les uns chez les autres, et qu'ils consultent leur cœur plutôt que les raisons d'État qui les engagent à faire une alliance ; la personne que vous me destinez sera belle ou laide, spirituelle ou bête, je ne vous obéirai pas moins.

— Je t'entends, scélérat, s'écria la reine, en éclatant tout d'un coup ; je t'entends ; tu adores une indigne bergère, tu crains de la quitter : tu la quitteras, ou je la ferai mourir à tes yeux ; mais si tu pars sans balancer, et que tu travailles à l'oublier, je la garderai auprès de moi, et l'aimerai autant que je la hais. »

Le prince, aussi pâle que s'il eût été sur le point de perdre la vie, consultait dans son esprit quel parti il devait prendre ; il ne voyait de tous côtés que des peines affreuses, il savait que sa mère était la plus cruelle et la plus vindicative princesse du monde, il craignit que la résistance ne l'irritât, et que sa chère maîtresse n'en ressentît le contre-coup ; enfin pressé de dire s'il voulait partir, il y consentit, comme un homme consent à boire un verre de poison qui va le tuer.

Il eut à peine donné sa parole, que sortant de la chambre de sa mère, il entra dans la sienne le cœur si serré, qu'il pensa expirer. Il raconta son affliction au fidèle Mirtain, et dans l'impatience d'en faire part à Constancia, il fut la chercher ; elle était au fond d'une grotte, où elle se mettait lorsque les ardeurs du soleil la brûlaient dans le parterre ; il y avait un petit lit de gazon au bord d'un ruisseau, qui tombait du haut d'un rocher de rocaille. En ce lieu paisible, elle défit les nattes de ses cheveux, ils étaient d'un blond argenté, plus fins que la soie et tout ondés ; elle mit ses pieds nus dans l'eau, dont le murmure agréable, joint à la fatigue du travail, la livrèrent insensiblement aux douceurs du sommeil. Bien que ses yeux fussent fermés, ils conservaient mille attraits ; de longues paupières noires faisaient éclater toute la blancheur de son teint ; les grâces et les amours semblaient s'être rassemblés autour d'elle, la modestie et la douceur augmentaient sa beauté.

C'est en ce lieu que l'amoureux prince la trouva : il se souvint que la première fois qu'il l'avait vue elle dormait aussi ; mais les sentiments qu'elle lui avait inspirés depuis étaient devenus si tendres qu'il aurait volontiers donné la moitié de sa vie pour passer l'autre auprès d'elle ; il la regarda quelque temps avec un plaisir qui suspendit ses ennuis ; ensuite parcourant ses beautés, il aperçut son pied plus blanc que la neige : il ne se lassait pas de l'admirer, et s'approchant, il se mit à genoux et lui prit la main ; aussitôt elle s'éveilla, elle parut fâchée de ce qu'il avait vu son pied, elle le cacha, en rougissant comme une rose vermeille qui s'épanouit au lever de l'aurore.

Hélas ! que cette belle couleur lui dura peu ; elle remarqua une nouvelle tristesse sur le visage de son prince :

« Qu'avez-vous, seigneur ? lui dit-elle, tout effrayée, je connais dans vos yeux que vous êtes affligé.

— Ah ! qui ne le serait, ma chère princesse, lui dit-il en versant des larmes qu'il n'eut pas la force de retenir, l'on va nous séparer, il faut que je parte, ou que j'expose vos jours à toutes les violences de la reine : elle sait l'attachement que j'ai pour vous, elle a même vu le billet que vous m'avez écrit, une de ses femmes me l'a dit ; et sans vouloir entrer dans ma juste douleur, elle m'envoie inhumainement chez le roi son frère.

— Que me dites-vous, prince, s'écria-t-elle, vous êtes sur le point de m'abandonner, et vous croyez que cela est nécessaire pour conserver ma vie ? pouvez-vous en imaginer un tel moyen ? laissez-moi mourir à vos yeux, je serai moins à plaindre que de vivre éloignée de vous. »

Une conversation si tendre ne pouvait manquer d'être souvent interrompue par des sanglots et par des larmes ; ces jeunes amants ne connaissaient point encore les rigueurs de l'absence, ils ne les avaient pas prévues ; et c'est ce qui ajoutait de nouveaux ennuis à ceux dont ils avaient été traversés. Ils se firent mille serments de ne changer jamais : le prince promit à Constancia de revenir avec la dernière diligence :

« Je ne pars, lui dit-il, que pour choquer mon oncle et sa fille, afin qu'il ne pense plus à me la donner pour femme, je ne travaillerai qu'à déplaire à cette princesse et j'y réussirai.

Ne vous montrez donc pas, lui dit Constancia ; car vous serez à son gré, quelques soins que vous preniez pour le contraire. »

Ils pleuraient tous deux si amèrement ; ils se regardaient avec une douleur si touchante ; ils se faisaient des promesses réciproques si passionnées, que ce leur était un sujet de consolation, de pouvoir se persuader toute l'amitié qu'ils avaient l'un pour l'autre, et que rien n'altérait des sentiments si tendres et si vifs.

Le temps s'était passé dans cette douce conversation avec tant de rapidité, que la nuit était déjà fort obscure avant qu'ils eussent pensé à se séparer ; mais la reine voulant consulter le prince sur l'équipage qu'il mènerait, Mirtain se hâta de le venir chercher ; il le trouva encore aux pieds de sa maîtresse, retenant sa main dans les siennes. Lorsqu'ils l'aperçurent, ils se saisirent à tel point, qu'ils ne pouvaient presque plus parler : il dit à son maître que la reine le demandait, il fallut obéir à ses ordres ; la princesse s'éloigna de son côté.

La reine trouva le prince si mélancolique et si changé, qu'elle devina aisément ce qui en était la cause ; elle ne voulut plus lui en parler, il suffisait qu'il partît. En effet, tout fut préparé avec une telle diligence, qu'il semblait que les fées s'en mêlaient. À son égard il n'était occupé que de ce qui avait quelque rapport à sa passion. Il voulut que Mirtain restât à la cour, pour lui mander tous les jours des nouvelles de sa princesse ; il lui laissa ses plus belles pierreries, en cas qu'elle en eût besoin, et sa prévoyance n'oublia rien dans une occasion qui l'intéressait tant.

Enfin il fallut partir. Le désespoir de nos jeunes amants ne saurait être exprimé ; si quelque chose pouvait le rendre moins violent, c'était l'espoir de se revoir bientôt. Constancia comprit alors toute la grandeur de son infortune : être fille de roi, avoir des États considérables, et se trouver entre les mains d'une cruelle reine, qui éloignait son fils dans la crainte qu'il ne l'aimât, elle qui ne lui était inférieure en rien, et qui devait être ardemment désirée des premiers souverains de l'univers ; mais l'étoile en avait décidé ainsi.

La reine, ravie de voir son fils absent, ne songea plus qu'à surprendre les lettres qu'on lui écrivait : elle y réussit, et connut que Mirtain était son confident ; elle donna ordre qu'on l'arrêtât sur un faux prétexte, et l'envoya dans un château où il souffrait une rude prison. Le prince, à ces nouvelles, s'irrita beaucoup ; il écrivit au roi et à la reine, pour leur demander la liberté de son favori : ses prières n'eurent aucun effet ; mais ce n'était pas en cela seul qu'on voulait lui faire de la peine.

Un jour que la princesse se leva dès l'aurore, elle entra pour cueillir des fleurs, dont on couvrait ordinairement la toilette de la reine ; elle aperçut le fidèle Ruson qui marchait assez loin devant elle, et qui retourna sur ses pas tout effrayé ; comme elle s'avançait pour voir ce qui lui causait tant de peur, qu'il la tirait par sa robe, afin de l'en empêcher (car il était tout plein d'esprit) elle entendit les sifflements aigus de plusieurs serpents ; aussitôt elle fut environnée de crapauds, de vipères, de scorpions, d'aspics et de serpents qui l'entourèrent sans la piquer ; ils s'élançaient en l'air pour se jeter sur elle, et retombaient toujours dans la même place, ne pouvant avancer.

Malgré la frayeur dont elle était saisie, elle ne laissa pas de remarquer ce prodige, et elle ne put l'attribuer qu'à une bague constellée qui venait de son amant. De quelque côté qu'elle se tournât, elle voyait accourir ces venimeuses bêtes, les allées en étaient pleines, il y en avait sur les fleurs et sous les arbres. La belle Constancia ne savait que devenir, elle aperçut la reine à sa fenêtre qui riait de sa frayeur ; elle connut alors qu'elle ne devait pas se promettre d'être secourue par ses ordres.

Il faut mourir, dit-elle généreusement, ces affreux monstres qui m'environnent ne sont point venus tout seuls ici ; c'est la reine qui les y a fait apporter, la voilà qui veut être spectatrice de la déplorable fin de ma vie ; certainement elle a été jusqu'à cette heure si malheureuse, que je n'ai pas lieu de l'aimer, et si j'en regrette la perte, les dieux, les justes dieux me sont témoins de ce qui me touche en cette occasion. »

Après avoir parlé ainsi, elle s'avança, tous les serpents et leurs camarades s'éloignaient d'elle, à mesure qu'elle marchait vers eux ; elle sortit de cette manière avec autant d'étonnement qu'elle en causait à la reine ; il y avait longtemps qu'on apprêtait ces dangereuses bêtes pour faire périr la bergère par leurs piqûres ; elle pensait que son fils n'en serait point surpris, qu'il attribuerait sa mort à une cause naturelle, et qu'elle serait à couvert de ses reproches ; mais son projet ayant manqué, elle eut recours à un autre expédient.

Il y avait au bout de la forêt une fée d'un abord inaccessible, car elle avait des éléphants qui couraient sans cesse autour de la forêt, et qui dévoraient les pauvres voyageurs, leurs chevaux, et jusqu'aux fers dont ils étaient ferrés, tant ils avaient bon appétit. La reine était convenue avec elle, que si par un hasard presque inouï, quelqu'un de sa part arrivait jusqu'à son palais, elle le chargerait de quelque chose de mortel pour lui rapporter.

Elle appela Constancia, elle lui donna ses ordres et lui dit de partir : elle avait entendu parler à toutes ses compagnes du péril qu'il y avait d'aller dans cette forêt ; et même une vieille bergère lui avait raconté qu'elle s'en était tirée heureusement par le secours d'un petit mouton qu'elle avait mené avec elle ; car quelque furieux que soient les éléphants, lorsqu'ils voient un agneau, ils deviennent aussi doux que lui : cette même bergère lui avait encore dit, qu'ayant été chargée de rapporter une ceinture brûlante à la reine, dans la crainte qu'elle ne la lui fît mettre, elle en avait entouré des arbres qui en avaient été consumés, et qu'ensuite la ceinture ne lui fit plus le mal que la reine avait espéré.

Lorsque la princesse écoutait ce conte, elle ne croyait pas qu'il lui serait un jour utile ; mais quand la reine lui eut prononcé ses ordres (d'un air si absolu, que l'arrêt en était irrévocable) elle pria les dieux de la favoriser : elle prit Ruson avec elle, et partit pour la forêt périlleuse. La reine fut ravie :

« Nous ne verrons plus, dit-elle au roi, l'objet odieux des amours de notre fils, je l'ai envoyée dans un lieu où mille comme elle ne feraient pas le quart du déjeuner des éléphants. »

Le roi lui dit qu'elle était trop vindicative, et qu'il ne pouvait s'empêcher d'avoir regret à la plus belle fille qu'il eût jamais vue :

« Vraiment, répliqua-t-elle, je vous conseille de l'aimer, et de répandre des larmes pour sa mort, comme l'indigne Constancio en répand pour son absence. »

Cependant Constancia fut à peine dans la forêt, qu'elle se vit entourée d'éléphants : ces horribles colosses, ravis de voir le beau mouton qui marchait plus hardiment que sa maîtresse, le caressaient aussi doucement avec leurs formidables trompes, qu'une dame aurait pu le faire avec sa main ; la princesse avait tant de peur que les éléphants ne séparassent ses intérêts d'avec ceux de Ruson, qu'elle le prit entre ses bras quoiqu'il fût déjà lourd : de quelque côté qu'elle se tournât, elle le leur montrait toujours ; ainsi elle s'avançait diligemment vers le palais de cette inaccessible vieille.

Elle y parvint avec beaucoup de crainte et de peine : ce lui parut fort négligé ; la fée qui l'habitait ne l'était pas moins : elle cachait une partie de son étonnement de la voir chez elle, car il y avait bien longtemps qu'aucunes créatures n'avaient pu y parvenir.

« Que demandez-vous, la belle fille ? » lui dit-elle.

La princesse lui fit humblement les recommandations de la reine, et la pria de sa part de lui envoyer la ceinture d'amitié :

« Elle ne sera pas refusée, dit-elle ; sans doute c'est pour vous.

— Je ne sais point, madame, répliqua-t-elle.

— Oh ! pour moi, je le sais bien. »

Et prenant dans sa cassette une ceinture de velours bleu, d'où pendaient de longs cordons pour mettre une bourse, des ciseaux et un couteau, elle lui fit ce beau présent :

« Tenez, lui dit-elle, cette ceinture vous rendra tout aimable, pourvu que vous la mettiez aussitôt que vous serez dans la forêt. »

Après que Constancia l'eut remerciée, elle se chargea de Ruson qui lui était plus nécessaire que jamais ; les éléphants lui firent fête, et la laissèrent passer malgré leur inclination dévorante : elle n'oublia pas de mettre la ceinture d'amitié autour d'un arbre ; en même temps il se prit à brûler, comme s'il eût été dans le plus grand feu du monde ; elle en ôta la ceinture, et fut la porter ainsi d'arbre en arbre, jusqu'à ce qu'elle ne les brûlât plus ; ensuite elle arriva au palais, fort lasse.

Quand la reine la vit, elle demeura si surprise, qu'elle ne put s'en taire.

« Vous êtes une friponne, lui dit-elle ; vous n'avez point été chez mon amie la fée ?

— Vous me pardonnerez, madame, répondit la belle Constancia, je vous rapporte la ceinture d'amitié que je lui ai demandée de votre part.

— Ne l'avez-vous pas mise ? ajouta la reine.

— Elle est trop riche pour une pauvre bergère comme moi, répliqua-t-elle.

— Non, non, dit la reine, je vous la donne pour votre peine, ne manquez pas de vous en parer. Mais, dites-moi, qu'avez-vous rencontré sur le chemin ?

— J'ai vu, dit-elle, des éléphants si spirituels, et qui ont tant d'adresse, qu'il n'y a point de pays où l'on ne prît plaisir à les voir ; il semble que cette forêt est leur royaume, et qu'il y en a entre eux de plus absolus les uns que les autres. »

La reine était bien chagrine, et ne disait pas tout ce qu'elle pensait ; mais elle espérait que la ceinture brûlerait la bergère, sans que rien au monde pût l'en garantir. « Si les éléphants t'ont fait grâce, disait-elle tout bas, la ceinture me vengera : tu verras, malheureuse, quelle amitié j'ai pour toi, et le profit que tu recevras d'avoir su plaire à mon fils ! »

Constancia s'était retirée dans sa petite chambre, où elle pleurait l'absence de son cher prince ; elle n'osait lui écrire, parce que la reine avait des espions en campagne qui arrêtaient les courriers, et elle avait pris de cette manière les lettres de son fils. « Hélas ! Constancio, disait-elle, vous recevrez bientôt de tristes nouvelles de moi ; vous ne deviez point partir, m'abandonner aux fureurs de votre mère ; vous m'auriez défendue, ou vous auriez reçu mes derniers soupirs ; au lieu que je suis livrée à son pouvoir tyrannique, et que je me trouve sans aucune consolation. »

Elle alla au point du jour dans le jardin travailler à son ordinaire ; elle y trouva encore mille bêtes venimeuses, dont sa bague la garantit : elle avait mis la ceinture de velours bleu ; et quand la reine l'aperçut, qui cueillait des fleurs aussi tranquillement que si elle n'avait eu qu'un fil autour d'elle, il n'a jamais été un dépit égal au sien. « Quelle puissance s'intéresse pour cette bergère ? s'écria-t-elle. Par ses attraits elle enchante mon fils, et par des simples innocents elle lui rend la santé ; les serpents, les aspics rampent à ses pieds sans la piquer : les éléphants à sa vue deviennent obligeants et gracieux ; la ceinture qui devrait l'avoir brûlée par le pouvoir de féerie, ne sert qu'à la parer : il faut donc que j'aie recours à des remèdes plus certains. »

Elle envoya aussitôt au port le capitaine de ses gardes, en qui elle avait beaucoup de confiance, pour voir s'il n'y avait point de navires prêts à partir pour les régions les plus éloignées ; il en trouva un qui devait mettre à la voile au commencement de la nuit : la reine en eut grande joie, elle fit parler au patron, on lui proposa d'acheter la plus belle esclave qui fût au monde. Le marchand ravi le voulut bien : il vint au palais ; et sans que la pauvre Constancia en sût rien, il la vit dans le jardin ; il demeura surpris des charmes de cette incomparable fille, et la reine qui savait tout mettre à profit, parce qu'elle était très avare, la vendit fort cher.

Constancia ignorait les nouveaux déplaisirs qu'on lui préparait, elle se retira de bonne heure dans sa petite chambre, pour avoir le plaisir de rêver sans témoins à Constancio, et de faire réponse à une de ses lettres qu'elle avait enfin reçue : elle la lisait, sans pouvoir quitter une lecture si agréable, lorsqu'elle vit entrer la reine. Cette princesse avait une clef qui ouvrait toutes les serrures du palais : elle était suivie de deux muets et de son capitaine des gardes ; les muets lui mirent un mouchoir dans la bouche, lièrent ses mains et l'enlevèrent. Ruson voulut suivre sa chère maîtresse, la reine se jeta sur lui et l'en empêcha, car elle craignait que ses bêlements ne fussent entendus ; elle voulait que tout se passât avec beaucoup de secret et de silence. Ainsi Constancia n'ayant aucun secours, fut transportée dans le vaisseau : comme l'on n'attendait qu'elle pour partir, il cingla aussitôt en haute mer.

Il faut lui laisser faire son voyage. Telle était sa triste fortune, car la fée Souveraine n'avait pu fléchir le Destin en sa faveur ; et tout ce qu'elle pouvait, c'était de la suivre partout dans une nuée obscure où personne ne la voyait. Cependant le prince Constancio occupé de sa passion, ne gardait point de mesure avec la princesse qu'on lui avait destinée : bien qu'il fût naturellement le plus poli de tous les hommes, il ne laissait pas de lui faire mille brusqueries ; elle s'en plaignait souvent à son père, qui ne pouvait s'empêcher d'en quereller son neveu ; ainsi le mariage se reculait fort. Quand la reine trouva à propos d'écrire au prince que Constancia était à l'extrémité, il en ressentit une douleur inexprimable ; il ne voulut plus garder de mesures dans une rencontre où sa vie courait pour le moins autant de risque celle de sa maîtresse, et il partit comme un éclair.

Quelque diligence qu'il pût faire, il arriva trop tard. La reine, qui avait prévu son retour, fit dire pendant quelques jours que Constancia était malade ; elle mit après d'elle des femmes qui savaient parler et se taire, comme il leur était ordonné. Le bruit de sa mort se répandit ensuite, et l'on enterra une figure de cire, disant que c'était elle. La reine, qui cherchait tous les moyens possibles de convaincre le prince de cette mort, fit sortir Mirtain de prison, pour qu'il assistât à ses funérailles ; de sorte que le jour de son enterrement ayant été su de tout le monde, chacun y vint pour regretter cette charmante fille ; et la reine qui composait son visage comme elle voulait, feignit de sentir cette perte par rapport au prince.

Il arriva avec toute l'inquiétude qu'on peut se figurer ; quand il entra dans la ville, il ne put s'empêcher de demander au premier qu'il trouva, des nouvelles de sa chère Constancia : ceux qui lui répondirent ne la connaissaient point ; et n'étant préparés sur rien, ils lui dirent qu'elle était morte. À ces funestes paroles il ne fut plus le maître de sa douleur ; il tomba de cheval sans pouls, sans voix. On s'assembla ; l'on vit que c'était le prince, chacun s'empressa de le secourir, et on le porta presque mort au palais.

Le roi ressentit vivement le pitoyable état de son fils ; la reine s'y était préparée, elle crut que le temps et la perte de ses tendres espérances le guériraient ; mais il était trop touché pour se consoler : son déplaisir bien loin de diminuer augmentait à tous moments : il passa deux jours sans voir ni parler à personne ; il alla ensuite dans la chambre de la reine, les yeux pleins de larmes, la vue égarée, le visage pâle. Il lui que c'était elle qui avait fait mourir sa chère Constancia, mais qu'elle en serait bientôt punie puisqu'il allait mourir, et qu'il voulait aller au lieu où elle était enterrée.

La reine ne pouvant l'en détourner, prit le parti de le conduire elle-même dans un bois planté de cyprès, où elle avait fait élever le tombeau. Quand le prince se trouva au lieu où sa maîtresse reposait pour toujours, il dit des choses si tendres et si passionnées, que jamais personne n'a parlé comme lui. Malgré la dureté de la reine, elle fondait en larmes : Mirtain s'affligeait autant que son maître, et tous ceux qui l'entendaient partageaient son désespoir. Enfin tout d'un coup poussé par sa fureur il tira son épée, et s'approchant du marbre qui couvrait ce beau corps, il allait se tuer, si la reine et Mirtain ne lui eussent arrêté le bras.

« Non, dit-il, rien au monde ne m'empêchera de mourir et de rejoindre ma chère princesse. »

Le nom de princesse qu'il donnait à la bergère surprit la reine : elle ne savait si son fils rêvait, et elle lui aurait cru l'esprit perdu, s'il n'avait parlé juste dans tout ce qu'il disait.

Elle lui demanda pourquoi il nommait Constancia princesse ; il répliqua qu'elle l'était, que son royaume s'appelait le royaume des Déserts, qu'il n'y avait point d'autre héritière, et qu'il n'en aurait jamais parlé s'il eût eu encore des mesures à garder.

« Hélas ! mon fils, dit la reine, puisque Constancia est d'une naissance convenable à la vôtre, consolez-vous, car elle n'est point morte. Il faut vous avouer, pour adoucir vos douleurs, que je l'ai vendue à des marchands, ils l'emmènent esclave.

— Ah ! s'écria le prince, vous me parlez ainsi, pour suspendre le dessein que j'ai formé de mourir ; mais ma résolution est fixe, rien ne peut m'en détourner.

— Il faut, ajouta la reine, vous en convaincre par vos yeux. »

Aussitôt elle commanda que l'on déterrât la figure de cire. Comme il crut en la voyant d'abord que c'était le corps de son aimable princesse, il tomba dans une grande défaillance, dont on eut bien de la peine à le retirer. La reine l'assurait inutilement que Constancia n'était point morte ; après le mauvais tour qu'elle lui avait fait, il ne pouvait la croire : mais Mirtain sut le persuader de cette vérité ; il connaissait l'attachement qu'il avait pour lui, et qu'il ne serait pas capable de lui dire un mensonge.

Il sentit quelque soulagement, parce que de tous les malheurs le plus terrible c'est la mort, et il pouvait encore se flatter du plaisir de revoir sa maîtresse. Cependant où la chercher ? On ne connaissait point les marchands qui l'avaient achetée ; ils n'avaient pas dit où ils allaient : c'étaient là de grandes difficultés ; mais il n'en est guère qu'un véritable amour ne surmonte, il aimait mieux périr en courant après les ravisseurs de sa maîtresse, que de vivre sans elle.

Il fit mille reproches à la reine sur son implacable dureté ; il ajouta qu'elle aurait le temps de se repentir du mauvais tour qu'elle lui avait joué, qu'il allait partir, résolu de ne revenir jamais ; qu'ainsi, voulant en perdre une, elle en perdrait deux. Cette mère affligée se jeta au cou de son fils, lui mouilla le visage de ses larmes, et le conjura par la vieillesse de son père et par l'amitié qu'elle avait pour lui, de ne pas les abandonner ; que s'il les privait de la consolation de le voir, il serait cause de leur mort ; qu'il était leur unique espérance, s'ils venaient à manquer ; que leurs voisins et leurs ennemis s'empareraient du royaume. Le prince l'écouta froidement et respectueusement ; mais il avait toujours devant les yeux la dureté qu'elle avait eue pour Constancia : sans elle, tous les royaumes de la terre ne l'auraient point touché ; de sorte qu'il persista avec une fermeté surprenante dans la résolution de partir le lendemain.

Le roi essaya inutilement de le faire rester, il passa la nuit à donner des ordres à Mirtain, il lui confia le fidèle mouton pour en avoir soin. Il prit une grande quantité de pierreries, et dit à Mirtain de garder les autres, et qu'il serait le seul qui recevrait de ses nouvelles, à condition de les tenir secrètes, parce qu'il voulait faire ressentir à sa mère toutes les peines de l'inquiétude.

Le jour ne paraissait pas encore, lorsque l'impatient Constancio monta à cheval, se dévouant à la fortune, et la priant de lui être assez favorable pour lui faire retrouver sa maîtresse. Il ne savait de quel côté tourner ses pas ; mais comme elle était partie dans un vaisseau, il crut qu'il devait s'embarquer pour la suivre. Il se rendit au plus fameux port ; et sans être accompagné d'aucun de ses domestiques, ni connu de personne, il s'informa du lieu le plus éloigné où l'on pouvait aller, et ensuite de toutes les côtes, plages et ports où ils surgiraient ; puis il s'embarqua dans l'espérance qu'une passion aussi pure et aussi forte que la sienne ne serait pas toujours malheureuse.

Dès que l'on approchait de terre, il montait dans la chaloupe, et venait parcourir le rivage, criant de tous côtés : « Constancia, belle Constancia, où êtes-vous ? Je vous cherche et je vous appelle en vain : serez-vous encore longtemps éloignée de moi ? » Ses regrets et ses plaintes étaient perdus dans le vague de l'air, il revenait dans le vaisseau, le cœur pénétré de douleur, et les yeux pleins de larmes.

Un soir que l'on avait jeté l'ancre derrière un grand rocher, il vint à son ordinaire prendre terre sur le rivage ; et comme le pays était inconnu, et la nuit fort obscure, ceux qui l'accompagnaient ne voulurent point s'avancer, dans la crainte de périr en ce lieu. Pour le prince, qui faisait peu de cas de sa vie, il se mit à marcher, tombant et se relevant cent fois ; à la fin il découvrit une grande lueur qui lui parut provenir de quelque feu ; à mesure qu'il s'en approchait, il entendait beaucoup de bruit et des marteaux qui donnaient des coups terribles. Bien loin d'avoir peur, il se hâta d'arriver à une grande forge ouverte de tous les côtés, où la fournaise était si allumée, qu'il semblait que le soleil brillait au fond : trente géants, qui n'avaient chacun qu'un œil au milieu du front, travaillaient en ce lieu à faire des armes.

Constancio s'approcha d'eux, et leur dit :

« Si vous êtes capables de pitié parmi le fer et le feu qui vous environnent, si par hasard vous avez vu aborder dans ces lieux la belle Constancia, que des marchands emmènent captive, que je sache où je pourrai la trouver, demandez-moi tout ce que j'ai au monde, je vous le donnerai de tout mon cœur. »

Il eut à peine cessé sa petite harangue, que le bruit avait cessé à son arrivée, recommença avec plus de force.

« Hélas ! dit-il, vous n'êtes point touchés de ma douleur, barbares, je ne dois rien attendre de vous ! »

Il voulut aussitôt tourner ses pas ailleurs, quand il entendit une douce symphonie qui le ravit ; et regardant vers la fournaise, il vit le plus bel enfant que l'imagination puisse jamais se représenter : il était plus brillant que le feu dont il sortit. Lorsqu'il eut considéré ses charmes, le bandeau qui couvrait ses yeux, l'arc et les flèches qu'il portait, il ne douta point que ce ne fût Cupidon. C'était lui en effet qui lui cria :

« Arrête, Constancio, tu brûles d'une flamme trop pure pour que je te refuse mon secours ; je m'appelle l'amour vertueux ; c'est moi qui t'ai blessé pour la jeune Constancia ; et c'est moi qui la défends contre le géant qui la persécute. La fée Souveraine est mon intime amie ; nous sommes unis ensemble pour te la garder, mais il faut que j'éprouve ta passion avant que de te découvrir où elle est.

— Ordonne, Amour, ordonne tout ce qu'il te plaira s'écria le prince, je n'omettrai rien pour t'obéir.

— Jette-toi dans ce feu, répliqua l'enfant, et souviens-toi que si tu n'aimes pas uniquement et fidèlement, tu es perdu.

— Je n'ai aucun sujet d'avoir peur », dit Constancio.

Aussitôt il se jeta dans la fournaise, il perdit toute connaissance, ne sachant où il était, ni ce qu'il était lui-même.

Il dormit trente heures, et se trouva à son réveil le plus beau pigeon qui fût au monde ; au lieu d'être dans cette horrible fournaise, il était couché dans un petit nid de roses, de jasmins et de chèvrefeuilles. Il fut aussi surpris qu'on peut jamais l'être ; ses pieds pattus, les différentes couleurs de ses plumes, et ses yeux tout de feu l'étonnaient beaucoup ; il se mirait dans un ruisseau, et voulant se plaindre, il trouva qu'il avait perdu l'usage de la parole, quoiqu'il eût conservé celui de son esprit.

Il envisagea cette métamorphose comme le comble de tous les malheurs : « Ah ! perfide Amour, pensait-il en lui-même, quelle récompense donnes-tu au plus parfait de tous les amants ? Faut-il être léger, traître et parjure pour trouver grâce devant toi ? J'en ai bien vu de ce caractère que tu as couronnés, pendant que tu affliges ceux qui sont véritablement fidèles : que puis-je me promettre, continua-t-il, d'une figure aussi extraordinaire que la mienne ? Me voilà pigeon : encore si je pouvais parler, comme parla autrefois l'oiseau Bleu (dont j'ai toute ma vie aimé le conte), je volerais si loin et si haut, je chercherais sous tant de climats différents ma chère maîtresse, et je m'en informerais à tant de personnes, que je la trouverais ; mais je n'ai pas la liberté de prononcer son nom ; et l'unique remède qu'il m'est permis de tenter, c'est de me précipiter dans quelque abîme pour y mourir. »

Occupé de cette funeste résolution, il vola sur une haute montagne d'où il voulut se jeter en bas ; mais ses ailes le soutinrent malgré lui ; il en fut étonné ; car n'ayant pas encore été pigeon, il ignorait de quel secours peuvent être des plumes ; il prit la résolution de se les arracher toutes, et sans quartier il commença de se plumer.

Ainsi dépouillé, il allait tenter une nouvelle cabriole du sommet d'un rocher, quand deux filles survinrent. Dès qu'elles virent cet infortuné oiseau, l'une se dit à l'autre :

« D'où vient cet infortuné pigeon ? Sort-il des serres aiguës de quelque oiseau de proie, ou de la gueule d'une belette ?

— J'ignore d'où il vient, répondit la plus jeune, mais je sais bien où il ira ; et se jetant sur la pacifique bestiole, il ira, continua-t-elle, tenir compagnie à cinq de son espèce, dont je veux faire une tourte pour la fée Souveraine. »

Le prince Pigeon l'entendant parler ainsi, bien loin de fuir, s'approcha pour qu'elle lui fît la grâce de le tuer promptement : mais ce qui devait causer sa perte le garantit ; car ces filles le trouvèrent si poli et si familier, qu'elles résolurent de le nourrir. La plus belle l'enferma dans une corbeille couverte où elle mettait ordinairement son ouvrage, et elles continuèrent leur promenade.

« Depuis quelques jours, disait l'une d'elles, il semble que notre maîtresse a bien des affaires, elle monte à tout moment sur son chameau de feu, et va jour et nuit d'un pôle à l'autre sans s'arrêter.

— Si tu étais discrète, repartit sa compagne, je t'en apprendrais la raison, car elle a bien voulu me l'apprendre.

— Va, je saurai me taire, s'écria celle qui avait déjà parlé, assure-toi de mon secret.

— Sache donc, reprit-elle, que sa princesse Constancia, qu'elle aime si fort, est persécutée d'un géant qui veut l'épouser : il l'a mise dans une tour ; et pour l'empêcher d'achever ce mariage, il faut qu'elle fasse des choses surprenantes. »

Le prince écoutait leur conversation du fond de son panier : il avait cru jusqu'alors que rien ne pouvait augmenter ses disgrâces ; mais il connut avec une extrême douleur qu'il s'était bien trompé ; et l'on peur assez juger par tout ce que j'ai raconté de sa passion, et par les circonstances où il se trouvait, d'être devenu pigeonneau dans le temps où son secours était si nécessaire à sa princesse, qu'il ressentit un véritable désespoir ; son imagination ingénieuse à le tourmenter lui représentait Constancia dans la fatale tour, assiégée par les importunités, les violences et les emportements d'un redoutable géant : il appréhendait qu'elle craignît, et qu'elle ne donnât les mains à son mariage. Un moment après, il appréhendait qu'elle ne craignît pas, et qu'elle n'exposât sa vie aux fureurs d'un tel amant. Il serait difficile de représenter l'état où il était.

La jeune personne qui le portait dans sa manette, étant de retour avec sa compagne au palais de la fée qu'elles servaient, la trouvèrent qui se promenait dans une allée sombre de son jardin. Elles se prosternèrent d'abord à ses pieds, et lui dirent ensuite :

« Grande reine, voici un pigeon que nous avons trouvé ; il est doux, il est familier et s'il avait des plumes, il serait fort beau ; nous avons résolu de le nourrir dans notre chambre ; mais si vous l'agréez, il pourra quelquefois vous divertir dans la vôtre. »

La fée prit la corbeille où il était enfermé, elle l'en tira, et fit des réflexions sérieuses sur les grandeurs du monde ; car il était extraordinaire de voir un prince tel que Constancio sous la figure d'un pigeon prêt à être rôti ou bouilli ; et quoique ce fût elle qui eût jusqu'alors conduit cette métamorphose, et que rien n'arrivât que par ses ordres ; cependant, comme elle moralisait volontiers sur tous les événements, celui-là la frappa fort. Elle caressa le pigeonneau, et de sa part il n'oublia rien pour s'attirer son attention, afin qu'elle voulût le soulager dans sa triste aventure : il lui faisait la révérence à la pigeonne, en tirant un peu le pied ; il la becquetait d'un air caressant : bien qu'il fût pigeon novice, il en savait déjà plus que les vieux pères et les vieux ramiers.

La fée Souveraine le porta dans son cabinet, en ferma la porte, et lui dit :

« Prince, le triste état où je te trouve aujourd'hui ne m'empêche pas de te connaître et de t'aimer, à cause de ma fille Constancia, qui est aussi peu indifférente pour toi que tu l'es pour elle : n'accuse personne que moi de ta métamorphose ; je t'ai fait entrer dans la fournaise pour éprouver la candeur de ton amour : il est pur, il est ardent, il faut que tu aies tout l'honneur de l'aventure. »

Le pigeon baissa trois fois la tête en signe de reconnaissance, et il écouta ce que la fée voulait lui dire.

« La reine ta mère, reprit-elle, eut à peine reçu l'argent et les pierreries en échange de la princesse, qu'elle l'envoya avec la dernière violence aux marchands qui l'avaient achetée ; et sitôt qu'elle fut dans le vaisseau, ils firent voile aux grandes Indes, où ils étaient bien sûrs de se défaire avec beaucoup de profit du précieux joyau qu'ils emmenaient. Ses pleurs et ses prières ne changèrent point leur résolution : elle disait inutilement que le prince Constancio la rachèterait de tout ce qu'il possédait au monde. Plus elle leur faisait valoir ce qu'ils en pouvaient attendre, plus ils se hâtaient de le fuir, dans la crainte qu'il ne fût averti de son enlèvement, et qu'il ne vînt leur arracher cette proie.

« Enfin après avoir couru la moitié du monde, ils se trouvèrent battus d'une furieuse tempête. La princesse, accablée de sa douleur et des fatigues de la mer, était mourante ; ils appréhendaient de la perdre, et se sauvèrent dans le premier port ; mais comme ils débarquaient, ils virent venir un géant d'une grandeur épouvantable ; il était suivi de plusieurs autres, qui tous ensemble dirent qu'ils voulaient voir ce qu'il y avait de plus rare dans leur vaisseau. Le géant étant entré, le premier objet qui frappa sa vue, ce fut la jeune princesse ; ils se reconnurent aussitôt l'un et l'autre. « Ah ! petite scélérate, s'écria-t-il, les dieux justes et pitoyables te ramènent donc sous mon pouvoir : te souvient-il du jour que je te trouvai, et que tu coupas mon sac ? Je me trompe si tu me joues le même tour à présent. » En effet, il la prit comme un aigle prend un poulet, et malgré sa résistance et les prières des marchands, il l'emporta dans ses bras, courant de toute sa force jusqu'à sa grande tour.

« Cette tour est sur une haute montagne : les enchanteurs qui l'ont bâtie n'ont rien oublié pour la rendre belle et curieuse. Il n'y a point de porte, l'on y monte par les fenêtres qui sont très hautes ; les murs de diamants brillent comme le soleil, et sont d'une dureté à toute épreuve. En effet, ce que l'art et la nature peuvent rassembler de plus riche est au-dessous de ce qu'on y voit. Quand le furieux géant tint la charmante Constancia, il lui dit qu'il voulait l'épouser, et la rendre la plus heureuse personne de l'univers ; qu'elle serait maîtresse de tous ses trésors, qu'il aurait la bonté de l'aimer, et qu'il ne doutait point qu'elle ne fût ravie que sa bonne fortune l'eût conduite vers lui. Elle lui fit connaître par ses larmes et par ses lamentations l'excès de son désespoir ; et comme je conduisais tout secrètement, malgré le destin, qui avait juré la perte de Constancia, j'inspirai au géant des sentiments de douceur qu'il n'avait connus de sa vie ; de sorte qu'au lieu de se fâcher, il dit à la princesse qu'il lui donnait un an, pendant lequel il ne lui ferait aucunes violences ; mais que si elle ne prenait pas dans ce temps la résolution de le satisfaire, il l'épouserait malgré elle, et qu'ensuite il la ferait mourir ; qu'ainsi elle pouvait voir ce qui l'accommoderait le mieux.

« Après cette funeste déclaration, il fit enfermer avec elle les plus belles filles du monde pour lui tenir compagnie, et la retirer de cette profonde tristesse où elle s'abîmait. Il mit des géants aux environs de la tour pour empêcher que qui que ce fût en approchât : et en effet, si l'on avait cette témérité, l'on en recevrait bientôt la punition, car ce sont des gardes bien redoutables et bien cruels.

« Enfin la pauvre princesse ne voyant aucune apparence d'être secourue, et qu'il ne reste plus qu'un jour pour achever l'année, se prépare à se précipiter du haut de la tour dans la mer. Voilà, seigneur Pigeon, l'état où elle est réduite ; le seul remède que j'y trouve, c'est que vous voliez vers elle, tenant dans votre bec une petite bague que voilà ; sitôt qu'elle l'aura mise à son doigt, elle deviendra colombe, et vous vous sauverez heureusement. »

Le pigeonneau était dans la dernière impatience de partir, il ne savait comment le faire comprendre ; il tirailla la manchette et le tablier en falbala de la fée, il s'approcha ensuite des fenêtres, où il donna quelques coups de bec contre les vitres. Tout cela voulait dire en langage pigeonnique : « Je vous supplie, madame, de m'envoyer avec votre bague enchantée pour soulager notre belle princesse. » Elle entendit son jargon, et répondant à ses désirs :

« Allez, volez, charmant pigeon, lui dit-elle, voici la bague qui vous guidera ; prenez grand soin de ne pas la perdre, car il n'y a que vous au monde qui puissiez retirer Constancia du lieu où elle est. »

Le prince Pigeon, comme je l'ai déjà dit, n'avait point de plumes, il se les était arrachées dans son extrême désespoir. La fée le frotta d'une essence merveilleuse, qui lui en fit revenir de si belles et si extraordinaires, que les pigeons de Vénus n'étaient pas dignes d'entrer en aucune comparaison avec lui. Il fut ravi de se voir remplumé ; et prenant l'essor, il arriva au lever de l'aurore sur le haut de la tour, dont les murs de diamants brillaient à un tel point, que le soleil a moins de feu dans son plus grand éclat. Il y avait un spacieux jardin sur le donjon, au milieu duquel s'élevait un oranger chargé de fleurs et de fruits ; le reste du jardin était fort curieux, et le prince Pigeon n'aurait pas été indifférent au plaisir de l'admirer, s'il n'avait été occupé de choses bien plus importantes.

Il se percha sur l'oranger, il tenait dans son bec la bague, et ressentait une terrible inquiétude, lorsque la princesse entra : elle avait une longue robe blanche, sa tête était couverte d'un grand voile noir brodé d'or, il était abattu sur son visage, et traînait de tous côtés. L'amoureux pigeon aurait pu douter que c'était elle, si la noblesse de sa taille et son air majestueux eussent pu être dans une autre à un point si parfait. Elle vint s'asseoir sous l'oranger, et levant son voile tout d'un coup, il en demeura pour quelque temps ébloui.

« Tristes regrets, tristes pensées ! s'écria-t-elle. Vous êtes à présent inutiles, mon cœur affligé a passé un an entier entre la crainte et l'espérance ; mais le terme fatal est arrivé ! c'est aujourd'hui ; c'est dans quelques heures qu'il faut que je meure, ou que j'épouse le géant : hélas, est-il possible que la fée Souveraine et le prince Constancio m'aient si fort abandonnée ! que leur ai-je fait ? Mais à quoi me servent ces réflexions ? Ne vaut-il pas mieux exécuter le noble dessein que j'ai conçu ? »

Elle se leva d'un air plein de hardiesse pour se précipiter : cependant, comme le moindre bruit lui faisait peur, et qu'elle entendit le pigeonneau qui s'agitait sur l'arbre, elle leva les yeux pour voir ce que c'était ; en même temps il vola sur elle, et posa dans son sein l'importante petite bague. La princesse surprise des caresses de ce bel oiseau et de son charmant plumage, ne le fut pas moins du présent qu'il venait de lui faire. Elle considéra la bague, elle y remarqua quelques caractères mystérieux, et elle la tenait encore, lorsque le géant entra dans le jardin, sans qu'elle l'eût même entendu venir.

Quelques-unes des femmes qui la servaient étaient allées rendre compte à ce terrible amant du désespoir de la princesse, et qu'elle voulait se tuer, plutôt que de l'épouser. Lorsqu'il sut qu'elle était montée si matin au haut de la tour, il craignit une funeste catastrophe : son cœur qui jusqu'alors n'avait été capable que de barbarie, était tellement enchanté des beaux yeux de cette aimable personne, qu'il l'aimait avec délicatesse. Ô dieux, que devint-elle quand elle le vit ! elle appréhenda qu'il ne lui ôtât les moyens qu'elle cherchait de mourir. Le pauvre pigeon n'était pas médiocrement effrayé de ce formidable colosse. Dans le trouble où elle était, elle mit la bague à son doigt, et sur-le-champ, ô merveille ! elle fut métamorphosée en colombe, et s'envola à tire d'ailes avec le fidèle pigeon.

Jamais surprise n'a égalé celle du géant. Après avoir regardé sa maîtresse devenue colombe, qui traversait le vaste espace de l'air, il demeura quelque temps immobile, puis il poussa des cris et fit des hurlements qui ébranlèrent les montagnes, et ne finirent qu'avec sa vie : il la termina au fond de la mer, où il était bien plus juste qu'il se noyât que la charmante princesse. Elle s'éloignait donc très diligemment avec son guide ; mais lorsqu'ils eurent fait un assez long chemin pour ne plus rien craindre, ils s'abattirent doucement dans un bois fort sombre par la quantité d'arbres, et fort agréable à cause de l'herbe verte et des fleurs qui couvraient la terre. Constancia ignorait encore que le pigeon fût son véritable amant. Il était très affligé de ne pouvoir parler pour lui en rendre compte, quand il sentit une main invisible qui lui déliait la langue ; il en eut une sensible joie, et dit aussitôt à la princesse :

« Votre cœur ne vous a-t-il pas appris, charmante colombe, que vous êtes avec un pigeon qui brûle toujours des mêmes feux que vous allumez ?

— Mon cœur souhaitait le bonheur qui m'arrive, répliqua-t-elle, mais il n'osait s'en flatter : hélas, qui l'aurait pu imaginer ! j'étais sur le point de périr sous les coups de ma bizarre fortune ; vous êtes venu m'arracher d'entre les bras de la mort, ou d'un monstre que je redoutais plus qu'elle. »

Le prince, ravi d'entendre parler sa colombe, et de la retrouver aussi tendre qu'il la désirait, lui dit tout ce que la passion la plus délicate et la plus vive peut inspirer ; il lui raconta ce qui s'était passé depuis le triste moment de son absence, particulièrement la rencontre surprenante de l'amour Forgeron et de la fée dans son palais : elle eut une grande joie de savoir que sa meilleure amie était toujours dans ses intérêts.

« Allons la trouver, mon cher prince, dit-elle à Constancio, et la remercier de tout le bien qu'elle nous fait : elle nous rendra notre première figure ; nous retournerons dans votre royaume ou dans le mien.

— Si vous m'aimez autant que je vous aime, répliqua-t-il, je vous ferai une proposition où l'amour seul a part. Mais, aimable princesse, vous m'allez dire que je suis un extravagant.

— Ne ménagez point la réputation de votre esprit aux dépens de votre cœur, reprit-elle ; parlez sans crainte ; je vous entendrai toujours avec plaisir.

— Je serais d'avis, continua-t-il, que nous ne changeassions point de figure ; vous colombe, et moi pigeon, pouvons brûler des mêmes feux qui ont brûlé Constancio et Constancia. Je suis persuadé qu'étant débarrassés du soin de nos royaumes, n'ayant ni conseil à tenir, ni guerre à faire, ni audiences à donner, exempts de jouer sans cesse un rôle importun sur le grand théâtre du monde, il nous sera plus aisé de vivre l'un pour l'autre dans cette aimable solitude.

— Ah ! s'écria la colombe, que votre dessein renferme de grandeur et de délicatesse ! Quelque jeune que je sois, hélas ! j'ai tant éprouvé de disgrâces ; la fortune, jalouse de mon innocente beauté, m'a persécutée si opiniâtrement, que je serai ravie de renoncer à tous les biens qu'elle donne, afin de ne vivre que pour vous. Oui, mon cher prince, j'y consens : choisissons un pays agréable, et passons sous cette métamorphose nos plus beaux jours ; menons une vie innocente, sans ambition et sans désirs, que ceux qu'un amour vertueux inspire.

— C'est moi qui veux vous guider, s'écria l'Amour en descendant du plus haut de l'Olympe. Un dessein si tendre mérite ma protection.

— Et la mienne aussi, dit la fée Souveraine qui parut tout d'un coup. Je viens vous chercher pour m'avancer de quelques moments le plaisir de vous voir. »

Le pigeon et la colombe eurent autant de joie que de surprise de ce nouvel événement.

« Nous nous mettons sous votre conduite, dit Constancia à la fée.

— Ne nous abandonnez pas, dit Constancio à l'Amour.

— Venez, dit-il, à Paphos, l'on y respecte encore ma mère, et l'on y aime toujours les oiseaux qui lui étaient consacrés.

— Non, répondit la princesse, nous ne cherchons point le commerce des hommes : heureux qui peut y renoncer ! il nous faut seulement une belle solitude. »

La fée aussitôt frappa la terre de sa baguette. L'Amour la frappa d'une flèche dorée. Ils virent en même temps le plus beau désert de la nature et le mieux orné de bois, de fleurs, de prairies et de fontaines.

« Restez-y des millions d'années, s'écria l'Amour. Jurez-vous une fidélité éternelle en présence de cette merveilleuse fée.

— Je le jure à ma colombe, s'écria le pigeon.

— Je le jure à mon pigeon, s'écria la colombe.

— Votre mariage, dit la fée, ne pouvait être fait par un dieu plus capable de le rendre heureux. Au reste, je vous promets que si vous vous lassez de cette métamorphose, je ne vous abandonnerai point, et je vous rendrai votre première figure. »

Pigeon et colombe en remercièrent la fée ; mais ils l'assurèrent qu'ils ne l'appelleraient point pour cela ; qu'ils avaient trop éprouvé les malheurs de la vie : ils la prièrent seulement de leur faire venir Ruson, en cas qu'il ne fût pas mort.

« Il a changé d'état, dit l'Amour, c'est moi qui l'avait condamné à être mouton. Il m'a fait pitié, je l'ai rétabli sur le trône d'où je l'avais arraché. »

À ces nouvelles, Constancia ne fut plus surprise des jolies choses qu'elle lui avait vu faire. Elle conjura l'Amour de lui apprendre les aventures d'un mouton qui lui avait été si cher.

« Je viendrai vous les dire, répliqua-t-il obligeamment. Pour aujourd'hui, je suis attendu et souhaité en tant d'endroits, que je ne sais où j'irai en premier. Adieu, continua-t-il, heureux et tendres époux, vous pouvez vous vanter d'être les plus sages de mon empire. »

La fée Souveraine resta quelque temps avec les nouveaux mariés. Elle ne pouvait assez louer le mépris qu'ils faisaient des grandeurs de la terre ; mais il est bien certain qu'ils prenaient le meilleur parti pour la tranquillité de la vie. Enfin elle les quitta ; l'on a su par elle et par l'Amour, que le prince Pigeon et la princesse Colombe se sont toujours aimés fidèlement.

D'un amour pur nous voyons le destin :
Des troubles renaissants, un espoir incertain,
De tristes accidents, de fatales traverses
Affligent quelquefois les plus parfaits amants.
L'amour, qui nous unit par des nœuds si charmants,
Pour conduire au bonheur, a des routes diverses :
Le ciel, en les troublant, assure nos désirs.
Jeunes cœurs, il est vrai, des épreuves si rudes
Vous arrachent des pleurs, vous coûtent des soupirs ;
Mais quand l'amour est pur ! peines, inquiétudes,
Sont autant de garants des plus charmants plaisirs.

LE PRINCE MARCASSIN

Il était une fois un roi et une reine qui vivaient dans une grande tristesse, parce qu'ils n'avaient point d'enfants : la reine n'était plus jeune, bien qu'elle fût encore belle, de sorte qu'elle n'osait s'en promettre : cela l'affligeait beaucoup ; elle dormait peu, et soupirait sans cesse, priant les dieux et toutes les fées de lui être favorables. Un jour qu'elle se promenait dans un petit bois, après avoir cueilli quelques violettes et des roses, elle cueillit aussi des fraises ; mais aussitôt qu'elle en eut mangé, elle fut saisie d'un si profond sommeil, qu'elle se coucha au pied d'un arbre et s'endormit.

Elle rêva, pendant son sommeil, qu'elle voyait passer en l'air trois fées qui s'arrêtaient au-dessus de sa tête. La première la regardant en pitié, dit :

« Voilà une aimable reine, à qui nous rendrions un service bien essentiel, si nous la voulions douer d'un enfant.

— Volontiers, dit la seconde, douez-la, puisque vous êtes notre aînée.

— Je la doue, continua-t-elle, d'avoir un fils, le plus beau, le plus aimable, et le mieux aimé qui soit au monde.

— Et moi, dit l'autre, je la doue de voir ce fils heureux dans ses entreprises, toujours puissant, plein d'esprit et de justice. »

Le tour de la troisième étant venu pour douer, elle éclata de rire, et marmotta plusieurs choses entre ses dents, que la reine n'entendit point.

Voilà le songe qu'elle fit. Elle se réveilla au bout de quelques moments ; elle n'aperçut rien en l'air ni dans le jardin. « Hélas ! dit-elle, je n'ai point assez de bonne fortune pour espérer que mon rêve se trouve véritable : quels remerciements ne ferais-je pas aux dieux et aux bonnes fées si j'avais un fils ! » Elle cueillit encore des fleurs, et revint au palais plus gaie qu'à l'ordinaire. Le roi s'en aperçut, il la pria de lui en dire la raison ; elle s'en défendit, il la pressa davantage.

« Ce n'est point, lui dit-elle, une chose qui mérite votre curiosité ; il n'est question que d'un rêve, mais vous me trouverez bien faible d'y ajouter quelque sorte de foi. »

Elle lui raconta qu'elle avait vu en dormant trois fées en l'air, et ce que deux avaient dit ; que la troisième avait éclaté de rire, sans qu'elle eût pu entendre ce qu'elle marmottait.

« Ce rêve, dit le roi, me donne comme à vous de la satisfaction ; mais j'ai de l'inquiétude de cette fée de belle humeur, car la plupart sont malicieuses, et ce n'est pas toujours bon signe quand elles rient.

— Pour moi, répliqua la reine, je crois que cela ne signifie ni bien ni mal ; mon esprit est occupé du désir que j'ai d'avoir un fils, et il se forme là-dessus cent chimères : que pourrait-il même lui arriver, en cas qu'il y eût quelque chose de véritable dans ce que j'ai songé ? Il est doué de tout ce qui se peut de plus avantageux ? plût au ciel que j'eusse cette consolation ! »

Elle se prit à pleurer là-dessus ; il l'assura qu'elle lui était si chère, qu'elle lui tenait lieu de tout.

Au bout de quelques mois, la reine s'aperçut qu'elle était grosse : tout le royaume fut averti de faire des vœux pour elle ; les autels ne fumaient plus que des sacrifices qu'on offrait aux dieux pour la conservation d'un trésor si précieux. Les États assemblés députèrent pour aller complimenter leurs majestés ; tous les princes du sang, les princesses et les ambassadeurs se trouvèrent aux couches de la reine ; la layette pour ce cher enfant était d'une beauté admirable ; la nourrice excellente. Mais que la joie publique se changea bien en tristesse, quand au lieu d'un beau prince, l'on vit naître un petit Marcassin ! Tout le monde jeta de grands cris qui effrayèrent fort la reine. Elle demanda ce que c'était ; on ne voulut pas le lui dire, crainte qu'elle ne mourût de douleur : au contraire, on l'assura qu'elle était mère d'un beau garçon, et qu'elle avait sujet de s'en réjouir.

Cependant le roi s'affligeait avec excès ; il commanda que l'on mît le Marcassin dans un sac, et qu'on le jetât au fond de la mer, pour perdre entièrement l'idée d'une chose si fâcheuse : mais ensuite il en eut pitié ; et pensant qu'il était juste de consulter la reine là-dessus, il ordonna qu'on le nourrît, et ne parla de rien à sa femme, jusqu'à ce qu'elle fût assez bien, pour ne pas craindre de la faire mourir par un grand déplaisir. Elle demandait tous les jours à voir son fils : on lui disait qu'il était trop délicat pour être transporté de sa chambre à la sienne, et là-dessus elle se tranquillisait.

Pour le prince Marcassin, il se faisait nourrir en Marcassin qui a grande envie de vivre : il fallut lui donner six nourrices, dont il y en avait trois sèches, à la mode d'Angleterre. Celles-ci lui faisaient boire à tous moments du vin d'Espagne et des liqueurs, qui lui apprirent de bonne heure à se connaître aux meilleurs vins. La reine impatiente de caresser son marmot, dit au roi qu'elle se portait assez bien pour aller jusqu'à son appartement, et qu'elle ne pouvait plus vivre sans voir son fils. Le roi poussa un profond soupir ; il commanda qu'on apportât l'héritier de la couronne. Il était emmailloté comme un enfant, dans des langes de brocart d'or. La reine le prit entre ses bras, et levant une dentelle frisée qui couvrait sa hure, hélas ! que devint-elle à cette fatale vue ? Ce moment pensa être le dernier de sa vie ; elle jetait de tristes regards sur le roi, n'osant lui parler.

« Ne vous affligez point, ma chère reine, lui dit-il, je ne vous impute rien de notre malheur ; c'est ici, sans doute, un tour de quelque fée malfaisante, si vous voulez y consentir, je suivrai le premier dessein que j'ai eu de faire noyer ce petit monstre.

— Ah ! sire, lui dit-elle, ne me consultez point pour une action si cruelle, je suis la mère de cet infortuné Marcassin, je sens ma tendresse qui sollicite en sa faveur ; de grâce, ne lui faisons point de mal, il en a déjà trop, ayant dû naître homme, d'être né sanglier. »

Elle toucha si fortement le roi par ses larmes et par ses raisons, qu'il lui promit ce qu'elle souhaitait ; de sorte que les dames qui élevaient Marcassinet, commencèrent d'en prendre encore plus de soin ; car on l'avait regardé jusqu'alors comme une bête proscrite, qui servirait bientôt de nourriture aux poissons. Il est vrai que malgré sa laideur, on lui remarquait des yeux tout pleins d'esprit ; on l'avait accoutumé à donner son petit pied à ceux qui venaient le saluer, comme les autres donnent leur main ; on lui mettait des bracelets de diamants, et il faisait toutes ces choses avec assez de grâce.

La reine ne pouvait s'empêcher de l'aimer ; elle l'avait souvent entre ses bras, le trouvant joli dans le fond de son cœur, car elle n'osait le dire, de crainte de passer pour folle ; mais elle avouait à ses amies que son fils lui paraissait aimable ; elle le couvrait de mille nœuds de nonpareilles couleur de roses ; ses oreilles étaient percées ; il avait une lisière avec laquelle on le soutenait, pour lui apprendre à marcher sur les pieds de derrière ; on lui mettait des souliers et des bas de soie attachés sur le genou, pour lui faire paraître la jambe plus longue ; on le fouettait quand il voulait gronder : enfin on lui ôtait, autant qu'il était possible, les manières marcassines.

Un soir que la reine se promenait et qu'elle le portait à son cou, elle vint sous le même arbre où elle s'était endormie, et où elle avait rêvé tout ce que j'ai déjà dit ; le souvenir de cette aventure lui revint fortement dans l'esprit : « Voilà donc, disait-elle, ce prince si beau, si parfait et si heureux que je devais avoir ? Ô songe trompeur, vision fatale ! ô fées, que vous avais-je fait pour vous moquer de moi ? » Elle marmottait ces paroles entre ses dents, lorsqu'elle vit croître tout d'un coup un chêne, dont il sortit une dame fort parée, qui, la regardant d'un air affable, lui dit :

« Ne t'afflige point, grande reine, d'avoir donné le jour à Marcassinet ; je t'assure qu'il viendra un temps où tu le trouveras aimable. »

La reine la reconnut pour une des trois fées, qui passant en l'air lorsqu'elle dormait, s'étaient arrêtées et lui avaient souhaité un fils.

« J'ai de la peine à vous croire, madame, répliqua-t-elle ; quelque esprit que mon fils puisse avoir, qui pourra l'aimer sous une telle figure ? »

La fée lui répliqua encore une fois :

« Ne t'afflige point, grande reine, d'avoir donné le jour à Marcassinet, je t'assure qu'il viendra un temps où tu le trouveras aimable. »

Elle se remit aussitôt dans l'arbre, et l'arbre rentra en terre, sans qu'il parût même qu'il y en eût eu en cet endroit.

La reine, fort surprise de cette nouvelle aventure, ne laissa pas de se flatter que les fées prendraient quelque soin de l'altesse Bestiole : elle retourna promptement au palais pour en entretenir le roi ; mais il pensa qu'elle avait imaginé ce moyen pour lui rendre son fils moins odieux.

« Je vois fort bien, lui dit-elle, à l'air dont vous m'écoutez, que vous ne me croyez pas ; cependant rien n'est plus vrai que tout ce que je viens de vous raconter.

— Il est fort triste, dit le roi, d'essuyer les railleries des fées : par où s'y prendront-elles pour rendre notre enfant autre chose qu'un sanglier ? Je n'y songe jamais sans tomber dans l'accablement. »

La reine se retira plus affligée qu'elle l'eût encore été ; elle avait espéré que les promesses de la fée adouciraient le chagrin du roi ; cependant il voulait à peine les écouter. Elle se retira, bien résolue de ne lui plus rien dire de leur fils, et de laisser aux dieux le soin de consoler son mari.

Marcassin commença de parler, comme font tous les enfants, il bégayait un peu ; mais cela n'empêchait pas que la reine n'eût beaucoup de plaisir à l'entendre, car elle craignait qu'il ne parlât de sa vie. Il devenait fort grand, et marchait souvent sur les pieds de derrière. Il portait de longues vestes qui lui couvraient les jambes ; un bonnet à l'anglaise de velours noir, pour cacher sa tête, ses oreilles, et une partie de son groin. À la vérité il lui venait des défenses terribles ; ses soies étaient furieusement hérissées ; son regard fier, et le commandement absolu. Il mangeait dans une auge d'or, où on lui préparait des truffes, des glands, des morilles, de l'herbe, et l'on n'oubliait rien pour le rendre propre et poli. Il était né avec un esprit supérieur, et un courage intrépide. Le roi connaissant son caractère, commença à l'aimer plus qu'il n'avait fait jusque-là. Il choisit de bons maîtres pour lui apprendre tout ce qu'on pourrait. Il réussissait mal aux danses figurées, mais pour le passe-pied et le menuet, où il fallait aller vite et légèrement, il y faisait des merveilles. À l'égard des instruments, il connut bien que le luth et le théorbe ne lui convenaient pas ; il aimait la guitare, et jouait joliment de la flûte. Il montait à cheval avec une disposition et une grâce surprenantes ; il ne se passait guère de jours qu'il n'allât à la chasse, et qu'il ne donnât de terribles coups de dents aux bêtes les plus féroces et les plus dangereuses. Ses maîtres lui trouvaient un esprit vif, et toute la facilité possible à se perfectionner dans les sciences. Il ressentait bien amèrement le ridicule de sa figure marcassine ; de sorte qu'il évitait de paraître aux grandes assemblées.

Il passait sa vie dans une heureuse indifférence, lorsqu'étant chez la reine, il vit entrer une dame de bonne mine, suivie de trois jeunes filles très aimables. Elle se jeta aux pieds de la reine ; elle lui dit qu'elle venait la supplier de les recevoir auprès d'elle ; que la mort de son mari et de grands malheurs l'avaient réduite à une extrême pauvreté ; que sa naissance et son infortune étaient assez connues de sa majesté, pour espérer qu'elle aurait pitié d'elle. La reine fut attendrie de les voir ainsi à ses genoux, elle les embrassa, et leur dit qu'elle recevait avec plaisir ses trois filles. L'aînée s'appelait Ismène, la seconde Zélonide, et la cadette Marthesie ; qu'elle en prendrait soin ; qu'elle ne se décourageât point ; qu'elle pouvait rester dans le palais, où l'on aurait beaucoup d'égards pour elle et qu'elle comptât sur son amitié. La mère, charmée des bontés de la reine, baisa mille fois ses mains, et se trouva tout d'un coup dans une tranquillité qu'elle ne connaissait pas depuis longtemps.

La beauté d'Ismène fit du bruit à la cour, et toucha sensiblement un jeune chevalier, nommé Coridon, qui ne brillait pas moins de son côté qu'elle brillait du sien. Ils furent frappés presque en même temps d'une secrète sympathie qui les attacha l'un à l'autre. Le chevalier était infiniment aimable ; il plut, on l'aima. Et comme c'était un parti très avantageux pour Ismène, la reine s'aperçut avec plaisir des soins qu'il lui rendait, et du compte qu'elle lui en tenait. Enfin on parla de leur mariage ; tout semblait y concourir. Ils étaient nés l'un pour l'autre, et Coridon n'oubliait rien de toutes ces fêtes galantes, et de tous ces soins empressés qui engagent fortement un cœur déjà prévenu.

Cependant le prince avait ressenti le pouvoir d'Ismène dès qu'il l'avait vue, sans oser lui déclarer sa passion. « Ah ! Marcassin, Marcassin, s'écriait-il en se regardant dans un miroir, serait-il bien possible qu'avec une figure si disgraciée, tu osasses te promettre quelque sentiment favorable de la belle Ismène ? Il faut se guérir, car de tous les malheurs, le plus grand, c'est d'aimer sans être aimé. » Il évitait très soigneusement de la voir ; et comme il n'en pensait pas moins à elle, il tomba dans une affreuse mélancolie : il devint si maigre que les os lui perçaient la peau. Mais il eut une grande augmentation d'inquiétude, quand il apprit que Coridon recherchait ouvertement Ismène ; qu'elle avait pour lui beaucoup d'estime, et qu'avant qu'il fût peu, le roi et la reine feraient la fête de leurs noces.

À ces nouvelles, il sentit que son amour augmentait, et que son espérance diminuait, car il lui semblait moins difficile de plaire à Ismène indifférente, qu'à Ismène prévenue pour Coridon. Il comprit encore que son silence achevait de le perdre ; de sorte qu'ayant cherché un moment favorable pour l'entretenir, il le trouva. Un jour qu'elle était assise sous un agréable feuillage, où elle chantait quelques paroles que son amant avait faites pour elle, Marcassin l'aborda tout ému, et s'étant placé auprès d'elle, il lui demanda s'il était vrai, comme on lui avait dit, qu'elle allait épouser Coridon ? Elle répliqua que la reine lui avait ordonné de recevoir ses assiduités, et qu'apparemment cela devait avoir quelque suite.

« Ismène, lui dit-il, en se radoucissant, vous êtes si jeune, que je ne croyais pas que l'on pensât à vous marier ; si je l'avais su, je vous aurais proposé le fils unique d'un grand roi, qui vous aime, et qui serait ravi de vous rendre heureuse. »

À ces mots, Ismène pâlit : elle avait déjà remarqué que Marcassin, qui était naturellement assez farouche, lui parlait avec plaisir ; qu'il lui donnait toutes les truffes que son instinct marcassinique lui faisait trouver dans la forêt, et qu'il la régalait des fleurs dont son bonnet était ordinairement orné. Elle eut une grande peur qu'il ne fût le prince dont il parlait, et elle lui répondit :

« Je suis bien aise, seigneur, d'avoir ignoré les sentiments du fils de ce grand roi ; peut-être que ma famille, plus ambitieuse que je ne le suis, aurait voulu me contraindre à l'épouser ; et je vous avoue confidemment que mon cœur est si prévenu pour Coridon, qu'il ne changera jamais.

— Quoi ! répliqua-t-il, vous refuseriez une tête couronnée qui mettrait sa fortune à vous plaire ?

— Il n'y a rien que je ne refuse, lui dit-elle ; j'ai plus de tendresse que d'ambition ; et je vous conjure, seigneur, puisque vous avez commerce avec ce prince, de l'engager à me laisser en repos.

— Ah ! scélérate, s'écria l'impatient Marcassin, vous ne connaissez que trop le prince dont je vous parle ! Sa figure vous déplaît ; vous ne voudriez pas avoir le nom de reine Marcassine ; vous avez juré une fidélité éternelle à votre chevalier ; songez cependant, songez à la différence qui est entre nous ; je ne suis pas un Adonis, j'en conviens, mais je suis un sanglier redoutable ; la puissance suprême vaut bien quelques petits agréments naturels : Ismène, pensez-y, ne me désespérez pas. »

En disant ces mots, ses yeux paraissaient tout de feu, et ses longues défenses faisaient l'une contre l'autre un bruit dont cette pauvre fille tremblait.

Marcassin se retira. Ismène, affligée, répandit un torrent de larmes, lorsque Coridon se rendit auprès d'elle. Ils n'avaient connu, jusqu'à ce jour, que les douceurs d'une tendresse mutuelle ; rien ne s'était opposé à ses progrès, et ils avaient lieu de se promettre qu'elle serait bientôt couronnée. Que devint ce jeune amant, quand il vit la douleur de sa belle maîtresse ! Il la pressa de lui en apprendre le sujet. Elle le voulut bien, et l'on ne saurait représenter le trouble que lui causa cette nouvelle.

« Je ne suis point capable, lui dit-il, d'établir mon bonheur aux dépens du vôtre ; l'on vous offre une couronne, il faut que vous l'acceptiez.

— Que je l'accepte, grands dieux ! s'écria-t-elle. Que je vous oublie, et que j'épouse un monstre ? Que vous ai-je fait, hélas ! pour vous obliger de me donner des conseils si contraires à notre amitié et à notre repos ? »

Coridon était saisi à un tel point, qu'il ne pouvait lui répondre ; mais les larmes qui coulaient de ses yeux, marquaient assez l'état de son âme. Ismène, pénétrée de leur commune infortune, lui dit cent et cent fois qu'elle ne changerait pas, quand il s'agirait de tous les rois de la terre ; et lui, touché de cette générosité, lui dit cent et cent fois qu'il fallait le laisser mourir de chagrin, et monter sur le trône qu'on lui offrait.

Pendant que cette contestation se passait entre eux, Marcassin était chez la reine, à laquelle il dit que l'espérance de guérir de la passion qu'il avait prise pour Ismène l'avait obligé à se taire, mais qu'il avait combattu inutilement ; qu'elle était sur le point d'être mariée ; qu'il ne se sentait pas la force de soutenir une telle disgrâce, et qu'enfin il voulait l'épouser ou mourir. La reine fut bien surprise d'entendre que le sanglier était amoureux.

« Songes-tu à ce que tu dis ? lui répliqua-t-elle. Qui voudra de toi, mon fils, et quels enfants peux-tu espérer ?

— Ismène est si belle, dit-il, qu'elle ne saurait avoir de vilains enfants ; et quand ils me ressembleraient, je suis résolu à tout, plutôt que de la voir entre les bras d'un autre.

— As-tu si peu de délicatesse, continua la reine, que de vouloir une fille dont la naissance est inférieure à la tienne ?

— Et qui sera la souveraine, répliqua-t-il, assez peu délicate pour vouloir un malheureux cochon comme moi ?

— Tu te trompes, mon fils, ajouta la reine ; les princesses moins que les autres ont la liberté de choisir ; nous te ferons peindre plus beau que l'amour même. Quand le mariage sera fait, et que nous la tiendrons, il faudra bien qu'elle nous reste.

— Je ne suis pas capable, dit-il, de faire une telle supercherie : je serais au désespoir de rendre ma femme malheureuse.

— Peux-tu croire, s'écria la reine, que celle que tu veux ne le soit pas avec toi ? Celui qui l'aime est aimable ; et si le rang est différent entre le souverain et le sujet, la différence n'est pas moins entre un sanglier et l'homme du monde le plus charmant.

— Tant pis pour moi, madame, répliqua Marcassin, ennuyé des raisons qu'elle lui alléguait ; j'ose dire que vous devriez moins qu'un autre me représenter mon malheur : pourquoi m'avez-vous fait cochon ? N'y a-t-il pas de l'injustice à me reprocher une chose dont je ne suis pas la cause ?

— Je ne te fais point de reproches, ajouta la reine tout attendrie, je veux seulement te représenter que si tu épouses une femme qui ne t'aime pas, tu seras malheureux, et tu feras son supplice : si tu pouvais comprendre ce qu'on souffre dans ces unions forcées, tu ne voudrais point en courir le risque : ne vaut-il pas mieux demeurer seul en paix ?

— Il faudrait avoir plus d'indifférence que je n'en ai, madame, lui dit-il ; je suis touché pour Ismène ; elle est douce, et je me flatte qu'un bon procédé avec elle, et la couronne qu'elle doit espérer, la fléchiront : quoi qu'il en soit, s'il est de ma destinée de n'être point aimé, j'aurai le plaisir de posséder une femme que j'aime. »

La reine le trouva si fortement attaché à ce dessein, qu'elle perdit celui de l'en détourner ; elle lui promit de travailler à ce qu'il souhaitait, et sur-le-champ, elle envoya quérir la mère d'Ismène : elle connaissait son humeur ; c'était une femme ambitieuse, qui aurait sacrifié ses filles à des avantages au-dessous de celui de régner. Dès que la reine lui eut dit qu'elle souhaitait que Marcassin épousât Ismène, elle se jeta à ses pieds, et l'assura que ce serait le jour qu'elle voudrait choisir.

« Mais, lui dit la reine, son cœur est engagé, nous lui avons ordonné de regarder Coridon comme un homme qui lui était destiné.

— Eh bien, madame, répondit la vieille mère, nous lui ordonnerons de le regarder à l'avenir comme un homme qu'elle n'épousera pas.

— Le cœur ne consulte pas toujours la raison, ajouta la reine ; quand il s'est une fois déterminé, il est difficile de le soumettre.

— Si son cœur avait d'autres volontés que les miennes, dit-elle, je le lui arracherais sans miséricorde. »

La reine la voyant si résolue, crut bien qu'elle pouvait se reposer sur elle du soin de faire obéir sa fille.

En effet, elle courut dans la chambre d'Ismène. Cette pauvre fille ayant su que la reine avait envoyé quérir sa mère, attendait son retour avec inquiétude ; et il est aisé d'imaginer combien elle augmenta, quand elle lui dit d'un air sec et résolu, que la reine l'avait choisie pour en faire sa belle-fille, qu'elle lui défendait de parler jamais à Coridon, et que si elle n'obéissait pas, elle l'étranglerait. Ismène n'osa rien répondre à cette menace, mais elle pleurait amèrement, et le bruit se répandit aussitôt qu'elle allait épouser le marcassin royal, car la reine, qui l'avait fait agréer au roi, lui envoya des pierreries pour s'en parer quand elle viendrait au palais.

Coridon, accablé de désespoir, vint la trouver et lui parla, malgré toutes les défenses qu'on avait faites de le laisser entrer. Il parvint jusqu'à son cabinet ; il la trouva couchée sur un lit de repos, le visage tout couvert de ses larmes. Il se jeta à genoux auprès d'elle, et lui prit la main.

« Hélas, dit-il, charmante Ismène ! vous pleurez mes malheurs !

— Ils sont communs entre nous, répondit-elle ; vous savez, cher Coridon, à quoi je suis condamnée ; je ne puis éviter la violence qu'on veut me faire que par ma mort. Oui, je saurai mourir, je vous en assure, plutôt que de n'être pas à vous.

— Non, vivez, lui dit-il, vous serez reine, peut-être vous accoutumerez-vous avec cet affreux prince.

— Cela n'est pas en mon pouvoir, lui dit-elle, je n'envisage rien au monde de plus terrible qu'un tel époux ; sa couronne n'adoucit point mes douleurs.

— Les dieux, continua-t-il, vous préservent d'une résolution si funeste, aimable Ismène ! elle ne convient qu'à moi. Je vais vous perdre ; vous n'êtes pas capable de résister à ma juste douleur.

— Si vous mourez, reprit-elle, je ne vous survivrai pas, et je sens quelque consolation à penser qu'au moins la mort nous unira. »

Ils parlaient ainsi, lorsque Marcassin les vint surprendre. La reine lui ayant raconté ce qu'elle avait fait en sa faveur, il courut chez Ismène pour lui découvrir sa joie ; mais la présence de Coridon la troubla au dernier point. Il était d'humeur jalouse et peu patiente. Il lui ordonna d'un air où il entrait beaucoup du sanglier de sortir, et de ne jamais paraître à la cour.

« Que prétendez-vous donc, cruel prince ? s'écria Ismène, en arrêtant celui qu'elle aimait. Croyez-vous le bannir de mon cœur comme de ma présence ? Non ! il y est trop bien gravé. N'ignorez donc plus votre malheur, vous qui faites le mien : voilà celui seul qui peut m'être cher ; je n'ai que de l'horreur pour vous.

— Et moi, barbare, dit Marcassin, je n'ai que de l'amour pour toi ; il est inutile que tu me découvres toute ta haine, tu n'en seras pas moins ma femme, et tu en souffriras davantage. »

Coridon, au désespoir d'avoir attiré à sa maîtresse ce nouveau déplaisir, sortit dans le moment que la mère d'Ismène venait la quereller ; elle assura le prince que sa fille allait oublier Coridon pour jamais, et qu'il ne fallait point retarder des noces si agréables. Marcassin, qui n'en avait pas moins d'envie qu'elle, dit qu'il allait régler le jour avec la reine, parce que le roi lui laissait le soin de cette grande fête. Il est vrai qu'il n'avait pas voulu s'en mêler, parce que ce mariage lui paraissait désagréable et ridicule, étant persuadé que la race marcassinique allait se perpétuer dans la maison royale. Il était affligé de la complaisance aveugle que la reine avait pour son fils.

Marcassin craignait que le roi ne se repentît du consentement qu'il avait donné à ce qu'il souhaitait ; ainsi l'on se hâta de préparer tout pour cette cérémonie. Il se fit faire des rhingraves, des canons, un pourpoint parfumé ; car il avait toujours une petite odeur que l'on soutenait avec peine. Son manteau était brodé de pierreries, sa perruque d'un blond d'enfant, et son chapeau couvert de plumes. Il ne s'est peut-être jamais vu une figure plus extraordinaire que la sienne ; et à moins que d'être destinée au malheur de l'épouser, personne ne pouvait le regarder sans rire. Mais, hélas, que la jeune Ismène en avait peu d'envie ; on lui promettait inutilement des grandeurs, elle les méprisait, et ne ressentait que la fatalité de son étoile.

Coridon la vit passer pour aller au temple : on l'eût prise pour une belle victime que l'on va égorger. Marcassin, ravi, la pria de bannir cette profonde tristesse dont elle paraissait accablée, parce qu'il voulait la rendre si heureuse, que toutes les reines de la terre lui porteraient envie.

« J'avoue, continua-t-il, que je ne suis pas beau ; mais l'on dit que tous les hommes ont quelque ressemblance avec des animaux : je ressemble plus qu'un autre à un sanglier, c'est ma bête : il ne faut pas pour cela m'en trouver moins aimable, car j'ai le cœur plein de sentiments, et touché d'une forte passion pour vous. »

Ismène, sans lui répondre, le regardait d'un air si dédaigneux ; elle levait les épaules, et lui laissait deviner tout ce qu'elle ressentait d'horreur pour lui. Sa mère était derrière elle, qui lui faisait mille menaces :

« Malheureuse ! lui disait-elle, tu veux donc nous perdre en te perdant ; ne crains-tu point que l'amour du prince ne se tourne en fureur ? »

Ismène occupée de son déplaisir, ne faisait pas même attention à ces paroles. Marcassin, qui la menait par la main, ne pouvait s'empêcher de sauter et de danser, lui disant à l'oreille mille douceurs. Enfin, la cérémonie étant achevée, après que l'on eut crié trois fois : « Vive le prince Marcassin, vive la princesse Marcassine », l'époux ramena son épouse au palais, où tout était préparé pour faire un repas magnifique. Le roi et la reine s'étant placés, la mariée s'assit vis-à-vis du Sanglier, qui la dévorait des yeux, tant il la trouvait belle ; mais elle était ensevelie dans une si profonde tristesse, qu'elle ne voyait rien de ce qui se passait, et elle n'entendait point la musique qui faisait grand bruit.

La reine la tira par la robe, et lui dit à l'oreille :

« Ma fille, quittez cette sombre mélancolie, si vous voulez nous plaire ; il semble que c'est moins ici le jour de vos noces que celui de votre enterrement.

— Plaise aux dieux, madame, lui dit-elle, que ce soit le dernier de ma vie ! vous m'aviez ordonné d'aimer Coridon, il avait plutôt reçu mon cœur de votre main que de mon choix : mais, hélas ! si vous avez changé pour lui, je n'ai point changé comme vous.

— Ne parlez pas ainsi, répliqua la reine, j'en rougis honte et de dépit ; souvenez-vous de l'honneur que vous fait mon fils, et de la reconnaissance que vous lui devez. »

Ismène ne répondit rien, elle laissa doucement tomber sa tête sur son sein, et s'ensevelit dans sa première rêverie.

Marcassin était très affligé de connaître l'aversion que sa femme avait pour lui ; il y avait bien des moments où il aurait souhaité que son mariage n'eût pas été fait : il voulait même le rompre sur-le-champ, mais son cœur s'y opposait. Le bal commença ; les sœurs d'Ismène y brillèrent fort ; elles s'inquiétaient peu de ses chagrins, et elles concevaient avec plaisir l'éclat que leur donnait cette alliance. La mariée dansa avec Marcassin ; et c'était effectivement une chose épouvantable de voir sa figure, et encore plus épouvantable d'être sa femme. Toute la cour était si triste, que l'on ne pouvait témoigner de joie. Le bal dura peu ; l'on conduisit la princesse dans son appartement ; après qu'on l'eut déshabillée en cérémonie, la reine se retira. L'amoureux Marcassin se mit promptement au lit. Ismène dit qu'elle voulait écrire une lettre, et elle entra dans son cabinet, dont elle ferma la porte, quoique Marcassin lui criât qu'elle écrivît promptement, et qu'il n'était guère l'heure de commencer des dépêches.

Hélas ! en entrant dans ce cabinet, quel spectacle se présenta tout d'un coup aux yeux d'Ismène ! C'était l'infortuné Coridon, qui avait gagné une de ses femmes pour lui ouvrir la porte du degré dérobé, par où il entra. Il tenait un poignard dans sa main.

« Non, dit-il, charmante princesse, je ne viens point ici pour vous faire des reproches de m'avoir abandonné : vous juriez dans le commencement de nos tendres amours, que votre cœur ne changerait jamais : vous avez, malgré cela, consenti à me quitter, et j'en accuse les dieux plutôt que vous ; mais ni vous, ni les dieux ne pouvez me faire supporter un si grand malheur : en vous perdant, princesse, je dois cesser de vivre. »

À peine ces derniers mots étaient proférés, qu'il s'enfonça son poignard dans le cœur.

Ismène n'avait pas eu le temps de lui répondre.

« Tu meurs, cher Coridon, s'écria-t-elle douloureusement, je n'ai plus rien à ménager dans le monde ; les grandeurs me seraient odieuses ; la lumière du jour me deviendrait insupportable. »

Elle ne dit que ce peu de paroles ; puis du même poignard qui fumait encore du sang de Coridon, elle se donna un coup dans le sein, et tomba sans vie.

Marcassin attendait trop impatiemment la belle Ismène, pour ne se pas apercevoir qu'elle tardait longtemps à revenir ; il l'appelait de toute sa force, sans qu'elle lui répondît. Il se fâcha beaucoup, et se levant avec sa robe de chambre, il courut à la porte du cabinet, qu'il fit enfoncer. Il y entra le premier : hélas ! quelle fut sa surprise, de trouver Ismène et Coridon dans un état si déplorable ; il pensa mourir de tristesse et de rage ; ses sentiments, confondus entre l'amour et la haine, le tourmentaient tour à tour. Il adorait Ismène, mais il connaissait qu'elle ne s'était tuée que pour rompre tout d'un coup l'union qu'ils venaient de contracter. L'on courut dire au roi et à la reine ce qui se passait dans l'appartement du prince ; tout le palais retentît de cris ; Ismène était aimée, et Coridon estimé. Le roi ne se releva point ; il ne pouvait entrer aussi tendrement que la reine dans les aventures de Marcassin : il lui laissa le soin de le consoler.

Elle fit mettre au lit ; elle mêla ses larmes aux siennes ; et quand il lui laissa le temps de parler, et qu'il cessa pour un moment ses plaintes, elle tâcha de lui faire concevoir qu'il était heureux d'être délivré d'une personne qui ne l'aurait jamais aimé, et qui avait le cœur rempli d'une forte tendresse ; qu'il est presque impossible de bien effacer une grande passion, et qu'elle était persuadée qu'il devait se trouver heureux l'avoir perdue.

« N'importe, s'écria-t-il, je voudrais la posséder, dût-elle m'être infidèle ; je ne peux dire qu'elle ait cherché à me tromper par des caresses feintes ; elle m'a toujours montré son horreur pour moi, je suis cause de sa mort ; et que n'ai-je pas à me reprocher là-dessus ? »

La reine le vit si affligé, qu'elle laissa auprès de lui les personnes qui lui étaient les plus agréables, et elle se retira dans sa chambre.

Lorsqu'elle fut couchée, elle rappela dans son esprit tout ce qui lui était arrivé depuis le rêve où elle avait vu les trois fées. « Que leur ai-je fait, disait-elle, pour les obliger à m'envoyer des afflictions si amères ? J'espérais un fils aimable et charmant, elles l'ont doué de marcassinerie, c'est un monstre dans la nature : la malheureuse Ismène a mieux aimé se tuer que de vivre avec lui. Le roi n'a pas eu un moment de joie depuis la naissance de ce prince infortuné ; et pour moi, je suis accablée de tristesse toutes les fois que je le vois. »

Comme elle parlait ainsi en elle-même, elle aperçut une grande lueur dans sa chambre, et reconnut près de son lit la fée qui était sortie du tronc d'un arbre dans le bois, qui lui dit :

« Ô reine ! pourquoi ne veux-tu pas me croire ? Ne t'ai-je pas assurée que tu recevras beaucoup de satisfaction de ton Marcassin ? Doutes-tu de ma sincérité ?

— Hé ! qui n'en douterait, dit-elle ; je n'ai encore rien vu qui réponde à la moindre de vos paroles ! Que ne me laissiez-vous le reste de ma vie sans héritier, plutôt que de m'en faire avoir un comme celui-là ?

— Nous sommes trois sœurs, répliqua la fée ; il y en a deux bonnes, l'autre gâte presque toujours le bien que nous faisons : c'est elle que tu vis rire lorsque tu dormais ; sans nous, tes peines seraient encore plus longues, mais elles auront un terme.

— Hélas ! ce sera par la fin de ma vie, ou par celle de mon Marcassin ! dit la reine.

— Je ne puis t'en instruire, reprit la fée ; il m'est seulement permis de te soulager par quelque espérance. »

Aussitôt elle disparut. La chambre demeura parfumée d'une odeur agréable, et la reine se flatta de quelque changement favorable.

Marcassin prit le grand deuil : il passa bien des jours enfermé dans son cabinet, et griffonna plusieurs cahiers, qui contenaient de sensibles regrets pour la perte qu'il avait faite ; il voulut même que l'on gravât ces vers sur le tombeau de sa femme :

Destin rigoureux, loi cruelle !

Ismène, tu descends dans la nuit éternelle :
Tes yeux, dont tous les cœurs devaient être charmés,
Tes yeux sont pour jamais fermés.
Destin rigoureux, loi cruelle !
Ismène, tu descends dans la nuit éternelle.

Tout le monde fut surpris qu'il conservât un souvenir si tendre pour une personne qui lui avait témoigné tant d'aversion. Il entra peu à peu dans la société des dames, et fut frappé des charmes de Zélonide : c'était la sœur d'Ismène, qui n'était pas moins agréable qu'elle, et qui lui ressemblait beaucoup ; cette ressemblance le flatta. Lorsqu'il l'entretint, il lui trouva de l'esprit et de la vivacité ; il crut que si quelque chose pouvait le consoler de la perte d'Ismène, c'était la jeune Zélonide. Elle lui faisait mille honnêtetés, car il ne lui entrait pas dans l'esprit qu'il voulût l'épouser ; mais cependant il en prit la résolution. Et un jour que la reine était seule dans son cabinet, il s'y rendit avec un air plus gai qu'à son ordinaire :

« Madame, lui dit-il, je viens vous demander une grâce, et vous supplier en même temps de ne me point détourner de mon dessein ; car rien au monde ne saurait m'ôter l'envie de me remarier ; donnez-y les mains, je vous en conjure : je veux épouser Zélonide ; parlez-en au roi, afin que cette affaire ne tarde pas.

— Ah ! mon fils, dit la reine, quel est donc ton dessein ? as-tu déjà oublié le désespoir d'Ismène, et sa mort tragique ? comment te promets-tu que sa sœur t'aimera davantage ? es-tu plus aimable que tu n'étais, moins sanglier, moins affreux ? Rends-toi justice, mon fils, ne donne point tous les jours des spectacles nouveaux : quand on est fait comme toi, l'on doit se cacher.

J'y consens, madame, répondit Marcassin, c'est pour me cacher que je veux une compagne ; les hiboux trouvent des chouettes, les crapauds des grenouilles, les serpents des couleuvres ; suis-je donc au-dessous de ces vilaines bêtes ? mais vous cherchez à m'affliger ; il me semble cependant qu'un Marcassin a plus de mérite que tout ce que je viens de nommer.

— Hélas ! mon cher enfant, dit la reine, les dieux me sont témoins de l'amour que j'ai pour toi, et du déplaisir dont je suis accablée en voyant ta figure ! Lorsque je t'allègue tant de raisons, ce n'est point que je cherche à t'affliger ; je voudrais, quand tu auras une femme, qu'elle fût capable de t'aimer autant que je t'aime ; mais il y a de la différence entre les sentiments d'une épouse et ceux d'une mère.

— Ma résolution est fixe, dit Marcassin ; je vous supplie, madame, de parler dès aujourd'hui au roi et à la mère de Zélonide, afin que mon mariage se fasse au plus tôt. »

La reine lui en donna sa parole ; mais quand elle en entretint le roi, il lui dit qu'elle avait des faiblesses pitoyables pour son fils ; qu'il était bien certain de voir arriver encore quelques catastrophes d'un mariage si mal réglé. Bien que la reine en fût aussi persuadée que lui, elle ne se rendit pas pour cela, voulant tenir à son fils la parole qu'elle lui avait donnée ; de sorte qu'elle pressa si fort le roi, qu'en étant fatigué, il lui dit qu'elle fît donc ce qu'elle voulait faire ; que s'il lui en arrivait du chagrin, elle n'en accuserait que sa complaisance.

La reine étant revenue dans son appartement, y trouva Marcassin qui l'attendait avec la dernière impatience ; elle lui dit qu'il pouvait déclarer ses sentiments à Zélonide ; que le roi consentait à ce qu'elle désirait, pourvu qu'elle y consentît elle-même, parce qu'il ne voulait pas que l'autorité dont il était revêtu servît à faire des malheureux.

« Je vous assure, madame, lui dit Marcassin avec un air fanfaron, que vous êtes la seule qui pensiez si désavantageusement de moi ; je ne vois personne qui ne me loue, et ne me fasse apercevoir que j'ai mille bonnes qualités.

— Tels sont les courtisans, dit la reine, et telle est la condition des princes, les uns louent toujours, les autres sont toujours loués ; comment connaître ses défauts dans un tel labyrinthe ? Ah ! que les grands seraient heureux, s'ils avaient des amis plus attachés à leur personne qu'à leur fortune !

— Je ne sais, madame, repartit Marcassin, s'ils seraient heureux de s'entendre dire des vérités désagréables ; de quelque condition qu'on soit, l'on ne les aime point ; par exemple, à quoi sert que vous me mettiez toujours devant les yeux qu'il n'y a point de différence entre un sanglier et moi, que je fais peur, que je dois me cacher ? n'ai-je pas de l'obligation à ceux qui adoucissent là-dessus ma peine, qui me font des mensonges favorables, et qui me cachent les défauts que vous êtes si soigneuse de me découvrir ?

— Ô source d'amour-propre ! s'écria la reine, de quelque côté qu'on jette les yeux, on en trouve toujours. Oui, mon fils, vous êtes beau, vous êtes joli, je vous conseille encore de donner pension à ceux qui vous en assurent.

— Madame, dit Marcassin, je n'ignore point mes disgrâces ; j'y suis peut-être plus sensible qu'un autre ; mais je ne suis point le maître de me faire ni plus grand ni plus droit ; de quitter ma hure de sanglier pour prendre une tête d'homme, ornée de longs cheveux : je consens qu'on me reprenne sur la mauvaise humeur, l'inégalité, l'avarice, enfin sur toutes les choses qui peuvent se corriger : mais à l'égard de ma personne, vous conviendrez, s'il vous plaît, que je suis à plaindre, et non pas à blâmer. »

La reine voyant qu'il se chagrinait, lui dit que puisqu'il était si entêté de se marier, il pouvait voir Zélonide, et prendre des mesures avec elle.

Il avait trop envie de finir la conversation, pour demeurer davantage avec sa mère. Il courut chez Zélonide : il entra sans façon dans sa chambre ; et l'ayant trouvée dans son cabinet, il l'embrassa, et lui dit :

« Ma petite sœur, je viens t'apprendre une nouvelle, qui sans doute ne te déplaira pas ; je veux te marier.

— Seigneur, lui dit-elle, quand je serai mariée de votre main, je n'aurai rien à souhaiter.

— Il s'agit, continua-t-il, d'un des plus grands seigneurs du royaume ; mais il n'est pas beau.

— N'importe, dit-elle, ma mère a tant de dureté pour moi, que je serai trop heureuse de changer de condition.

— Celui dont je te parle, ajouta le prince, me ressemble beaucoup.

Zélonide le regarda avec attention, et parut étonnée.

— Tu gardes le silence, ma petite sœur, lui dit-il, est-ce de joie ou de chagrin ?

— Je ne me souviens point, seigneur, répliqua-t-elle, d'avoir vu personne à la cour qui vous ressemble.

— Quoi ! dit-il, tu ne peux deviner que je veux te parler de moi ? Oui, ma chère enfant, je t'aime, et je viens t'offrir de partager mon cœur et la couronne avec toi.

— Ô dieux ! qu'entends-je ? s'écria douloureusement Zélonide.

— Ce que tu entends, ingrate, dit Marcassin, tu entends la chose du monde qui devrait te donner le plus de satisfaction ; peux-tu jamais espérer d'être reine ? J'ai la bonté de jeter les yeux sur toi ; songe à mériter mon amour, et n'imite pas les extravagances d'Ismène.

— Non, lui dit-elle, ne craignez pas que j'attente sur mes jours comme elle : mais, seigneur, il y a tant de personnes plus aimables et plus ambitieuses que moi ; que n'en choisissez-vous une qui comprenne mieux que je ne fais l'honneur que vous me destinez ? Je vous avoue que je ne souhaite qu'une vie tranquille et retirée, laissez-moi la maîtresse de mon sort.

— Tu ne mérites guère les violences que je te fais, s'écria-t-il, pour t'élever sur le trône ; mais une fatalité qui m'est inconnue, me force à t'épouser. »

Zélonide ne lui répondit que par ses larmes.

Il la quitta rempli de douleur, et alla trouver sa belle-mère pour lui découvrir ses intentions, afin qu'elle disposât Zélonide à faire de bonne grâce ce qu'il désirait. Il lui raconta ce qui venait de se passer entre eux, et la répugnance qu'elle avait témoignée pour un mariage qui faisait sa fortune et celle de toute sa maison. L'ambitieuse mère comprit assez les avantages qu'elle en pouvait recevoir ; et lorsqu'Ismène se tua, elle en fut bien plus affligée par rapport à ses intérêts, que par rapport à la tendresse qu'elle avait pour elle. Elle ressentit une extrême joie, que le crasseux Marcassin voulût prendre une nouvelle alliance dans sa famille. Elle se jeta à ses pieds ; elle l'embrassa, et lui rendit mille grâces pour un honneur qui la touchait si sensiblement. Elle l'assura que Zélonide lui obéirait, ou qu'elle la poignarderait à ses yeux.

« Je vous avoue, dit Marcassin, que j'ai de la peine à lui faire violence ; mais si j'attends qu'on me jette des cœurs à la tête, j'attendrai le reste de ma vie ; toutes les belles me trouvent laid : je suis cependant résolu de n'épouser qu'une fille aimable.

— Vous avez raison, seigneur, répliqua la maligne vieille, il faut vous satisfaire ; si elles sont mécontentes, c'est qu'elles ne connaissent point leurs véritables avantages. »

Elle fortifia si fort Marcassin, qu'il lui dit que c'était donc une chose résolue, et qu'il serait sourd aux larmes et aux prières de Zélonide. Il retourna chez lui choisir tout ce qu'il avait de plus magnifique, et l'envoya à sa maîtresse. Comme sa mère était présente lorsqu'on lui offrit des corbeilles d'or remplies de bijoux, elle n'osa les refuser ; mais elle marqua une grande indifférence pour ce qu'on lui présentait, excepté pour un poignard, dont la garde était garnie de diamants. Elle le prit plusieurs fois, et le mit à sa ceinture, parce que les dames en ce pays-là en portaient ordinairement.

Puis elle dit :

« Je suis trompée si ce n'est ce même poignard qui a percé le sein de ma pauvre sœur ?

— Nous ne le savons point, madame, lui dirent ceux à qui elle parlait ; mais si vous avez cette opinion, il ne faut jamais le voir.

— Au contraire, dit-elle, je loue son courage ; heureuse qui en a assez pour l'imiter !

— Ah ! ma sœur, s'écria Marthesie, quelles funestes pensées roulent dans votre esprit ! voulez-vous mourir ?

— Non ! répondit Zélonide d'un air ferme, l'autel n'est pas digne d'une telle victime ; mais j'atteste les dieux que... »

Elle n'en put dire davantage, ses larmes étouffèrent ses plaintes et sa voix.

L'amoureux Marcassin ayant été informé de la manière dont Zélonide avait reçu son présent, s'indigna si fort contre elle, qu'il fut sur le point de rompre, et de ne la revoir de sa vie. Mais soit par tendresse, soit par gloire, il ne voulut pas le faire, et résolut de suivre son premier dessein avec la dernière chaleur. Le roi et la reine lui remirent le soin de cette grande fête. Il l'ordonna magnifique ; cependant il y avait toujours dans ce qu'il faisait un certain goût de Marcassin très extraordinaire : la cérémonie se fit dans une vaste forêt, où l'on dressa des tables chargées de venaison pour toutes les bêtes féroces et sauvages qui voudraient y manger, afin qu'elles se ressentissent du festin.

C'est en ce lieu que Zélonide, ayant été conduite par sa mère et par sa sœur, trouva le roi, la reine, leur fils Sanglier, et toute la cour, sous des ramées épaisses et sombres, où les nouveaux époux se jurèrent un amour éternel. Marcassin n'aurait point eu de peine à tenir sa parole. Pour Zélonide, il était aisé de connaître qu'elle obéissait avec beaucoup de répugnance : ce n'est point qu'elle ne sût se contraindre, et cacher une partie de ses déplaisirs. Le prince, aimant à se flatter, se figura qu'elle céderait à la nécessité, et qu'elle ne penserait plus qu'à lui plaire. Cette idée lui rendit toute la belle humeur qu'il avait perdue. Et dans le temps que l'on commençait le bal, il se hâta de se déguiser en astrologue, avec une longue robe. Deux dames de la cour étaient seulement de la mascarade. Il avait voulu que tout fût si pareil qu'on ne pût les reconnaître : et l'on n'eut pas médiocrement de peine à faire ressembler des femmes bien faites à un vilain cochon comme lui.

Il y avait une de ces dames qui était la confidente de Zélonide ; Marcassin ne l'ignorait point ; ce n'était que par curiosité qu'il ménagea ce déguisement. Après qu'ils eurent dansé une petite entrée de ballet fort courte, car rien ne fatiguait davantage le prince, il s'approcha de sa nouvelle épouse, et lui fit : certains signes, en montrant un des astrologues masqués, qui persuadèrent à Zélonide, que c'était son amie qui était auprès d'elle, et qu'elle lui montrait Marcassin :

« Hélas ! lui dit-elle, je n'entends que trop, voilà ce monstre que les dieux irrités m'ont donné pour mari ; mais si tu m'aimes, nous en purgerons la terre cette nuit. »

Marcassin comprit, par ce qu'elle lui disait, qu'il s'agissait d'un complot où il avait grande part. Il dit fort bas à Zélonide :

« Je suis résolue à tout pour votre service.

— Tiens donc, reprit-elle, voilà un poignard qu'il m'a envoyé, il faut que tu te caches dans ma chambre, et que tu m'aides à l'égorger. »

Marcassin lui répliqua peu de chose, de crainte qu'elle ne reconnût son jargon, qui était assez extraordinaire : il prit doucement le poignard, et s'éloigna d'elle pour un moment.

Il revint ensuite sans masque lui faire des amitiés, qu'elle reçut d'un air assez embarrassé, car elle roulait dans son esprit le dessein de le perdre ; et dans ce moment il n'avait guère moins d'inquiétude qu'elle. « Est-il possible, disait-il en lui-même, qu'une personne si jeune et si belle soit si méchante ? Que lui ai-je fait pour l'obliger à me vouloir tuer ? Il est vrai que je ne suis pas beau, que je mange malproprement, que j'ai quelques défauts, mais qui n'en a pas ? Je suis homme sous la figure d'une bête. Combien y a-t-il de bêtes sous la figure d'hommes ! Cette Zélonide que je trouvais si charmante, n'est-elle pas elle-même une tigresse et une lionne ? Ah ! que l'on doit peu se fier aux apparences ! » Il marmottait tout cela entre ses dents, quand elle lui demanda ce qu'il avait.

« Vous êtes triste, Marcassin. Ne vous repentez-vous pas de l'honneur que vous m'avez fait ?

— Non, lui dit-il, je ne change pas aisément, je pensais au moyen de faire finir bientôt le bal : j'ai sommeil. »

La princesse fut ravie de le voir assoupi, pensant qu'elle en aurait moins de peine à exécuter son projet. La fête finit. L'on ramena Marcassin et sa femme dans un chariot pompeux. Tout le palais était illuminé de lampes, qui formaient de petits cochons. L'on fit de grandes cérémonies pour coucher le Sanglier et la mariée. Elle ne doutait point que sa confidente ne fût derrière la tapisserie ; de sorte qu'elle se mit au lit avec un cordon de soie sous son chevet, dont elle voulait venger la mort d'Ismène, et la violence qu'on lui avait faite en la contraignant à faire un mariage qui lui déplaisait si fort. Marcassin profita du profond silence qui régnait ; il fit semblant de dormir, et ronflait à faire trembler tous les meubles de sa chambre.

« Enfin tu dors, vilain porc, dit Zélonide, voici le terme arrivé de punir ton cœur de sa fatale tendresse, tu périras dans cette obscure nuit. » Elle se leva doucement, et courut à tous les coins appeler sa confidente ; mais elle n'avait garde d'y être, puisqu'elle ne savait point le dessein de Zélonide.

« Ingrate amie ! s'écriait-elle d'une voix basse, tu m'abandonnes ; après m'avoir donné une parole si positive, tu ne me la tiens pas ; mais mon courage me servira au besoin. » En achevant ces mots, elle passa doucement le cordon de soie autour du cou de Marcassin, qui n'attendait que cela pour se jeter sur elle. Il lui donna deux coups de ses grandes défenses dans la gorge, dont elle expira peu après.

Une telle catastrophe ne pouvait se passer sans beaucoup de bruit. L'on accourut, et l'on vit avec la dernière surprise Zélonide mourante ; on voulait la secourir, mais il se mit au devant d'un air furieux. Et lorsque la reine, qu'on était allé quérir, fut arrivée, il lui raconta ce qui s'était passé, et ce qui l'avait porté à la dernière violence contre cette malheureuse princesse.

La reine ne put s'empêcher de la regretter.

« Je n'avais que trop prévu, dit-elle, les disgrâces attachées à votre alliance : qu'elles servent au moins à vous guérir de la frénésie qui vous possède de vous marier ; il n'y aurait pas moyen de voir toujours finir un jour de noce par une pompe funèbre. »

Marcassin ne répondit rien ; il était occupé d'une profonde rêverie ; il se coucha sans pouvoir dormir ; il faisait des réflexions continuelles sur ses malheurs ; il se reprochait en secret la mort des deux plus aimables personnes du monde ; et la passion qu'il avait eue pour elles se réveillait à tous moments pour le tourmenter.

« Infortuné que je suis ! disait-il à un jeune seigneur qu'il aimait ; je n'ai jamais goûté aucune douceur dans le cours de ma vie. Si l'on parle du trône que je dois remplir, chacun répond que c'est un grand dommage de voir posséder un si beau royaume par un monstre. Si je partage ma couronne avec une pauvre fille, au lieu de s'estimer heureuse, elle cherche les moyens de mourir ou de me tuer. Si je cherche quelques douceurs auprès de mon père et de ma mère, ils m'abhorrent, et ne me regardent qu'avec des yeux irrités. Que faut-il donc faire dans le désespoir qui me possède ? Je veux abandonner la cour. J'irai au fond des forêts, mener la vie qui convient à un sanglier de bien et d'honneur. Je ne ferai plus l'homme galant. Je ne trouverai point d'animaux qui me reprochent d'être plus laid qu'eux. Il me sera aisé d'être leur roi, car j'ai la raison en partage, qui me fera trouver le moyen de les maîtriser. Je vivrai plus tranquillement avec eux que je ne vis dans une cour destinée à m'obéir, et je n'aurai point le malheur d'épouser une laie qui se poignarde, ou qui me veuille étrangler. Ha ! fuyons, fuyons dans les bois, méprisons une couronne dont on me croit indigne. »

Son confident voulut d'abord le détourner d'une résolution si extraordinaire ; cependant il le voyait si accablé des continuels coups de la fortune, que dans la suite il ne le pressa plus de demeurer ; et une nuit que l'on négligeait de faire la garde autour de son palais, il se sauva sans que personne le vît, jusqu'au fond de la forêt, où il commença à faire tout ce que ses confrères les marcassins faisaient.

Le roi et la reine ne laissèrent pas d'être touchés d'un départ dont le seul désespoir était la cause ; ils envoyèrent des chasseurs le chercher : mais comment le reconnaître ? L'on prit deux ou trois furieux sangliers que l'on amena avec mille périls, et qui firent tant de ravages à la cour, qu'on résolut de ne se plus exposer à de telles méprises. Il y eut un ordre général de ne plus tuer de sangliers, de crainte de rencontrer le prince.

Marcassin, en partant, avait promis à son favori de lui écrire quelquefois ; il avait emporté une écritoire ; et en effet, de temps en temps, l'on trouvait une lettre fort griffonnée à la porte de la ville, qui s'adressait à ce jeune seigneur ; cela consolait la reine ; elle apprenait par ce moyen que son fils était vivant.

La mère d'Ismène et de Zélonide ressentait vivement la perte de ses deux filles : tous les projets de grandeurs qu'elle avait faits s'étaient évanouis par leur mort : on lui reprochait que sans son ambition elles seraient encore au monde ; qu'elle les avait menacées pour les obliger à consentir d'épouser Marcassin. La reine n'avait plus pour elle les mêmes bontés. Elle prit la résolution d'aller en campagne avec Marthesie, sa fille unique. Celle-ci était beaucoup plus belle que ses sœurs ne l'avaient été, et sa douceur avait quelque chose de si charmant, qu'on ne la voyait point avec indifférence. Un jour qu'elle se promenait dans la forêt, suivie de deux femmes qui la servaient (car la maison de sa mère n'en était pas éloignée), elle vit tout d'un coup à vingt pas d'elle un sanglier, d'une grandeur épouvantable ; celles qui l'accompagnaient l'abandonnèrent et s'enfuirent. Pour Marthesie, elle eut tant de frayeur, qu'elle demeura immobile comme une statue, sans avoir la force de se sauver.

Marcassin, c'était lui-même, la reconnut aussitôt, et jugea par son tremblement qu'elle mourait de peur. Il ne voulut pas l'épouvanter davantage ; mais s'étant arrêté, il lui dit :

« Marthesie, ne craignez rien, je vous aime trop pour vous faire du mal, il ne tiendra qu'à vous que je vous fasse du bien ; vous savez les sujets de déplaisirs que vos sœurs m'ont donnés, c'est une triple récompense de ma tendresse : je ne laisse pas d'avouer que j'avais mérité leur haine par mon opiniâtreté à vouloir les posséder malgré elles. J'ai appris, depuis que je suis habitant de ces forêts, que rien au monde ne doit être plus libre que le cœur ; je vois que tous les animaux sont heureux, parce qu'ils ne se contraignent point. Je ne savais pas alors leurs maximes, je les sais à présent, et je sens bien que je préférerais. La mort à un hymen forcé. Si les dieux irrités contre moi voulaient enfin s'apaiser ; s'ils voulaient vous toucher en ma faveur, je vous avoue, Marthesie, que je serais ravi d'unir ma fortune à la vôtre ; mais hélas ! qu'est-ce que je vous propose ? Voudriez-vous venir avec un monstre comme moi dans le fond de ma caverne ? »

Pendant que Marcassin parlait, Marthesie reprenait assez de force pour lui répondre.

« Quoi ! seigneur, s'écria-t-elle, est-il possible que je vous voie dans un état si peu convenable à votre naissance ? La reine, votre mère, ne passe aucun jour sans donner des larmes à vos malheurs.

— À mes malheurs ! dit Marcassin, en l'interrompant ; n'appelez point ainsi l'état où je suis ; j'ai pris mon parti, il m'en a coûté, mais cela est fait. Ne croyez pas, jeune Marthesie, que ce soit toujours une brillante cour qui fasse notre félicité la plus solide, il est des douceurs plus charmantes, et je vous le répète. Vous pourriez me les faire trouver, si vous étiez d'humeur à devenir sauvage avec moi.

— Et pourquoi, dit-elle, ne voulez-vous plus revenir dans un lieu où vous êtes toujours aimé ?

— Je suis toujours aimé ? s'écria-t-il. Non, non, l'on n'aime pas les princes accablés de disgrâces ; comme l'on se promet deux mille biens, lorsqu'ils ne sont pas en état d'en faire, on les rend responsables de leur mauvaise fortune : on les hait enfin plus que tous les autres.

« Mais à quoi m'amusé-je ? s'écria-t-il. Si quelques ours ou quelques lions de mon voisinage passent par ici, et qu'ils m'entendent parler, je suis un Marcassin perdu. Résolvez-vous donc à venir sans autre vue que celle de passer vos beaux jours dans une étroite solitude avec un monstre infortuné, qui ne le sera plus, s'il vous possède.

— Marcassin, lui dit-elle, je n'ai eu jusqu'à présent aucun sujet de vous aimer, j'aurais encore sans vous deux sœurs qui m'étaient chères, laissez-moi du temps pour prendre une résolution si extraordinaire.

— Vous me demandez peut-être du temps, lui dit-il, pour me trahir ?

— Je n'en suis pas capable, répliqua-t-elle, et je vous assure dès à présent que personne ne saura que je vous ai vu.

— Reviendrez-vous ici ? lui dit-il.

— N'en doutez pas, continua-t-elle.

— Ah ! votre mère s'y opposera, on lui contera que vous avez rencontré un sanglier terrible ; elle ne voudra plus vous y exposer. Venez donc, Marthesie, venez avec moi.

— En quel lieu me mènerez-vous ? dit-elle.

— Dans une profonde grotte, répliqua-t-il ; un ruisseau plus clair que du cristal y coule lentement : ses bords sont couverts de mousse et d'herbes fraîches ; cent échos y répondent à l'envi à la voix plaintive de bergers amoureux et maltraités.

— C'est là que nous vivrons ensemble ; ou pour mieux dire, reprit-elle, c'est là que je serai dévorée par quelqu'un de vos meilleurs amis. Ils viendront pour vous voir, ils me trouveront, ce sera fait de ma vie. Ajoutez que ma mère, au désespoir de m'avoir perdue, me fera chercher partout ; ces bois sont trop voisins de sa maison, l'on m'y trouverait.

— Allons où vous voudrez, lui dit-il, l'équipage d'un pauvre sanglier est bientôt fait.

— J'en conviens, dit-elle, mais le mien est plus embarrassant ; il me faut des habits pour toutes les saisons, des rubans, des pierreries.

— Il vous faut, dit Marcassin, une toilette pleine de mille bagatelles, et de mille choses inutiles. Quand on a de l'esprit et de la raison, ne peut-on pas se mettre au-dessus de ces petits ajustements ? Croyez-moi, Marthesie, ils n'ajouteront rien à votre beauté, et je suis certain qu'ils en terniront l'éclat. Ne cherchez point d'autre chose pour votre teint que l'eau fraîche et claire des fontaines ; vous avez les cheveux tout frisés, d'une couleur charmante, et plus fins que les rets où l'araignée prend l'innocent moucheron ; servez-vous-en pour votre parure ; vos dents sont mieux rangées et aussi blanches que des perles ; contentez-vous de leur éclat et laissez les babioles aux personnes moins aimables que vous.

— Je suis très satisfaite de tout ce que vous me dites, répliqua-t-elle, mais vous ne pourrez me persuader de m'ensevelir au fond d'une caverne, n'ayant pour compagnie que des lézards et des limaçons. Ne vaut-il pas mieux que vous veniez avec moi chez le roi votre père ? Je vous promets que s'ils consentent à notre mariage, j'en serai ravie. Et si vous m'aimez, ne devez-vous pas souhaiter de me rendre heureuse, et de me mettre dans un rang glorieux ?

— Je vous aime, belle maîtresse, reprit-il, mais vous ne m'aimez pas ; l'ambition vous engagerait à me recevoir pour époux, j'ai trop de délicatesse pour m'accommoder de ces sentiments-là.

— Vous avez une disposition naturelle, repartit Marthesie, à juger mal de notre sexe ; mais, seigneur Marcassin, c'est pourtant quelque chose que de vous promettre une sincère amitié. Faites-y réflexion, vous me verrez dans peu de jours en ces mêmes lieux. »

Le prince prit congé d'elle, et se retira dans sa grotte ténébreuse, fort occupé de tout ce qu'elle lui avait dit. Sa bizarre étoile l'avait rendu si haïssable aux personnes qu'il aimait, que jusqu'à ce jour, il n'avait pas été flatté d'une parole gracieuse, cela le rendait bien plus sensible à celles de Marthesie ; et son amour ingénieux lui ayant inspiré le dessein de la régaler, plusieurs agneaux, des cerfs et des chevreuils ressentirent la force de sa dent carnassière. Ensuite il les arrangea dans sa caverne, attendant le moment où Marthesie lui tiendrait parole.

Elle ne savait de son côté quelle résolution prendre ; quand Marcassin aurait été aussi beau qu'il était laid, quand ils se seraient aimés autant qu'Astrée et Céladon s'aimaient, c'est tout ce qu'elle aurait pu faire que de passer ainsi ses beaux jours dans une affreuse solitude ; mais qu'il s'en fallait que Marcassin fût Céladon ! Cependant elle n'était point engagée ; personne n'avait eu jusqu'alors l'avantage de lui plaire, et elle était dans la résolution de vivre parfaitement bien avec le prince, s'il voulait quitter sa forêt.

Elle se déroba pour lui venir parler ; elle le trouva au lieu du rendez-vous : il ne manquait jamais d'y aller plusieurs fois par jour, dans la crainte de perdre le moment où elle y viendrait. Dès qu'il l'aperçut, il courut au-devant d'elle, et s'humiliant à ses pieds, il lui fit connaître que les sangliers ont, quand ils veulent, des manières de saluer fort galantes.

Ils se retirèrent ensuite dans un lieu écarté, et Marcassin la regardant avec des petits yeux pleins de feu et de passion :

« Que dois-je espérer, lui dit-il, de votre tendresse ?

— Vous pouvez en espérer beaucoup, répliqua-t-elle, si vous êtes dans le dessein de revenir à la cour ; mais je vous avoue que je ne me sens pas la force de passer le reste de ma vie éloignée de tout commerce.

— Ah ! lui dit-il, c'est que vous ne m'aimez point ; il est vrai que je ne suis point aimable, mais je suis malheureux, et vous devriez faire pour moi, par pitié et par générosité, ce que vous feriez pour un autre par inclination.

— Eh ! qui vous dit, répondit-elle, que ces sentiments n'ont point de part à l'amitié que je vous témoigne ; croyez-moi, Marcassin, je fais encore beaucoup de vouloir vous suivre chez le roi votre père.

— Venez dans ma grotte, lui dit-il, venez juger vous-même de ce que vous voulez que j'abandonne pour vous. »

À cette proposition elle hésita un peu, elle craignait qu'il ne la retînt malgré elle ; il devina ce qu'elle pensait.

« Ah ! ne craignez point, lui dit-il, je ne serai jamais heureux par des moyens violents ! »

Marthesie se fia à la parole qu'il lui donnait ; il la fit descendre au fond de sa caverne ; elle y trouva tous les animaux qu'il avait égorgés pour la régaler. Cette espèce de boucherie lui fit mal au cœur ; elle en détourna d'abord les yeux, et voulut sortir au bout d'un moment ; mais Marcassin prenant l'air et le ton d'un maître, lui dit :

« Aimable Marthesie, je ne suis pas assez indifférent pour vous laisser la liberté de me quitter ; j'atteste les dieux que vous serez toujours souveraine de mon cœur ; des raisons invincibles m'empêchent de retourner chez le roi mon père ; acceptez ici mon amour et ma foi, que ce ruisseau fugitif, que les pampres toujours verts, que le roc, que les bois, que les hôtes qui les habitent soient témoins de nos serments mutuels. »

Elle n'avait pas la même envie que lui de s'engager ; mais elle était enfermée dans la grotte sans en pouvoir sortir. Pourquoi y était-elle allée ? ne devait-elle pas prévoir ce qui lui arriva ? Elle pleura et fit des reproches à Marcassin.

« Comment pourrai-je me fier à vos paroles, lui dit-elle, puisque vous manquez à la première que vous m'avez donnée ?

— Il faut bien, lui dit-il en souriant à la Marcassine, qu'il y ait un peu de l'homme mêlé avec le sanglier ; ce défaut de parole que vous me reprochez, cette petite finesse où je ménage mes intérêts, c'est justement l'homme qui agit ; car pour parler sans façon, les animaux ont plus d'honneur entre eux que les hommes.

— Hélas ! répondit-elle, vous avez le mauvais de l'un et de l'autre, le cœur d'un homme, et la figure d'une bête ; soyez donc ou tout un, ou tout autre, après cela je me résoudrai à ce que vous souhaitez.

— Mais, belle Marthesie, lui dit-il, voulez-vous demeurer avec moi sans être ma femme, car vous pouvez compter que je ne vous permettrai point de sortir d'ici ? »

Elle redoubla ses pleurs et ses prières, il n'en fut point touché ; et après avoir contesté longtemps, elle consentit à le recevoir pour époux, et l'assura qu'elle l'aimerait aussi chèrement que s'il était le plus aimable prince du monde.

Ces manières obligeantes le charmèrent, il baisa mille fois ses mains, et l'assura à son tour qu'elle ne serait peut-être pas si malheureuse qu'elle avait lieu de le croire. Il lui demanda ensuite si elle mangerait des animaux qu'il avait tués.

« Non, dit-elle, cela n'est pas de mon goût ; si vous pouvez m'apporter des fruits, vous me ferez plaisir. »

Il sortit, et ferma si bien l'entrée de la caverne, qu'il était impossible à Marthesie de se sauver ; mais elle avait pris là-dessus son parti, et elle ne l'aurait pas fait, quand elle aurait pu le faire.

Marcassin chargea trois hérissons d'oranges, de limes douces, de citrons et d'autres fruits ; il les piqua dans les pointes dont ils sont couverts, et la provision vint très commodément jusqu'à la grotte, il y entra, et pria Marthesie d'en manger.

« Voilà un festin de noces, lui dit-il, qui ne ressemble point à celui que l'on fit pour vos deux sœurs ; mais j'espère que, encore qu'il y ait moins de magnificence, nous y trouverons plus de douceurs.

— Plaise aux dieux de le permettre ainsi ! » répliqua-t-elle.

Ensuite elle puisa de l'eau dans sa main, elle but à la santé du sanglier, dont il fut ravi.

Le repas ayant été aussi court que frugal, Marthesie rassembla toute la mousse, l'herbe et les fleurs que Marcassin lui avait apportées, elle en composa un lit assez dur, sur lequel le prince et elle se couchèrent. Elle eut grand soin de lui demander s'il voulait avoir tête haute ou basse, s'il avait assez de place, de quel côté il dormait le mieux ? Le bon Marcassin la remercia tendrement, et il s'écriait de temps en temps : « Je ne changerais pas mon sort avec celui des plus grands hommes ; j'ai enfin trouvé ce que je cherchais ; je suis aimé de celle que j'aime » ; il lui dit cent jolies choses, dont elle ne fut point surprise, car il avait de l'esprit ; mais elle ne laissa pas de se réjouir que la solitude où il vivait n'en eût rien diminué.

Ils s'endormirent l'un et l'autre, et Marthesie s'étant réveillée, il lui sembla que son lit était meilleur que lorsqu'elle s'y était mise ; touchant ensuite doucement Marcassin, elle trouvait que sa hure était faite comme la tête d'un homme, qu'il avait de longs cheveux, des bras et des mains ; elle ne put s'empêcher de s'étonner ; elle se rendormit, et lorsqu'il fut jour, elle trouva que son mari était aussi Marcassin que jamais.

Ils passèrent cette journée comme la précédente. Marthesie ne dit point à son mari ce qu'elle avait soupçonné pendant la nuit. L'heure de se coucher vint : elle toucha sa hure pendant qu'il dormait, et elle y trouva la même différence qu'elle y avait trouvée. La voilà bien en peine, elle ne dormait presque plus, elle était dans une inquiétude continuelle, et soupirait sans cesse. Marcassin s'en aperçut avec un véritable désespoir.

« Vous ne m'aimez point, lui dit-il, ma chère Marthesie, je suis un malheureux dont la figure vous déplaît ; vous allez me causer la mort.

— Dites plutôt, barbare, que vous serez cause de la mienne, répliqua-t-elle ; l'injure que vous me faites me touche si sensiblement que je n'y pourrai résister.

— Je vous fais une injure, s'écria-t-il, et je suis un barbare ? Expliquez-vous, car assurément vous n'avez aucun sujet de vous plaindre.

— Croyez-vous, lui dit-elle, que je ne sache pas que vous cédez toutes les nuits votre place à un homme ?

— Les sangliers, lui dit-il, et particulièrement ceux qui me ressemblent, ne sont pas de si bonne composition ; n'ayez point une pensée si offensante pour vous et pour moi, ma chère Marthesie, et comptez que je serais jaloux des dieux mêmes ; mais peut-être qu'en dormant vous vous forgez cette chimère. »

Marthesie, honteuse de lui avoir parlé d'une chose qui avait si peu de vraisemblance, répondit qu'elle ajoutait tant de foi à ses paroles, qu'encore qu'elle eût tout sujet de croire qu'elle ne dormait pas quand elle touchait des bras, des mains et des cheveux, elle soumettait son jugement, et qu'à l'avenir elle ne lui en parlerait plus.

En effet, elle éloignait de son esprit tous les sujets de soupçon qui venaient. Six mois s'écoulèrent avec peu de plaisirs de la part de Marthesie ; car elle ne sortait pas de la caverne, de peur d'être rencontrée par sa mère ou par ses domestiques. Depuis que cette pauvre mère avait perdu sa fille, elle ne cessait point de gémir, elle faisait retentir les bois de ses plaintes et du nom de Marthesie. À ces accents, qui frappaient presque tous les jours ses oreilles, elle soupirait en secret de causer tant de douleur à sa mère, et de n'être pas maîtresse de la soulager ; mais Marcassin l'avait fortement menacée, et elle le craignait autant qu'elle l'aimait.

Comme sa douceur était extrême, elle continuait de témoigner beaucoup de tendresse au sanglier, qui l'aimait aussi avec la dernière passion ; elle était grosse, et quand elle se figurait que la race marcassine allait se perpétuer, elle ressentait une affliction sans pareille.

Il arriva qu'une nuit qu'elle ne dormait point et qu'elle pleurait doucement, elle entendit parler si proche d'elle, qu'encore que l'on parlât tout bas, elle, ne perdait pas un mot de ce qu'on disait. C'était le bon Marcassin qui priait une personne de lui être moins rigoureuse, et de lui accorder la permission qu'il lui demandait depuis longtemps.

On lui répondit toujours : « Non, non, je ne le veux pas. » Marthesie demeura plus inquiète que jamais. « Qui peut entrer dans cette grotte ? disait-elle, mon mari ne m'a point révélé ce secret. » Elle n'eut garde de se rendormir, elle était trop curieuse. La conversation finie, elle entendit que la personne qui avait parlé au prince sortait de la caverne, et peu après il ronfla comme un cochon. Aussitôt elle se leva, voulant voir s'il était aisé d'ôter la pierre qui fermait l'entrée de la grotte, mais elle ne put la remuer. Comme elle revenait, doucement et sans aucune lumière, elle sentit quelque chose sous ses pieds, elle s'aperçut que c'était la peau d'un sanglier ; elle la prit et la cacha, puis elle attendit l'événement de cette affaire sans rien dire.

L'aurore paraissait à peine lorsque Marcassin se leva, elle entendit qu'il cherchait de tous côtés ; pendant qu'il s'inquiétait, le jour vint ; elle le vit si extraordinairement beau et bien fait, que jamais surprise n'a été plus grande ni plus agréable que la sienne.

« Ah ! s'écria-t-elle, ne me faites plus un mystère de mon bonheur, je le connais et j'en suis pénétrée, mon cher prince ! par quelle bonne fortune êtes-vous devenu le plus aimable de tous les hommes ? »

Il fut d'abord surpris d'être découvert ; mais se remettant ensuite :

« Je vais, lui dit-il, vous en rendre compte, ma chère Marthesie, et vous apprendre en même temps que c'est à vous que je dois cette charmante métamorphose.

« Sachez que la reine ma mère dormait un jour à l'ombre de quelques arbres, lorsque trois fées passèrent en l'air ; elles la reconnurent, elles s'arrêtèrent. L'aînée la doua d'être mère d'un fils spirituel et bien fait. La seconde renchérit sur ce don, elle ajouta en ma faveur mille qualités avantageuses. La cadette lui dit en éclatant de rire : « Il faut un peu diversifier la matière, le printemps serait moins agréable s'il n'était précédé par l'hiver : afin que le prince que vous souhaitez charmant, le paraisse davantage, je le doue d'être Marcassin, jusqu'à ce qu'il ait épousé trois femmes, et que la troisième trouve sa peau de sanglier. » À ces mots les trois fées disparurent. La reine avait entendu les deux premières très distinctement ; à l'égard de celle qui me faisait du mal, elle riait si fort qu'elle n'y put rien comprendre.

« Je ne sais moi-même tout ce que je viens de vous raconter que du jour de notre mariage ; comme j'allais vous chercher, tout occupé de ma passion, je m'arrêtai pour boire à un ruisseau qui coule proche de ma grotte : soit qu'il fût plus clair qu'à l'ordinaire, ou que je m'y regardasse avec plus d'attention, par rapport au désir que j'avais de vous plaire, je me trouvai si épouvantable, que les larmes m'en vinrent aux yeux. Sans hyperbole, j'en versai assez pour grossir le cours du ruisseau, et me parlant à moi-même, je me disais qu'il n'était pas possible que je pusse vous plaire !

« Tout découragé de cette pensée, je pris la résolution de ne pas aller plus loin. « Je ne puis être heureux, disais-je, si je ne suis aimé, et je ne puis être aimé d'aucune personne raisonnable. » Je marmottais ces paroles, quand j'aperçus une dame qui s'approcha de moi avec une hardiesse qui me surprit, car j'ai l'air terrible pour ceux qui ne me connaissent point. « Marcassin, me dit-elle, le temps de ton bonheur s'approche si tu épouses Marthesie, et qu'elle puisse t'aimer fait comme tu es ; assure-toi qu'avant qu'il soit peu tu seras démarcassinné. Dès la nuit même de tes noces, tu quitteras cette peau qui te déplaît si fort, mais reprends-la avant le jour, et n'en parle point à ta femme ; sois soigneux d'empêcher qu'elle ne s'en aperçoive, jusqu'au temps où cette grande affaire se découvrira. »

« Elle m'apprit, continua-t-il, tout ce que je vous ai déjà raconté de la reine ma mère : je lui fis de très humbles remerciements pour les bonnes nouvelles qu'elle me donnait ; j'allai vous trouver avec une joie mêlée d'espérance que je n'avais point encore ressentie. Et lorsque je fus assez heureux pour recevoir des marques de votre amitié, ma satisfaction augmenta de toute manière, et mon impatience était violente de pouvoir partager mon secret avec vous. La fée, qui ne l'ignorait pas, me venait menacer la nuit des plus grandes disgrâces si je ne savais me taire. « Ah ! lui disais-je, madame, vous n'avez sans doute jamais aimé, puisque vous m'obligez à cacher une chose si agréable à la personne du monde que j'aime le plus ? » Elle riait de ma peine, et me défendait de m'affliger, parce que tout me devenait favorable. Cependant, ajouta-t-il, rendez-moi ma peau de sanglier, il faut bien que je la remette, de peur d'irriter les fées.

— Quel que vous puissiez devenir, mon cher prince, lui dit Marthesie, je ne changerai jamais pour vous ; il me demeurera toujours une idée charmante de votre métamorphose.

— Je me flatte, dit-il, que les fées ne voudront pas nous faire souffrir longtemps ; elles prennent soin de nous ; ce lit qui vous paraît de mousse, est d'excellent duvet et de laine fine : ce sont elles qui mettaient à l'entrée de la grotte tous les beaux fruits que vous avez mangés. »

Marthesie ne se lassait point de remercier les fées de tant de grâces.

Pendant qu'elle leur adressait ses compliments, Marcassin faisait les derniers efforts pour remettre la peau de sanglier ; mais elle était devenue si petite, qu'il n'y avait pas de quoi couvrir une de ses jambes. Il la tirait en long, en large, avec les dents et les mains, rien n'y faisait. Il était bien triste et déplorait son malheur ; car il craignait, avec raison, que la fée qui l'avait si bien marcassiné ne vînt la lui remettre pour longtemps.

« Hélas ! ma chère Marthesie, disait-il, pourquoi avez-vous caché cette fatale peau ? C'est peut-être pour nous en punir que je ne puis m'en servir comme je faisais. Si les fées sont en colère, comment les apaiserons-nous ? »

Marthesie pleurait de son côté ; c'était là un sujet d'affliction bien singulier de pleurer, parce qu'il ne pouvait plus devenir Marcassin.

Dans ce moment la grotte trembla, puis la voûte s'ouvrit ; ils virent tomber six quenouilles chargées de soie, trois blanches et trois noires, qui dansaient ensemble. Une voix sortit d'entre elles, qui dit :

« Si Marcassin et Marthesie devinent ce que signifient ces quenouilles blanches et noires, ils seront heureux. »

Le prince rêva un peu, et dit ensuite :

« Je devine que les trois quenouilles blanches, signifient les trois fées qui m'ont doué à ma naissance.

— Et pour moi, s'écria Marthesie, je devine que ces trois noires signifient mes deux sœurs et Coridon. »

En même temps les fées parurent à la place des quenouilles blanches. Ismène, Zélonide et Coridon parurent aussi. Rien n'a jamais été si effrayant que ce retour de l'autre monde.

« Nous ne venons pas de si loin que vous le pensez, dirent-ils à Marthesie ; les prudentes fées ont eu la bonté de nous secourir. Et dans le temps que vous pleuriez notre mort, elles nous conduisaient dans un bateau où rien n'a manqué à nos plaisirs, que celui de vous voir avec nous.

— Quoi ! dit Marcassin, je n'ai pas vu Ismène et son amant sans vie, et ce n'est pas de ma main que Zélonide a perdu la sienne ?

— Non, dirent les fées, vos yeux fascinés ont été la dupe de nos soins : tous les jours ces sortes d'aventures arrivent. Tel croit avoir sa femme au bal, quand elle est endormie dans son lit : tel croit avoir une belle maîtresse, qui n'a qu'une guenuche ; et tel autre croit avoir tué son ennemi, qui se porte bien dans un autre pays.

— Vous m'allez jeter dans d'étranges doutes, dit le prince Marcassin ; il semble, à vous entendre, qu'il ne faut pas même croire ce qu'on voit.

— La règle n'est pas toujours générale, répliquèrent les fées : mais il est indubitable que l'on doit suspendre son jugement sur bien des choses, et penser qu'il peut entrer quelque dose de féerie dans ce qui nous paraît de plus certain. »

Le prince et sa femme remercièrent les fées de l'instruction qu'elles venaient de leur donner, et de la vie qu'elles avaient conservée à des personnes qui leur étaient si chères :

« Mais, ajouta Marthesie, en se jetant à leurs pieds, ne puis-je espérer que vous ne ferez plus reprendre cette vilaine peau de sanglier à mon fidèle Marcassin ?

— Nous venons vous en assurer, dirent-elles, car il est temps de retourner à la cour. »

Aussitôt la grotte prit la figure d'une superbe tente, où le prince trouva plusieurs valets de chambre qui l'habillèrent magnifiquement. Marthesie trouva de son côté des dames d'atour, et une toilette d'un travail exquis, où rien ne manquait pour la coiffer et pour la parer ; ensuite le dîner fut servi comme un repas ordonné par les fées. C'est en dire assez.

Jamais joie n'a été plus parfaite ; tout ce que Marcassin avait souffert de peine, n'égalait point le plaisir de se voir non seulement homme, mais un homme infiniment aimable. Après que l'on fut sorti de table, plusieurs carrosses magnifiques, attelés des plus beaux chevaux du monde, vinrent à toute bride. Ils y montèrent avec le reste de la petite troupe. Des gardes à cheval marchaient devant et derrière les carrosses. C'est ainsi que Marcassin se rendit au palais.

On ne savait à la cour d'où venait ce pompeux équipage, et l'on savait encore moins qui était dedans, lorsqu'un héraut le publia à haute voix, au son des trompettes et des timbales : tout le peuple ravi accourut pour voir son prince. Tout le monde en demeura charmé, et personne ne voulut douter de la vérité d'une aventure qui paraissait pourtant bien douteuse.

Ces nouvelles étant parvenues au roi et à la reine, ils descendirent promptement jusque dans la cour. Le prince Marcassin ressemblait si fort à son père, qu'il aurait été difficile de s'y méprendre. On ne s'y méprit pas : aussi jamais allégresse n'a été plus universelle. Au bout de quelques mois elle augmenta encore par la naissance d'un fils, qui n'avait rien du tout de la figure ni de l'humeur marcassine.

Le plus grand effort de courage,
Lorsque l'on est bien amoureux,
Est de pouvoir cacher à l'objet de ses vœux
Ce qu'à dissimuler le devoir nous engage :
Marcassin sut par là mériter l'avantage
De rentrer triomphant dans une auguste cour.
Qu'on blâme, j'y consens, sa trop faible tendresse,
Il vaut mieux manquer à l'amour,
Que de manquer à la sagesse.

LA PRINCESSE BELLE-ÉTOILE

Il était une fois une princesse à laquelle il ne restait plus rien de ses grandeurs passées que son dais et son cadenas ; l'un était de velours, en broderies de perles, et l'autre d'or, enrichi de diamants. Elle les garda tant qu'elle put ; mais l'extrême nécessité où elle se trouvait réduite, l'obligeait de temps en temps à détacher une perle, un diamant, une émeraude, et cela se vendait secrètement pour nourrir son équipage. Elle était veuve, chargée de trois filles très jeunes et très aimables. Elle comprit que si elle les élevait dans un air de grandeur et de magnificence convenable à leur rang, elles se ressentiraient davantage dans la suite de leurs disgrâces. Elle prit donc la résolution de vendre le peu qui lui restait, et de s'en aller bien loin avec ses trois filles s'établir dans quelque maison de campagne, où elles feraient une dépense convenable à leur petite fortune. En passant dans une forêt très dangereuse, elle fut volée, de sorte qu'il ne lui resta presque plus rien. Cette pauvre princesse, plus chagrine de ce dernier malheur que de tous ceux qui l'avaient précédé, connut bien qu'il fallait gagner sa vie ou mourir de faim. Elle avait aimé autrefois la bonne chère, et savait faire des sauces excellentes. Elle n'allait jamais sans sa petite cuisine d'or, que l'on venait voir de bien loin. Ce qu'elle avait fait pour se divertir, elle le fit alors pour subsister. Elle s'arrêta proche d'une grande ville, dans une maison fort jolie ; elle y faisait des ragoûts merveilleux ; l'on était friand dans ce pays-là, de sorte que tout le monde accourait chez elle. L'on ne parlait que de la bonne fricasseuse, à peine lui donnait-on le temps de respirer. Cependant ses trois filles devenaient grandes ; et leur beauté n'aurait pas fait moins de bruit que les sauces de la princesse, si elle ne les avait cachées dans une chambre, d'où elles sortaient très rarement.

Un jour des plus beaux de l'année, il entra chez elle une petite vieille, qui paraissait bien lasse ; elle s'appuyait sur un bâton, son corps était tout courbé, et son visage plein de rides.

« Je viens, dit-elle, afin que vous me fassiez un bon repas, car je veux, avant que d'aller en l'autre monde, pouvoir m'en vanter en celui-ci. »

Elle prit une chaise de paille, se mit auprès du feu et dit à la princesse de se hâter. Comme elle ne pouvait pas tout faire, elle appela ses trois filles : l'aînée avait nom Roussette, la seconde Brunette, et la dernière Blondine. Elle leur avait donné ces noms par rapport à la couleur de leurs cheveux. Elles étaient vêtues en paysannes, avec des corsets et des jupes de différentes couleurs. La cadette était la plus belle et la plus douce. Leur mère commanda à l'une d'aller quérir de petits pigeons dans la volière, à l'autre de tuer des poulets, à l'autre de faire la pâtisserie. Enfin, en moins d'un moment, elles mirent devant la vieille un couvert très propre, du linge fort blanc, de la vaisselle de terre bien vernissée, et on la servit à plusieurs services. Le vin était bon, la glace n'y manquait pas, les verres rincés à tous moments par les plus belles mains du monde ; tout cela donnait de l'appétit à la vieille petite bonne femme. Si elle mangea bien, elle but encore mieux. Elle se mit en pointe de vin ; elle disait mille choses, où la princesse, qui ne faisait pas semblant d'y prendre garde, trouvait beaucoup d'esprit.

Le repas finit aussi gaiement qu'il avait commencé ; la vieille se leva, elle dit à la princesse :

« Ma grande amie, si j'avais de l'argent, je vous paierais, mais il y a si longtemps que je suis ruinée ; j'avais besoin de vous trouver pour faire si bonne chère : tout ce que je puis vous promettre, c'est de vous envoyer de meilleures pratiques que la mienne. »

La princesse se prit à sourire, et lui dit gracieusement :

« Allez, ma bonne mère, ne vous inquiétez point, je suis toujours assez payée quand je fais quelque plaisir.

— Nous avons été ravies de vous servir, dit Blondine, et si vous vouliez souper ici, nous ferions encore mieux.

— Oh ! que l'on est heureux, s'écria la vieille, lorsqu'on est né avec un cœur si bienfaisant ! mais croyez-vous n'en pas recevoir la récompense ? Soyez certaines, continua-t-elle, que le premier souhait que vous ferez sans songer à moi, sera accompli. »

En même temps elle disparut, et elles n'eurent pas lieu de douter que ce ne fût une fée.

Cette aventure les étonna : elles n'en avaient jamais vu : elles étaient peureuses ; de sorte que pendant cinq ou six mois elles en parlèrent ; et sitôt qu'elles désiraient quelque chose, elles pensaient à elle. Rien ne réussissait, dont elles étaient fortement en colère contre la fée. Mais un jour que le roi allait à la chasse, il passa chez la bonne fricasseuse, pour voir si elle était aussi habile qu'on disait ; et comme il approchait du jardin avec grand bruit, les trois sœurs qui cueillaient des fraises l'entendirent.

« Ah ! dit Roussette, si j'étais assez heureuse pour épouser monseigneur l'amiral, je me vante que je ferais avec mon fuseau et ma quenouille tant de fil, et de ce fil tant de toile, qu'il n'aurait plus besoin d'en acheter pour les voiles de ses navires.

— Et moi, dit Brunette, si la fortune m'était assez favorable pour me faire épouser le frère du roi, je me vante qu'avec mon aiguille, je lui ferais tant de dentelles, qu'il en verrait son palais rempli.

— Et moi, ajouta Blondine, je me vante que si le roi m'épousait, j'aurais, au bout de neuf mois, deux beaux garçons et une belle fille ; que leurs cheveux tomberaient par anneaux, répandant de fines pierres, avec une brillante étoile sur le front, et le cou entouré d'une riche chaîne d'or. »

Un des favoris du roi, qui s'était avancé pour avertir l'hôtesse de sa venue, ayant entendu parler dans le jardin, s'arrêta sans faire aucun bruit, et fut bien surpris de la conversation de ces trois belles filles. Il alla promptement la redire au roi pour le réjouir ; il en rit en effet, et commanda qu'on les fît venir devant lui.

Elles parurent aussitôt d'un air et d'une grâce merveilleux. Elles saluèrent le roi avec beaucoup de respect et de modestie ; et lorsqu'il demanda s'il était vrai qu'elles venaient de s'entretenir des époux qu'elles désiraient, elles rougirent et baissèrent les yeux : il les pressa encore davantage de l'avouer ; elles en convinrent, et il s'écria aussitôt :

« Certainement je ne sais quelle puissance agit sur moi, mais je ne sortirai pas d'ici que je n'aie épousé la belle Blondine.

— Sire, dit le frère du roi, je vous demande permission de me marier avec cette jolie brunette.

— Accordez-moi la même grâce, ajouta l'amiral, car la rousse me plaît infiniment. »

Le roi, bien aise d'être imité par les plus grands de son royaume, leur dit qu'il approuvait leur choix, et demanda à la mère si elle le voulait bien. Elle répondit que c'était la plus grande joie qu'elle pût jamais avoir. Le roi l'embrassa, le prince et l'amiral n'en firent pas moins.

Quand le roi fut prêt à dîner, on vit descendre par la cheminée une table de sept couverts d'or, et tout ce qu'on peut imaginer de plus délicat pour faire un bon repas. Cependant le roi hésitait à manger, il craignait que l'on n'eût accommodé les viandes au sabbat ; et cette manière de servir par la cheminée lui était un peu suspecte.

Le buffet s'arrangea, l'on ne voyait que bassins et vases d'or, dont le travail surpassait la matière. En même temps un essaim de mouches à miel parut dans des ruches de cristal, et commença la plus charmante musique qui se puisse imaginer. Toute la salle était pleine de frelons, de mouches, de guêpes et de moucherons, et d'autres bestiolinettes de cette espèce, qui servaient le roi avec une adresse surnaturelle. Trois ou quatre mille bibets lui apportaient à boire, sans qu'un seul osât se noyer dans le vin, ce qui est d'une modération et d'une discipline étonnantes. La princesse et ses filles pénétraient assez que tout ce qui se passait ne pouvait s'attribuer qu'à la petite vieille : elles bénissaient l'heure où elles l'avaient connue.

Après le repas, qui fut si long que la nuit surprit la compagnie à table, dont sa majesté ne laissa pas d'avoir un peu de honte, car il semblait que dans cet hymen, Bacchus avait pris la place de Cupidon, le roi se leva, et dit :

« Achevons la fête par où elle devait commencer. »

Il tira sa bague de son doigt, et la mit dans celui de Blondine, le prince et l'amiral l'imitèrent. Les abeilles redoublèrent leurs chants. L'on dansa, l'on se réjouit ; et tous ceux qui avaient suivi le roi vinrent saluer la reine et la princesse. Pour l'amirale, on ne lui faisait pas tant de cérémonies, dont elle se désespérait, car elle était l'aînée de Brunette et de Blondine, et se trouvait moins bien mariée.

Le roi envoya son grand écuyer apprendre à la reine sa mère ce qui venait de se passer, et pour faire venir ses plus magnifiques chariots, afin d'emmener la reine Blondine avec ses deux sœurs. La reine-mère était la plus cruelle de toutes les femmes, et la plus emportée. Quand elle sut que son fils s'était marié sans sa participation, et surtout à une fille d'une naissance si obscure, et que le prince en avait fait autant, elle entra dans une telle colère, qu'elle effraya toute la cour. Elle demanda au grand écuyer quelle raison avait pu engager le roi à un si indigne mariage ? Il lui dit que c'était l'espérance d'avoir deux garçons et une fille dans neuf mois, qui naîtraient avec de grands cheveux bouclés, des étoiles sur la tête, et chacun une chaîne d'or au cou, et que des choses si rares l'avaient charmé. La reine-mère sourit dédaigneusement de la crédulité de son fils ; elle dit là-dessus bien des choses offensantes, qui marquaient assez sa fureur.

Les chariots étaient déjà arrivés à la petite maisonnette. Le roi convia sa belle-mère à le suivre, et lui promit qu'elle serait regardée avec toute sorte de distinction. Mais elle pensa aussitôt que la cour est une mer toujours agitée.

« Sire, lui dit-elle, j'ai trop d'expérience des choses du monde pour quitter le repos que je n'ai acquis qu'avec beaucoup de peine.

— Quoi ! répliqua le roi, voulez-vous continuer à tenir hôtellerie ?

— Non, dit-elle, vous me ferez quelque bien pour vivre.

— Souffrez au moins, ajouta-t-il, que je vous donne un équipage et des officiers.

— Je vous en rends grâce, dit-elle ; quand je suis seule, je n'ai point d'ennemis qui me tourmentent ; mais si j'avais des domestiques, je craindrais d'en trouver en eux. »

Le roi admira l'esprit et la modération d'une femme qui pensait et qui parlait comme un philosophe.

Pendant qu'il pressait sa belle-mère de venir avec lui, l'amirale Rousse faisait cacher au fond de son chariot tous les beaux bassins et les vases d'or du buffet, voulant en profiter sans rien laisser ; mais la fée qui voyait tout, bien que personne ne la vît, les changea en cruches de terre. Lorsqu'elle fut arrivée, et qu'elle voulut les emporter dans son cabinet, elle ne trouva rien qui en valût la peine.

Le roi et la reine embrassèrent tendrement la sage princesse, et l'assurèrent qu'elle pourrait disposer à sa volonté de tout ce qu'ils avaient. Ils quittèrent le séjour champêtre, et vinrent à la ville, précédés des trompettes, des hautbois, des timbales et des tambours qui se faisaient entendre bien loin. Les confidents de la reine-mère lui avaient conseillé de cacher sa mauvaise humeur, parce que le roi s'en offenserait, et que cela pourrait avoir des suites fâcheuses : elle se contraignit donc, et ne fît paraître que de l'amitié à ses deux belles-filles, leur donnant des pierreries et des louanges indifféremment sur tout ce qu'elles faisaient bien ou mal.

La reine Blondine et la princesse Brunette étaient étroitement unies ; mais à l'égard de l'amirale Rousse, elle les haïssait mortellement.

« Voyez, disait-elle, la bonne fortune de mes deux sœurs : l'une est reine, l'autre princesse du sang, leurs maris les adorent ; et moi, qui suis l'aînée, qui me trouve cent fois plus belle qu'elles, je n'ai qu'un amiral pour époux, dont je ne suis point chérie comme je devrais l'être. »

La jalousie qu'elle avait contre ses sœurs, la rangea du parti de la reine-mère ; car l'on savait bien que la tendresse qu'elle témoignait à ses belles-filles n'était qu'une feinte, et qu'elle trouverait avec plaisir l'occasion de leur faire du mal.

La reine et la princesse devinrent grosses, et par malheur une grande guerre étant survenue, il fallut que le roi partît pour se mettre à la tête de son armée. La jeune reine et la princesse étant obligées de rester sous le pouvoir de la reine-mère, la prièrent de trouver bon qu'elles retournassent chez leur mère, afin de se consoler avec elle d'une si cruelle absence. Le roi n'y put consentir. Il conjura sa femme de rester au palais, il l'assura que sa mère en userait bien. En effet, il la pria avec la dernière instance d'aimer sa belle-fille, et d'en avoir soin. Il ajouta qu'elle ne pouvait l'obliger plus sensiblement, qu'il espérait lui avoir de beaux enfants, et qu'il en attendait les nouvelles avec beaucoup d'inquiétude. Cette méchante reine, ravie de ce que son fils lui confiait sa femme, lui promit de ne songer qu'à sa conservation, et l'assura qu'il pouvait partir avec un entier repos d'esprit. Ainsi il s'en alla dans une si forte envie de revenir bientôt, qu'il hasardait ses troupes en toutes rencontres ; et son bonheur faisait non seulement que sa témérité lui réussissait toujours, mais encore qu'il avançait fort ses affaires. La reine accoucha avant son retour. La princesse sa sœur eut le même jour un beau garçon, elle mourut aussitôt.

L'amirale Rousse était fort occupée des moyens de nuire à la jeune reine. Quand elle lui vit des enfants si jolis, et qu'elle n'en avait point, sa fureur augmenta ; elle prit la résolution de parler promptement à la reine-mère, car il n'y avait pas de temps à perdre.

« Madame, lui dit-elle, je suis si touchée de l'honneur que votre majesté m'a fait en me donnant quelque part dans ses bonnes grâces, que je me dépouille volontiers de mes propres intérêts pour ménager les vôtres ; je comprends tous les déplaisirs dont vous êtes accablée depuis les indignes mariages du roi et du prince. Voilà quatre enfants qui vont éterniser la faute qu'ils ont commise : notre pauvre mère est une pauvre villageoise qui n'avait pas de pain quand elle s'est avisée de devenir fricasseuse ; croyez-moi, madame, faisons une fricassée aussi de tous ces petits marmots, et les ôtons du monde avant qu'ils vous fassent rougir.

— Ah ! ma chère amirale, dit la reine en l'embrassant, que je t'aime d'être si équitable, et de partager, comme tu fais, mes justes déplaisirs ! J'avais déjà résolu d'exécuter ce que tu me proposes, il n'y a que la manière qui m'embarrasse.

— Que cela ne vous fasse point de peine, reprit la Rousse, ma doguine vient de faire deux chiens et une chienne ; ils ont chacun une étoile sur le front, avec une marque autour du cou, qui fait une espèce de chaîne. Il faut faire accroire à la reine qu'elle est accouchée de toutes ces petites bêtes, et prendre les deux fils, la fille et le fils de la princesse, que l'on fera mourir.

— Ton dessein me plaît infiniment, s'écria-t-elle, j'ai déjà donné des ordres là-dessus à Feintise, sa dame d'honneur, de sorte qu'il faut avoir les petits chiens.

— Les voilà, dit l'amirale, je les ai apportés. »

Aussitôt elle ouvrit une grande bourse qu'elle avait toujours à son côté, elle en tira trois doguines bêtes, que la reine et elle emmaillotèrent comme les enfants de la reine auraient dû être, et tout ornées de dentelles et de langes brochés d'or. Elles les arrangèrent dans une corbeille couverte, puis cette méchante reine, suivie de la rousse, se rendit auprès de la reine.

« Je viens vous remercier, lui dit-elle, des beaux héritiers que vous donnez à mon fils, voilà des têtes bien faites pour porter une couronne. Je ne m'étonne pas si vous promettiez à votre mari deux fils et une fille avec des étoiles sur le front, de longs cheveux, et des chaînes d'or au cou. Tenez, nourrissez-les, car il n'y a point de femme qui veuille donner à téter à des chiens. »

La pauvre reine, qui était accablée du mal qu'elle avait souffert, pensa mourir de douleur quand elle aperçut ces trois chiennes de bêtes, et qu'elle vit cette espèce de doguinerie qui faisait sur son lit un bruit désespéré : elle se mit à pleurer amèrement, puis joignant ses mains :

« Hélas ! madame, dit-elle, n'ajoutez point des reproches à mon affliction, elle ne peut assurément être plus grande. Si les dieux avaient permis ma mort avant que j'eusse reçu l'affront de me voir mère de ces petits monstres, je me serais estimée trop heureuse : hélas ! que ferai-je ? Le roi va me haïr autant qu'il m'a aimée. »

Les soupirs et les sanglots étouffèrent sa voix, elle n'eut plus de force pour parler ; et la reine-mère, continuant à lui dire des injures, eut le plaisir de passer ainsi trois heures au chevet de son lit.

Elle s'en alla ensuite ; et sa sœur, qui feignait de partager ses déplaisirs, lui dit qu'elle n'était pas la première à qui semblable malheur était arrivé ; qu'on voyait bien que c'était là un tour de cette vieille fée qui leur avait promis tant de merveilles ; mais que comme il serait peut-être dangereux pour elle de voir le roi, elle lui conseillait de s'en aller chez leur pauvre mère avec ses trois enfants de chien. La reine ne lui répondit que par ses larmes. Il fallait avoir le cœur bien dur, pour n'être pas touché de l'état où elles la réduisaient ! Elle donna à téter à ces vilains chiens, croyant en être la mère.

La reine commanda à Feintise de prendre les enfants de la reine avec le fils de la princesse, de les étrangler et de les enterrer si bien, qu'on n'en sût jamais rien. Comme elle était sur le point d'exécuter cet ordre, et qu'elle tenait déjà le cordeau fatal, elle jeta les yeux sur eux, et les trouva si merveilleusement beaux, et vit qu'ils marquaient tant de choses extraordinaires par les étoiles qui brillaient à leur front, qu'elle n'osa porter ses criminelles mains sur un sang si auguste.

Elle fit amener une chaloupe au bord de la mer, elle y mit les quatre enfants dans un même berceau et quelques chaînes de pierreries, afin que si la fortune les conduisait entre les mains d'une personne assez charitable pour les vouloir nourrir, elle en trouvât aussitôt sa récompense.

La chaloupe poussée par un grand vent s'éloigna si vite du rivage, que Feintise la perdit de vue ; mais en même temps les vagues s'enflèrent, et le soleil se cacha, les nues se fondirent en eau, mille éclats de tonnerre faisaient retentir tous les environs. Elle ne douta point que la petite barque ne fût submergée ; et elle ressentit de la joie de ce que ces pauvres innocents étaient péris, car elle aurait toujours appréhendé quelque événement extraordinaire en leur faveur.

Le roi, sans cesse occupé de sa chère épouse et de l'état où il l'avait laissée, ayant une trêve pour peu de temps, revint en poste : il arriva douze heures après qu'elle fut accouchée. Quand la reine-mère le sut, elle alla au-devant de lui avec un air composé de douleur ; elle le tint longtemps serré entre ses bras, lui mouillant le visage de larmes ; il semblait que sa douleur l'empêchait de parler. Le roi, tout tremblant, n'osait demander ce qui était arrivé, car il ne doutait pas que ce ne fussent de fort grands malheurs. Enfin elle fit un effort pour lui raconter que sa femme était accouchée de trois chiens : aussitôt Feintise les présenta, et l'amirale toute en pleurs se jetant aux pieds du roi, le supplia de ne point faire mourir la reine, et de se contenter de la renvoyer chez sa mère, qu'elle y était déjà résolue, et qu'elle recevrait ce traitement comme une grande grâce.

Le roi était si éperdu, qu'il pouvait à peine respirer : il regardait les doguins, et remarquait avec surprise cette étoile qu'ils avaient au milieu du front, et la couleur différente qui faisait le tour de leur cou. Il se laissa tomber sur un fauteuil, roulant dans son esprit mille pensées, et ne pouvant prendre une résolution fixe ; mais la reine-mère le pressa si fort, qu'il prononça l'exil de l'innocente reine. Aussitôt on la mit dans une litière avec ses trois chiens ; et sans avoir aucuns égards pour elle, on la conduisit chez sa mère, où elle arriva presque morte.

Les dieux avaient regardé d'un œil de pitié la barque où les trois princes étaient avec la princesse. La fée qui les protégeait fit tomber, au lieu de pluie, du lait dans leurs petites bouches ; ils ne souffrirent point de cet orage épouvantable qui s'était élevé si promptement. Enfin ils voguèrent sept jours et sept nuits ; ils étaient en pleine mer aussi tranquilles que sur un canal, lorsqu'ils furent rencontrés par un vaisseau corsaire. Le capitaine ayant été frappé, quoique d'assez loin, du brillant éclat des étoiles qu'ils avaient sur le front, aborda la chaloupe, persuadé qu'elle était pleine de pierreries. Il y en trouva en effet ; et ce qui le toucha davantage, ce fut la beauté des quatre merveilleux enfants. Le désir de les conserver l'engagea à retourner chez lui pour les donner à sa femme qui n'en avait point, et qui en souhaitait depuis longtemps.

Elle s'inquiéta fort de le voir revenir si promptement, car il allait faire un voyage de long cours ; mais elle fut transportée de joie quand il remit entre ses mains un trésor si considérable ; ils admirèrent ensemble la merveille des étoiles, la chaîne d'or qui ne pouvait s'ôter de leur cou, et leurs longs cheveux. Ce fut bien autre chose lorsque cette femme les peigna, car il en tombait à tous moments des perles, des rubis, des diamants, des émeraudes de différentes grandeurs et toutes parfaites : elle en parla à son mari, qui ne s'en étonna pas moins qu'elle.

« Je suis bien las, lui dit-il, du métier de corsaire ; si les cheveux de ces petits enfants continuent à nous donner des trésors, je ne veux plus courir les mers, et mon bien sera aussi considérable que celui de nos plus grands capitaines. »

La femme du corsaire, qui se nommait Corsine, fut ravie de la résolution de son mari, elle en aima davantage ces quatre enfants ; elle nomme la princesse, Belle-Étoile ; son frère aîné, Petit-Soleil, le second, Heureux, et le fils aîné de la princesse, Chéri. Il était si fort au-dessus des deux autres pour sa beauté, qu'encore qu'il n'eût ni étoile, ni chaîne, Corsine l'aimait plus que les autres.

Comme elle ne pouvait les élever sans le secours de quelque nourrice, elle pria son mari, qui aimait beaucoup la chasse, de lui attraper des faons tout petits ; il en trouva le moyen, car la forêt où ils demeuraient était fort spacieuse. Corsine les ayant, elle les exposa du côté du vent ; les biches, qui les sentirent, accoururent pour leur donner à téter. Corsine les cacha, et mit à la place les enfants, qui s'accommodèrent à merveille du lait de biche. Tous les jours deux fois elles venaient quatre de compagnie jusque chez Corsine, chercher les princes et la princesse, qu'elles prenaient pour les faons.

C'est ainsi que se passa la tendre jeunesse des princes : le corsaire et sa femme les aimaient si passionnément qu'ils leur donnaient tous leurs soins. Cet homme avait été bien élevé : c'était moins par inclination que par bizarrerie de la fortune qu'il était devenu corsaire. Il avait épousé Corsine chez une princesse où son esprit s'était heureusement cultivé ; elle savait vivre, et quoiqu'elle se trouvât dans une espèce de désert, où ils ne subsistaient que des larcins qu'il faisait dans ses courses, elle n'avait point encore oublié l'usage du monde ; ils avaient la dernière joie de n'être plus en obligation de s'exposer à tous les périls attachés au métier de corsaire, ils devenaient assez riches sans cela. De trois en trois jours, il tombait, comme je l'ai déjà dit, des cheveux de la princesse et de ses frères, des pierreries considérables, que Corsine allait vendre à la ville la plus proche, et elle en rapportait mille gentillesses pour ses quatre marmots.

Quand ils furent sortis de la première enfance, le corsaire s'appliqua sérieusement à cultiver le beau naturel dont le ciel les avait doués ; et comme il ne doutait point qu'il n'y eût de grands mystères cachés dans leur naissance et dans la rencontre qu'il en avait faite, il voulut reconnaître par leur éducation ce présent des dieux ; de sorte qu'après avoir rendu sa maison plus logeable, il attira chez lui des personnes de mérite, qui leur apprirent diverses sciences avec une facilité qui surprenait tous ces grands maîtres.

Le corsaire et sa femme n'avaient jamais dit l'aventure des quatre enfants. Ils passaient pour être les leurs, quoiqu'ils marquassent, par toutes leurs actions, qu'ils sortaient d'un sang plus illustre. Ils étaient très unis entre eux ; il s'y trouvait du naturel et de la politesse, mais le prince Chéri avait pour la princesse Belle-Étoile des sentiments plus empressés et plus vifs que les deux autres ; dès qu'elle souhaitait quelque chose, il tentait jusqu'à l'impossible pour la satisfaire ; il ne la quittait presque jamais ; lorsqu'elle allait à la chasse, il l'accompagnait ; quand elle n'y allait point, il trouvait toujours des excuses pour se défendre de sortir. Petit-Soleil et Heureux, qui étaient frères, lui parlaient avec moins de tendresse et de respect. Elle remarqua cette différence, elle en tint compte à Chéri, et elle l'aima plus que les autres.

À mesure qu'ils avançaient en âge, leur mutuelle tendresse augmentait ; ils n'en eurent d'abord que du plaisir.

« Mon tendre frère, lui disait Belle-Étoile, si mes désirs suffisaient pour vous rendre heureux, vous seriez un des plus grands rois de la terre.

— Hélas ! ma sœur, répliquait-il, ne m'enviez pas le bonheur que je goûte auprès de vous ; je préférerais de passer une heure où vous êtes à toute l'élévation que vous me souhaitez. »

Quand elle disait la même chose à ses frères, ils répondaient naturellement qu'ils en seraient ravis ; et pour les éprouver davantage, elle ajoutait :

« Oui, je voudrais que vous remplissiez le premier trône du monde, dussé-je ne vous voir jamais. »

Ils disaient aussitôt :

« Vous avez raison, ma sœur, l'un vaudrait bien mieux que l'autre.

— Vous consentiriez donc, répliquait-elle, à ne me plus voir ?

— Sans doute, disaient-ils, il nous suffirait d'apprendre quelquefois de vos nouvelles. »

Lorsqu'elle se trouvait seule, elle examinait ces différentes manières d'aimer, et elle sentait son cœur disposé tout comme les leurs : car encore que Petit-Soleil et Heureux lui fussent chers, elle ne souhaitait point de rester avec eux toute sa vie ; et à l'égard de Chéri, elle fondait en larmes, quand elle pensait que leur père l'enverrait peut-être écumer les mers, ou qu'il le mènerait à l'armée. C'est ainsi que l'amour, masqué du nom spécieux d'un excellent naturel, s'établissait dans ces jeunes cœurs. Mais à quatorze ans Belle-Étoile commença de se reprocher l'injustice qu'elle croyait faire à ses frères, de ne les pas aimer également. Elle s'imagina que les soins et les caresses de Chéri en étaient la cause. Elle lui défendit de chercher davantage les moyens de se faire aimer.

« Vous ne les avez que trop trouvés, lui disait-elle agréablement, et vous êtes parvenu à me faire mettre une grande différence entre vous et eux. »

Quelle joie ne ressentait-il pas lorsqu'elle lui parlait ainsi ! Bien loin de diminuer son empressement, elle l'augmentait : il lui faisait chaque jour une galanterie nouvelle.

Ils ignoraient encore jusqu'où allait leur tendresse, et ils n'en connaissaient point l'espèce, lorsqu'un jour on apporta à Belle-Étoile plusieurs livres nouveaux : elle prit le premier qui tomba sous sa main ; c'était l'histoire de deux jeunes amants, dont la passion avait commencé se croyant frère et sœur, ensuite ils avaient été reconnus par leurs proches, et après des peines infinies ils s'étaient épousés. Comme Chéri lisait parfaitement bien, qu'il entendait tout finement, et qu'il se faisait entendre de même, elle le pria de lire auprès d'elle pendant qu'elle achèverait un ouvrage de lacis qu'elle avait envie de finir.

Il lut cette aventure, et ce ne fut pas sans une grande inquiétude qu'il y vit une peinture naïve de tous ses sentiments. Belle-Étoile n'était pas moins surprise ; il semblait que l'auteur avait lu tout ce qui se passait dans son âme. Plus Chéri lisait, plus il était touché ; plus la princesse l'écoutait, plus elle était attendrie ; quelque effort qu'elle pût faire, ses yeux se remplirent de larmes, et son visage en était couvert. Chéri se faisait de son côté une violence inutile ; il pâlissait, il changeait de couleur et de ton de voix : ils souffraient l'un et l'autre tout ce que l'on peut souffrir.

« Ah, ma sœur, s'écria-t-il en la regardant tristement, et laissant tomber son livre ! ah, ma sœur, qu'Hippolyte fut heureux de n'être pas le frère de Julie !

— Nous n'aurons pas une semblable satisfaction, répondit-elle. Hélas, nous est-elle moins due ! »

En achevant ces mots, elle connut qu'elle en avait trop dit, elle demeura interdite ; et si quelque chose put consoler le prince, ce fut l'état où il la vit. Depuis ce moment ils tombèrent l'un et l'autre dans une profonde tristesse, sans s'expliquer davantage : ils pénétraient une partie de ce qui se passait dans leurs âmes ; ils s'étudièrent pour cacher à tout le monde un secret qu'ils auraient voulu ignorer eux-mêmes, et duquel ils ne s'entretenaient point. Cependant il est si naturel de se flatter, que la princesse ne laissait pas de compter pour beaucoup que Chéri seul n'eût point d'étoile ni de chaîne au cou ; car pour les longs cheveux et le don de répandre des pierreries quand on les peignait, il les avait comme ses cousins.

Les trois princes étant allés un jour à la chasse, Belle-Étoile s'enferma dans un petit cabinet, qu'elle aimait parce qu'il était sombre, et qu'elle y rêvait avec plus de liberté qu'ailleurs : elle ne faisait aucun bruit. Ce cabinet n'était séparé de la chambre de Corsine que par une cloison, et cette femme la croyait à la promenade ; elle l'entendit qui disait au corsaire :

« Voilà Belle-Étoile en âge d'être mariée : si nous savions qui elle est, nous tâcherions de l'établir d'une manière convenable à son rang ; ou si nous pouvions croire que ceux qui passent pour ses frères ne le sont pas, nous lui en donnerions un, car que peut-elle jamais trouver d'aussi parfait qu'eux ?

— Lorsque je les rencontrai, dit le corsaire, je ne vis rien qui pût m'instruire de leur naissance ; les pierreries qui étaient attachées sur leur berceau, faisaient connaître que ces enfants appartenaient à des personnes riches ; ce qu'il y aurait de singulier, c'est qu'ils fussent tous jumeaux : car ils paraissaient de même âge, et il n'est pas ordinaire qu'on en ait quatre.

— Je soupçonne aussi, dit Corsine, que Chéri n'est pas leur frère, il n'a ni étoile ni chaîne au cou.

— Il est vrai, répliqua son mari ; mais les diamants tombent de ses cheveux comme de ceux des autres, et après toutes les richesses que nous avons amassées par le moyen de ces chers enfants, il ne me reste plus rien à souhaiter que de découvrir leur origine.

— Il faut laisser agir les dieux, dit Corsine, ils nous les ont donnés, et sans doute quand il en sera temps ils développeront ce qui nous est caché. »

Belle-Étoile écoutait attentivement cette conversation. L'on ne peut exprimer la joie qu'elle eut de pouvoir espérer qu'elle sortait d'un sang illustre ; car encore qu'elle n'eût jamais manqué de respect pour ceux dont elle croyait tenir le jour, elle n'avait pas laissé de ressentir de la peine d'être fille d'un corsaire. Mais ce qui flattait davantage son imagination, c'était de penser que Chéri n'était peut-être point son frère : elle brûlait d'impatience de l'entretenir, et de leur dire à tous une aventure si extraordinaire.

Elle monta sur un cheval isabelle, dont les crins noirs étaient rattachés avec des boucles de diamants, car elle n'avait qu'à se peigner une seule fois pour en garnir tout un équipage de chasse : sa housse de velours vert était chamarrée de diamants et brodée de rubis ; elle monta promptement à cheval, et fut dans la forêt chercher ses frères. Le bruit des cors et des chiens lui fit assez entendre où ils étaient : elle les joignit au bout d'un moment. À sa vue, Chéri se détacha et vint au-devant d'elle plus vite que les autres.

Quelle agréable surprise, lui cria-t-il, Belle-Étoile ! Vous venez enfin à la chasse, vous que l'on ne peut distraire pour un moment des plaisirs que vous donnent la musique et les sciences que vous apprenez ?

— J'ai tant de choses à vous dire, répliqua-t-elle, que voulant être en particulier, je suis venue vous chercher.

Hélas ! ma sœur, dit-il en soupirant, que me voulez-vous aujourd'hui ? Il semble qu'il y a longtemps que vous ne me voulez plus rien. »

Elle rougit, puis baissant les yeux, elle demeura sur son cheval, triste et rêveuse, sans lui répondre.

Enfin ses deux frères arrivèrent : elle se réveilla à leur vue comme d'un profond sommeil, et sauta à terre marchant la première : ils la suivirent tous ; et quand elle fut au milieu d'une petite pelouse ombragée d'arbres :

« Mettons-nous ici, leur dit-elle, et apprenez ce que je viens d'entendre. »

Elle leur raconta exactement la conversation du corsaire avec sa femme, et comme quoi ils n'étaient point leurs enfants. Il ne se peut rien ajouter à la surprise des trois princes : ils agitèrent entre eux ce qu'ils devaient faire. L'un voulait partir sans rien dire ; l'autre ne voulait point partir du tout, et l'autre voulait partir et le dire. Le premier soutenait que c'était le moyen le plus sûr, parce que le gain qu'ils faisaient en les peignant les obligerait de les retenir ; l'autre répondait qu'il aurait été bon de les quitter si l'on avait su un lieu fixe où aller, et de quelle condition l'on était, mais que le titre d'errants dans le monde n'était pas agréable ; le dernier ajoutait qu'il y aurait de l'ingratitude de les abandonner sans leur agrément ; qu'il y aurait de la stupidité de vouloir rester davantage avec eux au milieu d'une forêt, où ils ne pourraient apprendre qui ils étaient, et que le meilleur parti c'était de leur parler, et de les faire consentir à leur éloignement. Ils goûtèrent tous cet avis. Aussitôt ils montèrent à cheval pour venir trouver le corsaire et Corsine.

Le cœur de Chéri était flatté par tout ce que l'espérance peut offrir de plus agréable pour consoler un amant affligé : son amour lui faisait deviner une partie des choses futures : il ne se croyait plus le frère de Belle-Étoile ; sa passion contrainte prenant un peu l'essor, lui permettait mille tendres idées qui le charmaient. Ils joignirent le corsaire et Corsine avec un visage mêlé de joie et d'inquiétude.

« Nous ne venons pas, dit Petit-Soleil (car il portait la parole), pour vous dénier l'amitié, la reconnaissance et le respect que nous vous devons ; bien que nous soyons informés de la manière que vous nous trouvâtes sur la mer, et que vous n'êtes ni notre père ni notre mère, la pitié avec laquelle vous nous avez sauvés, la noble éducation que vous nous avez donnée, tant de soins et de bontés que vous avez eus pour nous, sont des engagements si indispensables, que rien au monde ne peut nous affranchir de votre dépendance. Nous venons donc vous renouveler nos sincères remerciements ; vous supplier de nous raconter un événement si rare, et de nous conseiller, afin que nous conduisant par vos sages avis, nous n'ayons rien à nous reprocher. »

Le corsaire et Corsine furent bien surpris qu'une chose qu'ils avaient cachée avec tant de soin eût été découverte.

« On vous a trop bien informés, dirent-ils, et nous ne pouvons vous celer que vous n'êtes point en effet nos enfants, et que la fortune seule vous a fait tomber entre nos mains. Nous n'avons aucune lumière sur votre naissance ; mais les pierreries qui étaient dans votre berceau peuvent marquer que vos parents sont ou grands seigneurs ou fort riches : au reste, que pouvons-nous vous conseiller ? Si vous consultez l'amitié que nous avons pour vous, sans doute vous resterez avec nous, et vous consolerez notre vieillesse par votre aimable compagnie ; si le château que nous avons bâti en ces lieux ne vous plaît pas, ou que le séjour de cette solitude vous chagrine, nous irons où vous voudrez, pourvu que ce ne soit point à la cour ; une longue expérience nous en a dégoûtés, et vous en dégoûterait peut-être, si vous étiez informés des agitations continuelles, des feintes, de l'envie, des inégalités, des véritables maux et des faux biens que l'on y trouve : nous vous en dirions davantage, mais vous croiriez que nos conseils sont intéressés ; ils le sont aussi, mes enfants : nous désirons de vous arrêter dans cette paisible retraite, quoique vous soyez maîtres de la quitter quand vous le voudrez. Ne laissez pourtant pas de considérer que vous êtes au port, et que vous allez sur une mer orageuse ; que les peines y surpassent presque toujours les plaisirs ; que le cours de la vie est limité ; qu'on la quitte souvent au milieu de sa carrière ; que les grandeurs du monde sont de faux brillants dont on se laisse éblouir par une fatalité étrange, et que le plus solide de tous les biens, c'est de savoir se borner, jouir de sa tranquillité, et se rendre sage. »

Le corsaire n'aurait pas fini si tôt ses remontrances, s'il n'eût été interrompu par le prince Heureux.

« Mon cher père, lui dit-il, nous avons trop d'envie de découvrir quelque chose de notre naissance, pour nous ensevelir au fond d'un désert : la morale que vous établissez est excellente, et je voudrais que nous fussions capables de la suivre, mais je ne sais quelle fatalité nous appelle ailleurs ; permettez que nous remplissions le cours de notre destinée, nous reviendrons vous revoir et vous rendre compte de toutes nos aventures. »

À ces mots le corsaire et sa femme se prirent à pleurer. Les princes s'attendrirent fort, particulièrement Belle-Étoile, qui avait un naturel admirable, et qui n'aurait jamais pensé à quitter le désert, si elle avait été sûre que Chéri fût toujours resté avec elle.

Cette résolution étant prise, ils ne songèrent plus qu'à faire leur équipage pour s'embarquer ; car ayant été trouvés sur la mer, ils avaient quelque espérance qu'ils y recevraient des lumières de ce qu'ils voulaient savoir. Ils firent entrer dans leur petit vaisseau un cheval pour chacun d'eux ; et après s'être peignés jusqu'à s'en écorcher pour laisser plus de pierreries à Corsine, ils la prièrent de leur donner en échange les chaînes de diamants qui étaient dans leur berceau. Elle alla les quérir dans son cabinet, où elle les avait soigneusement gardées, et elle les attacha toutes sur l'habit de Belle-Étoile qu'elle embrassait sans cesse, lui mouillant le visage de ses larmes.

Jamais séparation n'a été si triste : le corsaire et sa femme en pensèrent mourir : leur douleur ne provenait point d'une source intéressée ; car ils avaient amassé tant de trésors qu'ils n'en souhaitaient plus. Petit-Soleil, Heureux, Chéri et Belle-Étoile montèrent dans le vaisseau. Le corsaire l'avait fait faire très bon et très magnifique : le mât était d'ébène et de cèdre ; les cordages de soie verte mêlée d'or ; les voiles de drap d'or et vert, et les peintures excellentes. Quand il commença à voguer, Cléopâtre avec son Antoine, et même toute la chiourme de Vénus, auraient baissé le pavillon devant lui. La princesse était assise sous un riche pavillon, vers la poupe, ses deux frères et son cousin se tenaient près d'elle, plus brillants que les astres, et leurs étoiles jetaient de longs rayons de lumière qui éblouissaient. Ils résolurent d'aller au même endroit où le corsaire les avait trouvés, et en effet ils s'y rendirent. Ils se préparèrent à faire là un grand sacrifice aux dieux et aux fées, pour obtenir leur protection, et qu'ils fussent conduits dans le lieu de leur naissance. On prit une tourterelle pour l'immoler : la princesse pitoyable la trouva si belle qu'elle lui sauva la vie ; et pour la garantir de pareil accident, elle la laissa aller.

« Pars, lui dit-elle, petit oiseau de Vénus ; et si j'ai quelque jour besoin de toi, n'oublie pas le bien que je te fais. »

La tourterelle s'envola : le sacrifice étant fini, ils commencèrent un concert si charmant, qu'il semblait que toute la nature gardait un profond silence pour les écouter : les flots de la mer ne s'élevaient point ; le vent ne soufflait pas ; Zéphyre seul agitait les cheveux de la princesse, et mettait son voile un peu en désordre. Dans le moment il sortit de l'eau une Sirène qui chantait si bien que la princesse et ses frères l'admirèrent. Après avoir dit quelques airs, elle se tourna vers eux, et leur cria :

« Cessez de vous inquiéter ; laissez aller votre vaisseau ; descendez où il s'arrêtera, et que tous ceux qui s'aiment continuent de s'aimer. »

Belle-Étoile et Chéri ressentirent une joie extraordinaire de ce que la Sirène venait de dire. Ils ne doutèrent point que ce ne fût pour eux ; et se faisant un signe d'intelligence, leurs cœurs se parlèrent sans que Petit-Soleil et Heureux s'en aperçussent. Le navire voguait au gré des vents et de l'onde ; leur navigation n'eut rien d'extraordinaire ; le temps était toujours beau, et la mer toujours calme. Ils ne laissèrent pas de rester trois mois entiers dans leur voyage, pendant lesquels l'amoureux prince Chéri s'entretenait souvent avec la princesse.

« Que j'ai de flatteuses espérances, lui dit-il un jour, charmante Étoile ! Je ne suis point votre frère ; ce cœur qui reconnaît votre pouvoir, et qui n'en reconnaîtra jamais d'autre, n'est pas né pour les crimes : c'en serait un de vous aimer comme je fais, si vous étiez ma sœur ; mais la charitable Sirène qui nous est venue conseiller, m'a confirmé ce que j'avais là-dessus dans l'esprit.

— Ah ! mon frère, répliqua-t-elle, ne vous fiez point trop à une chose qui est encore si obscure que nous ne pouvons la pénétrer ! Quelle serait notre destinée, si nous irritions les dieux par des sentiments qui pourraient leur déplaire ? La Sirène s'est si peu expliquée, qu'il faut avoir bien envie de deviner pour nous appliquer ce qu'elle a dit.

— Vous vous en défendez, cruelle, dit le prince affligé, bien moins par le respect que vous avez pour les dieux, que par aversion pour moi. »

Belle-Étoile ne lui répliqua rien ; et levant les yeux au ciel, elle poussa un profond soupir, qu'il ne put s'empêcher d'expliquer en sa faveur.

Ils étaient dans la saison où les jours sont longs et brûlants : vers le soir la princesse et ses frères montèrent sur le tillac pour voir coucher le soleil dans le sein de l'onde ; elle s'assit, les princes se placèrent auprès d'elle ; ils prirent des instruments et commencèrent leur agréable concert. Cependant le vaisseau poussé par un vent frais semblait voguer plus légèrement, et se hâtait de doubler un petit promontoire qui cachait une partie de la plus belle ville du monde ; mais tout d'un coup elle se découvrit, son aspect étonna notre aimable jeunesse : tous les palais en étaient de marbre, les couvertures dorées, et le reste des maisons de porcelaines fort fines ; plusieurs arbres toujours verts mêlaient l'émail de leurs feuilles aux diverses couleurs du marbre, de l'or et des porcelaines ; de sorte qu'ils souhaitaient que leur vaisseau entrât dans le port ; mais ils doutaient d'y pouvoir trouver place, tant il y en avait d'autres dont les mâts semblaient composer une forêt flottante.

Leurs désirs furent accomplis, ils abordèrent, et le rivage en un moment se trouva couvert du peuple, qui avait aperçu la magnificence du navire : celui que les Argonautes avaient construit pour la conquête de la toison ne brillait pas tant ; les étoiles et la beauté des merveilleux enfants ravissaient ceux qui les voyaient ; l'on courut dire au roi cette nouvelle : comme il ne pouvait la croire, et que la grande terrasse du palais donnait jusqu'au bord de la mer, il s'y rendit promptement ; il vit que les princes Petit-Soleil et Chéri, tenant la princesse entre leurs bras, la portèrent à terre, qu'ensuite l'on fit sortir leurs chevaux, dont les riches harnais répondaient bien à tout le reste. Petit-Soleil en montait un plus noir que du jais ; celui d'Heureux était gris ; Chéri avait le sien blanc comme neige, et la princesse son isabelle. Le roi les admirait tous quatre sur leurs chevaux qui marchaient si fièrement qu'ils écartaient tous ceux qui voulaient s'approcher.

Les princes ayant entendu que l'on disait « voilà le roi », levèrent les yeux, et l'ayant vu d'un air plein de majesté, aussitôt ils lui firent une profonde révérence, et passèrent doucement, tenant les yeux attachés sur lui. De son côté, il les regardait, et n'était pas moins charmé de l'incomparable beauté de la princesse que de la bonne mine des jeunes princes. Il commanda à son écuyer de leur aller offrir sa protection, et toutes les choses dont ils pourraient avoir besoin dans un pays où ils étaient apparemment étrangers. Ils reçurent l'honneur que le roi leur faisait avec beaucoup de respect et de reconnaissance, et lui dirent qu'ils n'avaient besoin que d'une maison où ils pussent être en particulier ; qu'ils seraient bien aises qu'elle fût à une ou deux lieues de la ville, parce qu'ils aimaient fort la promenade. Sur-le-champ le premier écuyer leur en fît donner une des plus magnifiques où ils logèrent commodément avec tout leur train.

Le roi avait l'esprit si rempli des quatre enfants qu'il venait de voir, que sur-le-champ il alla dans la chambre de la reine sa mère lui dire la merveille des étoiles qui brillaient sur leurs fronts, et tout ce qu'il avait admiré en eux. Elle en fut tout interdite ; elle lui demanda sans aucune affectation quel âge ils pouvaient avoir ; il répondit quinze ou seize ans : elle ne témoigna point son inquiétude, mais elle craignait terriblement que Feintise ne l'eût trahie. Cependant le roi se promenait à grands pas, et disait :

« Qu'un père est heureux d'avoir des fils si parfaits et une fille si belle ! Pour moi, infortuné souverain, je suis père de trois chiens ; voilà d'illustres successeurs, et ma couronne est bien affermie ! »

La reine-mère écoutait ces paroles avec une inquiétude mortelle. Les étoiles brillantes, et l'âge à peu près de ces étrangers, avaient tant de rapport à celui des princes et de leur sœur, qu'elle eut de grands soupçons d'avoir été trompée par Feintise, et qu'au lieu de tuer les enfants du roi, elle ne les eût sauvés. Comme elle se possédait beaucoup, elle ne témoigna rien de ce qui se passait dans son âme ; elle ne voulut pas même envoyer ce jour-là s'informer de bien des choses qu'elle avait envie de savoir ; mais le lendemain elle commanda à son secrétaire d'y aller, et que sous prétexte de donner des ordres dans la maison pour leur commodité, il examinât tout, et s'ils avaient des étoiles sur le front.

Le secrétaire partit assez matin ; il arriva comme la princesse se mettait à sa toilette : en ce temps-là l'on n'achetait point son teint chez les marchands ; qui était blanche restait blanche ; qui était noire ne devenait point blanche ; de sorte qu'il la vit décoiffée. On la peignait ; ses cheveux blonds, plus fins que des filets d'or, descendaient par boucles jusqu'à terre ; il y avait plusieurs corbeilles autour d'elle, afin que les pierreries qui tombaient de ses cheveux ne fussent pas perdues ; son étoile sur le front jetait des feux qu'on avait peine à soutenir ; et la chaîne d'or de son cou n'était pas moins extraordinaire que les précieux diamants qui roulaient du haut de sa tête. Le secrétaire avait bien de la peine à croire ce qu'il voyait ; mais la princesse ayant choisi la plus grosse perle, elle le pria de la garder pour se souvenir d'elle ; c'est la même que les rois d'Espagne estiment tant sous le nom de *Peregrina*, qui veut dire Pèlerine, parce qu'elle vient d'une voyageuse.

Le secrétaire, confus d'une si grande libéralité, prit congé d'elle, et salua les trois princes, avec lesquels il demeura longtemps pour être informé d'une partie de ce qu'il désirait savoir. Il retourna en rendre compte à la reine-mère, qui se confirma dans les soupçons qu'elle avait déjà. Il lui dit que Chéri n'avait point d'étoile, mais qu'il tombait des pierreries de ses cheveux comme de ceux de ses frères, et qu'à son gré c'était le mieux fait ; qu'ils venaient de fort loin ; que leur père et leur mère ne leur avaient donné qu'un certain temps, afin de voir les pays étrangers. Cet article déroutait un peu la reine, et elle se figurait quelquefois que ce n'était point les enfants du roi.

Elle flottait ainsi entre la crainte et l'espérance, quand le roi, qui aimait fort la chasse, alla du côté de leur maison ; le grand écuyer, qui l'accompagnait, lui dit en passant que c'était là qu'il avait logé Belle-Étoile et ses frères par son ordre.

« La reine m'a conseillé, repartit le roi, de ne les pas voir ; elle appréhende qu'ils viennent de quelque pays infecté de la peste, et qu'ils n'en apportent le mauvais air.

— Cette jeune étrangère, repartit le premier écuyer, est en effet très dangereuse ; mais, Sire, je craindrais plus ses yeux que le mauvais air.

— En vérité, dit le roi, je le crois comme vous. »

Et poussant aussitôt son cheval, il entendit des instruments et des voix ; il s'arrêta proche d'un grand salon, dont les fenêtres étaient ouvertes ; et après avoir admiré la douceur de cette symphonie, il s'avança.

Le bruit des chevaux obligea les princes à regarder ; dès qu'ils virent le roi, ils le saluèrent respectueusement, et se hâtèrent de sortir, l'abordant avec un visage gai et tant de marques de soumission qu'ils embrassaient ses genoux ; la princesse lui baisait les mains comme s'ils l'eussent reconnu pour être leur père. Il les caressa fort, et sentait son cœur si ému qu'il n'en pouvait deviner la cause. Il leur dit qu'ils ne manquassent pas de venir au palais, qu'il voulait les entretenir et les présenter à sa mère. Ils le remercièrent de l'honneur qu'il leur faisait, et lui dirent qu'aussitôt que leurs habits et leurs équipages seraient achevés, ils ne manqueraient pas de lui faire leur cour.

Le roi les quitta pour achever la chasse qui était commencée ; il leur en envoya obligeamment la moitié, et porta l'autre à la reine sa mère.

« Quoi ! lui dit-elle, est-il possible que vous ayez fait une si petite chasse ? Vous tuez ordinairement trois fois plus de gibier.

— Il est vrai, repartit le roi, mais j'en ai régalé les beaux étrangers ; je sens pour eux une inclination si parfaite, que j'en suis surpris moi-même, et si vous aviez moins peur de l'air contagieux, je les aurais déjà fait venir loger dans le palais. »

La reine-mère se fâcha beaucoup : elle l'accusait de manquer d'égards pour elle, et lui fit des reproches de s'exposer si légèrement.

Dès qu'il l'eut quittée, elle envoya dire à Feintise de lui venir parler ; elle s'enferma avec elle dans son cabinet, et la prit d'une main par les cheveux, lui portant un poignard sur la gorge :

« Malheureuse, dit-elle, je ne sais quel reste de bonté m'empêche de te sacrifier à mon juste ressentiment : tu m'as trahie ; tu n'as point tué les quatre enfants que j'avais remis entre tes mains pour en être défaite ; avoue au moins ton crime, et peut-être que je te le pardonnerai. »

Feintise, demi-morte de peur, se jeta à ses pieds, et lui dit comme la chose s'était passée ; qu'elle croyait impossible que les enfants fussent encore en vie, parce qu'il s'était élevé une tempête si effroyable, qu'elle avait pensé être accablée de la grêle ; mais qu'enfin elle lui demandait du temps, et qu'elle trouverait le moyen de la défaire d'eux l'un après l'autre, sans que personne au monde pût l'en soupçonner.

La reine, qui ne voulait que leur mort, s'apaisa un peu ; elle lui dit de n'y perdre pas un moment ; et en effet la vieille Feintise, qui se voyait en grand péril, ne négligea rien de ce qui dépendait d'elle : elle épia le temps que les trois princes étaient à la chasse, et portant sous son bras une guitare, elle alla s'asseoir vis-à-vis des fenêtres de la princesse, où elle chanta ces paroles :

La beauté peut tout surmonter,
Heureux qui sait en profiter !
La beauté s'efface,
L'âge de glace
Vient en ternir toutes les fleurs.
Qu'on a de douleurs
Quand on repasse
Les attraits que l'on a perdus !
On se désespère,
Et l'on prend pour plaire
Des soins superflus.
Jeunes cœurs, laissez-vous charmer ;
Dans le bel âge l'on doit aimer.
La beauté s'efface,
L'âge de glace
Vient en ternir toutes les fleurs.
Qu'on a de douleurs
Quand on repasse
Les attraits que l'on a perdus !
On se désespère,

Et l'on prend pour plaire
Des soins superflus.

Belle-Étoile trouva ces paroles assez plaisantes ; elle s'avança sur un balcon pour voir celle qui les chantait ; aussitôt qu'elle parut, Feintise, qui s'était habillée fort proprement, lui fit une grande révérence ; la princesse la salua à son tour ; et comme elle était gaie, elle lui demanda si les paroles qu'elle venait d'entendre avaient été faites pour elle.

« Oui, charmante personne, répliqua Feintise, elles sont pour moi ; mais afin qu'elles ne soient jamais pour vous, je viens vous donner un avis dont vous ne devez pas manquer de profiter.

— Et quel est-il ? dit Belle-Étoile.

— Dès que vous m'aurez permis de monter dans votre chambre, ajouta-t-elle, vous le saurez.

— Vous y pouvez venir », repartit la princesse.

Aussitôt la vieille se présenta avec un certain air de cour que l'on ne perd point quand on l'a une fois.

« Ma belle fille, dit Feintise, sans perdre un moment (car elle craignait qu'on ne vînt l'interrompre), le ciel vous a faite tout aimable ; vous êtes douée d'une étoile brillante sur votre front, et l'on raconte bien d'autres merveilles de vous ; mais il vous manque encore une chose qui vous est essentiellement nécessaire ; si vous ne l'avez, je vous plains.

— Et que me manque-t-il ? répliqua-t-elle.

— L'eau qui danse, ajouta notre maligne vieille : si j'en avais eu, vous ne verriez pas un cheveu blanc sur ma tête, pas une ride sur mon front ; j'aurais les plus belles dents du monde, avec un air enfantin qui charmerait. Hélas ! j'ai su ce secret trop tard, mes attraits étaient déjà effacés ; profitez de mes malheurs, ma chère enfant, ce sera une consolation pour moi, car je me sens pour vous des mouvements de tendresse extraordinaires.

— Mais où prendrai-je cette eau qui danse ? repartit Belle-Étoile.

— Elle est dans la forêt lumineuse, dit Feintise : vous avez trois frères, est-ce que l'un d'eux ne vous aimera pas assez pour l'aller quérir ? Vraiment ils ne seraient guère tendres ; enfin il n'y va pas de moins que d'être belle cent ans après votre mort.

— Mes frères me chérissent, dit la princesse, il y en a un entre autres qui ne me refusera rien. Certainement si cette eau fait tout ce que vous dites, je vous donnerai une récompense proportionnée à son mérite. »

La perfide vieille se retira en diligence, ravie d'avoir si bien réussi ; elle dit à Belle-Étoile qu'elle serait soigneuse de la venir voir.

Les princes revinrent de la chasse, l'un apporta un marcassin, l'autre un lièvre, et l'autre un cerf ; tout fut mis aux pieds de leur sœur ; elle regarda cet hommage avec une espèce de dédain ; elle était occupée de l'avis de Feintise, elle en paraissait même inquiète, et Chéri, qui n'avait point d'autre occupation que de l'étudier, ne fut pas un quart d'heure, avec elle sans le remarquer.

« Qu'avez-vous, ma chère Étoile, lui dit-il, le pays où nous sommes n'est peut-être pas à votre gré ? Si cela est, partons-en tout à l'heure ; peut-être encore que notre équipage n'est pas assez grand, les meubles assez beaux, la table assez délicate : parlez, de grâce, afin que j'aie le plaisir de vous obéir le premier, et de vous faire obéir par les autres.

— La confiance que vous me donnez de vous dire ce qui se passe dans mon esprit, répliqua-t-elle, m'engage à vous déclarer que je ne saurais plus vivre, si je n'ai l'eau qui danse ; elle est dans la forêt lumineuse ; je n'aurai avec elle rien à craindre de la fureur des ans.

— Ne vous chagrinez point, mon aimable Étoile, ajouta-t-il, je vais partir et je vous en apporterai, ou vous saurez par ma mort qu'il est impossible d'en avoir.

— Non, dit-elle, j'aimerais mieux renoncer à tous les avantages de la beauté ; j'aimerais mieux être affreuse que de hasarder une vie si chère ; je vous conjure de ne plus penser à l'eau qui danse, et même, si j'ai quelque pouvoir sur vous, je vous le défends. »

Le prince feignit de lui obéir ; mais aussitôt qu'il la vit occupée, il monta sur son cheval blanc, qui n'allait que par bonds et par courbettes ; il prit de l'argent et un riche habit ; pour des diamants, il n'en avait pas besoin, car ses cheveux lui en fournissaient assez, et trois coups de peigne en faisaient tomber quelquefois pour un million. À la vérité cela n'était pas toujours égal ; l'on a même su que la disposition de leur esprit et celle de leur santé réglaient assez l'abondance des pierreries ; il ne mena personne avec lui pour être plus en liberté, et afin que si l'aventure était périlleuse, il pût se hasarder sans essuyer les remontrances d'un domestique zélé et craintif.

Quand l'heure du souper fut venue, et que la princesse ne vit point paraître son frère Chéri, l'inquiétude la saisit à tel point qu'elle ne pouvait ni boire ni manger : elle donna des ordres pour le faire chercher partout. Les deux princes, ne sachant rien de l'eau qui danse, lui disaient qu'elle se tourmentait trop, qu'il ne pouvait être éloigné, qu'elle savait qu'il s'abandonnait volontiers à de profondes rêveries, et que sans doute il s'était arrêté dans la forêt. Elle prit donc un peu de tranquillité jusqu'à minuit ; mais alors elle perdit toute patience, et dit en pleurant à ses frères que c'était elle qui était cause de l'éloignement de Chéri, qu'elle lui avait témoigné un désir extrême d'avoir l'eau qui danse de la forêt lumineuse, que sans doute il en avait pris le chemin. À ces nouvelles ils résolurent d'envoyer après lui plusieurs personnes, et elle les chargea de lui dire qu'elle le conjurait de revenir.

Cependant la méchante Feintise était fort intriguée pour savoir l'effet de son conseil, lorsqu'elle apprit que Chéri était déjà en campagne ; elle en eut une sensible joie, ne doutant pas qu'il ne fît plus de diligence que ceux qui le suivaient, et qu'il ne lui en arrivât malheur ; elle courut au palais, toute fière de cette espérance ; elle rendit compte à la reine-mère de ce qui s'était passé.

« J'avoue, madame, lui dit-elle, que je ne puis douter que ce ne soient les trois princes et leur sœur ; ils ont des étoiles sur le front, des chaînes, d'or au cou ; leurs cheveux sont d'une beauté ravissante, il en tombe à tous moments des pierreries ; j'en ai vu à la princesse que j'avais mises sur son berceau, dont elle se pare, quoiqu'elles ne vaillent pas celles qui tombent de ses cheveux : de sorte qu'il m'est pas permis de douter de leur retour, malgré les soins que je croyais avoir pris pour l'empêcher ; mais, madame, je vous en délivrerai ; et comme c'est le seul moyen qui me reste de réparer ma faute, je vous supplie seulement de m'accorder du temps ; voilà déjà un des princes qui est parti pour aller chercher l'eau qui danse, il périra sans doute dans cette entreprise ; ainsi je leur prépare plusieurs occasions de se perdre.

— Nous verrons, dit la reine, si le succès répondra à votre attente, mais comptez que cela seul peut vous dérober à ma juste fureur. »

Feintise se retira plus alarmée que jamais, cherchant dans son esprit tout ce qui pouvait les faire périr.

Le moyen qu'elle en avait trouvé à l'égard du prince Chéri, était un des plus certains, car l'eau qui danse ne se puisait pas aisément ; elle avait fait tant de bruit par les malheurs qui étaient arrivés à ceux qui la cherchaient, qu'il n'y avait personne qui n'en sût le chemin. Son cheval blanc allait d'une vitesse surprenante ; il le pressait sans quartier, parce qu'il voulait revenir promptement auprès de Belle-Étoile, et lui donner la satisfaction qu'elle se promettait de son voyage. Il ne laissa pas de marcher huit nuits de suite sans se reposer ailleurs que dans le bois, sous le premier arbre, sans manger autre chose que les fruits qu'il trouvait sur son chemin, et sans laisser à son cheval qu'à peine le temps de brouter l'herbe. Enfin au bout de ce temps-là, il se trouva dans un pays dont l'air était si chaud, qu'il commença de souffrir beaucoup : ce n'était pas que le soleil eût plus d'ardeur ; il ne savait à quoi en attribuer la cause, lorsque du haut d'une montagne il aperçut la forêt lumineuse ; tous les arbres brûlaient sans se consumer, et jetaient des flammes en des lieux si éloignés, que la campagne était aride et déserte : l'on entendait dans cette forêt siffler les serpents et rugir les lions, ce qui étonna beaucoup le prince ; car il semblait qu'aucun animal, excepté la salamandre, ne pouvait vivre dans cette espèce de fournaise.

Après avoir considéré une chose si épouvantable, il descendit, rêvant à ce qu'il allait faire, et il se dit plus d'une fois qu'il était perdu. Comme il approchait de ce grand feu, il mourait de soif ; il trouva une fontaine qui sortait de la montagne, et qui tombait dans un grand bassin de marbre ; il mit pied à terre, s'en approcha, et se baissait pour puiser de l'eau dans un petit vase d'or qu'il avait apporté, afin d'y mettre celle que la princesse souhaitait, quand il aperçut une tourterelle qui se noyait dans cette fontaine ; ses plumes étaient toutes mouillées ; elle n'avait plus de force, et coulait au fond du bassin. Chéri en eut pitié, il la sauva ; il la pendit d'abord par les pieds ; elle avait tant bu, qu'elle en était enflée ; ensuite il la réchauffa ; il essuya ses ailes avec un mouchoir fin, il la secourut si bien que la pauvre tourterelle se trouva au bout d'un moment plus gaie qu'elle n'avait été triste.

« Seigneur Chéri, lui dit-elle d'une voix douce et tendre, vous n'avez jamais obligé petit animal plus reconnaissant que moi ; ce n'est pas d'aujourd'hui que j'ai reçu des faveurs essentielles de votre famille, je suis ravie de pouvoir vous être utile à mon tour. Ne croyez donc pas que j'ignore le sujet de votre voyage ; vous l'avez entrepris un peu témérairement, car l'on ne saurait nombrer les personnes qui sont péries ici. L'eau qui danse est la huitième merveille du monde pour les dames ; elle embellit, elle rajeunit, elle enrichit ; mais si je ne vous sers de guide, vous n'y pourrez arriver, car la source sort à gros bouillons du milieu de la forêt, et s'y précipite dans un gouffre : le chemin est couvert de branches d'arbres qui tombent tout embrasées, et je ne vois guère d'autre moyen que d'y aller par-dessous terre ; reposez-vous donc ici sans inquiétude, je vais ordonner ce qu'il faut. »

En même temps la tourterelle s'élève en l'air, va, vient, s'abaisse, vole et revole tant et tant, que sur la fin du jour elle dit au prince que tout était prêt. Il prend l'officieux oiseau, il le baise, il le caresse, le remercie, et le suit sur son beau cheval blanc. À peine eut-il fait cent pas, qu'il voit deux longues files de renards, blaireaux, taupes, escargots, fourmis, et de toutes les sortes de bêtes qui se cachent dans la terre : il y en avait une si prodigieuse quantité, qu'il ne comprenait point par quel pouvoir ils s'étaient ainsi rassemblés.

« C'est par mon ordre, lui dit la tourterelle, que vous voyez en ces lieux ce petit peuple souterrain ; il vient de travailler pour votre service, et faire une extrême diligence ; vous me ferez plaisir de les en remercier. »

Le prince les salua, et leur dit qu'il voudrait les tenir dans un lieu moins stérile, qu'il les régalerait avec plaisir : chaque bestiole parut contente.

Chéri étant à l'entrée de la voûte, y laissa son cheval ; puis, demi-courbé, il chemina avec la bonne tourterelle, qui le conduisit très heureusement jusqu'à la fontaine : elle faisait un si grand bruit, qu'il en serait devenu sourd, si elle ne lui avait pas donné deux de ses plumes blanches dont il se boucha les oreilles. Il fut étrangement surpris de voir que cette eau dansait avec la même justesse que si Favier et Pecout lui avaient montré. Il est vrai que ce n'était que de vieilles danses, comme la Bocane, la Mariée et la Sarabande. Plusieurs oiseaux qui voltigeaient en l'air chantaient les airs que l'eau voulait danser. Le prince en puisa plein son vase d'or, il en but deux traits, qui le rendirent cent fois plus beau qu'il n'était, et qui le rafraîchirent si bien, qu'il s'apercevait à peine que de tous les endroits du monde le plus chaud c'est la forêt lumineuse.

Il en partit par le même chemin par lequel il était venu : son cheval s'était éloigné ; mais fidèle à sa voix, dès qu'il l'appela il vint au grand galop. Le prince se jeta légèrement dessus, tout fier d'avoir l'eau qui danse.

« Tendre tourterelle, dit-il à celle qu'il tenait, j'ignore encore par quel prodige vous avez tant de pouvoir en ces lieux ; les effets que j'en ai ressentis m'engagent à beaucoup de reconnaissance ; et comme la liberté est le plus grand des biens, je vous rends la vôtre, pour égaler par cette faveur celles que vous m'avez faites. »

En achevant ces mots, il la laissa aller. Elle s'envola d'un petit air aussi farouche que si elle eût resté avec lui contre son gré.

« Quelle inégalité ! dit-il alors, tu tiens plus de l'homme que de la tourterelle ; l'un est inconstant, l'autre ne l'est point. »

La tourterelle lui répondit du haut des airs :

« Eh ! savez-vous qui je suis ? »

Chéri s'étonna que la tourterelle eût répondu ainsi à sa pensée, il jugea bien qu'elle était très habile ; il fut fâché de l'avoir laissée aller :

« Elle m'aurait peut-être été utile, disait-il, et j'aurais appris par elle bien des choses qui contribueraient au repos de ma vie. » Cependant il convint avec lui-même qu'il ne faut jamais regretter un bienfait accordé ; il se trouvait son redevable, quand il pensait aux difficultés qu'elle lui avait aplanies pour avoir l'eau qui danse. Son vase d'or était fermé de manière que l'eau ne pouvait ni se perdre, ni s'évaporer. Il pensait agréablement au plaisir qu'aurait Belle-Étoile en la recevant et la joie qu'il aurait de la revoir, lorsqu'il vit venir à toute bride plusieurs cavaliers, qui ne l'eurent pas plus tôt aperçu, que poussant de grands cris, ils se le montrèrent les uns aux autres. Il n'eut point de peur, son âme avait un caractère d'intrépidité qui s'alarmait peu des périls. Cependant il ressentit beaucoup de chagrin que quelque chose l'arrêtât ; il poussa brusquement son cheval vers eux, et resta agréablement surpris de reconnaître une partie de ses domestiques qui lui présentèrent de petits billets, ou pour mieux dire des ordres dont la princesse les avait chargés pour lui, afin qu'il ne s'exposât point aux dangers de la forêt lumineuse : il baisa l'écriture de Belle-Étoile ; il soupira plus d'une fois, et se hâtant de retourner vers elle, il la retira de la plus sensible peine que l'on puisse éprouver.

Il la trouva en arrivant assise sous quelques arbres, où elle s'abandonnait à toute son inquiétude. Quand elle le vit à ses pieds, elle ne savait quel accueil lui faire ; elle voulait le gronder d'être parti contre ses ordres ; elle voulait le remercier du charmant présent qu'il lui faisait ; enfin sa tendresse fut la plus forte ; elle embrassa son cher frère, et les reproches qu'elle lui fit n'eurent rien de fâcheux.

La vieille Feintise, qui ne s'endormait pas, sut par ses espions que Chéri était de retour plus beau qu'il n'était avant son départ ; et que la princesse ayant mis sur son visage l'eau qui danse, était devenue si excessivement belle, qu'il n'y avait pas moyen de soutenir le moindre de ses regards, sans mourir de plus d'une demi-douzaine de morts.

Feintise fut bien étonnée et bien affligée, car elle avait fait son compte que le prince périrait dans une si grande entreprise ; mais il n'était pas temps de se rebuter : elle chercha le moment que la princesse allait à un petit temple de Diane, peu accompagnée ; elle l'aborda, et lui dit d'un air plein d'amitié :

« Que j'ai de joie, madame, de l'heureux effet de mes avis ! Il ne faut que vous regarder pour savoir que vous avez à présent l'eau qui danse ; mais si j'osais vous donner un conseil, vous songeriez à vous rendre maîtresse de la pomme qui chante. C'est tout autre chose encore ; car elle embellit l'esprit à tel point, qu'il n'y a rien dont on ne soit capable : veut-on persuader quelque chose ? il n'y a qu'à tenir la pomme qui chante ; veut-on parler en public, faire des vers, écrire en prose, divertir, faire rire ou faire pleurer ? la pomme a toutes ces vertus ; et elle chante si bien et si haut, qu'on l'entend de huit lieues sans en être étourdi.

— Je n'en veux point, s'écria la princesse, vous avez pensé faire périr mon frère avec votre eau qui danse, vos conseils sont trop dangereux.

— Quoi ! madame, répliqua Feintise, vous seriez fâchée d'être la plus savante et la plus spirituelle personne du monde ? En vérité vous n'y pensez pas.

— Ah ! qu'aurais-je fait, continua Belle-Étoile, si l'on m'avait rapporté le corps de mon cher frère mort ou mourant ?

— Celui-là, dit la vieille, n'ira plus, les autres sont obligés de vous servir à leur tour, et l'entreprise est moins périlleuse.

— N'importe, ajouta la princesse, je ne suis pas d'humeur à les exposer.

— En vérité, je vous plains, dit Feintise, de perdre une occasion si avantageuse, mais vous y ferez réflexion ; adieu, madame. »

Elle se retira aussitôt, très inquiète du succès de sa harangue, et Belle-Étoile demeura aux pieds de la statue de Diane, irrésolue sur ce qu'elle devait faire ; elle aimait ses frères, elle s'aimait bien aussi ; elle comprenait que rien ne pouvait lui faire un plus sensible plaisir que d'avoir la pomme qui chante.

Elle soupira longtemps, puis elle se prit à pleurer. Petit-Soleil revenait de la chasse, il entendit du bruit dans le temple, il y entra, et vit la princesse qui se couvrait le visage de son voile, parce qu'elle était honteuse d'avoir les yeux tout humides ; il avait déjà remarqué ses larmes, et s'approchant d'elle, il la conjura instamment de lui dire pourquoi elle pleurait. Elle s'en défendit, répliquant qu'elle en avait honte elle-même ; mais plus elle lui refusait son secret, plus il avait envie de le savoir.

Enfin elle lui dit que la même vieille qui lui avait conseillé d'envoyer à la conquête de l'eau qui danse, venait de lui dire que la pomme qui chante était encore plus merveilleuse, parce qu'elle donnait tant d'esprit, qu'on devenait une espèce de prodige ! qu'à la vérité elle aurait donné la moitié de sa vie pour une telle pomme, mais qu'elle craignait qu'il n'y eût trop de danger à l'aller chercher.

« Vous n'aurez pas peur pour moi, je vous en assure, lui dit son frère en souriant, car je ne me trouve aucune envie de vous rendre ce bon office ; hé quoi ! n'avez-vous pas assez d'esprit ? Venez, venez, ma sœur, continua-t-il, et cessez de vous affliger. »

Belle-Étoile le suivit, aussi triste de la manière dont il avait reçu sa confidence, que de l'impossibilité qu'elle trouvait à posséder la pomme qui chante. L'on servit le souper, ils se mirent tous quatre à table ; elle ne pouvait manger. Chéri, l'aimable Chéri, qui n'avait d'attention que pour elle, lui servit ce qui était de meilleur, et la pressa d'en goûter : au premier morceau son cœur se grossit ; les larmes lui vinrent aux yeux ; elle sortit de table en pleurant. Belle-Étoile pleurait ! ô dieux, quel sujet d'inquiétude pour Chéri ! Il demanda donc ce qu'elle avait : Petit-Soleil le lui dit, en raillant d'une manière assez désobligeante pour sa sœur ; elle en fut si piquée qu'elle se retira dans sa chambre et ne voulut parler à personne de tout le soir.

Dès que Petit-Soleil et Heureux furent couchés, Chéri monta sur son excellent cheval blanc, sans dire à personne où il allait ; il laissa seulement une lettre pour Belle-Étoile, avec ordre de la lui donner à son réveil ; et tant que la nuit fut longue, il marcha à l'aventure, ne sachant point où il prendrait la pomme qui chante.

Lorsque la princesse fut levée, on lui présenta la lettre du prince : il est aisé de s'imaginer tout ce qu'elle ressentit d'inquiétude et de tendresse dans une occasion comme celle-là : elle courut dans la chambre de ses frères leur en faire la lecture, ils partagèrent ses alarmes, car ils étaient fort unis ; et aussitôt ils envoyèrent presque tous leurs gens après lui, pour l'obliger de revenir sans tenter cette aventure, qui sans doute devait être terrible.

Cependant le roi n'oubliait point les beaux enfants de la forêt, ses pas le guidaient toujours de leur côté, et quand il passait proche de chez eux, et qu'il les voyait, il leur faisait des reproches de ce qu'ils ne venaient point à son palais ; ils s'en étaient excusés, d'abord, sur ce qu'ils faisaient travailler à leur équipage : ils s'en excusèrent sur l'absence de leur frère, et l'assurèrent qu'à son retour ils profiteraient soigneusement de la permission qu'il leur donnait, de lui rendre leurs très humbles respects.

Le prince Chéri était trop pressé de sa passion pour manquer à faire beaucoup de diligence ; il trouva à la pointe du jour un jeune homme bien fait, qui se reposant sous des arbres, lisait dans un livre ; il l'aborda d'un air civil, et lui dit :

« Trouvez bon que je vous interrompe pour vous demander si vous ne savez point en quel lieu est la pomme qui chante. »

Le jeune homme haussa les yeux, et souriant gracieusement :

« En voulez-vous faire la conquête ? lui dit-il.

— Oui, s'il m'est possible, repartit le prince.

— Ah ! Seigneur, ajouta l'étranger, vous n'en savez donc pas tous les périls : voilà un livre qui en parle, sa lecture effraye.

— N'importe, dit Chéri, le danger ne sera point capable de me rebuter, enseignez-moi seulement où je pourrai la trouver.

— Le livre marque, continua cet homme, qu'elle dans un vaste désert en Libye ; qu'on l'entend chanter de huit lieues, et que le dragon qui la garde a déjà dévoré cinq cent mille personnes qui ont eu la témérité d'y aller.

— Je serai la cinq cent mille et unième », répondit prince en souriant à son tour.

Et le saluant, il prit son chemin du côté des déserts de Libye ; son beau cheval qui était de race zéphyrienne, car Zéphyre était son aïeul, allait aussi vite que le vent, de sorte qu'il fit une diligence incroyable.

Il avait beau écouter, il n'entendait d'aucun côté chanter la pomme ; il s'affligeait de la longueur du chemin, de l'inutilité du voyage, lorsqu'il aperçut une pauvre tourterelle qui tombait à ses pieds ; elle n'était pas encore morte, mais il ne s'en fallait guère. Comme il ne voyait personne qui pût l'avoir blessée, il crut qu'elle était peut-être à Vénus, et que s'étant échappée de son colombier, ce petit mutin d'Amour, pour essayer ses flèches, l'avait tirée. Il en eut pitié, il descendit de cheval ; il la prit, il essuya ses plumes blanches, déjà teintes de sang vermeil ; et tirant de sa poche un flacon d'or, où il portait un baume admirable pour les blessures, il en eut à peine mis sur celle de la tourterelle malade, qu'elle ouvrit les yeux, leva la tête, déploya les ailes, s'éplucha ; puis regardant le prince :

« Bonjour, beau Chéri, lui dit-elle, vous êtes destiné à me sauver la vie, et je le suis peut-être à vous rendre de grands services. Vous venez pour conquérir la pomme qui chante ; l'entreprise est difficile et digne de vous, car elle est gardée par un dragon affreux, qui a douze pieds, trois têtes, six ailes, et tout le corps de bronze.

— Ah ! ma chère tourterelle, lui dit le prince, quelle joie pour moi de te revoir, et dans un temps où ton secours m'est si nécessaire ! Ne me le refuse pas, ma belle petite, car je mourrais de douleur, si j'avais la honte de retourner sans la pomme qui chante ; et puisque j'ai eu l'eau qui danse par ton moyen, j'espère que tu en trouveras encore quelqu'un pour me faire réussir dans mon entreprise.

— Vous me touchez, repartit tendrement la tourterelle, suivez-moi, je vais voler devant vous, j'espère que tout ira bien. »

Le prince la laissa aller ; après avoir marché tout le jour, ils arrivèrent proche d'une montagne de sable.

« Il faut creuser ici », lui dit la tourterelle.

Le prince aussitôt, sans se rebuter de rien, se mit à creuser, tantôt avec ses mains, tantôt avec son épée. Au bout de quelques heures il trouva un casque, une cuirasse, et le reste de l'armure, avec l'équipage pour son cheval, entièrement de miroirs.

« Armez-vous, dit la tourterelle, et ne craignez point le dragon ; quand il se verra dans tous ces miroirs, il aura tant de peur, que, croyant que ce sont des monstres comme lui, il s'enfuira. »

Chéri approuva beaucoup cet expédient, il s'arma des miroirs, et reprenant la tourterelle, ils allèrent ensemble toute la nuit. Au point du jour, ils entendirent une mélodie ravissante. Le prince pria la tourterelle de lui dire ce que c'était.

« Je suis persuadée, dit-elle, qu'il n'y a que la pomme qui puisse être si agréable, car elle fait seule toutes les parties de la musique, et sans toucher aucuns instruments, il semble qu'elle en joue d'une manière ravissante. »

Ils s'approchaient toujours ; le prince pensait en lui-même qu'il voudrait bien que la pomme chantât quelque chose qui convînt à la situation où il était ; en même temps il entendit ces paroles :

L'amour peut surmonter le cœur le plus rebelle :
Ne cessez point d'être amoureux,
Vous qui suivez les lois d'une beauté cruelle,
Aimez, persévérez, et vous serez heureux.

« Ah ! s'écria-t-il, répondant à ces vers, quelle charmante prédiction ! Je puis espérer d'être un jour plus content que je ne le suis ; l'on vient de me l'annoncer. »

La tourterelle ne lui dit rien là-dessus, elle n'était pas née babillarde, et ne parlait que pour les choses indispensablement nécessaires. À mesure qu'il avançait, la beauté de la musique augmentait ; et quelque empressement qu'il eût, il était quelquefois si ravi, qu'il s'arrêtait sans pouvoir penser à rien qu'à écouter : mais la vue du terrible dragon, qui parut tout d'un coup avec ses douze pieds et plus de cent griffes, les trois têtes et son corps de bronze, le retira de cette espèce de léthargie : il avait senti le prince de fort loin, et l'attendait pour le dévorer comme tous les autres, dont il avait fait des repas excellents ; leurs os étaient rangés autour du pommier où était la belle pomme ; ils s'élevaient si haut qu'on ne pouvait la voir.

L'affreux animal s'avança en bondissant ; il couvrit la terre d'une écume empoisonnée très dangereuse ; il sortait de sa gueule infernale du feu et de petits dragonneaux, qu'il lançait comme des dards dans les yeux et les oreilles des chevaliers errants qui voulaient emporter la pomme. Mais lorsqu'il vit son effrayante figure, multipliée cent et cent fois dans tous les miroirs du prince, ce fut lui à son tour qui eut peur ; il s'arrêta, et regardant fièrement le prince chargé de dragons, il ne songea plus qu'à s'enfuir. Chéri s'apercevant de l'heureux effet de son armure, le poursuivit jusqu'à l'entrée d'une profonde caverne, où il se précipita pour l'éviter : il en ferma bien vite l'entrée, et se dépêcha de retourner vers la pomme qui chante.

Après avoir monté par-dessus tous les os qui l'entouraient, il vit ce bel arbre avec admiration ; il était d'ambre, les pommes de topaze ; et la plus excellente de toutes, qu'il cherchait avec tant de soins et de périls, paraissait au haut, faite d'un seul rubis, avec une couronne de diamants dessus. Le prince, transporté de joie de pouvoir donner un trésor si parfait et si rare à Belle-Étoile, se hâta de casser la branche d'ambre ; et tout fier de sa bonne fortune, il monta sur son cheval blanc, mais il ne trouva plus la tourterelle ; dès que ses soins lui furent inutiles, elle s'envola. Sans perdre de temps en regrets superflus, comme il craignait que le dragon, dont il entendait les sifflements, ne trouvât quelque route pour venir à ces pommes, il retourna avec la sienne vers la princesse.

Elle avait perdu l'usage de dormir depuis son absence ; elle se reprochait sans cesse son envie d'avoir plus d'esprit que les autres ; elle craignait plus la mort de Chéri que la sienne. « Ah ! malheureuse ! s'écriait-elle, en poussant de profonds soupirs, fallait-il que j'eusse cette vaine gloire ? Ne me suffisait-il pas de penser et de parler assez bien, pour ne faire et ne dire rien d'impertinent ? Je serai bien punie de mon orgueil, si je perds ce que j'aime ! Hélas, continua-t-elle, peut-être que les dieux, irrités des sentiments que je ne puis me défendre d'avoir pour Chéri, veulent me l'ôter par une fin tragique. »

Il n'y avait rien que son cœur affligé n'imaginât, quand, au milieu de la nuit, elle entendit une musique si merveilleuse, qu'elle ne put s'empêcher de se lever, et de se mettre à sa fenêtre pour l'écouter mieux ; elle ne savait que s'imaginer. Tantôt elle croyait que c'était

Apollon et les Muses, tantôt Vénus, les Grâces et les Amours ; la symphonie s'approchait toujours, et Belle-Étoile écoutait.

Enfin le prince arriva ; il faisait un grand clair de lune ; il s'arrêta sous le balcon de la princesse qui s'était retirée, quand elle aperçut de loin un cavalier ; la pomme chanta aussitôt :

Réveillez-vous, belle endormie.

La princesse, curieuse, regarda promptement qui pouvait chanter si bien, et reconnaissant son cher frère, elle pensa se précipiter de sa fenêtre en bas pour être plus tôt auprès de lui ; elle parla si haut, que tout le monde s'étant éveillé, l'on vint ouvrir la porte à Chéri. Il entra avec un empressement que l'on peut assez se figurer. Il tenait dans sa main la branche d'ambre, au bout de laquelle était le merveilleux fruit ; et comme il l'avait sentie souvent, son esprit était augmenté à tel point, que rien dans le monde ne pouvait lui être comparable.

Belle-Étoile courut au-devant de lui avec une grande précipitation.

Pensez-vous que je vous remercie, mon cher frère ? lui dit-elle, en pleurant de joie. Non, il n'est point de bien que je n'achète trop cher quand vous vous exposez pour me l'acquérir.

— Il n'est point de périls, lui dit-il, auxquels je ne veuille toujours me hasarder pour vous donner la plus petite satisfaction. Recevez, Belle-Étoile, continua-t-il, recevez ce fruit unique, personne au monde ne le mérite si bien que vous ; mais, que vous donnera-t-il que vous n'ayez déjà ! »

Petit-Soleil et son frère vinrent interrompre cette conversation ; ils eurent un sensible plaisir de revoir le prince, il leur raconta son voyage, et cette relation les mena jusqu'au jour.

La mauvaise Feintise était revenue dans sa petite maison, après avoir entretenu la reine-mère de ses projets, elle avait trop d'inquiétude pour dormir tranquillement ; elle entendit le doux chant de la pomme, que rien dans la nature ne pouvait égaler. Elle ne douta point que la conquête n'en fût faite ! Elle pleura, elle gémit, elle s'égratigna le visage, elle s'arracha les cheveux ; sa douleur était extrême, car au lieu de faire du mal aux beaux enfants, comme elle l'avait projeté, elle leur faisait du bien, quoiqu'il n'entrât que de la perfidie dans ses conseils.

Dès qu'il fut jour, elle apprit que le retour du prince n'était que trop vrai ; elle retourna chez la reine-mère.

« Hé bien, lui dit cette princesse, Feintise, m'apportes-tu de bonnes nouvelles ? Les enfants ont-ils péri ?

— Non, madame, dit-elle, en se jetant à ses pieds, mais que Votre Majesté ne s'impatiente point, il me reste des moyens infinis de vous en délivrer.

— Ah ! malheureuse, dit la reine, tu n'es au monde que pour me trahir, tu les épargnes. »

La vieille protesta bien le contraire ; et quand elle l'eut un peu apaisée, elle s'en revint pour rêver à ce qu'il fallait faire.

Elle laissa passer quelques jours sans paraître, au bout desquels elle épia si bien, qu'elle trouva dans une route de la forêt la princesse qui se promenait seule, attendant le retour de ses frères.

« Le ciel vous comble de biens, lui dit cette scélérate en l'abordant : charmante Étoile, j'ai appris que vous possédez la pomme qui chante : certainement quand cette bonne fortune me serait arrivée, je n'en aurais pas plus de joie ; car il faut avouer que j'ai pour vous une inclination qui m'intéresse à tous vos avantages : cependant, continua-t-elle, je ne peux m'empêcher de vous donner un nouvel avis.

— Ah ! gardez vos avis, s'écria la princesse en s'éloignant d'elle, quelques biens qu'ils m'apportent, ils ne sauraient me payer l'inquiétude qu'ils m'ont causée.

— L'inquiétude n'est pas un si grand mal, repartit-elle en souriant, il en est de douces et de tendres.

— Taisez-vous, ajouta Belle-Étoile, je tremble quand j'y pense.

Il est vrai, dit la vieille, que vous êtes fort à plaindre, d'être la plus belle et la plus spirituelle fille de l'univers ; je vous en fais mes excuses.

— Encore un coup, répliqua la princesse, je sais suffisamment l'état où l'absence de mon frère m'a réduite.

— Il faut malgré cela que je vous dise, continua Feintise, qu'il vous manque encore le petit oiseau Vert qui dit tout ; vous seriez informée par lui de votre naissance, des bons et des mauvais succès de la vie ; il n'y a rien de si particulier qu'il ne nous découvrit ; et lorsqu'on dira dans le monde : Belle-Étoile a l'eau qui danse, et la pomme qui chante ; l'on dira en même temps : elle n'a pas le petit oiseau Vert qui dit tout ; et il vaudrait presque autant qu'elle n'eût rien. »

Après avoir débité ainsi ce qu'elle avait dans l'esprit, elle se retira. La princesse, triste et rêveuse, commença à soupirer amèrement : « Cette femme a raison, disait-elle ; de quoi me servent les avantages que je reçois de l'eau et de la pomme, puisque j'ignore d'où je suis, qui sont mes parents, et par quelle fatalité mes frères et moi avons été exposés à la fureur des ondes ? Il faut qu'il y ait quelque chose de bien extraordinaire dans notre naissance pour nous abandonner ainsi, et une protection bien évidente du ciel pour nous avoir sauvés de tant de périls : quel plaisir n'aurai-je point de connaître mon père et ma mère, de les chérir, s'ils sont encore vivants, et d'honorer leur mémoire s'ils sont morts ! » Là-dessus les larmes vinrent avec abondance couvrir ses joues, semblables aux gouttes de la rosée qui paraît le matin sur les lys et sur les roses.

Chéri, qui avait toujours plus d'impatience de la voir que les autres, s'était hâté après la chasse de revenir ; il était à pied, son arc pendait négligemment à son côté, sa main était armée de quelques flèches, ses cheveux rattachés ensemble ; il avait en cet état un air martial qui plaisait infiniment. Dès que la princesse l'aperçut, elle entra dans une allée sombre, afin qu'il ne vît pas les impressions de douleur qui étaient sur son visage ; mais une maîtresse ne s'éloigne pas si vite, qu'un amant bien empressé ne la joigne. Le prince l'aborda ; il eut à peine jeté les yeux sur elle, qu'il connut qu'elle avait quelque peine. Il s'en inquiète, il la prie, il la presse de lui en apprendre le sujet ; elle s'en défend avec opiniâtreté : enfin il tourne la pointe d'une de ses flèches contre son cœur :

« Vous ne m'aimez point, Belle-Étoile, lui dit-il, je n'ai plus qu'à mourir. »

La manière dont il lui parla la jeta dans la dernière alarme ; elle n'eut plus la force de lui refuser son secret : mais elle ne le lui dit qu'à condition qu'il ne chercherait de sa vie les moyens de satisfaire le désir qu'elle avait ; il lui promit tout ce qu'elle exigeait, et ne marqua point qu'il voulût entreprendre ce dernier voyage.

Aussitôt qu'elle se fut retirée dans sa chambre, et les princes dans les leurs, il descendit en bas, tira son cheval de l'écurie, monta dessus, et partit sans en parler à personne. Cette nouvelle jeta la belle famille dans une étrange consternation. Le roi, qui ne pouvait les oublier, les envoya prier de venir dîner avec lui ; ils répondirent que leur frère venait de s'absenter, qu'ils ne pouvaient avoir de joie ni de repos sans lui, et qu'à son retour, ils ne manqueraient pas d'aller au palais. La princesse était inconsolable : l'eau qui danse et la pomme qui chante n'avaient plus de charmes pour elle ; sans Chéri, rien ne lui était agréable.

Le prince s'en alla, errant par le monde ; il demandait à ceux qu'il rencontrait où il pourrait trouver le petit oiseau Vert qui dit tout : la plupart l'ignoraient ; mais il rencontra un vénérable vieillard, qui l'ayant fait entrer dans sa maison, voulut bien prendre la peine de regarder sur un globe qui faisait une partie de son étude et de son divertissement. Il lui dit ensuite qu'il était dans un climat glacé, sur la pointe d'un rocher affreux, et il lui enseigna la route qu'il devait tenir. Le prince, par reconnaissance, lui donna plein un petit sac de grosses perles qui étaient tombées de ses cheveux, et prenant congé de lui, il continua son voyage.

Enfin, au lever de l'aurore, il aperçut le rocher, fort haut et fort escarpé ; et sur le sommet, l'oiseau qui parlait comme un oracle, disant des choses admirables. Il comprit qu'avec un peu d'adresse il était aisé de l'attraper, car il ne paraissait point farouche ; il allait et venait, sautant légèrement d'une pointe sur l'autre. Le prince descendit de cheval ; et montant sans bruit, malgré l'âpreté de ce mont, il se promettait le plaisir d'en faire un sensible à Belle-Étoile. Il se voyait si proche de l'oiseau Vert, qu'il croyait le prendre, lorsque le rocher s'ouvrant tout d'un coup, il tomba dans une spacieuse salle, aussi immobile qu'une statue ; il ne pouvait ni remuer, ni se plaindre de sa déplorable aventure. Trois cents chevaliers qui l'avaient tentée comme lui, étaient au même état ; ils s'entre-regardaient, c'était la seule chose qui leur était permise.

Le temps semblait si long à Belle-Étoile, que ne voyant point revenir son Chéri, elle tomba dangereusement malade. Les médecins connurent bien qu'elle était dévorée par une profonde mélancolie ; ses frères l'aimaient tendrement ; ils lui parlèrent de la cause de son mal : elle leur avoua qu'elle se reprochait nuit et jour l'éloignement de Chéri, qu'elle sentait bien qu'elle mourrait, si elle n'apprenait pas de ses nouvelles : ils furent touchés de ses larmes, et pour la guérir, Petit-Soleil résolut d'aller chercher frère.

Le prince partit, il sut en quel lieu était le fameux oiseau ; il y fut, il le vit, il s'en approcha avec les mêmes espérances ; et dans ce moment le rocher l'engloutit, il tomba dans la grande salle ; la première chose qui arrêta ses regards, ce fut Chéri, mais il ne put lui parler.

Belle-Étoile était un peu convalescente ; elle espérait à chaque moment de voir revenir ses deux frères : mais ses espérances étant déçues, son affliction prit de nouvelles forces : elle ne cessait plus jour et nuit de se plaindre ; elle s'accusait du désastre de ses frères ; et le prince Heureux n'ayant pas moins pitié d'elle, que d'inquiétude pour les princes, prit à son tour la résolution de les aller chercher. Il le dit à Belle-Étoile ; elle voulut d'abord s'y opposer : mais il répliqua qu'il était bien juste qu'il s'exposât pour trouver les personnes du monde qui lui étaient les plus chères ; là-dessus il partit après avoir fait de tendres adieux à la princesse : elle resta seule en proie à la plus vive douleur.

Quand Feintise sut que le troisième prince était en chemin, elle se réjouit infiniment ; elle en avertit la reine-mère, et lui promit plus fortement que jamais de perdre toute cette infortunée famille : en effet, Heureux eut une aventure semblable à Chéri et à Petit-Soleil ; il trouva le rocher, il vit le bel oiseau, et il tomba comme une statue dans la salle, où il reconnut les princes qu'il cherchait, sans pouvoir leur parler ; ils étaient tous arrangés dans des niches de cristal ; ils ne dormaient jamais, ne mangeaient point, et restaient enchantés d'une manière bien triste, car ils avaient seulement la liberté de rêver, et de déplorer leur aventure.

Belle-Étoile, inconsolable, ne voyant revenir aucun de ses frères, se reprocha d'avoir tardé si longtemps à les suivre. Sans hésiter davantage, elle donna ordre à tous ses gens de l'attendre six mois : mais que si ses frères ou elle ne revenaient pas dans ce temps, ils retournassent apprendre leur mort au corsaire et à sa femme ; ensuite elle prit un habit d'homme, trouvant qu'il y avait moins à risquer pour elle, ainsi travestie dans son voyage, que si elle était allée en aventurière courir le monde. Feintise la vit partir dessus son beau cheval ; elle se trouva alors comblée de joie, et courut au palais régaler la reine-mère de cette bonne nouvelle.

La princesse s'était armée seulement d'un casque, dont elle ne levait presque jamais la visière, car sa beauté était si délicate et si parfaite, qu'on n'aurait pas cru, comme elle le voulait, qu'elle était un cavalier. La rigueur de l'hiver se faisait ressentir, et le pays où était le petit oiseau qui dit tout, ne recevait en aucune saison les heureuses influences du soleil.

Belle-Étoile avait un étrange froid, mais rien ne pouvait la rebuter, lorsqu'elle vit une tourterelle qui n'était guère moins blanche et guère moins froide que la neige, laquelle était étendue. Malgré toute son impatience d'arriver au rocher, elle ne voulut pas la laisser mourir, et descendant de cheval, elle la prit entre ses mains, la réchauffa de son haleine, puis la mit dans son sein ; la pauvre petite ne remuait plus. Belle-Étoile pensait qu'elle était morte, elle y avait regret ; elle la tira, et la regardant, elle lui dit, comme si elle eût pu l'entendre :

« Que ferai-je, bien aimable tourterelle, pour te sauver la vie ?

— Belle-Étoile, répondit la bestiole, un doux baiser de votre bouche peut achever ce que vous avez si charitablement commencé.

— Non pas un, dit la princesse, mais cent, s'il les faut. »

Elle la baisa ; et la tourterelle, reprenant courage, lui dit gaiement :

« Je vous connais, malgré votre déguisement ; sachez que vous entreprenez une chose qui vous serait impossible sans mon secours ; faites donc ce que je vais vous conseiller. Dès que vous serez arrivée au rocher, au lieu de chercher le moyen d'y monter, arrêtez-vous au pied, et commencez la plus belle chanson et la plus mélodieuse que vous sachiez. L'oiseau Vert qui dit tout, vous écoutera, et remarquera d'où vient cette voix, ensuite vous feindrez de vous endormir : je resterai auprès de vous ; quand il me verra, il descendra de la pointe du rocher pour me béqueter : c'est dans ce moment que vous le pourrez prendre. »

La princesse, ravie de cette espérance, arriva presque aussitôt au rocher ; elle reconnut les chevaux de ses frères qui broutaient l'herbe : cette vue renouvela toutes ses douleurs ; elle s'assit, et pleura longtemps amèrement. Mais le petit oiseau Vert disait de si belles choses, et si consolantes pour les malheureux, qu'il n'y avait point de cœur affligé qu'il ne réjouît ; de sorte qu'elle essuya ses larmes, et se mit à chanter si haut et si bien, que les princes au fond de leur salle enchantée eurent le plaisir de l'entendre.

Ce fut le premier moment où ils sentirent quelque espérance. Le petit oiseau Vert qui dit tout écoutait et regardait d'où venait cette voix ; il aperçut la princesse, qui avait ôté son casque pour dormir plus commodément, et la tourterelle qui voltigeait autour d'elle. À cette vue, il descendit doucement, et vint la béqueter ; mais il ne lui avait pas arraché trois plumes, qu'il était déjà pris.

« Ah ! que me voulez-vous ? lui dit-il. Que vous ai-je fait pour venir de si loin me rendre si malheureux ? Accordez-moi ma liberté, je vous en conjure ; voyez ce que vous souhaitez en échange, il n'y a rien que je ne fasse.

— Je désire, lui dit Belle-Étoile, que tu me rendes mes trois frères, je ne sais où ils sont, mais leurs chevaux qui paissent près de ce rocher me font connaître que tu les retiens en quelque lieu.

— J'ai, sous l'aile gauche, une plume incarnate ; arrachez-la, lui dit-il, servez-vous-en pour toucher le rocher. »

La princesse fut diligente à ce qu'il lui avait commandé ; en même temps elle vit des éclairs, et elle entendit un bruit de vents et de tonnerre mêlés ensemble, qui lui firent une crainte extrême. Malgré sa frayeur, elle tint toujours l'oiseau Vert, craignant qu'il ne lui échappât ; elle toucha encore le rocher avec la plume incarnate, et la troisième fois, il se fendit depuis le sommet jusqu'au pied ; elle entra d'un air victorieux dans la salle où les trois princes étaient avec beaucoup d'autres : elle courut vers Chéri, il ne la reconnaissait point avec son habit et son casque, et puis l'enchantement n'était pas encore fini, de sorte qu'il ne pouvait ni parler ni agir. La princesse, qui s'en aperçut, fit de nouvelles questions à l'oiseau Vert, auxquelles il répondit qu'il fallait avec la plume incarnate frotter les yeux et la bouche de tous ceux qu'elle voudrait désenchanter : elle rendit ce bon office à plusieurs rois, à plusieurs souverains, et particulièrement à nos trois princes.

Touchés d'un si grand bienfait, ils se jetèrent tous à ses genoux, le nommant le libérateur des rois. Elle s'aperçut alors que ses frères, trompés par ses habits, ne la reconnaissaient point ; elle ôta promptement son casque, elle leur tendit les bras, les embrassa cent fois, et demanda aux autres princes avec beaucoup de civilité, qui ils étaient ; chacun lui dit son aventure particulière, et ils s'offrirent à l'accompagner partout où elle voudrait aller. Elle répondit qu'encore que les lois de la chevalerie pussent lui donner quelque droit sur la liberté qu'elle venait de leur rendre, elle ne prétendait point s'en prévaloir. Là-dessus elle se retira avec les princes, pour se rendre compte les uns aux autres de ce qui leur était arrivé depuis leur séparation.

Le petit oiseau Vert qui dit tout les interrompit pour prier Belle-Étoile de lui accorder sa liberté ; elle chercha aussitôt la tourterelle, afin de lui en demander avis, mais elle ne la trouva plus. Elle répondit à l'oiseau qu'il lui avait coûté trop de peines et d'inquiétudes pour jouir si peu de sa conquête. Ils montèrent tous quatre à cheval, et laissèrent les empereurs et les rois à pied, car depuis deux ou trois cents ans qu'ils étaient là, leurs équipages avaient péri.

La reine-mère, débarrassée de toute l'inquiétude que lui avait causée le retour des beaux enfants, renouvela ses instances auprès du roi pour le faire remarier, et l'importuna si fort, qu'elle lui fit choisir une princesse de ses parentes. Et comme il fallait casser le mariage de la pauvre reine Blondine, qui était toujours demeurée auprès de sa mère, à leur petite maison de campagne, avec les trois chiens qu'elle avait nommés Chagrin, Mouron et Douleur, à cause de tous les ennuis qu'ils lui avaient causés, la reine-mère l'envoya quérir ; elle monta en carrosse, et prit les doguins, étant vêtue de noir, avec un long voile qui tombait jusqu'à ses pieds.

En cet état, elle parut plus belle que l'astre du jour, quoiqu'elle fût devenue pâle et maigre, car elle ne dormait point, et ne mangeait que par complaisance. Pour sa mère, tout le monde en avait grande pitié ; le roi en fut si attendri qu'il n'osait jeter les yeux sur elle ; mais quand il pensait qu'il courait risque de n'avoir point d'autres héritiers que des doguins, il consentait à tout.

Le jour étant pris pour la noce, la reine-mère, priée par l'amirale Rousse (qui haïssait toujours son infortunée sœur), dit qu'elle voulait que la reine Blondine parût à la fête ; tout était préparé pour la faire grande et somptueuse ; et comme le roi n'était pas fâché que les étrangers vissent sa magnificence, il ordonna à son premier écuyer d'aller chez les beaux enfants, les convier à venir, et lui commanda qu'en cas qu'ils ne fussent pas encore venus, il laissât de bons ordres afin qu'on les avertît à leur retour.

Le premier écuyer les alla chercher, et ne les trouva point ; mais sachant le plaisir que le roi aurait de les voir, il laissa un de ses gentilshommes pour les attendre, afin de les amener sans aucun retardement. Cet heureux jour venu, qui était celui du grand banquet, Belle-Étoile et les trois princes arrivèrent ; le gentilhomme leur apprit l'histoire du roi, comme il avait autrefois épousé une pauvre fille, parfaitement belle et sage, qui avait eu le malheur d'accoucher de trois chiens ; qu'il l'avait chassée pour ne la plus voir ; que, cependant, il l'aimait tant, qu'il avait passé quinze ans sans vouloir écouter aucune proposition de mariage ; que la reine-mère et ses sujets l'ayant fortement pressé, il s'était résolu à épouser une princesse de la cour, et qu'il fallait promptement y venir pour assister à toute la cérémonie.

En même temps Belle-Étoile prit une robe de velours, couleur de rose, toute garnie de diamants brillants ; elle laissa tomber ses cheveux par grosses boucles sur les épaules ; ils étaient renoués de rubans, l'étoile qu'elle avait sur le front jetait beaucoup de lumière, et la chaîne d'or qui tournait autour de son cou, sans qu'on la pût ôter, semblait être d'un métal plus précieux que l'or même. Enfin jamais rien de si beau ne parut aux yeux des mortels. Ses frères n'étaient pas moins bien, entre autres le prince Chéri ; il avait quelque chose qui le distinguait très avantageusement. Ils montèrent tous quatre dans un chariot d'ébène et d'ivoire, dont le dedans était de drap d'or, avec des carreaux de même, brodés de pierreries ; douze chevaux blancs le traînaient : le reste de leur équipage était incomparable. Lorsque Belle-Étoile et ses frères parurent, le roi ravi les vint recevoir avec toute sa cour, au haut de l'escalier. La pomme qui chante se faisait entendre d'une manière merveilleuse, l'eau qui danse, dansait, et le petit oiseau qui dit tout, parlait mieux que les oracles : ils se baissèrent tous quatre jusqu'aux genoux du roi, et lui prenant la main, ils la baisèrent avec autant de respect que d'affection. Il les embrassa, et leur dit :

« Je vous suis obligé, aimables étrangers, d'être venus aujourd'hui ; votre présence me fait un plaisir sensible. »

En achevant ces mots, il entra avec eux dans un grand salon, où les musiciens jouaient de toutes sortes d'instruments, et plusieurs tables servies splendidement ne laissaient rien à souhaiter pour la bonne chère.

La reine-mère vint, accompagnée de sa future belle-fille, de l'amirale Rousse, et de toutes les dames, entre lesquelles on amenait la pauvre reine, liée par le cou, avec une longe de cuir, et les trois chiens attachés de même. On la fit avancer jusqu'au milieu du salon, où était un chaudron plein d'os et de mauvaises viandes, que la reine-mère avait ordonnés pour leur dîner.

Quand Belle-Étoile et les princes la virent si malheureuse, bien qu'ils ne la connussent point, les larmes leur vinrent aux yeux, soit que la révolution des grandeurs du monde les touchât, ou qu'ils fussent émus par la force du sang qui se fait souvent ressentir. Mais que pensa la mauvaise reine d'un retour si peu espéré et si contraire à ses desseins ? Elle jeta un regard furieux sur Feintise, qui désirait ardemment alors que la terre s'ouvrît pour s'y précipiter.

Le roi présenta les beaux enfants à sa mère, lui disant mille biens d'eux ; et malgré l'inquiétude dont elle était saisie, elle ne laissa pas de leur parler avec un air riant, et de leur jeter des regards aussi favorables que si elle les eût aimés, car la dissimulation était en usage dès ce temps-là. Le festin se passa fort gaiement, quoique le roi eût une extrême peine de voir manger sa femme avec ses doguins, comme la dernière des créatures ; mais ayant résolu d'avoir de la complaisance pour sa mère, qui l'obligeait à se remarier, il la laissait ordonner de tout.

Sur la fin du repas, le roi adressant la parole à Belle-Étoile :

« Je sais, lui dit-il, que vous êtes en possession de trois trésors qui sont incomparables ; je vous en félicite, et je vous prie de nous raconter ce qu'il a fallu faire pour les conquérir.

— Sire, dit-elle, je vous obéirai avec plaisir : l'on m'avait dit que l'eau qui danse me rendrait belle, et que la pomme qui chante me donnerait de l'esprit ; j'ai souhaité les avoir par ces deux raisons. À l'égard du petit oiseau Vert qui dit tout, j'en ai eu une autre ; c'est que nous ne savons rien de notre fatale naissance : nous sommes des enfants abandonnés de nos proches, qui n'en connaissons aucun ; j'ai espéré que ce merveilleux oiseau nous éclaircirait sur une chose qui nous occupe jour et nuit.

— À juger de votre naissance par vous, répliqua le roi, elle doit être des plus illustres ; mais parlez sincèrement, qui êtes-vous ?

— Sire, lui dit-elle, mes frères et moi avons différé de l'interroger jusqu'à notre retour : en arrivant nous avons reçu vos ordres pour venir à vos noces ; tout ce que j'ai pu faire, ç'a été de vous apporter ces trois raretés pour vous divertir.

— J'en suis très aise, s'écria le roi, ne différons pas une chose si agréable.

Vous vous amusez à toutes les bagatelles qu'on vous propose, dit la reine-mère en colère ; voilà de plaisants marmousets, avec leurs raretés : en vérité, le nom seul fait assez connaître que rien n'est plus ridicule : fi ! fi ! je ne veux pas que de petits étrangers, apparemment de la lie du peuple, aient l'avantage d'abuser de votre crédulité ; tout cela consiste en quelques tours de gibecière et de gobelets ; et sans vous, ils n'auraient pas eu l'honneur d'être assis à ma table. »

Belle-Étoile et ses frères entendant un discours si désobligeant, ne savaient que devenir ; leur visage était couvert de confusion et de désespoir, d'essuyer un tel affront devant toute cette grande cour. Mais le roi ayant répondu à sa mère que son procédé l'outrait, pria les beaux enfants de ne s'en point chagriner, et leur tendit la main en signe d'amitié. Belle-Étoile prit un bassin de cristal de roche, dans lequel elle versa toute l'eau qui danse ; on vit aussitôt que cette eau s'agitait, sautait en cadence, allait et venait, s'élevait comme une petite mer irritée, changeait de mille couleurs, et faisait aller le bassin de cristal le long de la table du roi ; puis il s'en élança tout d'un coup quelques gouttes sur le visage du premier écuyer, à qui les enfants avaient de l'obligation. C'était un homme d'un mérite rare, mais sa laideur ne l'était pas moins, et il en avait même perdu un œil. Dès que l'eau l'eut touché, il devint si beau qu'on ne le reconnaissait plus, et son œil se trouva guéri. Le roi, qui l'aimait chèrement, eut autant de joie de cette aventure que la reine-mère en ressentit de déplaisir, car elle ne pouvait entendre les applaudissements qu'on donnait aux princes. Après que le grand bruit fut cessé, Belle-Étoile mit sur l'eau qui danse la pomme qui chante, faite d'un seul rubis, couronnée de diamants, avec sa branche d'ambre ; elle commença un concert si mélodieux que cent musiciens se seraient fait moins entendre. Cela ravit le roi et toute sa cour, et l'on ne sortait point d'admiration, quand Belle-Étoile tira de son manchon une petite cage d'or, d'un travail merveilleux, où était l'oiseau Vert qui dit tout ; il ne se nourrissait que de poudre de diamants, et ne buvait que de l'eau de perles distillées. Elle le prit bien délicatement, et le posa sur la pomme, qui se tut par respect, afin de lui donner le temps de parler : il avait ses plumes d'une si grande délicatesse, qu'elles s'agitaient quand on fermait les yeux et qu'on les rouvrait proche de lui ; elles étaient de toutes les nuances de vert que l'on peut imaginer : il s'adressa au roi, et lui demanda ce qu'il voulait savoir.

« Nous souhaitons tous d'apprendre, répliqua le roi, qui sont cette belle fille et ces trois cavaliers.

— Ô roi, répondit l'oiseau Vert, avec une voix forte et intelligible, elle est ta fille, et deux de ces princes sont tes fils ; le troisième, appelé Chéri, est ton neveu. »

Là-dessus il raconta avec une éloquence incomparable toute l'histoire, sans négliger la moindre circonstance.

Le roi fondait en larmes, et la reine affligée, qui avait quitté son chaudron, ses os et ses chiens, s'était approchée doucement : elle pleurait de joie et d'amour pour son mari et pour ses enfants ; car pouvait-elle douter de la vérité de cette histoire, quand elle leur voyait toutes les marques qui pouvaient les faire reconnaître ? Les trois princes et Belle-Étoile se levèrent à la fin de leur histoire ; ils vinrent se jeter aux pieds du roi, ils embrassaient ses genoux, ils baisaient ses mains ; il leur tendait les bras, il les serrait contre son cœur ; l'on n'entendait que des soupirs, hélas ! des cris de joie. Le roi se leva, et voyant la reine sa femme qui demeurait toujours craintive proche de la muraille, d'un air humilié, il alla à elle, et lui faisant mille caresses, il lui présenta lui-même un fauteuil auprès du sien, et l'obligea de s'y asseoir.

Ses enfants lui baisèrent mille fois les pieds et les mains ; jamais spectacle n'a été plus tendre ni plus touchant : chacun pleurait en son particulier, et levait les mains et les yeux au ciel, pour lui rendre grâce d'avoir permis que des choses si importantes et si obscures fussent connues. Le roi remercia la princesse qui avait eu le dessein de l'épouser, il lui laissa une grande quantité de pierreries. Mais à l'égard de la reine-mère, de l'amirale et de Feintise, que n'aurait-il pas fait contre elles, s'il n'avait écouté que son ressentiment ? Le tonnerre de sa colère commençait à gronder, lorsque la généreuse reine, ses enfants et Chéri le conjurèrent de s'apaiser, et de vouloir rendre contre elles un jugement plus exemplaire que rigoureux : il fit enfermer la reine-mère dans une tour ; mais pour l'amirale et Feintise, on les jeta ensemble dans un cachot noir et humide, où elles ne mangeaient qu'avec les trois doguins appelés Chagrin, Mouron et Douleur, lesquels, ne voyant plus leur bonne maîtresse, mordaient celles-ci à tous moments ; elles y finirent leur vie, qui fut assez longue pour leur donner le temps de se repentir de tous leurs crimes.

Dès que la reine-mère, l'amirale Rousse et Feintise eurent été emmenées, chacune dans le lieu que le roi avait ordonné, les musiciens recommencèrent à chanter et à jouer des instruments. La joie était sans pareille ; Belle-Étoile et Chéri en ressentaient plus que tout le reste du monde ensemble ; ils se voyaient à la veille d'être heureux. En effet, le roi trouvant son neveu le plus beau et le plus spirituel de toute sa cour, lui dit qu'il ne voulait pas qu'un si grand jour se passât sans faire des noces, et qu'il lui accordait sa fille. Le prince, transporté de joie, se jeta à ses pieds, Belle-Étoile ne témoigna guère moins de satisfaction.

Mais il était bien juste que la vieille princesse, qui vivait dans la solitude depuis tant d'années, la quittât pour partager l'allégresse publique. Cette même petite fée, qui était venue dîner chez elle et qu'elle reçut si bien, y entra tout d'un coup, pour lui raconter ce qui se passait à la cour.

« Allons-y, continua-t-elle, je vous apprendrai pendant le chemin les soins que j'ai pris de votre famille. »

La princesse reconnaissante monta dans son chariot ; il était brillant d'or et d'azur, précédé par des instruments de guerre, et suivi de six cents gardes du corps, qui paraissaient de grands seigneurs. Elle raconta à la princesse toute l'histoire de ses petits-fils, et lui dit qu'elle ne les avait point abandonnés ; que sous la forme d'une sirène, sous celle d'une tourterelle, enfin, de mille manières, elle les avait protégés.

« Vous voyez, ajouta la fée, qu'un bienfait n'est jamais perdu. »

La bonne princesse voulait à tous moments baiser ses mains pour lui marquer sa reconnaissance ; elle ne trouvait point de termes qui ne fussent au-dessous de sa joie. Enfin elles arrivèrent. Le roi les reçut avec mille témoignages d'amitié. La reine Blondine et les beaux enfants s'empressèrent, comme on le peut croire, à témoigner de l'amitié à cette illustre dame ; et lorsqu'ils surent ce que la fée avait fait en leur faveur, et qu'elle était la gracieuse tourterelle qui les avait guidés, il ne se peut rien ajouter à tout ce qu'ils lui dirent. Pour achever de combler le roi de satisfaction, elle lui apprit que sa belle-mère, qu'il avait toujours prise pour une pauvre paysanne, était née princesse souveraine. C'était peut-être la seule chose qui manquait au bonheur de ce monarque. La fête s'acheva par le mariage de Belle-Étoile avec le prince Chéri. L'on envoya quérir le corsaire et sa femme, pour les récompenser encore de la noble éducation qu'ils avaient donnée aux beaux enfants. Enfin, après de longues peines, tout le monde fut satisfait.

L'amour, n'en déplaise aux censeurs,
Est l'origine de la gloire ;
Il fait animer les grands cœurs
À braver le péril, à chercher la victoire.
C'est lui, qui, dans tout l'univers,

A du prince Chéri conservé la mémoire ;
Et qui lui fit tenter tous les exploits divers
Que l'on remarque en son histoire.
Du moment qu'au beau sexe on veut faire sa cour,
Il faut se préparer à servir ses caprices ;
Mais un cœur ne craint pas les plus grands précipices,
S'il a, pour l'animer, et la gloire et l'amour.

TABLE DES MATIÈRES

Marie-Catherine, baronne d'Aulnoy (1651-1705), née **Le Jumel de Barneville**, fut connue à son époque pour être à la fois femme d'esprit et femme à scandale (selon les critères de l'époque).

Mal marié, elle tenta de se débarrasser de son époux en le faisant accuser de crime de lèse-majesté. Son échec valut une condamnation à mort pour ses complices et entraîna son exil.

A son retour d'exil, elle ouvrit un salon littéraire. Elle fut compromise à la suite de sa relation très amicale avec Madame Ticquet, laquelle fut plus tard condamnée à mort pour avoir assassiné son mari.

Ces comptes sont réputés pour leur esprit satirique et subversif. Son esprit est d'autant moins policé que la baronne d'Aulnoy, compte tenu de sa vie mouvementée, ne fait pas partie de l'armée de courtisans qui vit de la faveur royale à la cour de Versailles ! Cette liberté d'écriture la distingue des autres grands conteurs de cette époque.

En outre, à travers ses contes la baronne d'Aulnoy s'adresse à la société de son époque pour revendiquer, sous une forme allégorique, sa liberté de femme qui rejette à la fois le mariage forcé et les contraintes de la société bien-pensante.

Didier HALLÉPÉE a sélectionné ces textes pour vous.

Manufactured by Amazon.ca
Bolton, ON